世界文學
經典名作

紅與黑

LE ROUGE ET LE NOIR

STENDHAL

斯湯達爾 著

敬告讀者

本書行將付梓之際，適值重大的七月事件❶，弄得全國上下人心浮動，無暇顧及想像這類文字遊戲。我們有理由相信：原稿當寫於一八二七年❷。

❶一八三〇年七月二十七至二十九日，巴黎民眾起義，攻占王宮，查理十世退位，但勝利的果實旋爲大資產階級竊去，引出以路易．菲力普爲首的七月王朝。

❷根據斯湯達爾專家的考證：起意寫作《紅與黑》，當在一八二八年十月二十五～六日之夜；全書，至少是上卷，完稿於一八三〇年五月初。之所以說「寫於一八二七年」，是表示與時政無涉；但小說副標題又作「一八三〇年紀事」，無異掩耳盜鈴。

CONTENTS 目錄

〔上卷〕

【下卷】

上卷

真實，令人難堪的真實❶。

——丹東

❶一個半世紀以來，斯湯達爾專家翻遍丹東（一七五九～一七九四）著作，沒有找到類似的句子。卷首題辭，只表示作者對這位法國大革命領袖的崇敬；小說中屢次提到丹東，瑪娣爾特小姐還把小說主人公于連比擬爲丹東。又，書中各章題目下的題辭，除英文、義大利文外，法文的大多係斯湯達爾假託，有時雖署上梅里美、繆塞等人名，但查無實據，無從加注，亦無需加注。

第一章、小城

置萬千生靈於一處，把壞的揀出，那籠子還能熱鬧不？

——霍布斯

弗朗什-孔泰地區有不少城鎮，風光秀美，維里埃這座小城可算得上是其中之一。白色的小樓，聳著尖尖的紅瓦屋頂，疏疏密密，羅列在一片坡地上；繁茂粗壯的栗樹十分密集，點出斜坡的曲折蜿蜒。杜河在舊城牆下，數百步外，源源流過。這堵城牆原先是西班牙人所築，如今只剩下斷壁殘垣了。

維里埃的北面擋著一座高山，屬於庫拉山區的一條分支，每當十月乍寒，峰巒起伏的維拉峰便已蓋上皚皚白雪。山澗奔沖而下的急流，流經維里埃市，最後注入杜河，為無數鋸木廠提供了水力運轉的驅動；這是一種簡易作坊，大多數與其說是市民，還不如說是鄉民們，倒藉此得到相當的實惠。

然而，這座小城的致富之源卻並非鋸木業，而是靠織造一種叫「米魯茲」的印花布，使家家富裕起來：拿破崙倒台以來，城裡的房屋差不多已修葺一新。

一進城，就聽到噪聲四起，震耳欲聾：那響聲是一部模樣可怕、喧鬧不堪的機器發出來的。二十只笨重的鐵錘，隨著急流沖擊水輪，忽起忽落，轟隆轟隆，震得路面發顫。每只鐵錘，一天不知能沖出幾千個釘子。鐵錘起落之間，自有一些水靈靈的漂亮小姑娘，把小鐵塊送到大鐵錘之下，一轉眼就砸成了鐵釘。

這工作看起來挺粗笨，初到法瑞邊界山區來的遊人見了，不免少見多怪。別看這釘廠把大街上的行人震得暈頭轉向，假如這遊人進入維里埃地界，問起這間光鮮的廠家是誰家的產業，別人準會拖腔拉調地回答：「啊——那是我們市長大人的。」

維里埃的這條大街，從杜河岸邊慢慢上揚，直達山巔。遊人只要在街口停上一下子，十之八九會看到一位身材高大的男子，行色匆匆，一副要事在身的樣子。

一見到他，路人紛紛脫帽致敬。他灰白頭髮，灰色衣服，胸前佩著幾枚勛章，前庭飽滿，鼻如鷹嘴；但總的說來，相貌不失為端正。第一眼望去，他眉宇之間不僅有一市之長的尊貴，還兼具壯年男子的和藹。但巴黎客人很快便會對他沾沾自喜的神情看不入眼，發覺他那自滿之中，還夾雜著某種褊狹與拘謹；最後會感到，此人的才幹只在追索欠款時不容少給分文，而輪到由他自己償債，則能拖就拖。

他就是維里埃市的市長，德．雷納先生。市長先生步履莊重，穿過街道，走進市政廳，便在旅客眼中消失了。假如這外地人接著溜躂，再走上百十來步，便會看到一座外觀相當漂亮的房子，從與屋子相連的鐵柵欄望進去，是一片姹紫嫣紅的花園。遠眺天邊，見勃艮第山脈群山隱約，十分賞心悅目。旅人如果對競逐蠅頭微利的惡濁空氣感到鬱悶的話，那麼對此清景，自有塵俗頓忘之感。

遇到當地人，便會告訴你：這就是德．雷納先生的房子。正是靠鐵釘廠的大宗贏利，市長才蓋得起這座巨石砌成的漂亮住宅；整幢房屋，還是新近才完工的。他的祖上，相傳是西班牙人，算得上是舊家世族；據稱，遠在路易十四把維里埃收入版圖之前，這個家族就已定居於此了。

一八一五年，德．雷納先生當上了維里埃的市長；從此，他對自己的實業家身分常感羞愧。須知，花園各部分的護牆也是靠他鐵器經營得法才建造得起；如今，這鮮麗繽紛的花園，層層平台，迤邐而下，已一直伸展到杜河之濱了。

在德國萊比錫、法蘭克福、紐倫堡等工業城市，這類明麗怡人的花園多似繁星環抱；而在法國，卻難望找到。弗朗什－孔泰地區裡，誰家的庭院圍牆造得越長，石基壘得越高，就越受四鄰尊敬。雷納先生家的花園圍牆重重，格外令人嘆賞，尤其因為有幾塊圈進來的地皮是出了高價買來的。且說那雄居杜河岸邊的鋸木廠吧！進入維里埃時，劈面就會看到的。那屋頂上，你會注意到有塊橫板，上面寫著「索萊爾」三個大字。該廠六年前的原址如今已劃入雷納先生家的花園，正用來造最下一層第四道平台的護牆。

索萊爾老頭是個固執己見，無可理喻的鄉民。市長先生雖則很高傲，可為了叫老頭兒把鋸木廠遷走，也不得不跟他多次打交道，摸出大把大把的金路易。至於那條推轉輪鋸的公共河道，雷納先生憑他在巴黎的關係，才得以喝令河流改道。不過，這份恩典也是在一八二×年大選之後才得到的。

市長是用杜河下游五百步遠的四頃地，才換來索萊爾這一頃地的。這個地段雖然更有利於索萊爾老爹（他發跡後，地方上都這樣稱呼）的樅木松板買賣，但他門檻精，利用鄰居的急性子和地產癖，居然敲到一筆六千法郎的巨款。

這樁交易，事後頗遭當地精明人的非議。有一次，那是四年後的一個禮拜天，雷納先生身著市長的盛裝，從教堂出來。他老遠瞧見索萊爾老爹身旁圍著三個兒子，望著他直發笑。這一笑，在市長心裡投下了一道陰影；此後，他不免常想，那次換地，本來可用更便宜的價錢成交的。

每年春上，有一幫泥水匠穿過庫拉山谷，前往巴黎。在維里埃，如想贏得眾人敬重，最關鍵的是造圍牆時，千萬不可用這伙泥水匠從義大利帶來的圖樣。哪位業主一時不慎，用了這種新花樣，就會永遠落個「沒頭沒腦」的名聲；這在聰明穩健的人眼裡就體面掃地了。而在弗朗什—孔泰，評論他人、左右輿論的，正是這批不偏不倚的聰明人。

事實上，這類聰明人言論霸道，令人生厭。大凡在巴黎這個號稱偉大的共和國住慣的人，再到內地小城來棲身，就會覺得不堪忍受，原因就該到這個惡劣詞兒裡去找。專橫的輿論——這算什麼輿論——無論在法蘭西的小城，還是在美利堅合眾國，其愚蠢都是一樣的。

第二章、市長

權勢！老兄，這難道不算回事嗎？
足以引起傻瓜的敬重，孩童的訝異，闊佬的嫉妒，賢哲的輕蔑。

——巴納夫

杜河之上，大約一百公尺左右，沿山坡有一條公共散步道。道旁要修一道長長的擋牆，這對沽名釣譽的市長來說，眞是萬幸的事！山川形勝，此處成了法蘭西最美的景點之一。但是每當春季，雨水沖出條條溝壑，路面沖得坑坑窪窪，簡直無法通行。人人都感不便，倒成全了德．雷納先生：造出一堵六米高，六、七十米長的擋牆，他的德政便可垂範後世了。

爲這堵擋牆，德．雷納先生可是御駕親征，去了三次巴黎：因爲此前一任的內務部長曾經公開表示，他死也要抵制維里埃造這條散步道。如今，路牆已砌得有一米多高了，而且，好像爲了氣氣所有的前任和現任部長，此刻正用大塊石板在裝貼牆面。

有多少次，我的前胸靠著藍灰色的巨石，心裡猶念昨夜告別的巴黎舞會，我縱目俯視這片杜河流域：在那一方，在河的左岸，有五、六重曲折的岩壑，依稀能看到其間無數細小的溪流。這些小溪，遇到多處落差，便像瀑布似地飛瀉而下，最後匯入杜河。山裡的陽光十分酷熱。烈日當頭的時候，遊人坐在這平台上遐想，梧桐葉影便足可蔭蔽他的清夢。這些梧桐長勢很快，綠得發藍的濃蔭是市長派人在長長的路牆後面運泥壅土的結果，因爲他不顧市議會的反對，把散步道拓寬了兩米（雖然他是保皇黨，我是自由黨，在這件事上，還是要稱讚他）；無怪乎維里埃丐民收容所走運的所長——瓦勒諾先生跟市長所見略同，都認爲這段平台堪與巴黎近郊的聖日耳曼—昂—萊伊相媲美。

至於我，對這條「忠誠大道」只有一點責難，儘管有十七、八處大理石板上鐫刻著路名，而這些路牌又爲特·雷納先生贏得了一枚勛章；我所要指責於當局者，是在「忠誠大道」上的蠻橫作法：替生機勃勃的梧桐修枝剪枝，甚至削去上端。梧桐本應長得亭亭如蓋，像在英國看到的那樣；現在卻給修剪得低低的、圓圓的、平平的，跟普通的蔬菜一個模樣。但是，市長大人的意志違逆不得：凡市府轄區內的樹木，一年兩次，必遭無情地剪枝。當地的自由黨人聲稱，也許是言過其實，說自從助理司鐸馬仕龍立下規矩，剪下的樹枝，收入歸他所有，一班替公家幹活的園丁下手就更狠了。

這位年輕司鐸是前幾年從省城貝桑松派來的，用以監視謝朗神父和附近幾位本堂神父。有一位已故的老軍醫，他曾參加過征義戰爭，退伍後住到維里埃來——照市長的說法，此人生前既是雅各賓黨，又是拿破崙派——有一天，竟然狀告市長，說不該定期毀損樹木。

「我喜歡樹蔭！」德·雷納先生答覆的口氣高傲得適可而止，因爲對方是得過榮譽團勛章的外科大夫。「我喜歡樹蔭，我的樹只有這樣修剪，才能樹茂蔭濃。我想不出，一棵樹除非像胡桃樹那樣有用，倘不能帶來收益，種了幹嘛？」

在維里埃，「帶來收益」是權衡一切的金科玉律；這四個字概括了四分之三以上居民的習慣想法。

「帶來收益」在這座風光絕勝的小城成爲決定一切的理由。外地人來到這裡，進入涼爽而深秀的山谷，醉心於林木之美時，首先會想到，當地居民對美一定特別敏於感受。其實，家鄉風物之美，他們固然談得不少，不能說不受重視，但那是因爲能招攬遊人，遊人花錢能餵飽客店老板，客店老板則通過納稅，向市政府提供收益。

這天，秋日晴朗，德．雷納先生由妻子挽著，沿著忠誠大道閑步走去。德．雷納夫人耳朵聽著丈夫一本正經的談話，兩眼盯著三個孩子的一舉一動，不無擔心。大兒子約莫有十一歲，常常跑到路牆那邊，樣子像要爬上去。只聽得嬌音細語的喊一聲「阿道爾夫」，孩子才放棄膽大妄爲的打算。德．雷納夫人看上去是位年約三十許的少婦，依舊相當秀麗。

「他說不定會後悔的，這位巴黎來的漂亮人物！」德．雷納先生氣呼呼地說，臉色顯得比平時蒼白，「要知道我在宮裡也不是沒有朋友的……」

關於內地生活，不才儘管可以寫上二百頁，想我還不至於那麼蠻不講理，忍心讓讀者諸公受罪，領教一番內地人極其囉嗦又老於世故的談話。而這位令維里埃市長頭痛的巴黎人物不是別人，正是阿拜爾先生。兩天前，居然讓他動出腦筋，不僅溜進了丐民收容所和監獄，而且還參觀了市長等社會賢達開辦的賑濟醫院。

「不過，」德．雷納夫人怯生生地說：「既然你們辦慈善事業，清正廉明，那位巴黎先生能找什麼碴兒呢？」

「他是專門來散布流言的，然後再寫成文章、登在自由黨的報紙上。」

「那種報紙，你不是從來都不看的嗎？」

「但那些雅各賓派的文章老有人在提起，使人分散精力，妨礙我們行善積德。至於我，一輩子也不會饒了那個本堂神父。」

第三章、窮人的福利

一位品德高尚，不要陰謀的神父，是全村的造化。

——弗勒利

維里埃的本堂神父已年屆八旬，由於山區空氣清新，身體像鐵打一樣結實，性格也如鋼一般堅強。這裡應該交待一下，作為本堂神父，他有權隨時出入監獄、醫院，甚至丐民收容所。阿拜爾先生是由巴黎方面介紹，來見這位神父的？他很機敏，選準清晨六點，抵達這座喜歡打聽的小城；而且一到，便直奔神父的住處。

這封信是德·拉穆爾侯爵寫來的。侯爵身為法蘭西貴族院議員，是富甲一省的大財主。謝朗神父看著信，不由得陷入沈思。

「想我偌大一把年紀，在這裡人緣也不錯，」之後，他沈吟低語道：「諒他們還不敢把我怎麼樣！」便轉過身來，望著巴黎來客。雖說神父年事已高，兩眼依然炯炯有神，閃耀著神聖的光輝，表示只要是高尚的事，即使擔點風險，也樂於促成。

「請隨我來吧，先生。不過當著獄卒尤其是收容所看守的面，希望你對看到的一切不要妄加評論。」阿拜爾先生明白，他遇到了一位熱心人。於是，他跟著這位可敬的神父，參觀監獄、收容所、救濟院等處，提了許許多多問題，得到奇奇怪怪的答覆；即便如此，他也沒有半句責怪的言辭。

這次參觀，一連持續了幾小時。神父想請來客一同回家吃中飯，阿拜爾先生推說有信要寫，實際上是不願更加連累這位豪爽的陪伴。下午三點光景，兩位先生視察完丐民收容所，又折回監獄。這時，在大門口碰到一名獄卒；那是個身高六尺的彪形大漢，生了一雙羅圈腿，相貌本來就不雅觀，加上凶神惡煞的樣子，面目顯得格外可憎。

「啊！先生，」他一見神父便問：「跟您在一起的這位，可是阿拜爾先生？」

「是又怎樣？」神父答道。

「我昨天接到一道嚴令，是省長派憲兵連夜騎馬送來的，吩咐不准阿拜爾先生踏進監獄。」

「我要明白告訴你，諾瓦魯，」神父說：「這位同來的客人正是阿拜爾先生。我不是有這個權力嗎？不論白天、晚上，隨便什麼時候都可以進入監獄，都可以願意讓誰陪就讓誰陪。你說是不是？」

「是的，神父先生，」獄卒低聲下氣地說，像哈巴狗怕挨揍，不由得垂下頭來，「不過，神父先生，我也有妻兒子女；要是一有告發，我就會給撤職；可我全靠這差事養家活口哩！」

「我要是丟了差事，一樣也會不高興的。」善良的神父說來很動感情。

「那可不一樣呀！」獄卒緊接著說：「您嘛，神父先生，誰都知道您有八百法郎收益，有塊好地……」

事情的經過就是這樣——兩天裡，你言我語，添油加醬，竟有了二十種不同說法，挑起了各種仇恨情緒，把個小小的維里埃攪得滿城風雨。此刻，雷納先生與他夫人有點語言不一致，也是由此而起。這天上午，市長先生由丐民收容所的所長瓦勒諾陪同，上神父家興師問罪，表示他們的非常不滿。謝朗先生在這裡沒任何後台，嗅出了他們話裡的分量。

「好呀，你們兩位！我活到八十歲上，竟成了附近第三個給革職的神父。我在這裡已經待了五十六個年頭。當初來的時候，這兒還是區區小鎮。城裡的居民，差不多全是我替他們施的洗禮。我天天為年輕人主婚，就連他們的爺爺、奶奶，也是我主的婚；維里埃就是我的家。看到這個來客，我心裡也想過：巴黎來的這個人可能眞是個自由黨，眼下自由黨人不是滿街走嗎？但是，那又能礙著我們窮人、犯人什麼事呢？」

雷納先生的責問，特別是收容所所長瓦勒諾的非難，越來越咄咄逼人。

「得啦，那就革我的職吧！」老神父聲音顫巍巍地嚷道：「可是我還得住在這兒。誰都知道，四十八年前，我繼承了一份田產，每年有八百法郎的收入。我就靠著這筆進帳過活。你們兩位聽著，我嘛，任職多年，沒有什麼來路不明的❶積蓄。也許因為這個緣故，丟掉差事我也沒有什麼好怕。」

雷納先生與夫人生活得相當和美，這時，她又嬌嬌怯怯地問了一句：「這位巴黎先生對囚犯能做些什麼呢？」雷納先生不知如何回答是好，正想發發他的威風，忽聽得妻子一聲驚叫：原來看到二兒子爬上了矮牆，在牆頭上奔跑起來。要知道這堵牆比一旁的葡萄園要高出五、六米。雷

---

❶按：《紅與黑》初版於一八三〇年十一月。一八三一、一八三五、一八四〇，斯湯達爾重讀舊作時，對文字都略有修改增補。此手改本在作者死後，留存於友人陶那德·蒲西手裡，現珍藏於米蘭市立圖書館。本譯本所據原版為一八三〇年初版本文字。謝朗神父說自己沒有什麼「來路不明的」收入，對假公濟私，改易河道的雷納市長和不擇手段的丐民收容所瓦勒諾所長就不無諷喻意味。「來路不明的」一語，係作者一八三一年七月重讀舊作時所加。為避免時時打斷讀者的閱讀興趣，下面行文中不再一一注明；出於同樣原因，凡可加可不加的注，也儘量少加。

納夫人怕嚇著兒子，一分神會摔下來，所以連話都不敢對他講。孩子覺得自己十分了得，笑嘻嘻地好不快活，後來瞧見母親臉色煞白，才跳下來，朝她奔去。這一下，可結結實實挨了一頓罵。

經這件事一打岔，夫妻倆也隨之改變了話題。

「我一定得把鋸木匠的兒子索萊爾雇來。」雷納先生說：「這幾個孩子越來越淘氣，得叫他來管管。他是個年輕修士；反正跟這差不多吧！拉丁文一流，要是肯來教，孩子的功課準能上進；因爲，他個性很強，這是本堂神父說的。我出三百法郎，兼管膳宿。只是對他的品德，叫人有點放心不下。他是老軍醫的寵兒。老軍醫得過榮譽團勛章，據說是表親關係，就寄宿在索萊爾家；這老軍醫很可能是自由黨的密探。他說有哮喘病，咱們山區的空氣有益於病況；只是這一層並未得到證實。他參加過破屋那八代（Buonaparté）❷的歷次義大利戰役，據說，後來拿破崙稱帝，他還簽名表示過反對。這個自由黨人教索萊爾的兒子讀拉丁文，還把隨身帶來的一大堆書留給了他。按說，咱們家的孩子，我壓根兒不會要木匠的兒子來陪伴，但是神父正好在我們吵翻的前一天告訴我，說這個索萊爾研習神學已有三年，還打算進神學院。這麼說來，倒不像是自由黨黨徒，竟是個拉丁文人才了。」

「這樣安排，好處還非止一端。」雷納先生一副老謀深算的神情，瞟了他夫人一眼，「瓦勒諾爲他的敞篷馬車，剛買來兩匹諾曼第的駿馬，就神氣活現的。可他的孩子，就沒有家庭教師的了。」

「說不定他會把我們這位搶走呢！」

「這麼說，我的計畫妳是贊成的嘍？」雷納先生對他夫人的慧心巧思，報以微微一笑，「好

---

❷拿破崙姓「波拿巴」：「破屋那八代」爲「波拿巴」的義大利文讀法，意在嘲謔。

吧，事情就這麼定了吧！」

「啊，老天！你這麼快就拿定了主意！」

「這是我的脾氣，想必神父已經領教到了。不必躲躲閃閃，我們周圍盡是自由黨。那些布商就在嫉妒我，我心裡明白得很；其中有兩三位眼看要成巨富了，聽便！我倒願意讓他們見識見識，雷納家的少爺會有家庭教師領著散步。那才夠威風呢！我爺爺常講，他小時候就有過家庭教師。這樣一來，得花我一百銀幣；但是，身分攸關，這筆錢該打入必要的開支。」

這突如其來的決定，倒使雷納夫人上了心事。她長得亭亭玉立，穠纖得宜，山裡人都說，她可是當地的美人兒。她有那麼一種純樸的情致，步履還像少女般輕盈；那種天然風韻，滿蘊著無邪，富涵著活力，看在巴黎人眼中，甚至會陡興綺思。如果知道自己姿媚撩人，雷納夫人一定會羞得無地自容的，因為她從未有過搔首弄姿、惺惺作態的念頭。收容所的闊所長瓦勒諾先生曾向她獻過殷勤，結果一無所獲；此事給她貞淑的品德增添了異樣的光彩。須知這位所長瓦勒諾臉色紅潤，頰髭濃黑，長得身高馬大，粗壯健碩，又兼為人粗豪、放肆、聒噪，在內地也算得上是個漂亮人物了。

雷納夫人生性靦腆，情緒極易波動，看到瓦勒諾一刻不停的活動，大聲喧嘩的高論，覺得極不受用。維里埃地方的所謂娛樂，她都退避三舍，因此得了個名聲，說她太高傲，矜持於自己的出身門第。別人的毀譽，她並不在意，看到家裡來客越來越少，反倒高興。不過，有一件事，我們不必為她掩飾，那就是在太太們眼裡，她不過是傻瓜一個：因為對丈夫毫無手腕，本來可以要丈夫替她從巴黎或貝桑松捎幾頂漂亮帽子來的，她卻白白放過了大好機會。在她，只要能在自己美麗的花園裡安閑徜徉，就無所抱怨了。

她這顆心靈還不失其天眞爛漫，還沒狂妄到要去品評丈夫，嫌他討厭。在她雖然從未明言，但想像中，夫婦之間也不見得會有更美妙的關係了。她尤其喜歡聽丈夫跟她談教育孩子的事；雷納先生希望大兒子當軍官，二兒子能做法官，小兒子進教會。總之，在她認識的男子之中，雷納先生比他們都強，而沒他們那麼令人討厭。

妻子對丈夫的這個評語，不是沒有道理的。維里埃市長之所以博得為人機智、談吐高雅的美名，是因為能講半打以上從他伯父那裡聽來的笑話。德．雷納上尉，大革命前曾在奧爾良公爵的步兵團服役；這位老上尉一到巴黎，便可隨意出入親王的沙龍，從而得以拜識德．蒙德松夫人，名噪一時的德．莎莉夫人，以及皇宮建築師杜克雷先生。這幾位人物都一再出現在雷納先生搬弄的掌故裡。但是，這些瑣聞軼事講久了，倒變了苦差使，如今也只有逢到重大場合，他才敘說鈹說有關奧爾良王室的軼事珍聞。此外，除開談到錢財，他都不失君子之風。他被認為是維里埃最有貴族氣派的人物，實屬理所當然。

第四章、父與子

事若如此，其罪在我？

——馬基維利

「我老婆倒眞是有頭腦！」第二天一早六點光景❸，維里埃市長這樣自語著，朝索萊爾老爹的鋸木廠走過去，「索萊爾這小修士，聽說拉丁文非常好。我跟老婆說到聘用的事，無非是爲保持我們的身價地位。並沒想到，我要是不請，說不定那個瞎折騰的收容所所長也會有同樣想法，把索萊爾從我手裡搶走。果眞如此，以後瓦勒諾談起自己孩子的家庭教師來，口氣不知該有多自負……這家庭教師請來之後，是不是還穿一身黑道袍呢？」

雷納先生心裡揣著這疑問，遠遠望見一個鄉民：那人個子不高，還不滿六尺，一大早就在忙著丈量木材。杜河沿岸堆著大批木材，把拉縴的走道都占去了。鄉民見市長走來，並無愉悅之色，因爲木材這麼堆放，堵塞道路，本屬違章。

---

❸按：上章開頭說，阿拜爾先生於「清晨六點」抵達維里埃；此處，市長大人也於一早「六點光景」出門辦私事；第十二章開頭，于連早在「清晨五點」就向雷納先生請了三天假，等等。據稱，法國王政復辟時期，大家習慣一大早就開始一天的活動。

此人就是索萊爾老爹。雷納先生提出，要聘用他的兒子于連。這提議有點怪，他始而驚愕，繼則欣喜。不過，他聽市長說話的時候，拉長著臉，裝得興味缺缺；這一帶山民最擅長假裝冷漠，以掩飾他們的精明。在西班牙長期統治下做慣了順民，他們至今還保留著埃及佃農的那種特殊表情。

索萊爾老爹的回答，先來上他背熟的一長串客套。顛來倒去搬弄這套廢話，伴著呵呵傻笑，越發加重了他長相上原有的那種虛假狡詐之態；同時，老頭兒拼命尋思，想弄明白，爲什麼這位顯赫人物會把他那無賴兒子弄到家裡去。剛好是他最不喜歡的兒子就是于連，雷納先生竟願出重金雇用。光工資，一年就有三百法郎，外加膳宿，甚至四季衣服。這最後一項是索萊爾老爹靈機一動，臨時提出的，而雷納先生居然也一口答應，同樣照准。

這項要求引起市長的警覺。

「按理說，索萊爾老爹對我的提議應當大喜過望，心滿意足才是，然而卻不然。顯然有人跟他提過；假如不是瓦勒諾，又會是誰呢？」雷納先生催索萊爾老爹當場把事情定下來，但是不成。這鄉下佬詭譎多端，一味婉拒，推說回家要跟兒子商量商量，好像在內地，有錢的老子眞會向一文不名的兒子去討主意，而不只是當幌子而已。

所謂水力鋸木廠，就是依河而造的一座廠棚。棚頂由四根粗柱托起；棚的中央約莫三、四米高的地方，可以看到一把上下起落的大鋸子，同時安有一個極簡單的裝置，把木材朝鋸子推進去。河水的沖力推動水輪，水輪帶動機械，同時幹兩種活：一種是使鋸子上下起落，一種是把木材緩緩推向鋸子，鋸成薄板。

索萊爾老頭走近作坊，拉直嗓門喊于連，可是沒有人答應。只見兩個大孩子，魁梧得像巨人，舉起笨重的鐵斧，劈去樅樹的枝叉，然後把整段整段的木材送向鋸木機。哥兒倆正全神貫注，斧頭對準墨線砍下去，削去大塊大塊的木片，所以沒聽見乃父的喊聲。老爺子朝廠棚走去。進到棚裡，在鋸子邊沒找到于連，卻見他在離地兩、三米高的地方，騎在一根橫樑上。于連沒去照看機器，卻在那裡埋頭讀書，這是索萊爾老頭最恨不過的了。

于連身子單薄，不宜幹力氣活，比不上兩個哥哥，這還情有可原；唯獨讀書成癖，最最可惡，因為老頭兒自己一個字也不識。

他又喊了兩、三遍，于連還是沒應聲。比鋸子的噪聲更礙事的是這小伙子全部心思都放在書上，竟一點沒聽到他爸嚇人的喊聲。最後，老頭兒不顧年邁，輕輕一跳，踩在正要鋸開的樹幹上，再一步，跳上托著棚頂的橫樑。一拳揮去，把于連手上的書打掉，飛進河裡；第二下，出手也同樣凶狠，一掌拍在于連頭頂，打得他搖搖晃晃，險些兒掉到三、四米下方正在轉動的槓桿之間，只差把他碾碎；虧得老頭兒動作俐落，伸出左手，一把將他揪住。

「好呀，你這個懶骨頭！叫你看鋸子，你偏看這種混帳書？你晚上到神父家去打混時，再看也不遲呀！」

于連給這一巴掌打得暈頭轉向，鼻血直流，還是連忙回到鋸旁，坐在他的法定位置上。他眼淚汪汪，為的是失落了心愛的書本，皮肉上受點苦倒還在其次。

「下來，畜生，我有話對你說。」

這道命令，由於機器的噪聲，于連還是沒聽到。他爸已經下到地上，不想再費勁爬到機械裝置上去，便找了根打核桃的長竿子，去敲于連的肩膀。等于連腳剛著地，索萊爾老頭就粗手粗腳，把他推到自己面前，往家裡趕。

「天知道，他會怎麼訓我！」小伙子心裡嘀咕。一面走，一面看看河水。書就掉在那裡，教人好不痛心；那是所有書中，他最喜歡的一本：《聖赫勒拿島回憶錄》❹。

他兩頰紅紅的，低頭看著地。小伙子有十八、九歲年紀，外表相當文弱。五官不算端正，卻很清秀；鼻子挺尖；兩隻眼睛又大又黑，沈靜的時候顯得好學深思，熱情如火，此刻卻是一副怨憤幽深的表情。深栗色的頭髮，髮際很低，所以前額不高，發起怒來便呈凶惡之狀。人的相貌固然千差萬別，就勾魂攝魄而言，恐怕無出其右了。他身腰很好，只略嫌瘦削，看上去壯實不足而輕捷有餘。少年時代，他常常遐想出神，加上臉色十分蒼白，他爸總以爲養不大，即使活下來，也定是家裡的累贅。一家人都瞧他不起，他就恨上了父親和兄長。禮拜天，在公共場所嬉鬧，也只有挨揍的份兒。

他的漂亮面孔贏得妙齡少女的幾聲讚許，還是近一年來的事。給衆人當作無能之輩而受盡奚落的于連就崇拜敢於爭一日之長，向市長抗言不該剪修剪梧桐的老軍醫。

這位軍醫有幾次還要付錢給索萊爾老爹，才買到他兒子的讀書時光，好教于連拉丁文和歷史；而所謂歷史，僅限於老軍醫自己所知的一些，即一七九六年拿破崙的義大利戰爭。臨終前，他把自己的榮譽團勳章，半餉的餘款，以及三、四十本書，都遺贈給了于連。這些書中最珍貴的一本，剛才已掉進河裡，掉進市長憑藉其權勢使之改道的那條河裡。

于連剛走進家門，就感到肩膀被父親有力的手按住；他渾身一哆嗦，等著挨揍。

---

❹即《拿破崙回憶錄》，由其副官拉斯卡斯根據拿破崙流放聖赫勒拿島期間的言談編撰成書，於一八二三年問世。此處，斯湯達爾把自己對這部著作的濃厚興趣轉嫁於其小說主人公于連身上。斯氏一八二四年在《英國通訊》中曾言及：歐洲晚近二十年所出諸書，以是書最爲有用。下文多次提到「那本書」，「那本給他勇氣的書」俱暗指此書。

「老實回答，不許撒謊！」老頭兒粗聲粗氣，衝著于連的耳朵使勁嚷嚷，同時用手一撥，像小孩子擺弄鉛皮玩具兵一樣，將他的身子撥轉過來。于連又黑又大的眼睛含著一泡淚水，劈面碰見老木匠灰溜溜、惡狠狠的小眼睛。老木匠恨不得把兒子的心思一眼看透。

第五章、討價還價

儘量拖延，挽救局面。

——恩尼烏斯

「你能回答，就老實回答，不許撒謊，你這書呆子。雷納夫人你是怎麼認識的？跟她說過什麼話來著？」

「我從沒跟她說過話！」于連答道：「除了在禮拜堂，我從來沒見過這位太太。」

「那你眼睛一定盯著她看，不要臉的東西！」

「絕對沒有的事！你知道的，在禮拜堂裡，我的眼中只有天主。」于連補上一句，帶點虛偽的表情；這樣可以免得挨揍。

「不管怎麼說，這裡面必定有什麼名堂，」狡猾的鄉下佬頂了他一句。停了一會兒，又說：「你的事兒，別人就甭想弄清楚，要不得的僞君子。得啦，我可以甩掉你這個包袱了；沒你，我的輪鋸只會轉得更順溜。神父還是誰，受了你的籠絡，給你謀了個好差事。滾進去把鋪蓋捲收拾好，回頭領你上雷納先生家，給他們的孩子當家庭教師去。」

「叫我去，我有什麼好處呢？」

「管吃，管穿，還有三百法郎的薪水。」

「當傭人，我可不幹。」

「畜生？誰跟你說去當傭人，難道我樂意叫自己兒子去當傭人？」

「那我跟誰一起吃飯呢？」

一句話把索萊爾老頭問住了，覺得再談下去，說不定會說錯了話。他就索性發脾氣，把于連罵得狗血噴頭，說他嘴饞貪吃；接著扔下他不管，跑去跟另外兩個兒子商量。

過了一會兒，于連看到他們支著斧頭，在那裡密談。看了半天，仍猜不出他們商量的結果，便閃到輪鋸的另一邊去。這個意想不到的消息，會使他的命運為之改觀，倒要好好想想，但覺得此刻無法審慎考慮，因為腦子裡盡想著到雷納先生那漂亮的房子會看到些什麼。

「這一切我寧可放棄，」他心裡想：「也不能降格跟傭人一道吃飯；爸要是強迫我，我就去死。我手頭有十五法郎八個蘇的積蓄，還不如今夜就逃。走小路不用怕憲兵，兩天就能到貝桑松，去入伍當兵；不得已，就越過邊境到瑞士去。不過這麼一來，前程就談不上了，抱負也完了，更甭提什麼時候能得到神父這個美差了。」

與傭人共食的羞惡心理，在于連並非生來就有；為了出人頭地，再難堪的事，他都肯做。這種厭惡的情緒，是讀盧梭的《懺悔錄》❺得來的；他就是憑藉這本書，揣想出世界的千態萬狀。此書可與拿破崙大軍的《帝國軍報》及《聖赫勒拿島回憶錄》合而為三，成為他的全部經典。為這三部書，他可以捨死忘生。別的書籍，他一概不信。聽了老軍醫一句話，他認定天下其餘的書

---

❺ 譯按：《懺悔錄》第二部第七章講到盧梭初次拜訪柏尙華夫，夫人留他午餐，後來才知道是請他到下房去吃飯。所以盧梭推說臨時想起有事要辦。經夫人的女兒挽留，他才「賞光」留下來跟她們母女同桌共餐。

都是連篇累牘的謊言，都是宵小之徒貪求榮進的杜撰。

于連除了一顆熾熱的心，還有一副常見的痴子才有的驚人記憶。他看出，自己日後的出息都要仰仗謝朗神父；爲了博得這位老教士的歡心，他把拉丁文的《新約》背得滾瓜爛熟。梅斯特赫的《教皇》，他也能背得。但無論《新約》，還是《教皇論》，他都不相信。

索萊爾和他的兒子彷彿彼此有過默契，這天都互不說話。黃昏時分，于連到神父家去上神學課，對這項出格的提議，他認爲還是保持謹愼，不露口風爲好。心裡想：也許是個騙局，要裝得已然忘記才對。

雷納先生在第二天一清早，就派人來叫索萊爾老爹。老頭兒讓人家等了一兩個鐘頭才到，一進門就連連道歉，頻頻鞠躬。表示過種種疑問之後，索萊爾才弄明白，他兒子將跟先生、太太同桌用膳，遇有宴請，才單獨與幾位少爺在另外的房間吃飯。看到市長大人急切的心情，索萊爾本來就愛節外生枝，這時就愈發吹毛求疵，加上心裡不無疑慮和驚異，便提出要看看兒子來後的臥室。房間十分寬敞，家具也十分雅潔，幾個傭人正忙著把三個孩子的床搬進去。見此情形，這鄉下佬靈機一動，這次更有把握了，馬上提出要看看給他兒子穿的衣服。雷納先生打開寫字　，取出了一百法郎。

「你把這筆錢拿去，讓你兒子上杜朗先生的鋪子定做一身黑禮服。」

「萬一，我把他從府上領回去的話，」鄉下佬這時把客套禮數都忘了，「這身黑禮服還能歸他嗎？」

「那不成問題。」

「唉，那敢情好！」索萊爾拖長了聲音說；「這裡還有一樁事，要核計核計，就是你先生能出多少錢。」

「怎麼！」雷納先生吼了起來：「昨天不是已經談妥了嗎？我出三百法郎。這數目已經很高，甚至太高了點。」

「這是你出的價，我不否認，」索萊爾老頭一字一句，說得很慢。他突然福至心靈——只有對弗朗什－孔泰農民不甚了解的人才會感到驚訝——眼睛直勾勾地看著雷納先生，補上一句：「我們在別處可以要到更多。」

一聽這話，市長臉色大變。不過，他馬上鎮靜下來。經過長長兩個小時的勾心鬥角，那是每個字都不能隨便說的，鄉下佬的奸猾終於戰勝有錢人的精明，因為闊佬並不一定要靠狡猾才能過活。最後，有關于連新生活的諸多條款都一一談定；年薪不但定為四百法郎，而且還得在每個月的月初預付。

「得啦！那就給三十五法郎。」雷納先生說。

「您市長大人又有錢又慷慨，那麼湊個雙數兒，」鄉下佬用諂媚的口吻說：「就算三十六法郎吧！」

雷納先生憤然作色：「好，一言為定，別再嚕嗦了。」口氣很硬，鄉下佬心裡明白，不能再一意孤行，現在該打住了。接下來，風勢變了，雷納先生看出索萊爾老頭急急要代兒子領錢，這第一個月的三十六法郎他就無論如何不肯先交。市長先生驀地想到，自己在討價還價中的手段，等會兒大可以向老婆吹噓吹噓。

「剛才給你的一百法郎，請你退出來。」雷納先生發起他的老爺脾氣來，「杜朗先生還欠著我一點錢呢！你兒子來了，我會領他去選衣料的。」

見他態度強硬，索萊爾不敢造次，又恭恭敬敬客套起來，足足囉嗦了一刻鐘。接者，看沒什麼別的便宜可占了，便抽身告退。他最後一鞠躬，用這句話結束：

「我這就把犬子送到公館來。」

市長先生的下屬每當想討個好，就把他的住宅稱作「公館」。

回到鋸木廠，索萊爾滿處找兒子，也沒找到。前途未卜，心存疑惑，于連半夜裡就出門了，想給書籍和榮譽團勛章找個存放之處，便把所有這一切統統送到他朋友家。那朋友叫傅凱，是年輕的木材商，住在俯臨維里埃的高山上。

等于連一露面，做父親的就罵開了：「懶骨頭，你吃了我這麼些年，天知道我墊的飯錢，你將來顧不顧面子，會不會還我！把你的破爛提上，給我滾到市長家去。」

沒挨打，于連頗感意外，便匆匆走了。一俟看不到父親可怕的身影，就立刻放慢腳步。他覺得到禮拜堂轉一下，對自己的虛僞手段也許不無好處。

「虛僞手段！」這話你是否覺得奇怪？須知這個可憎的字眼，這位年輕的鄉民也是摸索了一陣才若有所悟的。

還在孩童時期，于連看到第六團的龍騎兵身披長長的白色大氅，頭戴飾有黑鬣毛的銀盔，剛從義大利回來，把坐騎栓在他家的窗欄。從那時起，他對當兵這一行就愛上了。之後，老軍醫跟他講起拿破崙戰役，大敗奧軍於洛迪橋、阿爾科拉、里沃利等地，聽得他熱血沸騰。他注意到，老人想起自己的十字勛章，目光裡依然閃著灼熱的光芒。

但是，于連十四歲那年，維里埃開始造禮拜堂。對這樣一個小城而言，這禮拜堂算得美輪美奐了；尤其是那四根大理石柱子，于連印象十分深刻。那幾根柱子名播遐邇，是因為治安法官與助理司鐸為此結下了深仇大恨。這位年輕司鐸是貝桑松派來的，被認爲是聖公會的密探。治安法官爲了這點糾葛，險些丟了差事；至少公衆都這麼說。誰叫他膽敢跟教士抗衡呢？須知這位教士幾乎每隔半個月就要上貝桑松，據說是去覲見主教大人的。

這一時期，膝下兒女成群的治安法官判了幾宗案子，看起來都有欠公正；誤判都是針對看《憲政報》的那部分居民；實權勢力一方大獲全勝。其實，所爭也不過是三、五法郎的小數目；其中有一筆小款子，罰到于連教父的頭上。這位製釘匠怒不可遏，大聲嚷道：「世道眞的變了！二十多年來，大家都把治安法官當正派人，如今怎麼說呢！」成爲于連忘年交的老軍醫，正是在這時去世的。

于連、從此緘口不再談拿破崙了，並宣布要去當教士：常看到他在父親的鋸木廠裡，捧著神父借他的拉丁文《聖經》暗誦默記。這位善良的老人家見于連進步神速，驚嘆不已，常整夜整夜教他神學。于連在他面前流露的純是一片宗教熱誠。看他那麼蒼白，那麼溫順，像個女孩子，誰能猜到就在這樣的外觀之下竟藏著一顆百折不撓的決心，哪怕九死一生，也要活出個名堂來，求個飛黃騰達。

照于連的想法，要想飛黃騰達，第一步就得離開維里埃，所以對故鄉就深惡痛絕起來，這裡的所見所聞都使他心灰意冷。

少年時代，常有遐思萬千的時候。想得最爲快意的，便是有朝一日，能有幸被引見給巴黎的美女，以自己什麼輝煌的事功，博得她們的青睞。怎見得就沒一位美人兒看上他呢！拿破崙窮困時，不是被美艷動人的約瑟芬所愛嗎？多年以來，于連幾乎無日不想，諒拿破崙當年也是默默無聞的下級軍官，還不是憑手上的一把劍，終於成爲世界的主宰。這個想法使他在痛苦中——他把手中的痛苦想得很深重；深感慰藉，在歡快時則倍添歡情。

大興土木修建教堂與治安法官徇情判案，這兩樁事，一下子擦亮了于連的眼睛。他由此產生一個想法，一連瘋癲了幾個禮拜，就像一顆狂熱的心自以爲有所發現，整個身心都爲這個想法緊纏不放一樣。

「拿破崙爲世人稱道之時，正是法蘭西遭強鄰侵凌之日；那時武功成了時務，缺少不得。如今，四十歲的司鐸就有十萬法郎的年俸；論收入，等於拿破崙麾下名將的三倍。他們也需要有人幫襯。就說這位治安法官吧，頭腦如此聰明，爲人素來正派，已經到了這個年紀，就怕得罪一個才三十歲的年輕司鐸，竟至於做出使自己名譽掃地的事來。由此可見，應該當教士。」

有一次，于連進修神學已有兩年，正獲得一種嶄新的宗教虔誠，卻讓一直在他內心燃燒的烈火突然迸發出來，洩露了他的老底。那是在謝朗先生住處，神職人員一起聚餐，好心的神父把他當作神童介紹給大家，他卻忘乎所以，把拿破崙大大頌揚了一番。事後，他把右手綁在胸前，推說是搬大木頭，不慎手臂脫了臼；兩個月裡他就懸吊著手臂很不舒服。就是經受這樣的懲罰後，他才原諒了自己。這個十九歲的年輕人，外表十分文弱，看上去至多不過十七歲，此刻腋下挾著一個小包，正走進維里埃宏偉的教堂。

他發覺教堂陰暗而空寂。這時適逢節日，所有花玻璃窗都遮著深紅色的帷幔，陽光映照之下，令人目眩神奪，一派莊嚴的宗教氣氛。于連不禁戰慄了一下。他獨自坐在教堂的長凳上。這條長凳要算最漂亮的了，上面刻有雷納家的爵徽紋飾。

跪凳上，于連注意到有一張字紙攤在那裡，好像要讓人看似的。他的視線落到紙上，讀到：

「路易．尚雷爾在貝桑松伏法，行刑經過及臨終詳情……」

紙片破殘不全，背面有一行字，開頭寫著：「第一步。」

「這張紙是誰放在這兒的呢？」于連嘆了口氣，「可憐的倒楣蟲！他的姓，後面兩個字倒跟我的一樣……」隨即把紙片揉成一團。

出門的時候，在聖水缸旁，于連以爲看到一灘血，其實是灑在地上的聖水，因光線透過絳紅窗幔，照在上面，才顯得殷紅如血。

于連對自己心存畏懼，終究覺得是可恥的事。

「難道我眞是懦夫？」他對自己說：「拿起武器來！」老軍醫講起浴血戰鬥，屢屢引到此語，在于連聽來，頗爲英勇悲壯。想到這裡，他立刻挺直腰板，快步朝雷納先生家走去。

雖說決心十足，但是，還隔著二十步路，一看到那棟房子，就膽怯得不行。鐵門洞開，煞是氣派。他必須從那兒走進去。

因走進這個人家而感到心慌意亂的倒不只于連一人。雷納夫人原極羞怯，一想到這陌生人，由於職務關係，要時時置身於她和幾個孩子之間，就感到躊躇不安。她習慣於讓孩子睡在她的臥室裡。這天早上，看到他們的小床搬進家庭教師的套間，就不知流了多少淚。她求丈夫把小兒子斯丹尼斯拉．薩維耶的床搬回她的房裡，也只是徒費唇舌。

女性的細膩，在雷納夫人身上已達於極點。在她的想像中，家庭教師是個粗俗討厭、蓬首垢面的人物；之所以請他來管教孩子，就因爲他懂拉丁文——爲了這種艱深的語言，說不定小孩子還會挨打呢！

第六章、煩悶

我不知道我是誰？我在做什麼。

——莫札特《費加洛》

每當遠離男人的目光，雷納夫人便任活潑與優雅的天性盡情流露。這天，帶著這份活潑與優雅，從客廳的落地長窗出來，朝花園走去，看到大門旁站著一個鄉下小伙子——樣子差不多還是個孩子，面色非常蒼白，臉上依稀帶著淚痕，身穿雪白的襯衫，腋下挾著一件乾淨的紫花呢短外套。

這鄉下小伙子，皮色那麼白嫩，眼睛那麼和順，竟使愛異想天開的雷納夫人以爲說不定是小姑娘扮的男孩子，來向市長討什麼恩典的。可憐的小傢伙停在大門口，似乎不敢伸手去拉門鈴，她不由得憐惜起來。雷納夫人走過去，霎時間倒把家庭教師要來的這樁煩心事丟過一旁。于連對著大門，沒看到她走來；耳邊忽聽到柔美的聲音，禁不住渾身一凜！「你來這兒幹嘛呀，孩子？」

于連急忙回過頭來，看到雷納夫人明慧可人的眸子，心中的怯意先就去掉了一半。瞬間，驚異於她的美麗，便把什麼都忘了，甚至連爲什麼來這兒也忘了。直到雷納夫人把剛才的問話又重覆了一遍。

「夫人，我是來當家庭教師的。」他這才這麼回答。才為自己還掛著眼淚難為情起來，一邊拚命抹去。

雷納夫人一時之間說不上話來。兩人離得很近，彼此對視著。于連從來不曾見過一位穿得如此漂亮，特別是容顏如此嬌艷的女人，這麼輕聲軟語地跟他說話。雷納夫人望著鄉下小伙子臉頰上的大顆淚珠，那臉頰剛才還那麼蒼白，現在已脹得通紅。她不覺大笑起來，像少女般歡快之中帶點兒瘋勁。她笑她自己，想不到自己竟會那麼開心。怎麼，他就是家庭教師！她曾把家庭教師想像成一個穿得又髒又破的教士，來管教和打罵她的孩子的。

之後，她問：「怎麼，先生，你懂拉丁文？」

「先生」這一尊稱使于連受寵若驚！他沉吟了一下，不好意思地答道，「是的，夫人。」

雷納夫人高興之下，大著膽子對于連說：「我幾個小孩，你不會過分訓斥他們吧？」

「我，訓斥他們？」于連聽了覺得奇怪，「為什麼呀？」

「你會好好待他們的，是不是，先生？」她停了一下又說，語氣裡含有更多的感情，「你能答應我嗎？」

再次聽到人家鄭重其事地喊他「先生」，而且還出自一位服飾如此講究的夫人之口，在于連是萬萬沒有想到的。他少年時代的幻想裡，覺得自己除非身穿漂亮的軍裝，否則任何名媛貴婦都必然不屑與他一談的。至於雷納夫人一方，看到于連鮮嫩的皮膚，又大又黑的眼睛，漂亮的頭髮，發覺自己完全想錯了。尤其他的頭髮，比平時更為鬈曲，因為剛才路過廣場上的噴泉，他把頭在水池裡浸了一下，想藉此涼快涼快。雷納夫人尤感快慰的，是發現這遲早要來的家庭教師有如少女般靦腆；她曾為孩子捏了一把汗，怕教師管束太嚴，樣子太凶。以前的種種擔心，與眼前的事實判然不同，對雷納夫人恬淡的性情而言，算得上是大事一樁。臨了，她回過神來，自己也覺得奇怪，怎麼會站在大門旁，和這個差不多只穿件襯衣的少年男子挨得這麼近。

「咱們進去吧，先生。」她羞澀地說。

雷納夫人有生以來，還從未領略過這樣一種清新純然的愉快感覺，也從未遇過這樣一位可意的人來驅散她的疑懼。這麼說來，一向由她細心照料的寶貝孩子不會落到又邋遢又嘮叨的教士手裡了。剛走進門廳，她側過身去，見于連怯生生地跟在後面。看到這麼漂亮的房子，于連驚愕不已；這在雷納夫人眼裡，就顯得別有一種可愛之處。她簡直不敢相信自己的眼睛，尤其因爲覺得家庭教師按理該穿黑衣服才是。

「不過，先生，你懂拉丁文，是眞的嗎？」她又停下來問；因爲太過高興了，深怕弄錯了。這句話大大刺傷了于連的自尊，一刻鐘以來那種飄飄然的感覺頓時消失殆盡。

「不錯，夫人，」他竭力擺出一副冷面孔，「我拉丁文的程度可說與本堂神父不相上下；有幾次，承他好意，還誇獎我比他高明哩！」

雷納夫人覺得于連的表情裡帶有冰冷的意味。他站得離她兩步遠，便走過去低聲對他說：

「開頭幾天，小孩子功課不懂，你不會打他們的，是不是？」

聲調如此柔和，差不多近於懇求，而且出諸這樣一位美婦人之口，使于連頓時忘了自己是優秀的拉丁語行家身分。雷納夫人的臉龐離他很近，他都能聞到女性夏衫的香味，對一個窮小子來說，實在是件非同尋常的事。于連滿臉通紅，嘆了口氣，乏力似地說：「不用擔心，夫人，我一切都聽妳吩咐。」

雷納夫人爲孩子擔的那份心總算放了下來；直到此刻，她才發現于連的確非常漂亮。這副近乎女性的相貌和局促不安的窘態，在一位自己也極靦腆的婦人眼裡，並不覺得有什麼可笑。男性之美，通常認爲必須帶點雄壯之概，反會使雷納夫人望而生畏。

「先生，你多大歲數了？」她問于連。

「快十九了。」

「我的大兒子已十一歲，」雷納夫人接口說，情緒完全安定了下來，「他差不多可以做你的同伴，你要跟他講道理。有一回，挨了他父親打，那孩子就病了一個禮拜；其實，也只輕輕打了一下而已。」

「跟我眞是天淵之別呀！」于連心裡想：「就在昨天，我爸還揍我吶！這些有錢人，眞是好福氣！」

家庭教師心裡的些微波瀾，雷納夫人已能覺察得到；她把他一時的感傷認作羞怯，便想鼓勵一下他的情緒。

「你叫什麼名字，先生？」問話的聲調和神情是那麼柔媚，于連心醉神迷而茫然不解。「我叫于連·索萊爾，夫人。我這輩子這是第一次走進一個陌生人家，所以心裡很惶恐，需要妳多多照應；初來乍到，有些事也求妳多多包涵。因爲窮，我從來沒進過學校。除了我的表親——得過榮譽團勛章的外科軍醫，還有謝朗神父，我從來沒跟外人說過話。謝朗先生可以爲我的人格擔保。我兩個哥哥三天兩頭打我，如果他們在妳面前說我壞話，妳千萬別信。我有什麼過錯，也請妳夫人原諒，我永遠不會有壞心思的。」

這段話很長，于連越說越有自信，開始端詳起雷納夫人來。女性的風韻倘若出自天性，不必刻意表現，風韻，眞是美妙絕倫。對女性之美頗能鑒賞的于連，此刻敢發誓說，雷納夫人才不過二十妙齡。驀地，他萌發一個大膽的念頭，想拿起她的手來親一下；但隨即對自己的念頭害怕起來。過了一會兒，他心裡嘀咕：「我還是怯懦，沒有膽量。須知這一舉動，對我會有好處，能減輕她對我的蔑視；像這樣一位漂亮太太，對一個剛剛離開鋸木廠的苦工，多半會瞧不起的。」也許「漂亮小伙子」的稱呼給他增添了點勇氣，因爲這半年來，每逢禮拜天，于連常常聽到年輕姑娘這麼喊他。正當他內心這麼鬥爭著，雷納夫人已跟他說了好幾句話，開導他一上來該怎麼對待孩子。

于連因爲拚命克制自己，臉色變得十分蒼白，他窘促地說：「絕對不會，夫人，我絕不會打妳的孩子，我可以對天發誓。」

說話之間，他斗膽抓起雷納夫人的手，舉到自己的唇邊。這個動作使她大吃一驚；略一思索，更覺不成體統。這天很熱，她在披肩下裸露著胳膊，于連把她的手舉到唇邊——舉手之間，玉臂全露。她隨即痛責自己，怪自己沒有當即表示忿怒。

雷納先生聽到說話聲，便從書房出來。他拿出在市政廳主婚時那種莊嚴與和藹的口吻，對于連說：「沒見孩子之前，我有話要跟你先談一下。」

他把于連讓進書房，要妻子也留下，她原想讓他們兩人單獨去談的。雷納先生關上了門，莊重地坐下。

「聽神父先生說，你年輕有爲。這兒，大家都會尊重你的。要是令我滿意，以後自會幫你成家立業。你那些親朋好友，包括你的父親和兄長，希望你不要再見，因爲他們的腔調對我的孩子不盡合適。這裡是第一個月的三十六法郎，你要保證，這筆錢絕不能給你父親一個子兒。」

雷納先生對那老頭兒十分惱火，因爲這場交易中，老頭兒的精明勝他一籌。

「現在，先生——因爲我已吩咐下去，這兒大家都稱你先生，你會感到進入上等人家的優越——現在，先生，你身穿短上衣，不宜讓小孩子看到。家裡的傭人看到他沒有？」雷納先生問他的夫人。

「沒有，親愛的。」她答道，帶著若有所思的神情。

「那再好沒有！把這個穿上。」說著遞去自己的一件燕尾服。小伙子楞了楞。「現在，咱們一起上杜朗先生的呢絨店去。」

過了一個多鐘頭，雷納先生領著穿一身黑服的新家庭教師回來，發現妻子還坐在原來位置沒動。看到于連再次出現，她已安之若素，打量他的衣服時，也忘了害怕這回事。于連壓根兒沒想她。雖則對天命、人事心存戒懼，但他此刻的心情就跟小孩子一樣。三個小時之前，他還在教堂裡戰戰兢兢。打那時以來，好像已歷經了幾個年頭。他注意到雷納夫人神情冷淡，心裡明白她在生氣，為的是他膽敢吻她的手。由於穿了一套與平日大不相同的衣服，他忘乎所以起來，同時又想掩飾心頭的喜悅，舉手投足反顯得莽莽撞撞，有些失常。雷納夫人望著他，滿眼驚訝。

「先生，你如果想得到孩子和傭人的尊敬，就得放穩重點。」雷納先生囑咐道。

「大人，」于連答道，「穿上這身新衣服，我渾身不自在；我原是鄉下窮人，一向只穿短上衣。你如果同意，我想暫時回房去獨自耽一會兒。」

「新物色來的這個人，妳覺得怎樣？」雷納先生問他的夫人。

幾乎是出於本能，她肯定連自己也沒意識到，雷納夫人竟向丈夫隱瞞了真實的想法。

「對這鄉下小伙子，我不像你那樣如獲至寶。你待他體貼入微，只會引得他傲慢無禮，不出一個月，就該把他打發走了。」

「好吧！即使是打發走，也不過破費我百把法郎。到那時，雷納家的少爺由家庭教師陪著，維里埃人已習以為常了。假如讓于連仍穿得像個小工，咱們的目的不是白白落空了嗎！一旦叫他走路，剛才在呢絨店替他定做的黑禮服當然得扣錢。至於成衣店裡買的現成衣服，他現在穿在身上的那套，就賞他算了。」

于連在自己房裡消磨的一些時間，依雷納夫人的感覺，只是片刻工夫而已。三個孩子得知新來了家庭教師，圍著母親問長問短。最後，于連出場了，他完全變了一個人。說他穩重，還不夠；應該說，他就是穩重的化身。一一介紹給孩子之後，他開始講話，那神氣連雷納先生看了都覺得吃驚。

「各位少爺，我來這兒，」他結束開場白時說：「是來教你們認識拉丁文的。想來你們都知道什麼叫背書。這是一部《聖經》，」他說著拿出一本三十二開黑面精裝的小書，「書中特別講到吾主耶穌的事蹟，通常把這一部分稱之爲《新約》。以後，我會經常布置功課，要你們逐段背誦。現在你們就先來考考我吧！」

最大的孩子阿道爾夫把書取了過來。

「請隨便翻開一頁，」于連接下去說：「無論哪一段，你只要說出第一個字，我就可以把這本作爲我們操守準繩的聖書一直背下去，背到你叫我打住爲止。」

阿道爾夫翻開書，念出一個字來，于連隨即將整個一頁背了下來，流利得像講法語一樣。雷納先生大有得色，瞟了夫人一眼。孩子看到父母的驚訝之狀，也都睜大了眼睛。有個僕人走到客廳門口，聽于連拉丁文講個不停，起初呆呆站著，後來不見了人影。過了一忽兒，夫人的貼身侍女、廚娘，都跑來站在門邊：這時，阿道爾夫已翻了七、八處，于連都背得一樣流暢。

「啊，我的天，多漂亮的小修士。」廚娘大聲嚷道。她是個極虔誠的老姑娘。

雷納先生出於自尊，有點坐立不安了。倒不是要考考教師學問深淺，而是忙於搜索枯腸，想找出幾個拉丁字來撐撐自己的面子。最後，好歹念出賀拉斯的一句詩來。于連懂的拉丁文只限於一部《聖經》。

他皺皺眉頭說：「我準備獻身的聖職，不允許我閱讀這樣一位世俗詩人的作品。」

雷納先生趁機又引了幾句據說也是賀拉斯的詩句，還向孩子解釋賀拉斯是何許人。但三個孩子對于連欽佩不已，根本不理會父親的講解，眼睛只盯著于連。

下人都還站在門口，于連覺得這項當場試驗應儘量拖長才好，便對最小的孩子說：「小少爺斯丹尼斯拉·薩維耶也可以翻開《聖經》，指一段給我背。」

小斯丹尼便神氣十足，挑了一段，結結巴巴念出起頭一字，于連接下去背了一整頁。使雷納先生大感得意而了無缺憾的是，正當于連滔滔不絕之際——擁有諾曼第駿馬的瓦勒諾所長與專區行政長官莫吉鴻兩位先生不期登門來訪。這個場面使于連當之無愧，獲得「先生」的尊稱，下人對他更是不敢怠慢。

當天晚上，雷納先生府上可謂群賢畢至，全維里埃都想一睹奇才。于連一一應對，看上去神情抑鬱，對客人敬而遠之。

他的名聲很快傳遍全城。雷納先生怕他給人搶走，幾天後，提出要簽一份爲期兩年的合同。

「先生，我不能從命！」于連冷冷答道：「如果你要辭退我，我還能不走嗎？這合同能拴住我，而約束不了你，並無公平可言，我只得拒簽。」

于連處事得體，進門不到一個月，連雷納先生也對他尊重有加。本堂神父既已跟雷納與瓦勒諾兩位失和，于連昔日對拿破崙的狂熱這一秘密就無從洩漏了；而他自己提到拿破崙時，總裝出不勝厭惡的樣子。

第七章、緣分

文先傷其心，方能動其情。

——現代人

三個孩子把于連佩服得五體投地，但于連對他們卻一點也不喜歡；他的心思在別處。可不管小傢伙多頑皮，于連倒從來沒有不耐煩過。冷淡，公正，無動於衷，卻頗受愛戴，因爲他的到來，可以說把公館裡的沈悶氣氛一掃而空；他是一位稱職的家庭教師。

但于連對於上流社會，只有仇恨和厭惡；之所以如此，或許從他在飯桌上忝陪末座，可以找到解釋。有幾次盛宴，他強自克制，才沒有露出對周圍的憎嫌。特別是聖路易節那一回，瓦勒諾在雷納先生家大放厥詞，于連險些兒發作出來，便推托要照看孩子，一個人溜到花園裡去了。「眞是夠清廉的！」他忿忿不平地想道：「嘴上還說什麼唯有清廉才是美德。可此公自從掌管賑濟款以來，自家的財產倒翻了兩、三倍，大家對他居然表示賞識、尊重，眞是肉麻當有趣！我敢打賭，就連救濟孤兒的錢，他也要刮；比起別的窮人來，沒爹沒娘的小可憐兒苦難更重，豈容侵犯！啊，畜生，畜生！我也跟孤兒差不多，見棄於父親，見棄於兄長和家人。」

聖路易節前幾天，于連獨自在小樹林裡散步，一邊念著經文。這片小樹林俯臨忠誠大道，俗稱「觀景台」化這時，他遠遠望見兩個哥哥從一條幽僻的小徑走來，想避已避不及。這兩個粗胚看到弟弟漂亮的黑服、整潔的外表，以及對他們毫不掩飾的輕蔑，不禁妒火中燒，上來便是一頓揍，把他打得七葷八素，頭破血流，才揚長而去。雷納夫人正跟瓦勒諾所長和莫吉鴻區長一起散步，碰巧走近小樹林，看到于連直挺挺躺在地上，還以爲他死了。見雷納夫人的驚惶之狀，瓦勒諾便大發醋興。

其實，他的疑慮倒過早了一點。于連看雷納夫人，覺得異常秀麗，也正因爲秀麗，他才恨她：這是使他幾乎傾跌的第一道暗礁。他儘量少跟她說話，免得神魂顛倒，像第一天那樣捧起她的手來吻。

雷納夫人的貼身侍女艾莉莎也少不得對這位年輕教師傾心起來，時常在太太面前提起。艾莉莎的戀情惹得另一男僕暗妒起于連來。一天，于連聽到這男僕衝著艾莉莎說：「打那邋遢先生進門之後，妳就懶得跟我說話了。」這種謾罵，眞冤枉了于連。但出於英俊的本質，于連此後對自己的儀表倒格外留意起來。瓦勒諾的忌恨也隨著滋長。他公然揚言：過多的修飾，於年輕修士，大非所宜。其實，于連的服裝跟教士的道袍也相差無幾。

雷納夫人發覺，于連跟艾莉莎說話多了一點；接著了解到，這類交談多半因爲于連沒什麼衣服引起的。他只有兩、三件襯衫，得經常送出去洗，才能替換。在這類瑣事上，艾莉莎對他大有用處。于連的捉襟見肘，雷納夫人先前是沒想到，如今卻牽動了她的心，很想有所饋贈，但又不敢冒昧。這種矛盾的心態是于連引發她的第一種左右爲難的感情。此前，于連的名字對她是一種純粹的愉快，一種完全是精神上的愉快。想到于連的困窘，雷納夫人心痛如絞，忍不住對丈夫說，應該送點內衣給于連。

「開玩笑！」丈夫回答：「怎麼，送禮給一個好好幹活，我們也感到滿意的人？只有當他工作怠慢，要提提他的幹勁，才需要送禮。」

這種處世之道，雷納夫人感到不是味兒；于連到來之前，她對此本是注意不到的。每次看到于連十分簡樸，卻相當整潔的衣著，心裡不免要想：「眞難爲這孩子了，不知是怎麼對付過來的？」漸漸地，對于連的缺這缺那，不但不以爲怪，反而十分憐惜。雷納夫人是那種頭半個月裡會被人當作傻瓜的內地女人。她毫無人生經驗，也沒有多少話要說。但生性優雅而自視頗高，那種人所共有的追求幸福的本能，在她身上，往往表現爲對凡夫俗子的不屑理會。因爲造化弄人，卻安排她與凡庸之輩爲伍。

她那純樸的天性和靈敏的頭腦，要是能多受一點教育，就大大稱道了。但是，這位獨生女是在女修道院教養長大的；那些修女是狂熱的「耶穌聖心會」會員，對反對耶穌會的法國人恨之入骨。雷納夫人還算有頭腦，把修道院學來的一切，因其荒謬，很快就忘得一乾二淨。但這一空白卻沒有別的東西來塡補，結果變得一無所知。身爲大宗財產的繼承人，從小受慣奉承，加之又有忠貞的殉教傾向，所以養成一種內向的性格。表面上她極其遷就，善於克己，維里埃那些做丈夫的都把她當作開導妻子的規範，這也就成爲雷納先生驕傲的資本：其實，她慣常的行爲方式也只是心高氣傲，睥睨萬物的結果而已。即便說一個高傲的公主全不把周圍的貴族子弟放在眼裡，但程度上依然遠遠勝過這位外表十分謙和、性情十分溫柔的女子對她丈夫一言一行的關切。于連到來之前，雷納夫人的心思全放在幾個孩子身上。他們的小疼小病，他們的苦痛與快樂，把她這顆敏感的心全占去了；她這顆心，只有早先在貝桑松「聖心會」時期，她只熱愛過天主。

如果有個孩子發燒，她會急得彷彿孩子就要死去似的，只是她不肯對別人說罷了。結婚頭幾年，出於傾訴心曲的需要，她常把這類憂急事兒告訴丈夫，可是得到的卻是哈哈一笑，兩肩一聳，再加上幾句數落女人傻念頭的老生常談。這種一笑了之的態度，尤其是涉及到孩子的病痛，眞好比是一把匕首扎在雷納夫人的心。這類嘲笑，與年輕時在修道院聽到的甜言蜜語眞是大相徑庭。她的教育是由痛苦作成的。這類苦楚，因爲生性高傲，即使對好友戴薇爾夫人也絕口不提。在她的想像中，所有的男人都跟她的丈夫，跟瓦勒諾和區長官莫吉鴻一個樣。他們粗魯，除了金錢、地位、榮譽之外，對一切都麻木不仁；凡與自己相左的看法，就不分青紅自白，盲目仇恨。男人的天性，在雷納夫人看來，就是如此，就像穿靴子、戴氈帽一樣天經地義。

雷納夫人雖則在這利欲薰心的社會圈裡生活了多年，但對見錢眼開的人依舊是看不慣。鄉下小伙子于連之所以走運，可以從這裡找到原因。她對這顆高尙而驕傲的心深表同情；感受一新，殊覺甜蜜。他的稚拙無知和舉止粗野，雷納夫人很快也就予以原諒。稚拙無知也不無可愛之處；至於舉止粗野，就更有勞她去糾正。她發覺，于連的談天還值得一聽，儘管講的都是尋常事兒；比如說，有條狗過街時，被鄉下人急馳而過的大車當場壓死，好不可憐。這幕慘象，只引得她的丈夫哄然一笑；這時，于連兩道彎彎的濃眉就緊蹙攏來。她慢慢覺得，慷慨、高尙、慈愛，只存在於這年輕修士身上。這些優秀的品質在美好的心靈中激起的全部同情，甚至欽佩，她全傾注給了于連一人。

如果在巴黎，于連對雷納夫人的態度滿可以馬上變得簡單起來；因爲愛情在巴黎，不過是小說的產物。年輕的家庭教師與他腼腆的女主人，對他們的處境，大可以從三、四本小說裡，甚至從戲院的情歌中，得到某種啓示。言情小說會給他們規定該扮演的角色，指明該仿效的榜樣；而這榜樣，愛慕虛榮的于連遲早會如法炮製的，雖說這樣做來未必有什麼樂趣，甚至未必樂意。

在阿韋龍省或庇里牛斯省的小城，由於氣候炎熱，一樁區區小事就可以鬧得滿城風雨。而在我們這陰沉的天空下，情形就大不相同：一個貧苦少年，他之所以野心勃勃，是因爲他高雅的心胸渴求著有錢才能得到的享受，他又天天與一位三十年華的少婦朝夕廝守，而這女子又規規矩矩做人，兢兢業業教子，小說裡的行爲是從不去摹仿的。在內地，一切都是徐徐進行，不知不覺中作成的，這樣倒更顯得自然。

想到年輕教師的貧寒，雷納夫人常會難過得落淚。一天，于連見她眼裡淚光瑩然，便問：「哎，夫人，難道有什麼不順心的事嗎？」

「噢，沒有，我的朋友！」她答道：「請你叫上孩子，咱們一起散步去。」

她挽起他的胳膊，緊緊偎依著，于連好生納悶。她這是第一次稱他爲「我的朋友」。散步快要終了，于連注意到她臉紅起來。她放慢了腳步。

「說不定人家告訴過你，說我在貝桑松有個姑媽，非常有錢，指定我爲唯一的繼承人。」她眼睛沒看他，只顧自說道：「她送我許多東西……我幾個孩子近來讀書……大有進步……爲表示我的一點謝意，請你接受一份小小的贈禮。其實不過是幾個路易，給你添幾件襯衫。不過……」說到這裡，臉紅得更厲害了，一下子打住了話頭。

「不過什麼，夫人？」于連問。

「不過，這事不必跟我丈夫說。」她低著頭往下說。

「我固然微不足道，夫人，但我並不低三下四，」于連收住腳步，挺起胸膛，眼睛裡閃爍著怒火，「這個你有欠考慮：錢的來路倘對雷納先生有一絲隱瞞，那我這人連傭人都不如了。」

雷納夫人怔住了。

「到府上以來，三十六法郎，市長先生已給過我五次。」于連繼續說道：「我的收支帳隨時可以給雷納先生或任何一位看，甚至也可以給討厭我的瓦勒諾看。」

聽他說了一通，雷納夫人臉色發白，渾身戰慄，散步也隨之結束，因爲彼此都找不到別的話題。于連這顆高傲的心裡，愛雷納夫人的可能已變得微乎其微。至於雷納夫人，對他敬重有之，欽佩有之，還因此而受他的責備；自己無意中使他受辱，爲彌補起見，覺得可以對他更體貼一點。取這新姿態，她倒過了七、八天快活時光。虧得這番努力，于連的氣消了不少，但要說其中有什麼個人情感的成分，倒也實在看不出。

「自然，有錢人就是這樣，」他心裡暗想：「他們得罪了人，以爲只要裝模作樣一下，就什麼都彌補過來了。」

雷納夫人總覺得心裡堵得慌，尤其因爲她還太天真，雖則曾打定主意，結果還是把自己想有所饋贈而遭回絕的事告訴了丈夫。

「怎麼？」雷納先生像給叮了一下，「遭僕人拒絕？妳居然咽得下這口氣？」

聽到「僕人」兩字，雷納夫人急得直叫。

「夫人，我說這話，跟已故的孔德親王是一個意思。孔德親王向他的新夫人介紹手下侍從時說：『所有這些人，都是我們的下人！』貝尚伐《回憶錄》中，有一節講到尊卑上下的妙文，記得我跟你念過。凡不是貴族縉紳而寄食於你門下並領取薪俸者，就是你的僕人。我這就去找于連說兩句，再當面扔給他一百法郎。」

「噢，親愛的，」雷納夫人聽了渾身戰慄；「求求你至少別當著那班僕人的面。」

「不錯，他們會眼紅的，而且有理由眼紅。」市長先生說著便走開去，心裡惦量著他所出的數目。

雷納夫人跌坐在椅子裡，難過得幾乎暈過去，「他羞辱于連去了，都怪我不好。」她對丈夫頓時大起反感，用雙手蒙著臉，發誓今後再也不對他說什麼掏心肝的話了。

重新看到于連的時候，雷納夫人渾身哆嗦，胸口揪緊，連半句話都說不出來。窘促之中，她抓起他的雙手，緊緊握著。

「哎！我的朋友，」她終於說出話來，「你對我丈夫還滿意嗎？」

「怎麼會不滿意，他不是給了我一百法郎嗎？」于連苦笑了一下。

雷納夫人望著他，信疑參半。

「讓我挽著你的胳膊吧！」她最後這麼說，語氣裡有一種于連從未見過的勇氣。她挽著他，一直走進維里埃的書店，不顧這家書店背著自由黨的惡名。她挑了十個路易的書，分給三個小孩。不過，她知道，這些書正是于連想看的。在書店裡，她要孩子當場把各自的名字寫在所得到的書本上。

正當雷納夫人爲自己敢用這種方式彌縫補救而深感快慰，于連卻對鋪子裡琳瑯滿目的書籍驚訝不置。他從不敢跨進這樣一個世俗的去處，心裡不禁怦怦直跳。他根本顧不上去猜度雷納夫人的心理，只一心在琢磨，像他這樣一個年輕的神學士，能用什麼妙法覓幾本書來看看。最後，他得了個主意，覺得只要略施小技，便有可能說動雷納先生，藉口爲了給他的孩子做翻譯作業，需要本省名門貴紳的傳記。用了一個月的心機，這個想法看來可望成功。所以事過不久，在一次偶談中，他給高貴的市長出了一個難題：就是到書店辦預約借閱，作成這自由黨老板的一筆生意。雷納先生口頭上同意，認爲讓他的長子de visu〔看看〕某些著作，不失爲明智之舉，因爲孩子日後進軍事學校，說不定在言談中會聽到有人提及的。但于連看到市長先生很執拗，不肯再往前走一步了，猜想其中必有緣故，但一時無法探明究竟。

「我後來想，先生，」一天，他對市長先生說：「一個像雷納這樣名門的姓氏，出現在書店骯髒的登記冊上，是很不相宜的。」

雷納先生的神色頓時大爲開朗。

「對於一個可憐的神學士來說，」于連用更謙卑的口吻說：「要是有一天，人家在租書登記冊上看到他的名字，於他的名聲也不雅。那些自由黨徒會藉端攻擊，說我借了什麼要不得的書。

誰知道他們會不會在我的名字後面添上些歪書的名目？」

于連越說越離譜了。看到市長臉上又顯得爲難的神情，樣子還有點生氣，就頓住不說了，心裡想：「我算把他捏在手裡了。」

幾天後，最大的孩子阿道爾夫問起于連《每日新聞》上預告的一本書。這時雷納先生也在場。年輕教師說：「爲免雅各賓派拿去做文章，同時也使我能回答大少爺的問題，我看可以用府上底下人的名義到書店辦預約借閱。」

「這主意倒不壞。」雷納先生顯得很高興。

「不過應該定個規矩，」于連裝出莊重，甚至痛苦的樣子；這種表情對某些眼看自己渴望已久的事快要辦成的人最合適不過了，「規定那僕人不能借小說。這類危險讀物一旦弄到家裡，就會引壞太太的貼身侍女，更不要說那男僕本人了。」

「規定中把宣傳小冊子忘了。」雷納先生很矜持地補上一句；他很想掩飾自己的讚許之情，覺得家庭教師想出來的折衷辦法不無高明之處。

于連這一時期的生活，充滿著這類小小的智鬥。腦子裡考慮的盡是交鋒的得失，顧不了雷納夫人偏私的感情，那是只要他肯費心，就能從她的心裡讀到的。

他昔日的處境，在市長府上又重演了。在這兒，如同以前在他父親的鋸木廠一樣，他極端鄙視周圍的人，同時也爲他們所憎惡。每天，無論是專區長官，還是瓦勒諾先生，抑或是市長家的其他朋友，對眼前發生的事都要講述一番。于連看出，他們的議論跟實際情形多麼不同。某一事蹟，于連認爲值得稱道的，卻遭周圍的人非難。他心裡總不服：「一幫怪物！」或「一群蠢貨！」有趣的是，儘管他自視甚高，但對他們講的事卻常常茫然不解。

一直以來，只有同老軍醫談話，他才推心置腹；他僅有的一點知識，不是關於拿破崙的義大利戰役，就是耳中所聞的外科手術。憑著少年氣盛，他耽於聆聽開刀的細節，哪怕是痛入骨髓的手術。他心裡想：「我要是在場，絕不會皺一皺眉頭。」

雷納夫人第一次想同他談談孩子教育以外的事，他卻大談特談外科手術，嚇得她臉白如紙，求他別再往下說了。

除此以外，于連一無所知。因此，生活在雷納夫人身邊，只要是單獨相對，兩人之間便出現奇特的沈默。他在客廳裡，儘管舉止謙恭，但雷納夫人從他的眼神裡看到了自負，自恃在智力上勝過所有上她家來的客人。碰巧，有時只剩下他們倆，她立即看出他在發窘。她心裡很不安，因爲憑女性的本能，知道這種窘相與溫柔的感情毫不相關。

老軍醫算是見過世面，講起過上流社會的情形，不知怎麼會留下這麼一個印象：凡與女子單獨相對而無話可說，于連就覺得十分歉咎，好像這沈默是他一人的過錯。所以每當兩人面對面在一起，他就感到百倍難受。在這種情況下，一個男子應該對女人講些什麼，他腦子裡塞滿了最誇張、最不切實際的想法；一心慌意亂，他的想像就會給他出些要不得的主意。他如墜五里霧中，無法擺脫難堪的沉默。因此，每逢陪雷納夫人母子作長時間的散步，心裡受著痛苦的折磨，臉板得更緊了。他爲此十分瞧不起自己。有時沒話找話，不幸得很，說出來的話往往十分可笑。更糟的是，他意識到自己的荒唐，而且還加以誇大；但他看不見的是自己眼睛的表情。他的眼睛非常漂亮，顯出熱情的靈魂，就像出色的演員一樣，能把微妙的含義賦予原本沒有這層意思的事物。雷納夫人發現，跟他單獨在一起時，他永遠說不出一句得體的話來，除非突然發生點兒什麼，分了他的心，不暇考慮怎麼措辭的時候。既然家裡的來客沒什麼新知卓見有益於她；那她就領略領略于連這方面智慧的閃光吧！

隨著拿破崙垮台，風流的習尚已在內地生活裡排除盡淨。人人都怕地位不保。奸猾之徒就鑽進教會去找靠山；兩面派甚至在自由黨裡也很得勢。而一般人就更加苦悶了，除了讀書，種田，別無樂事可言。

雷納夫人從她虔誠的姑媽那裡當能繼承大筆財產。她是十六歲嫁給貴族雷納先生的；這些年來，別說愛情，就是跟愛情有一星半點相似的感情也沒體味到，別處也沒能看到。只有她的懺悔師，善良的謝朗神父，鑒於瓦勒諾不斷的追求，才跟她提到「愛情」兩字。但神父把愛情描述得污穢不堪，以致此字的含義，在她看來，簡直就是放蕩下流。她偶爾讀過幾本小說，書中所寫的愛情，她都看作是一種例外，甚至認爲是違拗自然的。靠著無知，倒能怡然自得；心裡無日不惦記著于連，良心上卻沒有一絲不安。

第八章、小小的風波

於是就有嘆息，因壓抑而更深邃；還有偷偷的一瞥，因偷覷而更甜美；還有火一般的羞紅，儘管不是出於犯罪。

——《唐璜》第一歌第七十四節

雷納夫人秉諸天性，加上眼前的幸福，心情好得像天使般溫柔，只有想到侍女艾莉莎，心頭的甜蜜才有點兒變味。這位姑娘新近得了一筆遺產，去向謝朗神父作懺悔時，吐露出想嫁給于連的打算。神父眞心爲弟子鴻運高照而高興，哪知于連對提婚之議卻一口回絕，使教士極爲驚訝。

「我的孩子，你對自己的心思也要想想。」教士皺著眉頭說道：「這筆財產可保溫飽而有餘。假如是爲了捨身奉教，而不屑一顧，我當然要向你致賀。我在維里埃當本堂神父，到今天已有五十六年；然而，據種種跡象看來，我的職務就要給撤除了。這件事很傷我的心，不過好歹每年還有八百法郎收入。我講這一細節，是想告訴你，不要對神父一職抱著什麼幻想。如果想攀附權勢之輩，永生天國的希望就沒有了。要想發跡，勢必去刻薄窮民，奉承區長、市長、名流，投他們所好，爲他們效勞：這種行爲，社會上稱爲處世之道，對一個世俗中人，與靈魂的得救倒也並非完全水火不容。但處於我們的地位，就應該有所選擇：不是追求塵世的富貴，就是嚮往天國的福祉，並無折衷的辦法。小朋友，你回去好好考慮考慮，三天之後，給我一個肯定的答覆。我很難過，看到你性格深處鬱積著一股熱情，表明你還沒有那種教士必備的克制功夫和捨身精神。以你的聰明，我可以預言你前途似錦；不過，允許我說句老實話，」善良的神父說到這裡，眼角噙著淚水，「作爲一個教士，對你的靈魂能否得救，我不無擔憂。」

于連爲自己動了感情而深感羞愧！這是他有生以來第一次看到自己爲人所愛；他喜極而泣，便跑到維里埃後山的大樹林哭個痛快。

「爲什麼我會這樣呢？」後來，他自問道：「我感到，我可以爲善良的謝朗神父百死而不悔，然而，他剛才向我指明，我不過是傻瓜一個。要緊的是要騙過他，而他卻把我看透了。他所說的那鬱積的感情，正是我求取富貴的熱望。他認爲我不配當教士，偏偏在我放棄五十路易的年金，想使他對我的虔誠說句其志可嘉的好聽話之時。」

「今後，我就憑自己性格中堅毅可靠的那部分了。」于連繼續想道：「誰還能說在眼淚中能找到快樂，我愛這個證明我不過是個傻瓜罷了！」

三天後，于連終於找到了托詞，他本該一上來就想好的。這個托詞純係誹謗，但誹謗又怎樣？他故意閃爍其詞，向神父表白，內中有一個不便明說的理由——因爲涉及到第三者，使他一開始談到婚事，就不擬考慮。這無異於說艾莉莎品行不端了。謝朗神父在于連的神態中發現有一種熱衷浮華的情狀，這種熱衷的情狀與年輕修士身上的宗教熱忱是大相徑庭的。

「小朋友，」謝朗神父說：「與其做個沒有信仰的教士，還不如老老實實做個博學多識，受人尊敬的鄉紳。」

于連對這些勸誡，回答得很得體，至少在措辭上：他夸夸其談，把一個懷有宗教熱忱的年輕神學士所能使用的詞彙全都用上了；但他說話的聲調和眼底包藏不住的火焰，卻向謝朗神父遞出了一記警鐘。

展望于連的未來，似不宜作太壞的評估：圓滑與審慎兼具，把一套虛僞的論調編得找不出漏洞，在他這個年紀算是不錯。至於聲調和手勢，因爲他一直混在鄉民中間，還沒見過大場面；以後一旦有機會接近大人先生，那無論是姿勢還是措辭，就會教人賞識了。

雷納夫人感到納悶的是：其侍女新近得到一大筆錢，卻不見她心情更快活，只看到她三天兩頭去見神父，回來時總眼淚汪汪的。後來，艾莉莎就自己的婚事跟女主人說了。

雷納夫人聽後，以爲自己得病了，人像發熱一樣，夜不成眠；只有看到侍女或于連在自己的面前，才覺得活了過來。她日夜想著他們，想著他們婚後的幸福光景。一個小家庭就靠五十路易來維持，固然是窮，但在她心目中卻頗具迷人的色彩。那時，于連很可能到專區首府布雷去當律師，離維里埃有十五里路；在這種情況下，偶爾一見的希望還有。

雷納夫人眞以爲自己快要瘋了。她告訴了丈夫，後來果眞病倒了。

當天晚上，侍女進來服侍，她發現那女孩在抽泣。這下子，她可討厭透了艾莉莎，剛才還數落了她幾句，這時便請她原諒自己脾氣不好。不想艾莉莎淚水冒得更凶了，說要是太太允許，她想把自己的不幸事兒說一說。

「那妳就說吧！」雷納夫人答道。

「唉，太太，想不到他會拒絕！一定有人跟他說了我的壞話，他也就信了。」

「是誰拒絕呀？」雷納夫人氣都透不過來了。

「還有誰，太太，除了于連先生。」侍女抽噎著說：「神父先生也拗他不過。因爲神父覺得，他不該拿當過女傭爲藉口，回絕一個正經姑娘。說穿了，于連先生的父親也不過是個木匠；就是他自己，沒進太太家之前，又是什麼樣兒呢？」

後面的話，雷納夫人都沒聽進去。她亢奮已極，神智幾乎不管用了。她讓侍女把于連回絕的話說了又說；據說態度之硬，已無反悔的餘地。

「我願意替妳作一番最後的努力，」她對侍女說：「由我出面，跟于連先生說說看。」

第二天午飯後，雷納夫人心裡不無快意，去為她的情敵作說客；談了一小時，談到艾莉莎的婚事和財產，卻一再遭到婉拒。

于連慢慢脫出刻板的應答，對雷納夫人的好言規勸，能很機智地擋回去。幾天以來陷於絕望，如今她抵禦不住了，任幸福的激流洋溢她的心田。等恢復靈醒，在臥房安歇下來，便遣開眾人。這時，她自己都大吃一驚。

「莫非我愛上于連了？」她終於這樣自問。

這個發現，換了別的時光，她一定會愧疚不已，心神不寧，而此刻，對她不過是很別緻的人生一幕，而且好像有點事不關己似的。之後，她覺得心疲身軟，連最強烈的激情也動彈不得了。

雷納夫人想做點手工，還沒動手，就睡過去了。一覺醒來，倒也沒十分驚恐。她太幸福了，再不把事情往壞裡看。天真、純樸，這位善良的內地女子絕不至於為了對新的情感或新的不幸發點感慨，而折磨自己的靈魂。于連到來之前，她整個身心都給一大堆家務事吸引了去——在遠離巴黎的地方，這就是一個賢妻良母的命運。雷納夫人對於激情，跟我們對彩票的看法一樣：肯定會上當，只有瘋子才去碰這種運氣。

晚餐的鐘聲響了，于連領了小孩回來；雷納夫人聽到他的聲音，臉頓時脹得緋紅。自從心有所愛以來，她學乖了，把臉紅的原因，說成是頭痛得厲害。

「女人就是這樣，」雷納先生呵呵一笑，「這些機器，這裡那裡，老是需要修修補補！」

這類打趣的話，雷納夫人雖已聽慣，但對他說話的聲調，還是覺得非常刺耳。為了消閑遣悶，轉而打量于連的長相，即令他是天底下最難看的男人，此刻也會討得她的歡心。

雷納先生著意摹仿宮廷顯貴的習尚，當春回大地，初逢佳日，就率全家搬到葦爾吉小憩。這個村子由一則中世紀的傳聞，事關加布里埃的艷史而遐邇聞名。當地有一座哥特式古禮拜堂，如今已斷垣零落，卻不失為一大景觀。離廢墟幾百步遠處，雷納先生擁有一座古堡，內有兩對塔樓和一個仿杜伊勒里宮庭院的花園。花園四邊，廣植黃楊；園內小徑，栗樹夾道，栗樹一年都要修剪兩次。鄰近有個蘋果園，是閒行漫步的好去處。果園盡頭，有八、九棵挺拔的胡桃樹，枝葉茂密，綠蔭蔽空，離地高可十餘米。

看到這幾棵樹，雷納夫人常止不住要稱讚幾句，她丈夫則說：「這些樹真可惡，麥子在樹蔭下就是不長，每棵樹都叫我少收幾擔糧。」

村居景色，這一次對雷納夫人似乎有一新耳目之感。令人陶醉。洋溢的感情，給了她急智和決斷。到葦爾吉的第三天，雷納先生因公務趕回城，雷納夫人便自己出錢，雇來一批工匠。是于連給她出了個主意，鋪設一條沙石小路，以環繞果園並連接高大的胡桃樹，這樣孩子清晨散步，鞋子就不會給露水沾濕了。這個方案從設想到施工，還不到二十四小時。這天，雷納夫人跟于連一起，指點工人幹活，過得很愉快。

維里埃市長從城裡回來，大感驚異：路已經修好了！丈夫的到來，雷納夫人也大感驚異：因為她已忘了還有他這個人！此後兩個月中，市長一講起此事就非常生氣，說她膽大妄為，這麼大的改造，未經與他商量就擅自完成了；不過，雷納夫人是自掏腰包，這點他覺得還差強人意。

長日易度，白天她跟孩子們在花園裡跑來跑去，捕捉蝴蝶。他們用薄紗做大網罩，去捉可憐的「鱗翅目昆蟲」；這個佶屈聱牙的學名，是于連教給她的。因為雷納夫人托人特地從貝桑松購來生物學家戈達爾的專門著作；于連跟她講了不少有關這類昆蟲的奇異習性。

這些可憐的蝴蝶，他們都狠狠心，用別針釘在一張硬紙板上。這也是于連想出來的辦法。

雷納夫人與于連之間終於不愁沒有話題了；以前，碰到沈默，對他猶如受刑，現在不復有這種痛苦了。他們話題不斷，而且興致極好，雖然談的都是無傷大雅的事。生活變得活潑，忙碌而愉快，頗合大家的口味，只除了艾莉莎，她覺得活兒多得幹不完。她說：「即使在狂歡節，維里埃有舞會，太太也沒這麼用心打扮過。現在，她一天要換兩、三身衣服。」

我們無意於討好任何人，但也不必否認，雷納夫人膚白如雪，她為自己剪裁了幾件袒胸露臂的輕衫。身姿亭勻，披上薄羅澹衫，眞是嬌艷驚人。

「夫人，妳從沒這麼年輕過。」維里埃的友人來葦爾吉赴宴，見到她時都這麼恭維她。

說來奇怪，讀者諸公也許不信，雷納夫人這麼著意打扮，似乎並無直接的目的，只是興之所至而已。她不暇多想，時間不是消磨在跟孩子和于連一起捉蝴蝶，便是與艾莉莎共同製新衣。她只回了一次維里埃，因爲想去採購密羅茲運來的夏季新裝。

回到葦爾吉，雷納夫人帶來一位有親眷關係的少婦。這位戴薇爾夫人是她從前在聖心修道院的同伴；雷納夫人結婚之後，跟她不知不覺熱絡了起來。

戴薇爾夫人聽她表妹講的一些趣事——她稱之爲瘋頭瘋腦的想法，常常大笑不止，說：「我一個人的時候，就想不出這些念頭。」這些出人意表的想法，即巴黎人所謂的風趣，雷納夫人面對丈夫，就像做了什麼蠢事一樣，會覺得難以啓齒，而跟戴薇爾夫人談上了，就勇氣大增。剛開始講還有點靦腆，等兩位夫人一起坐久了，雷納夫人神情就活躍起來，長長的一上午一眨眼就過去了，彼此過得非常愉快。知情識趣的戴薇爾夫人在這次拜訪中，發覺她的表妹雖不像從前那麼無憂無慮，但生活肯定比從前幸福。

至於于連，到了鄉間就像回到了童年，跟他的學生一樣興高采烈，跑著、跳著去捉蝴蝶。受過種種約束，玩過種種機謀之後，如今灑脫自在，遠離他人的視線，而且憑本能覺得對雷納夫人不必害怕，盡可縱情於生活的歡快之中。尤其置身於世上最美的群山之間，其樂融融！

戴薇爾夫人到後不久，于連就覺得可以跟她做朋友。他急巴巴地領她到新修沙徑的盡頭，大胡桃樹底下，把這一帶的秀麗景色指點給她看。以風光而論，這兒如果不比瑞士的山川或義大利的湖泊更美，至少也不相上下。向前走幾步，沿著陡斜的山坡，很快就能登上一片高峻的懸崖。懸崖周邊都是橡樹；崖石外突，幾乎遙臨河面之上。

于連站在懸崖峭壁之上，快活，自在，甚至可說是一家之王，陪伴著兩位女性朋友，沈醉在她們對美景的禮讚之中。「我覺得這彷彿就是莫札特的音樂。」戴薇爾夫人稱賞道。

維里埃城郊的農村不可謂不美，但兄長的嫉妒，父親的橫暴與呵責，在于連眼裡，已無由見其妍麗。在葦爾吉，就沒有這些辛酸的回憶，而且生平第一次，沒有遇見任何仇敵。雷納先生留在城裡的日子！這是常有的事，于連就可以放膽讀書了；不像從前，他只能在夜裡看書，還得小心提防，把花盆扣過來罩住燈光。很快，夜晚也不用苦讀，可以安心睡覺了。白天，在教課之餘，他挾了那本書來到岩壑之間，那本作爲他行爲的唯一準則，使他爲之怦然心動的書。他在書中，不僅找到幸福、陶醉，也找到失意時的安慰。

拿破崙關於婦女的言論，對他時下某些流行小說的評說，使于連第一次獲得某些有關的見解；其實，這些見解，對跟他同齡的年輕人，早已不算新鮮了。

酷暑來臨。晚上，到離房子不遠處一棵繁茂的菩提樹下乘涼已成習慣。大樹底下，濃蔭幽深。一天晚上，于連一邊講，一邊比方，向兩位少婦侃侃而談，自覺津津有味。他說著揮動起手臂來，不意碰到雷納夫人的纖纖素手；那手是擱在花園漆椅的椅背上的。雷納夫人把手很快縮了回去。但于連想，他有責任叫這隻手不縮回去。想到有一種職責要履行，辦不到就會留下笑柄，甚至滋生自卑，於是，所有樂趣頓時從他的心頭逃逸無蹤了。

第九章、鄉野一夜

蓋蘭畫的荻朵女王，堪稱秀媚的素描。

——斯特隆伯克

第二天，重新見到雷納夫人，他的目光有點異樣，打量起她來，彷彿是在打量一個要決鬥的仇人。這目光與頭天晚上是那麼不同，雷納夫人一時摸不著頭腦：她待他一向很好，而他好像在生氣。她只能盯著他看。

戴薇爾夫人在跟前，于連就可以少說話，多想心事。這一整天，唯一的事，就是瀏覽那本寶書，以錘煉意志，振作精神。他先把上課的時間大大縮短。稍後，雷納夫人露面了，正好提醒他要起而維護自己的榮譽。他決定：今天晚上，得捏住她的手，逼她非同意不可。

夕陽西沉，漸漸接近那關鍵時刻，于連的心跳得有點異樣。黑夜來臨，看到夜色相當漆黑，不免暗中竊喜，心頭像搬掉了一塊大石頭。天空濃雲密布，熱風吹過，亂雲飛渡，似乎預示有場大暴雨。兩位女友走來走去，一直散步到很晚。她們今夜的種種做法，于連都覺得有點怪。她們玩味著這一時刻。對某些細膩的心靈，氣候變幻，似乎能增益愛的興致。

大家終於入座，雷納夫人坐在于連的一旁，戴薇爾夫人坐在她女友的身邊。于連盡想著下一步行動，找不出什麼話來說。談話越來越不起勁了。

「以後，如去赴第一次決鬥，難道也這麼哆哆嗦嗦，愁眉苦臉不成？」于連暗自想道。他對人對己都滿腹狐疑，對自己的心情不可能不清楚。

他心事重重，覺得天大的危險也比現在這樣可取。他盼了又盼，希望突然出什麼事，使雷納夫人離開花園，回屋了事！他強力克制自己，連嗓音都變了；稍後，雷納夫人說話也帶著顫音，不過于連沒覺察到。對膽怯之戰太煎熬了，他已無暇旁顧。古堡的大鐘剛敲過九點三刻，但他還不敢有所行動。于連對自己的怯懦大爲氣惱，心裡想：「十點正，我就把白晝所思、今夜該做的事做出來，不然，就上樓回房斃了自己！」

等候，焦躁，尤其到最後一刻，緊張萬分，不能自己。他頭頂上的大鐘「鏜鏜鏜」敲了十點鐘了。像催命符似的鐘聲，每一下都敲在他的心頭，震得他渾身戰慄。十點的最後一響餘音未絕，他已伸手去抓雷納夫人的手。雷納夫人忙縮了回去。于連不太明白自己在幹什麼，只重新把那隻手抓住。雖說他心裡慌亂無比，但握著的那隻手其涼如冰，也叫他吃驚不小；他抖抖索索，緊緊捏住。那手想抽回去，最後掙扎了一下，終於還是留在他的手裡。

他的心頭於是彌漫著幸福，倒不是因爲愛雷納夫人，而是可怕的折磨已算過去。爲免戴薇爾夫人有所覺察，他認爲自己應該說說話；這時，他的嗓音顯得洪亮而飽滿。而雷納夫人的語聲恰相反，泄露了她的情緒，以至於她的女友以爲她怕是病了，提議回屋裡去。于連覺得情況不妙：「如果雷納夫人回進客廳，我又會像白天一樣惶惶無主。這隻手捏著的時間還太短，不能就此認定已經勝券在握。」

戴薇爾夫人再次提議大家回客廳，那隻手又被于連用力地緊握了一下。

雷納夫人剛站起來又坐下，一絲半氣地說：

「說眞的，我倒確實有點不舒服，不過，在外面透透空氣，或許會好一點。」

于連的幸福，又因夫人一語，而達到了頂點。他此時快活已極，高談闊論，忘了作假；她們兩人聆聽妙音，覺得天下最可愛的男子非他莫屬。儘管突然之間他口齒流利起來，但還是缺少點勇氣。這時狂風驟起，預示暴雨將至。戴薇爾夫人怕風，已露倦意，于連生怕她要獨自回客廳，這樣他勢必跟雷納夫人單獨相對。這股敢作敢爲的莽撞勁兒，在他也是一時才有的；他感到此刻連對雷納夫人說句最簡單的話都力不勝任。雷納夫人言語之間只要略示責備之意，那他就算出師失利，前功盡棄了。

幸虧這天晚上，他語帶感情的夸夸其談，博得了戴薇爾夫人的好感；戴薇爾夫人覺得他平時笨拙得像孩子，缺少點風趣。至於雷納夫人，就讓手留在于連手裡，不思不想，聽其自然。菩提樹甚高，相傳係大膽查理❻親手所植；在這菩提樹下度過的幾小時，對雷納夫人來說，不啻是一個幸福的時代。菩提樹樹葉稠密，風聲颯颯，近地面的樹葉尖滴下的水珠，滴滴答答，聽來覺得分外悅耳。于連沒留意到這個可以使他放心的情況：雷納夫人要起身幫表姐扶正被風刮倒在她們腳邊的花盆，便把手抽了回去；等她剛坐下，就又十分自然地把手向于連遞了過來，好像兩人之間已有默契似的。

半夜的鐘聲已敲過許久。最後得離開花園，各自分散了。雷納夫人浸潤在愛的幸福裡，興奮到極點。虧得她不常思慮，沒受什麼良心責備；她快活得夜不成眠。而于連則睡得極沉，因爲這一整天，怯懦與驕傲之戰，弄得他疲憊不堪。

第二天清晨五點，他給人喚醒過來，幾乎已把雷納夫人忘得一乾二淨。她要是知道，不曉得

---

❻ 大膽查理（Charles le Téméraire，一四三三～一四七七），係法國勃艮第公爵，以膽大妄爲著稱，後在與法王路易十一交戰中陣亡。

會怎樣難受呢！他的職責——一種英雄的職責，業已完成。這樣一想，便心滿意足，把房門緊緊鎖上，懷著一種前所未有的喜悅，專心閱讀他那位豪傑的輝煌戰功。

午餐的鈴聲響了，他正讀著拿破崙大軍的戰報，把昨晚的得意事兒全忘了。下樓去客廳時，他帶點輕浮地提醒自己：「應該對這個女人說，我愛她。」

原以為會遇到一雙多情的眼睛，不料卻看到一張威嚴的面孔：雷納先生兩小時前剛從維里埃回來，毫不掩飾他的不滿，因為于連整個上午都沒招呼孩子的功課。每當這位顯要人物發起脾氣來，而且自認為可以把脾氣發給別人看時，這張臉眞是其醜無比。

丈夫一句句尖酸刻薄的話，雷納夫人聽了，都心如刀割。至於于連，還在回味幾小時以來的狂喜，這件大事令他神往，都想痴了，因此一上來，並沒怎樣在意雷納先生那些難聽的話；到了最後，才很唐突地答了一句：「我生病啦！」

不要說維里埃市長，換一個不愛生氣的人，這答話的腔調也能把人氣死。雷納先生很想當場叫他立刻滾蛋。之所以有所顧慮，是因為他立有一條準則：凡事愼勿操之過急。

「這不識抬舉的蠢貨，」他轉念想道：「靠我家造就了他一點名聲，如今瓦勒諾會聘請他，或者艾莉莎會嫁給他，無論哪種情況，他都會在心裡笑話我。」

儘管這些考慮不無精明之處，雷納先生的不滿還是在臉上表露無遺，于連也慢慢產生了不滿色。雷納夫人急得差點兒掉下淚來。午餐一結束，她就要于連讓她挽著出去散步，很親熱地靠著他。雷納夫人作種種譬解，于連只是壓低聲音答了一句：「闊佬就是這種架勢！」

雷納先生這時在他們旁邊走動。見他在跟前，于連更火了。他突然發覺雷納夫人靠著他的胳膊，樣子有點過分；他十分反感，便一把把她推開，抽回自己的手臂。

這無禮的舉動，虧得雷納先生沒看到，但為戴薇爾夫人注意到了，見她的女友兩眼已盈盈欲淚。這時，有個鄉下小姑娘爲抄近路，在果園的一角穿行。雷納先生趕過去，擲出石子攆她。

「于連先生，求求你，克制一下。你想，我們誰沒有發脾氣的時候。」戴薇爾夫人急道。

于連冷冷地看了她一眼，目光中流露出極端的鄙視。

這眼神使戴薇爾夫人一驚；她要是能猜透其中的含意，恐怕更要驚駭了——那就是刻意尋求報復的潛意識。毋庸置疑，正是這類屈辱的遭遇造就衆多羅伯斯庇爾式的叛逆分子。「你那位于連好兇，我看了直害怕！」戴薇爾夫人低聲對她的女友說。

「他有理由生氣。」雷納夫人答道：「他教書以來，幾個小孩都有驚人的進步。即便一上午不教，又有什麼了不得的？看來男人都那麼不近情理。」

雷納夫人破天荒第一次對丈夫有種報復的欲望。于連對有錢人的恨意，眼看就要爆發出來。幸而，雷納先生這時把看園子的喚了來，兩人一起用一捆捆荊棘條，把斜穿果園的便道擋住。後半段散步裡，于連備受體貼，但他悶聲不響，一句話都沒說。等雷納先生一走開，兩位女太太推說累了，一人挽起他一條胳膊。于連夾在兩位少婦中間，他蒼白而高傲的臉色、陰沉而果決的神氣，與她們羞紅的臉頰、慌亂的眼神，形成奇異的對照。他卑視這兩個女人以及一切溫柔的感情。

「眞是！」他暗想；「連五百法郎的積蓄都沒有，怎麼完成我的學業！唉，見鬼去吧！」

他一心想著正經事，兩位女太太那些懇切的話，他耳朵裡偶爾刮進一兩句，只覺得空洞、痴騃、淺薄；一句話，女人氣十足，不合他的意。

雷納夫人爲免得冷場，沒話找話，說她丈夫從維里埃趕回來，是因爲向佃農買來了一批玉米葉子（當地的床墊都塞玉米葉子。）「我丈夫不會過來了，」雷納夫人加了一句，「他在指揮花匠和聽差，到屋裡換床墊去了。二樓的床，上午已都換過玉米葉子。現在他在三樓。」

于連一聽，臉色都變了，目光怪怪的，看了雷納夫人一眼，接著腳下加緊幾步，把她拉到一旁。戴薇爾夫人看著他們走開去。

「夫人，請妳救我一命，只有妳能辦到。因爲妳知道，那個聽差跟我是死對頭。我應該向妳坦白：我床墊子裡藏著一幅肖像。」

聽到這句話，輪到雷納夫人急白了臉。

「只有妳，夫人，此刻能走進我的臥房。床墊靠窗的角落裡，妳摸的時候當心，別給人看到，可以摸到一個小紙盒，黑紙板做的，表面很光滑。」

「裡面藏有一幅肖像！」雷納夫人幾乎站不穩了。

于連看到她神色沮喪，覺得大可利用一下。

「我還有一個懇求，夫人，那幅肖像求妳別看，這是我的一個秘密。」

「這是一個秘密。」雷納夫人跟著說了一遍，聲音幽微欲絕。

雖說在恃財傲物、見利動心的環境中成長，但愛已在她心中注入了豪情。她自己創痛正深，出於忠人之事的單純想法，爲了不辱使命，向于連提了幾個有必要弄清楚的問題。

「這麼說，」她走開時跟他核對，「是一個小圓盒，黑紙板做的，表面很光滑。」

「是的，夫人！」于連狠巴巴地答道：遇到危險，男人就會拿這種腔調。

她爬上古堡的三樓，臉色煞白，像去赴難一般。更糟的是，她感到自己快要暈倒了。但想到于連的這個忙一定要幫，又有了力氣。

「我得把盒子拿到手。」她自語道，一邊加快了腳步。

她聽到丈夫跟聽差就在于連房裡說話。幸虧他們走進孩子的臥房去了。她趕緊掀起褥子，把手伸進草墊；因爲動作過猛，擦了一下手指。平時疼不得一點點，此刻卻絲毫不覺得，爲差不多就在同時，摸到了一個光滑的小紙盒，馬上抓在手裡，一溜煙跑了開去。

擔心給丈夫撞見的恐懼剛剛消失，這盒子引起的憎惡之感又使她瀕臨昏厥的邊緣。

「這麼說來，于連眞是情有所鍾了，我手上拿的就是他心上人的肖像囉！」雷納夫人坐在前廳的一把凳子上，妒意發作之下，痛楚萬分。不知就裡，倒也有好處，她只感到傷痛而不怎麼驚恐。于連一露面，就一把奪回紙盒，連謝也不謝，話也不說，直奔自己房裡，點火一燒了之。他面如死灰，力不能支，未免把剛才的危險誇大過頭了。

「拿破崙的肖像，」他搖搖頭，暗自想道：「居然藏在一個痛恨篡位者的家裡！給雷納先生發現那還了得，這個極端保皇黨性情又暴躁！更不愼的是，我還寫了幾行字；崇拜之情，可謂溢於言表，不容有懷疑的餘地！而且每次心血來潮，都注上了日期！前天還有過一次呢！」

「我的名聲大落，毀於一旦。」于連望著紙盒燒去，自語道：「而名聲，是我的全部財富；有名聲，才有生活……再說，這又是怎樣的生活，我的天啊！」

一小時之後，疲憊、自憐，他心腸變軟了，見到雷納夫人，便拿起她的手，懷著從未有過的摯情連連吻著。她快活得臉都紅了；但幾乎在同一刻，妒火也冒了上來，就把于連推開去一點。于連的錚錚傲骨，近日裡大受打擊，此刻就楞頭楞腦的，像個傻子。雷納夫人在他眼裡無非是個有錢的闊太太。想到這裡，就不勝輕蔑地放下她的手，顧自走了。他走到花園裡踱來踱去，想著自己的心事，不一會兒，唇上才浮出苦笑。

「我在這兒散步，悠哉游哉，像一個可以隨便支配自己時間的閑人！若不去照管孩子，就難逃雷納先生的責備，等會兒理又在他那一邊了。」於是急忙朝孩子房裡跑去。

他很喜歡最小的那個孩子。孩子的親近，平撫了一點他慘痛的情緒。

「總算這個孩子還沒有看不起我！」于連想。但他立刻把痛苦稍減看作是軟弱的又一種表現，並引以爲責，「這些孩子親近我，就像喜歡他們昨天剛買來的小獵犬一樣。」

第十章、雄心與逆境

熱情最會偽裝，須知欲蓋反而彌彰；
有如烏雲越黑，越是顯示有可怕的風暴。

——《唐璜》第一歌第七十三節

雷納先生從古堡各臥室一間間走過來，最後又回到孩子的房間，後面跟著搬草墊的僕人。市長突然進房，對于連不啻是滿滿的水杯裡又加上一滴水，頃刻就要滿溢出來。

他一個箭步衝上前去，臉色比平時更蒼白更陰沉。雷納先生忙收住腳步，看看身旁的僕人。

「先生，你以爲跟別的教師，你幾個孩子會有同樣的進步嗎？如果答覆是否定的，」于連不等雷納先生回答，便接著說：「那你怎麼敢責備我，說我耽誤他們功課？」

雷納先生先是一驚，等回過神來，立刻從這鄉下小伙子異樣的口氣裡，推斷他大概另有高枝可攀，打算離開這兒了。但于連越說越氣。

「先生，沒有你，我照樣有飯吃。」他又補上一句。

「看到你情緒這麼激動，我實在感到遺憾！」雷納先生有點格格不入。兩個下人在十步之外，忙著鋪床。

「這種話我不想聽，先生，」于連忘乎所以地說道：「你想想看，剛才你說的那些話多麼難聽，而且還當著太太們的面！」

于連的要求，雷納先生知道得太清楚了，內心的爭鬥眞有痛徹肺腑之感。而于連眞是氣瘋了，嚷嚷道：「離開府上，先生，我知道該上哪兒去。」

一聽此話，雷納先生彷彿已看到于連在瓦勒諾府高坐堂皇。

「好吧，先生，」市長終於嘆了口氣說，神氣像是要動一次疼痛的手術，「我接受你的要求。從後天起，也就是下月初，我每月給你五十法郎。」

于連眞想笑出來，一時楞在那裡無言以對：他的怒氣全消了。

「這畜生我還太看得起他了！」于連心裡想：「無疑，這是這等卑劣的靈魂所能表示的最大歉意了。」

幾個孩子看到這種場面，嚇得目瞪口呆，急忙跑到花園裡，去報告母親，說于連先生怒氣沖沖，不過他以後每月有五十法郎了。

于連出於習慣，跟著孩子走過去，連看都沒看雷納先生一眼，把他掠在那兒乾生氣。

「瞧，瓦勒諾這傢伙又叫我多花了一百六十八法郎，」市長心裡暗想：「他供應孤兒院的伙食，我非得說兩句硬話給他聽聽。」

過了一會兒，于連跟雷納先生又面對面碰上了：「我有一點良心上的事，要去跟謝朗神父談。我有幸稟告閣下，我要走開幾小時。」

「嗳嗳，親愛的于連！」雷納先生堆出一副虛僞不過的笑臉，「就去一天吧！你若願意，再加明天一天也不妨。你要上維里埃，可以騎花匠的馬去。」

「果不出所料，」雷納先生忖道：「準是給瓦勒諾回話去了。他還沒向我承認什麼呢！不過，得等這小伙子頭腦冷靜下來才好。」

于連很快出門，爬上後山的大樹林。從葦爾吉穿過這片樹林，也可以抵達維里埃。他不想馬上去見謝朗神父。誰高興再去演一場假戲呢！他有必要看清自己的靈魂，回顧一下激蕩的情緒。

「我打了個勝仗！」一旦置身於林間，遠離眾人的耳目，他便這樣自語道：「我眞的打了個勝仗！」這句話可以見出他處境之妙，也給他的心靈幾許平寧。

「瞧，我現在每月有五十法郎薪俸了。這位雷納先生一定很怕。但他怕什麼呢？」

一小時前，他正怒氣沖沖，對付這個走運的權勢人物；現在，揣摹這權勢人物所懼何來，倒使他心情完全平靜了下來。他徜徉林間，有那麼一刻，對迷人的美景幾乎爲之心醉。光溜溜的岩石，昔日從山上大塊大塊崩落到林中；如今挺拔的櫸樹，長得差不多跟巨岩一般高。巨岩的影子下，涼爽宜人，而三步之外就是烈日的炎威，令人不敢直曬。

于連在岩陰下，喘了口氣，接著再攀登。沿一條依稀莫辨的羊腸小道，走不多久，便登上百丈懸崖，頓有遺世獨立之感。身凌絕頂，止不住會心一笑。他所企慕的不正是這樣一種境界嗎？高山之上空氣純淨，他的心靈上感受到一種靜謐，甚至歡樂。維里埃市長，在他眼裡，代表著世界上所有闊佬和暴君；但于連覺得，今天他給惹起的仇緒，不管勢頭多猛，卻了無個人恩怨在內。只要不見雷納先生，不出一個禮拜，就會把他，把他的古堡，他的狗，他的孩子和他的整個家庭，統統忘光。「他被迫做了最大的犧牲，卻不知是什麼緣故。怎麼！一年多得五十多埃居❼。片刻之前，我剛逃過生平最大的危險。想不到一天裡竟打了兩個勝仗；應該說，第二個勝仗不是我的功勞，但一定得猜出個中原因。不過，傷腦筋的事，明天再想也不遲！」

---

❼法國古銀幣，約合三法郎。一百六十八法郎，合「五十多埃居」。

于連挺立在峭崖上，仰望蒼穹：八月驕陽，光照四極。岩下的田野裡，傳出悠長的蟬聲；蟬鳴一停，周圍一片寂靜。腳下方圓二十里的鄉野，盡在望中。只見雄鷹不時從他頭頂上的絕壁間飛掠而出，在長空悄然盤旋，劃出道道圓圈。于連的眼睛不由自主跟著雄鷹轉。穩健而有力的搏擊，令人震懾，他渴慕這種力量，渴慕這種孤高。

這就是拿破崙的命運。日後，也會是他的命運嗎？

第十一章、長夜悠悠

就連朱麗婭的冷淡也含有溫情，她發顫的纖手從他的手中抽了回去，但卻又留下那令人心顫的輕輕一壓，那麼溫婉，那麼飄忽……

——《唐璜》第一歌第七十一節

于連覺得有必要在維里埃露一下臉。他走出本堂神父的住宅，正巧碰到瓦勒諾先生，便急忙把自己加薪的事說了一說。

回到葦爾吉，直到天全黑了，他才下樓到花園去。這一整天，感情上險波迭起，弄得精神很疲憊。想到兩位夫人，不禁犯愁：「我跟她們說些什麼好呢？」只怪他缺乏自知之明，沒看到自己也只是瑣瑣小事的水平，而這類瑣瑣小事通常正是女人家的興趣所在。于連的言行，戴薇爾夫人，甚至雷納夫人，也時常覺得不可理解；而她們講的話，他也往往一知半解。這就是魅力的作用，如果我敢說，從中就可以見出激情的偉大。這股激情現在正撼動著這野心勃勃的年輕人。在這怪人的心裡，幾乎天天都有風暴。

今晚，于連走進花園，是準備聽聽兩位漂亮表姊妹的感想。她們等他都等得不耐煩了。他挨著雷納夫人，在老位子上坐下。不久，夜色已十分濃重。那隻白嫩的手，他早就看到擱在就近的椅背上，很想去抓過來。那手有點猶豫，最後還是縮了回去，表示出不高興的意思。于連本想就此作罷，興沖沖地說著話兒，沒想到擅時聽見雷納先生走近來的腳步聲。

早上那些難聽的話，言猶在耳，于連暗想：「這傢伙財運亨通，百事如意，待我奚落他一番：就當著他的面，占有他老婆的手！對啦，就這麼辦！誰叫他鄙薄我！」

于連就是急脾氣，此刻更沉不住氣。他心裡惶惶不安，顧不上考慮別的事，只盼雷納夫人心甘情願地把手遞給他握。

雷納先生談起政局，十分氣憤：維里埃有兩、三位實業家，現在財富超過了他，要在競選中跟他搗亂。戴薇爾夫人側著耳朵在聽；于連聽得火起，把椅子往雷納夫人那邊移了移。幸而一切動靜都給黑夜遮了過去。于連大著膽子，拿手去就那條露在輕衫外的玉臂。他心猿意馬，約束不住自己的心思，竟用臉頰去挨近那柔美的手臂，甚至雙唇也吻了上去。

雷納夫人渾身一顫：丈夫只隔著四步路！她急忙把手遞給于連，同時把他推遠一點。雷納先生對無能之輩或激進人物大發橫財，忿忿不平，于連則對任他握著的手狂吻不止，至少雷納夫人認為狂得可以。這多事的一天裡，可憐的女人曾拿到確實證據，得知這個她感情上喜歡——雖然心裡未必承認的男子，卻愛著別人！于連外出的時光，她陷於極度悲痛，瞎想了好一陣。

「怎麼？我在戀愛！」她自忖：「我動情了！我，一個有夫之婦，會墜入情網！不過，這種暗中的痴情，對丈夫都從未有過，想起于連卻情思不斷。實在說來，他不過是個孩子，對我十分尊敬罷了。這種瘋瘋癲癲的情致，也就曇花一現而已。即或我對這年輕人有點感情，又干我丈夫哈事？跟于連說的，都是些想入非非的事，我先生聽了會煩的。他嘛，他只關心自己的公事。反正，我也沒拿了他什麼去給于連。」

這顆樸實的心沒有半點虛偽和矯飾，但在她從未體驗過的激情衝擊下，不免有點迷糊。她自欺欺人尙不自知，不過，道德的本能業已受驚。她正心緒紛亂，于連來到了花園。聽到他說話的聲音，差不多在同時看到他在自己身旁落座。多麼美妙的幸福，她頓覺魂飛魄蕩。半個月來，這種幸福，對她與其說是一種誘惑，還不如說是一種驚喜。一切都是從未想見到的。過了一會，她想：「難道只要有于連在，一切過錯都不存在了？」思之駭然，於是把手縮了回來。狂熱的吻，在她是從未領受過的，使她頓時忘了他可能愛著另一個女人。倏忽之間，于連在她的眼中已不再有什麼罪過。疑神疑鬼引起的情緒中止了，一種夢想不到的幸福就在眼前，她愛得神魂顚倒，簡直快喜極而狂。這個夜晚對所有人說來都是美好的，除了維里埃市長，爲的是忘不了新發跡的實業家。于連是既不想他勃勃的野心，也不思他難以實現的宏圖。美色怡人，這在他還是破天荒第一遭。他徜徉於飄渺而甜蜜的夢境，這種與他性格格格不入的夢境，一邊輕輕摸著這隻愛慕的纖手，迷迷糊糊聽著夜風輕拂菩提樹葉的娑娑聲，和遠處杜河邊上磨坊裡傳來的犬吠聲。

但這種情感，只是一時的興會，而非激情。回到自己房裡，他唯一覺得痛快的，就是重新捧起他心愛的那本書。一個人在二十年華，當想人生在世，有所作爲，才最最重要。

隔了一會兒，他放下書來。由於盡想著拿破崙的赫赫戰功，對自己的小小戰果也看出了點新的意味。他心裡想：「是的，我打了一個勝仗，但應當乘勝追擊。趁這妄自尊大的貴族向後撤退之際，得把他的傲氣徹底打垮。這才是道地的拿破崙作風。我應當提出請三天假，去拜訪我的朋友傅凱。雷納先生要是拒絕，我就攤牌說不幹了。看來他是會讓步的。」

雷納夫人可眞是目不交睫，一夜難安。她覺得直到如今，還沒有眞正生活過。于連熱情如火的吻印在她手上的幸福感，使她別無所思。

驀地，她心頭浮出「姦情」這個詞兒。舉凡朝歡暮樂、荒淫無恥等等惡俗的景象，紛紛湧入她的腦際。她心目中于連那溫馨而神聖的形象，以及對愛情的憧憬，都因這些意念而黯然失色。

未來給塗上了可怕的色彩，她看到自己落到不齒於人的地步。

這是個可怕的時刻，她的靈魂飄到了陌生的境域。隔夜還在體會從未領略過的幸福，現在一下子陷入酷烈的折磨之中。她從來沒想到會有這樣的傷痛，以至於神昏智亂了。有一刻，想去向丈夫坦白，說：怕自己愛上于連了。至少，這還是談于連吧！幸虧她記起結婚前夕，姑媽給她的告誡：危莫大矣，若把自己的隱私全告訴丈夫，因爲丈夫畢竟是一家之主。她痛苦已極，不停地絞著雙手。她往復於苦楚的矛盾之中，忽兒擔心于連不愛他，忽兒凜於可怕的犯罪感，彷彿明天就要給拉到維里埃廣場示衆，掛著牌子向公衆揭舉她的姦情。

可嘆雷納夫人了無人生經驗；即使在完全清醒、能充分運用理智的情況下，她也分不清，在天主眼裡有罪與在公衆面前受辱有何不同。

照她的想法，通姦這罪惡必然會帶來種種恥辱。她剛把這可怕的想法放過一邊，才得些許安寧，遐想著跟于連還像過去那樣天眞爛漫地朝夕相處該是多麼甜美，突然于連另有所愛的可惡念頭又來糾纏不休。于連怕丟失肖像，怕頭像牽連旁人，而急得面色發白的情狀，還如在眼前。她第一次在于連那沉著而高貴的臉龐上看到了恐懼。對她或她的孩子，于連還從沒這樣動過情。這份額外的痛苦，已大到一個人所能忍受的極限。雷納夫人不覺大叫一聲，吵醒了她的侍女。頓時，她看到床邊出現一盞燈，認出是艾莉莎。「他愛的會是妳？」狂亂中，她失聲喊了出來。

侍女發現女主人神色慌亂，驚惶之中倒沒太留意這句奇怪的問話。雷納夫人自知失言，便對她說：「我有點發燒，大概說胡話了，你陪陪我吧！」感到需要約束自己，人一下子完全清醒了過來，倒也不怎麼痛苦了。半睡眠狀態下失控的理智又恢復了正常。爲免侍女老盯著自己，雷納夫人便要她讀報。這姑娘用單調的聲音讀著《每日新聞》上的一篇長文章；雷納夫人卻暗自下了一個賢淑的決心：等再看到于連，就對他冷若冰霜。

第十二章、旅行

巴黎多的是漂亮人物，而內地卻有剛毅的性格。

——西哀耶斯

第二天一早，才五點鐘，在雷納夫人露面之前，于連已從她的丈夫那兒獲准三天假期。雖有違自己的本意，但于連還想見她一面，只為她那漂亮的纖手動人思念。他下樓到花園裡等了許久，還不見雷納夫人的蹤影。不過，于連要是眞有愛心，就會看到二樓上半掩的百葉窗後面，她前額抵著玻璃，正在那兒望他望出了神。末了，她還是不顧自己天大的決心，決計到花園裡轉一圈。早起鮮艷的容光，一改她平時蒼白的臉色。不過，這純樸的女人心裡顯然很不平靜；一種拘束的，甚至是怨怒的情緒，改變了她清雅的神態——正是這種安詳從容、超塵脫俗的表情，才給她那天仙般的容貌憑添不少嫵媚。

于連急忙走近去。她匆忙披上的一條披肩下，雪腕全陳，他看了讚賞不已。夜來的煩憂，使她對外界的一切更其敏感；清晨的涼爽，似乎愈發增添她姿膚的光澤。她美得嬌羞、動人而又滿蘊著思緒，在下層階級是難覓難見的。這對于連彷彿是一種昭示，喚醒了某種感受能力；于連貪婪的目光不期發現美艷如斯，大為傾倒，忘了原本期待的那友好的問候。不過，她的故示冷淡，使他吃驚不小，甚至看出意在要他退回原地。

愉快的笑意頓時從他的唇上消失。他記起自己在上流社會，尤其在一位有錢的貴夫人眼中的地位。頓然間，臉上只剩下性高氣傲和自怨自艾的表情。他覺得冤透了，動身時間推遲了一個多鐘頭，只換來這場白眼。

「只有傻瓜才會生別人的氣。」他心中自責：「石頭往下掉，是因爲有分量。我做事難道永遠像個孩子？眞不知是什麼時候養成的好習慣，這樣盡心竭力，就衝著他們出了錢！如果要教他們看得起，也教自己看得起，就該讓他們明白，我就因爲窮才跟他們的富打交道；但我的心，他們再橫蠻也奈何不得，而且境界之高，絕非他們的區區毀譽可及。」

這類感想紛紛湧進年輕家庭教師的心裡，他那說變就變的臉，擺出一副孤傲與凶惡的神色。雷納夫人倒慌了手腳。她原想在見面時，裝得志潔高傲，冷若冰霜，這時一變而爲關切，而之所以關切，就因爲看到對方突然變臉。晨起互致問候，「今天天氣好」等空話一說完，兩人同時覺得無話可說了。于連還沒讓熱情沖昏頭腦，馬上想出個辦法，要向雷納夫人表明，他跟她的友情還淡薄得很。他隻字不提就要出去旅行，只向她行了個禮，轉身就走。

從他的目光裡，見出一種陰鷙的傲慢，而那目光前夜還是那麼可愛。正當她楞在那裡，望著他走遠去，她的大兒子從花園遠處跑來，摟著告訴她說：「我們放假了，于連先生要出門旅行去了。」

一聽這話，雷納夫人渾身冰冷，像要死去一般。好呀，講道德講道德，現在自食其果了！而她的軟弱，更加重了她的不幸。

這件事占去了她的全部心思。她那賢慧的決定，是這可怕的一夜苦思的結果，現在早給拋到九霄雲外了。眼前的問題是，對這位可意的情郎，不是什麼推三阻四，恐怕要失之永遠了。

早餐桌上是非到不可的。更糟的是，雷納先生和戴薇爾夫人談來談去，就談于連要出門這件事。維里埃市長已注意到，于連來請假時，說話的口氣很硬，諒必有詐。

「這鄉下小伙子，口袋裡肯定揣著別的聘約。現在，每年的薪金已加到六百法郎；別人，哪怕是瓦勒諾先生，要付這個數目，也多少會給嚇退的。昨天，維里埃那方面想必是提出要求寬限三天，來考慮此事。為避免給我正式答覆，今天早上，這位小先生就進山去了。跟一個囂張跋扈的雇工都要陪笑臉，看我們落到什麼地步了！」

「我丈夫還不知他自己傷人傷到了什麼份上，既然連他都認為于連要走，還有什麼好懷疑的呢？」雷納夫人心裡忖道：「唉！一切已成定局！」

為了能哭個痛快，又免得戴薇爾夫人問長問短，她推說頭痛得厲害，要上床休息。

「女人就是這麼回事，」雷納先生舊調重彈，「這些複雜的機器，總有些地方要出毛病。」說罷，帶著嘲諷的神氣走了開去。

命運的播弄，使雷納夫人陷於可怕的激情之中。

正當她受著痴情的折磨，于連卻興高采烈地趕著路，走在秀峰迭見的山間。他要翻過葦爾吉北面的大山脈。山路在高大的　樹叢中漸走漸高，蜿蜒在一面大山坡上；這山的北邊便是杜河流域的溪壑。走不多久，我們的旅人就看到在他的腳下山崗參錯，導引杜河折向南流。放眼遙望，是勃艮第和博若萊一帶肥沃的原野。這位年輕的野心家，不管他的心靈對山河之美多麼遲鈍，面對開闊如許的壯麗景色，也不由得時時駐足觀賞。

最後，他終於登上山頂。貼著山邊，抄一條近路，就能下到一個孤幽的山谷：他的朋友，年輕的木材商傅凱就住在那裡。于連並不急於見到傅凱；不管是傅凱，還是任何人，都不想見。大山頂上危石壁立。他好像一頭鷙鳥，棲在不毛的危石之間，老遠就能看到走近來的任何人。他發現在一堵巉岩的腹壁有個小小的洞穴。他跑去一看，隨即鑽了進去，躲在裡面。他眼中閃出快樂的光芒，喟嘆：「在這兒，世人就傷害不到我了。」他突生一念，何不在此痛痛快快把自己的想法寫下來。這些想法，無論在哪裡，對他都是十分危險的。取一塊方石板權充書桌。他下筆如飛，周圍的一切都不存在了。之後，他才注意到，落日已在博若萊的遠峰疊嶂後閃著餘暉。

「幹嘛不在這兒過一夜呢？」他自語道：「我有麵包，我有自由！」一聽到自由這個偉大的詞兒，他的心就激奮起來。他虛與委蛇的習性，即使在傅凱那裡，也是不得自由的。兩手托著頭，想入非非做他的美夢——得此自由，不亦快哉！他覺得一生中還沒像在這山洞裡過得這麼愜意。他無憂無慮，看著夕陽斜暉一道一道消逝。暮色漫漫，心裡也迷迷茫茫的，幻想著日後初到巴黎的種種形狀。首先遇見的，當然是一位美女，以姿色與才情而論，比他見過的內地女子不知要強出多少。他發瘋般地愛她，而且也爲她所愛。如果與她暫時分離，那是爲了去博取榮譽，使自己更值得愛。

在巴黎上流社會的可悲現實中教養出來的年輕人，即使有于連那樣的想像力，他編的故事不管多浪漫，也只會受到冷酷的嘲弄：偉大的行動將隨著不能實現的希望同歸於盡，取而代之的則是這句熟語：「一個人只要不守住他的情婦，一天之內就難免戴兩、三次綠頭巾！」而鄉下小伙子卻覺得他與英雄業績之間，萬事俱備，只缺機遇。

這時，黑夜已經驅除白晝，于連還有七、八里路要走，才能下山到傅凱住的村子。離開小山洞之前，他生了一堆火，把剛才胡亂寫的字紙全部燒毀，不敢掉以輕心。

午夜一點鐘，他敲響大門，把他的朋友嚇了一跳。他發現傅凱正忙著記帳。這是個高個子年輕人，相貌不佳，線條粗礪，且鼻子特長。不過這不討人喜歡的外表並未掩其忠厚。

「想必跟雷納先生吵翻了，才突然跑到這兒來？」

于連把前夜發生的事，揀可說的說了一番。

「跟我一起幹吧！」傅凱說：「我看，雷納先生、瓦勒諾先生、莫吉鴻長官、謝朗神父等人物，你都已認識，也領教過他們的手段；現在你可以待價而沽了。你算術比我好，來替我管帳吧！我這買賣賺頭不錯；我一個人不可能什麼事兒都管，又怕找個同伙是騙子，所以眼看有好生意，也不能天天去做。兩、三個禮拜前，我讓德・聖阿芒賺了六千法郎。我們已有六年沒有見面了，這次在朋塔利埃賣貨時碰巧遇到的。這六千法郎，或者少說些，三千法郎吧！你老兄爲什麼不能來賺呢？因爲那天倘有你在場，爲能採伐那片樹林，我就可以叫個高價，他們當場就會讓我承包的。來跟我合伙幹吧！」

這個提議，有違于連的本意，因爲擾亂他狂悖的夢想。兩個朋友像荷馬筆下的英雄，自己準備夜宵，因爲傅凱一直單身獨過。吃夜宵的時候，傅凱把帳本拿給于連看，證明他的木材生意獲利頗豐。于連的才智和性格，傅凱一向是十分器重的。

等于連獨自躺在松板小屋，心裡籌想：「不錯，在這兒可以掙幾千法郎，然後，再去當兵或當教士，這樣要有利得多。至於當兵還是當教士，得看那時法國的習尚再定。積上一小筆錢，所有零零碎碎的難題都可以迎刃而解了。僻居深山，正可治治我可怕的無知。有好些事你不懂，而沙龍裡的常客還特別在意。傅凱不想結婚，但又一再說，生活孤獨，抑鬱寡歡。顯然，他找一個沒資金的人合伙，是希望有個永不分離的道伴。」

「難道我要欺騙好朋友嗎？」于連生氣地嚷道。僞作與寡情，是他通常的救命法寶；但這次，感念知己情深，他不允許自己有半點不地道。

悴然間，又高興起來：他有了拒絕的理由。「怎麼！要我縮手縮腳，浪費七、八年光陰！一來二去，我就二十八了；而在這個年紀上、拿破崙的生平大事，最輝煌的早已完成了！爲販賣木材四處奔走，博得幾個下等騙子的看重，等我無聲無臭地掙了幾個錢，誰保得定我還會有揚名天下的雄心？」

第二天早上，于連用極冷靜的口氣答覆傅凱，說從事聖職的志向使他難以從命。善良的傅凱原以爲合伙的事已經談定，聽了回話，楞了半天。

「但你好好想過沒有，」他苦口婆心地說：「這是跟我合伙做生意。要是你喜歡另一種方法，那我每年出你四千法郎，如何？你卻偏要回雷納先生府上去，可他把你看得如同鞋底上的污泥一般！你手頭一旦有兩百金路易，誰能攔著不讓你進神學院？說得再過頭一點，我可以負責爲你覓得本地最好的聖職。因爲，」傅凱壓低聲音，補上一句：「某某先生，某某大人，他們燒的木材，都是由我供應的。我送去的是上好的橡木，他們付的只是白木價錢；而這實際上是最好的投資。」

于連矢志不改，傅凱怎麼也勸不動，最後認爲他怕是有點神經。第三天一清早，于連告別好友，在山林溪壑之間消磨了一整天。那個小山洞，他又去光顧了一下，但內心的平寧已不可復得；那是給傅凱的提議趕走的。像大力士海格力斯一樣，如今他要選擇的，不關善與惡，而是碌碌無爲的安閑舒服，或者少年氣盛的英雄美夢。「由此可見，我還不具備眞正剛毅的性格。」這種疑慮，最使他痛苦，「看來我不是成大人物的料，花八年工夫混口飯吃，我都擔心會壯氣喪盡，無復行非常之事的魄力了！」

第十三章、網眼長襪

小說，是一面鏡子，鑒以照之，一路行去。

——聖雷阿爾

于連望見殘陽斜照的葦爾吉舊堂遺址，才記起，自前天以來，一次都沒想過雷納夫人。「那天臨走，這女人提醒我，彼此間隔著一大段距離，直把我當木匠的兒子。毫無疑問，她是要藉此來表示悔恨，認爲頭天晚上不該讓我握她的手……不過，的確好看，她那隻手！這女人顧盼之間，多麼嫵媚！多麼高貴！」

有可能跟傅凱一起經商致富，對于連思考問題亦有方便，不必再像以前那樣，因爲激憤，因爲明顯感到自己窮，感到自己社會地位低落。他彷彿站在高高的岬角上，傲視群倫，甚至凌駕於貧富之上。不過他的所謂富，實際也只是小康而已。雖然他遠不具備哲人的深刻，來鑒衡自己的處境，但頭腦卻很清晰，覺得經此短暫的山林之行，自己與以前已大不相同了。

雷納夫人要他講講旅行見聞，他只簡單說了一說。令他驚異的是，女主人傾聽時那種極度惶恐的神情。

傅凱曾幾次打算結婚，幾次戀愛失敗；兩人夜話，談到這個題目，自是說來話長。傅凱往往高興得過早，過後，發現自己並非對方情有獨鍾的人。這類敘述，于連聽來感到吃驚，卻也增長不少見聞。他平時與人落落寡合，一味鑽在自己的猜想和猜疑中，也就遠離了一切可以給他教益的機會。

于連外出的那幾天，生活對雷納夫人只是一連串的苦難；苦難雖然各種各樣，但對她都是難以忍受的。這一回，她眞的病倒了。

「尤其妳這樣不舒服，」戴薇爾夫人見于連回來，對雷納夫人說：「今晚就不要到花園去了。那兒空氣潮濕，會加重病情的。」

戴薇爾夫人看到她的女友穿上巴黎新到的網眼長襪和小巧的繡鞋，大感詫異；雷納夫人閑常因服飾過於簡樸，還時時受到丈夫數落。三天來，雷納夫人唯一的消遣，便是將一塊時新的漂亮布料裁成一身夏裝，並要艾莉莎趕緊縫製。這件衣服，在于連到後不多一會兒才剛剛完工，雷納夫人馬上就穿上了身。至此，戴薇爾夫人已無可懷疑，心裡想：「原來她墜入情網了，這不幸的女人！」她那稀奇古怪的毛病也就不難明白了。

戴薇爾夫人看雷納夫人跟于連說話時，臉上紅一陣，白一陣，焦慮的目光盯著年輕教師的眼睛。女主人的心都提了上來，時時刻刻在等他做出解釋，宣布去留。哪知這題目，于連根本沒涉及，因為他壓根兒沒想過。心裡鬥爭了老半天，雷納夫人才敢開口，發顫的聲音，聽得出激蕩的情緒。

「你是不是要丟下這裡的學生，另有高就？」

雷納夫人的眼神和游移的聲調，于連不免感到訝異。他暗想：「這女人愛上我了。以她的高傲，對自己一時的軟弱，事後一定會埋怨不已的。她一旦不怕我離開了，就又會傲慢起來。」彼此的立場，于連一下子就看清了，便支吾其辭地答道：「這些孩子著實可愛，尤其出身高貴，丟下他們眞有點捨不得。但這一步或許不得不走。一個人不是對自己也有應盡的責任嗎？」

說到出身高貴四字（這是他新近學到的一句貴族用語），于連心裡大起反感。

「在這女人眼裡，」他私忖：「我嘛，就不屬於出身高貴之列。」

雷納夫人耳聽他說話，心裡在讚賞他的才華，他的英俊。他言語之間表示有可能離去，她聽了心如刀割。于連外出期間，維里埃的友人，凡來葦爾吉聚會的，都爭相向她道賀，說她丈夫有幸發掘了一位奇才。倒不是因爲孩子的學業大有長進，而是聽說此人能把《聖經》倒背如流，而且背的還是拉丁文，這使葦爾吉居民深爲嘆服。這種欽佩之情，也許可以流傳個上百年。

于連不與人說話，這一切自然無從知道。雷納夫人頭腦若稍微冷靜一點，是會想到宜對他鵲起的聲譽恭維一番的；而于連的自尊心一旦得到滿足，對她自會更加和藹，更何況她的新妝十分討人喜歡。雷納夫人自己對這身漂亮衣服也很滿意，聽了于連幾句誇獎就更高興了，表示願意到花園去溜達；但沒走幾步，就說體力不勝，走不動了，也不顧他倦遊回來，就挽起他的胳膊。然而，這非但沒給她增添什麼勁道，反而連原有的一點氣力也消失掉了。

天全黑了，剛落座，于連就憑前此的特權，大著膽子把唇吻印在鄰座美人的玉臂上，並把她的手拉了過來。此時心裡想的，不是雷納夫人，而是傅凱對其情婦的大膽作風；再者，「出身高貴」這幾個字還重重壓在他的心頭。鄰座美人握他的手，也不能使他感到一點快活。這天晚上，雷納夫人用種種暗示表露她的深情，甚至形跡太明顯了；于連非但不感到得意，甚至絲毫談不上感激。美麗、高雅、嬌嫩，也幾乎不能使他動心。心地純良、無怨無恨，無疑能使人長保青春。可嘆世間多數嬌美女子，往往紅顏先老！

整個晚上，于連都神情懊喪。此前，他只對命運和社會感到忿忿不平；而今，傅凱給他提示了一條並不高貴的致富之道，他對自己也生起氣來。他一味想著心事，雖則不時向兩位太太說句把話，最後竟不知不覺放開了雷納夫人的手。此舉弄得可憐的婦人驚惶不已，甚至看成是命運的徵兆。

要是確知于連懷有一片深情，她的操守或許能獲致抗拒的力量，但她心裡戰戰兢兢，時時刻刻都怕失掉他。情動於衷，行失其當，她竟把于連心不在焉擱在椅背上的手，朝自己這邊抓了過來。這個動作，喚醒了小伙子的勃勃野心，恨不得讓那些驕橫的貴族老爺都來見識見識。須知每當張筵設席，他只配跟少爺敬陪末座，而貴人縉紳看起他來，總露出一副居高臨下的笑臉。「這女人不敢再瞧不起我了！」他想道：「在這情況下，我應對她的美貌表示賞識，有義務做她的情人！」像這樣的念頭，在傅凱這位好朋友向他作天眞地傾談之前，他腦子裡是根本不會有的。

這個突然的決定，使他的情緒馬上歡快起來，心想：「這兩個女人，非弄一個到不可。」他發覺自己更願意追求戴薇爾夫人；倒不是因爲她更可人心意，而是她總把自己看作是一位才學受人尊敬的家庭教師，而不是腋下夾一件短大衣的小木匠，像雷納夫人初次見到他那樣。

然而，正是那小工模樣，滿臉脹得通紅，站在大門外不敢進入的情狀，雷納夫人想起來最覺得有意思。

對自己的處境審視之下，于連覺得不該心存征服戴薇爾夫人的念頭：雷納夫人矚意於他，戴薇爾夫人也許已覺察到。那只好再回到雷納夫人這一方。他捫心自問：「這位夫人的性格，我又有多少了解？無非是這麼一點：這次旅行之前，我去握她的手，她縮了回去；今天，我把手抽回來，她卻抓了過去，而且緊握不放。好啊，眞是好機會，把她對我的輕蔑，統統過去了！天曉得她有過多少情人！她之所以寵我，無非因爲彼此見面容易。」

這就是，唉，文明過度的不幸！一個年輕人，在二十歲上，要是受過教育，他的心靈便與順其自然相距千里：而沒有順其自然愛情又往往淪爲可厭的義務。

「我尤其應在這女人身邊得手！」于連小小的虛榮心還在尋思：「等他年發跡了，逢到有人非難我曾是區區一家庭教師，我就可以表示，那是爲了愛情，才屈就於教席的！」

于連重新掙脫雷納夫人的手，換由他去抓她的手，並緊握不放。回客廳時，差不多已是半夜，雷納夫人輕聲問他：「你要離開我們，你要走，是嗎？」

于連嘆了口氣，說：「我實在該走，因爲我發狂般地愛著妳。這當然是個錯……尤其對年輕教士來說，錯莫大矣！」

雷納夫人身子靠著于連的胳膊，那麼放任，以至於臉上都能感到他面頰的熱氣。

同一個夜晚，對兩人來說，眞大異其趣。雷納夫人神情亢奮，不能自禁。輕佻女郎往往過早解得風情，對愛的困擾，早已習而相忘，眞到了動情的年紀，新鮮感反沒有了。不比雷納夫人，沒讀過什麼小說，愛的幸福，連最細微之處，對她都是簇新的。沒什麼愁鬱的事來掃她的興，更不要說未來的威脅了。在她的憧憬裡，十年以後也會跟目前一樣幸福。至於道德觀念，誓忠丈夫等等，幾天前還弄得她輾轉不安，此刻即使想起也屬枉然，像打發一個討厭鬼那樣給揮走了。

「我又不會給他什麼便宜，」雷納夫人自我安慰道：「以後的相處也會跟這個月一樣。他永遠是個朋友而已。」

第十四章、英國剪刀

二八佳人，艷如玫瑰，還去搽脂抹粉！

——鮑利多里

在于連方面，所有的快意都給傅凱的提議打消殆盡，現在是連個主意都拿不定了。

「唉！我性格裡或許缺少點剛強，在拿破崙麾下，也不會是個好兵。不過，」他轉而一想：「跟女主人胡鬧胡鬧，也可消遣消遣。」

所幸，即使是這麼樁小事，于連的內心，跟他放肆的言辭也相去甚遠。他見到雷納夫人先就有點怯意，因爲她的新裝太漂亮了。這身衣服，照于連的眼光，即使在巴黎也是開風氣之先的。以他的虛矯自大，不允許把什麼事都委諸偶然，憑一時的興之所至。根據傅凱傾談所及，以及從《聖經》中讀到關於愛情的一點可憐知識，他特地制定了一個周詳的作戰計畫。儘管自己不肯承認，他心裡還是很慌亂的把方案寫下來。

但就在第二天早晨，有一刻工夫，雷納夫人和他單獨待在客廳裡，問到：「你除了叫于連，還有沒有別的名字？」

對這句討好的話，他竟不知如何回答是好！因爲這一情況，不在他計畫的預料之內！如果沒有訂計畫、寫方案這種蠢事，憑他活絡的頭腦，完全應付得過來的；意外的變局，更能激發他見機行事的本領。他這時傻楞楞的，自己還誇大了這種笨拙。雷納夫人很快就予以原諒了。他的笨拙，她視爲是一種率直的表現，自有其可愛之處。此人大家都覺得他很有才氣，在她眼裡，所缺少的正是坦誠。

戴薇爾夫人有時對她說：「你那位家庭教師，別看他小小年紀，我覺得大大可疑。看他樣子好像時時刻刻都在動腦筋，一舉一動都用了心機。這可是個陰險傢伙。」

于連不知如何回答雷納夫人這句話，大爲苦惱，尤其深感羞辱。

「一個像我這樣的人，吃了敗仗，應當扳回來！」趁走進隔壁房間的機會，他認爲自己有責任，給雷納夫人一個吻！

無論對他還是對她，沒有比這個吻更不得體，更不愉快，更不謹慎的了！他們差點兒叫人給撞見了。雷納夫人以爲他瘋了。她大吃一驚，尤其覺得有失體統。這樁蠢事，使她陡然想起瓦勒諾來——

「跟他單獨在一起，誰知會發生什麼事？」她的道德感又冒出頭，因而愛情躲了開去。

她細思量，巧安排，讓身邊總留個兒子。

這一天，于連很不好過。他的全部工夫都用在實施他的引誘方案，但做得很不高明。看起雷納夫人來，每次目光裡都帶著探詢的意味。不過，他還沒蠢到看不出自己不討人喜歡，更不要說能勾魂攝魄了。

雷納夫人見他既笨拙，又莽撞，驚愕了半晌。「這是愛的羞怯，果然是個才子！」她百般慰解，心裡有說不出的愉快，「他會沒叫我的情敵看中，這可能嗎？」

爲接待布雷專區行政長官莫吉鴻先生的來訪，雷納夫人在午飯後回到客廳，坐在一個高高的小型壁毯棚架前做手工活。戴薇爾夫人坐在她的旁邊。就是這樣一個顯眼的位置，而且在光天化日之下，我們的英雄覺得有機可乘，把靴子伸過去，想踩雷納夫人的秀足；而她那來自巴黎的網眼長襪和漂亮繡鞋，顯然正吸引著那位風流長官的目光。

雷納夫人擔驚受怕之餘，故意讓剪刀、絨團、棚針等失手掉下；這樣一來，可遮掩于連的輕舉妄動，好像是他看到剪刀下墜，慌忙想用腳去擋。碰巧這把英國剪刀跌斷了，雷納夫人連連表示惋惜，還怪于連當時坐得不夠近，「剪刀滑下來，你比我先看到，應該能夠攔住。你這倒好，白熱心一場，反重重踩了我一腳。」

這番說辭，可以瞞過行政長官，卻瞞不過戴薇爾夫人。她想：「這小伙子人雖長得漂亮，動作卻夠楞的！這類過錯，照省城的規矩，也是不能原諒的。」

雷納夫人伺機也關照他：「放謹慎點兒，我命令你。」

于連覺出自己的笨拙，大為氣惱。他盤算了半天，該不該對「我命令你」這句話生氣。真是迂到了家，才會這麼想：如果涉及孩子的教育問題，她可以對我說「我命令你」；但事關愛情，前提就是平等。無平等即無愛情……於是，山環水複，盡想些關於平等的醒世恆言。高乃依的這句詩，是幾天前剛跟戴薇爾夫人學來的，他憤憤然一再吟誦——

……………………愛情
造就平等，不用再把平等追尋

于連有生以來還不曾有過情婦，卻一心想扮荒唐的唐璜角色。他這一天的表演，眞是蠢得要命。只有這個想法還算對頭：他為雷納夫人，也為自己所討厭，看到日落西山，想在夜色昏濛中又要陪她坐在花園裡，不免憂心忡忡。於是，便對雷納先生說，他要回維里埃去見謝朗神父；晚飯一吃完就動身，挨到深更半夜才回來。

在維里埃，碰上謝朗神父正忙於搬家。神父終於給撤職了，接任的是助理司鐸馬什龍。于連在場，能爲善良的神父助一臂之力。他想到應該寫封信給傅凱，說他內心那股無可抵禦的宗教信念，一度阻止自己接受他的好意之提議。現在看到這樣的不平事兒，也許不進教會對拯救自己的靈魂更有利。

于連簡直要爲自己的精明喝彩鼓掌：就維里埃本堂神父去職一事，爲自己留出了條後路，如果他的謹愼可以戰勝英雄主義的話，他還可以回過頭來考慮做生意。

第十五章、雞叫

愛情一字？拉丁文作amor，起始於愛情，終極於死亡，但在此前，是無盡的悵惘，憂傷，悲泣，欺騙，罪惡，懊喪。

——《愛情禮讚》

于連老是自以爲很聰明。若他有的話，那麼，在第二天，對自己維里埃之行所產生的效果就該額手稱慶了。原來，他的笨拙，因人一走，大家都忘了。這天，他心情還是怏怏不樂。黃昏時，有個荒唐想法，就是大膽的告訴了雷納夫人。

那時大家在花園裡剛坐定，不等天黑透，于連就把嘴湊近雷納夫人耳際，顧不得會不會連累美人，就對她說：「夫人，今夜兩點，我到妳房裡去，有話要對妳說。」

于連提心吊膽，生怕這請求會給接受下來。扮演引誘良家婦女的角色，對他壓力甚大；要是順著自己的性子，他寧願在房裡躲幾天，再也不見這兩位太太。他明白，自己昨天的一著高招，已把前一天的好印象破壞完了，現在眞不知該怎麼辦才好。

這種放肆的告白虧于連敢提出來，雷納夫人回話的口氣的確十分生氣，毫無誇張成分。從她簡短的答話中，于連感覺出輕蔑的意念。雖然回答得很輕，他確信聽到了一個「呸」字。于連推說有事要吩咐孩子，自到他們房間去了。回來後，就坐在戴薇爾夫人身邊，故意與雷納夫人隔得遠遠的，這樣可免得去握她的手。談話都是正經題目，于連應付得很好，中間偶有短暫的沈默，也夠他傷腦筋的。他暗暗發急：「怎麼會什麼好點子也想不出，去逼一逼雷納夫人，讓她作出點親熱的表示來；正是這類毫不含糊的表示，使我在三天前相信，她是屬於我的！」

于連把事情幾乎推向絕境，沮喪已極。不過，話得說回來，要是事情順順當當的，或許更教他為難。

半夜分手時，他的心情悲觀，相信戴薇爾夫人在鄙薄他，雷納夫人也不會對他好到哪裡去。他情緒惡劣，心裡深感屈辱，一點睡意都沒有。放棄任何偽詐，放棄一切計畫，與雷納夫人得過且過，像小孩子一樣滿足於每天一點點小小的快樂，這種想法，離他已有十萬八千里了。

他絞盡腦汁，想出許多妙著，旋即覺得荒謬絕倫；總而言之，其苦萬狀。這時，古堡的大鐘正敲響兩點正。

鐘聲使他驚醒過來，如同雞叫驚醒司門神聖彼得一樣。他看到已到緊要關頭，該面對這樁煩難事了。說實在的，打那放肆的提議之後，他連想都沒去再想！他受到那樣壞的對待！

「我對她說過，兩點鐘到她那裡去，」他一邊起身，一邊自語：「我可能笨拙，粗魯，像個鄉下佬的兒子——這層意思，戴薇爾夫人已暗示得相當清楚了；但我至少不是軟骨頭！」

于連有理由為自己的膽量得意，他從未勉強自己做過這樣為難的事。打開房門，他渾身戰慄，兩條腿都軟了，不得不倚在牆上。

他沒穿鞋，走近雷納先生的房間，貼門聽了，裡面的鼾聲清晰可聞。這真叫人無可奈何了。至此，退無可退，再沒什麼藉口可以不去她的房間了。但是，天哪！他去幹什麼？他並沒有什麼計畫，縱然有，心緒紊亂如此，也無法依計而行呀！

最後，神情比赴死就義還要痛苦百倍，他走進一條狹小的甬道，由此可直達雷納夫人的臥房。他的手哆哆嗦嗦推開房門，發出怕人的響聲。

房裡有一星微光：壁爐下面點著一盞守夜燈。于連沒料到還有新的不幸。見他進來，雷納夫人急忙從床上跳下來。「啊，你瘋了！」她喊道。房裡頓時一陣混亂。于連忘了所有虛妄的計畫，恢復了本來面目；不能博得這樣一位美婦人的歡心，實在是人生的大不幸。對於她的責備，他只是跪在她的腳旁，緊緊抱著她的雙膝。她的話說得極難聽，他哭了起來。

幾個鐘點以後，于連走出雷納夫人的臥室；用小說家的語言，他是心滿意足，別無所求了。事實上，他可謂旗開得勝。這有兩方面原因：一是緣於他所引發的愛；再者，是她誘人的姿色予他意想不到的反應；光憑他的笨拙勁兒，是萬難得勝回朝的。

但即使在蜜愛幽歡的時光，他仍擺脫不掉古怪的傲氣，還想扮一個慣於征服女人的角色：結果卻以超乎尋常的努力，泯滅自身的可愛之處。他不去注意那被他激起的歡情，以及那使歡情更勝的嬌羞，卻不斷想著職責的念頭。他給自己定下一個理想的範本，怕稍有偏離，就會落下可怕的悔恨，和永久的笑柄。總而言之，強烈的意識既造就于連成爲超卓之士，也適足以妨礙他去享受匍匐在她腳邊的幸福。正如同一個年方二八的妙齡少女，天生有令人銷魂的姿色，但爲了赴跳舞會，竟去塗脂抹粉，眞是荒唐之至。

雷納夫人一見于連出現，就嚇得魂不附體，接著就心驚肉跳。于連的眼淚和絕望，攪得她心亂如麻。甚至到她對于連已拒無可拒之際，還把他推得遠遠的，而且眞是出於憤激，可隨即又投身在他的懷裡。這種種做法，事先並無什麼計畫可言。

她相信自己罪無可赦，該入地獄。爲了讓自己看不到地獄的慘象，不停地給于連以狂熱的撫愛。總之，就人生樂事而言，於我們的英雄已一無所缺，甚至連剛征服的女人身上那暖人的潮熱也不少，假如他懂得消受的話。于連走後，使她神魂失據的雲情雨意並未消歇，同時令她撕心裂肝的悔恨交迸也未中止。

「天哪！所謂幸福、愛情，就是這麼一回事嗎？」這就是于連回到自己房間後的第一個感想。渴望已久的東西一旦如願已償，一個人的心靈反陷於驚訝惶恐之中。心裡本來一直有所企望，現在已無可追求，而剛過眼的煙雲尚未成為甜蜜的回憶。像一位受檢閱回來的士兵，于連認眞檢點自己的行為，把細節一一回想過來：「職責攸關，我該做的，有沒有什麼缺失？我這角色，是不是扮得很成功？」

是什麼角色？一個在女人面前慣於炫耀自己的角色！

第十六章、翌日

他用唇去吻她的櫻唇，還用手梳理她的亂髮。

——《唐璜》第一章第一七〇節

虧得雷納夫人過分激動和驚恐，沒覺察到于連的笨拙，倒給他保住了面子。轉瞬之間，于連已成了她在世上的一切。

等看到曙光初透，便催他快走：「噢！天哪，我丈夫要是聽到一點動靜，我就完了。」于連倒還有時間咬文嚼字，記得問了這麼一句話：「此生此世，還有什麼引以為憾的嗎？」

「啊！此時此刻，覺得憾事真多呢！但認識你，卻沒什麼憾恨可言。」

于連不急於回屋，故意拖到天亮，做出不以為意的樣子，覺得這樣才有氣概。他抱著一個荒唐的想法，要顯得像個中老手，對自己的一舉一動都用心加以推敲。這番心計倒也有一點好處：早餐時光，重新見到雷納夫人，他的舉止堪稱謹慎的傑作。

至於雷納夫人，則不能看到他而不滿臉通紅，要是不看他又一刻都活不下去。她察知自己怔仲不寧，想加以掩飾卻適得其反。于連只抬眼看了她一下。起初，雷納夫人還讚賞他知所謹慎。不久，發覺他只是看了一眼，就不再看了，不禁驚恐起來：「他莫非不愛我了！唉！對他來說，我老得多了；比他大出十歲呢！」

從飯廳出來，到花園去的時候，她緊緊握著于連的手。這一愛的表示，非比尋常，他一陣驚喜，側身看她，不免眼角傳情。因為在用餐的時候，他覺得她非常婉麗，雖說當時只管低著頭沒看她，其實都暗中玩味她那迷人的姿色。這含情的一瞥，對雷納夫人眞是莫大的安慰，雖然還不足以消除她所有的不安；而她的不安卻差不多完全消除了她對丈夫的愧疚。

早餐中間，這位做丈夫的毫無覺察。而戴薇爾夫人卻不然：覺得雷納夫人已瀕臨失足的邊緣。這一整天，出於親情，她單刀直入，不惜用隱語，把她表妹所面臨的險境描繪得十分險惡。

雷納夫人急於想跟于連單獨待一會兒，問問他是不是還愛她。她雖則不改溫婉的稟性，可有好幾次，差點兒表示出來，叫她這位女友不要那麼討人厭。

當夜，進花園的時候，戴薇爾夫人巧作安排，自己正好坐在雷納夫人與于連之間。雷納夫人本來還存著甜蜜的想頭：抓起于連的手放在唇邊偷吻，不想竟連說句話都不可得！

這件意外，使她益發焦躁。她想起昨夜更後悔不迭。就是于連摸到她的閨房內時，她曾責備他行事太唐突，此刻卻怕他今夜不再來。她早早離開花園，回房待著，又耐不住便走用去耳朵貼著于連的房門。雖則疑慮與熱情交相煎逼，到底還不敢推門而入。這樣做顯得太下賤了。內地不是有「自送上門，俗不可耐」這句俗話嗎？

府中的僕人還沒有全睡。為謹慎起見，她最後還是回到自己房裡。兩個鐘頭的等待，不啻是兩個世紀的折磨。

于連對他所謂的職責，一向是恪守不渝的：凡定下要做的事，就按部就班，一一做去，絕無絲毫差池。

時鐘剛敲一點，他便悄悄溜出房門，確信男主人已睡得很沉，便走進雷納夫人房裡。這一夜，在情婦身邊歡愉更勝，因為他沒有時時刻刻想著要扮演什麼角色，所以眼睛能看到娛目之色，耳朵能聽見悅耳之音。雷納夫人說起自己的年紀，更增加了他幾分自信。

「哎！我大出你十歲，你怎麼會愛我呢？」她胸無城府，連說了幾遍；因爲這個想法，無形中對她是個壓力。

想不到會有這種隱憂，而且看起來還是實在的，這倒使他幾乎忘了怕鬧笑話的惶恐。因出身微寒，怕被她看作下等情人的蠢見也隨之消失。于連情歡逾常，使他羞怯的情婦漸漸放下心來，從而也感到一點歡快，恢復了一點判斷力。幸虧這天他沒有那麼多假模假樣，不比隔夜，把赴約幽會當作一場勝仗，而不是一樁樂事。她要是看出他在硬扮角色，這可悲的發現會把她所有的快意都剝奪淨盡。因爲除了年齡不相稱外，她看不出還有別的原因。

雷納夫人從未想到有什麼愛情觀之類，但在內地，一談到婚戀問題，除貧富懸殊之外，年歲的差別的確是坊間的八卦現成題目。

幾天之內，于連以其血氣方剛的全部熱力，愛得發瘋發狂一般。

「應當承認，」他心裡想：「她的靈魂像天使般善良；而姿色更是天下少有。」

扮演角色的想法，他差不多全忘了。說到縱情處，甚至把自己的擔憂也告訴了她。這種呢喃私語，把他引發的激情推到了巔峰狀態。「這麼說來，我並沒有走運的情敵。」雷納夫人喜滋滋地想道。她壯起膽子問他，那幅他十分關切的肖像，畫的是誰？于連賭咒發誓，說那是一個男人的肖像。

等一個人靜下來能想點事兒的時候，雷納夫人不覺驚異：想不到世上竟有這樣的快活。

「啊！」她心裡想：「早十年認識于連就好了，那時我還可算得是美人兒呢！」

年齡這類想法，跟于連根本不沾邊。於他，愛情仍然是一種野心：這是一種占有的快樂。想他一個被人瞧不起的窮小子，竟然占有一位如此高貴、這般嬌艷的少婦！他傾倒的情況，以及看到她艷色嬌姿的欣喜，終於使雷納夫人對年歲差別一點稍感寬慰。

在比較開化的地區，一個女人到三十歲已經很懂得爲人處世了。雷納夫人只要略略通點人情世故，就會對他的愛能維持多久感到心驚膽戰了，須知這類愛情，僅僅維繫於好奇，維繫於追求的企圖心。

于連把本來的野心一拋開，也會忘乎所以，讚賞起雷納夫人的帽子和衣衫；那種香氣，他聞了又聞，總覺得光聞還不夠。他打開衣櫃的玻璃門，一站半天，裡面的一切，他都覺得華美、工巧，大爲嘆賞。雷納夫人軟偎在他身旁，凝視著他，而他則凝視著這些足可構成一份彩禮的珠寶衣物。

「我很可以嫁給這樣一個男人呀！」雷納夫人有時這麼想：「多麼熱烈的靈魂！跟他在一起，生活該多美妙！」

對于連來說，女性武器室的駭人裝備，還沒有近觀的機會。心想：「即使在巴黎，想來也不會有更美的東西了！」所以，對眼前的艷福，也找不出任何反對的理由。雷納夫人對他衷心讚佩，爲他神魂顚倒，常常使他忘了那套無用的理論。正是那種理論，在發生私情之初，害得他縮手縮腳，幾乎變得非常可笑。有些時刻，儘管他虛假成性，覺得跟這位愛慕他的貴婦人老實承認自己對一大堆小玩意兒不知有何用處，自是一種逸趣。情婦的門第，似乎也抬高了自己的身價。

雷納夫人這方面，對這位才華橫溢，他年必有出息的年輕人，在一些小關節上略加指點，也覺得意趣無窮。不是連行政長官和瓦勒諾先生也不禁要說他幾句好話嗎！在她看來，這一點上，他們倒還不算太蠢。

至於戴薇爾夫人，觀感並不相同。個中情形，她已猜到八、九分，感到無可爲力；自己明智的勸告，反招這個迷亂失序的女人厭惡，還不如一走了之。她離開葦爾吉時，也沒作任何解釋，別人也覺得不問為妙。雷納夫人跟她道別，還流了幾滴淚，但事過不久，似乎倍感快活，因為這一走，她跟戀人可以朝夕廝守，幾乎整天不離左右了。

于連也特別願意陪伴這位女友，體會到一份溫馨，因為每當獨處時久，傅凱那要命的提議又會來攪亂他的心緒。新的人生開頭幾天裡，他這個從來不曾愛過，也從來沒被愛過的人會心血來潮，覺得做個坦誠君子亦屬人生快事，差點兒要向雷納夫人和盤托出：時至今日，野心一直是他生活的要義。傅凱的提議，引得他心癢難撓；他很想向她討教討教，只因發生了點小小的口角，阻塞了開誠布公之路。

第十七章、首席助理

唉！青春的戀愛就像陰晴不定的四月天氣，太陽的光彩剛剛照耀大地，片刻間就遮上了黑沉沉的烏雲一片。

——《維洛那二紳士》

一天黃昏，夕陽西下的時候，于連在果園深處，坐在女友身旁，陷入了深思：「這樣甜蜜的時光，能延續久長嗎？」他的心思想到立身處世之難，感嘆人生苦悲辛，才結束童年，對貧寒子弟，又開始艱難的少年歲月。

「啊！拿破崙眞是當年上帝爲法蘭西青年派來的使者！他的地位，誰取代得了？」于連失聲自語道：「沒有他，生而不幸的人能有什麼作爲？即使比我有錢也沒用，勉強有幾個子兒固然可以受到良好的教育，但還沒富到可以在二十歲時買個替身去服兵役，使自己能全身心投入事業中去！」他長嘆一聲，又補上一句：「不管怎樣，有了這個不可磨滅的回憶，教我們永遠也快活不起來了！」

猝然間，他看到雷納夫人雙眉深鎖，露出冷漠的輕蔑之狀。這類感慨，她覺得，只有當傭人的才配有。她是在富貴圈裡長大的，認爲于連理所當然亦該如此。她之愛他，千倍於自己的生命，根本不計及金錢問題。

她這些想法，于連又怎麼猜得到。這一皺眉，又把他喚回到現實的土壤。他很有急智，馬上利口巧辭，使這位坐在近旁草坪上的貴婦意會到，他剛才說的話，不過是重複這次出門從他賣木材的朋友那裡聽來的說法，俱是些異端的論調。

「對啦！別再跟那些人混在一起了。」雷納夫人的口氣依然帶點冷冰冰的意味；她此前的表情一直是最溫柔不過的。

她的皺眉蹙額，或許可看作是對自己行爲不檢的悔咎。這對于連的幻想，不啻是當頭棒喝。他暗忖：「她很善良，很溫柔，對我也很關切，但她是在敵對營壘裡長大的。他們特別害怕有雄心的人，這些人雖受到好教育，卻沒有財力去開創事業。瞧那些貴族會落到什麼地步，假如允許我們握有同樣的武器，去跟他們較量的話！比如說我吧，竭智盡忠，爲人正派，至少不讓於雷納先生，一旦當上維里埃的市長會怎樣？看我不收拾助理司鐸和瓦勒諾，以及他們所有的鬼蜮伎倆！公理將在維里埃大行其道！礙我路的，絕不是他們的才幹。他們無非靠不斷地鑽營。」

于連那份閑情，在這一天，本可望持續下去。只怪我們的英雄不敢開誠布公。關鍵是要有勇氣迎戰，而且還得及時出擊。雷納夫人對于連的話感到震懾，是因爲在她那社交圈裡，常聽人說：羅伯斯庇爾復生是大有可能的，尤其因爲下等階級中出了一批受過良好教育的有爲青年。雷納夫人把這種冷冰冰的神態保持了好久，彷佛是故意做給于連看的。他那些不中聽的話，她先就反感，拐彎抹角，掃了他一下，說完又有點惴惴不安。這份憂慮明顯表露在她的臉上，而每當她心情舒暢，遠離俗人的時候，她的臉總是十分清純端雅的。

于連再也不敢放任自己，胡思亂想了。熱情稍退，頭腦冷靜下來之後，他覺得自己去雷納夫人房間，有失謹慎。她來就我，豈不更好？萬一她在屋裡走動而給傭人看到，找個二十種說法，推托乾淨，還不容易？

不過這樣安排也有不便之處。傅凱給于連寄來的書，他作爲神學生，自己是絕不可能去向書商購求的。到了夜裡，他才敢打開來看。無人打擾，才覺愜意；佇候玉人前來，即使在果園口角之前，也是無法靜下心來看的。

正是靠了雷納夫人，他倒對這些書有了新的體會。他敢於向她提出種種問題，問及許許多多瑣事。一個不是出身於上流社會的青年，不管人家把他想像得天分多高，也不可能懂得這些事；而不懂這些事，就會影響對內容的理解。

這種愛的教育，得之於一位胸無城府的婦人，眞是萬幸。這樣，于連能夠直接看到當今社會的眞相，他的頭腦不致於被過去，如兩千年前的記載，或距今僅六十年，比如伏爾泰與路易十五時代的陳述所蒙蔽。他感到說不出的高興，遮在眼前的一道帷幕落下了，終於明白了正在維里埃發生的許多事。

首先暴露出來的，是以貝桑松省長爲中心人物，策劃了兩年的陰謀，情節相當複雜。這個陰謀有巴黎來函爲之撐腰，而且還是顯要人物寫來的。事關委任德·穆瓦羅先生——當地最虔誠的人物！爲維里埃市長的首席助理，而非次席助理。

競爭對手是一位有錢的製造商。現在的問題是，非要把這位巨富壓下去，只能給他個次席助理當當。

當地上層人士到雷納先生府上聚集之際，于連常聽到一些藏頭露尾的話，其中的意思，現在總算明白了。這個特權階層忙於張羅首席助理的人選，而城裡的其他人，尤其是自由黨人，還猜不到有這麼一件事呢！此事之所以重要，諒必大家知道：維里埃大街的東側需縮進去三、四米，因爲這條路已定爲皇家大道。

話說德·穆瓦羅先生有三幢房子在這範圍內。他倘若當上首席助理，繼而——如果雷納先生當選爲國會議員——升爲市長，那他就會打馬虎眼，對伸出在公共道路上的房子作一些可有可無的修補，又可保存百年之久了。德·穆瓦羅先生雖則奉教虔誠，廉正清白，但人家相信他是能夠通融的，因爲他有一大堆孩子要養。在應該縮進去的大街房子裡，就有九幢屬於維里埃最有權勢的家族。

這一類陰謀詭計，在于連看來，比豐特諾瓦戰役，關係更重大；一七四五年，法軍在比利時小鎮豐特諾瓦擊潰英荷聯軍一事，他是從傅凱寄來的一本書中剛看到的。近五年來，晚上去本堂神父家讀書，知道了許多使他吃驚的事。但謹愼與謙卑是神學生的首要品德，所以也就不便遇事多問了。

一天，雷納夫人吩咐她丈夫的僕人去辦一件事。

「不過，太太，今天是月底最後一個禮拜五。」回答的口氣相當奇特。

「先去了再說。」雷納夫人又囑咐一遍。

「對啦！」于連接著話頭說：「他是去那個乾草倉庫吧！那兒原先是教堂，新近又恢復舉行禮拜。但究竟是幹什麼的？這樁神秘事兒，我一直參不透。」

「這是個公益組織，可是非常怪，不許女人進去。」雷納夫人答道：「我所能知道的，就是裡面的人彼此都稱兄道弟。就說眼前的例子吧！這個僕人到那裡是去找瓦勒諾先生。別看瓦勒諾驕橫無比，聽說盛尚跟他可以沒上沒下，你我相稱，瓦勒諾不僅不生氣，還用同樣的腔調跟他對答。如果你一定要知道他們幹什麼，其中的細節，待我問問莫吉鴻先生，或者瓦勒諾先生。我們還替每個僕人付二十法郎，求個太平，不要有朝一日來抹我們的脖子。」

時光過得飛快。于連回味著情婦的媚姿綽態，怡然自得，不怎麼想起他那陰鬱的勃勃野心。跟她既不能嘆苦經，也不能說道理，因爲分屬對立的兩壘。這種無奈的情形，無形中反增添了在她身邊的愉快，也加強了她左右他的能力。

幾個孩子非常懂事；有孩子在前，他們只能用冷靜而理智的語言交談。這種時光，于連顯得極其溫順，兩眼閃著愛的光芒，一面凝眸望她，一面聽她講說上流社會的情形。有時，講起修路或供應方面的巧設機關，爾虞我詐，雷納夫人說到半當中，突然會神思不清，不知所云。于連正聽得出神，就嘟嘟噥噥埋怨起來。她會用親呢的手勢，像哄自己的孩子般哄他。因爲有些日子，她驀地產生一種幻覺，覺得她喜歡他，就像喜歡自己的孩子一樣。她不是老在回答他那些幼稚的問題嗎？這些簡簡單單的事，換了世家子弟，在十五歲上就全懂了。但隔了一忽兒，她又會對他欽佩得像對自己的師長。他的才能已到了使她吃驚的地步。每天，她都相信能看得更分明一點：這個年輕的教士定是他日的偉人。在她眼中，他就是教皇，他就是黎塞留首相。

「你名揚天下的時候，不知我還看得到看不到？」她問于連：「造就偉人的地盤已有了，朝廷和教會都極需人才哪！」

第十八章、國王蒞臨維里埃

難道你們只配像一具沒有靈魂、沒有熱血的屍體，給扔在那裡？
——大主教在聖克萊芒教堂的演講

九月三日晚十點，一個憲兵沿大街縱騎飛奔而來，把維里埃全城都驚醒了。他傳來一條消息：國王將於禮拜天駕臨維里埃，而當天已是星期二。省長授權，也就是說下令，組織一支儀仗隊，務必窮極奢華。

一名專使急馳到了葦爾吉，雷納先生當夜就趕回維里埃，發現全城都歡騰開了。各人有各人的打算；好些無事忙就搶先去租陽台，以便憑眺國王入城的盛典。

這儀仗隊歸誰率領好呢？雷納先生馬上看出，為照顧那些擬議中需縮進去的房屋，有必要委任穆瓦羅先生擔任統領。這樣，穆瓦羅先生就師出有名，可以謀取首席助理的要職。他的虔誠是無可挑剔，誰也比不上他，只是他這輩子不曾騎過馬。此人三十六歲年紀，膽小得很，他怕從馬上摔下來，也怕當衆鬧笑話。

清晨五點，市長就派人把他請來。

「你看得出來，先生，我聽取你的高見，就像你已經身居要職了。那是衆望所歸，凡正派人都希望你來承當的。我們這個不幸的小城裡，發達的是實業，成百萬富翁的都是自由黨人，他們渴望權勢，什麼都會拿來當槍炮使的。我們要以王上的利益爲重，以朝廷的利益爲重，尤其要以聖教的利益爲重。儀仗隊統領之職，依你之見，托付給誰爲好？」

穆瓦羅先生儘管非常怕騎馬，最後還是像殉教者赴難一般，接受了這份殊榮。「到時我會好自爲之的。」他向市長擔保。剩下的時間，只夠料理軍裝事宜了；這些軍裝還是七年前有位親王巡視時用過一回。

早晨七點，雷納夫人帶著于連和幾個孩子從葦爾吉趕回來。看到客廳裡擠滿了自由黨人的太太——這次各黨的主張倒是一致了；她們懇請雷納夫人轉求市長大人，把她們的丈夫安插在儀仗隊裡。有一位太太還說：要是她的丈夫落選，他一定會心情抑鬱，弄得生意倒閉的。她們很快給雷納夫人打發走了。她顯得異常繁忙。

故示神秘，不肯說明所爲何事，這使于連不僅訝異，而且生氣。「我早就料到了，她府上一有迎駕的榮耀，愛情就退避三舍了。」想到這裡，心裡不無苦澀，「這陣熱鬧，已使她頭昏目眩。等門第觀念不再沖昏她的頭腦，她自會重新來愛我的。」

說也奇怪，他對她倒更依戀了。

府裡一時擁進大批裝修匠。于連等候半天，連跟她說句話的機會都不可得。一次她從于連房裡出來，拿著他的一套衣服，這才算找到個機會。此刻只有他們兩人單獨在一起，他想跟她說話，但她不想聽，匆忙逃了開去。「我眞夠蠢的，去愛這樣一個女人。野心使她變得跟她丈夫一樣瘋狂。」

實際上，她更瘋狂。她的一大願望——就怕于連不悅，一直沒跟他說——是想看到他能脫去那身喪氣的黑外套，哪怕一天也好。以她那樣的純樸，竟會使出如此手段，的確叫人佩服：她先後求得穆瓦羅和行政長官莫吉鴻的同意，委派于連入儀仗隊，而不再考慮其他五、六個年輕人，他們都是殷實廠商的公子，其中至少有兩人，操行堪稱楷模。瓦勒諾先生打算把他的敞篷馬車借給城裡最具姿色的婦女，藉以炫耀其諾曼第駿馬，但居然同意讓一匹馬給于連，雖然于連是他最恨的人。所有儀仗隊員都有自備或借來的天藍色漂亮制服，兩肩飾有銀質的上校銜肩章，那在七年前曾光鮮過一次。雷納夫人想弄一套嶄新的軍裝，而時間只剩四天，需派人先到省城貝桑松去定做，再取回來。東西包括制服、馬刀、帽子。總之，一個儀仗隊員的全部行頭。最有意思的是，她認爲不該冒冒失失在維里埃做于連的衣服。她有意叫他，以及全城的人，大吃一驚！

編組儀隊和順應民情的事才告一段落，市長又忙於張羅盛大的宗教典儀。王上駕經維里埃，不會不去瞻仰一下聞名的聖克萊芒遺骸，保存在離城六、七里路的布雷—勒奧教堂。內廷希望出場的神職人員多多益善，這樣事情就更難籌措了。馬仕龍，這位新上任的本堂神父正不遺餘力要阻擋謝朗先生露面。雷納先生認爲此舉不妥，解釋了半天也枉然。德·拉穆爾侯爵已指定扈駕隨行而來，因爲他祖上曾歷任本省省督。侯爵與謝朗神父是三十年的知交；他到了維里埃，必定會問起老友的近況。一旦得知神父去職，他會帶上一大幫隨從，到神父隱退的小屋上門拜訪。這樣一來，不是自取其辱嗎？

「謝朗神父夾在我的班底裡，那我在維里埃，在貝桑松，就算丟盡了臉！」馬仕龍神父抗辯：「那是個詹森派的異端，我的上帝！」

「不管你怎麼說，親愛的神父，」雷納先生反駁：「我可不願讓堂堂維里埃市政府受德·拉穆爾侯爵羞辱。他的爲人，你可能有所不知。在朝廷裡，他深思遠慮，極有識度；但到了內地這裡，就會變成一個刺兒頭，諷刺挖苦，無所不用其極，教人下不了台。而且，僅僅爲圖快一時，他也會教我們在自由黨面前出盡洋相。」

經過三天磋商，直到星期六的後半夜，馬仕龍的驕倨之態開始軟化，因爲市長已由謹小愼微，變得大刀闊斧了。於是，需擬一封措詞委婉的信，敦請謝朗神父光臨布雷—勒奧教堂，參加聖骸瞻拜典禮，如果他不因高齡與老邁而不良於行的話。謝朗神父覆信提出一項要求，爲于連謀取一份邀請，以便用助祭的身分隨行。

禮拜天大清早，成百上千的鄉民從鄰近的山區趕來，把維里埃街道擠得水泄不通。這天天氣晴朗、陽光明媚。到三點光景，萬衆躁動，原來看到離維里埃十里之外的懸崖上烽火驟起，宣告國王車隊已進入本省轄地。接著，鐘聲四起，本城的一尊西班牙舊炮連發數炮，以示歡慶。居民中倒有一半爬上了屋頂。所有婦女都俯在陽台上觀瞻。這時，儀仗隊出動了。光潔耀眼的制服，博得衆人嘖嘖稱羨。各人都在隊伍裡認自己的親朋好友。穆瓦羅先生嚇壞了的模樣，成了大家嘲笑的對象。只見他伸出謹愼的手，隨時準備去抓馬鞍架。

但有一件顯眼的事，使大家顧不到別的上去了。那就是第九排排頭的騎兵是個英俊後生，身材碩長。起初衆人沒認出他是誰來。不一刻，有的人就怒不可遏地叫了起來。另一些人則驚訝得說不出話來，引起一種普遍的激動情緒。大家終於認了出來，這個騎在瓦勒諾先生諾曼第駿馬上的青年不是別人，乃是木匠的兒子于連這小子！這一下，所有的叫嚷都衝著市長來了，自由黨人鼓噪得尤其凶。怎麼！就因喬裝成教士的小工匠是他家娃娃的家庭教師，他就膽大妄爲，派這小子入儀仗隊，而把某某殷實的業主排擠在外！

「從糞土堆裡鑽出來的這小無賴，你們這些大人先生眞該好好教訓他一頓才是！」一位銀行家太太說。「這傢伙很陰險，看他還掛了一把馬刀。」旁邊一個男人接口說：「他會忘恩負義，劃破他們臉的。」

貴族階層的議論更可怕。那些闊太太猜測，這不合時宜之舉，市長一人是否定得下來。市長瞧不起出身低微的人，一般說來，大家對他這點還是很賞識的。

正當衆人議論紛紛，于連自己卻覺得無異是天下最幸福的人。他天生膽大，所以騎馬的姿勢比山城裡大多數年輕人都優雅。他從女士們的眼神裡看出，大家都在談論他。

他的肩章格外璀璨，因爲是簇新的。他的馬時時揚起前蹄昂然直立，他特別感到得意。騎經舊城牆的牆根時，一尊小炮突發了一炮，把他的馬驚出了隊列，教他歡喜不盡。眞是萬幸，他沒有摔下來，感到自己不愧是英雄。他就是拿破崙麾下的傳令官，正揮師猛攻敵方的炮兵陣地！

但是還有一個人，比他更幸福。她是從市政廳窗口見他經過，接著登上敞篷馬車，迅速繞個大彎，趕上看到那馬帶他躍出行列，嚇得她心驚膽戰。然後，她的馬車飛快地從另一扇城門出去，進入國王就要經過的大道，在紅塵十丈中，相隔二十步，尾隨著儀仗隊。

市長向國王陛下恭誦頌辭的當中，成萬鄉民頻頻高呼：「吾王萬歲！」一個鐘頭之後，聽畢所有致敬辭，國王行將入城，那尊小炮又連發數炮。這時，出了樁意外事兒，不出在曾於萊比錫和蒙米雷⑩顯過身手的炮兵身上，而出在未來的首席助理穆瓦羅身上。他的馬竟把他擱淺在泥坑裡，釀成一場小小的風波；因爲非得把他拖出來，王上的鑾駕才能通過。

國王停駕在新落成的教堂前。這天，輝煌的教堂裡，四壁高懸絳紅的帷幔。國王將在此進膳，御駕隨後再去瞻禮馳名的聖克萊芒遺骸。王上才進教堂，于連就飛騎返回雷納府。一到就嘆著氣，急忙脫下漂亮的天藍色軍裝，卸下軍刀和肩章，重新穿上那身縐巴巴的緊身黑衣裳。他翻身上馬，不出幾分鐘就趕到布雷—勒奧。這座教堂高踞在山丘之巔，環境幽美。「宗教狂引來了這麼多鄉民，」于連想：「維里埃已擠不動人了，在這座古修道院周圍聚觀的又有上萬人之

⑩ 拿破崙分別於一八一三與一八一四年在上述兩地神擊敗聯軍。蒙米雷爲法國東部城市。

多！」大革命時期殺人放火，這座古蹟已摧毀殆半；王政復辟時期重加修繕，壯麗更勝於往昔，而宗教奇蹟的傳聞也開始不脛而走。

等于連找到謝朗神父，先就受了一番埋怨。神父交給他一件黑道袍，一件寬袖的白法衣。他很快換上，尾隨謝朗先生去見年輕的阿格德主教。這位新任命的主教是德．拉穆爾侯爵的侄子，已指定由他導引王上瞻仰聖骸。可是這位主教遍找無著。

教士團已等得很不耐煩。他們站在古修道院陰森的哥特式迴廊裡，敬候他們的主持。這次共召集二十四位本堂神父，就好像是布雷—勒奧的舊教務會；舊教務會，在一七八九年大革命前，就由二十四位議事司鐸組成。

本堂神父相聚，對主教的少不更事足足感嘆了三刻鐘。後來覺得最好由教務會長老前去謁見主教大人，敬告國王即將駕到，亟宜速赴祭壇恭候。謝朗神父年高望重，公舉為長老。他儘管對于連老大不滿，還是示意于連隨行同去。于連身披寬袖白法衣，倒也很相宜。而且不知用了教會裡什麼修飾手法，已把美麗的懸髮梳得平平整整；但猶有一疏忽，在長長的道袍下，依稀能見到儀衛踢馬的馬刺，弄得謝朗神父加倍生氣。

走到主教的住處，幾個身高馬大，穿金著銀的男僕卻對高齡的神父以不屑的口吻答稱：「主教大人不能謁見。」

謝朗神父解釋說，他以教務會長老的尊貴身分，自有權隨時可進謁司祭的主教；那些僕役只覺得他可笑。

于連性高氣傲，對下人的無禮看不順眼，就沿著修道院的居室跑了個遍，每扇門都推了一推。有一扇狹長的門，他一使勁，開了，隨即進到一間修行的密室，周圍盡是主教大人的隨身侍從，都身穿黑禮服，頸掛金鍊條。見他神色匆匆，以為是應主教召見，就放手允行。他前行幾步，進到一間哥特式大廳。廳堂極暗，四壁都嵌有深黑色橡木護壁板；尖拱型的窗子，除一扇外，俱用磚石封死。泥水活做得很毛糙，一無掩蔽，與古代華美的細木護壁板形成可悲的對照。這個大廳係勃艮第公爵大膽查理於紀元一四七〇年爲贖罪而修建的，在當地文物界頗孚盛名。大廳的左右兩側各置一長條硬木禱告席，刻工極精，從色彩各異的嵌木圖案中，可以看到《啓示錄》裡種種神奇詭譎的意象。

昔日的華麗，給外露的磚石和白刺刺的石灰折損不少，不無蕭索的景況，于連看了不免感慨萬千。他肅然站停。大廳的另一端，靠近唯一一扇透光的窗旁，有一具可調節的活動鏡枱，四邊鑲有桃花木框子。見一年輕後生，身穿紫袍，上罩鑲有花邊的白色法衣，未戴帽子，站在鏡前三步遠的地方。這件家什置於此處，未免有點不倫不類，無疑是從城裡運來的。于連覺得這後生面有慍色：見他右手對著鏡子，莊重地作著祝福的姿勢。

「這是怎麼回事？」于連心想：「難道是一種準備性儀式，要這年輕教士來做？也許是主教的秘書……說不定會像那些穿號衣的僕從一樣無禮……管他呢，且待我上去試試。」

他沿著長長的大廳，往前走去，步子很慢，目光望著那孤單單的窗子，看到年輕人還在演習祝福的動作，手勢極爲徐緩，毫不停歇，不知做了多少遍。

等走近了，那人臉上怏怏之色也看得更分明了。那寬袖的白法衣，鑲有一圈花邊，極盡富麗，使于連走到離鏡抬幾步遠處，就身不由己地停下步來。

「職責攸關，我應該說話。」他命令自己。大廳之美，入目動心，但一想到人家會說出難聽的話來，先就覺得非常掃興。

那年輕人在穿衣鏡裡看到他，便回過頭來，一改怒容，用極溫馴的口氣問道：「那麼，先生，已經整理好了嗎？」

于連一時摸不著頭腦。等他轉過身來，于連才看到他胸前掛的十字架：原來他就是阿格德大主教！「這麼年輕！」于連想：「最多不過比我大六、七歲……」而自己還帶著馬刺，更慚愧得無地自容了。

「啓稟大人，」于連羞怯地說：「我受教務會長老謝朗神父奉派……」

「啊，謝朗先生！有人向我舉荐過。」主教話說得非常客氣，于連心下大悅。「不過，請原諒，先生，我以爲你是去取主教冕冠的。巴黎動身時，裝箱子不當心，把帽頂上的銀絲網壓癟了。就這麼戴，有礙觀擔；」年輕主教顯得很犯愁，「而且一再耽擱，我已等了很久。」

「倘若大人允准，我就去把冕冠取來。」

這時，于連這雙俊眼起了作用。

「那就偏勞了，先生，」主教措辭斯文，聽來舒服，「我馬上要用。有勞教務會諸位佇候，實在很不過意。」

于連走到大廳中央，回頭看見主教又在做祝福的手勢。「這是什麼意思？」于連問自己。「想必是教會裡的一種預習，爲等會兒的典禮作準備。」他走進修行密室，看到侍從之類，手裡拿著那頂冕冠。在于連炯炯雙眸逼視之下，他們不由得把主教帽子轉交給了他。

他拿到帽子，頗有得色。穿過大廳時，放慢腳步，手裡必恭必敬地捧著。他發現主教坐在鏡前，右手按說夠累的了，還不時做著祝福的手勢。于連幫他把帽子戴正。主教晃了晃腦袋。

「啊，戴得很穩！」他對于連說，頗表滿意，「請你站稍遠一點，好嗎？」

於是，主教快步走向房中央，接著轉身，緩步朝鏡子走去，臉上又現慍色，莊重地做著祝福的手勢。

于連一下子怔住了。他很想問個究竟，但又不敢。主教突然停住，看著于連，目光已無凜然之色。

「你看我的帽子怎麼樣，戴得合適嗎？」

「非常合適，大人。」

「是不是太靠後了？太靠後了，會帶傻相。但也不能壓著眼睛，像軍官戴的高筒帽。」

「我覺得這樣戴非常合適。」

「王上見慣年高德劭、老成持重的教士。所以，特別因爲我的年紀，不宜顯得太輕浮。」

主教重新開始，一面走，一面頻頻做施福於人的動作。

「顯而易見，」于連終於敢自作解事，「他是在練習祝福的手勢。」

過了一會兒，主教說：

「現在一切妥了。先生，請你去通知教務會長老及其他各位。」

少頃，謝朗先生帶著兩位年事最高的神父，從一扇雕飾繁複的大門進來；這門于連原先倒沒看到。但是這一次，按地位，他留在最後。某餘教士都擠塞在門邊，他只能從他們肩上望過去看主教。

主教緩緩穿過大廳。走到門檻邊，隨行的教士便列班成行。亂騰一陣之後，行列開始前進，同時唱起讚美詩。主教走在最後，介於謝朗先生與另一位老年神父之間。作爲謝朗神父的隨員，于連擠到主教大人身旁。一行人沿著布雷—勒奧修道院長長的甬道走去。儘管外面陽光亮得晃眼，甬道裡卻又陰又潮。最後終於走到內院口的柱廊。于連見白燭銀台，華麗紛紜，不由讚歎連連。主教的年輕有爲，激起他的勃勃野心；主教的溫良與禮數，又博得他的無上歡心。這種禮貌，與雷納先生矜心作意的客氣，即使在言和意順的日子，也不可同日而語。于連心裡想：「越是在社會的上層，越能見到文雅的舉止。」

他們從側門進入教堂，突然，一聲巨響，震得古教堂拱頂裡隆隆之聲不絕，于連以爲要塌下來了。原來還是那尊小炮，由八匹快馬剛拖到，萊比錫的炮手立刻架好，一分鐘之內連發五炮，好像普魯士人就在面前。

不過，慶典的炮聲，于連已入耳不聞，也不再想拿破崙及其武功。「年紀輕輕就當了阿格德大主教！」他心裡想：「但，阿格德⓫在哪兒？年俸有多少？說不定有二、三十萬。」

主教的僕從這時上場，舉著一頂富麗堂皇的華蓋。謝朗先生抓過一根撐竿，其實交由于連擎著。主教在華蓋下站定。平心而論，他的容色行止堪稱老成；我們的主人公大爲讚賞。

「一個人只要夠機靈，就沒有什麼做不成的事！」他心裡想。

王上終於駕到。于連得在近處一瞻帝王威儀，自感鴻福不淺。主教致長長的頌辭，情見乎辭，當然也沒忘了稍帶一點誠惶誠恐，對王上愈益顯得必恭必敬。

布雷—勒奧的盛典，記敘的文字自是不少，這裡就不再多言。總之，一連半個月，省裡的所有報紙連篇累牘，全是這方面的報導。

于連從主教的演說裡，得知國王乃大膽查理的後人。

事後，于連受委，去審核這次典禮的帳目。德·拉穆爾侯爵爲侄子捐了主教職位不算，這次又承擔全部費用，以示豪爽，僅布雷—勒奧典禮一項，所費即達三千八百法郎之鉅。

主教與王上互致頌答之後，國王陛下便置身華蓋之下，然後，跪向祭壇旁的拜墊上，狀極虔誠。唱詩班後面，是神職人員的禱告席，高出地面兩級。于連坐在下面一級台階上，靠近謝朗先生的腳邊，彷彿羅馬西斯廷教堂裡牽衣袂的侍從挨著紅衣主教一樣。這時齊聲頌唱感恩之辭，香

⓫阿格德，爲法國東南部瀕臨地中海的城市。

霧繚繞，槍炮齊鳴，鄉民都陶醉於歡樂與虔誠之中。這樣的一天，足以抵消雅各賓派報紙三個月的宣傳。

于連離王上只有六步之遙，見國王正一片虔誠，在那裡祈禱。他第一次注意到一個目光很有神的小老頭，身上的禮服幾乎沒有繁褥的絲繡。但在簡素的服飾上佩有一條天藍色的勛綬。他緊挨國王，比其他大臣都近；那些親貴重臣，衣服上鋪金繡銀之盛，照于連的說法，簡直連料子都遮掉了。稍後，于連才得知此人便是德．拉穆爾先生，覺得他驕恣跋扈，大有目中無人之概。

「侯爵大人大概不會像這一位英俊的主教那樣彬彬有禮。」于連暗想：「哎，當了教士，才能變得和善、明達。說王上是來瞻仰遺骨的，聖克萊芒會在哪裡，怎麼沒看到呢？」

身旁的一個小執事告訴他，令人敬仰的遺骨奉安於大堂頂部，供在靈堂內。

「靈堂是怎麼回事？」于連想。

但他不願多問。這時，更提足了精神。

凡君主蒞臨瞻仰，按禮節儀制，主教一般不必由議事司鐸伴隨。但阿格德大人上靈堂去時，招呼了一下謝朗神父；于連也就大膽跟上。

爬上長長一道樓梯，才來到一扇小門前，不過哥特式的門框倒鍍得金碧輝煌，像是日前才完工的。

門前跪著二十四位綺年少女，都是出身維里埃的名門望族。門開之前，主教也跪在這群俏麗的少女之間，高聲祈禱，其漂亮的花邊、動人的風采、年輕而和悅的相貌，令少女們凝視不已。見此情景，我們的主人公連最後一點理智也失掉了。此刻，他眞可以爲捍衛宗教裁判而捨身拼命，而且確是心悅誠服的。

門突然開了，只見小小的靈堂燈燭輝煌。祭壇上點著上千支白燭，分成八排，各排之間，花束成行。聖殿門口，香霧氤氳，點的都是極品線香。靈堂小而高挑，重新描金之後煥然一新。于連注意到，祭壇上的白蠟燭，有的竟高達五尺。那群年輕姑娘見了，不禁嘖嘖連聲。靈堂的前廳，只有二十四位少女、兩名教士，外加于連，准予進入。

少頃，國王蒞臨，扈從只有德·拉穆爾侯爵和御前大臣。侍衛一律留在門外，俱各下跪，按劍致敬。

王上見了拜墊，與其說是即行跪下，還不如說是直撲下去。于連身子貼著塗金門，只有在這時，才從一位少女的玉臂下，窺見聖克萊芒動人的塑像。雕塑藏於祭壇之下，身披羅馬年輕士兵的服飾，頸上有一道很寬的傷口，血好像還在流淌。噫！真可謂造藝的極致！臨終的眼微微闔攏，滿含感恩之情。一撮剛長出來的短髭，裝點著那張可愛的嘴巴；嘴作半開半閉狀，好像還在祈禱。于連身旁的少女看了熱淚盈眶，一滴珠淚正好滴在他的手背上。

祈禱的那一刻，莊嚴肅穆。方圓十里之內，各村各鎮的鐘聲遠遠傳來，隱約可聞。阿格德主教請求國王允許他致辭。他言辭簡短，異常動人；結語樸實，效果更佳。

「年輕的信女，你們目睹當今最偉大的君王跪在萬能之主的僕人面前；此情此景，應當銘記在心，永生不忘！主的僕人在塵世是弱小無力，受盡迫害，被殺身亡；如你們所見，聖克萊芒的傷口還在流血。但從天國傳來了捷音。是不是，年輕的信女，你們會永遠銘記今天，你們將痛恨異端邪說。永遠忠誠於主吧，忠誠於偉大、可畏，但又是善良的主！」

禱畢，主教站起身來，威嚴逼人。

「你們能許諾否？」有若得到神示，他伸出前臂問道。

「我們許諾。」姑娘們涕泗漣漣，齊聲回答。

「我謹以可畏之主的名義，接納你們的許諾。」主教用高亢的聲音加上一句。

於是，盛典儀式到此告一段落。

國王本人也感極而涕。過了好久，于連的頭腦才冷靜下來，探問當年羅馬向勃艮第公爵，即世稱仁心菲力普移贈的聖骸，究竟放在何處。答曰：藏在美妙的蠟像之中。

王上恩出格外，凡陪侍同進靈堂的少女，各賜大紅緞帶一條，上繡「萬世辟邪，永生敬神」的字樣。

德·拉穆爾先生則賞鄉民葡萄酒一萬瓶。自由黨人找到一個理由，入夜在維里埃張燈結彩，燈火輝煌，強過保皇黨人百倍。王上回鑾之前，還曾晤見特·穆瓦羅先生云云。

第十九章、愛的折磨

日常發生的事，其奇奇怪怪的一面，往往掩蓋了激情造成的真正不幸。

——巴納夫

于連在德·拉穆爾侯爵住過的房裡歸整家具，拾得一張折成四疊的厚紙。在第一頁末，他讀到——謹呈 德·拉穆爾侯爵閣下，暨法蘭西貴族院議員，皇室特授騎士銜，等等。

這份呈文，字跡粗劣，只夠廚娘的水準。

侯爵大人：

我一生信奉宗教理義。九三年，可憎的回憶，圍城期間，我在里昂，甘冒槍林彈雨之險，去領聖體，每禮拜天還上教堂望彌撒。復活節瞻禮，我也從不缺席，哪怕在九三年，可憎的回憶。我的廚娘，大革命前我雇的傭人，她每禮拜五都做齋飯。我在維里埃頗孚眾望，而且，我敢說是當之無愧的。遇有迎神進行，我同神父和市長一起，走在華蓋之下。凡重大節日，我都擎一支自己出錢買的大蠟燭。有關上述這一切的證件，均存巴黎財政部。特此懇請侯爵大人恩准我經營維里埃的彩票局，因爲該職司不久統會空缺，現任主管人已病得不輕，而且在選議員時胡亂投錯票，等等。

德．蕭蘭拜啓

呈文邊上，有一條批語，署名爲特．穆瓦羅。批語是這樣開頭的——

遞本呈文之這位好人，我咋（昨）天有辛（幸）與大人提及……

「這麼說來，連蕭蘭這個蠢貨也起著開導作用，在指點我該走什麼路，」于連暗想。

國王駕幸維里埃之後的一個禮拜內，王上啦，阿格德大主教啦，德．拉穆爾侯爵啦，一萬瓶葡萄酒啦，可憐的德．穆瓦羅摔下馬啦，他想得的勛章沒得到，摔了這跤要過一個月才能出門啦，相繼成爲衆人的話題，也引發無數的謊言，愚蠢的解說，可笑的議論，等等。甚囂塵上的，是認爲把木匠的兒子于連．索萊爾塞進儀仗隊，是極端失體的事。關於這個題目，最好聽聽花布商大闊佬的議論。他們沒日沒夜在咖啡館鼓吹平等，把嗓子都喊啞了。據說，這件要不得的事，是傲慢的雷納夫人一手作成的。理由嘛？但看索萊爾小神父那雙俊眼和那張嫩臉，就足以說明一切了！

回葦爾吉不久，最小的孩子斯丹尼發起高燒來。這一下引得雷納夫人悔恨不迭。她第一次這麼日夜焦慮，責怪自己不該陷入愛戀。猶如神靈顯跡，似向她點明所犯過錯之大。雖然稟性誠篤，但直到此刻，她沒想到自己在天主眼裡罪孽會有多深重。

從前，在聖心修道院時期，她敬愛天主曾達到狂熱的地步；在眼前這情況下，她害怕神譴的心理也不相上下。她憂心如搗，尤其因爲這種畏罪情緒毫無理智成分可言。于連發覺，曉之以理，非但不能使她寬懷，反倒惹她生氣，她把這一套看作是魔鬼的語言。因爲于連也很喜歡小斯丹尼，跟她談談孩子的病倒還投合。但孩子病情不久就嚴重起來。抱恨終日，她竟至於輾轉反側，夜不成眠。整天板著臉，不說一句話。若要開口說話，那準是向天主與世人認罪了。

「我求求你，」單獨相對時，于連對她說：「千萬不要跟任何人說。你的苦楚，說給我一人聽吧！如果你還愛我，就別聲張。因爲你就是說出來，斯丹尼的燒也不會就退。」

好言勸慰，全不管用。只怪他不明伯她的想法。雷納夫人認爲：爲了使主息怒，就得惱恨于連，否則只好眼看兒子死去。正因爲對情人恨不起來，所以才這麼深自痛苦。

「你先避一下吧！」有一天她對于連說：「看在天主份上，離開這宅子吧！你在這兒，會斷送我兒子的命的。」

「這是主對我的懲戒，」她低聲又說：「主是公道的，我唯有誠心俯首。我犯的罪太可怕了，從前一直沒引起良心責備！這是主拋棄我的第一個暗示，我該加倍受罰。」

于連深受觸動。他看不出其中有任何做作或虛誇的成分，「她以爲愛我會要了她兒子的命，而這可憐的女人愛我又遠勝於愛她兒子！是呀，無可懷疑，悔恨會把她折磨死的；這可見出感情的偉大。但是我，這麼窮，這麼無知，這麼沒教養，有時舉止又這麼粗魯，怎麼能引發出這樣一種愛呢？」

一天夜裡，孩子病得更凶了。清晨兩點，雷納先生來看孩子。孩子熱度很高，小臉燒得通紅，連父親都不認得了。突然間，雷納夫人跪倒在丈夫腳邊。于連看出她會全部招認，毀了自己的。幸虧雷納先生覺得她舉止乖張，討厭起來。

「我走啦！再見，再見！」他一邊說，一邊忙不迭要走。

「不，你聽我說，」他的女人跪在他面前，想把他攔住，「我把實在情形都告訴你吧！孩子是死在我手裡的。是我生下他來，又要了他的命。現在老天來懲罰我：在天主眼裡，我就是凶手。我該毀掉自己，辱沒自己。也許只有這種犧牲，才能消得天怒人怨。」

雷納先生倘富於想像，個中情形就會馬上明白了。

「胡思亂想，」他嚷嚷著摔開他的女人，她正拼命想抱住他的膝頭，「全是胡思亂想！于連，等天一亮就派人去請大夫。」

說完，雷納先生回房睡覺去了。雷納夫人跪倒在地上，人懵懵懂懂的，于連想去扶她，她像活見鬼一般，忙把他推開。

于連瞠目不知所措。

「這就是通姦的報應！」他心裡想：「那些刁滑的教士……還倒眞有理了呢！世事會這樣嗎？他們作惡多端，反倒得天獨厚，對罪惡有了眞切的了解？事情會這樣奇怪……」

雷納先生走開已有二十分鐘，于連一直看著他所愛的女人。她的頭靠在孩子的小床邊，一動不動，像失去知覺似的。

「這個天分很高的女人掉進了苦海，就因爲認識了我。」他心裡想。

「一小時一小時過得很快。我能爲她做點什麼呢？得當機立斷。這事牽涉到的不僅僅是我一人。那些臭男人和他們無聊的做作，與我何關？我能爲她做點什麼呢……離她而去？那無異是讓她一人去面對苦難。這個木頭人丈夫幫不了忙，只會害她。他那粗鄙的性子，說出幾句難聽的話來，眞可以把她逼瘋，把她逼得從窗口跳下去。

「我如果撇下她，不再監守在旁，她會統統向他招供的。誰知道，也許不顧她帶來的偌大陪嫁，他會揚鑼搗鼓大鬧。她可能統統告訴……天哪……告訴馬仕龍那壞東西；他身爲神父，藉口這六歲的孩子生病，整天待在這屋裡，不會沒有意圖的。她在傷痛中，加上對天主的敬畏，會忘了所知關於此人的種種，而只看到他是個教士。」

「你快走開！」雷納夫人睜開眼來突然喝道。

「只要對妳有利，我會萬死不辭，」于連答道：「我從來沒這麼愛過妳，我的天使；或者不如說，正是從這一刻起，我才開始理所當然地那樣鍾愛妳。遠離了妳，而且明明知道妳是因我而這麼痛苦的，我何以自處呢？但是，現在的問題不是我痛苦不痛苦。妳要我走，可以，親愛的。但是，我一走，不再守著妳，不再介於妳與妳丈夫之間，妳就會把一切都告訴他，那妳就毀了妳自己。妳要想到，他會用卑鄙的手段把妳掃地出門的。整個維里埃，整個貝桑松，都會談論這樁醜聞。他們會把所有過錯都推到妳頭上，叫妳忍辱負重，一輩子都抬不起頭來……」

「我正求之不得呢！」她挺身嚷道：「讓我受苦吧，再好不過啦！」

「不過，這事一鬧大，也會教妳丈夫倒楣的！」

「我就要糟蹋自己，自甘卑污，這樣，或許可以救我兒子。這般丟人現眼，人人都看得見，或許可算得是當眾贖罪？依我的淺見，我對天主能作的犧牲也無過於此了……或許天主會憐憫而饒了我兒子！只要你指得出還有更凶的懲罰，我馬上撲上去。」

「還不如讓我來懲罰自己呢！我也是有罪的。要不要我去進苦修會？那裡的生活，嚴刻自律，可以平撫妳的天主……啊，天啊！斯丹尼的病，但求我來生……」

「啊！原來你也喜歡他，你！」雷納夫人立時站起來，撲進他的懷抱。

隨即，又不勝厭惡地把他推開。

「我相信你！相信你！」她跪下來繼續說道：「唉，我唯一的朋友，爲什麼你不是斯丹尼的爸呢！那樣的話，我愛你勝過愛你兒子，就不是什麼可怕的罪過了。」

「你允許我留下來嗎？今後，我就像弟弟那樣喜歡你，可以嗎？這才是唯一合乎情理的贖罪方法，可以消弭萬能之主的怨怒。」

「而我，」她倏地站起來，把他的頭捧在手裡，跟她的眼睛隔開一點距離，「而我，把你當弟弟來喜歡！可以嗎？我做得到嗎？」

于連聽後，眼淚湧了上來。

「我聽妳的話，」他倒在她的腳邊，「不管妳下什麼命令，我都聽妳的；我現在只留下這條路了。我頭腦昏亂，一點主意都想不出。如果我一離開，妳向丈夫招認，就會毀了妳自己，連帶把他也毀了。鬧出這樁笑話，他這輩子就休想當議員了。我留在這裡，妳會認為妳兒子的死是我引起的，妳會痛不欲生。要不要試一試，我暫時走開，看看有什麼影響？如果妳願意，為我們的過錯，我來懲罰自己，離開你一個禮拜，如何？妳指定一個地點，我去躲一個禮拜。比如說，到布雷．勒奧修道院去。但是，妳得發誓，我不在的期間，妳一個字都不能對你丈夫說。妳記著，妳要說了，我就回不得了。」

她應許，他走了，但不到兩天就給叫了回來。

「沒有你在眼前，我簡直沒法信守諾言。要是你不在這裡，時時刻刻用目光命令我守口如瓶，我會跟丈夫說的。啊！這可怕的生活，每一個鐘頭，都像漫漫的一整天。」

最後，蒼天見憐，對這位可憐的母親發了慈悲：斯丹尼慢慢過了危險期。但是堅冰已經打破，她的理智已知罪孽之大，心裡再也不能恢復平靜。歉咎之感盤踞不去，在一顆這樣貞誠的心裡不斷掙扎。她的生活搖擺於天堂與地獄之間：看不到于連，就像掉進了地獄；匍匐於他腳邊，無異於進了天堂！

「我已不存任何幻想了。」她對他說，甚至在敢於縱情歡娛的時光也這麼說，「我咎由自取，無可挽回。你還年輕，你受了我的誘惑，老天會饒恕你的；但是我，該下地獄。我從某種跡象看出來了。我著實害怕！誰看到地獄會不怕呢？不過內心深處，我一點也不後悔。要我再失身的話，我還會如法炮製的。只要上天別在今世懲罰我，懲罰到我孩子身上，我就心滿意足了。」不過，換了別的時候，她又會狂呼道：「至少你，我的于連，你很快活，是嗎？你感覺我愛得深不深？」

于連生性多疑，又自負不淺，尤其需要一種肯於犧牲的愛；但面對一種如此偉大，如此分明，而且每時每刻都在作出的犧牲，他也頂不住了。他對雷納夫人不勝慕戀。「她儘管是貴族，而我，一個木匠的兒子，卻爲她所愛……我在她身邊，並不是一個身兼情人的僕人。」擔憂一去，于連重又墜入愛的瘋狂，連帶著又產生致命的懷疑。

「我們能在一起消磨的日子也有限，」她看到于連對她的愛若有懷疑，便排解道：「至少，我要使你非常快活！咱們得抓緊點！也許明天，我就不再屬於你了。如果上天罰到我孩子頭上，即使我願意爲你活在世上，事實上也辦不到了。我不能不這樣想，是我的罪孽害了他們的性命。受到這樣的打擊，我會活不下去的。即使我想活也不成，我會發瘋的。

「唉！你的過錯我能攬過來，由我一人來擔待，那多好，就像你上次那麼慷慨的，對斯丹尼的病願以身代替一樣！」

于連對情婦的感情，因這場嚴重的道德危機，性質都變了。他的愛情不再僅僅是對美貌的傾倒，不再僅僅是對擁有嬌姿艷質的得意。

經此劫難，他們的歡情具有一種更高的品味，兩人的情焰也達到一種更劇烈的程度；娛情悅意，充滿瘋狂。以世俗的眼光看，他們似乎更幸福了。但是，相戀之初那種偷閑一刻的甘美，了無陰翳的歡快，易於得到的情趣，再也尋覓不來了。那時，雷納夫人唯一的擔憂是怕于連愛得不夠熱烈；現在，他們的歡娛有時帶有罪惡的形相。

在最快活，表面上也最舒泰的時刻，雷納夫人會突然像抽風一般，抓住于連的手，驚呼：

「啊！我的天，我看到了地獄！多怕人的刑罰！我眞是罪有應得！」她纏著他不放，像常春藤攀附在牆上一樣。

于連竭力想使這顆躁動不安的心平靜下來，往往都徒勞無功。她抓起他的手狂吻不休；接著又陰惻惻的遐想起來：「地獄，地獄對我也許是一種恩典。死前，在這世上還可以同他一起過幾天。但是，地獄就在這世上，那就是孩子的死……然而，以這爲代價，我的罪孽或許可以贖清……啊，偉大的主！但願不要用這樣的代價，換得你的饒恕。可憐的孩子並沒違迕你；我，只有我，才是唯一的罪人：我愛上一個男人，而這男人卻不是我丈夫。」

後來，于連看到雷納夫人有些時候心情也比較平靜。她力圖一切由她一人承當，不願荼毒意中人的生活。

在愛戀、侮恨、歡娛的交迭中，日子過得如閃電一般快。于連也渾渾噩噩，失去遇事三思的習慣。

話說，艾莉莎姑娘有樁小小的官司，要去維里埃出庭。幾經接觸，發現瓦勒諾對于連很不友善。她也恨這個家庭教師，不免常常談起。

「我把實話說出來，先生，你就會斷送我的！」一天，她對瓦勒諾說：「你們東家之間，碰到大事情，都是一個腔調。我們窮苦人家的低下人，多說了幾句閑話，做東家的就永遠饒不過了……」

聽了這幾句門面話，瓦勒諾很好奇，就迫不及待，用了一點手段，叫她挑重點說，結果得知一樁最傷他自尊的事。

對那位當地最高貴的女人，六年來，他可謂殷勤備至，更倒楣的是，還鬧得滿城風雨。她對他一百個瞧不起，多少次弄得他面紅耳赤，下不了台。而那高傲的女人竟然挑了一個裝成家教的小工當情夫！最讓這位所長氣不過的是，堂堂市長夫人對那個情郎還特別多情。

「而且，」貼身女僕嘆了口氣說：「于連沒費一點力氣，就把太太征服了。對太太他也不改常態，依然是冷冰冰的。」

艾莉莎是到了鄉間，才有了確切的把握；但她相信，兩人的往來由來已久了。

「沒錯兒，就爲這個緣故，他那時才一口回絕，不肯娶我；」她說起來，不無怨怒，「而我還糊塗到向雷納夫人討主意，求太太去跟家庭教師說句好話。」

就在當天晚上，雷納先生接到城裡寄來的報紙，附有一封長長的匿名信，提供了大量的細節，告訴他府上發生的一切。信是寫在淺藍色信紙上的，于連注意到雷納先生看信時臉色煞白，還向自己投來憤怒的目光。市長的心緒撩亂不堪，整個晚上都未見平復。于連有意巴結他，想請教勃艮第幾門望族的譜系問題，但終歸談不起來。

第二十章、匿名信

別太恣意調情，血液中的火焰一燃燒起來，最堅強的誓言也就等於草稈。

——莎士比亞《暴風雨》

半夜時分，大家離開客廳之際，于連趁機對女主人說：

「今晚別見面了，你丈夫已經起了疑心。我可以打賭，他邊看邊嘆氣的那封長信，準是一封匿名信。」

幸虧于連一回房，就把門上了鎖。雷納夫人有個糊塗想法，以爲這個警告只是不想見她的推托。她眞昏了頭，還按往常時刻到他的房門口去。于連一聽到甬道裡有響動，就立即吹滅了燈。有人在使勁推他的門：是雷納夫人，還是妒火中燒的丈夫？

第二天一清早，袒護于連的那廚娘送來一本書，封面上用義大利文寫著：Guardate alla pagina 130（見一三〇頁）。

這種冒失的做法，于連收到了書，還心有餘悸。馬上翻到一百三十頁，發現用別針別著一封信。信是倉促中寫就的，拼法錯也顧不到了，還有淚水漫漶之處。雷納夫人平常拼寫都較注意，小處這一出入，足以使他動容，對這樁把他嚇一跳的不愼之舉也淡忘了一點。

今晚你不願接納我，是嗎？有時候，真覺得我從未能看到你的靈魂深處。你的目光令我畏怯。我怕你。我的天！會不會你從沒愛過我？真是如此，倒不如讓我丈夫發現我們相愛，把我禁閉起來，關在鄉下，隔斷與孩子的往來！或許這正是天意所在。那我很快就會死的。而你，將是一個地道的惡魔。

你不愛我了？對我的痴情，我的悔恨，感到厭倦了？你這個沒信仰的傢伙！想斷送我嗎？教你一個簡便的辦法。去吧！把這封信在整個維里埃張揚開來，或者，省事些，就交給瓦勒諾一人也可。告訴他：我愛你——不，別說這樣不敬的話。告訴他：我仰慕你！我的人生開始於見到你的那天。告訴他：即使在無憂無慮的少女時代，我也沒夢想到你賜予我的那種幸福。為你，我已犧牲了自己清白的一生；為你，我還犧牲了自己的靈魂。你想必知道，我的犧牲遠不止於此。

但他懂得什麼是犧牲嗎，他這個人？把這些話告訴他，就為了氣氣他，說：我什麼惡人都不怕；對我而言，世上只有一種不幸，那就是看到唯一使我對人生有所依戀的人——變心。

偷生何益？犧牲生命，從此不必再為孩子提心吊膽，對我來說，真是快事一樁！

不用懷疑，親愛的朋友，假如是匿名信，那必定出自那個討厭鬼；此人用粗聲大氣的嗓門，虛矯自大的得意，還有對他的長處喋喋不休，來糾纏我已達六年之久。

匿名信到底有沒有？壞東西，這正是我要跟你商量的。不過，你做得對。我要把你緊緊抱在懷裡，也許這是最後一次——這樣就無法冷靜商討問題了，像我一個人獨自思考時那樣。今後，再要尋點快活，就不易了。對你，是一件不快的事嗎？是呀！特別是未從傅凱處收到有趣的書那些日子。箭在弦上，非作出犧牲不可。不管有沒有匿名信，明天，我要告訴丈夫，說我接到一封匿名信。眼下該給你一筆重酬，找個說得過去的藉口，立刻把你送回你父母家。

唉！親愛的朋友，我們就要分開半個月，也許一個月！好吧，我說句公道話：你一定會深感痛苦，不會亞於我的。總之，唯有這個辦法，才能抵消匿名信的惡劣影響。我丈夫收到的匿名信，涉及到我的，這也不是第一封了。唉！我一向都付之一笑！

此舉的目的，是要我丈夫相信，信是瓦勒諾寫的；我不懷疑，就是他搞的名堂。你離開我家，務必要到維里埃去住。我會想出辦法，使我丈夫也想到要去那裡住上半個月，以此向那些蠢貨表明我與他之間，關係並未冷淡。到了維里埃，你要廣交朋友，哪怕是自由黨人。我知道，那些太太都會來追你的。

切勿跟瓦勒諾鬧翻，也不要像你有一天說的，去割他的耳朵；相反，跟他應該眉開眼笑。關鍵是讓維里埃人相信，你要改換門庭，去瓦勒諾或別的人家教他們的孩子。

我丈夫最氣不過的，就是這事。要是他忍了，也好嘛！至少，你人在維里埃，有時還能見到你。我幾個孩子都很喜歡你，他們會去看你的。天哪！我覺得我更喜歡我的孩子了，就因爲他們喜歡你。這就夠我歉疚的了！不知這一切，如何了局……我也迷惘了……總之，你得明白該怎麼做人。儘量和氣一點，客氣一點，對那些粗胚也不要露出鄙夷不屑的樣子。我跪下來求你還不行嘛！要知道，我們的命運要由他們裁定。一刻都不要懷疑，對你的處置，我丈夫自會以輿論爲轉移。

現在要你爲我準備一封匿名信：以耐心爲武裝，拿剪刀當裝備。任取一本書，把你看到的下面這些字從書中剪下，再用膠水一一貼在附上的淺藍信紙上，這信紙是瓦勒諾先生之物。要提防會搜查你的房間，故剪剩的書頁要燒掉。如找不到現成的字，那就耐心點，一個字母一個字母地拼起來。

免得你多受罪，我把匿名信擬得很短。

唉！你要是不再愛我，正如我擔心的那樣，那麼，你一定會嫌這封信太長了！

匿名信內容——

夫人：

妳那夜去明來之事，神人共知；妄想息事寧人之徒，已受警告。算我對妳還有一點情意，奉勸妳跟鄉下小子及早一刀兩斷。這件事上妳如果還有三分聰明，妳丈夫就會相信：他收到的告發信乃是圈套一個；咱們何妨讓他發昏下去！要知道，妳的秘密已捏在我手中。發抖吧，不幸的女人！從今以後，要妳來求我！

等你把此信（所長講話的口氣不是依稀可辨嗎？）的字句貼完走出房來，我會迎上來跟你會合的。

然後，我到村裡去，回來時面如土色。事實上，也眞弄得我驚惶不已。老天爺！我在搞什麼名堂？凡此種種，都因爲你猜刻來了匿名信！總之，我會神色駭然地把信遞給丈夫，說那是一個陌生人交給我的。你嘛，領孩子到大樹林那條路上去散步，一直到吃晚飯再回來。

你站在懸崖高處，可以望見塔樓上的鴿巢。事情順利，我就掛上一塊白手絹；否則，就不留任何標幟了。

出去散步之前，薄情郎，難道你的聰明肚腸就想不出辦法跟我說一句你愛我？不管發生什麼事，有一點是確然無疑的；到最終分手之日，我不會苟延殘喘多活一天的！啊！壞媽媽！我剛寫下這兩個字，這兩個空無意義的字，親愛的于連！這兩個字的含義我體會不到，此刻我心心念念想的，唯你一人。故我自己寫下這兩個字來，免得給你說。眼下，我看已到了失去你的關頭，瞞著不說又有何用？是的，你會覺得我心太狠，但是，別讓我在所愛面前說謊吧！我一生中，惺惺作態的事也嫌太多了。得啦！假如你不再愛我，我也原諒你。

此信，我已無暇再看一遍。那些在你懷裡度過的幸福時日，即使要我以生命去換取，我也在所不惜。你會知道，我將爲此付出更大的代價。

第二十一章、與主人的談話

唉！這都是我們生性脆弱的緣故，不是我們自身的錯處；因為上天造下我們是哪樣的人，我們就是哪樣的人

——《第十二夜》

于連像小孩子一樣快樂，花了一個鐘頭，才把字一個個粘貼好。走出房間，就碰到他的學生和他們的母親。她接過信去，像一樁平常事兒，顯得很有膽識。見她這般鎮靜，于連吃驚不小。

「膠水乾了嗎？」她問。

「就是這個女人嗎？前不久給悔恨攪得神昏意亂的！她此刻又有什麼妙計了？」高傲如他，當然不屑去問。但是，她也許從未像現在這樣討他喜歡過。

「如果事情弄糟了，」她說話的口氣還是那麼鎮靜，「我的一切都不再屬於我。這盒子，你到山裡找個地方埋好；也許哪一天會成爲我唯一的財源。」說著，交給他一個摩洛哥羊皮的紅色首飾盒，蓋子是一塊玻璃，滿盒都是黃金，還有幾顆鑽石。

「現在，你們走吧！」她對他說。

她親了親孩子，對最小的一個親了兩遍。于連肅立一旁。她快步從他的身邊走開，連看都不再看一眼。

雷納先生拆開匿名信那一刻起，他的生活就像天塌地陷一般了。一八一六年，他差點兒跟人決鬥。打那以後，他的心情還沒受過這麼大的波動；而且，說句公道話，當時挨槍子兒的下場，也不會像今天這樣使他痛苦。他拿著信反過來覆過去看個沒完：「這不是女人的筆跡嗎？眞是這樣，會是哪個女人寫的呢？」他把維里埃方圓內所認識的女人，在腦子裡過了一遍，也無法確定該懷疑誰。「這封信也許是哪個男人口授的？那麼，這男人又是誰呢？」想到這裡，還是同樣沒把握。相識者中，大多數人都嫉妒他，當然也就恨他。「應該去問問我老婆。」習慣使然，他這麼想道；立時，從他癱坐在那兒的扶手椅裡站了起來。

剛站起來，「天哪！」他拍著自己的腦門，「尤其是她，特別得提防；眼下，她才是我的仇敵。」氣憤之下，眼淚都湧了上來。

鐵石心腸是內地人實用的處世之道。此刻，雷納先生最怕的兩個人，恰恰是他的兩個好友：正是平日狠心的報應。

「除了他們，我也許還可倚靠十個朋友。」他一一考量下來，估計從每人處能得到多少安慰。「全都一樣！全都一樣！」他狂怒不已，「看我倒楣，他們高興都來不及呢！」聊以自慰的是，覺得自己遭人嫉妒不無原因。城裡，他的邸宅富麗堂皇，不久前曾蒙皇恩臨幸駐蹕。而葦爾吉的古堡也已大事修葺一新。古堡的外牆一律刷成白色，窗戶都配上漂亮的淡綠色百葉窗。想到那份奢華，一時裡又大感安慰。古堡形勝，十里之外都能望見；對比之下，鄰村近廓的那些鄉村別墅或所謂古堡，由於日曬雨淋，一片暗灰色，就相形見絀了。

雷納先生只能指望有一位朋友會一掬同情之淚，那就是教區的司庫。不過此人是遇事只會掉眼淚的蠢貨。然而，也只剩下這點兒巴望了。

「還有什麼不幸可以跟我的相比！」他吼了起來：「眞是孤獨呀！」

「可能嗎？」這個可憐的人自語道：「我倒楣時，竟沒有一個朋友可以商量商量？我現在有點神智不清，自己都能感到。啊，法爾戈！啊，杜克洛！」他痛呼道。這是兩個童年時代的朋友；一八一四年，由於自己倨傲而漸加疏遠。兩人不是貴族，那時是他希望改變與他們從小一直保持的平等關係。

叫法爾戈的那位，人很聰明，心地也好，原先在維里埃做紙張生意，後來在省城盤下一家印製廠，辦起一份報紙。聖公會執意要教他破產：報紙查封，印刷執照也給吊銷。落到了這樣的慘境，在相隔十年之後，法爾戈破題兒第一遭給雷納先生寫信求援。維里埃市長認爲宜用古羅馬人強硬的態度作覆：「倘蒙朝中重臣垂詢所及，或擬答告：內地印廠，愼勿心慈手軟，使之破產可也。印業正宜與煙草同歸國家專營。」這封寫給知交的信，當時在維里埃傳頌一時；今天雷納先生想起其中的措辭，便覺字字誅心。「誰會想到，以我的地位、財產，竟有悔不當初的一天！」他撫胸呼天，時而責己，時而怨人，過了慘痛的一夜，虧得他沒想到要去偷探妻子的動靜。「我跟露易絲過慣了，」他心裡想：「我所有的事情，她都知道，如果明天還我自由，重新結婚的話，一時裡倒還找不到可以替代她的人。」

想到這裡，愁懷稍釋，認爲他太太是清白無辜的；有了這種想法，便覺得不宜意氣用事，何妨通權達變。妻子受謗這類事，也不是沒見過！

「哎，怎麼！」他突然喊出聲來，走路的步子也跌跌撞撞的，「把我當受氣包，任她和姦夫來捉弄我，好像我是個廢物，跟要飯的差不多！難道要讓整個維里埃來嘲諷我的寬厚？對沙米亞（這是人所共知的當地一個戴綠頭巾的丈夫），什麼難聽的話沒說過呢？一提起他的大名，誰不咧開嘴笑？他是個好律師，但是誰還去提他的辯才？啊！沙米亞，大家管他叫貝爾納的沙米亞，用讓他當烏龜的那個男人的名字來嘔他！」

「謝天謝地，幸虧我沒有女兒！」雷納先生在另外的時候又想：「對這個當母親的，不管我用什麼方式懲戒，都不會妨礙我孩子的前程。我可以把這鄉下小伙子和我老婆一起捉住，雙雙殺死；出了人命，以悲劇告終，這樁風流案就不會留下笑柄了。」這個念頭頗合他的心意，就細細的想了下去。「刑法是站在我這邊的。哪怕出了天大的事，聖公會和陪審團裡的朋友自會救我。」他拿出獵刀來看，刀刃鋒利無比：但一想到要流血，先自怯三分。

「或者把這個肆無忌憚的教書匠痛打一頓，趕走了事。不過，這樣一來，在維里埃，甚至在全省，就會鬧得沸沸揚揚！法爾戈的報紙查封之後，我還使刑滿出獄的主筆丟了達六百法郎進款的差事。聽說這個文丐又在貝桑松拋頭露面，他很可能施其狡詐，把我取笑一通，而我又無法拖他上公堂。拖他上公堂……這無賴會用隱晦的手法，暗示他說的是眞情實事。像我這樣一個出身高貴、地位顯赫的人，總會見恨於平民。到時，我的大名會登在巴黎那些可怕的報紙上。唉，天哪！眞是險惡！眼看雷納古老的姓氏落入嘲諷的泥悼……萬一出門旅行，還得改名換姓才行。怎麼！得拋棄這個造就我榮名和權勢的姓氏？那眞倒楣透了！」

「假如我不殺老婆，去出她醜，把她趕走，那她貝桑松的姑媽會把全部財產直接傳給她，我老婆就會捎帶于連去巴黎逍遙，而維里埃的人遲早都會知道，我還是一樣被看作受了老婆的騙。」這不幸的男子看到桌上的燈火漸暗，晨光漸漸露白，便到花園裡去吸收新鮮空氣。這時候，他主意差不多已經打定，決定暫不聲張；尤其因爲想到若是聲張出去，還不讓他維里埃的好朋友樂壞了！

在花園裡轉了一圈，平靜了些許。「不，」他嚷道：「太太不能丟，她對我太有用了。」他設想，家裡沒有老婆成何體統。他除了R侯爵夫人，沒有第二個親戚；可是這位侯爵夫人不但年邁，而且痴呆，再加上爲人刻薄。

一個大有深意的想法浮上他的心頭，但實行起來，需要有相當的魄力，卻遠非這可憐蟲所具備。退而求其次，他想：「我現在留下老婆，哪一天她惹了我，我就責備她行爲不檢點。我知道自己會這麼做的。她面子上下不來，咱們難免鬧翻，但事情發生得早了一點，她還沒把姑媽的遺產繼承到手。這一下，我還不給人家取笑！我太太喜歡她的孩子，最後會把財產全留給他們；而我，卻成了維里埃的笑柄。『怎麼，連向老婆報復都不會！』看來疑心歸疑心，不必去弄個水落石出。但這樣一來，反而捆了自己手腳，以後倒不便去指責她了？」

過了一會兒，雷納先生受到傷害的虛榮心又發作了，把在維里埃娛樂場或貴族俱樂部的彈子房裡聽到的種種說法努力回想起來；常有哪個愛說怪話的傢伙趁押賭注的間歇，把某個戴綠頭巾的丈夫當話題，拿來取笑。現在想來，這些戲言都幾近於虐，好不殘忍。

「天哪！我老婆爲什麼不死掉，這樣一來，我就不會成爲笑柄了。我爲什麼不是鰥夫！那我就可以到巴黎去，在上等社交圈混上半年。」鰥居的想法給了他片刻的快意，接著又轉回來想用什麼方法，去查明眞相。難道不可以等半夜裡大家都睡了，在于連的房門前撒上薄薄一層麵粉？第二天早晨在光線下，就能看出腳印來。

「這個辦法並不高明！」他旋即吼道：「艾莉莎這壞妞會看出來，於是全家的人馬上會知道我在吃醋了。」

在娛樂場還聽到一個故事：有個當丈夫的，拿根頭髮絲，用一點蠟，像貼封條似的，分別粘在妻子與風流小生的門上，從而證實了他那樁背興事。

猶豫了半天，覺得後一種查法肯定最好，大可一試；不意在小徑拐彎處，碰上那個恨不得見其死掉的女人。

她剛從村裡回來。她是去葦爾吉教堂望彌撒的。有一個傳說，在頭腦冷靜的哲學家看來覺得靠不住，但她卻極爲相信的，認爲現在大家去的那個小教堂，就是當年韋爾吉領主大人古堡裡的聖堂。雷納夫人每當在教堂裡祈禱，這個想法總纏繞不去：她似見丈夫在打獵時，似乎是偶然失手，一槍把于連打死了，晚上還拿于連的心讓她吃個不明不白。

「我的命運取決於他聽了我的話作何感想，」她私忖道：「過了這性命交關的一刻鐘，也許就再沒有機會跟他說話了。他可不是一個聽從理智支配的聰明人。我只能靠自己這點兒淺見薄識，預料他會說出什麼話，做出什麼事來。咱們共同的命運得由他來決定，他有這個權力。但也看我手段是不是巧妙，能不能點撥這執念的人。激憤之下他會瞎來，多半看不清事理。偉大的主！我得有點才幹，有點鎮靜工夫才行。但到哪裡去找呢？」

她走進花園，望見丈夫的當口，像身受魔法，頓時鎮靜下來。見他頭髮散亂，衣著不整，知道他一夜未曾合眼。她把一封已經拆開，但信紙重又疊好的信交給他。他呢，也不看信，拿一雙瘋子般的眼睛，直勾勾盯著他太太看。

「這封信很惡毒！」她對他說：「我從公證人的花園後面走過，有個其貌不揚的人交給我的；他說他認識你，還受過你的好處。我只求你一件事，就是把那位于連先生打發回他自己家，事不宜遲。」這句話，雷納夫人說得匆忙了點，或許說得略早了點；因爲既然非說不可，想想都覺得可怕，那就早說早完。

看到丈夫色喜，她心頭也一樂。從他凝視她的目光裡，她明白于連全猜對了。她想：「眼前這樁不幸事兒並非捕風捉影，能使他轉悲爲喜，眞是多大的本領，多大的謀略。要知道他還是個初出茅廬的年輕人！往後還有什麼地位他會爬不上去？咳！只怕他富貴揚名之後，就把我忘了。」對所欽慕的男子讚佩之餘，自己也愁懷一寬，煩憂頓消。

她對自己做的手腳大爲讚賞。「諒我也不見得配不上于連，」她自語道，心裡感到一陣說不出的甜絲絲的快意。

雷納先生怕擔風險，所以一聲不吭，仔細察閱第二封匿名信。假如讀者還記得，這封信是用膠水把一個個印刷字貼在藍信紙上的。「眞是變著法兒來捉弄我了，」雷納先生心裡嘀咕，感到非常疲倦。

一波未平，一波又起，眞需要認眞對待才行，而且老是因爲我女人的緣故！他很想發作出來，用粗話罵她幾句，但想起貝桑松有遺產可繼承，才好不容易忍住了。心裡恨不得拿什麼東西出出氣，就把這第二封匿名信搓成一團，大步跑了開去，覺得跟妻子離得遠遠的才好。過了一忽兒，又走回到他的女人身旁，心情平和多了。

「關鍵是要有決斷，辭退于連。」她立刻向他獻計：「說到底，他不過是木匠的兒子。你多破費幾個錢，賠償他就是了。何況他有學問，謀職不難，比如說到瓦勒諾先生或莫吉鴻行政長官府上去，他們都有孩子。這樣，你也沒什麼對不起他的……」

「妳說這話，完全像個傻女人！」雷納先生嚷道，聲音煞是可怕，「一個女人家，能指望她有什麼見識呢？什麼事有道理，什麼事沒道理，妳從來都不關心，那人情禮俗怎麼會懂？你什麼都漫不經心，懶懶散散，就忙著捉蝴蝶玩兒！嬌弱的女人，眞是家門的不幸……」

雷納夫人由他去說。他一說說了很久，照當地人的說法，是出了口惡氣。

最後，她說：「先生，我要說的話是任何一個女人在名聲——也就是她最寶貴的東西受到損害時，都會說的。」

這是一次難堪的談話。在整個過程中，雷納夫人一直非常冷靜，因爲知道談話的結局關係到她還能不能與于連同住一個屋頂下。她在尋思，怎樣轉移丈夫盲目的怒火。丈夫貶損的話，她木然不覺，因爲根本沒聽，心裡在想于連：「我這樣子，他會滿意嗎？」

「這鄉下小伙子，我們對他很照應，送了他不少禮，也許眞是無辜的。」她結尾這麼說：「但我第一次受到這樣的侮慢，也不能不怪他……先生！剛才看到那一紙無恥的中傷，我就拿定主意，不是他，便是我，總得有一個人離開你府上。」

「妳難道唯恐天下不亂，非要把妳我的臉都丟盡不可，好叫維里埃那些人看咱們笑話？」

「這倒也是。看到你發跡，人家都眼紅；你精於管理，善於把你的事，家道和市政，搞得很興旺……也罷！我去勸于連向你告個假，上山到木材商那兒過一個月；這木材商待小木匠倒還眞夠朋友。」

「妳別輕舉妄動！」雷納先生接口道，態度相當冷峻，「我首先求妳，別跟他說話。妳惹他發火，會弄得我也跟他失和。妳知道，這位先生年紀輕輕，人十分警覺。」

「這年輕人一點都沒手腕！」雷納夫人說：「他或許有學問，這你最清楚不過了，但骨子裡是個地地道道的鄉下人。他還回絕艾莉莎，不肯娶她；我知道這事後，就對他沒有好印象。這是穩到手的一筆財產。他的藉口是艾莉莎有時偷偷去見瓦勒諾先生。」

「啊！」雷納先生聳眉豎眼地說：「怎麼，于連還跟妳講這種事？」

「不，只是閒聊罷了。他常跟我講到要獻身於聖職；不過，對這些小百姓來說，有口飯吃，才是最大的心願。他言語之間表示得相當清楚：艾莉莎那些私下走動，他也不是不知道的。」

「可是我，我卻不知道！」雷納先生又憤然作色，一字一頓地說：「我家裡發生的事，我竟不知道……怎麼！艾莉莎和瓦勒諾之間有點什麼？」

「唉！那是老話了，」雷納夫人含笑說；「或許並沒有什麼見不得人的事。還在早些時候，你的至交瓦勒諾知道維里埃人認爲他對我有點柏拉圖式的愛情，他也並不怎麼生氣。」

「這個想法，我倒也有過。」雷納先生握拳捶著自己的頭，他把蛛絲馬跡一一發現了出來，

「但是，妳什麼都沒對我說，是不是？」

「爲我們所長小小一點虛榮心，値得讓兩個好朋友反目成仇嗎？上流社會的婦女，哪個沒收到他幾封信；那些寫得極其風雅，甚至帶點兒風流的信？」

「他給妳寫過？」

「寫過不少。」

「把那些信立即拿來，照我命令辦！」雷納先生神氣十足，身子頓時高出一截。

「我不會這麼辦的，」回答他的是一種柔和的聲調，差不多是慵懶的，「等哪一天你想通了點，再拿給你看。」

「立即照辦！眞見鬼！」雷納先生嚷嚷道。他憤怒得帶點醉意，十二小時以來，還沒有這麼痛快過。

「你能發誓嗎？」雷納夫人莊容說道：「絕不爲這些信，跟收容所所長吵嘴？」

「吵嘴也罷，不吵嘴也罷，反正我可以不讓他管理孤兒院。但是，」他怒氣沖沖地繼續說道：「信在哪裡，我立即就要。」

「在我寫字枱的一個抽屜裡。但是放心，鑰匙我不會給你的。」

「我不會砸開嗎？」他嚷嚷著朝妻子的臥室跑去。

這是一張名貴的寫字枱，桃花心木上帶有一圈圈紋輪，還是專程從巴黎運來的。平時只要看見上面有點髒，就不惜用上衣下襬去擦乾淨，此刻他當眞拿一把鑿子，把抽屜砸開了。

這時，雷納夫人連奔帶跑，爬上鴿樓的一百二十級樓梯，在小窗子的鐵欄杆上紮上一條雪白的手絹。天底下最幸福的女人要數她了！眼裡噙著淚水，朝山中的大樹林望去。「毫無問題，」她心裡想：「于連正在那裸枝葉茂盛的山毛櫸下探望這報喜的暗號呢！」她側耳細聽，如果沒有這些討厭的鳥聲蟬叫，巨岩那邊必有一聲歡快的呼喊淩空傳來！她貪婪的眼睛望著一大片深綠色的斜坡，那是密集的樹梢，簡直像一片草坪。「他怎麼連這點聰明勁兒都沒有，」她不禁悵悵，「想不出個暗號來，告訴我，他也跟我一樣歡欣呢？」

後來，怕丈夫會找上來，她才從鴿樓上下去。她發覺丈夫氣呼呼的，還在瀏覽瓦勒諾那些無傷大雅的字句；這類措辭原不宜於情緒激動時看的。

雷納夫人趁丈夫大驚小怪的間隙，插了句話：「我還是那個想法，讓于連出門旅行一次為好。拉丁文方面不管有多大的才能，他畢竟是個鄉下人，時常粗裡粗氣，不知分寸。每天，他自以為很有禮貌，向我說一大堆恭維話，不但誇張過頭，而且俗不可耐，大概是看什麼小說背來的……」

「他從不看小說的，這我清楚。」雷納先生朗朗說道：「妳以為我是瞎了眼的當家人，連自己家裡發生什麼事都不曉得？」

「也罷！這些可笑的恭維話如果不是看來的，而是他自己想出來的，那就更糟。他就會在維里埃用這種腔調來談論我……而且，話不必扯得太遠，」雷納夫人的神情裝得好像突然有所發現似的，「他會在艾莉莎面前這樣說，這就差不多等於在瓦勒諾面前說了。」

「啊！」雷納先生大喝一聲，猛捶一拳，桌子和房間都晃動起來，「鉛印字的匿名信，和瓦勒信的親筆信，用的竟是同一種紙！」

「總算水到渠成了……」雷納夫人心裡默想。這一發現使她也一怔，再無力氣多說一句話，便遠遠地退到客廳一隅，落在一張長沙發裡。

這一仗，到此已算打贏了。對那個推定為寫匿名信的人，雷納先生要找上門去論理，她煞費苦心，才勸阻住。

「你怎麼不想想沒有充分的證據，就向瓦勒諾興師問罪，不是太魯莽了嗎？你遭人嫉妒，先生，能怪誰呢？只能怪你的才幹：市政方面的治理有方，房屋居所的富有情調，結婚時我帶來的陪嫁，尤其是我們可望從我姑媽那兒繼承到一筆可觀的遺產，而那數目又被人家誇大到湖天海地的程度：凡此種種，使你成了維里埃的第一號人物。」

「還有出身，妳忘了。」雷納先生說到這句話，臉上才稍露出一點笑容來。

「不錯，你是省裡最引人注目的貴族之一。」雷納夫人趕緊補上一句，「倘使王上特立獨行，對待門第能公道持正，那你肯定能榮進貴族院。以你這樣尊貴的地位，去授人以隙，落個話柄，讓眼紅的傢伙說三道四，值得嗎？

「跟瓦勒諾去談他的匿名信，就等於在整個維里埃，怎麼說好呢？等於在整個貝桑松，在全省宣布：這個微不足道的平民被雷納先生，也許是一時不慎吧，引入家門，居然夜郎自大。你剛搜到的那些信，如果能證明我對瓦勒諾的求愛有過表示，私通款曲，你就可以把我殺死——我也百死不惜，但千萬別對瓦勒諾怒氣相向。你要想一想，周圍那些人只等有個藉口，就會向你的優越地位群起而攻之。再要想一想，一八一六年的那幾樁逮捕案，你都出過力。那個逃到屋頂上的傢伙……」

這段往事回想之下猶覺苦澀，雷納先生忍不住嚷起來：「想一想，想一想，我只想妳對我既不尊重也欠友善……我至今還沒當上貴族院議員呢！」

「我想，我的朋友，」雷納夫人堆著笑容說：「我將來會比你有錢。嫁給你也十二年了，就憑這個名分，我總該能說句話吧！尤其在今天這件事上。如果那位于連先生比我更重要，」她裝出不勝怨尤的樣子，「那好辦，這個冬天我準備到姑媽家去過。」

這句話說得非常成功，態度堅決而禮數周全，足以使雷納先生下定決心。但是，他照內地的習慣，還翻來覆去講了半天，把所有理由又提一遍。雷納夫人讓他說去，聽出他的聲調裡火氣還沒全消。此人已發了整整一夜脾氣，再加上這兩個鐘頭無謂的嘮叨，精力已都耗盡。末了，他定出了對付瓦勒諾、于連，甚至艾莉莎的計策。

這場大軸戲中，有一兩次，雷納夫人對這男人遭受的不幸，幾乎要感到幾許同情，因爲彼此廝守的十二年中，他不失爲自己的密友。但是，眞正的激情必然是自私的。況且，她時時刻刻盼著他供認昨夜收到匿名信，而他卻壓根兒不提。雷納夫人心裡總有點不踏實，不知信中向左右她命運的人暗示了些什麼。因爲，在內地，凡是方針大計，都是丈夫拿的。一個做丈夫的嘆苦經，只會招人笑話；不過，這種情況在法國的危險性已越來越小了。而做老婆的，如果丈夫不給她家用錢，就會落到去做女工，每天掙十五個子兒來，並且好心人即使想雇用，也還會顧慮的。

土耳其後宮的嬪妃，只能施出渾身解數去討蘇丹喜歡；蘇丹是萬能之主，后妃想玩弄點小花招，竊取他的權勢，那是無望的。而主子的報復雖可怕而殘忍，但亦痛快：給一柄匕首，了結一切。到了十九世紀，丈夫要殺死妻子，會假手於公眾的鄙視，教所有人家的客廳對她閉門不納。

雷納夫人回到自己房裡，明顯感到自己處境之危險。看到屋內凌亂不堪，感到非常刺眼。她放細軟的箱匣，暗鎖都給砸開了，好幾塊地板也撬了起來。「他倒眞是不留情面！」她自語道：「這彩木嵌花地板，他一向那麼喜歡，竟糟蹋成這個樣子。哪個孩子穿了濕鞋子進房，他都會氣得臉紅脖子粗，現在永遠完了！」她對自己過快的勝利，剛才還有點負疚之感，但一看到這粗暴的場面，早就煙消雲散了。

打晚餐鈴之前，于連才領孩子回家。端上餐後甜食，傭人退去之際，雷納夫人沉著臉對于連說：「你曾向我表示，想去維里埃住半個月。雷納先生願意給假，你什麼時候走都可以，全隨你的便。不過，爲免孩子虛耗光陰，他們的課卷每天派人給你送去。」

「那是當然的。」雷納先生用酸溜溜的聲音說：「假期我不同意超過一個禮拜。」

于連看他一臉憂戚，可以想見他內心之苦惱。

有一刻，客廳裡只剩他們兩人，于連問女友：「他還沒有拿定主意吧？」

雷納夫人就把早晨以來的事很快說了一遍。

「詳細情形，今晚再講吧！」她含笑補上一句。

「女人之壞，於此可見！」于連不禁想道：「不知出於什麼樂趣，什麼本性，她們要這樣來欺騙我們男子！」

「我發覺，愛使你眼明心亮，同時又莽動胡來，」他的口氣有點冷淡，「你今天的舉措，令人佩服，但是，想要我們今晚相見，能說是謹慎的嗎？這房子裡可謂仇敵遍布。試想艾莉莎對我那種發狠的怨毒。」

「那種怨毒，可以比之於你對我發狠的冷漠。」

「即便冷漠，見到你因我而身陷險境，我自有責任救你呀！萬一雷納先生問到艾莉莎；雷納先生只要一提個頭，艾莉莎就會一五一十全說出來。怎知你丈夫不手執利器，躲在我的房門旁呢？……」

「怎麼那居然連這點勇氣都沒有了！」雷納夫人說話時，那種貴族千金的倨傲之態全然溢於言表。

「我永遠不會下作到吹噓自己的勇氣。」于連冷冷說道：「那才卑鄙可恥呢！事實終歸是事實，讓世人去說吧！不過，」他捏著她的手補上一句：「你想像不出我多麼愛戀於你。在這次慘酷的分手之前，倘能前去向你鄭重道別，你可以想見我會多麼快活！」

第二十二章、一八三〇年的作風

語言是給人用來掩蓋思想的。

——馬拉格利達神父

于連才到維里埃，便深深自責，覺得對雷納夫人不夠公道，「如果由於懦弱，她跟丈夫較量敗下陣來，我自可把她當弱女子那樣瞧不起。哪知她應付自如，倒像個外交家，使我不禁要同情起敗將來，雖說這敗將原是我的仇敵。而我的居心行事，倒透著市民階層的小家子氣；自己都有點忍辱受屈之感，因爲雷納先生好歹是個男子漢。在這人才濟濟的男子漢群裡，我雖忝爲其中一員，但充其量不過是蠢才一個。」

謝朗神父革職之後，連帶給逐出教長住宅；當地自由黨的名流爭相提供住處，謝朗神父都一概拒絕。他租的兩間房，到處堆滿了書。于連要讓維里埃人見識見識當神父是何等身價，便到父親家裡取了十二塊松木板，親自扛在肩上，沿著大街送過去；又向一位老相識借來鋸子及刨子，立時做成一個書櫥，把謝朗神父的書整整齊齊排好。

「我原以爲浮華世界已把你腐蝕得差不多了。」老人說著，高興得淚花滾滾，「那身光鮮的儀衛制服給你招來了多少冤家：這麼一來，算抵過了那樁孩子氣的玩意兒。」

雷納先生曾關照于連住到他的府上去，所以無人疑心到發生的事。于連到後的第三天，看到一位並非等閑之輩，亦即行政長官莫吉鴻，直接走進他的房間。經過足足兩小時的閑聊和抱怨，什麼人心險惡啦，經手公款的人有欠廉潔啦，可憐法蘭西大難臨頭啦，等等。于連到最後才依稀明白他的來意，當時兩人已經站在樓梯口了。這位半失寵的家庭教師懷著適當的敬意，送日後某幸運省的省長出來，忽然這位未來的省長關心起于連的前程，誇他淡於名利，等等。最後，莫吉鴻先生和藹如慈父，雙手抱住于連，建議他離開雷納先生，去爲某位高官效勞，因爲那長官家裡也有孩子要教育，而且他會像菲力普親王一樣感謝上蒼，不過不是感謝上蒼賜予他子女，而是感謝上蒼使他的孩子有緣親近于連。「當他們家的家庭教師，年薪可得八百法郎，還不是逐月支付，這樣做不夠貴族氣派，」莫吉鴻先生補充說：「而是按季預付。」

現在輪到于連答話了。他等這說話的機會已等了一個半鐘頭，都有點不厭煩了。他的答覆可謂完美無缺，尤其冗長得像主教的訓諭；你可以作各種理解，但是沒有一句是說得明明白白的。裡面既有對雷納先生的尊崇，也有對維里埃公衆的敬重，更少不了對遐邇聞名的行政長官的感謝。這位長官遇到一位比自己更花言巧語的對手，吃驚不小，他想套一句確鑿的話出來，只白費了半天力氣。于連得意之下，覺得機不可失，宜多加操練，把答覆的話，換一套措辭，又說了一遍。從來沒有一位博辯縱橫的大臣，看到議會聚議既久行將結束之前，閣員紛紛醒來精神旺健之際，獨自滔滔不絕說了一大堆話，卻滴水不漏，沒多少內容。等莫吉鴻先生轉身一走，于連高興得像瘋子一樣，哈哈大笑起來。爲了施展一下伶牙俐齒的談吐，當下給雷納先生修書一封，長達九頁，詳述來客所談的一切。最後作謙卑狀，請東家多多指教。「那位禮賢下士的人姓甚名誰，莫吉鴻這個混蛋居然沒告訴我。」他私忖道：「敢情是瓦勒諾，見我流放到維里埃，想必看出他的匿名信奏效了。」

快信發出後，于連快活得像獵人趁秋日晴朗，一早就鑽進獵物充斥的原野一樣，出門去見謝朗神父，想聽聽他的高見。但在到達神父住處之前，上天有意爲他安排一樁快事，讓他半路上碰到所長瓦勒諾先生。他對瓦勒諾並不隱瞞痛心事：一個像他這樣的窮孩子，本當矢志於上天感召他的聖職，但在下界，光有志向並不能解決一切。爲了使自己有資格在救世主的葡萄園裡耕耘，又不至於過分配不上那些學問精湛的同道，他需要受充分的教育；而要進貝桑松神學院，兩年的期限所費不貲，這就需要有點積蓄，而要有點積蓄，拿按季付的八百法郎年薪，自然比逐月要吃掉的六百法郎易於爲功。不過，從另一方面說，上天把他安插在雷納家的少爺身邊，尤其感應他對孩子一種特別的依戀情緒，難道不是指點他，不教他們而去教別的孩子，似非所宜？……

帝政時代注重辦事雷厲風行，現在則強調要能說會道。于連可以說把談玄說理的本領發揮到了淋漓盡致的地步，以致到最後，他對自己的腔調都感到厭煩了。

于連剛回屋，就看到瓦勒諾府的一名當差，全身號衣，手持一張請柬，請他當天中午赴宴；那當差爲了找他，在城裡已跑了個遍。

此公的家，于連從未去過。僅僅在幾天之前，還盡在想用什麼辦法痛打他一頓，而不致涉訟上輕罪法庭。雖然宴請訂於午後一時，于連覺得提前半個鐘頭就上公事房拜謁收容所所長，更顯得尊敬。他見瓦勒諾雄踞在一大堆卷宗紙夾之間，以示身價不凡。他濃黑的頰髭，濃密的頭髮，斜戴在頭頂心上的希臘式便帽，碩大無朋的菸斗，鋪金繡銀的拖鞋，縱橫交叉在胸前的粗重金鍊，以及一個內地金融家自以爲正在交桃花運的所有飾物，絲毫震懾不了于連，反而使他想起那一頓掛在帳上的痛打。

于連希望能有幸給引見瓦勒諾夫人；但夫人正在梳妝，不能接見。作爲補償，得個方便，先看所長先生如何穿著起來。然後，他們一起走進瓦勒諾夫人的上房：她眼角含著淚珠，把孩子一一介紹給于連。這位夫人是維里埃的名媛之一，生就一張男子漢的寬臉盤，爲了今天的盛宴，還調脂抹粉，特地化妝一番；她竭盡誇張，努力表現母性的一面。

于連由此想到雷納夫人。他什麼都不信的脾氣，只有經過比較，才肯接受；這時，回想起雷納夫人的種種，他感動得心都軟了。這種心情，在看了所長的房子之後，更形強烈。主人領他參觀居室，一切陳設都是上等的，簇新的，還把每件家具的價錢報給他聽。但于連覺得其中有某種不光彩的東西，嗅到財路不正的氣味。府裡所有的人，包括僕人在內，都顯得壁壘森嚴的樣子，一致對付外人的輕蔑。

稅務官，間接稅徵收人，警官和兩、三位公職人員，各攜夫人到來。隨後，又來了幾位有錢的自由黨人。聽差來稟報，宴席已擺好。于連早已覺得不痛快了，這時不免要想，餐廳的隔壁就是收容來的貧民孤兒，也許正是剋扣了他們的肉食，才置辦起這些惡俗不堪的奢華宴會，藉以炫耀顯擺。

「他們這時或許正在挨餓，」于連暗想道。他喉嚨發緊，覺得食不下咽，幾幾乎說不出話來。過了一刻鐘，情況更糟了，斷斷續續傳來一首民間小曲；應當承認，詞兒有點下流，是個關禁閉的人唱的。瓦勒諾先生瞪了穿號衣的當差一眼，那當差馬上退出，一會兒哼曲調的聲音就沒有了。這時，一名侍役給于連一只綠色玻璃杯裡斟上萊茵葡萄酒；瓦勒諾夫人特別提醒說，這酒值到九法郎一瓶，還是產地的價格呢！于連舉著綠酒杯，對瓦勒諾先生說：「那下流的小曲倒不唱了。」

「可不！想必不唱了。」所長得意揚揚地答道：「我已經吩咐下去，叫那群要飯的安靜一點。」

這句話，對于連說來，刺激太大了。他的舉止雖說已合身分，但心腸還適應不過來；顧不得平時常玩虛偽的手段，這時覺得有顆很大的淚珠在沿著臉頰淌下來。

他竭力用綠玻璃杯遮擋眼淚，但要他去讚頌萊茵美酒，那可絕對辦不到。「不准他唱！」他默念道：「主啊！你竟能容忍這種事？」

幸虧沒有人注意到他廉價的感情用事。稅收官哼起一曲頌揚皇上的歌曲。唱到疊句，衆人合上來，一片喧嚷。「是啊！」于連的良心感嘆道：「你用骯髒手段撈到的骯髒錢，也只配在這種場合，跟這批狐群狗黨一起享用！你說不定能謀到一個兩萬法郎的肥缺：你大吃大喝的時光，非得下令不准囚首垢面的窮光蛋哼小曲兒；你宴開不夜，用的錢卻是從他可憐的口糧中刮來的；你們在這邊歡宴，他卻更加倒楣了——噢，拿破崙！在你那個時代，靠打仗出生入死，以博取榮華富貴，那多痛快！現如今卻去加重窮人的苦難，豈不卑鄙！」

應該承認，對于連在這段獨白中表露的軟心腸，我的評價不高。看來他可以跟戴黃手套的陰謀家引爲同調，他們自翔能把一個大國攪得天翻地覆，而要擦破自己一點皮，就萬萬不願意了！

于連的魂突然給喚了回來，他有他的角色要扮。人家請他吃飯，置身嘉賓堆裡，絕不是讓他來胡思亂想和一言不發的。

一位退休的花布商，也是貝桑松學院與于澤斯學院的通訊院士，從餐桌的另一端跟于連攀話，問外界盛傳他研讀《新約》有得，成績驚人，此說是否屬實。

頓時，四座寂然。一本拉丁文的《新約》像變戲法一樣，到了身兼兩學院院士的大學者手裡。按于連的答告，他隨便翻開書來，念了半句拉丁文。于連接著背下去：他的記性始終如一，準確可靠。大家嘖嘖稱奇，加之酒足飯飽，鼓噪的勁頭更大。于連瞅了一眼女太太們紅撲撲的臉龐，有幾位容顏不惡。剛才唱歌的稅收官，其嬌妻頗得于連青睞。

「說實話，我很歉愧，當著這些太太的面，耽擱這麼多時間背拉丁文，」他看著稅收官的嬌妻說：「如果呂丕堯先生（即身兼兩學院院士的那位）肯發善心，隨便唸出一個句子，不要我接著背拉丁文，那我可以當場翻成法文唸出來。」

第二考考下來，他的榮名可算登峰造極。

席上有幾位有錢的自由黨人，同時也是幸運的父輩，因爲他們的子女有可能獲取獎學金，就是這點根由，所以在聽了上次布道後突然宣布改宗信教了。儘管政治上有了這步妙著，雷納先生還是不願在府上招待他們。這些好好先生曾耳聞于連的大名，再就是國王入城那天見他騎馬跨鞍的雄姿，當下成爲捧場喊好最熱鬧的朋友。「這種聖經文體，實在說來他們一點不懂。」于連想：「不知要到什麼時候，這些傻瓜才會聽厭？」然而，恰好相反，這種文體就因爲奇崛古怪，他們才覺得有趣，聽了哈哈大笑。但于連自己已經煩了。

鐘敲六點時，他正兒八經地站起來，說利戈里奧新神學中還有一章，他要回去弄熟，明天可以背給謝朗神父聽。「因爲我的本職，」他說得很風趣，「是要別人背書給我聽，我也背書給別人聽。」

頓時哄堂大笑，讚不絕口：這種機趣，正對維里埃人的胃口。于連已經站起來作離席狀，其他人顧不得禮數疏略，也跟著站了起來：一個人秉有異能，就有這樣的影響。瓦勒諾太太盛情挽留，他又待了一刻鐘；說是要他聽聽她孩子背教理問答。他們背得顛三倒四，錯得有趣，當然只有他一人聽得出來，不過也懶得去糾正。他想：「連基本教義都不知道，天曉得是怎麼學的！」他最後鄭重道別，以爲可以脫身走了。但不，還得硬著頭皮聽他們背一首拉封丹的寓言詩。

「這位作家是個沒有道德的人，」于連對瓦勒諾夫人說：「他有一則關於約翰·舒亞教士的寓言，竟敢對最可敬畏的事也極盡嘲謔之能事。他這一點，歷來頗遭優秀批評家的譴責。」

臨走之前，于連接到四、五份人家請他吃飯的邀約。「這年輕人的確能爲本省增光！」歡快的賓客衆口一辭地嚷道。他們甚至談起用公家的辦法，從市政基金裡撥出一筆津貼，資助他去巴黎深造。

這一冒失的主意還在餐廳裡餘音繞樑，于連已經腳步輕健地跨出大門。「啊！混帳，混帳！」他低聲連罵三四聲，同時，歡暢地吸了一口新鮮空氣。

這時，他覺得自己是十足的貴族，雖則長期以來，在雷納府，從人家對他表示的禮貌背後，覺察出一種帶輕蔑意味的微笑和自恃身分高貴的傲慢，曾大大刺痛他的心。他由此不能不感到極大的不同。「都忘了吧，什麼刮囚徒的錢啦，不准他們唱歌啦！」他邊走邊想：「雷納先生請客人喝酒，會想到要把酒價告訴他們嗎？而這位瓦勒諾喜歡炫耀列他的財富，不厭幾次三番說了又說。只要他的夫人在場，每次談起他的房子，他的田地，總不忘強調你的房子，你的田地！」

這位夫人喜好財貨之心，表面上就看得出來。席間有個當差打碎了一只高腳杯，她氣勢洶洶，發作了一通，說成套杯子湊不全了，那僕人也不客氣地頂了嘴，回敬起來。

「好一伙不要臉的東西！」于連心裡罵道：「他們即便把搜刮來的錢分一半給我，我也不願跟他們一起生活。說不定哪一天，我會露出馬腳的；他們太教人反感了，我會掩飾不住鄙夷的神態。」

不過，依照雷納夫人的囑咐，他還參加好幾次同類的宴會，一時裡成了時髦人物。他穿儀衛制服的事也已得到諒解；或者不如說，倒是這件冒失事兒，他才眞正走紅起來。不出幾天，維里埃關心的，是想看看，在爭奪博學教師的鬥法中，得勝的到底是雷納先生，還是收容所所長。他們兩位，加上馬仕龍，形成多年來橫霸全城的三頭政治。嫉妒市長的大有人在，自由黨人更有理由抱怨了；但他畢竟出身名門貴族，生來高人一等。不比瓦勒諾，他的先人只給他留下六百法郎年金。他年輕時，老穿一身蘋果綠的破衣裳；他硬是從這種叫人看了覺得可憐的狀況，爬到今日御駿馬、佩金鍊、翻巴黎行頭這樣一種令人艷羨的榮華光景。

這個社會，對于連是全新的，在滾滾人流中，他相信發現了一個正派人；此人是幾何學家，名叫葛羅，據稱是雅各賓派。于連曾立意逢人只以假話搪塞，但面對葛羅先生，他對自己這一戒律產生了懷疑。

從葦爾吉方面，他經常收到大包小包的作業。他得到勸告，說應該常去看看老父。既然有此必要，即使很不愉快，也只好順從。總之一句話，他的名聲挽回得相當可以了。一天早晨，朦朧中覺得有兩隻手捂住他的眼睛。他一驚，醒了。

原來是進城來的雷納夫人。她快步奔上樓梯，把幾個孩子留在下面照顧他們帶來的寵物——一隻小兔子。等孩子捧著兔子來給他們的大朋友看，雷納夫人業已避開。于連情緒很高，歡迎全體來客，包括那隻小兔子。他覺得好像是跟家人久別重逢；他感到喜歡這群孩子，樂意跟他們唧唧喳喳說話。他們柔和的聲音，單純而高貴的小樣兒，他不由得感到驚奇。在維里埃的這段時間，所見所聞都是庸俗的排場，討厭的主張；他需要把這一切都從記憶裡洗刷淨盡。城裡永遠是恐懼匱乏，永遠是奢靡與貧困之爭。他去赴宴的那些人家，主人談到燒烤珍饈時，有些話真教說的人丟臉，聽的人噁心。

「你們是貴族，的確有理由值得驕傲，」他對雷納夫人說。他把硬著頭皮去參加的那些宴請都講了一番。

「這麼說來，你走紅啦！」想到瓦勒諾夫人每次等于連去，非塗脂抹粉不可，覺得很好笑，「我想，她在打你的主意啦！」

早餐很精緻可口。有孩子在場，表面上有點不便，實際卻增進了彼此的歡快。這些可憐的孩子，與于連相見之下，不知怎樣來表示他們的高興。下人們少不得已告訴他們，說人家肯多出兩百法郎，請于連去教瓦勒諾的孩子。

早飯吃到一半，斯丹尼——他大病之後，臉色還很蒼白——忽然問母親，他的銀刀、銀叉，還有喝牛奶的大口杯，能值多少錢。

「問這個幹嘛？」

「我想賣掉了，可以把錢給于連先生。這樣，他留在我們這裡，就不會上當了。」

于連把他一把抱了過來，眼裡含著熱淚。做母親的更是止不住淚水漣漣。于連把斯丹尼抱在腿上，跟他解釋，不該用「上當」這個詞兒，因爲用在這種場合，是下人們的說法。看到自己已博得雷納夫人的歡心，他便找些生動的例子來逗孩子，說明什麼叫「上當」。

「我明白了！」斯丹尼說道：「就是烏鴉發傻，讓銜在嘴裡的乾酪掉在地上，給狐狸叼走了；狐狸專會拍馬。」

雷納夫人一聽樂壞了，連連吻著孩子；這樣，身子就不免略略斜靠在于連身上。

冷不防門開了：原來是雷納先生。他嚴厲而忿懣的臉容，與給他沖散的甜蜜而愉快的氛圍形成了尷尬的對照。雷納夫人頓時嚇白了臉，覺得百口莫辯。于連搶先開口，高聲向市長先生講述斯丹尼打算賣掉銀子奶杯的事。而這故事肯定是不中聽的。首先，雷納先生有個好習慣，一聽「銀子」（argent，也作銀錢解）兩字就要皺眉頭——「提到這種貴金屬，」他常說：「總是要我掏腰包的開場白。」

然而，這會兒不僅僅是銀錢出入，而是疑竇陡增。他不在的時候，家裡一片歡快和樂的氣氛，但這種快樂的氣氛碰到這個愛虛榮的人，並不能圓融局面。他妻子誇于連能用有趣而巧妙的方法，向學生灌輸新的知識，雷納先生馬上接口說：「是的，是的，我知道，他這樣做，無非叫孩子討厭我。他很容易做得比我可愛百倍；而我，是一家之主。這年頭，大勢所趨，盡向合法的權勢潑髒水。哎，不幸的法蘭西！」

雷納夫人才不肯花那個心思去推敲丈夫待她的態度有什麼微妙的變化。她剛看出，跟于連有可能一起待上十二個小時。她在城裡有許多東西要買，而且明白表示一定要上館子吃飯；不管丈夫橫說豎說，她還是這個主意。小孩子一聽上館子，都高興極了。不是嗎？連現代的假道學一說到上館子，也會覺得口角生香，津津有味！

雷納夫人走進第一家時裝店，丈夫就把她丟下不管，自己拜客去了。回來時，他比早上還鬱鬱不樂，認爲全城都在議論他與于連。事實上，公衆言談中那些不堪入耳的話，還沒有人向他透露，引他懷疑。跟市長先生一再提及的，無非是想知道，于連是留在他府上拿六百法郎，還是接受所長的八百法郎。

這位所長在社交場合碰到雷納先生，往往故示冷淡。他這種做法頗工心計。因爲，在內地，難得會有莽撞的舉動：強烈的感情至爲罕見，往往都是深藏不露的。

瓦勒諾是離巴黎幾百里之外，大家稱爲「混混兒」的那種人，生性粗鄙，厚顏無恥。一八一五年以來，他左右逢源，那些好德性更是有增無已。在維里埃，可以說，他是在雷納先生的麾下橫霸鄉里的；但人要活躍得多，又不知害臊，樣樣都要軋一腳，不停地走動、寫信、講話，即使有點委屈難堪，也不往心裡去，談不上什麼個人尊嚴，終於在教會人士眼裡，已與市長的資望旗鼓相當了。有這麼一種傳說，瓦勒諾對當地的雜貨商說：「把你們之中最蠢的兩個人給我。」對吃法律飯的說：「把你們之中最無能的兩個人指給我。」對行醫的說：「把你們之中最會招搖撞騙的兩個人指出來。」他把各行各業的渣滓集攏起來，對他們說：「這天下是我們的了！」

這幫人的作爲，雷納先生甚感怫意。瓦勒諾的濫俗可厭，可謂刀槍不入；馬仕龍神父當衆戳穿他的謊言，他都面不改色。

就在身發財發的過程中，瓦勒諾覺得，對有些小事上就得橫橫心，來個蠻不講理，抵制明擺著的事理：他當然清楚，人家有權向他指明眞相的。因阿拜爾先生來此參觀，他驚恐了起來，接著就加緊活動，到貝桑松跑了三次。每趟郵班，他都寄出好幾封信，有些信則托晚上摸黑找他的來客帶走。促使謝朗神父撤職一事，他或許做錯了；正是由於這一報復行爲，好幾位出身名門的女信徒才把他看成是惡人。而且，幫過這次忙之後，他就完全依附於弗利萊代理主教，接辦了幾樁奇怪的差事。他的政治生涯走到這一步時，快意當前，寫了那封匿名信。不過，最難辦的，是他夫人揚言，要延聘于連來家；這至多只能說是她的虛榮心作怪。

鑒於這種處境，瓦勒諾預料到，跟昔日的盟友雷納先生難免要攤牌。雷納先生會說出難聽的話來，這個他倒不在乎；但市長大人會向貝桑松，甚至巴黎寫信，哪位部長的表親可能突然光臨維里埃，把丐民收容所搶走。於是，瓦勒諾想到應該靠攏自由黨；有鑒於此，才有好幾位自由黨人士承邀出席于連背書的那次宴會。他可以引爲奧援，對付市長。但是選舉可能就要舉行；顯然，保收容所和投反對票是水火不相容的兩件事。這種政治上的明爭暗鬥，雷納夫人已猜得八九不離十；當她攙著于連的胳膊，從一家鋪子走進另一家鋪子，就把其中的奧妙講給他聽。兩人款款行，輕輕談，不知不覺間，已消磨去幾個鐘頭。這兒差不多跟葦爾吉一樣安靜。

在此期間，瓦勒諾竭力避免跟他昔日的靠山鬧翻，倒先自個兒拿出一副了無懼色，什麼都不怕的樣子。他的這一套倒居然奏效，但市長的脾氣卻更壞了。

愛財，尤其是愛小錢，往往使人變得貪婪、小氣。虛矯心理與愛財觀念交戰之下，還沒有人像雷納先生走進館子時那麼愁眉苦臉的；同時，恰巧相反，他的孩子也從來沒有那麼興高采烈過。這個對照，適足以惹他生氣。

「看來我在自己家裡成了多餘的人啦！」他儘量把說話的口氣放得很威嚴。

他的夫人作爲回答，就把他拉到一旁，說明有必要遣走于連。適才度過的快樂時光，使她恢復了必要的安寧與堅毅，可以實施她半個月來籌思已久的方案。可憐的市長一聽，更加惶惑了，因為他知道維里埃人公然拿「寡人好貨，喜歡金幣」開他玩笑。最近，聖約瑟會、聖母會、聖體會等五、六次募捐活動中，瓦勒諾一擲千金，慷慨得像錢是搶來的，而他則謹飭有餘，丰采不足。

募捐的修士頗有慧心，把維里埃和附近一帶鄉紳的名字，按認捐的數目，依次排列在捐款名冊上，而雷納先生名列榜末已不止一次了。他聲辯自己「毫無收入」，也屬徒然。教士在這個項目上是不開玩笑的。

第二十三章、長官的苦惱

挺過難熬的這片刻，自可整年趾高氣揚

——卡斯蒂

讓這個渺小的人物留在他渺小的煩惱裡吧！他實際上只要一個奴才，為何把這熱血男兒請到家裡來呢？只能怪他自己不長眼睛，不知選擇了！十九世紀通常的做法是：凡聲勢赫赫的貴族，遇到有情有義的男兒，不是虐殺、放逐、監禁，就是百般侮辱，巴不得他自個兒犯傻，痛苦而死！碰巧在這兒，身感痛苦的不是有情有義的男兒。在法國，小城市的大不幸，連紐約等民選政府也一樣，是不能忘記世上還存在像雷納先生那樣的人。一個兩萬居民的城市，製造輿論的便是這幫人，而輿論在法治國家更形可怕。一個品德高尚、慷慨豪爽的人或許還是你的朋友，但住在百里之外，就只能根據貴城的輿論來評斷你的為人，而這輿論卻由碰巧生在富裕而穩健的貴族家庭裡的傻瓜造成的。才華出眾之輩就活該倒楣了！吃過晚飯，一家老少立即返回葦爾吉；但第三天早晨，于連看到他們全家又來到維里埃。

不出一個小時，他就訝然發覺，雷納夫人有什麼詭秘之事瞞著他。他一露面，她就中斷和丈夫的談話，似乎希望他走開。于連很知趣，不用人家再次暗示。他的神態變得冷漠而矜持；雷納夫人也已覺察到，但不急於作解釋。「難道她已替我找了個後任？」于連想：「就在前天，還對我那麼親呢！但人家說，那些貴夫人，行爲大都類此。就如同帝王一樣，對公忠謀國的宰輔剛恩寵有加，不意退朝回府，已有貶黜的詔書恭候在那裡了！」

于連注意到，他一走近便打住的談話中，常提到一座大房子，屬於維里埃市政府的產業，房子又老又舊，但寬敞合用，坐落在教堂的對面，最繁華的商業地段。「舊房子與新情人，有什麼共通之處？」于連暗想。他把弗朗索瓦一世的兩句妙詩反覆吟哦，聊以排遣愁懷。這兩句詩，此刻覺得很有新意，還是不到一月之前，雷納夫人教給他的。當時，多少山盟海誓，多少耳鬢廝磨，詩裡的意思全不過是無稽之談！

美人慧黠心常變，
痴漢意誠情自專。

雷納先生乘了驛車，去省城貝桑松。這趟出門，是商議了兩個鐘頭才定下來的，他顯得心事重重。回來時，把一個很大的灰紙包往桌上一扔。

「瞧，這椿蠢事！」他對妻子說。

一個鐘頭以後，于連看到一個貼招貼的雜役來把這一大包東西拿走。他急忙尾隨而去，「到第一條街的拐角，我就可以知道其中的奧秘了。」

他好不焦急，站在貼招貼的雜役背後。只見那人用一把大刷子，在招貼背面刷上漿糊。招貼剛貼好，好奇心切的于連讀到一份詳盡的告示：原來是採用公開投標方式，出租雷納夫婦談話中常提到的那所大房子。開標時間定在第二天午後兩點，假座於公共議事廳，以第三支蠟燭熄滅爲止。于連大失所望。他覺得期限太近了，參加投標的人怎麼來得及通知到？而且，招貼的日期還倒填了半個月。他跑了三處，把這張招貼各看一遍，還是不得要領。

他專誠去看了擬議中出租的房子。看門人沒看到他走近來，正神色詭秘地對鄰居說：

「呸，呸！白費勁！馬仕龍神父已答應出三百法郎，但市長不理這個呀。代理主教弗利萊就把市長召了去。」

于連走來，似乎礙事，兩位朋友頓時縮口不語。

開標場面，于連自不能錯過。成群的人擠在一個昏暗的大廳裡，彼此用奇特的眼光相互打量。所有的眼睛都盯著一張桌子，于連看到桌上有個錫盤，點了三個蠟燭頭。執達員喊道：「三百法郎，諸位先生！」

「三百法郎，太不像話了，」有人低聲對身旁的人說，于連正好站在他們兩人之間，「至少值八百以上；我想壓過這個提價。」

「你呀！別自討苦吃。跟馬仕龍、瓦勒諾，還有主教和可怕的弗利萊那一幫人作對，會有什麼好處？」

「一百二十。」另一人喊道。

「蠢貨！」旁邊一人衝口而出。「市長的奸細正好在此。」他指著于連，補上一句。

于連急忙回頭，想示以顏色，但這兩個弗朗什—孔泰人已顧左右而言他了。他們出之以鎮定，于連也只得以泰然相報。這當口，最後一個蠟燭頭熄滅了，執達員拖長了聲音宣布：房子以三百三十法郎的租金成交，租予省政府的德．聖吉羅署長，為期九年。

市長一離開大廳，就議論藉藉了。

「這三十法郎是格羅諾冒冒失失挑市裡賺的。」一人說。

「不過德．聖吉羅不會饒他的，」旁人答道：「格羅諾遲早會嘗到苦頭。」

「眞他媽卑鄙！」于連左邊的一個壯漢說：「這所房子，我願爲我的工廠花八百法郎租下來，而且，我還覺得便宜呢！」

「得啦！」一個屬自由黨的小老板答道：「德．聖吉羅不是聖公會裡的人物嗎？他的四個孩子不是全得了獎學金嗎？俱是苦命的人哪！所以維里埃市政府開恩，額外送他五百法郎津貼，還不是這麼一回事！」

「據說這件事市長都攔不住。」第三個人提醒大家：「他是極端保皇黨，那不假，但他倒不偷不搶。」

「他不偷不搶？得了吧！」另一人接口道：「一切好處全進了公家的大腰包，到年終分配，大家利益均霑。可要注意索萊爾那小子，咱們走開爲妙。」

于連回來，心緒極爲惡劣，發現雷納夫人也悶悶不樂。

「你去看投標了？」她問。

「是呀，夫人，我在那兒有幸當了市長的奸細。」

「他要是聽我的話，早該出門走開才好。」

這時，雷納先生走了進來，他的心情也十分惡劣。晚餐桌上，沒有人說一句話。雷納先生吩咐于連跟幾個孩子一起回葦爾吉。一路沉悶。雷納夫人安慰丈夫道：

「你也該習以爲常了，親愛的。」

傍晚，闔家圍爐而坐，寂然無語。聽劈柴發出的噼啪聲，成了唯一的消遣。這是最和睦的家庭也會遇上的閑愁時光。突然，一個孩子歡快地叫起來：「門鈴響了！門鈴響了！」

「眞見鬼！要是德．聖吉羅藉口道謝，來跟我糾纏，」市長嚷道：「那我就把事情點明，這太過分了！他該去感謝瓦勒諾，我是受損害的一方。假如混帳的雅各賓派報紙抓住把柄做文章，也用『九五之尊』⓬來挖苦我，我能說什麼呢？」

一個長得十分漂亮、留著濃黑頰鬚的男子，這時，在僕人引領下走了進來。

「市長先生，在下是謝羅尼莫。這裡有一封信，是駐那不勒斯使館的隨員德．博凡西先生、在我動身之際，託我面交的；那不過是九天前的事。」他望著雷納夫人，神情愉悅地說：「夫人，令表兄，也即我的好朋友，德．博凡西先生說，你會講義大利文。」

那不勒斯客人的豪興，把這個沉鬱的夜晚變成一個歡快的良宵。雷納夫人執意要他吃了夜宵再走。這一下，全家都鼓動了起來。她要盡力排遣于連的悲苦，使之忘掉日間兩次聽人喊他「奸細」的不快。謝羅尼莫是著名的歌唱家，爲人極易相與，同時性情又非常愉快；這兩種品德，如今在法蘭西幾乎不再能同時遇到了。吃完夜宵，他與雷納夫人一起唱了一小段二重唱；還講了幾個有趣的小故事。

凌晨一點了，于連提議小孩子該上床睡覺去。他們都叫了起來。

「再講一個故事吧！」老大說。

「那就講個我自己的故事，Signorino（少爺）。」謝羅尼莫接下來說：「那是八年前，我跟你們一樣，還是那不勒斯音樂院的年輕學生。我的意思是年紀跟你們一樣大。不過，我沒有你們那福氣，在漂亮的維里埃城裡，做大名鼎鼎市長大人的公子。」

雷納先生聽了這話，不覺嘆口氣，看了妻子一眼。

⓬ 一八三〇年一月七日，詩人巴泰雷米因政論小冊子，被馬賽市法官梅蘭朵判處罰款一千法郎：梅在判決詞中用當地方言「九五」（nonante-cing即九十五）一詞，而遭巴泰雷米及自由黨人的嘲弄，譫稱梅爲「九五之尊」。

「贊卡萊利先生，」年輕歌唱家故意加重他的義大利口音，念得滑稽突梯，幾個孩子都噗哧一聲笑了出來，「先僚是位非常嚴厲的教授。音樂院裡沒有人喜歡他，但他樂意大家在進退應對上，做得像很喜歡他那樣。我是一有機會，就私出校門，上聖．卡利諾劇院，去聽天仙般的音樂。哦，天哪！怎樣才能湊足八個子兒買張門票呢？那是好大的一個數目呀！」他睜圓了眼睛瞪著孩子，孩子都相視而笑，「聖．卡利諾劇院的喬伐諾經理聽我唱了一段。我當時才十六歲。『這孩子是個寶。』他誇我道。

「『我來雇你，你願不願意，我的小朋友？』他向我提議。

「『你能給我多少錢？』

「『每月四十個金杜卡。』我的少爺，這合到一百六十法郎啦！我簡直像看到天堂向我敞開了大門！

「『Lascia fare a me。』」

「『好倒好，』我對喬伐諾說：『但是贊卡萊利眞的格非常嚴厲，怎麼讓他放我呢？』」

「讓我去辦！」大孩子把義大利文翻了出來。

「一點不錯，我年輕的爵爺——喬伐諾先生對我說：『Caro（親愛的），首先，這裡有一份小小的合同要辦。』我當場簽了字，他摸出三個金幣給我。這麼多錢，我還從來沒見過。接著，他告訴我如此這般。」

「第二天，我去求見可怕的贊卡萊利。他的老當差領我進去。」

「『找我有什麼事，你這個壞蛋？』贊卡萊利問。」

「Maestro（大師），我已深悔前非。我以後出音樂院，再也不爬鐵欄杆了。我會加倍努力用功的。』」

「『要是不怕糟蹋我所聽到的最美的男低音，我就禁閉你兩個禮拜，只給你吃麵包，喝白開水，你這淘氣鬼。』」

「『Maestro，』我繼續說：『我立志要成爲全校的楷模，credete a me（請相信我）。不過，我要向你求個情，如果有人請我到外面演唱，求你代我回絕。拜託了，就說你不答應。』」

「『你想哪個見鬼的會要你這樣的壞蛋？難道我會答應讓你離開音樂院？你想跟我開玩笑不成？快滾！快滾！』說著便朝我屁股踢來，『當心落到關禁閉，吃乾麵包。』」

「一小時後，喬伐諾先生來見院長。」

「『我來求你幫我發筆財。』他說：『請高抬貴手，把謝羅尼莫給我，讓他到我的劇院來演唱吧！那麼到今年冬天，我就有錢嫁女兒了。』

「『你要這壞蛋幹什麼？』贊卡萊利問：『我不同意，你弄不到手的；再說，即使我答應，他也不願離開音樂院，他剛才還在我面前賭咒發誓呢！』

「『如果事情僅僅取決於他本人的意願，』喬伐諾鄭重其事地說道，從口袋裡掏出我的合同，『cartacanta（有紙爲憑）！這兒是他本人的簽字。』

「贊卡萊利一聽，勃然大怒，拼命拉鈴。『把謝羅尼莫給我趕出音樂院！』他火冒三丈，大聲吩咐下去。於是我給趕了出來，逗得我仰天大笑。當天晚上，我就登台演出，唱了del Moltiplico這支曲子。小丑波利希奈要結婚，扳著指頭計算成家該置辦什麼東西。他每算必錯，越算越糊塗。」

「啊！先生，請你就唱唱這首曲子，讓我們飽飽耳福，」雷納夫人說。

謝羅尼莫唱了起來，所有人都笑出了眼淚。直到清晨二點，謝羅尼莫才離開這家人去睡覺，讓他們還沉醉於他高雅的舉止、親切的談吐和歡快的情緒之中。

第二天，雷納夫婦交給歌唱家他去法國皇宮所需的函件。

「看來，欺詐滿天下。」于連自語道：「就說這位謝羅尼莫吧！他到倫敦去應聘，收入有六萬法郎。當初要是沒有聖．卡利諾劇院經理的這點手段，他那超凡的歌喉或許要推遲十年才爲世人所賞識，所讚美……說眞的，我寧願做謝羅尼莫，也不當維里埃市長。謝羅尼莫在社會上雖不那麼受尊崇，但沒有像今天碰到的招標這種煩惱，他的人生是愉快的。」

有一件事，于連自己都感到驚奇：不久前回維里埃，獨自在雷納府度過的那幾個星期，對他竟是一段幸福的時光。除了爲出席招待他的宴會感到厭惡和不快外，他在這座寂靜的房子裡不是可以隨便讀，隨便寫，隨便想，而不受打擾嗎？他可以耽於輝煌的馳思，不至於時時刻刻給拉回殘酷的現實，強迫自己去探究卑劣的人心，再用虛僞的言行，行欺詐的勾當。

「幸福，不就近在咫尺嗎？過這樣的生活，毋需多少花費。我可以隨我選擇，或者娶艾莉莎，或者跟傅凱合伙……一個人經過長途跋涉，剛爬上陡峭的山峰，坐在山頂休息片刻，自會覺得無比愜意。如果要一直坐下去，他還會覺得快活嗎？」

雷納夫人近時想的，常常和實際適得其反。儘管她下決心守口如瓶，結果還是把投標一事的原委告訴了于連。「我發過的誓，看到他竟會全忘掉！」她私下也納悶。

如果看到丈夫身蹈險地，她會毫不猶豫，犧牲自己，去救他一命的。這是一顆高尙而浪漫的靈魂，對她來說，見義而不勇爲，便會種下悔恨的根苗，像犯了罪一樣難過。然而，在有些要不得的日子，想到自己突然成了寡婦，那就可以嫁給于連，這伉儷情深的幻景一時竟驅趕不走。

比起她的丈夫，于連倒更喜歡她的孩子；雖說他管教甚嚴，但頗得學生喜愛。她很清楚，嫁了于連，就得搬遷，而葦爾吉的綠蔭芳菲確也令人割捨不得。她想像自己移居巴黎，孩子還能受到這份人人稱羨的教育。幾個孩子，她，于連，全都會非常幸福。

這眞是婚姻的怪異後果，亦是十九世紀文明的一大功績！婚後生活的沈悶，足以使愛情蕩然無存，如果婚前曾有愛情的話。不過，有位哲人說過：「在相當富裕而毋需勞作的家庭，婚姻很快會把安閑的享受變成深切的厭倦。而女子之中，只有那些天生枯索的心靈，才會不解風情。」

以哲人之見，我固然可以迴護雷納夫人，但維里埃人並不作如是觀；現在全城都在議論她的風流韻事，只有她自己不知道罷了。這也算是大事一樁，大家背地竊竊私議，所以這年秋天過得不像往年那麼煩悶。

秋季和初冬轉眼就過去了，該離開葦爾吉返城了。維里埃的上流社會看到他們的貶責對雷納先生不起作用，開始有點憤憤然。有一批正人君子，專以暗箭傷人爲樂事，藉以消解平日道貌岸然的寡趣；他們不出一個禮拜，就使雷納先生大起疑心，變得坐立不安，雖然他們的措辭都極有分寸。

瓦勒諾緊鑼密鼓，一著不鬆。他把艾莉莎安插在一個頗有地位的貴族人家；那裡已有五個侍女。據艾莉莎說，她怕冬天沒著落，所以對那個人家只要市長家工錢的三分之二。這姑娘很有慧心，她既向退休的謝朗神父，也向新來的本堂神父作懺悔，以便把于連風流韻事的始末根由同時告訴他們兩位。

于連到維里埃的第二天，清晨六點剛過，謝朗神父就把他叫了去：

「我什麼都不想問。我只求你，需要的話，就命令你，什麼都別對我講。我的要求是，三天之內，你必須動身去貝桑松神學院，或去貴友傅凱家，他一直爲你預備著一個美滿的前程。一切我都已預爲籌劃，一切都已安排妥當，但是你必須走，一年之內不得回維里埃。」

于連未置可否。他在考慮：謝朗神父的這份關切，是否冒犯他的尊嚴；說到底，謝朗先生畢竟不是自己的生身父親。

末了，他對神父說：「明天，在同一時刻，我有幸再來拜見你。」

謝朗神父指望懾服這位年輕人，便滔滔不絕，講了老半天。于連從姿態到表情，都顯十分低下的，不吭一聲。

最後，他得以脫身，跑去告知雷納夫人，發現她正陷於絕望之中，爲的是丈夫剛跟她把話說得相當明白。雷納先生生來性格軟弱，再加貝桑松的遺產在望，已決意把妻子看成白璧無瑕。他剛告訴她，維里埃的輿論有點奇怪。錯在公衆方面，給一些心懷忌恨的人引入了歧途。但這又有什麼辦法？

雷納夫人有一刻還抱著幻想：于連大可接受瓦勒諾的聘請，留在維里埃。但她已不是一年前那個單純、羞怯的女人了：一往情深的痴情，摧肝裂膽的悔咎，已擦亮了她的眼睛。耳聽丈夫說話，她立刻很痛苦地說服自己：一次至少是短暫的分離已勢在必行。「離開了我，于連又會陷於野心勃勃的計畫。對一個一無所有的人，這本是極自然的事。而我，天哪，雖有很多錢，卻得不到幸福。他會把我忘了；可愛如他，必然有人會愛他，他也會愛別人。啊！我多麼不幸……我能抱怨什麼呢？天道是公正的，我的品德不足以制止我的罪孽，上天就使我失去了識見。本來，大不了花幾個錢，就可以買通艾莉莎。沒有再容易的事了。我竟沒費心去想一想，愛的奇情幻想占去了我的全部時光。如今完了！」

于連感到驚異的是，他把自己要走這個可怕的消息告訴雷納夫人，她倒並沒私心發作，加以反對。顯然，她在強自克制，不讓自己流出淚來。

「我們都應該剛強一點，我的朋友。」

她剪下自己的一綹頭髮。

「我不知道以後會怎樣，」她說：「不過，如果我死了，答應我永遠不要忘記我的孩子。無論是遠遠照應，還是就近照拂，務必把他們教育成人，教育成正派人。再來一次革命，所有的貴族都會給抹脖子的；孩子的父親，因為有屋頂上打死鄉民這件公案，或許就得流亡國外。這個家，煩你照看……把你的手伸過來。再見吧，我的朋友！這是我們之間的最後一刻了。大災大難之後，我希望自己能有勇氣面對公衆，維護自己的名聲。」

于連原以為她會大哭大鬧一場，想不到告別竟這麼簡單，不由得大為動情。

「不，我不接受你這樣的告別。我先走；既然他們希望我走，妳也希望我走。但是三天之後，半夜裡我再來看妳。」

雷納夫人的人生頓時為之一變。這麼說來，于連真的很愛她，既然他出諸本意，想到要再來看她！離別的傷痛，頃刻間變成強烈的歡欣，一種她從未感到過的歡欣。一切對她又變得便易起來。有了重見情人的把握，這最後的離別也全無慘痛的光景。從這一刻起，雷納夫人的舉止，一如她的容顏，顯得高貴、堅毅、完美、得體。

雷納先生不一會兒就回來了，樣子十分生氣。終於，跟他的夫人說及兩個月前收到的那封匿名信。

「我要把這封信拿到遊樂場去，讓大家見識見識，看看瓦勒諾這混蛋搞的什麼鬼！是我把他從討飯袋裡提拔出來，作成維里埃的一個大闊佬。我要叫他當衆出醜，再跟他決鬥。眞是欺人太甚了！」

「那我得當寡婦了，天哪！」雷納夫人想。但差不多同時，她規勸自己：「這場決鬥，我有能力擋開。我要是不阻止，簡直就是謀殺親夫的兇手了。」

她從沒用過這樣巧妙的手段，去哄丈夫愛面子的心理。不到兩個鐘頭工夫，她使丈夫認識到——而且總是用他自己找到的理由——對瓦勒諾應表示更多的友誼，甚至把艾莉莎再請回家來。雷納夫人眞要有點雅量，才下得了決心跟這位造成她不幸的姑娘見面。但這個主意倒是來自于連的。

經過幾次三番的指點，雷納先生總算獨自拿出一個主意，雖然這主意在經濟上並無損害，但面子上卻不好過：就是在整個維里埃鬧得沸天沸地、議論紛紛之際，于連還留在城裡，去當瓦勒諾府的家庭教師。對于連來說，丐民收容所所長聘金優厚，固然是利之所在；但爲雷納先生的聲譽計，倒恰好相反，于連宜離開維里埃，進貝桑松或第戎的修道院。但是怎樣才能左右他的抉擇？他此後又怎麼生活？

雷納先生看到立時就要破費了，比他的夫人還要絕望。這次晤談，對她像厭倦於人生的烈性女子取服一劑曼陀羅麻醉以死；順其自然了。正是出於這種心境，路易十四臨終之際才會說：「吾爲王時……」眞是感慨良深！

翌日清晨，雷納先生又接到一封匿名信，筆調極盡戲侮之能事，指桑罵槐之言，痛詆極毀之語，每一行裡都有。這份大作是出於某位嫉妒他的下屬。此信又挑起他跟瓦勒諾決鬥的念頭。他勇氣陡增，竟想立即付諸行動。他獨自出門，走進槍械店，買了兩把手槍，吩咐裝上子彈。

「總之，」他自我辯解道：「即使拿破崙嚴苛的吏治捲土重來，我從無中飽私囊之舉，自可捫心無愧。充其量，我只是閉眼不管而已；但我寫字枱裡有一大堆信件可以證明啊！」

雷納夫人看到丈夫憋著一肚子火，又勾起她亡夫守寡的不祥想法，好不容易才摒除開。她跟丈夫關在房裡密議，白說了幾小時。新收到的匿名信使他鐵了心。最後，她總算成功，把丈夫要打瓦勒諾耳光的勇氣，化爲給于連六百法郎的豪情；這筆錢相當於于連進神學院一年的膳宿費。當初怎麼會有該死的念頭，想到請個家庭教師到家裡來；雷納先生連連咒罵產生這個念頭的日子，倒把匿名信這件事忘了。

他陡生一念，稍稍感到一點安慰，只是還沒告訴妻子：那就是：若略施手腕，利用少年人心思活絡，再送上一筆小數目，希望于連能拒絕瓦勒諾的重金禮聘。

雷納夫人煞費口舌，向于連證明：爲照顧她丈夫的面子，放棄收容所所長公開開價八百法郎的職位，藉表不堪俗流，他就可以問心無愧地接受一點補償。

「不過，」于連一再說：「我從來沒——連一點念頭也沒打算接受他的聘請。你使我太習慣於高雅的生活了，那些人的粗鄙會教我受不了的。」

窮，這個緊迫的現實問題，以其無情的鐵腕，逼使于連降志就範。他憑著傲氣，幻想把維里埃市長的贈金權充借款接受下來，再出具一份契據，言明五年後連本帶利一次歸還。

雷納夫人有幾千法郎，一直藏在一個小山洞裡。她賠著小心，提議把這筆錢送他；但她預感到，會遭到憤然拒絕的。

「你難道想使我們的感情，」于連質問：「變成可憎的回憶嗎？」

于連終於離開了維里埃。雷納先生大喜過望：正當要從市長手裡接錢的當口，于連感到得不償失，當即回絕。這一下，雷納先生高興得眼淚都湧了出來，撲上去勾住于連的脖子。于連要他出一份品行證書，他急切之中，竟找不到更漂亮的辭句來稱頌于連的操行。我們的英雄，手頭已積有五個金路易，打算再向傅凱要同樣一筆數目。

他心情非常激動。這維里埃，留下他幾多情愛。但才走出維里埃三、四里路，心裡只想著另一種快樂，那就是去貝桑松一瞻首府風貌，看看這軍事名城的雄姿。

愛情的幻滅是最難忍受的。短短的三天離別裡，雷納夫人靠一種絕望的愛才聊以排遣。生活之所以還過得去，因爲在她與極端的不幸之間，還存有與于連最後晤面一次的希望。她屈指計算還有多少小時，多少分鐘，分隔著她與他。終於，在第三天夜裡，她遠遠就聽到約定的信號。衝破千難萬險，于連終於出現在她的面前。

這時，她心裡只存一個念頭：這是我跟他的最後一面。對這位相好的殷勤急切，她毫無反應，好像只剩一口氣的僵屍。即使她迸出一句話，說她愛他，也是笨嘴拙舌的，倒似乎證明與此相反的意思。長此久別的想法折磨著她，憑怎麼也擺脫不開。稟性多疑的于連，有一會兒，以爲自己已給遺忘；他說了幾句刻薄話。回答他的，只是默默流淌的大顆淚珠和近於痙攣的握手。

「但是，天哪！叫我怎麼相信妳呢？」于連以這句話來回答他的情婦的抗議，「對戴薇爾夫人，對泛泛之交，妳都表現出百倍的友情。」

雷納夫人一下子愣住了，不知如何回答是好。「天下再不會有比我更不幸的人了……我巴不得趕快就此死去……我覺得自己心裡冷得像冰……」

這是他得到的最長的答話。

曙色初露，動身在即，雷納夫人頓時止住了眼淚，她看他把一根長繩拴在窗口，沒有說話，也沒有回吻。于連無望地對她說：「我們的關係，總算到了你所巴望的這一步。從今以後，你的生活可以無悔無憾：小孩子有點病痛，也不至於看到他們如進了墳墓。」

「你不能和斯丹尼吻別，我總覺得是種缺憾。」她冷冷地說。

于連臨行，對這個僵硬毫無熱情的擁抱，感觸甚深。兩腳走了十幾里路，心裡還不能想別的事。他神情鬱鬱，在翻過山頭之前，只要還能望見維里埃禮拜堂的尖頂，總是頻頻回首。

第二十四章、省會

多麼嘈雜，多麼繁忙！一個二十歲的年輕人，頭腦裡對未來有多少想法！在愛情上，焉能不分心！

——巴納夫

最後，他望見遠山黑牆如堵，那是守衛貝桑松的堡壘。「要是派我到這座兵家必爭的名城當少尉，負責守衛事宜，」他嘆口氣：「那光景會多麼不同啊！」貝桑松不僅數得上是法國最美的城市，且出了不少傑出人物。但于連乃一介鄉野小民，與傑出人物無緣。

他在傅凱處找了一套城裡人的服裝，就以這身打扮走過吊橋。腦子裡盡想著一六七四年圍城⓭的史實，很想在關進神學院之前，先對此地的城牆和堡壘憑弔一番。有兩、三次，他差點兒給哨兵逮住，因為闖進了不准閑人入內的地區；那是工兵部隊的領地，裡面的乾草每年可以賣到十二至十五法郎。

高高的城牆，深深的塹壕，可怖的大炮，使他流連忘返，消磨去幾個小時。最後，步入林蔭

⓭路易十四於一六七四年圍城二十七天，終於從西班牙手中奪回貝桑松。

道，走過一家很有氣派的咖啡館，把他看愣了，嘖嘖稱羨。沒錯，他唸道：「咖啡館」，字體粗大，橫寫在兩扇大門之上，但他不敢相信自己的眼睛！他打起精神，克服虛怯心理，大膽走了進去。見是一個大廳，長約三、四十步，屋頂高可兩丈。這一天，一切的一切，對他都如夢似幻。

在那一頭，見有兩局台球賽。侍者大聲報著分數，打球的人圍著球台轉來轉去，四周擠滿了看客。他們嘴裡噴煙吐霧，把眾人裹在藍色的輕雲裡。那些人，高高大大的身胚，又寬又圓的肩膀，持重的舉動，濃密的頰髯，長及膝下的外套，吸住了于連的注意。這些舊時Bisontium（貝桑松的拉丁文寫法）的高貴苗裔，說起話來，聲高氣粗，儼然一副威凜的鬥士模樣。于連屏息鵠立，傾服不已，由此想見，貝桑松這樣一個大都會的恢宏與壯麗。看到那幾個神態倨傲，高報台球得分的侍者，自覺實在沒有勇氣向他們要一杯咖啡。

但是，坐在帳抬後面的小姐已經注意到這年輕鄉民可愛的模樣：他站在離火爐三尺遠的地方，腋下夾著個小包袱，正在端詳一座白石膏的國王胸像。這位小姐是弗朗什－孔泰人，高挑個兒，勻稱身材，穿著足以使咖啡館增色生輝。她用只有于連一人能聽到的嬌音，已經連喊了兩聲：「先生！先生！」于連回過頭來，遇到一雙藍瑩瑩的大眼睛，極其溫柔，方明白對方是在招呼自己。

他急步走向櫃台，走向漂亮的小姐，像去衝鋒陷陣一般。但急行無好步，包袱掉了下來。我們這位內地人，給巴黎的中學生看到了，不知會怎樣可憐他。巴黎的學生到十五歲，已會派頭十足地出入咖啡館了。不過，這些孩子十五歲上固然已很有模有樣，到十八歲反而變得平庸起來。內地人常內心熱切而行止羞澀，但有時候這種羞怯心理一克服，倒能教人懂得表現自己的意願。于連向那位肯屈尊跟自己說話的漂亮女郎走去的時候，心裡想：「我應該對她說實話。」怯意一去，倒變得奮勇起來，「小姐，我這輩子還是第一次到貴城貝桑松來。想要一個麵包和一杯咖啡，錢我照付。」

那姑娘嫣然一笑，面頰飛紅。她爲這英俊小伙子擔心，不要招那些打台球的人嘲笑與嬉譫。一受驚嚇，他就不會再來了。

「坐在這兒，靠著我，」她指著一張大理石桌子。這桌子，差不多完全給伸向廳內的桃花木屏幕所遮蔽。

姑娘從櫃台裡俯出身去，使她能一展婀娜的身姿。于連凝眸一望，所有的想法頓時起了變化。美麗的姑娘在他面前放下一個杯子，幾粒方糖，和一個小麵包。她遲疑莫決，沒有馬上喚侍者來上咖啡；因爲她明白，侍者一來，就無法跟來客悄悄密語了。

于連漫想開來，把眼前這位活潑快樂的金髮美人與常常使他心動神馳的若干往事相互參較。想到自己曾是別人鍾情的對象，他的羞怯心理幾乎一掃而空。美麗的姑娘在片刻之間，已從于連的眼神裡看出他的心思。

「菸斗的氣味很嗆人，這樣，你明兒早晨八點以前來用早餐，那時差不多只有我一人。」

「請問芳名？」于連很靦腆的微微一笑。

「阿夢妲・碧娜。」

「過一小時，給你送來這樣的一個小包，可以嗎？」

美人兒阿夢妲想了一想。

「這裡耳目不少，你這要求可能會連累我。不過，我寫個地址給你，你拿去貼在包裹上。放心送來好了。」

「我叫于連・索萊爾。」年輕人說：「這貝桑松，我既無親戚，也無朋友。」

「啊！我明白了，」她快活地說：「你是來進法科學校的？」

「可惜，不！」于連答道：「他們要送我進神學院。」

莫大的失望，阿夢妲頓時容光黯淡。她喊來一名侍者；此刻她才有這份勇氣。侍者給于連斟咖啡，連看都沒看他。

阿夢妲在櫃台上收客人的款。于連對自己敢於搭話，頗爲自得。這時一張台球桌旁忽起爭執。球客們又叫又喊，你一言我一語，聲震大廳，一片喧嘩，使于連大感意外。阿夢妲好像懵在那裡，雙目低垂。

「妳願意的話，小姐，」他突然很有自信地說：「我就說，我是妳表親。」

這獨斷的口氣，阿夢妲聽來喜歡。「倒不是沒出息的傢伙！」她想。下面的話，她說得很快，也不看于連，因爲她的眼睛正注視著是否有人走近櫃台。

「我是商栗人，靠近第戎那邊；你就說你也是商栗人，是我母親方面的表親。」

「我了解了。」

「夏季，每星期四下午五點，神學院的學生要列隊經過這咖啡館門前。」

「你如果還想我，等我經過的時候，你手裡就拿一束紫羅蘭爲號。」

阿夢妲看了他一眼，大爲訝異。這一看不要緊，將于連的勇氣化作了冒失；不過他說下面這句話時，臉上還紅得很厲害：「我感到我已愛上了你，而且是一種最強烈的愛。」

「哦，你說得輕一點。」她神色驚惶地說。

于連想這裡可照搬《新愛洛綺絲》裡的句子；此書他看的是一個零落不全的本子，在葦爾吉找到的。他的記性幫了大忙；他一口氣背了十分鐘《新愛洛綺絲》，阿夢妲小姐聽得驚異不置。正當他得意於自己的無畏無懼，那美麗的弗朗什—孔泰姑娘突然裝出冷冰冰的神情。原來她的一位相好的出現在咖啡館門口。

此人吹著口哨，晃著肩膀，朝櫃台走來。他瞪了于連一眼。于連喜歡走極端，此時腦子裡充滿了決鬥的念頭。他面色陡然發白，把杯子往前一推，露出決然的神態，把他的情敵看個仔細。正當這情敵低著頭，熟練的在櫃台上給自己斟酒的時候，阿夢妲以目示意，叫于連低下頭去。他就照辦：有兩分鐘，他一動也不動地坐在位子上，面如死灰，心裡在拿主意，盤算著將要發生的事。此時此刻，他倒眞是好樣的。那情敵對于連的目光甚感驚異：他把一杯燒酒一口氣喝光，對阿夢妲說了句話，兩手往鬆垮垮的禮服側袋一插，吹著口哨，斜看了于連一眼，朝球桌邊走去。于連怒不可遏，倏地起立，但他不知道該怎樣表示傲慢無禮。他把小包袱往旁邊一放，竭力裝得吊兒郎當的，大搖大擺，也朝球桌走去。

謹愼之心的囑告也無濟於事：「剛到貝桑松，就跟人決鬥，那教士的前程就完了。」

「那有什麼關係，免得落下話柄，說我放過了個不肖之徒。」

阿夢妲看到了他的勇邁之氣。他這股兒蠻勁，和幼稚的舉動，形成絕妙的對照。轉瞬之間，她喜歡他，遠勝於那個穿禮服的魁梧漢子。她站起身來，眼睛像是盯著街上的行人，快步走去，置身在于連與台球桌之間，「不准你這樣斜眼看那位先生，他是我姐夫。」

「這跟我有什麼相干？他也這樣看過我。」

「你想叫我倒楣嗎？不錯，他看過你，也許還會來跟你說話呢！我對他說過，你是我娘家的親戚，是從商栗來的。他是弗朗什－孔泰人，足跡從未出過多爾，那是去勃艮第的第一站。所以，你愛怎麼說就怎麼說，不用擔心。」

于連還有些躊躇。她很快又添油加醬。好在做女掌櫃的腦瓜兒靈活，謊話連篇。

「不錯，他看過你，那時他正向我打聽你呢！他跟誰都粗裡粗氣，不是存心侮辱你。」

于連的眼睛一直盯著那個冒牌姐夫，看他買了一個籌碼，走向遠處的一張台球桌，聽見他用粗嗓門咄咄逼人地喊道：「讓我先來！」于連很快繞過阿夢妲，朝台球桌走去。阿夢妲把抓住他的胳膊：「來，先把錢付了。」

「也是，」于連想：「她怕我不付錢就走了。」阿夢妲跟他一樣心慌意亂，臉脹得通紅，慢條斯理地找錢給他，壓低聲音，反覆叮囑道：「立即離開咖啡館，不然，我就不喜歡你了！你要知道，我很喜歡你。」

于連果真走了出去，但故意慢吞吞地。他一再想道：「我是不是也該吹著口哨，瞪那個粗胚一眼？」心裡疑疑惑惑的。就在咖啡館前的馬路上往來踱步，等了一個鐘頭，想等那人出來。那人始終沒露面，于連只得開步走。

他到貝桑松才不過幾小時，已經有了這樁恨事。從前老軍醫不顧自己的痛風症，曾教他幾招劍術；這是他用以泄恨的全部本領。假如除了打耳光，他還知道可用別的方法表示憤懣，那就沒有剛才受窘這回事了。不過，眞的拔拳相向，對手是那麼一個大漢，肯定會把他打得趴在地上。

「像我這樣的可憐蟲，既無靠山，又無錢財，」于連自忖：「進神學院和進監牢本無多大差別。我應該換上黑外套，把便服存在哪家客店裡。萬一能從神學院溜出來幾個鐘頭，就可以穿得跟城裡人一樣，去跟阿夢妲小姐相會。」想法固然高明，但于連走過一家家客店，都不敢進去。

臨末，他往回走，重新經過貴賓旅社。他恍惚不定的眼神與一個胖女人的眼睛碰個正著；這胖女人還相當年輕，臉色紅潤，人樂呵呵的。他走過去，把自己的事跟她說了個大概。

「當然可以，漂亮的小神父！」貴賓旅社的老板娘說：「你的便服我給你收著，還會常常撣撣灰的。這種天氣，毛料衣服擱著不動是不行的。」她拿了一把鑰匙，親自領他到一間房裡，要他把留下的東西寫個單子

「哦，天哪！你這模樣多俊哪，我的索萊爾神父！」胖女人看到他朝著廚房走過來，嚷嚷

道。「我這就給你準備一份兒好吃的，而且，」她壓低聲音，「只收你二十個子兒；別人可得付五十個子兒。這樣，免得把你的荷包擠癟了。」

「我有十個金路易呢！」于連回答的口氣不無小小的得意。

「啊！老天爺！」好心的老板娘滿臉驚恐之狀，「別高聲嚷嚷。貝桑松城裡壞蛋不少，一眨眼，你的錢就給偷掉了。尤其別進咖啡館，那裡盡是壞蛋。」

「是啊！」這話于連聽來，感觸頗深。

「除了我這兒，別處都不要去，我會給你預備咖啡的。請記住，在這兒，你永遠能找到一個好朋友，和一頓二十個子兒的美餐。我希望，事情就這樣說定了。你去坐好，我來侍候你。」

「我實在吃不下，」于連說：「我十分感激，因爲走出了你家，我就得進神學院了。」

那好心的女人直到把他的口袋塞滿了吃食，才放他走。臨了，于連上路去那可怕的地方，老板娘則站在門檻上給他指路。

第二十五章、神學院

三百三十六份八十三生丁的午餐，
三百三十六份三十八生丁的晚餐，
另加可可茶；照投標指數，能掙多少錢呢？

——貝桑松的瓦勒諾

他老遠就望見大門上的鍍金鐵十字架。他慢慢走過去，覺得兩腿發軟。「那真是人間地獄，一進去就出不來了！」最後，他才下決心拉響門鈴。鈴聲鈴鈴鈴響起來，好像在荒山野地裡一樣。過了十分鐘，才有一個面色灰白，身穿黑袍的人來開門。

于連看到有人來，立即低頭垂目。這個看門人，相貌很古怪；凸出的綠眼珠，像貓眼一樣滴溜滾圓，眼皮一動不動，表明他不論遇到什麼事，都不會有一點惻隱之心；薄薄的嘴唇，在前牙上形成半弧形。不過，這相貌倒不是罪惡的表徵，只能說是十足的麻木不仁，年輕人看了更會覺得可怖。于連朝這張虔誠的長臉偷偷掃了一眼，推測他只有一種情感；凡所說與天國無涉的一切，他都會表示極度的卑視。

于連強迫自己抬起眼來，心跳氣喘地解釋說，他希望能拜見神學院院長彼拉先生。那黑衣人一語不答，只示意他跟在後面。他們登上兩層樓，一座擋著欄杆的樓梯很寬，高低不平的踏階從靠牆的那頭歪斜下去，好像隨時都會倒塌的樣子。一扇小門，很費勁才給推開，門頂上有一個公墓裡常見的黑漆木質大十字架。看門人讓他走進一間又矮又暗的房間，石灰刷白的壁上掛著大大兩幅因年深月久而變黯發黑的畫像。于連給獨自留在那兒。他沮喪已極，心怦怦直跳，要是敢哭出來，那會痛快多了。整幢房子裡，籠罩著死一般的寂靜。

一刻鐘之後，在于連感覺上像是漫長的一整天，臉色陰森的看門人出現在房間另一頭的門檻上，也不屑於開口，只示意他往前走。于連進去的那個房間比第一間還大，但光線極暗。牆壁也刷了白石灰，但沒有家具。只是靠門的角落裡，于連走過時看到有一張白木床，兩把草墊椅，一把松木的小靠椅還沒有座墊。房間的另一頭，靠近小窗的地方，看到有一個人，披著破舊的道袍，坐在一張桌子前；小窗的玻璃已經發黃，窗台上擺著幾只很髒的花瓶。那人樣子像在生氣，他從一堆方塊紙裡抽出一張小紙片，寫上幾個字，再在桌上排好。他沒發覺于連在場，于連木然站在房中央。看門人把他留下，就自己關門走了。

這樣過了十分鐘，那衣著破舊的人還兀自在寫。于連十分緊張，驚恐莫名，幾乎不支，好像就要倒下來了。哲人見了會說，也許未必說對：「這是醜對天生愛美之心的強烈刺激。」

寫字的那人終於抬起頭來；于連一時沒注意到，而且看到之後，還直愣愣愣在那裡，好像遭那可怕的目光一擊，已經斃命似的。于連兩眼模糊，依稀看見一張長臉，臉上滿是紅斑，除了額角，顯得像死一般蒼白。在紅腮白額之間，是一對烏黑的小眼珠，連天不怕地不怕的人看了也會心驚膽戰。又密又短、烏黑發亮的頭髮把寬闊的前額呈露得格外分明。

「請你走近來，行不行？」那人終於不耐煩起來，說道。

于連步履不穩地走去，好像快要摔倒，臉色從來沒這麼蒼白，走到離鋪滿方片紙的小桌還有三步遠的地方停下。
「再近一點。」那人又說。
于連再向前走，伸著手，好像在找什麼可以扶靠一下的東西。
「你叫什麼名字？」
「于連．索萊爾。」
「你來遲了。」那人重新用可怕的目光盯著他。
于連受不了這目光，伸出手去好像要抓什麼，不意直僵僵倒在地板上。
那人打了幾下鈴。于連只是眼睛看不見，身子挪不動，耳聽得腳步雜沓，朝他走來。
別人扶他起來，按著坐進那把硬木靠椅。
他聽見那可怕的人對看門人說：「看來是發羊癲瘋，他就缺這一手了。」
等于連睜開眼來，那紅臉人依然在寫，看門人已經不見。「此刻得拿點勇氣出來。」我們的英雄默籌於心：「特別得把剛才的感觸掩蓋過去。」他這時突然一陣心痛，「假如我有什麼意外，天知道人家會怎麼想。」最後，那人停下不寫了，斜瞄了于連一眼。
「你有精神回答我的話嗎？」
「可以，先生！」于連一絲半氣的說。
「啊！這就好。」
黑衣人半起半坐，吱吱咯咯拉開松木桌的抽屜，不耐煩地在裡面找信；找出信來，他緩緩坐下，又看了于連一眼，那神情像是要把他僅剩的一絲命脈都勾去似的。
「你有謝朗先生推薦，他是教區裡最好的神父，德行最高的君子，他跟我是三十年的莫逆之交。」

「啊！不勝榮幸，原來你就是彼拉先生。」于連氣息奄奄地說。

「不敢，不敢！」神學院院長接口答道，很生氣地看了他一眼。

他的兩隻小眼睛陡然一亮，嘴角的肌肉不由得抽動一下，那表情像老虎在吞噬獵物之前先搭搭味道。

「謝朗的信很短。」他像自言自語似的，「Intelligenit pauca（明人不必細說）：時下的人用筆都不簡練。」他接著高聲唸道——

茲介紹本教區于連·索萊爾來尊處。我爲他施洗，說來快有二十年了。乃父是有錢的木匠，對他卻分文不給。于連會是吾主葡萄園裡出色的園丁。記性、悟性都不錯，尤有內省功夫。他獻身聖職的志向能持之以恆嗎？是眞心誠意的嗎？

「眞心誠意！」彼拉神父把這四個字重唸一遍，感到驚異；他看了于連一眼，不過，目光已不那麼不通人情了。「眞心誠意！」他又放低聲音唸了一遍。然後接著唸信——

我還要爲于連·索萊爾申請一筆獎學金。經過必要的考試，他自會有資格獲取的。我教過他一點神學，就是博舒埃、亞爾諾、弗勒里諸人的舊派神學，堪稱上乘的神學。此人如覺不合適，煩請遣回我處。丐民收容所所長，此公你也認識，願出八百法郎聘他爲家庭教師——感謝天主，我的內心很平靜。那可怕的打擊，我已習而相安了。Vale et me ama（再見，願你愛我）。

彼拉神父讀到簽名時，放慢聲音，嘆了口氣，才唸出「謝謝」兩字。

「他很平靜。」他不禁感慨繫之，「不錯，這種報償，以他的操守是當之無愧的。倘遇類似情況，祈求主也能施予我同樣的嘉勉。」

他仰望上天，畫了個十字。看到這神聖的動作，于連覺得恐懼心理稍減了些；極度的恐懼，使他一踏進這所房子，心都涼了。

「我這裡有三百二十一位立志獻身聖職的人，」彼拉神父最後說，語調嚴厲，但並無惡意，「其中只有七、八位得到像謝朗神父這樣的人物推薦；因此，在三百二十一人中，你是第九位。不過，我的庇護不是施恩和寬宥，而是加倍地鞭策和嚴明，以防止沈淪和墮落。去把那扇門鎖上。」

于連勉強移動腳步，總算沒倒下來。他注意到，在進出的門旁，有一扇小窗，朝著田野。看到庭樹嘉木，感覺好多了，彷彿遇到了多年不見的好友。

「Loquerisne linguam latimam（你會說拉丁文嗎）？」于連走回時，彼拉神父問道。

「Ita, pater optime（會一點，尊敬的神父）。」他答道，神志清醒了一點。可以肯定，這半小時裡，依他看來，彼拉先生不比世界上任何一人更值得尊敬。

兩人就用拉丁文談下去。神父的眼睛裡，表情漸趨溫和，于連也恢復了幾分鎮靜。「我眞怯懦，」他暗想道：「竟給這種道德的幌子唬住！焉知此人不是馬仕龍之流的騙子？」于連感到慶幸，他所有的錢幾乎全都藏在靴筒裡。

彼拉神父就神學問題考了考于連，對他學識的淵博感到吃驚。特別問了一下《聖經》，更驚訝得有增無已。不過，問及宗派學說時，發覺于連一無所知，甚至連聖哲羅姆、聖奧古斯丁、聖博納凡杜、聖伯希等名字都不知道。

「是啊！」彼拉神父想：「這正是偏於新教教義的要不得之處。當著謝朗神父的面，我也不是沒詰責過。毛病出在對《聖經》鑽之彌深，過了頭了。」

那是因爲于連剛跟他談到《創世記》和《摩西五經》⓮成書的眞正年代；其實，彼拉神父並沒問他這個題目。

「對《聖經》這樣無窮無極的疏證，」彼拉神父想：「倘不是引向私家詮釋，便即引向令人頭痛的新教教義，還能有什麼結果？而且，除了這類草率的學識，對能糾偏匡正的聖父行述卻一無所知。」

神學院院長問到教皇的權能，原以爲頂多聽到幾句古代高盧教派的名言，沒想到這年輕人把德·梅斯特赫《教皇論》全書背了出來，眞使他驚愕不已。

「謝朗眞是個怪人！」彼拉神父心裡想：「指點他看這本書，是教他去加以嘲諷嗎？」

他又提了幾個問題，想弄清于連是否確實信奉德·梅斯特赫的學說，但那是枉費唇舌。年輕人的回答全靠記性。這時，于連覺得自己精神很好，已能揮灑自如。經過長久考問，他感到彼拉神父的嚴刻已開始鬆弛。實際上，神學院院長如果不是十五年來定下對神學士要臨之以威的原則，早就爲于連的邏輯嚴密去擁抱他了，因爲他覺得于連的對答十分清晰、準確，鮮明。

「這是一顆大膽而健全的心靈，」他自忖道：「惜乎corpus debile（體質太弱）。」

「你常這樣摔倒嗎？」他指著地板，用法文問于連。

⓮《聖經舊約》的前五卷，即《創世記》《出埃及記》《利未記》《民數記》及《申命記》，相傳出於摩西之手，故稱《摩西五經》。近代考證則認爲，此五記是在紀元前九世紀至前六世紀，根據多種資料編纂而成。

「這還是第一次。看門人的尊容令人膽寒！」于連答話時，臉紅得像小孩。

彼拉神父幾乎笑出來。

「這就可見出花花世界對你的影響了。顯然，你已看慣笑臉，而笑臉是虛僞的舞台。奉告你，眞理是嚴正的。我們在塵世的使命不也是嚴正的嗎？應當時時警醒，你的良知要提防對優雅的外表太易動心這個弱點。」

「要是你的推薦人不是謝朗神父這樣的人物，」彼拉神父神色怡然地重新說起拉丁文，「我很可以用此世界的浮華語言與你交談，因爲紅塵十丈，看來你已習染甚深。你想得到全額獎學金，我可以告訴你，這是難而又難的。不過，堂堂謝朗神父在神學院謀不到一份獎學金，那他五十六年使徒般的辛勞，豈不是白費了。」

說了這番話之後，彼拉神父叮囑于連，不經他的同意，不要加入任何秘密團體或會社。

「這我可以用名譽擔保。」于連像個本分人，神情大悅地說道。

神學院院長聽了笑了一笑，算是第一次有了笑臉。

「你這句話不當在這兒說，」他告誡道：「因爲會叫人想起俗世的虛榮；世上許多人出於虛榮，才做下錯事，時常陷入罪惡。遵照庇護五世教皇Unam Ecclesiam（唯一教會）諭旨第十七條，服從我是你的神聖義務。在教門中，我是你的尊長。進入這修道院，我親愛的孩子，聆聽就是服從。你手頭有多少錢呢？」

「這就涉及正題了……」于連暗想：「所以叫『我親愛的孩子』。原來如此！」

「三十五法郎，我的神父。」

「這筆錢派了什麼用場，都要仔細記下來，以後得向我報帳。」

這一艱難的談話持續了三小時之久。最後，于連才奉命去叫看門人。

「領于連・索萊爾到一〇三室去，」彼拉神父對那人說。
于連得以單人獨住，算是受到特別器重。
「把他的箱子也搬去。」神學院院長補上一句。
于連低頭一看，箱子正好就在自己面前；他面對它三個鐘頭，竟沒看出來！
一〇三室，在這幢房子的最高一層，是八尺見方的一間小室。進到房裡，他注意到，房間朝著城牆；再遠，就可望見秀麗的原野，杜河的那一邊就是城區。
「眞是景色宜人呀！」于連脫口而出。說是這麼說，這句話表示的意境，他倒未必感受得到。到貝桑松還沒多少時間，而刺激之深，已把他的精力消耗殆盡。斗室裡只有一把木椅；他在靠窗的這把椅子上一坐下來，就沉沉睡去了。晚餐的鐘聲，晚禱的鐘聲，他一點都沒聽到。人家也把他忘了。
第二天早晨，第一抹晨曦把他照醒過來，這才發覺自己原來一直躺在地板上。

第二十六章、世界之大或富人所缺

這天穹下獨我孤零，無人念我。眼看鼠輩發財致富，他們一是卑鄙，二是心狠，我可沒有這種德行。他們恨我，是因為我易發善心。啊！我活不久了，不是餓死，就是痛苦而死，因為看到那些狠心的傢伙，叫人太不受用了。

——楊格

他急忙刷一下衣服，趕下樓去，已經遲到了，受到學監一陣嚴斥。于連不想爲自己辯解，只交叉兩臂擱在胸前，不勝悔咎地說：

「Peccavi, Pater Optime.（我知罪認錯，尊敬的神父！）」

這第一炮大獲成功。修士中有些精明人便看出他們要對付的不是一個初出茅蘆的腳色。休息的時候，于連成了衆人打量的對象。但在他身上，只發現矜持與沈靜。按照他自定的誡規，把三百二十一個同學統統看成敵人；而在他眼裡最危險的，莫過於彼拉神父。

幾天之後，于連需要選定一位懺悔師，人家交給他一份名單。

「嗨，笑話！把我當作什麼人了？」他心裡想：「他們以爲我不會看人臉色？」他最終選了彼拉神父。

沒料到，這一步卻關係重大。有個很年輕的小修士，也是維里埃人，從第一天起，便自封爲于連的朋友；他告訴于連：如果當初選神學院副院長卡斯塔奈德，做法上就謹愼得多。

「卡斯塔奈德神父把彼拉先生當敵人對待。」小修士湊近于連的耳朵說：「人家懷疑彼拉先生是詹森教派⓯。」

我們的英雄自以爲謹言愼行，其實他初期的舉措，像選擇懺悔師，就糊塗透頂。富有想像的人往往很自負，而自負易致迷誤，把意願當作事實。比如他，就認爲自己已是很練達的僞君子了。他甚至狂妄到責備自己將以柔克剛之術，當作克敵制勝之道。

「唉，我也只有這個法寶！換了另一個時代，」他自忖：「面對強敵，憑我漂亮的行動，就足以解決立身處世的問題。」

于連對自己的行爲沾沾自喜之餘，環顧左右，發覺從外表看，都堪稱純粹的道德君子。有八、九位修士生活在聖潔的氣氛中，或像聖丹蘭絲見過顯聖，或有過類似聖方濟在亞平寧山脈維爾納山上得神寵受五傷的幻覺。但這都是天大的秘密，友朋輩都替他們隱諱不傳。這些視幻見聖的可憐後生，差不多一直住在病房裡。其他一百來人，懷著堅定的信仰，孜孜不倦，苦修苦練。他們嘔心瀝血，弄到幾乎病倒，卻也沒有多大長進。有兩、三個確有眞才實學，出類拔萃，其中一人叫夏澤爾；但于連故示疏遠，他們當然更不會來套近乎。

其他二百多位修士都是粗俗之輩，儘管拉丁文一天讀到晚，卻未必能解得其中意。他們差不多都是農家子弟，與其辛辛苦苦，翻地刨土，還不如在這兒唸唸有詞，混口飯吃。

⓯ 詹森教派係法國天主教教派，認爲原罪敗壞人性，崇尚虔誠，堅信聖寵；還認爲教會的最高權力不屬於教皇而屬於主教會議。後被羅馬教皇英諾森十世（一六四四～一六五五）斥爲異端，下諭禁絕。

基於這番觀察，在開頭幾天，于連就自許，能很快取得成功。「聰明人是各行各業都需要的，因爲畢竟事情要人去做，」他自慰道：「在拿破崙麾下，我能升任軍官；在未來的教父中間，我就得當大主教。」

「這些可憐蟲，從小就幹活。」他恣意想道：「到這兒之前，喝的是發酸的牛奶，吃的是黑麵包，住的是茅草屋，一年只能吃到五、六次肉。就像古羅馬士兵，把打仗當休息一樣，這些鄉下粗胚，到了神學院正好不快樂逍遙。」

于連從他們死氣沉沉的眼裡，飯前只看到期待飽吃一頓的生理需要，飯後只看到口腹之欲滿足後的生理快感。他就得在這批人中嶄露頭角。但于連不知道，別人也不肯告訴他，那就是：在神學院所學教理、教會史等課程考第一名，在他們看來，只是一種出鋒頭的罪惡。從伏爾泰以來，從實行兩院制以來，這種政體，歸根到底，只是相互猜疑和個別考查，在老百姓中造成懷疑的惡習。法國的教會似乎明白，書籍才是宗教眞正的敵人。在教會眼裡，心靈的屈從才頭等重要。做出學問來，即使是神學方面，他們也覺得可疑。這當然不無道理。像西哀士或格雷古瓦⑯那樣卓絕的人物，他們要轉向另一個陣營，有誰能阻擋得住？慄慄危懼的教會，唯以教皇爲依恃，當作唯一的救星。只有教皇才有能力，藉教廷舉行的煌煌盛典，去麻痺自省精神，懾服世上苦悶病態的靈魂。

于連對各種實際情況，算粗粗有了了解；但神學院裡的一切言論都力圖掩飾眞情，所以他的心境常很抑鬱。以他的勤奮，很快學會不少東西，對將來當神父固然有用，但在他看來卻十分虛

---

⑯西哀士（一七四八～一八三六）與格雷古瓦（一七五〇～一八三一），原爲神父，後均成爲推動法國大革命的活動家。

浮，所以毫無興趣。他眞覺得更無別事可做了。

「我難道被整個世界遺忘了？」他不免這樣想。但他有所不知，彼拉先生收到過幾封蓋有第戎郵戳的信，都已燒掉了。這些來信儘管措詞十分得體，字裡行間卻透露出如火一般的熱情。一種深切的悔恨，似乎跟這份情愛在較勁。「這樣更好，」彼拉神父想：「這少年愛的，至少不是一個不信教的女人。」

一天，彼拉神父打開一封信，字跡有一半浸了淚水，已看不清了，原來是一封訣別信。「最後，」信末對于連說：「上天寵信有加，賜我知恨。當然不是恨那個造成我過失的人——他永遠是我此生最親的人；而是恨我過失的本身。犧牲已然做出，我的朋友。不過，淚水也沒少流，就像你能看到的那樣。我心魂牽繫的小生命也是你喜愛的，他們的前途比什麼都重要。從此，公正而可怕的主不會因母親作孽，而施報在他們身上。別了，于連，願你能公正對待世人。」

結末的字幾乎無從辨識。寫信人留了一個第戎的地址，但希望于連萬勿回覆，至少覆信的措詞不要使一個改邪歸正的女人讀了臉紅。

于連的憂思，加上包飯鋪以每頓八十三生丁高價而供應的低劣伙食，已開始損及他的健康。正是在這種情況下，一天早晨，傅凱遽然來到他的房間。

「我總算進來了。爲了見你，我貝桑松已經來過五次。當然這不能怪你，每次都碰到一張冷板板的木頭面孔。爲此，我派了一個人守在你們神學院的門口。眞見鬼，你怎麼老不出來？」

「這是我給自己定下的規矩。」

「我發現你大有變化。好了，到底又見到你了。兩枚鋥亮的五法郎銀幣教我明白，自己眞是蠢貨，沒在第一次來的時候就摸出來。」

兩個朋友一談開就沒完。不料于連臉色大變，當傅凱提到：

「順便說一句，你知道嗎？你學生的母親現在變得非常虔誠了。」

言者無意，正好觸著對方的心事；這種輕描淡寫的口氣，對那魂飛魄蕩的心靈恰恰造成一種怪異的印象。

「是的，老弟，虔誠到了近乎狂熱的地步。據說，她還屢次遠行朝聖。那馬仕龍神父，就是長期在暗中刺探謝朗動靜的那位，這下落了個終身之恥：雷納夫人對他不敢領教，寧願上第戎或貝桑松來做懺悔。」

「她到貝桑松來了？」于連連額角都紅了。

「不是經常來的嗎？」傅凱的答話帶著盤問的口氣。

「你身邊有《憲政報》嗎？」

「你說什麼？」傅凱反問。

「我在問你，有沒有帶《憲政報》。」于連語氣平靜，「這兒，每份賣到三十個子兒呢！」

「怎麼！連神學院裡也有自由黨！」傅凱嚷了起來：「喔，可憐的法蘭西！」他學著馬仕龍媚俗的腔調和虛僞的語氣，補上一句。

如果說，來自維里埃的那個小修士——看起來還像個孩子，在于連進修道院的第二天說的一句話，未能使我們的英雄覺察出重大的隱情，那麼，傅凱的來訪造成的印象就很深了。回想入神學院以來，他的舉措可謂錯上加錯，只有苦笑而已。

事實上，他一生中的大事都是經過精心謀劃的，只是他疏於細節，而神學院裡那些狡黠之徒卻專門注意瑣碎小事。因此，同道中已認爲他有自由思想。而他恰恰在許多小關節上露了破綻。

在他們看來，他沾染上了這樣一個惡癖：用自己的頭腦去思考，去判斷，而不是盲從權威與先例。彼拉神父對他沒有任何幫助可言。在告解亭之外，沒跟他說過一句話；即使在告解亭裡，也是聽得多，說得少。他當初要是選了卡斯塔奈德神父，光景就會大不一樣。

于連一旦覺察到自己的愚蒙，就不再有無所事事的煩悶了。他想弄清楚危害有多大。他本來一直以孤傲而執拗的沈默來摒拒同窗，爲此必稍稍改變了一下沈默寡言的習性。這樣一來，人家倒可以拿他報復了。他這廂表示親善，別人則報以輕蔑，甚至冷笑。他這才明白，踏進神學院以來，沒有一小時，特別在休息時間，不產生於他有利或不利的影響，不是增加仇敵對頭，就是贏得幾個有品德或稍斯文的修士的好感。要彌補的弊端太多了，擔子不輕。

從今以後，于連得時時提起精神，戒懼自己：關鍵是要養成一種全新的性格。

比如說，眼睛的表情，就給他惹了不少麻煩。在這等地方，垂下眼簾，不是沒有道理的。「想我在維里埃多麼自負！」于連暗自思量，「那時以爲那就是生活，其實只是準備生活。現在才算進入社會，發現周圍布滿了眞正的敵人，這情形直要到我的角色扮完爲止。難矣哉，每分每秒都得飾行欺世！以其艱巨而論，連大力士海格立斯都要相形見絀！近代的海格立斯就是希克斯特五世⓱；此公裝作謙謙君子，一連十五年，瞞過了四十名紅衣主教，而他們是識得他少年時暴烈而倨傲之性情的。」

「學問在這兒眞是分文不值！」他想起來就怨憤，「教理、教會史等課程，取得好成績，只是虛好看。教的那些內容，給像我這樣的傻瓜聽了，正好墮其術中。唉，我唯一的長處是進步快，有法子掌握那些無聊的玩意兒。那些廢話有什麼價值，難道他們心理不清楚？說不定會跟我

⓱ 費力克斯·裴亥第（即後來的希克斯特五世），在當主教的十五年裡，一直支著拐杖，裝得病病歪歪的，一五八五年遴選教皇，四十名紅衣主教想他會不久於人世，達成協議，共同選他。哪知此公一登上教皇寶座，就摘了拐杖，精神十足，對內對外革故鼎新，大有一番作爲。

一樣看法？而我還蠢到引以爲驕傲。名列前茅，只給我招來一批死敵。夏澤爾比我有學問，每次做作文，總不忘說兩句糊塗話，給發落到第五十名；如果他得第一，準是一時疏忽的結果。啊！彼拉先生肯指點一句，哪怕就是一句，對我會有多大用處！」

迷障一破，那些長時間的苦修儀規，諸如一週五次的誦經，聖心唱詩等等，向來覺得沉悶得要死的，如今變成最有意思的活動了。于連嚴於律己，但做法上不求過分，不期望像院內那些模範修士，每時每刻都要做出帶含義的行動，以證明自己是完美的基督徒。神學院裡食用帶殼煮的糖心蛋，吃法上另有一功，可以看出一個人在靈修方面的進步。

讀者或許會竊笑，那就不妨回憶回憶戴利爾神父去路易十六宮中一位命婦家赴宴，吃雞蛋時的種種失態。

于連的初步目標是但求無過；一個年輕修士要達到這種境界，無論是走路姿勢，還是舉手投足，眼神等都要不露俗態，但也要表明全神關注於來世的觀念。

走廊的牆上，于連常發現有用木炭寫的字句，諸如「六十年的苦修，比起極樂世界或地獄裡的刀山火海，那又算得什麼！」這類句子，他不再小看，反覺得要時時出現在眼前才好。「這輩子，我做的是什麼事呢？」他自問自答：「無非是把天國裡的位置賣給善男信女。這位置怎麼變成有形的，一講他們看得見呢？那就得瑪義的不同於塵俗中人的外表。」

于連時時刻刻檢點形骸，努力了幾個月，還是不脫思索的神態。眼的表情和嘴的抿攏，還不足以表明那種不言自明的信念，那種準備相信一切、忍受一切，甚至不惜以身殉教的信念。比起那些粗鄙不文的農家子弟，于連看到自己在這方面落後了，心中無限悔恨。他們沒有思索的神情，當然是大有原故的。爲了在外貌上能顯出狂熱而盲目的，準備相信一切、忍受一切的信念，他哪有不肯吃的苦？這種外貌，在義大利修道院常能看到，奎爾契諾在教堂的壁畫上，已爲我們

世俗凡人留下了完美的典範。⓲

逢到重大的節慶，神學士有酸菜燒臘腸可吃。同桌的人看到于連對這美味無動於衷，這就構成他的一大罪狀。他的同學從中看出最愚蠢的造作之最可惡的表現；沒有比這件事給他招來更多的仇敵的。「瞧這市儈，這傲慢的傢伙，竟裝得看不起這道好菜，酸菜燒臘腸！去他的，這無賴！這目中無人的傢伙！該入地獄的胚子！」

「唉！這些年輕鄉民，算是我的學友，他們的無知倒是大好事，」于連情緒沮喪的時候感嘆道，「他們進神學院，不像我帶來那麼多世俗思想需要導師去清除。我是不管做什麼，他們從我臉上就能看出來。」

于連跡近妒忌，便以特有的專注，端詳神學院裡那些最粗俗的農家子弟。他們脫下粗呢短衫，換上黑色道袍的時候，所受到的教育，僅僅限於對金錢，像弗朗什—孔泰人稱之爲硬通貨的金錢，抱有一種無窮無極的敬意。硬通貨之稱，是對現金這個概念表示愛重的一種強勁說法。

人生的幸福，對這些修士，就像伏爾泰小說裡的人物一樣，主要在於美餐一頓。于連發現：他們幾乎所有人，對穿一身細呢衣服的人懷著一種天生的敬畏。有了這種情緒，對我們法庭所謂的「分配公平」，才能給予恰如其分，甚至偏高的評估。他們之間常常這樣說：「跟『大塊頭』打官司，能沾到什麼便宜？」大塊頭是庫拉山區的說法，係指大闊佬。那麼，對最富有的政府，他們有多崇敬，就可想而知了。

一聽到省長大人的名字，若不含笑表示敬意，在弗朗什—孔泰農民眼裡，是失禮的事。

⓲ 奎爾契諾（一五九一～一六六六）爲義大利畫家——參看羅浮宮博物館，弗朗索瓦·特·阿基坦公爵卸脫鏡甲，穿上道袍的畫像，編號一一三〇號。——原注。

而失禮，對於窮苦百姓，就會有眼前報：沒麵包吃。

起始，于連這種蔑視的情緒把自己也憋得夠嗆，繼而才生出憐憫心：大部分同學的父親在冬日傍晚收工回到茅屋，找不到一片麵包，也沒有板栗和土豆。「這有什麼可奇怪的呢！」于連心裡想：「如果在他們看來，好福氣，就是第一有好飯吃，第二有好衣穿！我那些同學當然會信仰堅執了，他們把教士這行當看作是吃得好、穿得暖這種福氣的長保永享。」

一次，于連偶然聽到一個年輕修士，此人常有些怪念頭，對同伴說：「想我爲什麼不能當教皇，像希克斯特五世一樣？他當初也不過是個豬倌。」

「要知道只有義大利人才能當教皇，」那朋友答道：「不過，代理主教、議事司鐸，也許還有主教，肯定是從我輩中抽籤決定的。夏隆的主教，那位P某，他的尊大人乃區區箍桶匠，跟家父倒是同行。」

一天，教理課上到一半，彼拉神父派人來叫于連。可憐的年輕人能暫離這個使他身心都感到沈重的環境，好不高興。但發現院長的接待，與他進神學院那天一樣可怕。

「這張紙片上寫的是什麼，你給我說清楚。」院長目光逼人，于連恨不得鑽到地下去。

于連唸道：「阿夢妲．碧娜，長頸鹿咖啡館，八點以前。說是從商栗來的，是我母親的表親。」

于連感到大禍臨頭。這個地址是卡斯塔奈德神父的密探偷去的。

「我到這兒的那天，感到心驚膽戰！」于連答話時，只敢望彼拉神父的額角，因爲頂不住他那威稜的目光，「謝朗先生跟我說過，這個地方充滿誹謗和惡意；同學之間，相互窺探和告發，還受到鼓勵。說是天意如此，讓年輕教士看看人生的本相，引起他們厭惡現世，厭惡浮華。」

「你這小壞蛋！居然敢當著我的面夸夸其談？」彼拉神父十分光火。

「在維里埃，」于連冷靜地說下去：「我哥哥妒性發作，就揍我……」

「言歸正傳！」彼拉神父氣得直嚷嚷。

于連絲毫沒給嚇住，繼續講他的故事——

「我到貝桑松那天，將近中午，飢腸轆轆，就走進一家咖啡館。心裡對這種紅男綠女的地方充滿嫌惡；但我想，這兒吃中飯，也許比飯館便宜。有位太太，像是店鋪的女掌櫃，看到我不懂人情世故的樣子，動了惻隱之心，對我說：『貝桑松到處是壞人，我眞替你擔心，先生。萬一遇上什麼麻煩事兒，盡可找我幫忙，八點以前送個信來。如果神學院的看門人不肯替你跑腿，你就說，你是我的表親，商栗地方人。』……」

「這些囉囉嗦嗦的話都要去核對明白。」彼拉神父氣得坐不安席，在室內踱來踱去。

「讓他回房去！」

執事跟著于連，把他鎖進房裡。于連立即翻檢自己的箱子，那張要命的紙片明明是藏在箱子底上的。箱子裡什麼都不缺，只是翻亂了一點；可是，鑰匙一直在身邊，片刻不離呀！「眞是運氣，虧得我蒙在鼓裡那陣子，一次沒外出過。卡斯塔奈德先生幾次准我方便行事，那份好意，現在我才懂。萬一我心一活，換了衣服，去見美人兒阿蘡妲，那我就完了。此中情形，他們刺探到了，想做文章又沒做成，不免大失所望，但又不肯善罷甘休，所以去告了一狀。」

兩個鐘頭以後，院長又派人把他叫去。

「算你沒撒謊。」院長的眼神已不像剛才那麼嚴凜，「但留著這樣一個地址是不愼之舉，你想像不到事情會嚴重到什麼地步。苦命的孩子！也許，十年後會給你帶來禍害。」

第二十七章、涉世之初

時至今日，天哪，還得遵守救世主的約法，誰觸犯了，就該誰倒楣。

——狄德羅

關於于連這一時期的生活，請讀者鑒諒，這裡只講幾樁明瞭而確切的事。這倒並非他的經歷乏善可陳，而是他在神學院的所見所聞，與本書所願保持的溫和色調相去甚遠，顯得過於濃黑。現代人經歷一點坎坷，回憶起來猶心有餘悸，對什麼事都掃興，連讀個故事的興致也都會提不起來。

于連於僞詐矯飾，雖屢加嘗試，卻少有建樹；有些時候，他自己也感到厭惡，甚至泄氣。毫無成績可言，而且還是搞這種要不得的邪門歪道！外界只需稍稍給點幫助，就能使他心定志堅。有待克服的障礙本不很大，只是他太孤單，猶如大海裡的一葉棄舟。「有朝一日，我自會成功！」他心裡想：「但要在這惡劣的環境中過一輩子！那些饞鬼，只想著鹹肉煎蛋，等晚餐桌上去狼吞虎嚥；要不，就是卡斯塔奈德神父之流的人，哪怕罪惡滔天，還覺得不夠心狠手辣！他們必有大權在握的一天；但是，得花多大的代價啊，我的天？」

「人的意志堅強無比，這點到處都能見到；但是這樣一種厭惡的情緒，光靠意志就能克服嗎？比較起來，大人物的重任還是輕而易舉的，即使要冒天下之大不韙，乘危行險也未始不美．，而我周圍的一切，除我之外，誰知其醜？」

這正是他一生中最艱難的時期，到駐貝桑松的聯隊去入伍當兵，對他來說是最容易不過的了！就是拉丁文教師也可以當呀！他不需太多東西就能維持生活的。不過，這麼一來，便不會再有他所設想的事業與前途，那豈不等於死亡。

現在從他煩悶的長日裡挑出一天來，略述一下。

這天早晨，他自言自語道：「我太自負了，經常暗自慶幸，覺得自己跟其他年輕鄉民有所不同。唉，算我多活了幾天，才看到了差異生仇恨。」

不久前，一樁失著，對他刺激很深，使他明白了這個大道理。他花了一禮拜的工夫，想博得一個有聖者氣息的同學好感。當時正陪著他在院子裡散步，一邊低眉順眼，聽他痴人說夢般的蠢話。突然，天色驟變，雷電交加，那個聖潔的學生一把推開于連，失聲嚷道：「聽著，這世界上，人各爲己，我不願給雷打死。老天可以把你劈死，因爲你是個異教徒，是個伏爾泰。」

于連氣得咬牙切齒，望著閃電燁燁的長空，恨聲說道：「暴雨澆頭，我還昏昧不醒，給大水淹死也是活該！看你還有能耐騙得了別的傻瓜！」

鈴聲響了，這一課是卡斯塔奈德神父講教會史。

那些農家子弟，就懼怕他們父輩的辛勞和窮苦。這天，卡斯塔奈德神父在講課中，便對他們說：政府這個在他們看來十分可怕的龐然大物，正是憑藉天主派到塵世的代表——教皇之力，才具有合法的實權。

「努力用你們聖潔的生活和由衷的服從，以副教皇的恩典，成爲他手中的棍棒。」他補上一句：「你們有了美差，就可以自己發號施令，遠離任何監督。這個終身職務，薪俸的三分之一由政府撥付，其餘部分，就靠聽你們布道的善男信女的奉獻。」

下課之後，卡斯塔奈德先生站在院子裡，向圍在身邊的學生說：「對一個本堂神父，可以這樣說：本人有多大本事，職位就有多大好處。我，就是此刻跟你們說話的我，知道有些山村教區，那裡的額外收入比城裡的神父要多得多。即使錢一樣多，那兒還有雞呀，蛋呀，新鮮黃油呀，以及許許多多實物。在當地，本堂神父是公認的第一號人物；沒有哪次盛宴，他會不在受到邀請、款待之列的。」

卡斯塔奈德先生剛上樓回房，那些學生就三五成群，分了好幾堆。于連一無所屬，像隻癩皮狗給扔在一邊。他看到各組都有一人把銅幣拋向空中，如果正反給某個人猜中了，別人就斷定，這個人不久便能謀得一個收入豐厚的職位。

還流傳若干故事。某位年輕教士，接受聖職還不到一年，向老教士的女傭人送了一隻兔子，就擢升為副本堂神父；沒過幾個月，因本堂神父棄世，他就頂了那個美缺。另一個人，老年神父癱瘓之後，他頓頓飯都去服侍，以優雅的姿勢幫病人把雞肉切成小塊，居然給指定為他的後繼，那教區可是個富庶的大鎮。

神學院的學生，和其他行業的年輕人一樣，熱衷於這類事出非常、異想天開的小算盤兒，而且大大誇大了略施小計的效用。

「我必須習慣於這類談話。」于連想。他們不談香腸和肥缺，就談教義的世俗部分，議論主教和省長的糾葛，市長和堂長的不和。于連看出存在一個第二天主，比另一個天主更可怕、更有權，那就是教皇。他們竊竊私語的時候，把聲音壓得很低，不讓彼拉神父聽到，說教皇之所以不自找麻煩，去任命法國所有的省長、市長，是已請法蘭西國王代勞，因為教皇已把法蘭西國王稱為教會的長子。

就在這個時期，于連覺得，他讀梅斯特赫的《教皇論》頗有心得，大可利用一下。果然，他的造詣引起同學的驚異。然而這又成爲他的一樁倒楣事。他往往把他們的看法，陳述得比他們本人還清楚：先聲奪人，這就犯忌。謝朗先生對于連，正像對他自己一樣，有其失慮之處。他使于連養成正確推理，不信空話的習慣，但卻忘了告訴他，對一個小人物，這習慣便會自取其咎；須知自作解人，便會得罪庸衆。

于連長於辯論，又多了一樁罪咎。他的同學苦苦思索之下，終於找到一個綽號，叫他馬丁·路德，以示對他的憎惡。他們說：「他之所以如此驕狂，就是仗著這種惡魔般的邏輯。」

有幾位年輕修士，膚色更鮮嫩，長得也比于連漂亮，但于連有一雙白淨的手，和遮掩不住的潔癖。這個優點，在命運播弄之下進入這陰森的地方之後，就不成其爲優點。與骯髒的農家子弟爲伍不要緊，怎料他們竟聲稱他生性放縱。我們的英雄遇到的種種倒楣事兒，生怕敘述出來會使讀者厭倦。比如說，同學中幾個身強力壯的傢伙常想揍他；他不得不備了一副鐵夾鉗，擺出要動用的架勢。不過在密探的報告裡，寫架勢就不像語言那麼有份量了。

第二十八章、迎聖體大典

人人都深受感動。由於信徒費心照料，到處都絲幔迷空，細砂鋪路，天主彷彿降臨在狹窄的哥特式衛道上。

——楊格

于連儘管收斂，裝傻，也屬枉然，依舊不能取悅於人：他太與眾不同了。「然而，」他不免有點怨艾，「所有這些教師都很精明，堪稱一時之選，怎麼會不喜歡我的謙抑呢？」他屈意迎合，裝作相信一切，輕信一切，似乎只瞞住一人。那人，便是大教堂的司儀長夏斯．裴納神父。十五年來，大教堂方面曾許以議事司鐸一職；等待期間，夏斯神父在神學院授徒講布道術。這門功課，在于連盲目行事的那段時間，是常考第一的課程之一。有鑒於此，夏斯神父對他頗表好感，下課之後，很樂意挽著他的手臂，在花園裡繞行幾圈。

「他有什麼意圖？」于連自問道。他訝然發覺，夏斯神父談起大教堂的祭器，可以一連講上幾個鐘點，除了喪事靈幃，還有十七件鏽金鑲銀的披肩。他們對德．呂邦普萊庭長夫人企盼甚殷；這位老太太已屆九十高齡，她的結婚禮服至少已保存了七十個春秋，用的是昂貴的里昂綢緞，外加金絲繡花。

「你想想看，我的朋友，」夏斯神父突然止步，瞪著眼睛說：「這些衣服豎放著，就能站住，可見金錢之多。貝桑松人普遍認爲，庭長夫人的遺囑一執行，大教堂的庫房裡就能增添十幾件披肩，還不算大典穿的四、五套法衣。照我估計，還不止於此。」夏斯神父壓低聲音補充說：「我有理由相信，庭長夫人還會遺贈我們八只精美的鍍金銀燭台，據說是勃艮第公爵大膽查理從義大利購來的；庭長夫人的一位祖上，當年是公爵的寵臣。」

「此君拿舊衣古物饒舌半天，究竟是什麼意思？」于連暗想：「巧於經營如斯，等這筆遺產等了差不多一個世紀之久，還一點不顯山露水。他對我一定有疑心！他的精明遠在他人之上；其他人有一點小算盤，不出兩個禮拜，我就能猜得八九不離十。啊，我明白了，他壯心不已，只是十五年來一直鬱鬱不得志。」

一天晚上，正在上劍術課，彼拉院長把于連叫去，對他說：

「明天是Corpus Domin（聖體）瞻禮。夏斯神父要你幫忙，布置大教堂。那你就去吧，聽從命令。」

彼拉院長又把他叫回來，大有憐憫之慨，說道：

「這是一個進城走走的機會，就看你願不願意了？」

「Incedo per ignes.（我暗中有些對頭。）」于連答道。

第二天一早，于連前往大教堂，一路上兩眼低垂。耳聞街道和熱鬧起來的早市，心裡自是喜歡。各方各處，爲了迎神賽會，都在裝點門面，結彩掛幃。他在神學院過的那些日子，現在想來，恍若一瞬。思緒悠悠，想到了葦爾吉，想到了美人兒阿夢姐·碧娜，此刻倒有可能見到她，因爲離她的咖啡館並不很遠。他遠遠望過去，見夏斯·裴納神父已站在大教堂門口。他是個面帶喜色，性情開朗的胖子。這天，他顯得很得意。「我等了好久了，親愛的孩子，」他老遠看到于連，便大聲嚷道：「歡迎，歡迎！令天的活，既耗時，又煩難。咱們先吃頓早早飯，可以長長力氣。第二頓，到十點鐘，等他們做大彌撒的時候再吃。」

「我希望，先生，」于連的神色很莊重，「一時半會兒也別讓我單人獨處。請看一下，」他指著頭頂上的大鐘，「我到達的時間是五點差一分。」

「啊！想不到神學院那些小壞蛋叫你這麼害怕！你心地眞不錯，還想到他們。」夏斯神父說：「寬闊的林蔭道，因爲路邊籬笆上長刺，就不漂亮了嗎？過路人還不照樣走路，讓毒刺留在那裡去枯死。好吧，動手幹吧，幹活要緊！」

夏斯神父說對了，這天的活的確很煩難。頭天晚上，教堂裡有隆重的葬儀舉行，所以事先什麼都不能準備，得在一個上午，把殿堂裡所有哥特式大柱子披上高達三丈的紅緞繡幃。主教大人特地用驛車從巴黎請來四位張掛帷幔的工匠，但光憑這幾位還應付不過來，而且，他們非但不能幫上忙，還會說風涼話，弄得這批同行更顯得笨手笨腳。

于連看出，得由他來爬高梯了。他身手輕捷，可謂勝任愉快。接下來該他指揮城裡來的師傅了。夏斯神父十分高興，望著于連從這部梯子跳到那部梯子。所有的柱子都披上錦緞之後，接著要在主祭壇的大華蓋上安放五大團羽翎花球。冠狀的木頂，富麗堂皇，托在下面的是八根義大利大理石雕成的螺旋形圓柱。但是，要到天幃之上，華蓋中央，就得走過一條挑檐；那木頭已很有些年頭，給蟲也蛀得差不多了，而且離地有四丈之高。

看到這段險路，巴黎的幾位工匠剛才興致還挺高，這時一個個都快活不起來了。他們站在底下張望，議論了半天，就是沒人敢往上爬。于連拿起羽翎花球，三腳兩步爬上梯子，在華蓋中央，冠狀瓣飾裡一一放妥。他從梯上剛下來，夏斯．裴納神父就把他一把抱進懷裡。

「Optime（了不起）！．．」善良的神父大聲誇道：「我一定向主教大人稟報。」

十點鐘的那頓早餐，氣氛至爲歡洽。夏斯神父從未看到他的教堂有這般富麗。

「親愛的弟子，」他對于連說：「我母親從前就在這座大教堂管出租椅子，可以說我是在這裡面長大的。羅伯斯庇爾的恐怖時代把我們毀了。那時我才八歲，私邸舉行彌撒時，我已能擔任輔祭，當天的膳食就由宅主供給。說到摺疊祭帔，那就沒人能跟我比，上面的金絲銀線從沒折斷過一根。拿破崙下詔恢復宗教信仰後，我有幸負責管理這座莊嚴的大堂。一年有五次，能看到這教堂裝點得這麼華美，但從來沒像今天這樣輝煌璀璨；一幅幅錦被繫得這麼牢，在柱子上貼得這麼緊。」

「好不容易，要對我說出他的秘密來了。」于連想；「他是情不自禁談起自己來的，所謂需要傾訴一下。」但是，此人看來十分激奮，到底也沒說一句冒失的話。「不過他活沒少幹，好酒也沒少喝，性情倒是快活的，』于連自語道：「眞是個好人！是我的好榜樣！他的確是一只鼎；（這是他跟老軍醫學來的一句俗話）。」

當大彌撒唱起Sanctus（聖哉）頌歌，鐘聲驟起之際，于連拿起白色法衣，想跟隨主教參加蔚爲壯觀的迎神遊行。

「還有小偷呢，我的朋友！那些賊伯伯，你怎麼沒想到！」夏斯神父喊起來：「遊行的一走，教堂裡就空無一人了。我們得守著，你我都不能走。圍繞柱基的金線銀飾，如果只丟兩條，就算我們運氣。這也是德·呂邦普萊夫人送的；是她的曾祖，就是那位有名的伯爵傳下來的。那是純金的，一點沒攙假。」神父顯然來了精神，附耳對于連說：「你就巡守北面一側，不要走開。南面一側和正殿歸我來。特別要注意那些告解亭；有些女人給小偷當耳目，在那兒窺伺我們轉背的空隙。」

等他講完，時鐘已敲十一點三刻。跟著，教堂的大鐘響了。那口鐘撞得滿滿堂堂，鐘聲洪亮而莊嚴，于連大爲感動。他神思飛越，遠離塵世……

幾個化裝成聖約翰⑲的小孩，在聖體前拋灑玫瑰花瓣。玫瑰和供香的香味，使于連的心情亢奮之極。

大鐘的聲音，莊嚴洪亮。按理，于連應想起幹這活能掙五十生丁的二十名壯漢，或許還得加上十五到二十位信徒的幫忙。他該想到繩索和鐘架的磨損，大鐘本身的危險，據說，每隔兩百年要墮落一次。該想想辦法，如何剋扣撞鐘人的工錢，用赦罪這種不會影響教會錢袋的聖寵之類，把他們打發走。

于連沒有轉這類聰明的念頭。他的靈魂受到雄渾磅礡的鐘聲激蕩，翱翔在廣闊的想像世界。他既成不了好教士，也當不了好管事。像這樣易於感動的心靈，至多能造就成一個藝術家。在這等地方，也可見出于連的卓異之處。神學院的同學中，約有五十個人，經過長者指點，相信籬笆後面的確潛伏著民衆的仇恨和過激的情緒，比較注意實際生活，聽到教堂的大鐘，便會想到撞鐘人的工錢。他們會拿出數學家巴萊穆的才幹，按徒衆激動的程度，去衡量付撞鐘人那些工錢是否值得。如果讓于連來考慮教堂的開銷，他的想法會不受目標的限制，寧可從維修費上省下一筆四十法郎的開支，也不會在工錢裡剋扣下二十五生丁的小錢。

這一天，晴空萬里，迎神的隊列緩緩行經貝桑松，在社會賢達、地方名流競相搭建的街頭祭壇前不時駐足停步。這時，教堂裡一片肅穆，光線幽暗，陰涼宜人，彌漫著鮮花和香燭的芬芳。

長長的殿堂裡，靜謐、寂寥、清涼，更有助於于連的遐想。他無須擔心夏斯神父會來打擾，因爲教堂的另一端就夠這位神父忙的。于連的靈魂彷彿已撇下自己的皮囊，任其邁著緩慢的步子，在北面的側殿巡遊。他心裡特別寧靜，知道告解亭裡有幾個虔誠的信女。眼睛在看，但視而

---

⑲ 聖約翰爲耶穌十二使徒之一，耶穌受難時，曾侍於十字架側旁，接受臨終囑托。

不見。

這時，眼前的景象把他散漫的心思拉回了一半：兩個服飾考究的婦女，一個跪在告解亭裡，一個緊靠著她，跪在一把椅子上。他雖然視而不見，但是，或許出於模模糊糊的責任感，或許出於讚賞她們素雅而高貴的穿著，他注視了一下，發現告解亭裡並沒有神父。「奇怪，」他想：「這兩拉漂亮太太如果很虔誠，爲什麼不去跪在迎神祭壇前面；如果是上流社會中人，何不占個便宜，坐在哪個陽台的前排位子上？嗯，這套連衫裙倒做得不錯！非常雅致！」他放慢腳步，打算看個仔細。

跪在告解亭裡的那位，在一片肅穆之中，聽到于連的腳音，略略轉過頭來，突然輕輕叫了一聲，就暈了過去。

這跪著的夫人人事不省，朝後倒下的時候，她身旁的女友馬上撲過去扶住她。她往後仰倒之際，于連正好看到她的頸項。亮晶晶的大珍珠串成的鏈式項鍊，他太熟悉了，突然在他眼前一亮。一認出雷納夫人的頭髮式樣，他怦然心動！這就是她。想托住她的頭，不讓她身子完全倒下的婦人正是戴薇爾夫人。于連情動於衷，忙奔過去，扶住她們，不然，雷納夫人會把她的女友也拖倒的。他看到雷納夫人臉色蒼白，面無表情，頭在肩膀上晃動，便幫戴薇爾夫人把這可愛的腦袋靠在草椅上，自己則跪在一旁。

戴薇爾夫人轉過臉來，認出是他。

「快走開，先生，快走開！」口氣裡充滿了怨怒，「尤其別讓她再看到你。準是看到你，她才嚇成這樣。你來之前，她一直很快活。你的行爲太惡劣了。快走開！如果你還有一點羞惡之心，就離得遠遠的吧！」

這幾句話說得詞色凜然。于連一陣心軟體疲，也就走了開去。想到戴薇爾夫人，他私忖：

「她還一直在恨我。」

就在這時，遊行隊伍的那些教士鼻音濃重的讚誦聲已在教堂裡迴盪開來：大隊人馬回來了。夏斯．裴納神父招呼于連，連喊幾聲，他都沒聽見。神父最後自己走來，從一根柱子後面把于連拖出來；原來于連半死不活地癱在那兒。神父想把于連引見給大主教。

「啊，你不舒服，我的孩子？」神父見他臉色蒼白，幾乎不能舉步。「你幹活脫力了！」神父讓他攙著自己的胳膊走，「來，坐下來！這是灑聖水的人坐的小凳子，你坐在我背後，我替你遮一下。」兩人這時就坐在大門旁。「你鎮靜一下。主教大人駕到之前，還有足足二十分鐘，你想法恢復過來。主教走過時，我把你提起來；雖然我一把年紀，這點勁道還有。」

但是，主教走過的時候，于連渾身打顫，夏斯神父只好放棄替他引見的想法。

「別太難過，」神父安慰他：「再找別的機會吧！」

當天晚上，夏斯神父派人給修道院的小教堂送去十斤蠟燭，說是于連細心照管和熄滅蠟燭時手腳麻利所節省下來的。沒有什麼比這更虛妄不實的了。這可憐的孩子自己也像蠟燭熄滅了。見到雷納夫人之後，他的腦子裡一片空白，什麼念頭都沒有。

第二十九章、初次提升

他了解自己所處的時代，他了解自己所在的地區，於是成了富翁。

——《先驅報》

教堂裡意外相遇之後，于連一直耽於痴想而不能自拔。一天早上，嚴厲的彼拉神父派人來把他叫了去。

「這是夏斯．裴納神父寫來的信，說了你幾句好話。你的行爲，總的說來，我還相當滿意。你有極冒失，甚至糊塗的一面，雖然表面上看不出來。不過，直至如今，可以說，你心地善良，甚至見義勇爲；才智也有過人之處。總之，你身上可以看到智慧的火花，這是不容忽視的。兢兢業業幹了十五年之後，我就要離開這修道院了。我的罪責是聽任神學士按自己的意願行事；你懺悔時說到的那個秘密團體，我也是不聞不問，既不保護，也不阻撓。離任之前，我願爲你略效微勞。要是沒有阿夢姐的地址在你房裡找到、被人告發一事，我兩個月之前就會辦成的，因爲你有你的長處。我現在指派你爲新舊約課的輔導教師。」

于連感激涕零，很想跪下來感謝天主。不過，他還是取了一種更見眞情的姿態：逕朝彼拉神父走去，把他的手舉到自己的唇邊吻著。

「這是幹嘛吶？」院長面帶慍色。但于連的眼神比他的動作表達了更多的意思。

彼拉神父看他時的那種驚異之狀，顯出他經過悠久的歲月，已不慣於人情細微了。凝視的目光，泄露了院長的眞情，連聲音都變了：「也罷！是的，我的孩子，我對你有點依依不捨。上天知道，這有違我的本意。按理，我應力求公正，對任何人既不恨也不愛，你的世途將會艱苦備嘗。我看到，你性格中有不合俗衆之處。忌妒與怨謗會緊隨不捨，永遠跟著你。不管老天爺把你安置在什麼地方，你的同伴都不會不去恨你。假如他們裝作親善，那肯定是在設計陷害。對此，補救之道就是信賴天主。爲了治治你的性高氣傲，就該讓你招人忌恨；而守正不阿，依我看，是你唯一的生路。只要你毫不動搖，皈依眞理，你的敵人遲早會慌亂自潰。」已經好久沒聽到這種友善之聲了，所以我們得原諒于連這個弱點：熱淚盈眶。彼拉神父向他伸開雙臂；這一時刻，對他們兩人，都是無比甘美的。

于連欣喜若狂。這次提任，在他是初次升遷。好處當然很多。而眞正體會到其好處，還是幾個月後的事；起初卻弄得一刻不得清閑，整天與同學廝混在一起，而那些同學至少是煩人的，大多數簡直教人受不了。光是他們的喧嚷，就可以把一個斯文團體攪成一片混亂。這些農家子弟，吃飽穿暖之後，非大聲嚷嚷，不足以表示其歡欣；非聲嘶力竭，把肺裡的氣量全部吼出來，不足以表示其興致淋漓！

現在，于連可以單獨用膳，或幾乎是獨自吃飯，時間比其他修士晚個把鐘頭。另有一把花園鑰匙；花園空關著的時候，可以獨自進去散散心。

于連大感驚訝的是，旁人對他的恨意似有所減弱；這倒與預料相反，他本以爲忌恨會加深。以前不願搭理人的私衷，由於過分顯露，樹敵不少，如今卻不再是高傲得可笑的標誌了。在周圍的俚俗之輩看來，這正是他身分尊貴的正當感情。仇緒恨意，明顯衰減，尤其在一伙年輕同學之間，他們降而成爲他的學生，但他都相待以禮。漸漸地，他也擁有了自己的徒衆，喊他「馬丁．

路德」就顯得不入調了。但是，把他的友與敵，指名道姓，報出來有什麼意思呢？這一切原本就是醜惡的，唯其意圖越眞，才越醜惡。這些人橫豎是民衆的靈修指導；缺了他們，民衆將成什麼樣子？報紙能代替得了神父嗎？

于連有了新的身分以後，神學院院長爲了避嫌，沒有旁人在場，絕不與他談話。此舉在師生雙方，都可謂行事謹愼；但尤其寓有探測之意。彼拉這位嚴格的詹森派曾立下一條一成不變的準則：要看一個人是不是眞有價値？且在他的欲望前面，在他的事業前面，設下重重障礙。他眞有本領，自會克服困難或繞過障礙的。

這時已到狩獵季節。傅凱出了個主意，以于連家人的名義，給神學院送來野豬和麋鹿各一頭。兩頭死獸，給放在廚房與飯廳之間的過道上，所有修士吃飯路過，都會看到。這成了相互探詢的一大題目。野豬雖是死的，年紀小的修士看了還直害怕，只敢碰碰撩牙。七、八天裡，大家只談此事，不談別的了。這份禮，把于連家劃入了受尊敬的階層，給嫉妒鬼以致命的一擊。財大氣粗，自是高人一等。夏澤爾和一些出色的修士都來輸誠稱臣，言詞之間幾乎帶點埋怨，怪于連沒把他家的富有及早告知，害得他們對錢財不免失敬。

這時招募過一次新兵，于連以神學士身分，自可免於應徵。此事使他感慨萬端：「咳！眼看良機又失掉了。要是二十年前，一種英雄的人生就在我面前展開了！」

一次，他獨自在神學院的花園裡散步，聽到修圍牆的泥瓦匠相互閑聊。

「哎，得走啦，又在招兵啦！」

「那傢伙在台上時，才敢情好！小小泥水匠，可以當伍長，可以升大將，這是大家都看到過的。」

「你現在再去看看！跑去的都是些要飯的，有幾個子兒的都留在本鄉本土了。」

「生來窮，終生窮，就是這麼回事兒。」

「啊，不知道確不確實，他們說，那傢伙死了？」另一個泥水匠插進來說。

「還不是那些大塊頭說的，信不信？那傢伙叫他們著實害怕了一陣。」

「眞天差地遠去了，他那時作得也順！說他被元師出賣，叛徒才這麼幹！」

聽到這番議論，于連略感安慰。他喟嘆著走開去：「唯有這位皇帝，民衆猶在追憶。」

考期到了。于連對答如流；他看到，夏澤爾很想揚才露己。

典試官都是名噪一時的弗利萊代畢義親自點的將。第一天考下來，他們十分氣惱，明知道于連．索萊爾是彼拉神父的寵兒，但在成績單上，只得把他的名次排在第一，最差也是第二。神學士中紛紛打賭，說全院的考榜上，于連會名列第一；而得第一的人，就有上主教府赴宴的榮耀。但是，考「拉丁教父」[20]這科目快終場時，有位考官相當圓滑，問了于連對聖哲羅姆，以及他熱衷的西塞羅的看法之後，講起賀拉斯、維吉爾和其他世俗作家。這些作家的不少名篇，于連瞞著同學已背得滾瓜爛熟。他考得太順利了，一時忘了自己身在何處，在考官一再提問下，不覺精神百倍，背了幾首賀拉斯的頌歌，還加以解說。引他上鉤後，過了二十分鐘，考官突然把臉一沉，冷一句熱一句，責備他浪費時間去讀瀆神的作品，在腦袋裡塞進許多無用甚或有害的思想。

「我是糊塗蟲，先生，你說得對！」于連的語氣非常謙抑。他承認這是條妙計，自己果眞上

---

[20] 古代分布於歐洲西部與北非西部的基督教教會，經典和禮儀主要使用拉丁文，教父的著述也用拉丁文，故稱「拉丁教父」；聖哲羅姆爲其代表人物之一。古羅馬雄辯家西塞羅（公元前一〇六—前四三）及古羅馬詩人賀拉斯（公元前六五—前八）和維吉爾（公元前七〇—前十九），與基督教無關，爲世俗作家。

當了。

這一詐術，即使在神學院裡，也認爲是卑鄙的，但這並不妨礙弗利萊神父利用權勢，在于連的名字旁寫下第一百九十八名。弗利萊神父是個機變百出的人物，貝桑松的聖公會經他一調理，組織完備，網絡森嚴；他送往巴黎的函件，足以使法官、省長，甚至衛戍長官不寒而慄。他好不得意，藉于連氣氣他的詹森派死對頭彼拉神父。

過去約十年，他操心的大事是把神學院院長的職務從彼拉神父手中奪過來。這位神父一向把規勸于連敦品勵行的準則拿來律己，爲人正直、奉教虔誠，不耍手段，恪守職責。但老天爺在震怒之際，卻賦予他一副鬱怒記恨的性格，受點侮慢和忌恨，就痛徹骨髓。若有冒犯情事，在這顆熾熱的心裡，一樁都不會忘懷。有好多次，他恨不得能辭去聖職；但他相信，上天把他安置在這位子，是爲有益於衆生。

「我遏止了耶穌會和偶像崇拜的勢頭。」他常這麼想。

考試期間，興許有兩個月，他沒跟于連說過一句話。然而，當收到宣布會考結果的公函，看到他視爲全院之驕傲的學生名列一百九十八名，卻病了整整一個禮拜。使這嚴厲的個性聊感安慰的是，想方設法之下，他還能監視到于連的行蹤。看到于連既沒有發怒，也無報復行爲，更未見消沈，心裡驚喜不盡。

幾個星期以後，于連接到一封信，渾身一震：信上蓋的是巴黎郵戳。「雷納夫人到底記起了她的諾言。」他心裡想。一位具名保羅・索萊爾的先生，自稱是他的親戚，給他寄來一張五百法郎的匯票。

信上還特意加上一句——于連如繼續研讀優秀的拉丁著作，成績超卓，則每年還將寄上同樣數目的款子。

「是她，是她的善良！」于連大爲感動，「她想表示安慰。但是，爲什麼一句友好的話，也沒有呢？」

關於這封信，他誤會了。雷納夫人，在她的朋友戴薇爾夫人擺布下，整個兒陷於深深的悔恨之中。她常常不由自主地想起這位奇才，與他的遇合攪亂了她的生活；但她十分克制自己向他致書馳函。

要是用神學院的話來說，這筆五百法郎的贈金可以視若奇蹟；而且可以說，上蒼藉弗利萊其人，把這份厚禮賜予于連。

十二年前，弗利萊神父手拎旅行箱，來到貝桑松；這只小得不能再小的旅行箱，根據傳聞，裝下了他的全部家當。如今，他已富甲一省。在發跡過程中，有一片地產，他買下了一半，另一半是拉穆爾侯爵承繼的祖產。

於是，這兩個人物打起了一場不小的官司。

拉穆爾侯爵儘管在巴黎地位顯赫，在朝廷身居要職，但還是覺得，跟貝桑松一位有能力左右省長任免的代理主教鬥法，仍然要擔風險。侯爵本來可在預算允許的範圍內，藉某某一個名義，奉懇一份五萬法郎的恩俸，而把這筆五萬法郎的小官司送給弗利萊神父。但他有點不服氣；他認爲自己有理，大大的有理。

不過，請允許我問一句：哪個法官沒個兒子，沒個侄子、外甥，要人家提攜一把的？

爲了點醒愚頑起見，弗利萊神父在接到初審判決後一個禮拜，借了主教大人的四輪馬車，御駕親征，把榮譽團勛章授與他的辯護律師。對方的這一招，拉穆爾侯爵得知後有點吃驚，感到自己的律師不大中用，便向謝朗神父求教；謝朗神父就向他推薦彼拉神父。

侯爵與彼拉神父的關係，到本故事發生時，已持續多年。彼拉神父把他過激的性格也帶進這椿公案。他不斷會見侯爵的律師，研究案情，認爲其曲在對方，便公然站在拉穆爾侯爵一方，對抗有權有勢的代理主教。代理主教覺得這種桀驁不馴是對他的冒犯，而且竟出諸一個小小的詹森派神父！

「這宮廷貴族自以爲八面威風，倒要看看他究竟有多大能耐！」弗利萊神父對三兩心腹道：「拉穆爾大人對他貝桑松的訟師，連塊不起眼的勛章都拿不出，這下甚至還要撬掉他。不過，人家寫信告訴我，說這位貴族議員沒有一個禮拜不佩上他的藍色綬帶到掌璽大臣的客廳裡去炫耀一番，不管這掌璽大臣是個什麼東西。」

儘管彼拉神父多方活動，拉穆爾侯爵跟司法大臣，特別是與其下屬交誼甚篤，苦心經營了六年，所能做到的，也只是使這場官司不至於徹底輸掉。

這椿案子，兩人都十分起勁，侯爵與彼拉神父信函交馳，對神父的才識終於大爲讚賞。儘管地位懸殊，他們的通信漸漸有了朋友交談的口氣。彼拉神父告訴侯爵，教區裡的人欺人太甚，逼得他非辭職不可。算計于連的詭謀，照彼拉神父的看法是極其卑鄙的；所以一氣之下，把這件事告訴了侯爵。

這位大貴人雖然富可敵國，卻毫不吝嗇。他想有所賜贈，至少想償還因地產案件所花的郵資。但彼拉神父一概拒絕。這回算得了個主意，給院長的高足寄去五百法郎。

拉穆爾侯爵還費神，親自擬了一封匯款函。由此而想到神父本人。

一天，神父接到一封短簡，說有要事相商，請他立即去貝桑松市郊的一家客店。到了客店，見到侯爵的管家。「侯爵派我送他的馬車來。」那人說：「他希望你看了這封信，四、五天內就能得便去巴黎。請你先定一個日期，我利用這段時間到侯爵在弗朗什—孔泰的領地走一趟。然後，在你覺得合適的日子，咱們一起動身去巴黎。」

信很簡短——

親愛的先生：請放下外省的煩惱，來京城休息下爲好。現特派去敝車候駕，盼能在四天內告知定奪。至下週二，本人一直在巴黎恭候。倘蒙首肯，當可先期代爲接受巴黎市郊最佳教職。先生未來教區內最富有之一員尚無緣拜識尊顏，然其忠誠遠出先生想像之上。

此人是誰，就是德．拉穆爾侯爵。

嚴厲的彼拉神父對這所仇敵遍布的神學院，十五年來傾注了全部心力，不知不覺間已有很深的感情。侯爵的來信，猶如到達一位外科醫生，來施行一次痛苦難忍，但卻是勢在必行的手術。撤職的事已無疑義。爲此，神父與總管約定，三天後再作晤談。

在這四十八小時裡，他委決不下，煩躁不安。最後，決定給拉穆爾侯爵寫一封信；同時，亦擬函致主教大人——此函堪稱教士文體中的傑作，只是稍嫌冗長了點。就措辭之得體，語氣之恭順而言，可嘆爲觀止。不過，這封信，爲使他的冤家對頭弗利萊在上司面前難堪個把鐘頭，把重大的冤情直至小事情上的傾軋都列舉無遺。如柴堆被偷，連狗也被毒死，等等，等等。彼拉神父逆來順受，於茲已有六年，最後逼得他只有離開教區一途。

信寫完後，他派人去喊醒于連；于連同所有的神學士一樣，晚上八點就已就寢了。

「主教府邸，想必你知道在哪裡吧？」彼拉神父用漂亮的拉丁文對他說：「拿上這封信，去送交主教大人。我不隱諱，這是派你到狼群中去。所以，眼睛要尖，耳朵要靈。你答話的時候，一句謊也不能撒。你要想到，盤問你的人，眞正的樂趣或許在於能加害於你。我很高興，孩子，在我們分手之前，能給你指點這點經驗。因爲，不瞞你說，你送去的這封信就是我的辭呈。」

于連楞在那裡，作聲不得。他實際上是喜歡彼拉神父的。他縝密的心思徒然嘀咕著：「這正派的人一走，聖心派就會降我的職，甚至把我掃地出門。」

他不能只想自己。爲難的是，要想說一句措辭婉轉的話，卻一時智窮。

「哎，我的朋友，你怎麼還不走？」

「聽人家說，院長大人，」于連怯怯地說：「你管事多年，身無餘財。我手頭倒有六百法郎。」他哽咽得說不下去。

「這筆款子也應登錄。」卸任院長冷冷說道：「快去主教府，時間很晚了。」

事有湊巧，這天晚上是弗利萊神父在主教的客廳當值，主教到省長公署赴宴去了。這樣于連就把狀告弗利萊的信交給了弗利萊本人，不過我們的英雄並不認識他。

于連看到這位神父膽大妄爲，把致主教的辭職信當即拆開，大爲吃驚。代理主教漂亮的面孔頓時顯得一驚，又夾雜著快意，接著就變得疾顏厲色起來。于連見他儀表不俗，趁他看信之際，便細加端詳。要不是眉宇之間流露出過分精明的神氣，這臉相會顯得更端莊持重；而這副好相貌如稍不收斂，其精明就大有狡詐之態。他鼻子前突，形成一條筆挺的直線；不幸的是，這樣一來，使原來十分高貴的側影，竟與狐狸的尊容有著不可救藥的相似。此外，這位顯得專心在看彼拉辭呈的神父，穿著十分講究。于連對此頗有好感，他還沒見過別的教士穿著有這麼講究的。

弗利萊神父的特殊才幹，于連到後來才知道。他以善爲笑言，取悅主教；主教是個可愛的老人，生來就該住在京城巴黎的，現在來到貝桑松，簡直就是流放。主教已年老眼花，卻偏偏喜歡吃魚。大凡主教吃魚，魚刺就由弗利萊代爲剔去。

于連悄沒聲兒的，瞧著那神父把辭呈又看了一遍。突然間，轟隆隆隆，房門開了。一個穿鋪繡號衣的僕人疾步走來。時間之快，只夠于連朝門口轉過身去，見到一個矮老頭，胸前掛著一個顯示主教身分的十字架。他趕緊跪下。主教報以慈祥的一笑，從他身邊走過，那位俊美的神父尾隨而去。客廳裡只留下于連一人，這倒可利用空檔觀賞主教家的氣派。

貝桑松的大主教是個很有才情的人，雖長年遷徙，飽經憂患，卻並不消沈。如今行年已七十有五，十年後會發生什麼，也已懶得去管了。

「那個神學士，目光很機警的，我走過時好像看到來著，是誰呀？」主教問：「按我的規矩，他們到這時候不是該睡覺了嗎？」

「這一位是硬給叫醒的，我可以擔保。大人，他帶來了一個重要消息：就是你教區裡唯一的詹森派遞來了辭呈。這位不好纏的彼拉院長總算識相，懂得了言外之意。」

「也好！」主教笑道：「不過，我懷疑，你能找到抵得上他的後任。爲了讓你見識見識此人的分量，明天我請他來吃晚飯。」

代理主教很想就後任的人選有所進言，但主教不想談正事，便說：「在安插新人之前，得先了解一下舊人何以要走。去替我把那個神學士叫來。須知眞言往往出自孩子之口。」

于連應召進去。他想：這樣倒要面對兩個審判官了。他覺得自己的膽量從來沒這麼壯過。

他進去的當口，兩個高大的內室侍役，穿得比瓦勒諾先生還要講究，正在服侍主教更衣。主教覺得在談彼拉神父之前，應該考考于連的學業。他剛問了一點教義，就已感到驚訝。很快就談及人文知識，提到維吉爾、賀拉斯、西塞羅等人——「這幾個名字，」于連想：「害我得了個一百九十八名，也沒有什麼可損失的了，何不炫耀一番？」這次他成功了；主教本人就是位非凡的人文學者，聽了大爲中意。

剛才在省府宴席上，有位年輕姑娘——她聲譽頗著倒是很應該的！朗誦了《瑪特蘭娜》一詩㉑。主教談起文學，很快就把彼拉神父以及別的公事都置之腦後，與神學士討論起賀拉斯有沒有錢。他背了幾首頌歌，但他的記性時而有點偷懶，于連馬上把詩背全了，當然神態十分謙退謹愼。主教爲之驚嘆的，是于連不改閑談口氣，就能背誦二、三十行拉丁文詩句，就好像講神學院的平常事一樣。涉及維吉爾和西塞羅，兩人一談就談了很久。最後，主教不禁對年輕神學士大加誇獎，「爲學如此，至矣極矣！」

「大人，」于連答道：「貴院就有一百九十七名學生比我更有資格得到大人的誇獎。」

「此話怎講？」主教聽了這個數字，感到納悶。

「我此刻有幸說給大人聽的話，都有正式材料爲憑。神學院今年的年終考試，我的答題恰巧就是剛才得到大人嘉許的那些。我的成績只得了個一百九十八名。」

「啊，原來是彼拉神父的高足！」主教看著弗利萊神父笑道：「咎由自取，應該料到呀！不過這倒是眞刀眞槍的。」他對于連說：「小朋友，是否人家把你喚醒了派到這兒來的。」

「是的，主教大人。我獨自出神學院的事至今只有一次，就是聖體瞻禮那天，去幫夏斯·裴納神父布置大教堂。」

「Optime（了不起）！」主教道：「怎麼，把羽翎花球擱在華蓋頂上，忠勇可嘉的就是你？這樁事年年弄得我膽戰心驚，生怕我手下哪個人會丟了性命。小朋友，你日後必定大有出息！但

㉑指法國女詩人苔菲娜·蓋（一八〇四—一八三五），其《瑪特蘭娜》一詩作於一八二四年，頗得斯湯達爾好評。

我捨不得看你先餓死在我這裡，斷送你的輝煌前程。」

主教吩咐下去，馬上就端來了餅乾之類，和馬拉加葡萄酒。于連大大享用了一番。弗利萊神父也朵頤大嚼，因爲他知道主教愛看大家吃得高高興興，津津有味。

夜闌興濃，主教談了一會兒教會的歷史。看到于連渾然不知，他便講起在君士坦丁大帝治下羅馬帝國的道德風尚。信奉異教的結果，是世風每況愈下，困惑與疑慮交加；十九世紀那些憂鬱而厭倦的心靈也同樣受到這種情緒的困擾。主教在談話中注意到，于連甚至連塔西佗的名字都不知道。

面對主教的驚訝之色，于連老實回答：神學院的藏書室裡根本不收這位史家的著作。

「我委實很高興，」主教歡快地說：「你替我解決了個難題。這十分鐘裡我一直在尋思：你陪我度過了一個愉快的晚上，而且事前誰都沒料想到，眞不知如何感謝是好。想不到神學院的學生之中竟有如此博學之士！儘管禮物不盡符合教規，我想送你一部塔西佗。」

主教派人去取來八卷裝幀極精的書，並要親自在第一卷的扉頁上，用拉丁文爲于連．索萊爾題辭。主教自命爲精通拉丁文的好手。臨了，他一反交談時的語氣，鄭重其事地說：「年輕人，假如你聰明懂事，日後你會得到我教區裡最好的教職，而且離主教府不出一百里地。不過，你得聰明懂事。」

于連捧著書，走出主教府，正值午夜鐘響。他吃了一驚：沒想到時間過得這麼快。

主教說了許多話，卻隻字未提及彼拉神父。他禮賢下士的態度，尤使于連受寵若驚。想不到溫文爾雅如許，與平時那種天然的獨尊之概竟相得無間。于連重新看到臉色陰沉的彼拉神父，見他已等得很不耐煩：這一對照，印象顯得格外強烈。

「Quid tidi dixerunt（他們跟你說了些什麼）？」彼拉神父老遠望見他，就高聲問道。

于連想把主教的話譯成拉丁文，但越翻譯越糊塗。

「還是說法語吧，把主教的原話說出來，不要加一字，也不要減一字，」卸任的院長口氣很粗重，手勢也有失文雅。

「主教送給年輕神學士這麼一份禮，也算得奇怪的了！」彼拉神父翻著裝幀精良的《塔西佗》說；書口的燙金，好像惹他厭惡。

聽完詳細的稟報，鐘敲兩點，他才允許得意門生回房去睡。

「你的塔西佗，第一卷留在這兒，我要看看一身大人的讚詞。」他說：「這一行拉丁文，等我走後，就是你在這學府的護身符了。」

「Erit tibi, fili mi, successor meus tamquam leo quaerens quem devoret（對你而言，孩子，我的後任將是一頭專想吃人的怒獅）。」

第二天早晨，于連發覺同學跟他說話時，態度有點特別。他於是更加審慎。「彼拉神父一辭職，後果就顯出來了。」他心裡想：「辭職的事全院都知道了，而我給看作是他的寵兒。他們的態度之中，必定有輕侮的成分。」可是倒沒看出來。相反，經過宿舍，遇見什麼人，對方眼裡並無仇恨的影子。

「這是怎麼回事？想必是個圈套，得嚴加防範。」後來，維里埃來的小修士笑嘻嘻地向他點穿了：「Cornelii Taciti opera omnia（塔西佗全集）。」

這句話，在場的人都聽到了，大家爭相向于連道喜，不僅祝賀他得到主教這份厚禮，而且有幸晤談達兩小時之久。甚至連一些細節，他們也知道了。以此為始，妒意漸息，諂諛驟起，即使是卡斯塔奈德神父，昨天對他還眼高於頂，今天卻過來挽起他的胳膊，要請他吃飯。

這是于連性格吃虧的地方：對粗鄙之輩，他們的傲慢無禮固然使他痛苦，而他們的曲意逢迎同樣惹他厭惡與不快。

中午時分，彼拉神父向全體學生告別，沒忘了作一番懇切的訓諭：「你們是祈求塵世的榮華，社會的實益，發號施令的快意，藐視法律和欺凌他人的興味呢，還是希望求得靈魂的得救？你們之中，即使是後知後覺者，只要睜開眼來，也能分清何去何從這兩條路來。」

他轉身剛走，耶穌聖心派的信徒就到小教堂去唱Te Deum〔感恩頌詩〕了。離任院長的訓諭，神學院裡沒人當一回事。「他對免職，牢騷不少。」到處聽人這麼說。身居這個要職，自有富商巨賈來巴結拉生意；所以沒一個神學士會頭腦簡單到相信，辭職是出於他的本意。

彼拉神父住進貝桑松最好的客店，藉口有些莫須有的事要辦，想再盤桓兩天。

行前，主教特設晚宴款待。為戲弄代理主教弗利萊，談話之間，儘量讓彼拉神父的博學，一展所長。上最後一道點心的時候，離離奇奇，從巴黎傳來消息說，彼拉神父已被任命為N教區的本堂神父；那是個奢靡繁華之地，離京城只有十五里路。善良的主教誠誠懇懇，向他表示祝賀。主教從辭職的前前後後，看出一種精心的安排。他忽來佳興，對神父的才識評價極高，並為他用拉丁文寫了一份考績書，說了許多好話；弗利萊神父想表示異議，主教甚至不容他開口。

當天晚上，主教把他對彼拉神父的讚譽帶到呂邦普萊侯爵夫人府上。這對貝桑松的上流社會是件大新聞；雖覺恩出格外，但都猜詳不出。在他們看來，彼拉神父已穩坐主教寶座，最有心機的傢伙認為拉穆爾侯爵業已擢升為樞密大臣；也在這同一天，他們才敢恥笑弗利萊在上流社會的飛揚跋扈。

第二天早晨，彼拉神父為侯爵的案子去見法官，街上的人前呼後擁跟著他，商賈都站在自己的店門口行注目禮。眾人第一次對他這麼敬重。這位嚴厲的詹森派看到這一切，直感到憤慨。與他為侯爵物色的律師磋商很久之後，就動身上巴黎赴任去了。有兩、三位同窗舊友前來送行，陪他上車，看到四輪馬車上的爵徽，讚嘆不已。

彼拉神父一時心軟，告訴他們：他主管神學院達十五年之久，今天離開貝桑松，只帶得五百二十法郎的積蓄。幾位朋友跟他含淚道別。他們事後議論道：「這個謊，善良的神父完全沒必要撒，顯得太可笑了。」

庸碌之輩，財迷心竅，是不可能了解彼拉神父正是從信仰中獲取必要的力量，才能夠六年來孤軍奮鬥，對抗瑪麗．阿拉哥克㉒、耶穌聖心會、耶穌會及其主教的。

㉒瑪麗．阿拉哥克（一六四七—一六九〇），聖母往見會的修女，以受聖心感召、屢見幻象而著名。因宣揚聖心崇拜，遭詹森派反對。

第三十章、野心家

只有公爵的頭銜，才算是顯貴之家；侯爵，豈不可笑？聽見喊公爵？人家才會回過頭去看看。

——《愛丁堡評論》

拉穆爾侯爵親臨迎接彼拉神父，絲毫沒有大人物降貴紆尊之態；一般大人物貌似彬彬有禮，深於世故者知道骨子裡是惺惺作態。偏於客套，無異浪費時間。而侯爵要參預機務，的確沒有一點時間可浪費。

近半年來，他一直在暗籌密劃，想組成一個上至國王、下到平民都能接受的內閣；而內閣出於感恩，自會封他為公爵。

侯爵多年來，一直要貝桑松的律師，關於他那件弗朗什—孔泰的訴訟案，提供一份簡明的報告，而終不可得。這位名律師怎麼解釋得清呢，既然他本人都沒把這案子弄明白。

而彼拉神父交給侯爵的一張小紙條，把一切都說清楚了。

侯爵用了不到五分鐘，把客套寒暄等話頭說過，便轉入正題：

「親愛的神父，表面看來我家道興旺，但實在無暇認眞照料兩件看來雖小，卻很重要的事：我這份家，和一應事務。我的家業，也只能大致管一管，看來還可以有相當發展；我也照料一己的歡娛，那是應該先予考慮的，至少我是這樣看的。」

他補充後一句話時，從彼拉神父的眼神裡看到了驚訝。神父雖然爲人通達，但看到一位老人對尋歡作樂在言詞上毫不避諱，不免有點吃驚。

「在巴黎，辛苦幹活的人當然有，」大人繼續說：「不過都住在六層樓上。我只要對誰略示關切，他就有能力在三樓租一套公寓，他的太太也會今非昔比起來；於是，便不再賣力幹活，不再奮發有爲，除非爲了充當或顯得是個場面上的人物。否則一朝有了麵包，他們就忙於這種不急之務了。

「我那幾件案子，確切說來，就其中的每一件案子，我的律師都爲之殫精竭慮，疲於奔命；前天，還有一位死於肺病。不過，爲處理我的一般事務，先生，你可以相信，我三年來從未放棄物色人選的努力。這個人選，在替我抄抄寫寫之餘，肯認眞想想他所做的事，就可以了。不過，講了這許多話，還只是個開場白。

「我很敬重你，而且我敢說，雖則是初次見面，我們很有緣分。不知你願不願意屈尊當我的秘書，年薪八千法郎，或者加一倍也可以？我不會吃虧的，這你可以放心。教區的那個美差，我負責替你保留在那兒，萬一你我彼此相處不來，你還有條退路。」

神父表示婉謝，但談話快完時，看到侯爵拙於應付的窘狀，倒有了個主意：「我在神學院的暗角落裡，留了個可憐的年輕人。我的判斷如果不錯，小人肆惡起來，就沒他的好日子過。他倘若只是個普普通通的神學士，那早就給in pace（幽禁）了。

「眼前，這年輕人還只懂拉丁文和《聖經》。但海水不可斗量，誰知哪一天得展長才，或顯耀於布道傳經，或表現於指導靈修。他會有何作爲，現在還看不出來；但他懷有神聖的熱忱，前途未可限量。我本打算舉薦給主教，如果有朝一日我們的哪位主教在待人接物方面能得閣下作風之一二。」

「你那位年輕人是什麼出身？」侯爵問。

「有人說是我們山區一個木匠的兒子，不過我寧肯相信他是哪位闊佬的私生子。我見他收到過一封匿名信或化名信，附有一張五百法郎的匯票。」

「啊！原來是于連·索萊爾！」侯爵嚷道。

「他的名字，你怎麼會知道呢？」神父頗感驚訝。他對自己這樣提問有點不好意思，侯爵卻答道：「這一點嘛，就不能奉告了。」

「那麼好吧！」神父說：「你不妨試用一下，讓他來當你的秘書。此人有氣魄，有頭腦，大可一試。」

「爲何不試一試呢？」侯爵說：「不過，他會不會給警察局長或別人收買去，到我這裡來做密探？問題的癥結是在這裡。」

彼拉神父說了好話，擔保無虞，侯爵便拿出一張一千法郎的票子：「請把這路費寄給于連·索萊爾，叫他快點來。」

「一眼可以看出，你是久住巴黎的，」彼拉神父說：「想必你不知道，壓在我們可憐的內地人，尤其是與耶穌會作對的教士頭上的專制橫逆有多厲害。于連他們會不放，找出種種巧妙的藉口，推說他病了，或郵路把信丟了，等等。」

「就在這幾天裡，我請部長出面，致函主教，總成了吧？」侯爵道。

「我忘了提醒一樁事，」神父說：「這年輕人雖然出身低微，可是心高智大，一旦傷了他的傲氣，縱然身在這兒，也無濟於事。他會藏巧於拙。」

「我倒喜歡這種稟性。」侯爵說：「讓他與我兒子作伴，還不行嗎？」

幾天之後，于連收到一封信，筆跡生疏，蓋有沙隆地方的郵戳，附有一張向貝桑松商號兌現的匯票，並通知他立即前往巴黎。信末的簽名是個假託的姓氏。但于連拆開信來，心裡一怔：一片樹葉落在他的腳邊——這是與彼拉神父約定的暗號。

不到一個鐘頭，于連就奉召到了主教府，受到慈父般的接待。主教引賀拉斯的詩句，祝他紅運高照，召赴巴黎。恭維話說得很巧妙，于連為表示感謝，勢必要作點解釋。然而，他什麼也說不出，首先他對內情就一無所知。主教對他反而益發器重。主教府一位小教士已急函市長，市長趕忙親自送來一張簽好字的路條，只有持有者的姓名空著沒填。

當天晚上，午夜之前，于連到了傅凱家。傅凱老謀深算，對擺在好友面前的前程是訝異多於歡欣。

「這件事對於你，」這位擁護自由黨的選民說：「無非是最終在官府謀個差事，捲進了某項活動，在報上受人詆毀。你受困蒙辱之時，便是我得知故人消息之日。應當記住，甚至單從經濟方面說，也寧可自己作主，做一筆好的木材生意，賺個百把路易，而不去領取朝廷的四千法郎，即使朝廷裡由智者所羅門當權。」

于連從中看出鄉下有產者器度有限。他終於要到安邦定國的舞台上去一顯身手。想像中的巴黎，濟濟多士，他們詭詐百出，口蜜腹劍，但同時也像貝桑松大主教和阿格德大主教一樣，溫文爾雅。到巴黎去的歡快遮過了眼前的一切。他在朋友面前裝得是將順意旨，聽命於彼拉神父一封信，自己作不得主的。

第二天，快近中午時分，他到了維里埃。春風得意，他是世界上最幸福的人了。他打算重見雷納夫人一面。不過，先去了他最初的恩人——善良的謝朗神父家裡。迎接他的是一個大釘子。

「你以為欠我什麼情嗎？」謝朗先生徑直說道，不理會他的致敬問候，「等會兒跟我一起吃午飯；趁吃飯時光，派人給你另外租匹馬來，你騎了就離開維里埃，不要見任何人。」

「聆聽就是服從。」于連拿出神學士的腔調答道。接下來談的，僅限於神學經典與優秀的拉丁文著作。

于連騎上馬，走了四、五里路，望見一片樹林，趁沒人看見，便鑽了進去。待到紅日西沉，他央人把馬送回。稍晚，他走進一個農家，要鄉民把一部梯子賣給他，並扛了梯子跟他直走到一座小樹林；這樹林下臨信義大道，俯瞰維里埃城。

「你是個逃避兵役的可憐蟲……或者說是個走私犯？」那鄉民在告別時跟于連說：「但又有什麼關係？反正梯子賣了好價錢；再說我自己這輩子也不是沒幹過明目張膽的事兒！」

這天夜裡，天很黑。約凌晨一點光景，于連扛著梯子，走進維里埃城。他往下走去，想盡快到達河灘。那湍急的河流深可丈許，高牆夾時，流經雷納家美麗的花園。于連憑藉著梯子，很容易就爬了上去。「那些守夜狗會怎麼待我？」他想：「全部問題——就在這裡！」狗固然叫開了，朝他直奔而來，但他輕輕吹了一聲口哨，幾條狗就走來在他的腿旁磨蹭。

從這座平台爬上那層平台，雖然所有的鐵柵門都關著，他還是輕輕易易走到了雷納夫人臥房的窗下。朝花園的窗戶，離地也只有八、九尺高。百葉窗上有個雞心形的洞眼，這于連知道；但洞眼裡沒有房內守夜燈的光亮，這倒使他犯愁。

「哎！」他暗自思量：「雷納夫人今夜沒住在這房裡！那麼，睡在哪裡呢？全家人應當在維里埃呀，既然見到了那幾條狗。但是，在這間沒燈的房裡，要是碰到雷納先生或別人，那眞要鬧笑話了。」

最謹愼的辦法莫如知難而退，但于連嗤之以鼻。「如果見到陌生人，我拔腿就逃，梯子就丟在這裡。萬一是她呢，會怎麼待我？她沉溺於悔恨之中，變得十分虔誠，這我不懷疑；不過，她對我總還有若干懷念！不是不久前還給我寫過信嗎？」這個理由決定了他的行止。

心裡惴惴然的，他抱定宗旨，不是完蛋，就是見到她。朝百葉窗擲了幾粒石子，毫無反應。他把梯子靠在窗旁，爬上去敲百葉窗：開始輕彈幾下，繼而略使點勁。「別看天黑，人家照樣會向我開槍的，」于連想。這個念頭，把他瘋狂的舉動一變而爲有沒有膽量的問題。

「這個房間今晚沒住人？」他想：「要不然，不管是誰睡在裡面，也該給吵醒了。用不著悠著什麼勁兒了，唯一該當心的，是不要讓睡在隔壁房裡的人聽到。」

他下到地面，把梯子靠著一扇百葉窗，重新爬上去，從雞心形的洞眼伸進手去。算他運氣，很快摸到鐵絲，這鐵絲連著關百葉窗的搭鉤。他把鐵絲一拉，不由得心喜莫言，感到百葉窗已不再扣住，用力一推就鬆開了。「應當慢慢打開，先讓她聽出我的聲音。」等百葉窗推到可以伸進頭去，他壓低嗓門說：「我不是賊。」

他側耳細聽，沒什麼聲息打擾房裡深沈的寂靜。壁爐架上確乎沒點守夜燈，連豆樣大小的燈光也沒有。這可不好。

「當心挨槍子兒！」他略思片刻，就大著膽子用手指敲玻璃窗。沒有回音？就敲得更響！「一不做，二不休，哪怕把玻璃敲碎。」他正用力敲的當口，在濃重的黑暗中彷彿瞥見有一團白影子從室內穿過。臨了，事無可疑：看到那影子極其緩慢地走過來。突然，一張臉頰貼在他睜著一眼在張望的玻璃上。

他瞿然而驚，往後一仰。但夜色漆黑，即使僅一塊玻璃之隔，也無法認出是不是雷納夫人。他怕對方一驚，喊出聲來；又聽到那幾條狗在他的梯子底下轉悠，低叫。「是我，」他提高嗓音一再說：「妳的朋友。」沒有回答，白色幽靈消失了。「求妳開一下，我有話跟妳說。我太苦惱了！」他使勁敲，玻璃都快給敲碎了。

這時聽得清脆的卡塔一聲，窗子的插銷拔開了。他推開窗子，輕身一跳，就站在房裡。白色的幽靈走了開去。他一把攥住胳膊：是個女人。他的全部勇氣頓時化爲烏有。如果是她，她會說什麼呢？聽到小聲一叫，他知道這就是雷納夫人。他該怎麼應付？

他把她抱在懷裡；她驚顫不已，都沒力氣把他推開。

「您不要命啦，跑來幹嘛？」

她喉嚨發緊，勉強說出這麼幾個字來。于連聽出，她的確在生氣。

「夠慘的了，一別十四個月，我特地來看您，」

「出去，立刻離開我。啊！謝朗神父幹嘛攔著不讓我給他寫信吶？不然，這種可怕的局面就可以防止了。」她把他推開去，力氣異乎尋常的大。「我已深悔前非。上天垂憐，點醒了我。」她斷斷續續說道：「出去！趕快走！」

「受了十四個月的苦，不跟您說幾句話，我是不會就走的。我想知道您做了些什麼。啊！我那麼愛您，還值得您信任吧……我什麼都想知道。」

由不得雷納夫人，這威嚴的口氣對她就有鎮魂攝魄之力。

于連一直動情地摟著她，頂著她想掙脫的抗拒，這時手臂一鬆，把她放開了。此舉使雷納夫人略感放心。

「我去把梯子拉上來，」他說：「免得誤事。說不定哪個傭人給吵醒，出去查夜。」

「啊！出去，正好出去。」她眞的在生氣，「別人跟我有什麼關係？天曉得，天主看到您來跟我糾纏，爲此還要開罪於我。您眞卑劣之至，濫用了我的感情。我對您有過感情，但現在沒有了。您聽見了嗎，于連先生？」

他梯子提得極慢，免得弄出響動來。

「你丈夫在城裡嗎？」說這句話倒不是有意頂撞，而是出於已往的習慣。

「求求您，別這樣跟我說話，否則我把丈夫叫來。不管發生什麼事，我沒立即把您趕走，已夠罪過的了。我著實可憐您！」她這樣說，意在挫挫他的傲氣？她知道那是摸不得，更碰不得的。她拒不以你我相稱，這種決絕的態度把于連尚存指望的脈脈溫情破除無餘；但他的亢奮情緒反給撩撥到近於發狂的地步。

「怎麼？您不愛我了！這不可能！」這發自肺腑之言，很難叫人聽了無動於衷。

她沒回答，而他，悲苦地哭了。

事實上，他連說話的力氣也沒有了。

「這麼說來，唯一愛過我的人把我徹底忘了！那活著還有什麼意思？」此刻，已無劈面遇到蠻漢的擔心，他的全部勇氣已離他而去，除了愛情，一切都從他的心頭消失了。

他悄悄地久久流著淚。他握著她的手。她想抽回去，扭動了幾次，還是留在他的手裡。房裡極暗，兩人並排坐在雷納夫人的床邊。

「這跟十四個月前的情景多麼不同呀！」這麼一想，眼淚更多了，「是啊，人類的一切情感都會給離別摧毀的。」

「您的情形怎樣，說給我聽聽，」于連哽噎著說；對她的沈默，感到有點窘迫。

「毫無疑問，」雷納夫人聲音僵硬，語氣之間更含有責備的意味，「您離去那時節，我迷誤的事，城裡的人都知道了。您的行爲裡也有不少輕率大意的地方！過了一些時候，正當我深自絕望之際，謝朗神父來看我。他白費很多時間，想討我一句實在的話。一天，他出了個主意，領我去第戎那座教堂，是我初領聖體之地。在那兒，是他起頭先說……」雷納夫人泣不成聲，「多可恥的時刻呀！我全承認了。他爲人非常善良，不以他的震怒來增加我的負擔，反而陪我一起傷心。那段時光，我天天給您寫信，但不敢寄出，都小心收藏起來。獨自太痛苦的時候，就關在房裡，重讀我寫的那些信。

「後來，謝朗先生要我把信都交給他……有幾封，措辭比較愼重的，我已先期寄給了您，可是一直沒有回音。」

「從來沒有過！我可以發誓，在神學院，妳的信，我一封都沒收到過。」

「天哪，半途給誰取走了呢？」

「想想我的痛苦吧！在大教堂見到妳那天之前，我簡直不知道妳是不是還活在世上。」

「天主開恩，使我明白自己對天主，對我的孩子，對我的丈夫，罪孽深重！」雷納夫人繼續說道：「丈夫對我的愛，從來沒像我當時認爲您對我的那麼深。」

于連一下子撲到她懷裡。這倒不是依計而行，完全是出於一時衝動。但雷納夫人還是把他推開，說話的口氣還是相當強硬。

「尊敬的謝朗神父使我明白：嫁給雷納先生，也就要把我所有的感情，甚至包括我當時還不知道，在發生那要命的關係之前從未體驗過的那些，也都賦予他……自從交了信——那些對我無比親切的信，做出這一重大犧牲之後，我的生活過得即使不算快活嘛，至少相當平靜。勸您也別來攪亂，做我的朋友吧……做我最好的朋友吧！」于連連連吻她的手，她感到他還在哭，「別哭了，哭得我心裡難受……您也說說，您做了些什麼。」于連無言以對。「我想知道您在神學院生活得怎樣。」她又重覆一遍，「說完，您就走。」

于連馬上便講了初期所遇到的種種詭謀和嫉妒，以及當了輔導教師之後比較安寧的生活。

「就在那時，」他接下去說：「經過長期的沈默，無疑，沈默的用意就是要我懂得我今天才弄明白的意思：就是您已不再愛我，我對您已如同陌路……」雷納夫人捏了捏他的手。

「那時，您寄來了一筆五百法郎的款子。」

「我從沒寄過。」雷納夫人矢口否認。

「那封信蓋的是巴黎郵戳，署名是保羅・索萊爾，想必是要讓人無從猜測。」

那封信會是誰寄的呢？你一言，我一語，爭了起來。氣氛隨之起了變化。雷納夫人和于連不知不覺已放棄一本正經的口吻，恢復了溫婉友好的語氣。他們誰也看不見誰，可見夜色之濃，但說話的聲調足以說明一切。于連伸出胳膊，去摟他密友的纖腰；這舉動帶有很大的危險。她想撥開于連的手臂，但于連非常乖巧，講起一段趣事，把她的注意力引開去。胳膊於是好像給遺忘了，得以留在那兒。

那封附有五百法郎的信，對其來源作了多種推測之後，于連又接著講他的經歷。講到過去的生活，他多了幾分鎮定；但和眼下的遭遇相比，往昔的苦楚已引不起他多大的興致。他的心思全在想這次夜訪會怎麼收場。「您快走吧！」她詞色不耐的樣子，不斷催促道。

「如果我這樣給攆走，那才叫可恥呢！留下的悔恨會教我一輩子輾轉難安，」他暗自忖道：「她是再也不會給我寫信的了。天知道這個地方我什麼時候還能再來！」就在這一刻，他心中所有聖潔的觀念都消失殆盡。在這個曾令他銷魂的房間裡，在夜色濃重的包圍中，坐在自己愛慕的女人身旁，差不多是把她摟在懷裡，察知她一直在流淚，胸部的起伏感到她正在抽泣，不幸的是他變得像個冷酷的政客，工於算計，冷若冰霜，就像當初在神學院的院子裡遇到比他厲害的同學拿他肆意取笑，當眾打發一樣。于連添枝加葉，儘量把故事拖長，講起離開維里埃之後的不幸人生。「這麼說來，離別一年，在幾乎沒有任何可喚起回憶的地方，」雷納夫人想：「他仍時時懷念在葦爾吉度過的幸福時光，而我卻唯恐不能把他忘掉。」她抽泣得更厲害了。于連看到自己編的故事奏效了。他懂得該拿出最後一招：便單刀直入，提到剛收到巴黎寄來的那封信

「我向主教大人已經辭了行。」

「怎麼！你不回貝桑松了？你要永遠離開我們了？」

「是的，」于連斷然答道：「是的，我要拋離這地方，想不到在這兒，甚至我生平最愛的人都把我忘了。離開這兒，永不再來！我要上巴黎去……」

「你要上巴黎去！」雷納夫人失聲叫了出來。

她語音哽塞，心緒撩亂。這對于連倒是種激勵。他要作一番可能對他極爲不利的嘗試；因爲她失聲驚叫之前，他什麼也看不出來，他不知他說的話產生了什麼效果。此刻，不容猶豫了。對後果的恐懼反而使他控制了自己。他站起身來，冷冷地說：「是的，夫人，那我就永遠離開了。祝妳幸福，永別了！」

他朝窗走了幾步，窗子已給打開。說時遲，那時快，雷納夫人奔過去，撲在他的懷裡。

這樣，費了三小時的口舌，于連終於得到他頭兩個鐘點所企盼的東西。柔情重溫，雷納夫人的內疚也暫告消退。如果這一切發生得早一點，就是天上人間的幸福；現在靠手腕得來，不過是一種愉悅而已。于連不聽他的情婦勸阻，硬要點亮那盞守夜燈。

「這次相見，」他對她說：「妳難道不傾讓我留下一點回憶？妳迷人的眸子裡那點戀情，周圍黑漆漆的，對我不是白白丟失了嗎？妳這隻漂亮的手，那麼白嫩的皮膚，我不是也無法看到嗎？妳要想一想，今天一別，可能會很久不見！」

想到離別，雷納夫人淚如雨下，便什麼也不忍心拒絕了。這時，天已黎明，維里埃東邊山上的衫樹，輪廓漸次分明起來。于連沉湎於歡娛之中，非但不走，反而要雷納夫人留他在房裡躲一天，到這天夜裡再走。

「爲什麼不呢？」她答道：「反正在劫難逃，再次墮落，連我自己都要看不起自己了，也會造成我終身的不幸！」她把他緊緊摟在心口，「我丈夫跟原先不同了，他起了疑心。他認爲我要了他，對我很生氣。這裡只要有點聲音給他聽到，我就完了，他會把我當不要臉的女人給趕出去的！」

「哎！妳這句話，活脫是謝朗神父的口氣。」于連說：「我去神學院之前，妳是不會講出這種話來的，那時妳多愛我喲！」

他的語氣透著冷峻，倒收了效，雷納夫人很快忘了丈夫驟然而至的險情，而汲汲於于連對她愛情表示懷疑這一更大的危險。這時，朝日升起，房間已照得很亮；于連看到這娟秀的女人躺在自己的臂彎裡，甚至匍匐在自己的腳邊，他的傲氣大爲得意。而這個他唯一愛過的女人，幾個鐘頭之前，還爲可畏的上帝和妻女的職責而驚悸不安。苦修一年，心誠志堅，但在他勇敢的進攻面前，還不是土崩瓦解!?

過了一會兒，屋子裡有了響聲。有樁剛才沒想到的事，使雷納夫人驚慌起來。

「可惡的艾莉莎就要進房來了！這部梯子怎麼辦？藏到哪兒去？」突然，她機靈起來：「搬到頂樓上去吧！」

「但是得經過傭人的房間！」

于連表示吃驚。「我把梯子先放在甬道裡，再去找那傭人，把他支開去辦樁事。」

「妳得先想好一個說法。萬一那傭人經過甬道，看到梯子呢！」

「不錯，我的乖乖，」雷納夫人吻了他一下，「你吶，趕快躲到床底下去。怕我出去的時候，艾莉莎進來。」

這種驟發的歡情，于連未嘗不感到驚奇。他想：「身臨險境，她非但不慌，反而來了興致，因爲忘了悔恨這回事。眞是了不起的女人！啊！能左右得了這樣一顆心，那才算榮耀呢！」于連大爲高興。

雷納夫人去拿梯子，看來似乎太重了。于連想跑過去幫忙；正欣賞她那身段，看似婿娜不勝，不料突然間，她獨自把梯子拎了起來，像拎把椅子一樣。她很快把梯子搬到四樓的甬道，靠牆放好。再去喊那傭人，等傭人穿衣服的工夫，自己爬到鴿棚上去。過了五分鐘，回到甬道，梯子不見了。怎麼回事呢？要是于連已離開這樓，這點危險根本嚇不倒她。但這時，她丈夫倘若看到這梯子，事情就不堪設想了！雷納夫人跑來跑去，到處找。最後發現梯子在屋頂下，是傭人扛去藏在那裡的。這情況很離奇，換了以前，她早惴慄不安了。

「過了二十四小時，等于連走後，發生天大的事也沒什麼大不了了。」她想：「那時，無非是害怕加後悔罷了。」

她思緒迷離，覺得自己該離棄人生。那也沒什麼！上次分離，她本以爲是永無盡頭的，不想他又回到了自己身邊，她又重新見到了他；而爲了見此一面，他的所作所爲又包含了幾多情愛！

向于連說了梯子事件之後，她問道：「萬一傭人把發現梯子的事告訴我丈夫，我該怎麼回答？」她迷迷茫茫地想了一會兒，「他們要找到賣梯子給你的鄉下人，至少也得二十四小時。」說著，她撲到于連懷裡，痙攣似地摟著他。「啊！死吧，就這樣死吧！」她一面吻他，一面嚷道。「但是不該把你餓死，」她笑著說。

「你過來，我先把你藏在戴薇爾夫人房裡；她的房間一直鎖著。」她到甬道的一端去張望，于連一溜煙跑了進去。「有人敲門，你不要隨便開出來。」她鎖門時囑咐道：「常常是小孩子來鬧著玩。」

「叫他們到花園裡去，就在這窗子底下，我可以看看他們，高興高興！」于連說：「讓他們嘰嘰喳喳說話。」

「好呀，好呀！」雷納夫人嚷著走開去。她過了一會兒又回來了，捧了橘子、餅乾，還有一瓶馬拉加葡萄酒；只是麵包沒偷著。

「妳丈夫在幹什麼？」于連問。

「他為買賣上的事兒，跟鄉下人在訂條款。」八點敲過，屋子裡熱鬧了起來。要是見不到雷納夫人，大家會到處找的；所以她萬般無奈才離去。她去去又回來了，而且顧不得謹不謹慎，端來一杯咖啡；她怕他餓死。早飯後她果然把孩子領到戴薇爾夫人房間的窗下。于連發覺他們長高了許多，但模樣不過爾爾；或許他自己的看法有了變化。

雷納夫人跟他們談起于連。大孩子的答話中，對從前的家庭教師還有幾分情分，幾分惋惜；但兩個小的，已把他忘得差不多了。

雷納先生這天早上沒出門，一刻不閑，在樓裡上上下下。他想把新收的土豆賣出去，忙著跟鄉下人談交易。一直到傍晚，雷納夫人片刻不得脫身，無法照料她的囚徒。晚飯鈴響過，桌面已擺好，虧她想得出，要偷一盤熱湯給他。她小心端著湯，悄悄走近他的房門，不意跟早晨藏梯子的傭人打了個照面；那傭人也在甬道裡輕手輕腳走過來，像在偷聽。多半是于連太大意了，在房裡走動出了響聲。傭人討個沒趣，訕訕地走開了。雷納夫人果斷地走進于連的房間。于連見到她，倒突然一驚。

「你害怕了！」她對他說：「我嘛，所有危險都不怕，而且連眉頭都不皺一皺。我怕的只有一樁事，就是等你走後，我又孤伶一人。」說罷，跑了回去。

「啊！」于連亢奮之餘，心想：「這顆高潔的靈魂後悔起來，才是唯一可怕的危險。」

終於到了傍晚，雷納先生上俱樂部去了。

他太太推說頭痛得厲害，便回自己房裡，趕忙把艾莉莎打發走，很快起床，去給于連開門。他確實餓得要命。雷納夫人跑到貯藏室去找麵包。于連突然聽到一聲驚叫。雷納夫人回來後告訴他：她摸黑走進貯藏室，到放麵包的櫃子前，伸出手去，卻碰到一個女人的胳膊。原來是艾莉莎，她驚叫起來，就是于連剛才聽到的一聲喊。

「她在那兒幹什麼？」

「偷甜點心吧！或者就在偷窺我們！」雷納夫人顯得滿不在乎，「不過運氣不錯，找到了一個餡餅，還有一個大麵包。」

「那是什麼？」于連指著她圍裙的口袋說。

原來，雷納夫人忘了，吃晚飯時，她口袋裡已塞滿了麵包。于連發瘋發狂一般，把她緊緊抱在懷裡。她從沒像眼下顯得這麼美。「即使在巴黎，」他迷迷糊糊地想：「也難覓更了不得的個性。」她既笨拙又勇敢：笨拙是因爲不習慣伺候人；勇敢倒是眞的，除了怕他的世界裡別樣可畏的危險。

正當于連朵頤大嚼，雷納夫人取笑這些狼藉的杯盤，因爲她不喜歡太過嚴肅的談話，突然有人使勁推門──是雷納先生。

「妳爲什麼關起門來？」他嚷道。

時間緊急，于連連忙鑽到長沙發底下。

「怎麼？妳穿得好端端的！」雷納先生進房來說：「這時候吃晚飯，還鎖著門！」

這個問題，在平常日子，做丈夫的如果突然闖入，一定會使雷納夫人手足無措：但此刻，她覺得丈夫只要略彎一彎腰，就能瞧見于連了，因爲雷納先生一進門就坐在于連剛坐過的椅子上，面對著長沙發。

頭痛是現成的擋箭牌，一切都可以對付過去。隨後，丈夫細細講起在俱樂部贏的一盤台球。

「賭十九法郎，眞不得了！」他補充說。

雷納夫人看見，在三步遠的一張椅子上，有一頂于連的帽子。她益發冷靜，開始脫衣服，抓準時機，很快繞到丈夫背後，把長袍往椅子上一扔，蓋住了帽子。

等雷納先生走了，她要于連把神學院的生活再講一遍，「昨天，我沒聽進去，你講的時候，我盡想怎樣鼓起勇氣來，把你趕走！」

她眞是太大意了。兩人劇談戲笑，到了凌晨二點左右，突然又被一陣密集的捶門聲打斷。還是雷納先生。

「快開門，屋裡有賊，」他叫道：「盛尙今天早上發現一部梯子。」

「一切都完了，」雷納夫人失聲嚷道，撲進于連的懷抱。「他來殺我們的，他才不相信有賊呢！我死也要死在你懷裡。活著不稱心，就死得痛快點。」她不理會怒氣沖沖的丈夫，只拼命抱住于連不放。

「斯丹尼還要他娘呢！」于連以威稜的目光發令；「我從廁所窗子跳下去，逃到花園。好在狗都認得我。把我的衣服捲成小包，馬上往花園裡扔。我們加緊，讓他破門進來好了。尤其是，一個字都不能招。我跟妳說明白，寧可讓他疑神疑鬼，也不能留下一點兒把柄。」

「跳下去會摔死的！」這是她唯一的回答，也是唯一的擔憂。

她把他送到廁所窗口，隨即把他的衣服藏好，最後才給怒不可遏的丈夫開門。他看看房間，看看廁所，一句話沒說就走了。

衣服一扔下去，于連馬上接住，飛快地朝杜河邊的花園低處跑去。

跑著跑著，聽見一顆子彈呼嘯而來，接著是一聲槍響。

「這不是雷納先生！」于連想：「他槍法太差了，沒這麼準。」幾條狗不聲不響，跟他一起跑。第二槍看來打中一條狗的腿，只聽見那狗哀叫聲聲。他從平台的護牆跳下去，沿牆根跑了五十來米，然後換個方向逃去。他聽見你喊我叫，語聲嘈雜，看到那傭人，他的對頭，放了一槍。有個佃農也在花園的另一頭砰砰亂放槍。不過于連已到了杜河岸邊，穿起衣服來。

一小時後，他離開維里埃已有四、五里路，走上了去日內瓦的大道。「他們假如起疑，」于連想：「必定會到往巴黎去的路上追我。」

下卷

她並不漂亮，
也不搽脂抹粉。

——聖勃甫

第一章、鄉居情趣

噢，田園風光，何時方得讚賞！

——維吉爾

他進了一家客店，吃了頓中飯。

客店老板問：「先生想必是等驛車上巴黎？」

「有車，無論今天或明天的，都可以。」于連說。

他裝得不在乎的樣子。這時驛車到了，車上有兩個空位。

「怎麼？是你呀，可憐的法爾戈！」日內瓦來的旅客招呼跟于連一起上車的那位。

「我以爲你已搬到里昂附近，定居在羅納河畔幽美的山谷裡了呢！」法爾戈說。

「還說定居！逃都來不及呢！」

「怎麼！逃都來不及？你，聖吉羅，長得一副聰明相，難道犯了什麼法？」法爾戈笑道。

「說來也差不離。內地這種煩人的生活，只好逃開。我喜歡清新的樹林、寧靜的鄉野，你是知道的。你過去常說我心不在焉，想入非非。我歷來不喜歡聽人家談政治，而現在政治卻來趕我了。」

「你是哪個黨派的？」

「我無黨無派，這就是我的失著處。我的政治全在這裡：性喜音樂、繪畫，讀得一本好書，就是一樁大事。我快要四十四了，還能活多少年？十五年，二十年，三十年最多了吧？怎麼樣，依我看，再過二十年，我們的部長會更加圓滑，當然廉明並不讓於今天的大臣。英國的歷史不失爲借鑒，從中可以看到我國的未來。遲早總會冒出一個想擴大權勢的國王來，而當議員的野心，爭一席之地的尊榮，和像米拉波掙幾十萬家財的自私行爲，攪得內地財主睡不安枕。他們自稱是當自由黨，愛天下民。保王黨之流則想進貴族院，當王室侍從，懷著這種欲望四出奔走。國家好比一條大船，人人都想去掌舵，因爲掌舵的報酬豐厚。而普通的乘客難道連小小的立錐之地都沒有了嗎？」

「講講你的遭遇吧！以你與世無爭的性格，應該無往而不安適的。是不是近期的選舉把你掃出了內地？」

「我的倒楣事兒由來已久。四年前，我四十歲，擁有五十萬法郎的資財，而今天，年紀大了四歲，錢倒可能少了五萬：花山別墅一脫手，勢必蝕掉這個數目。那別墅面臨羅納河，論地勢眞可說無與倫比。

「在巴黎，我對所謂的十九世紀文明強迫大家客串的無盡喜劇深感厭倦，渴望一種和睦而純樸的生活。我在羅納河附近山區買了塊地，天底下再也找不出比那兒更美的地方了。

「頭半年，村裡的教士和鄰近的鄉紳頻頻向我獻殷勤。我張席設宴，告訴他們：我之所以離開巴黎，是爲了這輩子再也不談政治，也不再聽人家談政治。你知道，我一向不訂任何報紙。郵差送來的信越少，我越高興。

「可惜，這種做法不中教士的意；我很快成了當地的一大目標，各種不識相的請求、不好纏的事情接踵而至。我本打算每年向窮人施捨二、三百法郎，但他們以聖約瑟會、聖母會等宗教團體的名義強來索取，我硬是不給。於是他們對我百般辱罵。我也糊塗，居然生起氣來。早晨想到山區去領略領略美景，就不會不碰到什麼煩惱事兒，弄得我無情無緒，盡想那伙人和他們的惡言惡語。比如說祈年賽會吧！出巡行列唱的歌大概是希臘古曲，我很喜歡聽，但我的田地就得不到祝福，因爲教士說，這家主人不敬神。有個老虔婆死了一頭牛，她說是因爲鄰近有個魚塘，這魚塘是屬於我這個不敬神的人，這個來自巴黎的高士。過了一個禮拜，魚全都肚皮朝天，給人拿石灰毒死了。種種惡作劇團團纏著我。治安法官倒是正派人，就怕丟差使，老是判我無理。寧靜的田野，對我不啻是地獄。一旦他們看我見棄於作爲鄉村教會首領的助理神父，也得不到自由黨頭目退休上尉的支持，我就成了衆矢之的。甚至，一年來靠我接濟的瓦匠也來欺侮我；連車匠替我修農具時，也明目張膽地進行敲詐。

「爲了有個靠山，能贏幾場官司，我入了自由黨。但是，像你說的，見鬼的選舉到了，有人要我的選票。」

「選一個不認識的人？」

「倒不是不認識，而是太認識了。我悍然拒絕。這個冒失的舉動，後果很可怕！這一下跟自由黨也反目成仇，處境更難熬了。我相信，要是助理神父心血來潮，說我謀殺女傭人，說不定自由黨和保王黨裡會跑出二十個人來，作證說親眼看到我作案的。」

「你光想住在鄉下，對鄉鄰的私利不幫忙，甚至不願聽他們嘮叨，眞是大錯特錯……」

「好了，現在這個錯總算補救過來了。花山別墅正在標價出售，逼不得已，我情願損失五萬法郎。不過我很高興，終於可以離開這個僞善與煩惱的地獄。要找鄉村的寂靜和平寧，在法蘭西，唯一存在的地方，就在巴黎的五層樓上，面對紅塵十丈的愛麗舍大街！而且，我又擔心，由於向教區提供聖餅，會不會在所住的胡勒區重新開始我的政治生涯。」

「拿破崙在台上，就不會碰到這類事了。」法爾戈兩眼灼灼，既是憤慨，又是惋惜。

「那敢情好！但你那位拿破崙爲什麼沒保住皇位？我今天吃的苦頭都是他造成的。」

聽到這裡，于連更入神了。一聽第一句話，他就明白，拿破崙派法爾戈，就是雷納先生小時候的朋友，在一八一六年被市長一腳踢開的；而哲學家聖吉羅該是某省一位署長的兄弟，那位署長就善於用低價把公共房產拍賣到手。

「而這一切，都是你的拿破崙造成的，」聖吉羅繼續說：「一個正派人，本與世無爭，到了四十歲，手頭有五十萬積蓄，竟無怯在內地安身；那些教士和鄉紳還非把他趕走不可。」

「啊！別說他的壞話。」法爾戈嚷道：「法蘭西還從來沒像他在位的十三年裡，受到各國那般尊崇。那時所做的一切，確乎震古爍今，偉大得很！」

「你那皇帝，願魔鬼把他帶走吧！」四十四歲的男子繼續說道：「他只有馳騁疆場上，只有在一八〇二年整頓財政時，才堪稱雄才大略。以後的作爲有什麼値得稱道的呢？他搞的顯宦近臣，赫赫排場，以及杜伊勒里宮的覲見盛典，無非是君主政體下無聊玩意兒的翻版。這一版再修改修改，還可以風行一、兩百年。貴族和教士想開健車，率由舊章，但是要叫老百姓買帳，他們還缺少個鐵腕人物。」

「老兄這番高論，眞不愧當過印刷廠老板❶！」

「是誰把我從自己的田地趕走的？」印刷廠老板憤憤道：「還不是那些教士！拿破崙通過教

---

❶按：上卷第二十一章，稱法爾戈接下了一家印刷廠，後來給吊銷了執照，那麼是他「當過印刷廠老板」；此處，法爾戈卻以此身分稱聖吉羅；難道「哲學家聖吉羅」也開過印刷廠？或是作者張冠李戴？

務專約，把他們重新請回來，待他們，跟國家待一般醫生、律師、天文學家不同，也跟待一般老百姓不同；一般老百姓，國家就根本不管他們的死活。要是拿破崙沒封什麼男爵、伯爵，今天還會有這麼多驕橫的貴族嗎？當然不會有了，時世已經變了。除了教士，就數鄉間的小貴族最叫我生氣了，是他們逼我進自由黨的。」

談話了無終止。這個話題，法國還可以談上半個世紀。因為聖吉羅一再說他無法在內地安身，于連靦腆地插了句話，舉雷納先生作為反證。

「敢情，年輕人，你是個好人。」法爾戈高聲說道：「他不想作砧子，才做了錘子，而且是可怕的錘子。不過，我看瓦勒諾已把他排斥得可以。你認識那傢伙嗎？那才是十足的壞蛋。等哪天雷納先生看到自己給撤職，取而代之的就是那個瓦勒諾，看你東家會說什麼？」

「那時，他就跟他的罪惡面面相覷了，」聖吉羅說：「這麼說，維里埃你很熟了，年輕人？好得很！拿破崙，讓他和他的帝制騙局都完蛋吧！是他作成了雷納與謝朗的兩頭政治，從而引出瓦勒諾與馬仕龍的稱霸局面。」

這次談話涉及陰暗的時政，于連聽了頗感吃驚，方從偷香竊玉的綺思裡分出心來。

巴黎已遠遠在望。乍見巴黎，竟無多大感觸。瞻望自己的前途，他所設想的種種空中樓閣，還得跟剛在維里埃度過的二十四小時所留存的憶念爭鬥一番，才能破空而出。

他發誓對蜜友的孩子絕不丟下不管，萬一教士得勢，推行共和而迫害貴族，他寧願放棄一切，也要保護他們。

維里埃的那晚，他把梯子擱在雷納夫人臥室的窗邊。要是房間裡是個陌生人，或者就是雷納先生本人，那會是什麼結局呢？

但最初兩個鐘頭，他的舊情人誠心要趕他走，而他摸黑坐在她身旁為自己申聲辯，想來也很有趣！像于連這般的心靈，這些回憶會終生魂牽夢縈。這次幽會的其餘細節則已與十四個月前兩心相知的最初時節融為一體了。

于連從深情的夢想中驚回，因為車子已開進盧梭街，在驛舍的院子裡停住。這時，有一輛雙輪輕便馬車走近來。他吩咐車夫：「上馬爾梅松。」

「在這個時候，先生！去幹嘛吶？」

「干你什麼事！走吧！」

任何真正的痴情，千思萬想，總在圍著痴情本身打轉。在巴黎，一個人一日一風靡什麼，常常顯得滑稽可笑，比如你的鄰居總認為別人老在想他；個中原因就在於此。于連到達馬爾梅松的激奮心情，此處不贅。總之，他哭了。怎麼！今年❷砌的幾堵難看的白牆，豈不把這座美麗的花園劃小了——是的，先生！但對于連，正如對後世的人一樣，阿爾科拉、馬爾梅松和聖赫勒拿❸，是無分軒輊的。

當天晚上，于連進戲院之前猶豫再三；他對這種墮落場所頗有些怪想法。同樣，一種深切的疑慮，妨礙他去欣賞生氣勃勃的巴黎，而只對他崇拜的英雄所留下的史蹟特別動心。

---

❷ 一八三〇年，瑞典銀行家哈格曼買下麻爾蔓縱行宮，依古堡的原先界域起造圍牆，把約瑟一分所造的附屬建築劃出在外。

❸ 三處均與拿破崙事蹟有關。阿爾科拉為義大利城市：一七九六年十一月拿破崙大敗奧軍於該城。馬爾梅松原為拿破崙妻子約瑟芬的產業，拿破崙在兩次流放之間，從厄爾巴島逃回，和去聖赫勒拿島之前，均到過馬爾梅松。聖赫勒拿島為拿破崙一八一五年十月十五日至逝世前的流放地。

「行啊，我算是到了陰謀與僞善的中心了！弗利萊神父的幾個靠山在此倒是實權人物。」他原先的計畫是，見彼拉神父之前，把該看的都看到。到第三天晚上，探究未來的好奇壓過了這個計畫。

神父用冷峻的語氣，向他解說在德．拉穆爾侯爵府等待他的是怎樣的一種生活。

「經過幾個月，如果你派不上用場，就仍回神學院。當然是正大光明地回去。侯爵是法蘭西最大的貴族之一，你就住在他府上。你要穿黑衣裳，樣子像是戴孝，而不是當作教士。我會給你聯繫一個神學院；每禮拜去三次，繼續讀你的神學。每天中午，你安坐在藏書室，侯爵會教你爲訴訟或別的事宜起草信件。他在來件上，旁批一、兩句話，提示覆信的內容。我曾誇下海口，說不出三月，你就能覆信，呈送侯爵簽字的信件，十封中有七、八封已能通過。晚上八點，你把侯爵的書桌歸整好；到十點鐘，就自由了。

「很可能哪位老夫人或諂諛之徒會暗示你，只要把侯爵的來往信件給他們看一看，你就能得到許多好處，或者更露骨地把大把金子塞到你手裡……」

「啊！先生！」于連羞紅了臉。

「這倒奇怪了，」神父苦笑了一下，「窮得像你這樣，又在神學院過了一年清苦日子，還能志高行潔，義憤塡膺。那眞要閉眼不問世事才行！」

「難道是血緣關係？」神父好像在自言自語：「眞奇怪，侯爵會認識你……也不知是怎麼回事？」他瞧著于連補充道：「薪水一上來他先給一百路易。此人做事全憑一時興致，這是他的缺點。他還會跟你發小孩脾氣。他要是感到滿意，你的薪金日後可加到八千法郎。」

「不過，你得明白，」神父用尖刻的口氣繼續說：「他出大錢，並不是因爲你眼睛漂亮。關鍵是要派得上用場。換了我，就會謹言慎行，尤其對自己不知道的事絕不妄議。」

「噢，我幫你打聽了一下，」神父稍停又說：「關於拉穆爾先生的家庭情況。侯爵有兩個孩子，一兒一女。兒子已十九歲，人物漂亮，是一個狂人，到了中午，還不知午後兩點要幹什麼。人倒是有才情，有膽量，參加過西班牙戰爭。侯爵希望，不知是什麼道理，你跟這位年輕的諾爾拜伯爵能做個朋友。我曾介紹說，你精通拉丁文。他或許想請你教他兒子說幾句對西塞羅和維吉爾的現成評語。

「我若處在你的位置，就絕不讓這公子哥兒開我的玩笑。他有什麼請托的事，儘管措辭十分客氣，但總帶點挖苦意味，我在遷就他之前，至少得讓他把要求再說上一遍。

「不瞞你說，拉穆爾少爺一上來會不把你放在眼裡，因爲你不過是一介平民，而他的祖上則是朝中顯貴，由於牽涉進政治陰謀，於一五七四年四月二十六日，在格雷佛廣場斬首處決，死焉有榮。你呢，你是維里埃一個木匠的兒子；再說，還是他父親花錢雇來的。這些差別，你自己去掂量吧！這個家族的歷史，在莫赫里的著作中自能尋到。他們家的清客不時會提一提這段史實，稱之爲微妙的暗示。

「諾爾拜·德·拉穆爾伯爵身爲驃騎兵上尉，日後會成爲貴族院議員。少爺取笑你的時候，要注意應對的方式，不要事後跑來向我嘆苦經。」

「我覺得，」于連懲紅了臉說：「對一個瞧不起我的人，根本不必答理。」

「他那種瞧不起，你還想像不出是什麼樣子；那恰恰是一種過甚其辭的恭維。你要是犯傻，就會上當；你想飛黃騰達，就該讓自己上當。」

「到了那一天，若這一切我都不適應，重返一〇三號齋室，我會給看成不識好歹嗎？」

「那是肯定的！」神父回答說：「所以巴結這貴戚權門的人都會對你加以誹謗。不過，到時我會出面，對他們說：Adsum qui feci，（這件事是我決定的）。」

于連有點難過，注意到彼拉先生用著一種尖酸的，甚至是惡意的口吻，而這種口吻把他話裡願意挺身而出的好意都沖淡了。

事實上，神父對自己喜歡于連，良心上頗感不安；這樣直接干預他人的命運，不免存著一種宗教恐懼心理。

「你還會看到，」神父補充道，仍用剛才那種好心沒好氣的腔調，好像在了卻一樁煩難的義務一樣，「你還會看到德．拉穆爾侯爵夫人，這是一位高挑個兒的金髮美人，虔誠，高傲，十分講禮貌，十二分的瑣細無聊。她的父親是舒納老公爵，曾以貴族偏見有名於時。這位貴夫人可說是貴媛命婦驕縱性格的突出縮影；她不隱瞞祖輩曾參加過十字軍東征，她就看重這樣的家世。發財是很久以後的事。你覺得奇怪？我們不是在內地了，我的小朋友。

「你在她的沙發裡會看到好些達官貴人，他們講起王子皇孫，口氣極其輕慢不敬。至於拉穆爾夫人，每次提到哪位親王，尤其是哪位公主，為表示尊崇，聲音總放低一點。我當然不會勸你當著她的面，說菲力普二世或亨利八世是怪物。須知他們是一國之君，這就賦予他們不管在什麼時候都受人尊敬的權利，尤其是受你我這類沒有門第的人尊敬。不過，話又得說回來，我們是教士，因為她會把你當教士看待；因為是教士，她就把我們看作是為了她的靈魂得救所必不可少的侍僕。

「先生，」于連說：「我覺得巴黎我會待不長的。」

「那最好不過。但是，你得注意，像我們這種穿道袍的人，只有靠名門公卿，才能有出息。你的性格裡，至少依我看，有某種不可捉摸的東西，你不發跡，就會倒楣，沒有折衷的餘地。這點，你應該明白。別人跟你說話，你面露不愉之色，人家自然看得出來。在這樣一個重社交的地方，你得不到人家尊敬，那就該你倒楣了。

「如果不是拉穆爾侯爵一時興起，加以提拔，你在貝桑松會落到什麼地步呢？總有一天你會明白，他這一著非同尋常，只要你不是狼心狗肺的人，對他和他全家自會感恩戴德，終生不渝。有多少可憐的神父，論學問比你強得多，當年在巴黎就靠做彌撒掙十五個子兒，到梭邦神學院宣講，掙十個子兒過日子……去年冬天，跟你講過紅衣主教杜布瓦這個壞東西早年的情形，想必你還記得。你還不至於自負到自以為比杜布瓦還有才幹吧？

「拿我自己來說吧，我是個無慾的人，資質也平平，本打算終老神學院；也曾稚氣十足，想與神學院相依為命。哎，誰想得到！我提出辭呈的時候，也正是將要讓人家撤職的當口。你知道我當時的財產狀況？不多不少，統共五百二十法郎；沒有一個朋友，至多兩、三個熟人。德·拉穆爾先生，我跟他本來素昧平生，把我從困境中提拔了出來。憑他一句話，人家就給我一個教區。區裡的教民都是殷實人家，跟粗俗的惡習根本不沾邊，而進款之多，尤使我自感歉愧，因為酬報與辛勞簡直不成比例。我之所以嘮嘮叨叨講了半天，為的是教你明白，做事要穩重點。

「再說一句：我不幸脾氣暴躁，很可能日後鬧到你我不講話的地步。

「如果因侯爵夫人的高傲，或她兒子的戲侮，你在這個人家無法待下去；那麼，我建議你到離巴黎三十里的哪個神學院去修完你的學業，而且，寧可往北走，不要朝南去。因為北方，文明多而不義少。還有，我得承認，」他壓低聲音接下去說：「巴黎內外的報紙，足以使那些小霸王心驚膽戰。」

「如果你在爵府無法存身，而還樂於跟我見面，那就請到我的教區來做我的副手，教區收入可以與你平分。」他打斷于連感激的表示，接著說：「我得到這個美差，甚至還有別的，也是托你的福。在貝桑松你還提議願對我有所體贈。幸虧我那時還有五百二十法郎，如果一文不名，那就得靠你接濟了。」

神父的聲調已不像剛才那麼嚴刻。于連十分羞愧，感到眼淚就要奪眶而出。他恨不得投入這位老友的懷抱。他情難自抑，儘量裝出剛強的樣子說：「我從小就招父親的恨，這是我的一大不幸。如今，我不再抱怨命運。先生，你就是我的重生父母。」

「好啦，好啦！」神父大窘，就把神學院的一句口頭禪拿來現成應用：「孩子，永遠不要說『命運』一詞，應該說『天意』。」

街車停住了。車夫走到一扇大門前，拉起銅門環：這就是拉穆爾府。爲免過路人弄錯，門楣上的黑色大理石刻著宅邸的名稱。

這份炫耀，于連大不以爲然。「他們對雅各賓怕得要死！在每道籬笆後，以爲都可以看到羅伯斯庇爾帶著車子來捉人，驚恐萬狀的樣子眞可以把人笑死；同時，又在房子上大事張揚，倒不怕發生騷亂，好讓暴徒認出主人，打家劫舍！」他把這種想法告訴了彼拉神父。

「天哪！可憐的孩子，恐怕不久你就得當我的副手！你怎麼會有這種可怕的想法！」

「這想法實在再簡單沒有了。」于連說。

門丁莊重的儀態，尤其是庭院的整潔，于連爲之讚嘆不已。這是一個陽光燦爛的日子。

「這房子相當壯麗！」他對同來的神父說。

伏爾泰逝世前後，聖·日耳曼區造起一批公館；拉穆爾府即是其中之一。房子的正面看起來平板無奇。一時的流行與永恆的美，隔得這樣天差地遠，實未有過。

第二章、初見世面

真是可笑而又動人的回憶：我年方十八，初次進入沙龍，覺得那麼孤單無依！哪個女人看我一眼，就會讓我手足無措。越想取悅於人，便越是笨手笨腳。對一切的一切，都形成最錯誤的看法：要嘛無緣無故地傾心相與，要嘛把哪個端詳我的人認作死敵。不過那時，生性羞怯雖帶給我不少苦痛，但是，一個美好的日子終究是美好的！

——康德

于連站在庭院當中，驚訝得目瞪口呆。

「你樣子放機靈點！」彼拉神父囑告道：「你剛才的想法倒夠驚世駭俗的，但你實際上還是個孩子！賀拉斯說的mi mirari（永不動心）到哪裡去了？試想，這群僕人看到你在這兒發呆，就會想辦法奚落你。他們把你看成平起平坐的同事，你的地位一旦高於他們，他們就會忿忿不平；表面上一團和氣，給你出謀劃策，指點幫忙，實際上是唯恐你不栽個大跟斗。」

「那就較量較量吧！」于連咬咬嘴唇，又恢復了多疑的習性。

他們兩位在進到侯爵書房之前，先在二樓穿過幾個客廳。這些客廳，噢！讀者諸公，華麗固然華麗，但非常沉悶；假如原封不動奉送給你，你一定不肯去住的：那是議事時沈悶得叫人打呵欠的地方。但于連卻來了精神。「住得這麼美輪美奐，怎麼還會不快活呢！」他內心裡這麼想。

最後，兩位客人來到這富麗豪宅中最難看的一個房間。房裡勉強有點光亮，見到一位矮小的乾癟老頭，眼睛炯炯有神，戴著金黃色假髮。神父轉過身來，為于連作介紹：那位就是侯爵大人。于連簡直認不得，只覺得他彬彬有禮，已不是布雷•勒奧修道院見到的那個神態倨傲的大貴人。于連覺得，他的假髮套上，頭髮未免太茂密了點。仗著這一觀感，虛怯之意頓消。侯爵的祖上還是亨利三世的知己；但于連覺得，這位名門之後氣派不大，長得精瘦樣兒，十分好動。但很快發現，侯爵的謙恭有禮更甚於貝桑松的大主教，與之交談，十分愉快。這次接見，統共不超過三分鐘。

出來的時候，神父對于連說：「你剛才盯著侯爵看，好像要給他畫像似的。對他們所說的禮數，我不甚了了，不久你知道的就會比我多。不過，你那種大膽直視，我總覺得不夠禮貌。」

他們又坐上街車；車夫趕到林蔭道旁停下。神父領于連接連走進許多軒敞的客廳。于連注意到，這類客廳裡都沒有家具。他正望著一座華麗的鍍金擺鐘，上面的一組雕像，依他看，題材頗有傷風化。

這時，走過來一位穿著漂亮的先生，堆著一臉笑。于連點了點頭，略略致意。

這位先生對他一笑，隨即把手搭在他的肩上。于連一驚，急忙往後退讓一步，氣得臉都紅了。彼拉神父儘管一向老成持重，也笑出了眼淚。原來這位先生是裁縫師傅。

神父出門的時候，對于連說：「我讓你自由兩天吧！兩天之後，你才可以去見拉穆爾侯爵夫人。你剛剛到這個花花世界，換了別人，會把你當小姑娘看的。你如果注定要墮落，那就立刻墮落吧！省得我憐痛愛惜，為你操這份心了。後天早上，裁縫師傅會給你送去兩套衣服。幫你試穿的夥計，你要給五個法郎。此外，千萬別讓這些巴黎人聽出你的口音來。你只要開口說句話，他們就有訣竅來取笑你。這就是他們的本領。後天中午，你到我住處來……走吧，去墮落吧……差點忘了說，你得去定做長統靴、襯衣和帽子，地址在這裡。」

于連看了一下寫了幾個地址的筆跡。

「這是侯爵的手筆。」神父說：「他是個勤快人，事事都預爲考慮，喜歡自己動手，不愛發號施令。把你留在身邊，就是希望這類麻煩事兒，你可以爲他分勞。這就要看你機靈不機靈了。這人急性子，往往話說半句，關鍵在於你是不是能把事情一一辦妥。這日後自會見分曉的。你要諸事留神！」

于連照指定地址，一句話也不消說得，走進一家家能工巧匠的鋪子。他注意到，接待人員都必恭必敬。皮鞋店老板把他的姓名記入簿冊時，寫成：于連．德．索萊爾先生，加了一個表示貴族身分的「德」字。

在拉雪茲神父的公墓，遇到一位好好先生。此人十分熱心，言論更其自由，自告奮勇給于連指路，去憑弔奈依元帥墓。拿破崙的這位名將沒有墓碑，當是出於高明的韜略。分手時，這位自由黨人熱淚盈眶，幾乎緊緊摟著他；這可好，于連的懷錶不翼而飛了。不經一事，不長一智。

到後天中午，他去見彼拉神父，神父對他注視良久。

「你也許要變成公子哥兒了，」神父神色嚴正。于連身姿顯得十分年輕，穿一身黑服，像戴重孝似的。實在說來，儀表很得體。只是善良的神父自己太土氣，看不出于連走路時還擺動肩膀，這在內地是看作風雅而神氣的姿勢。見到于連，侯爵對他的風度、觀感與神父截然不同，甚至提議：「如果讓索萊爾先生去學跳舞，你老不反對吧？」

神父一楞。「噢，不反對！」他末了才說：「于連並不是教士。」

侯爵兩級一跨，爬上一部狹窄的暗梯，親自把我們的英雄安頓在一間漂亮的頂樓裡。這裡可以俯視爵府的大花園。他問于連在內衣店定做了幾件襯衫。

「兩件。」這類瑣事勞這樣一位大貴人過問，他感到無任惶恐。

「很好，很好！」侯爵正色說道，口氣威嚴而迫切，沒有商量的餘地，倒使于連費了思量。

「很好！再去定做二十二件。這是你頭一季度的薪水。」

從頂樓下來，侯爵喚來一名老僕：「阿三❹，這位索萊爾先生以後歸你侍候。」

幾分鐘之後，于連已獨自安坐在富麗堂皇的藏書室裡。人生難得此刻，眞甘美無比。這種感奮心情爲怕被人看見，便走去藏身在一個幽暗的角落裡；從這一角，得以賞心悅目，觀看燙金發亮的書背。他心裡想：「所有這些書，都任我瀏覽。我在這兒還會有什麼不高興呢？拉穆爾侯爵待我眞是皇恩浩蕩；即以其百分之一而論，也足以使雷納先生自慚形穢而有餘❺。」

「不過，還有這些抄件要完成呢！」等這項工作做完，于連才敢走近藏書。當找到一部伏爾泰的集子，他幾乎欣喜欲狂。便跑去把藏書室的門打開，免得被人撞見。然後，把八十卷本一一打開，怡然自得。書冊裝幀精美，不愧爲倫敦優秀裝訂匠的傑作。其實，無需如此精緻，就能讓于連嘆爲觀止了。

過了一小時，侯爵進來：查看抄件，驚奇地發現，于連寫cela，連寫兩個l，成了cella❻。

「神父跟我說，此人如何如何有才學，看來也許是個神話！」侯爵大失所望，很委婉地對他說：

「你拼寫方面，不十分有把握吧？」

---

❹ 譯按：以阿三譯Arséne，令人絕倒。語音相近，身分也相當，乃趙瑞蕻先生首創，特爲表出之。

❺ 「侯爵待我眞是皇恩浩蕩」譯法，略脫出前賢窠臼。清人徐洪鈞言：讀書貴神解，無事守章句。

❻ 相傳斯湯達爾十八歲進陸軍部工作，第一天就寫下這個錯字。Cela，意爲「這」。

「也許，」于連隨口答道，根本沒想到自己的筆誤。看到侯爵這麼和善，他大為感動，不禁回想起雷納先生那副傲態。

「弗朗什—孔泰來的這位小神父，學到這個程度，看來時間都白費了，」侯爵心裡想，「只怪我太需要有個辦事可靠的人作爲臂助。」

「Cela只有一個l，」侯爵對他說：「以後凡是抄件，拼寫沒把握的字，要查查字典。」

六點鐘的時候，侯爵把于連喚去，看他穿著長統靴，臉上便明顯露出不快的神色：「我應該責備自己，忘了告訴你：每天五點半，你應該穿好禮服。」

于連瞧著侯爵，不明白是什麼意思。

「我的意思是要穿上長統襪。以後阿三會提醒你的。今天，我代你致歉吧！」

說罷，拉穆爾先生領于連走進一座金碧輝煌的大廳。遇到同樣的場合，雷納先生絕不會錯過機會，三步併作兩步，搶先進入客廳。受他舊東家虛榮心的影響，于連加緊腳步，一腳踩在侯爵腳上，痛得侯爵搖頭咋舌，因爲他本來就有痛風症。「啊！沒想到此人還這麼莽撞！」侯爵心裡想。他把于連介紹給一位身材高大、儀表威嚴的婦人。原來是侯爵夫人。于連覺得她樣子傲慢不禮，有點像布雷專區行政長官莫吉鴻的夫人光臨聖查理節宴會的架勢。客廳極盡奢華，于連簡直有點恍惚，拉穆爾先生說了什麼，他都沒聽見。侯爵夫人愛理不理地瞟了他一眼。賓客中于連認出有年輕的阿格德主教，真有說不出的高興。幾個月前，在布雷—勒奧修道院舉行的典儀上，主教曾降尊紆貴，跟他說過幾句話呢！于連心虛情怯，凝視的目光分外柔和。年輕主教看到了想必有點驚愕，卻懶得去認這內地人。

客廳中雅集諸君，在于連看來，多少有點悶鬱和拘謹。巴黎人說話聲音都低低的，也不把一點點小事情誇大得野豁豁。

有個漂亮後生，腦袋很小，留著髭鬚，臉色蒼白，身材很單薄，約莫到六點半才進來。

「你老是叫人家等。」侯爵夫人讓他吻著手，說。

于連馬上明白，這位就是拉穆爾伯爵。乍見之下，就覺得這位少爺人物可愛。

他暗想：「可能嗎，會是他用無禮的嘲謔，叫我在爵府存身不得？」

端詳之下，于連發現這位諾爾拜伯爵足蹬長統靴，還帶踢馬刺；「而我，得穿普通鞋子，顯然像個下等人。」大家隨即入席。于連聽到侯爵夫人提高聲音說出一句嚴厲的話來。差不多在同時，看到有位年輕姑娘一頭金栗色釣秀髮，體態娉婷婀娜，走來坐在他對面。她一點不討他喜歡。不過，仔細打量之下，他私心承認，這麼美的眼睛倒還從沒看過。這雙眼睛透露出一顆非常冷漠的靈魂。後來，發現這眼神裡有一種厭倦的表情，在察顏觀色的同時，時時不忘顯得威嚴懾人。「雷納夫人的眼睛也很美，頗得眾人讚譽，」他暗想道：「但和這雙眼睛毫無相同之處。」于連閱歷尚淺，還分辨不出，不時在瑪蒂爾德——聽別人這樣稱呼她——眸子中閃耀的，是機智的光芒。而雷納夫人眼睛發亮，那是熱情的火花，或者出於對惡行的義憤。晚宴臨結凍時，于連才找到一個適切的字眼，以形容侯爵千金眼睛之美，曰：顧盼見光彩。除此之外，她的相貌酷似乃母。于連越來越不喜歡侯爵夫人，後來索性不看她了。相反，覺得諾爾拜伯爵，從各方面看，都令人傾倒。于連簡直給迷住了，沒有因爲他比自己更富有、更高貴而暗生妒意與嫉恨。

于連發覺侯爵坐在那裡，似有厭煩之狀。

上第二道菜時，侯爵對兒子說：「諾爾拜，這位于連．索萊爾先生是我剛羅致門下的幕友，想要大大栽培他一下，假如Cela（這）能辦到的話。你要對他多加照應。」

侯爵轉身對鄰座說：「他現在當我的秘書。他寫Cela，有兩個1，來個加倍兒！」

席上諸人都朝于連望去。于連正向諾爾拜點頭致意，頗著形跡；不過，一般說來，大家對他的眼神還感滿意。

想必是侯爵談起過于連所受的教育，因爲有位賓客引賀拉斯來考他。于連心裡想：「正因爲談賀拉斯，我才在貝桑松大主教面前一炮打響。看來，他們知道的，也只有這位作家。」這麼一想，心中有了把握。這種情緒變化十分迅捷，因爲他剛斷定，拉穆爾小姐絕不會是他心目中的女子。進神學院以後，他把所有人都看成壞胚子，再不輕易爲他們嚇倒。飯廳的陳設如果不那麼豪奢，他會鎮靜得多。具體說來，是兩面大鏡子使他感到不自在；鏡子每面高可八尺，他談賀拉斯時，可從鏡子裡看到他方詰難者。以內地人而言，他的語句不算長。他的羞澀不安，或者對答如流時得意的靦腆，給他原本就漂亮的眼睛更增添了光彩。他被公認爲令人愉快的少年。這類考查，使嚴肅的宴席多出幾分情趣。侯爵遞了個眼色，要詰問者再難一難于連。「敢情他眞知道點東西？」侯爵想。

于連一邊思索，一邊回答，已經不那麼羞怯，可以賣弄一下。當然不是賣弄機智——不知巴黎人的措辭方式，機智是賣弄不起來的——而是賣弄新奇的想法，儘管表達得不夠優雅，也不夠切題，但大家看出，拉丁文他是精通的。

于連的對手，是銘文科學院院士，碰巧還是懂拉丁文的。他發現于連對拉丁典籍學養有素，便不怕他受窘，想法給他出難題。舌戰猶酣，于連終於忘掉飯廳的富麗，對拉丁詩人暢敘己見，那是對方在任何書本上都看不到的。對方倒是正派人，居然對年輕秘書恭維有加。幸而，這時飯桌上開始爭論賀拉斯的窮通問題：一說他很有情趣，縱情聲色，忘懷得失，寫詩就像莫里哀和拉封丹的文友夏佩爾那樣爲了自娛；一說他是個窮光蛋桂冠詩人，像誹謗拜倫的騷塞（Southey）一樣，侍奉宮廷，寫寫給皇上祝壽的諛詩。他們談到奧古斯都與喬治四世治下的社會狀況。這兩個朝代，貴族的權勢極大——但在羅馬，貴族的部分權能這時硬生生被保護文藝的梅塞納搶去，而梅塞納只是區區一騎士：而在英國，貴族把喬治四世的權限縮小到近乎威尼斯的一個總督。宴席一開始，侯爵就感到沉悶發昏，聽到爭論，才脫出昏昏然的狀態。

像騷塞、拜倫、喬治四世等現代人物的名字，于連是初次聽到，當然茫無所知；但只要提及羅馬史實，可從賀拉斯、馬夏爾、塔西佗輩的作品中獲知，他就無可爭辯地高人一頭——這點大家都看出來了。于連與貝桑松主教有過一次名噪一時的論辯，他從這位高級神職人員那裡學取不少論點，這次就毫不客氣地據爲己有；而這些論點絕不是最不受賞識的。

等大家談到意興闌珊時，侯爵夫人才看了于連一眼；她有一條宗旨：凡是能逗丈夫高興的，俱加讚賞。「別看這年輕教士外表笨拙，肚裡卻有東西。」院士對坐在旁邊的侯爵夫人說，于連也隱約聽到了。這類現成說法，正適合女主人的聰明程度，就把院士對于連的評語接受下來，慶幸邀院士來吃飯做對了。「總之，此人能逗我丈夫高興。」她心裡想。

第三章、第一步

這個陽光明媚、萬頭鑽動的大山谷，看得我眼花撩亂。無人認得我，人人都比我弦。我都暈頭轉向了。

——雷納律師的詩

第二天一清早，于連正在藏書室謄抄信件，瑪蒂爾德小姐從一扇側門進來。門面上是一排排的書背，真是遮掩得好。于連對這個創意大爲讚賞，瑪蒂爾德卻爲在這兒遇見他，感到吃驚，顯得怫然不悅。她髮際留著捲髮的紙捲兒，于連覺得她臉色繃硬，神態高傲，差不多帶點男子氣。拉穆爾小姐的一大秘密，就是常到父親的藏書室來偷書，而不留一點痕跡。于連在場，害得她今天早晨白跑一趟；更加氣惱的，是想來找伏爾泰的《巴比倫公主》第二卷——此書對一向受君權教育和宗教教育的人來說，真是最好不過的補充讀物；而君權教育和宗教教育正是聖心派的拿手好戲！這可憐的姑娘才十九歲，已經喜好文筆警醒尖刻，才會對一部小說感興趣。

諾爾拜伯爵到三點光景，才在藏書室露面。他是來查閱一份報紙，以便晚上用來談論政治。他見到于連，表現得落落大方；其實他已把這個人忘了。不過，他對于連倒很夠意思，邀他一起去騎馬。

「我爸放咱們假，到晚飯前一直有空。」

于連聽出「咱們」兩字的涵義，更覺得他可愛了。

「我的天，伯爵先生，」于連說：「如果要砍一棵八丈高的大樹，再把枝叉去掉，鋸成薄板，我敢誇口，這我對付得了；可是騎馬，我這輩子統共只騎過六次。」

「那好，就騎第七次吧！」諾爾拜回答。

實際上，于連記起上次國王駕幸維里埃一事，自信騎術還很高明。但是，從布洛涅森林回來，行經巴克街的街心，他想躲一輛輕便馬車，不意摔了下來，沾了一身泥巴。幸虧還有一套替換衣服。

晚餐桌上，侯爵跟他攀談，問起騎馬的事。諾爾拜趕緊籠籠統統，答了幾句。

「伯爵先生對我充滿好意，我心裡非常感謝！」于連接口說：「這份情意，我全領了。承他雅愛，把最溫馴最漂亮的馬讓給了我，但總不至於把我拴在馬背上；誰知差了這一著，走到橋邊那條大道中央，我竟摔了個大跟斗。」

瑪蒂爾德小姐忍俊不禁，噗哧一聲笑了出來。她還關心的打聽起細節來。于連答話，簡單明瞭。他頗有風度，只是不自知罷了。

「我看這小教士必定大有出息！」侯爵對院士說：「一個內地人，在這種場合，還能保持本色！以前沒見過，以後也不會見到；而且，是向女士們講他的倒楣事兒！」

于連講述他的糗事，令聽者大悅，以致晚餐終席時，話題已變了，瑪蒂爾德小姐還盡向哥哥打聽這件事兒的詳情。她接二連三提問，于連幾次與她四目相對，膽敢直接答話，雖然問題並不是向他提的。他和侯爵府兄妹兩人最後相視大笑，簡直像住在深林裡三家村的一伙年輕人。

第二天，于連出去聽了兩堂神學課，回來後謄抄了二十幾封信。進藏書室發現他的座旁有個年輕人，衣著很講究，儀表卻很鄙俗，滿臉嫉妒之色。

侯爵這時進來了。

「你在這兒有何公幹，唐博先生？」口氣很不客氣，問新來的人。

「我以爲……」年輕人諂媚一笑。

「不，先生，你不該以爲。你不過是試用，是一次不妙的試用。」年輕的唐博滿臉慍怒，站起來走了。他是院士的侄兒，有志於從事文學。院士是侯爵夫人的朋友，已向侯爵討個人情，錄用他侄兒當秘書。唐博原在一間邊房辦公，得知于連得寵，便想來沾點光；這天早上就把自己的文具搬來藏書室。

午後四點，于連略微躊躇之後，仗著膽氣去見諾爾拜伯爵。這位少爺正騎上馬要出去，不免有點爲難，不過他十分講禮貌。

「我想，」他對于連說：「你應該立刻進騎馬學校。這樣，過幾個禮拜，或能與閣下一起走馬，何樂不爲！」

「希望你肯賞臉，接受我的謝意，感謝你對我的照應。請相信，先生，」于連一本正經地說：「你待我之厚，我非常領情。如果那匹馬沒有因我昨天的不愼而受傷，此刻恰又閑著，那麼我希望今天能再騎一騎。」

「說眞的，親愛的于連，一切風險都得由你自己承擔。你得這樣設想，出於謹愼的考慮，所有反對的理由我都已向你提過。事實是此刻已四點鐘，我們沒時間可耽誤了。」

于連一騎上馬，便問年輕的伯爵：「應該注意些什麼，才不至於摔下來？」

「要注意的事很多呀：」諾爾拜大笑道：「比如說，身子要朝後仰。」

于連躍馬前進。他們已到了路易十六廣場。

「啊！這冒失鬼！」諾爾拜說：「這裡車水馬龍，而且車夫都是些魯莽傢伙。你一跌倒，雙輪馬車就會從你身上碾過去。他們捨不得猛勒轠繩，怕把馬嘴勒傷。」

諾爾拜看到于連有二十次險些摔下馬來，但騎到結束，居然安然無恙。回到家裡，少年伯爵對他妹妹說：「我向妳介紹一個天不怕地不怕的好傢伙。」

這天早晨，少年伯爵聽到傭人在院子裡刷馬，曾拿于連墜馬的事肆意取笑。晚餐的時候，諾爾拜伯爵從餐桌的另一端跟他父親說話，盛讚于連剽勇無畏。當然，說到于連的騎術，能夠誇獎的也只有這一點了。

儘管受到諸多關照，于連很快便感到在這個人家，自己十分孤立。一切習俗，看來都稀奇古怪，他動輒得咎。而他的敗筆就成了府上僕役的趣談。

彼拉神父已到自己的教區上任去了。他臨走時想：「于連如果是株脆弱的蘆葦，就任其枯萎吧！要是個有作爲的人，那自會脫穎而出。」

第四章、拉穆爾府

他在這兒做什麼？他會喜歡這兒嗎？他想討這兒的人喜歡嗎？

——龍　沙

如果說，在拉穆爾府高雅的客廳裡，于連覺得一切都是奇特的，那麼，如果有注意看他一眼的人，對這個面色蒼白、身穿黑服的後生，同樣覺得古怪。拉穆爾夫人跟丈夫提起，逢到宴請顯要人物，最好找個差使派他外出。

「我倒想試到底。」侯爵答道：「彼拉神父認為，對我們身邊的人，不該傷他們自尊；人所恃者，唯不移之志；如此等等。此人除了他那張陌生面孔，別的沒什麼不合適；而且他知道裝聾作啞，不會多事的。」

「為了熟悉狀況起見，」于連想：「凡到這客廳來的人，應記下他們的名字，並對他們的性格下一評斷。」

首先記下的，是府上的五、六個常客。事有湊巧，他們都在巴結自己，以為他是侯爵跟前得寵的人。侯爵是憑性子要寵誰就寵誰的。他們都是些窮措大，多少有點低三下四。這個階層，今天只有在貴族的客廳裡還能看到。不過，要說他們還有什麼值得稱道之處，那麼可以說，他們並非對所有人都低三下四的。他們之中有的人寧可給侯爵罵，也不願聽侯爵夫人一句氣話。

爵府的大小主人，性格上都驕氣十足，無聊有餘，時常爲了解解悶氣，會對人肆意侮慢，所以不能指望有眞正的朋友。但是，除掉下雨的日子，和百無聊的時刻——這種時刻畢竟不多，通常總算彬彬有禮。

那五、六個對于連另眼相看的馬屁精，如果不來拉穆爾府趨候，侯爵夫人便會面臨難熬的孤獨時刻；而對豪門貴婦來說，孤獨是可怕的：意味著走了背運。

侯爵對太太十分周到。他總留著一分心，使她的沙龍座上客常滿。但貴族院議員例外，因爲侯爵覺得，這批新興同僚作爲朋友來他府上還不夠高貴，作爲下屬加以接納又不夠有趣。

這點奧秘，于連到很晚才參透。當局的施政，是中產階級談論的話題，但在侯爵這一階層，直要到形勢危急之際，家裡才會談起。

尋歡作樂的需要，即使在這個煩悶的世紀裡，仍然有很大的魔力。甚至在宴客的日子，侯爵只要一離開客廳，衆人旋即作鳥獸散。只要不嘲笑天主、教士、國王、權臣、御用藝人、現存秩序，只要不讚頌貝朗瑞、反對派報紙、伏爾泰、盧梭以及所有敢說點眞話的人，特別是只要不議政，你就可以無所拘牽，無所不談。

即使你有家資十萬、藍色勛帶，也鬥不過此類客廳的規矩。思想活潑一點，就被認爲是粗俗不堪。儘管談吐高雅，禮貌周全，力求取悅於人，但每張臉上都能看出無聊的表情。年輕人來叨陪致意，就怕語言之間使人懷疑有什麼思想，或泄漏出看過什麼禁書。於是，說過幾句關於羅西尼歌劇和今天天氣好之類的門面話，便噤聲不語了。

據于連觀察，活躍談話的，通常靠兩位子爵和五位男爵。他們都是拉穆爾侯爵流亡國外時的老相識，每人每年有六千到八千法郎的進款，其中四人支持《每日新聞》，三人傾向於《法蘭西新聞報》❼。他們之中有一位每天都要講點宮中逸聞，妙不可言是他的口頭禪。于連注意到：他胸佩五枚十字勛章，其他幾位一般只有三枚。

再者，在前廳可以看到十名身穿號衣的僕從，整個晚上，隔上一刻鐘，就來送一次冰水或熱茶。夜半時分，還有一頓佐以香檳酒的宵夜。

于連有時留到最後，原因就在這裡。不過，他不大明白，客廳金碧輝煌如此，談話又瑣瑣平庸如彼，這些人居然能一本正經聽得下去。有幾次，他仔細觀察那些侃侃而談者，想看看他們是否覺得自己的言談無聊。「我背的梅斯特赫，」他想：「話說得比這些人要動聽百倍，可我還覺得挺乏味呢！」

精神上感到這種壓抑的人並非只有于連一人。有的來賓喝下不少冰凍飲料，其他人則專爲了晚會之後可以揚言：「我剛從拉穆爾府出來，在那兒得知俄羅斯新近……」如此等等。

于連從一位門客那裡得知：布基儂男爵從王政復辟以來，一直擱淺在副省長任上；五、六個月前，拉穆爾侯爵夫人使他一舉擢升爲省長，以答謝這可憐男爵二十餘年來輸誠效忠。

這樁大事，重新激起這批大人先生的熱忱。從前，他們爲點小事就要嘔氣，現在憑怎樣也不生氣了，怠慢的意思難得會直白表露出來。但于連在飯桌上，曾有兩、三次無意中聽到侯爵夫婦簡短的交談，其內容對坐在他們近旁的來賓是很不受用的。這類貴族勢焰之高，對未坐過國王車子的後裔率直得很，從不掩飾輕蔑之概。于連注意到，一提起十字軍，他們臉上就現出端肅與莊敬交併的表情。通常所謂的敬意，總是帶一點討好意味的。

---

❼均爲保皇黨報紙，不同的是，《每日新聞》支持波林尼雅克出任首相，《法蘭西新聞報》則保現任首相維萊爾。

在這豪奢與無聊的環境中，于連除了對拉穆爾先生，其餘什麼都不感興趣。有一天，他很高興地聽到侯爵抗議，說布基儂得以晉升，他不是沒出過力。這是在提醒侯爵夫人注意。

于連是從彼拉神父處得知事情的原委的。

一天早上，神父與于連在侯爵藏書室，一起研究跟弗利萊那場打不完的官司。

「神父先生，」于連突如其來問道：「每天與侯爵夫人共進晚餐是我應盡的義務呢，還是對我特別的恩典？」

「這是莫大的榮幸呀！」神父爲之愕然：「那位N院士，十五年來對侯爵夫人殷勤備至，也沒爲侄子唐博先生爭到這個面子。」

「對我來說，先生，這正是我的職務中最難堪的事。連在神學院，尚且沒這麼無聊。我有時看到拉穆爾小姐在打哈欠，按說，對爵府的那些朋友，她早該習慣他們的獻殷勤討好了。我眞擔心自己會不會在宴席上打瞌睡。求你替我說說情，准我到偏僻的小客店，吃四十子兒一頓的便宜晚飯。」

神父不失爲驟然顯貴的人，覺得能與爵爺共餐是十分榮耀的事。他正以此開導于連，忽聞輕微的聲響。兩人轉過頭去，于連看到拉穆爾小姐在聽壁腳，不禁脹紅了臉。她是來找書的，自然什麼都聽到了。她對于連倒看重了三分。「這個人倒不是生來下跪的，不像那個老神父。」她心裡想：「天哪，那老頭兒長得多醜呀！」

晚餐席上，于連都不敢正眼看拉穆爾小姐，還是她有意來跟他攀談。這天府上賓客盈門，她請于連飯後稍留。那些巴黎小姐不喜歡上年紀的男子，尤其討厭穿著馬馬虎虎之流。于連毋需多少眼力就能看出，布基儂的同僚留在客廳裡，正好成爲拉穆爾小姐取笑的對象。這天晚上，不管是否有意做作，她把這批老厭物刻薄得可以。

拉穆爾小姐是這個小團體的核心人物。這群人，差不多每晚都聚集在侯爵夫人的大靠椅後面。其中有瓦澤諾侯爵，凱琉斯伯爵，呂茨蒙子爵，以及兩、三位年輕軍官，都是諾爾拜兄妹的朋友。他們都擠在一張很大的藍色長沙發上。與沙發相對的另一頭，是光艷照人的瑪蒂爾德。于連則悄沒聲兒地坐在低矮的小草墊椅子上。這謙卑的座位，引得逢迎之徒羨慕不置。諾爾拜跟乃父的年輕秘書講幾句話，或者在晚會上提到他一、兩次，使他占這位子就算師出有名了。

這天晚上，拉穆爾小姐問于連，貝桑松城堡所據的山頭有多高。于連真說不出這座山比蒙馬特高地是高還是低。聽這小團體裡人的說笑，他常為之絕倒。他覺得，類似的妙語，自己一句也想不出；就像一種外國語，聽是聽得懂，說卻說不出來。

瑪蒂爾德一方的朋友，和這天來到大客廳的嘉賓，一直處於敵對狀態。爵府的常客，就因為熟，首先成為目標。于連的專注是可想而知的：他對什麼都感興趣，無論是事情的本身，還是取笑的方式。

「啊！戴古笠先生大駕光臨。」瑪蒂爾德放言無忌，「他沒戴假髮，難道想憑他的絕頂聰明登上省長的寶座？聰明的腦袋不長毛，高妙的思想不老少，所以才亮著他那光腦勺！」

「此公天下誰不識！」瓦澤諾侯爵說：「我大伯是紅衣主教，他也常去趨候。他能對每個朋友編一套謊言，連續幾年不出紕漏，而這種朋友，他有兩、三百個之多。他善於為友誼添養料，這是他的本領。像你們看到的那樣，大冬天，才早上七點，他已渾身濺滿泥漿，立在哪位朋友家的門口了。

「他時常與人吵翻；失和時，會一口氣寫上七、八封信。過後，又言歸於好；為了表達情滿於懷的友誼，他又會寫上七、八封信。正是這種君子之風，心無芥蒂，有什麼想法都表露無遺，才是他最了不起的地方。每當求大幫忙，這個花招就使出來了。我大伯手下一位助理司鐸講起戴古笠王政復辟以來的軼事，特別風趣。我哪天把那位司鐸給你們領來。」凱琉斯伯爵說。

「呸，我才不信這些話呢！這都是小人之間出於職業上的嫉妒。」

「戴古笠先生的大名將會彪炳史冊，」侯爵又說：「他協同蒲拉特神父、泰列朗親王和波佐·迪·博爾戈先生，引來了王政復辟。」

「此公曾搗騰過幾百萬錢財，」諾爾拜伯爵說：「我眞不懂他爲什麼要跑到這兒來受家父的風涼話，有時候還很叫人下不了台呢！那天我父親從飯桌的這一頭向那一頭的他打話：『親愛戴古笠，賣友求榮的事，你客串過幾回啦？』」

「他眞有出賣朋友的事？」拉穆爾小姐問：「然而，誰又沒有背叛行爲呢？」

「怎麼！」凱琉斯對諾爾拜說：「府上還接納森克萊爾這位大名鼎鼎的自由黨人？眞是見鬼了，他上這兒來幹什麼？我該過去跟他說話，讓他說話，據說他極有機智。」

「且看令堂大人怎麼接待他？」瓦澤諾說：「他的那些想法太出格了……」

「請看，」拉穆爾小姐說：「就是這位獨立不羈的好漢，向戴古笠鞠起躬來竟一躬到地。他握著戴古笠的手，幾乎要舉到唇邊去吻呢！」

「那必定是戴古笠與當局的關係好到非我們所能想像了。」瓦澤諾接口道。

「森克萊爾到這兒來，是爲了謀求進法蘭西學院。」諾爾拜說：「瓦澤諾，看他怎樣向L男爵行禮。」

「他跪下來都不會這麼矮。」呂茨蒙應聲說。

「親愛的于連，」諾爾拜說：「你是聰明人，但你是從高山上下來的，千萬別像這位大詩人一樣行禮，哪怕是對天主的老爸！」

「啊！這位是一等一的聰明人，巴東男爵。」拉穆爾小姐學著剛才當差進來通報的腔調。

「我相信尊府的底下人也在取笑他。巴東男爵，什麼名字！」凱琉斯說。

瑪蒂爾德小姐道：「名字有什麼關係？那一天他對我們說：你們設想一下第一次通報布隆公爵這個名字的情形：依我之見，大家只是尚不習慣罷了……」

于連離開沙發周圍的一群人。揶揄奚落的微妙之處，他還不大能領略，認為一句笑話能引人發笑，必定要以理性為依憑。這班少年說起話來嬉笑怒罵，他聽來覺得刺耳。他那種內地人的古板，或說是英國式的拘謹，竟以為是嫉妒使然，這一點他肯定是看錯了。

「諾爾拜伯爵，」于連心裡想：「我曾見他為給頂頭的上校寫一封短短二十行的信，竟起了三次稿：像森克萊爾那樣的書信，他這輩子能寫出一封來，就夠他高興的了。」

人微言輕，不受注意，于連相繼走近幾伙客人，又遠遠跟著巴東男爵，想聽聽他有什麼高論。此人雖有才氣卻神色緊張；于連發現他直要說出三、四句刻薄話後，精神才稍振。他的機智似乎是間斷性的。

男爵可沒一語驚人的本領。他至少要說四句話，每句寫下來該有六行長，才能語驚四座。

「此人東拉西扯，全無談笑風生之致。」有人在于連背後議論。于連回過頭去，聽見喊那人夏爾偉伯爵，于連高興得臉都紅了。這是當今世界最機敏的人。他的名字常見諸《聖赫勒拿島回憶錄》和拿破崙口授的史實裡。夏爾偉伯爵說起話來，要言不煩；他的俏皮話有如電光一閃，準確，生動，而且犀利。什麼事經他一說，就把爭論推進了一步。他言之有物，聽他談話，大是樂事。不過，在政治上，可眞是厚顏無恥至極！

「我嘛，我一向是獨來獨往。」夏爾偉對一位佩著兩枚勳章的先生說，顯然是在嘲弄他，「為什麼我的見解非要同六個星期前一樣呢？假如這樣，我的見解就成了統制我的暴君了。」

四個年輕人環圍著他，神色凝重；他們不喜歡這類調侃。伯爵自己也知道話說過了頭。幸虧他瞥見敦厚的巴朗先生；這是個道貌岸然的僞君子。伯爵跟他攀談起來。客人圍了過來，感知可憐的巴朗要倒楣了。

巴朗先生雖說相貌奇醜，但靠著他的德行，經歷入世之初的艱辛之後，居然討了個很有錢的老婆，她後來過世了；接著又娶了另一個很有錢的女人，在社交場大家從未見到過。面子上雖不好看，他一年的享用倒有六萬法郎之鉅，門下也有了一批清客。夏爾偉伯爵不留情面，當他的面大放厥詞。他們的周圍很快圍上一圈，有三十來人。在場的人都笑了，連那幾個神色凝重的青年在內，他們可是本世紀的希望所在。

「他到拉穆爾府來幹什麼呢？還不是直取其辱！」于連他向彼拉神父走去，想問個明白。

巴朗先生悄悄溜走了。

「好呀，」諾爾拜說：「刺探我父親的奸細走啦，現在只剩下小癟子納皮埃了。」

「難道這就是謎底？」于連想：「不過，既然如此，侯爵爲什麼要招待巴朗先生呢？」

嚴厲的彼拉神父在客廳一角聽到當差通報來客的姓名，皺了一下眉頭。

「這簡直是個強盜窩，」他像巴齊勒❽那樣說道：「來的都是些敗類。」

這只能怪疾言厲色的神父不懂高等社會的奧妙。但是，他從詹森派朋友處，對袞袞諸公已經有確切不移的看法，他們或是靠巧爲黨派效勞，或是靠暴發不義之財，才進得了這類客廳。這天晚上他心頭壅塞，對于連的提問回答了好幾分鐘；後來忽然打住，後悔說了衆人的壞話，認作是自己的罪過。脾氣暴躁，信奉詹森派，視宣揚天主的仁慈爲己任；他在塵世的生活就是戰鬥。

❽巴齊勒爲博馬舍《費加羅婚禮》中的人物。台詞「這簡直是個強盜窩」，劇中爲霸爾多洛想到巴齊勒時所說。參見該劇第一幕第四場。

「瞧，彼拉神父那副尊容！」于連走近長沙發時，聽到拉穆爾小姐這麼說。這句話，于連覺得就像冒犯了自己；不過平心而論，她說得不無道理。彼拉神父無疑是客廳裡最正派的人，但他瘢痕處處的臉，因良心上的自責，這時變得非常醜。「行呀，那就以貌取人吧！」于連想：「彼拉神父心細如髮，為了點小事而深自咎責，樣子才這麼獰厲，而納皮埃這個不齒於人的奸細，他的臉上卻一派寧靜平和的氣象。」不過，彼拉神父為黨派利益已作了很大的讓步，還專門雇了一個僕人，現在穿著也整齊多了。

于連注意到客廳裡有點異樣：所有目光都轉向門口，說話的聲音也低了一半。當差通報大名鼎鼎的德·托利男爵駕到；在最近一次選舉中，此公成了眾矢之的。于連走上前去，把他仔細打量了一番。

托利男爵曾主持一個選區：他靈機一動，想把選某一派的選票調包，換成別的小紙片，張張填上他中意者的名字。做手腳的時候，被幾個各民看到了，馬上對他大加恭維。因此之故，這好傢伙至今還灰頭土臉的。刁鑽促狹之徒便含沙射影，說什麼「該服苦役」之類的話。拉穆爾侯爵見到他，態度也冷冷的。可憐的男爵一轉眼就溜走了。

「他之所以急急要走，準是到孔德先生（M. Comte，當時的魔術大師）家學本領去了。」夏爾偉伯爵說得眾人哄堂大笑。

這天晚上，相繼到拉穆爾（相傳侯爵要組閣了）府來的，有幾位沈靜的大貴族，不少陰謀家，大都聲名狼藉，不過全都絕頂聰明。那個小唐博，就在這些人之中初試鋒芒。他的見解未必精闢，但能為之彌補的是，就像我們馬上會看到的，是話說得很有勁道。

「此人為什麼不判他十年徒刑？」于連走近時，唐博正在高談闊論，「是蛇蝎就該扔入土牢，讓牠們在暗角落裡完蛋，不然，毒液散發出來，危莫大矣。罰一千大洋，有什麼管用？他窮無分文，正好不過，反正他依附的黨派會買帳的。該罰他五百法郎，關十年地牢。」

「哎！他們談的這個怪物是誰呢？」于連想。他的同僚激昂的語調、顚獗的手勢，于連大爲讚賞。院士的寶貝侄子那張瘦精精、皺巴巴的臉，此刻顯得十分猥瑣。于連聽聽就知道了，他們說的是當代最偉大的詩人❾。

「啊，畜生！」于連幾乎大聲喊出來。出於義憤，他的眼淚湧了上來，「啊，小無賴！這番話得叫你吃不了兜著走。」

「不過，他們只是一批急先鋒，替侯爵領導的黨派賣命而已，」于連想：「遭他誹謗的那位名人，如果肯賣身投靠，不說出賣給庸庸碌碌的拉瓦爾內閣，就出賣給時時輪換的哪位還算廉正的總長，那多少勛章、多少乾俸，還不由他得？」

彼拉神父遠遠裡向于連招了招手，爲拉穆爾侯爵剛向他面授機宜。但于連這時正低眉順眼聽一位主教的抱怨，等到能夠脫身，走近他的忘年交時，發現神父被可惡的小唐博纏住了。這小畜生對神父恨得牙癢癢的，以爲于連得寵全仗著他，所以也來向他獻媚討好。

「那個老廢物，不知死神什麼時候才能給我們清除掉？」文化痞子咬牙切齒，用這種措辭，談論那位備受尊敬的霍蘭德勛爵❿。他的特長，是能熟記許多人的履歷，剛對英國新王登基後炙手可熱的人物，很快評論了一番。

彼拉神父走進旁邊一個客廳，于連跟了進去。

---

❾ 指貝朗瑞，詩人於一八二八年曾被判刑和罰款。

❿ 霍蘭德勛爵（一七七三～一八四〇），英國新聞記者，一八一四年拿破崙兵敗被俘，受到英國政府虐待，勛爵曾表示抗議。

「侯爵不喜歡舞文弄墨的人，這點我要提醒你注意：他對此極爲反感。懂拉丁文，如果可能，還要懂希臘文，懂埃及史、波斯史，等等，他就會誇獎你，庇護你，把你當成飽學之士。千萬別用法文寫東西，尤其不要妄議越出地位的重大問題。一旦喊你狗屁文人，就夠你倒楣了。卡斯特利公爵批評達朗佩和盧梭時說過：『此輩身無分文，卻想縱論天下大事！』你身居爵府，這句名言怎能不知道？」

「看來什麼都瞞不過的；」于連想：「這裡也跟神學院一樣！」

他用誇飾的文筆，寫過八、九頁東西：那是對老軍醫蓋棺論定的頌詞；按他的說法，是老軍醫把他栽培成人的。「這小本子，」于連心裡想：「一向是鎖得好好的。」他上樓到自己房裡，把手稿付之一炬，再回到客廳。議論風生的無賴都已走掉，只剩下戴勛章的幾位。

在下人們搬來時抬面已擺好的餐桌旁，坐著七、八位名媛貴婦，一個個都非常假仁假義，年紀在三十至三十五歲之間。嬌姿艷色的德·費瓦格元帥夫人一進來，就爲自己姍姍來遲而連連抱歉。此時已過半夜，她走去坐在侯爵夫人身旁。于連深感激動：看她明眸善睞，顧盼神飛，大有雷納夫人的風采。

拉穆爾小姐那一伙，還聚著很多人。她和幾位朋友正在嘲弄情場失意的德·泰磊伯爵。泰磊伯爵是獨生子，乃父就是靠資助國王討伐百姓，才大量聚財而聞名於時的猶太人。做父親的棄世不久，留給兒子每月十萬銀洋的進款和一個臭名昭著的姓氏。處於這種特殊的境況，要嘛性格特別單純，要嘛意志特別堅強。

不幸的是，這位伯爵是個好好先生，所抱的各種奢望都是他的馬屁精引出來的。

凱琉斯先生認爲，是周遭人的鼓動，泰磊伯爵才向拉穆爾小姐求婚的。（瓦澤諾侯爵正在追求這位千金，他晉升公爵已指日可待，且每年有一萬法郎的進款。）

「哎！你們可別怪他有這股子勁呀！」諾爾拜用可憐巴巴的口氣說。

可憐的泰磊伯爵，最缺少的可能就是意願了。就性格的這一方面而論，他有資格當號令天下的國王。他不斷聽取衆人建議，但哪一種主張，他都沒有勇氣貫徹始終。

拉穆爾小姐說：「單是他那張臉，就令人發噱。那是困惑和失意的奇怪混合；有時，還能看出一點自命不凡的氣概，和財大氣粗的專橫——身爲法蘭西的首富，尤其自恃長相不錯，年紀還不到三十六，當然會有這種架勢。」

「此人非常放肆，但骨子裡卻非常膽怯，」瓦澤諾侯爵說。

凱琉斯伯爵、諾爾拜伯爵和兩、三個留小鬍子的年輕人盡拿他尋開心，而他還木然不覺。最後，時鐘敲一點鐘了，他們才把他請走。

「這種天氣裡，在門口恭候的，還是府上的阿拉伯名馬嗎？」諾爾拜問他。

「噢，不！是一對新馬，價錢便宜得多，」泰磊伯爵答道：「左邊一匹，花了我五千法郎；右邊一匹，只值一百路易——你要知道，這匹馬只在夜裡才套，跑起來跟另一匹非常合拍。」

聽了諾爾拜的高見，泰磊伯爵覺得像他這樣的人愛馬成癖，是理所當然的，只是不該讓馬淋在雨裡。他先動身，過了一會兒，其餘各位也走了，一邊還在譏笑他。

聽到他們下樓時的笑聲，于連想：「如此這般，我算看到了自己處境的另一極端。我一年沒有二十金幣進款，卻和每小時有二十金幣進帳的人平起平坐，而此人還受盡衆人奚落……這類見聞，倒是醫治貪欲的良藥。」

第五章、敏感的心靈和虔誠的貴婦

聽慣了平淡無奇的話，一旦聽到稍微活潑一點的想法就會視為粗野。
誰說得尖新別緻，就該他倒楣！

——福勃拉

試用幾個月之後，到爵府總管送來第三季度薪俸時，于連已很受器重。拉穆爾先生曾委派他兼管布列塔尼和諾曼第的兩處田產，爲此于連常出遠門。跟弗利萊神父打出名的那場官司，有關函件也由他主管。此中策略，彼拉神父業已指點過他。

侯爵閱處文件，隨事制宜，旁批數語；于連根據批語擬成了函件，侯爵差不多封封簽字照發。神學院的教長埋怨于連不夠勤奮，但倒並不因此不把他看成佼佼者之一。頭緒紛繁的工作，于連都以有志不舒的狠勁去料理，他從內地帶來的鮮嫩皮色也很快消褪以盡。蒼白的臉色，在年輕的神學士同學眼裡，反倒成了一種美德。比起貝桑松的同窗，他們遠不是那麼可惡，看到一枚銀幣也遠不是那麼卑躬屈膝。他們都以爲他有肺病。侯爵曾賞他一匹馬。于連擔心騎馬出去給人撞見，對外便說，他是遵醫囑，才作這種運動的。

彼拉神父曾領他去過幾個詹森教團。有一發現，令他驚訝。在他的頭腦裡，宗教思想是跟僞善和發財觀念密不可分的；而這些奉教虔誠的人嚴於律己，口不言利，他大爲讚賞。有幾個詹森教徒還把他引爲知己，時進忠告。在他面前展現了一個新的天地。在詹森教徒中，他結識一位阿爾泰米拉伯爵。此人身高六尺，是自由黨人，在本國被判處死刑而逃亡出來，而且篤信宗教。篤信宗教和熱愛自由，兩者成爲怪異的對照，予于連很深的印象。

與諾爾拜伯爵的關係已趨冷淡。年輕伯爵覺得，他的朋友跟于連開開玩笑，于連就反唇相譏，不過太尖刻了點。有過一、兩次禮數欠周的事之後，于連決定再也不跟瑪蒂爾德小姐說話了。拉穆爾府的人對他依然彬彬有禮，但他自知地位已一落千丈。俗諺云：是新凡百好。他只能用內地人的見識來解釋這種現象。

也許他比剛來的時候眼睛更亮了一點，或者初入巴黎社交場的感奮已煙消雲散。只要一放下工作，就煩悶不堪。身處上流社會，進退周旋，自有一套絕妙的禮儀，但這禮儀，因地位不同又極有分寸，極有差等——在禮的儀制下，導致情的枯索。一顆敏感一點的心自能看出其中的矯揉造作。

當然，我們可以責備內地人言談平庸，不夠禮貌，但他們答話時總帶一點熱忱。拉穆爾府固然沒傷于連的自尊，然而，通常到一天終了，他眞想大哭一場。在內地，你進咖啡館時發生點意外，侍者就會對你表示關切；如果損及你的體面，他會大表同情，把你聽了禁受不住的話說上十遍。而巴黎人則特別當心，躲到一邊去竊笑，讓你始終是個局外人。

于連算不得可笑，卻做出不少可笑的事。這裡暫且略過不表。由於過於敏感，反而幹出許多笨拙的事。他所有的樂趣都放在提防鬧笑話上。他天天練習射擊，成了劍術名家的一位高足。一有空，不像從前那樣用來讀書，而是跑到騎馬場，要最調皮的馬騎。他同騎馬師並轡出遊，十次倒有九次給摔下馬來。

他幹活沉著，凡事守口如瓶，加上爲人聰明，侯爵覺得他很合用，慢慢把棘手一點的事都交他辦。侯爵身居要職，政務空閑之際，便來料理私事，亦顯得精明過人。由於消息靈通，買賣公債，總交好運，置進許多房產山林。只是很容易動肝火，不惜破費幾百金幣，去打區區幾百法郎的官司。心高氣傲的闊佬，他們做買賣是爲了找樂子，而不是求利。侯爵深感爵府裡需要有個好幫手，銀錢上的事能夠料理得一清二楚，他想過問時便可一目了然。

拉穆爾夫人儘管生性謹飭，有時也要笑話于連。一顆敏感的心常會有出其不意的舉動，這正是名媛貴婦最怕的，因爲有悖於體統。侯爵爲于連說了兩、三次情：「他在妳的客廳裡或許是可笑的，但在我的公事房裡卻是可貴的。」

于連這一邊呢，相信已握有侯爵夫人的秘密。只要一通報特．拉如瑪男爵到來，侯爵夫人便放下身分，覺得事事有趣。男爵面無表情，是個冷冰冰的人；又矮又瘦又醜，但穿著非常講究，時間都消磨在宮廷裡，通常是對什麼事都不說句什麼話的。這就是他考慮事情的方式。拉穆爾夫人如能招他當女婿，那將是她一生中最幸福的一件事。

第六章、說話的腔調

他們崇高的使命，是對老百姓日常生活裡的芝麻大事，冷靜地加以評判。他們的全部智慧，是用來防止因小事而發大火，防止藉名人之口，對傳聞異辭大發雷霆。

——葛拉修斯

于連新來乍到，由於生性高傲，不愛問三問四，所以倒也沒闖什麼太大的亂子。一天，路遇急雨，他躲進聖奧諾雷街一家咖啡館。這時，有個穿粗呢禮服的高個子看到他陰鷙的目光有點驚奇，也回看了他一眼，眼神完全像先前到貝桑松碰到的阿夢妲小姐的情人。

于連對上次受辱輕易放過，猶時時痛切自責，面對這放肆的目光，自然咽不下這口氣。他走過去，要求作出解釋。穿禮服的人立刻報以滿口髒話。咖啡館的顧客都圍了攏來，過路的行人也在門口停住了腳。出於內地人的防範心裡，于連隨身總帶一支小手槍。他把手伸進袋裡握住槍把，不免有點緊張。不過他很審慎，只反覆說：「先生，請問府上地址？你才不在我眼裡呢！」

這兩句話，他說了又說，引起圍觀人群的驚詫。

「咳，你老罵罵咧咧幹嘛，該把地址給他呀！」穿禮服那人聽到旁人再三搶話，便朝于連臉上扔去五、六張名片；幸好一張也沒打中他的臉。他曾約束自己：除非給碰到了，才開槍回敬。

那人走了開去，猶時時回頭，頻頻揮拳以示威脅，口裡還譏罵不休。

于連發覺自己出了一身冷汗。「咳！這麼個壞蛋都可以把我氣得夠嗆！」他憤憤然想道：「這種羞辱之感，怎樣才能去掉呢？」

他恨不得立刻就決鬥。但碰到了個難題：偌大一個巴黎城，哪裡去找證人？他沒一個朋友，相識倒有幾個，通常交往了五、六個禮拜就各自西東了。「我這人不合群，這就是報應。」他心裡想。最後想起去找隸屬前九十六團的退休中尉，名叫李艾凡的，他常找這可憐蟲練習劍術。于連跟他很坦率，如實以告。

「證人我願意當，」李艾凡說道：「不過有個條件：要是你沒把對方打傷，就得當場跟我再決鬥。」

「一言爲定。」于連欣然答應。

他們按名片上的地址，跑到聖日耳曼區的中心地段，去找德·博華西先生。

此時是清晨七點。等當差進去通報，于連才想起，此人⓫可能是雷納夫人的年輕親戚，在駐羅馬或那不勒斯使館供過職，還爲歌唱家謝羅尼莫寫過介紹信。

于連已向體貌豐偉的當差遞去一張昨天擲給他的名片，外加一張自家的名片。

他和證人足足等了三刻鐘，才給領進一間十分氣派的廳房，見到一個穿得像玩偶的高個子青年。他臉上的線條具有希臘美的完美與無謂；頭呈狹長形，漂亮的金髮高高聳起，像座金字塔；頭髮精心燙過，捲曲優美，一絲不亂。九十六團的中尉想道：「原來爲把頭髮燙成這德行，這該

⓫ 此人在上卷二十三章，姓氏作de Beauvaisis（博凡西）；在此處，斯湯達爾寫成de Beauvoisis。譯名悉按原文音譯。

死的花花公子才叫我們等老半天。」花花綠綠的便衣、家常穿的晨褲，就連繡花拖鞋，一切都無可挑剔，十分精緻。他的容貌高貴而空虛，反映出他思想的合宜與貧乏：恰是和藹可親的典型，又是唐突和嘲謔的對頭，言行舉止的莊重自不必說。

九十六團的中尉指點說：昨天朝他臉上扔名片，這會兒又叫他等上半天，可說是再次的侮辱。于連聽了，衝進博華西先生的房間。他故意裝得橫蠻無禮的樣子，當然同時也想顯得很有教養。

博華西先生溫文爾雅的儀表，矜持、自負而又得意的神情，加上房內精雅絕倫的陳設，使于連大爲驚異，驟然間忘了要撒潑要橫的念頭——這並非昨天那個人。面前是一個氣度高華的紳士，不是在咖啡館碰到的那個粗胚。他驚訝得說不出話來，便把人家擲給他的名片遞上一張過去。

「這是鄙的人名字，」那時髦人物說。才早晨七點，于連就穿著隆重的黑禮服，倒並沒引起他多大的注意，「不過，我不明白，我以名譽擔保……」

這最後一句話的腔調，把于連的火氣又撩撥起來。

「我到這裡來，是找你決鬥的，先生！」他一口氣把事情的始末根由說了一遍。

夏爾·德·博華西先生經過充分考慮，對于連黑服的裁剪款式相當滿意。一邊聽一邊想：「這是斯多卜的手藝，一看就知道的。這件背心式樣高雅，靴子也不錯；但是一清早就穿黑禮服……一定是爲了能有效躲避子彈。」德·博華西騎士私忖道。

心裡這麼盤算過後，便施以周全的禮數，幾乎以平等的態度對待于連。談得很久，事情很微妙，但于連終究不能不顧這明顯的事實：面前這位出身名門的青年，與昨天侮辱他的粗胚毫無共同之處。

不過于連不肯就此離開，便一再解釋，以拖延時間。他注意到這位騎士頗爲驕矜自專，談到自己，不稱「我」，而稱「德．博華西騎士」，所以對于連僅僅稱他爲「先生」，大感驚訝。他須與不離莊重之態，而且莊重之中還帶有既自負又謙遜的神情，于連看了非常賞識。發捲舌音的方式尤爲奇特，夠于連驚奇的了……但無論如何，找不出理由可以跟他吵架。

年輕的外交官很風雅地提出決鬥，但九十六團的退休中尉，一小時以來一直端坐一旁，兩腿分開，兩手按在腿上，肘彎朝外，斷言其友人于連先生無意於尋釁，因爲已經知道名片是他人盜用的了。

于連離去的時候，心情很差。博華西騎士的馬車停在院子裡，等在石階前。于連碰巧抬頭一看，認出車夫就是昨天那個人。

一看之下，便揪住他的短大衣，把他從座位上拽了下來，用馬鞭猛抽——這不過一刹那的事。兩個當差跑來保護他們的同伴，于連爲此挨了幾拳。與此同時，于連掏出手槍，裝上子彈，放了一槍。他們拔腿便逃——這一切，都發生在一分鐘內。

博華西騎士走下樓梯，莊重之中猶帶歡愉之色，用大貴人的口吻連連說：「怎麼回事？怎麼回事？」顯然也很好奇，但外交官身分尊貴，不便表露更多的興趣。

了解到事情的經過，他冷靜的神情中帶上一點調侃的意味——外交官的臉上不應有這種表情，然而高傲的姿態還是無可爭辯的。

九十六團的中尉看出，博華西先生似有意決鬥。他馬上放出手段，爲他的朋友保留發難的優先權。

「這一下，」他嚷道：「要決鬥就有因頭了。」

「我也認爲定然事出有因。」外交官說：「把這個流氓給我趕走，換一個上來。」他對管事的說。車門打開了，博華西先生堅請于連和他的證人賞臉坐他的馬車。他們一起去找騎士的一位朋友；這位朋友指點了一個清靜去處。一路上談得十分歡快。唯一顯得奇特的是，堂堂外交官還身穿睡袍。

「這兩位先生雖然出身高貴，倒並不乏味，」于連心裡想：「不像到拉穆爾府來吃飯的那些人。我明白了緣由，在於他們敢於不拘於世俗禮節。」言談之間，提到昨晚芭蕾舞中令人刮目相看的幾位舞女。兩人閃爍其詞，提到幾則頗吊胃口的風流韻事，于連和他的證人卻茫無所知。于連還沒蠢到不知硬要裝知，便大大方方承認自己孤陋寡聞。騎士的朋友喜歡他這種坦率，便把那些軼聞細細道來，說得妙趣橫生。

有一件事使于連驚詫不已。馬路中央，爲了聖體瞻禮那天的出巡行列，修有一個臨時祭壇，他們的馬車到這兒耽擱了一下。兩位先生說了幾句笑話。照他們的說法，本堂神父的父親就是他的頂頭大主教。這種話是誰也不敢在拉穆爾府說的，侯爵企盼要當公爵呢！

決鬥頃刻之間就結束了：于連臂上中了一彈。傷口用手帕包好，手帕是浸過燒酒的。博華西騎士十分客氣，請于連允許他就用坐來的車子送他回府。于連報出拉穆爾府這地址，年輕外交官和他的朋友交換了個眼色。于連雇的馬車還等在那裡，但于連覺得這兩位先生的言談比起善良的中尉不知要有趣多少

「天哪！決鬥決鬥，不過如此嗎！」于連想：「重新找到那車夫，總算運氣！不然，咖啡館受的侮辱還得忍受下去，那多倒楣！」他們妙趣橫生的談吐，一刻都沒斷過。于連至此才明白，外交上的故作姿態，還是有些用處的。

「看來，語言無味，與貴人之間的談話並非一定令人厭倦。」他心裡想。他們拿聖體遊行開玩笑，敢於語涉不經，講起藝壇緋聞，可謂繪聲繪色。他們從不議政，這是談話中唯一的欠缺，

而這欠缺，給優雅的語調、恰到好處的措辭彌補了過來。于連不由感到一種深切的仰慕，「要是能常見面該有多幸福啊！」

一分手，博華西騎士就忙著去打聽，但得來的消息並非璀璨光華的。他很想知道對方是何許人，前去造訪是否有失身分？但所得的消息，實在談不上令人鼓舞。

「真是糟糕！」他對證人說：「跟拉穆爾侯爵手下的秘書決鬥，況且是為了車夫盜用我的名片，這事更不能承認了。」

「的確，是會貽笑大方的。」

當天晚上，博華西騎士和他的朋友到處散布：那位索萊爾先生照說是個很不錯的年輕人，實底子是拉穆爾侯爵一位知交的私生子。這件事毫不費力就傳開了。一旦事已成局，少年外交官和他的朋友就可前去拜訪了，趁于連臥床養傷的半個月裡，拜訪了幾次。于連坦白說，他迄今為止，只去過一次歌劇院。

「這太可怕了！」他們說：「現在能去去的，只有那個場所。等你傷好，第一次出門，就該去看《奧利伯爵》。」

在歌劇院，博華西騎士把于連介紹給著名的歌唱家謝羅尼莫。謝羅尼莫當時非常走紅。于連對騎士幾乎到了首肯心折的地步。少年得志的那種自尊自大自負，自有其神秘之處，于連都為之神搖目奪。比如說，騎士說話有點格格不吐，那是因為他有幸見到的一位權貴說話也有這種毛病之故。于連還從未遇到集滑稽風趣與非凡儀表於一身的人，而其儀表之美倒是值得內地窮小子取法的。

人家看到他常與博華西騎士一起出入歌劇院，他的大名因這段交情也常為人提起。

「不錯呀！」拉穆爾先生有一天對于連說：「你原來是法朗什—孔泰地區一位豪紳的私生

子，那位豪紳據說還是我的密友？」

「那是因爲博華西先生不願跟一個木匠的兒子決鬥，才這麼說的。」于連想加以駁正，表明自己從未助長這種流言。

侯爵打斷于連的話：「我知道，我知道！此說正中下懷，現在該由我來給這個故事做背書了。不過，我倒有一事懇求，那只消花你半個鐘點：每逢歌劇院有演出，到晚上十一點半，社會名流陸續散場出來，請你去前廳走動走動。我看你還有點內地人習氣，亟宜去掉。再說，拜識幾個大人物，即令是打個照面，也沒有壞處。也許有一天會派你去辦什麼交涉？你便到訂票房去轉一下，讓他們認識認識你。你的入場券，他們已給送來了。」

第七章、侯爵的風濕發作

我得到提拔，不是因為我有功，而是因為我的東家有風濕症。

——貝托洛蒂

這種隨便的，近乎友好的口氣，讀者或許會感到驚異。只怪我們忘了交待：六個禮拜以來，侯爵因爲風濕痛發作，臥床不出，一直在家靜養。

拉穆爾小姐陪母親到耶爾看望外婆去了。諾爾拜伯爵常來看父親，父子之間感情很好，但見了面，卻無話可說。所以談話的對象就是于連了；拉穆爾先生沒想到于連還頗有思想。他要于連爲他念報；不久，年輕秘書已能爲他選出感興趣的段落。這時，有張新出的報紙，最爲侯爵深惡痛絕；他發誓再也不看了，卻免不了天天談到它——于連覺得很好笑。侯爵對當今時事容易動肝火，便要于連讀讀古羅馬李維的著作。于連看著拉丁文，當場口譯成法文，侯爵聽來覺得很有意思。

有一天，侯爵用客氣得幾乎叫于連受不了的口氣說：「親愛的于連，請允許我送你一身藏青色的禮服。當你高興穿上它來見我時，你在我眼裡就是舒納伯爵的胞弟，也就是我的老友舒納公爵的公子。」

于連對此話不太明白。當天晚上，就改穿藏青禮服，去拜會侯爵。侯爵待他一如爵爺。于連這顆心自能感知禮貌的真假，但禮貌的上下高低還難分辨。他可以發誓，倘無侯爵這一奇招，他就不可能受到這般器重。「多了不起的才幹！」于連心裡想。他起身告辭之際，侯爵對自己因風濕痛不能相送，再三表示歉意。

「他是不是在嘲弄我？」這怪想法在于連心中盤踞不去。於是前去請教彼拉神父。彼拉神父不像侯爵那樣溫文爾雅，只吹了一聲口哨作爲回答，接著就去談別的事了。

第二天早上，于連身穿黑服，拿了卷宗和待簽的信件去見侯爵，侯爵待他如舊。晚上，穿上藏青禮服，言談口氣完全換過，跟日前一樣客氣。

「既然承你的情，來看望病中的老頭兒，而不覺得太厭煩，」侯爵說：「那就請你講講你生活中的種種變故，如實說來，無需顧忌，只要講得清楚，講得有趣。人呀，要會尋快活。」侯爵繼續說：「活得有趣，才最實在。誰也不可能天天上戰場救我命，天天送我上百萬的厚禮。此刻臥榻旁如有里瓦羅爾⓬在，倒可以每天替我消除個把鐘頭的病痛和煩悶。流亡時期，我在漢堡跟他常見面。」

於是，侯爵向于連講起里瓦羅爾和漢堡人的掌故。據說里瓦羅爾說出一句俏皮話來，要四個漢堡人合起來才能聽得懂。

拉穆爾先生與人的交往，縮小到了只限於這一個小神父。他本意只想激一下將，不料竟激起于連的傲氣。既然要他實話實說，于連決定和盤托出，除了兩樁事按下不提：一是他的狂熱崇拜，知道侯爵一聽那人的姓氏就會生氣的；二是他的毫無信仰，這對日後要當教士的他，太不合適了。說說與博華西騎士的糾葛，倒是現成題目。侯爵聽到車夫在咖啡館破口大罵一節，笑出了

⓬ 里瓦羅爾（Rivarol，一七五三～一八○一），法國作家，善嘲謔譏諷，一七九五年曾流亡漢堡。

眼淚。這些日子是賓主相得的大好時期。

拉穆爾先生對這種奇特的個性甚感興趣。起初，于連的可笑之處，他覺得大可玩味而加以姑息；不久之後，對這年輕人的某些錯誤的看法，他認爲取委婉的方式加以糾正，似乎更有意思。「別的內地人一到巴黎，覺得一切都大可讚美，唯獨他覺得事事可憎。」侯爵想：「那些人過分做作，他倒不怎麼矯飾。只有笨伯才會把他當蠢才呢！」

這個冬天氣候嚴寒，風濕痛不見好轉，前後拖了幾個月。

「有的人對漂亮的獵犬喜歡得割捨不得，」侯爵自忖道：「我嘛，對喜歡這個小教士；有什麼不好意思承認呢？他很有個性。我把他當自己兒子不就得啦！有何不妥？這一時的想法果能持之久遠，無非在立遺囑時送他一顆鑽石，合五百金幣的事。」

侯爵便置于連於自己的保護之下。一旦對他堅毅的性格有所了解，就每天委以新的差事。

于連駭然發現，這位顯貴有時對同一樁事，往往會作出相反的指示。

長此以往，不要弄出說不清、道不明的事來。從此跟侯爵一起辦公，于連總帶上一個記事本，把所有決定紀錄在案，並請侯爵過目簽字。于連還用了一個文書，把與某事有關的各項決定，謄錄在一專門的本子上，同時把來往信件的抄本也一併附入。

這個主張，初看可笑，麻煩之極，但不出兩個月，侯爵便體會到其中的好處。于連還建議雇用一位銀行出身的職員，凡他經管的地產收支，都記成複式帳。

採取了這些措施，侯爵對自己的產業一目瞭然，也提起了興致，新做了兩、三筆投機生意，而無需別人出面；讓別人出面，勢必要從中漁利。

「你爲自己支取三千法郎吧！」一天，他對年輕的僚屬說。

「大人，這樣我的品行就會有可議之處。」

「那麼，依你說，該怎麼辦？」侯爵不高興地問。

「有勞大人開一張單據，並且親筆寫入登錄本，憑這張單據，我去支取三千法郎。再說，建立這樣的財務制度，還是彼拉神父的主意。」

侯爵寫單據時一臉苦相，就像蒙卡德侯爵要聽他的管家普瓦松⓭報帳。

晚上，于連穿上藏青禮服出場，公事便擱過一邊，絕口不提了。我們的主人公那一直痛苦的自尊心感到舒暢；侯爵的寬厚，他自覺十分投合，所以很快對這可愛的老人產生一種知遇之感。于連倒並非像巴黎人說的那樣情深意長，只不過他不是沒心沒肝的人。老軍醫故世之後，還沒有人善心善意跟他說過話。他很驚異，察覺到侯爵爲顧全他要強的心理，禮數婉曲深至，爲老軍醫所不及。他終於明白，老軍醫對自己獲得十字勛章的那份自豪，遠勝於侯爵之於其藍色綬帶，原因蓋在侯爵乃藉勛貴老父之蔭庇。

一天，上午的召見已接近尾聲，身穿黑衫、聆聽指示的于連說了句風趣話，逗得侯爵神情大悅；侯爵把他又留了兩個鐘頭，定要把經紀人剛從交易所拿回來的鈔票分幾張給他，以示獎勉。

「侯爵先生，請聽我一言，希望這一懇求無違於我對你的深深敬意。」

「有話儘管說，我的朋友。」

「請大人海量包涵，允許我拒絕這份好意。這筆款子不應贈與黑衫人；它會對你包容藏青禮服之輩蒙上污垢。」說畢，他鞠躬如儀，也不多看一眼，便揚長而去。

此舉大有意味，當晚侯爵就講給了彼拉神父聽。

「親愛的神父，我得向你承認一件事，我已經得知于連的身世，我准許你不必再守口如瓶

⓭ 蒙卡德與普瓦松均爲阿蘭伐《市民學堂》（一七二八）一劇的中人物。

了。」

「早上，于連的這招頗有貴族氣派，」侯爵想：「而我，準備提拔他當名副其實的貴族。」

過了一些時候，侯爵終於能出門了。

「你去倫敦逍遙兩個月吧！」他對于連說：「這裡的各類信函，連同我的批語，會通過特別信差和其它途徑帶給你。你一一作答，然後把原信塞在覆信裡，寄還給我。我算了一下，這樣也只慢五天。」

在駛往加來的驛車上，于連甚感驚訝：派他去辦的事，毫無實際意義。

踏上英國領土時，他那份憎恨、甚至痛惡的情緒，這裡暫且按下不表。他對拿破崙的狂熱，諸位都已知道。他把每個軍官都看成赫德森·勞爵士，把每個貴族都當作巴瑟斯特⓮勛爵——聖赫勒拿島上的卑鄙勾當俱出於他的主使，因而得到連任十年內閣大臣的酬庸。

在倫敦，他算領教了上流社會的臭得意。他結識的幾位俄國貴族青年曾向他指點迷津。

「親愛的于連，你眞是得天獨厚。」他們對他說：「你的外貌生來冷峻，與現實彷彿隔有千里之遙，那是我們費了半天勁也學不到的。」

「你對所生活的時代還不了解，」柯拉索夫親王對他說：「你要永遠做與他人期待恰好相反的事。我敢擔保，這是當代的唯一信條。勸你不要昏頭，也不要作假，因爲別人正等你做出昏頭或作假的事，這樣一來，反其道而行的訓誡就無法實行了。」

一天，菲茨·福克公爵邀請于連參加晚宴，也請了柯拉索夫親王。于連在客廳裡備受讚譽。

⓮ 拿破崙囚禁聖赫勒拿島時期（一八一五—一八二一），巴瑟斯特兼任殖民事務大臣，曾指使該島總督赫德森·勞方便行事，一可待囚徒。

宴會前，有個把鐘頭的等待。于連周旋於二十幾位賓客之間，他的言行舉止，至今猶為駐倫敦使館的年輕秘書仍津津樂道，他的神態眞是千金難買。

于連不顧那些公子哥兒的反對，執意要去探望著名的腓力普．范恩；英國哲學家洛克之後，僅此一人而已。監獄裡，他找到這位哲人正要服滿第七年刑期。「在這個國家，貴族階級可不開玩笑；」于連想：「何況，范恩已名譽掃地，受盡詆毀……」

于連覺得此公豪氣猶存；貴族階級的惱怒，適足以為他遣愁破悶。「這一位，是我在英國看到的唯一的快活人。」于連走出監獄時作如是想。

「對暴君最有用的莫過於神道觀念。」范恩對他說。其它憤世嫉俗的論調，此處從略。

于連回到法國，拉穆爾侯爵問道：「英國之遊，有什麼有意思的看法？」他卻默而不言。

「不管有意思、沒意思，你帶來了什麼看法？」侯爵追問道。

「第一，」于連答道：「在英國，每天發一個鐘頭瘋的人才是最健全的人；而這最健全的人又為自殺的惡魔所纏繞。自殺的惡魔是這個國家的上帝。

「第二，無論什麼人，一踏上英國領土，他的智慧和才能就減損了四分之一。

「第三，世界上沒有一處風景像英國那樣清幽、美妙，動人心弦。」

「現在該我說了。」侯爵接口道：「第一，在俄國使館的舞會上，你為什麼說，有三十萬二十五歲的法國人熱切地盼望打仗？這種說法對各國君王，你以為是中聽的嗎？」

「跟我國那些大外交官，眞不知該說什麼才好，」于連答道：「他們又特別喜歡爭論嚴肅問題。如果照搬報紙上的論調，他們就把你當傻瓜。要是你敢於談點切實而新鮮的見聞，他們就驚呆，就無言以對，第二天清晨七點就派使館的秘書來轉告，說你持論不識大體！」

「說得不錯！」侯爵笑道：「不過，我敢打賭，高明的先生，你去英國所為何事，恐怕還沒猜到。」

「恕我失敬！」于連說：「此行是爲了每禮拜去大使府邸參加一次晚宴，這位王上特派全權大使爲人最風雅不過了。」

「此行是爲了獲取這枚十字勛章的。你瞧，就在這兒。」侯爵道：「我還無意讓你早早脫去黑衫，雖說已習慣與穿藏青禮服的人用更有趣的口吻說話。沒有新命令之前，請記住：每當我看到這枚十字勛章，你便是我友人舒納公爵的幼子；這位公子六個月來已在爲外交界服務，只是他本人不自知吧了。請注意，」侯爵打斷于連感激的表示，一本正經補充道：「你的身分，目前我還不想有所變更。無論對保護者還是被保護者，這總是一種過錯，一種不幸。幾時你對我的訴訟案感到厭煩了，或者我覺得你不再是合適的人選，我會替你謀得一個好教區，像我們的朋友彼拉神父那樣的一個教區。此外，就什麼也談不到了。」說到這最後一句，侯爵的口氣很不客氣。

這枚勛章，使于連大爲得意，話也多了，覺得平時言談中不像從前那樣常受輕侮，常受攻訐。其實，在熱烈的談話中，這些話一般人注意不到，只有他才認爲可作不大禮貌的解釋。

這枚勛章想不到還招來一位稀客：就是瓦勒諾先生的來訪。他是來巴黎謝恩，感謝樞密院封他爲男爵，並藉以夤緣攀附。他不日就將任命爲維里埃市長，以取代雷納先生。

瓦勒諾先生告訴他，有人不久前發現雷納先生還是雅各賓黨。于連心裡只是暗暗好笑。事實是正在籌備的改選中，這位新晉男爵的候選人資格由內閣提名；而受保王黨控制的該省選區，雷納先生卻爲自由黨人所擁戴。

于連想探聽一點雷納夫人的近況，卻一無所得，舊日的對峙，男爵好像還耿耿於懷，所以不露一點口風。選舉在即，他要于連勸說乃父投他一票。于連答應寫信回去。

「騎士先生，你或許可引我去拜謁拉穆爾先生。」

「固然，我可以引見；」于連心裡想：「但是，像他這樣一個壞蛋……」

他答道：「在拉穆爾府，我實際上只是個無名小卒，還不配爲你引見。」

于連當晚就對侯爵轉達了瓦勒諾的期望，以及此人一八一四年以來的所作所爲。

「你不但要在明天爲我引見這位新晉男爵，」拉穆爾先生神情肅然，接口說：「我還要邀請他後天來吃晚飯。不久要任命一批省長，他是其中之一。」

「情況既然如此，」于連冷冷說道：「我便要爲家父謀求丐民收容所所長的職位了。」

「好極了，我同意。」侯爵又恢復歡快的神色，「我以爲你會說教一番呢！你老練多了。」

瓦勒諾先生告訴于連，維里埃彩票局局長剛死，這個位子給了蕭蘭先生。于連覺得很有趣，他以前在拉穆爾侯爵的臥室裡曾拾到過這老蠢材的一封求情信。在請侯爵爲彩票局長一職致財政大臣的函件上簽字時，于連背了幾句求情信裡的話，引得侯爵哈哈大笑。

蕭蘭先生的任命剛發表，于連得知省議會曾爲葛羅先生謀求這一職位。葛羅先生是著名的幾何學家，爲人慷慨，自己年入只一千四百法郎，卻借六百法郎給剛剛死去的局長一家救急。

于連對自己做出這種事，深感震驚。「這不算什麼，」他對自己說：「要想出頭，需要幹的不平事兒正多著呢！而且還要會用動聽的言辭善加掩飾。可憐的葛羅先生！他該得勛章，而到手的卻是我！勛章是內閣給的，我就得按內閣的旨意辦事。」

第八章、抬高身價

「你喝的水不解渴，」精靈說：「要知道這是巴克爾最清冽的井水了。」

——貝利谷

一天，于連從塞納河畔的維基耶莊園回來。那是一塊好地，拉穆爾先生最爲關切，因爲在侯爵的所有田產中，唯有這塊地曾屬於彪炳史冊的博尼法斯·德·拉穆爾。于連進了爵府，見侯爵夫人母女倆已從耶爾回來。

于連現在已然是個公子哥兒，曉然於巴黎的應接之道。見到拉穆爾小姐，態度十分冷淡，好像全不記得她曾興致盎然地問過他摔下馬的事。

拉穆爾小姐覺得他長高了，面色更蒼白了。他的身段和舉止已無絲毫鄉氣，談吐則不然，使人覺得過分嚴肅，過分正經。儘管講究實際，但由於他爭強好勝，言談之間倒沒有低三下四的樣兒，只覺得他還把好些事兒看得過分重大。但大家看出，他是一個說話算數，足以取信的人。

「他缺少的是瀟灑，而不是機智。」拉穆爾小姐對父親說，同時拿送于連勛章一事取笑乃父，「我哥哥求了您一年半了，他畢竟是拉穆爾家的人！」

「不錯，但于連有奇策急智，妳說的拉穆爾家的那個人就沒有這種高明。」

僕人通報說雷茲公爵駕到。

瑪蒂爾德聽了忍不住要打呵欠。每次見到公爵，總好像又看到父親客廳裡鍍金的古玩和舊日的常客。想到又要開始巴黎的社交，覺得十分厭煩。而在耶爾，卻又時時懷念著巴黎。

「我也十九歲了；」她暗自思量：「照這幫鍍金草包的說法，這是幸福的年紀。」她一眼掃過八、九本新出的詩集，都是她這次去南方期間積起來堆在客廳靠牆的小几上的。比起瓦澤諾、凱琉斯、呂茨蒙等朋友，她更見聰明，這是她的不幸。提起詩歌，普羅旺斯，南國的晴空，他們能說些什麼，她全猜得出。

這雙美麗的眼睛流露出深深的厭倦；更糟的是，有著對能否覓得歡樂的絕望。她兩眼停在于連身上，心想：「至少這一位不同於別人吧！」

「于連先生！」她的口氣輕快、簡捷，毫無女性的柔媚，是上層社會的年輕女子慣用的腔調，「于連先生，今晚雷茲先生家的舞會，您去不去？」

「小姐，本人還沒有榮幸得以拜見公爵大人。」（以他內地人的驕矜，說出這句話和這個頭銜，好像灼了他的嘴巴。）

「公爵請家兄務必邀您去他府上。您去的話，倒可以跟我詳細介紹介紹維基耶的情況；也許明年開春我們要去那兒。我想知道那古堡是不是還可住得，周圍的風景是不是像傳說的那麼美。浪得虛名的事有的是！」

于連不置可否。

「跟我哥哥一道來參加舞會吧！」她斷然說道。

于連恭恭敬敬鞠了一躬。「這麼說來，甚至在舞台上，也得向這個家庭的成員彙報。誰叫我是人家雇的辦事員呢！」他的情緒更惡劣了，「天知道我對大小姐說的話會不會有礙她父母兄長的打算？簡直是個霸主的小朝廷！只要你做個高明的廢物，而且還不許你埋怨。」

「這位大小姐真不討人喜歡！」他看著拉穆爾小姐走開去，心裡這麼想。她是給母親喊走的，去見與她媽媽相好的幾位夫人，「她時髦過分了，輕裙薄衫，整個肩膀都露出在外……她的臉色比旅行前還要蒼白……淡黃頭髮，都淡到沒有顏色了！陽光好像能直射無礙呢……不過，行禮的姿勢、看人的神態，多麼高傲！簡直是皇后氣度！」

拉穆爾小姐在她哥哥要離開客廳之際，把他叫了過去。

接著，諾爾拜伯爵朝于連走來，說：「親愛的于連，今夜該上哪兒接你，好一起赴雷茲府的舞會？公爵特意囑咐我，務必陪你前去。」

「何來如許恩典，在下心中有數。」于連答道，深深打了一恭。

諾爾拜的語調堪稱客氣，甚至關切，並無可議之處，于連只好借感恩戴德的答話，來發發自己的壞脾氣。他覺得自己的門面話裡有種低聲下氣的況味。

當晚赴舞會，看到雷茲府排場之大，使他吃驚不少。進門的一個院子，鋪天蓋地，搭了個大帳篷，紫紅的布幔上綴滿黃金打成的星星：輝煌燦爛，無逾於此了！帳篷之下，院子變成廣種柑橘樹和夾竹桃的園林：花蔭重疊，美不勝收。因為花盆埋得很深，柑橘樹和夾竹桃好像直接從地裡長出來似的。寶馬香車行經之處，都鋪上了細砂。

這座芳林，在我們這位內地佬看來，覺得非常獨特，做夢也想不到會有如許靡麗，頃刻之間，逸興飛揚，早把一肚子骯髒氣拋到九霄雲外去了。赴舞會的車上，諾爾拜喜上眉頭，而于連悶悶不樂；但一進院子，兩人的情緒倒反了過來。

諾爾拜置身繁華侈靡地，唯獨對照料欠周的幾個小關節特別在意。他評估每樣東西的費用，及至發覺總數相當可觀，于連注意到他神色頗有妒意，情緒也顯惡劣。

至於于連，剛走進舞會的第一個客廳，就心迷神醉，驚嘆不置，激動之餘，幾乎怯於舉步。

這時，第二客廳的門口，人群擠擠挨挨，他都無法前進一步。但見客廳的裝修，簡直就是阿爾汗布拉宮，富麗堂皇。

「應該承認，她是舞會的皇后。」一個小鬍子青年說道，肩膀都快抵住于連的胸口了。

旁邊一人答道：「整個冬天，號稱頭號美人的芙蘿小姐眼見自己得退居其次了；你看她的神氣多怪。」

「她眞不惜使出全身解數以討人喜歡。你看，這場八人對舞，她獨舞時的媚笑，憑良心說，眞是千金難買呀！」

「拉穆爾小姐可謂春風得意，她自己全感到了，但一點都不露出來。誰跟她講話，她好像唯恐有取悅於人之嫌。」

「好呀，這才是誘人的極致！」

于連費了好大勁，也沒能看到所說的迷人女子：七、八個高個子男子擋住了他的視線。

「矜持高貴之中不無撒嬌之處。」小鬍子又說。

「還有，那對藍瑩瑩的大眼睛，在正要泄露眞情的一剎那，卻慢慢兒低垂下來，」他身邊一人說道：「眞的，沒有比這更妙的了！」

「你看，美麗的芙蘿小姐在她旁邊一站，就顯得姿色平平了。」第三個人說道。

「這種驕矜之態，彷彿是說：哪個男子配得上我，我自會對他情意殷殷。」

「可是有誰配得上高雅的瑪蒂爾德呢？」第一個人說：「除非哪位王太子長相英俊，頭腦聰明，身材勻稱，戰場上的英雄，年紀至多不過二十歲。」

「那只有俄國沙皇的私生子了……據說為促成這門親事，要封他一個藩國呢！或者乾脆就是德·泰萊爾伯爵，他那副尊容倒眞像沐猴而冠的鄉巴佬……」

門口鬆散了些，于連才得以走進去。

「這批玩偶把她說得如此了不得，倒值得我好好研究研究。」他心裡想：「這樣，也可明白這些人心目中約天生佳麗到底美到什麼程度。」

正當他舉目四顧，瑪蒂爾德看到了他。「我的職責召喚我行動起來。」于連心裡想。這時，只有他臉上還留著點憂煩的神色。受好奇的驅使，他欣然走向前去，看到瑪蒂爾德那件領口很低的裙衫，興致陡增。這對他的尊嚴來說，並不很值得恭維。

「她的美，有種青春氣息。」他品味著。有五、六個年輕人隔在于連和瑪蒂爾德之間，其中就有剛才在門口橫發議論的幾位。

「先生，您整個冬天都在巴黎，今晚這場舞會在冬季舞會中要算最輝煌的了，是不是？」瑪蒂爾德問道，可于連沒吭聲。

「這場庫隆兄弟編舞的四組舞眞是出神入化，那幾位夫人也跳得曼妙之至。」

年輕人紛紛回過頭去，想看看她一定要逼出一句答話來的幸運兒是何許人。可是聽到的答話，未免令人泄氣——「小姐，我可不是高明的裁判。我過的日子無非抄抄寫寫，這樣豪華的舞會，我還是第一次開眼界。」

幾個小鬍子聽了都感到憤怒。

「您是有識之士，于連先生，」瑪蒂爾德接著說，對他越發感興趣了，「您看這類舞會，神態那麼超脫，像盧梭一樣。這類瘋狂事兒，只能使您驚異，而不能使您動心，是吧？」

聽到這個人名，于連聯翩的想像頓時消失，美麗的幻影也從心頭驅散。慢慢地嘴角露出一絲輕蔑的表情；這也許有點過分。

「盧梭自以爲有識見，可以評判上流社會，在我看來，不過是個蠢材。」于連答道：「上流社會，他並不了解；他那份心情，就像做官的一朝發跡那種樣兒。」

「他寫的《民約論》可不同凡響呀！」瑪蒂爾德的口氣頗爲崇敬。

「儘管鼓吹共和，號召推翻君權，只要哪位公爵在飯店散步時轉個方向，陪盧梭的朋友走幾步路，便足可教這位突然大紫大紅的作家忘乎所以。」

「啊！是的，德．盧森堡公爵在蒙莫朗西就曾經陪庫安德先生朝巴黎的方向走了一段路，」拉穆爾小姐舉出《懺悔錄》裡的掌故，對自己引經據典、炫耀學問，第一次感到悅和得意。她陶醉於自己的博學，好像法蘭西學院院士⓯發現費赫特利烏斯王的存在一樣。于連的目光，銳利而嚴峻。瑪蒂爾德一陣興奮；但對方的冷淡使她慌了神兒。歷來都是她弄得別人張皇失措的，今晚的情形對她就大可驚異了。

這時，瓦澤諾侯爵急急朝拉穆爾小姐走來。有一時，跟她只隔著三步路，因爲人多擠不過來。他望著她，對這道人牆只好苦笑。他的近旁是年輕的伍弗萊侯爵夫人、瑪蒂爾德的一位表姐。她丈夫挽著她的胳膊；他們新婚才半個月。伍弗萊侯爵也年少翩翩，懷著一股幼稚的愛情；這門親事雖由公證人按門當戶對撮合而成，他仍覺得新娘十全十美。伍弗萊先生只等享高壽的伯父嗚呼，就可以晉升爲公爵了。

瓦澤諾侯爵無法穿過人群，只能含笑望著瑪蒂爾德。瑪蒂爾德睜著天藍色的大眼睛，打量著他和周圍的人。「沒有比這群人更平庸的了！」她心裡想：「瞧這位瓦澤諾，還有意要娶我。不錯，他溫文爾雅，彬彬有禮，舉止像伍弗萊一樣完美。只要不令人頭痛，這些先生倒屬可愛。將

⓯ 指法蘭西學院院士洛朗迪，因誤讀拉丁文，又妄加穿鑿，發掘出一個子虛烏有的費赫特利烏斯王，貽笑大方。

來，他也會帶著這種器局有限、沾沾自喜的神態，陪我參加舞會。結婚一年之後，我的車馬，我的衣飾，巴黎郊外的別墅，一切都會盡善盡美，足可以叫嫁給新貴的女人，比如說羅華維伯爵夫人嫉妒得要死。但，以後呢……」這一前景，好不煩人。

瓦澤諾侯爵終於得以走近來跟她說話，但她想著心事，沒聽進去。他的說話聲，和舞會的嗡嗡聲混成一片。她的目光不知不覺跟著于連轉；于連已經走遠，神態眞可謂敬而遠之，骨子裡有的是傲慢，有的是不滿。遠離走動的人群，在一個角落裡，她瞥見了阿爾泰米拉伯爵。他在本國被判了死刑，想必讀者業已知悉。路易十四年間，他有位親戚曾嫁與孔棣親王；這件往事多少起點保護作用，使他逃過聖公會暗探的追索。

「我看只有死刑才能抬高一個人的身價；」瑪蒂爾德自忖：「天下只有這樁事，是有錢買不來的！」

「啊！我剛才的想法簡直是句妙言妙語，可惜沒在恰當場合說出來，爲我增光！」瑪蒂爾德講究機趣，不願在談話中引用事先想好的妙語，但她又特別自負，不對自己這句話大爲得意。她臉上煩悶的表情已爲歡快的神色所取代。瓦澤諾侯爵一直在跟她說話，以爲她心有意願了，更加滔滔不絕。

「我這句妙語，哪個混蛋反對得了？」瑪蒂爾德想：「誰來說三道四，我就回答他：子爵的頭銜、男爵的頭銜，可以買到。勛章，可以奉送；我哥哥剛到手一枚，他又有什麼功勞？軍銜，可以獲取；十年戍邊、或者有個當陸軍大臣的親戚，不就可以像諾爾拜那樣當個騎兵上尉？大筆財產……這當然是最難的，因而也最直價值。唉，奇怪！這和書本上說的正好相反……再說，想發財，娶銀行家洛希爾特的千金就是——確實，此語大有深度。唯有死刑，才是誰也不想去求來的！」

「你認識阿爾泰米拉伯爵嗎？」她問瓦澤諾先生。

她的神情好像剛從天邊回來。這句問話，跟可憐的侯爵五分鐘來的談話風馬牛不相及，即使他性情和易，也不免困窘。不過他是聰明人，而且是以聰明出名的。

「瑪蒂爾德有點怪，這是美中不足的地方。」他心裡想：「但是，她能給丈夫帶來顯赫的地位！眞不知道拉穆爾侯爵用了什麼手腕，能跟各黨各派的頭面人物都有交往，免遭沒頂之災。再說，瑪蒂爾德的怪，也可以看作是才。有高貴的血統、偌大的財產，怪才就非但不可笑，反顯得與衆不同！而且，只要她願意，聰明、稟性、機靈，集三者之長，自是一個可意人兒……」一心不能二用，侯爵回答瑪蒂爾德時，神不守舍，好像背書一樣。

「這可憐的阿爾泰米拉，有誰不認識呢？」接著把這人荒唐可笑的未遂陰謀講了一遍。

「荒唐之至！」瑪蒂爾德自語似地說：「但他到底幹了一番事業。我要見識見識眞正的男子漢，請你把他領來，」她對瓦澤諾侯爵說。侯爵大感怫逆。

阿爾泰米拉伯爵對拉穆爾小姐高傲的、甚至放肆的神態極爲傾心，毫不掩飾自己的欽慕之情。在他看來，巴黎的美人兒中，瑪蒂爾德可以數數了。

「她要是坐在寶座上，該多美啊！」他對瓦澤諾先生說。他毫不推阻就跟了過來。

上流社會裡有不少人，把密謀擬於不倫，覺得大有雅各賓氣息。但還有什麼比失敗的雅各賓更叫人嗤之以鼻的？

瑪蒂爾德的目光，跟瓦澤諾先生一樣，對阿爾泰米拉的自由主義論調含著譏嘲的意思；不過，聽他高談闊論，倒覺得挺有味兒。

「密謀家來到衆目睽睽的舞會，倒是相映成趣。」她想。見他髭鬚濃黑，覺得他的容貌像一頭休息中的雄獅。但很快就看出他只執著一念：功利，和頌讚功利。

除了在本國建立兩院制政府一事外，年輕的伯爵認為沒有別的活動更值得他注意的了？儘管瑪蒂爾德是舞會中最迷人的姑娘，他還是欣然離去，因為見到進來一位秘魯將軍。可憐的阿爾泰米拉對歐洲失望之餘，只得抱這樣的想法：南美各國一旦強大起來，就會把米拉波子爵傳播過去的自由思想送還給歐洲⓯。

一群小鬍子像陣旋風，走近瑪蒂爾德。她已經覺察到沒能籠絡住阿爾泰米拉，對他的離去殊覺怏怏。看到他跟秘魯將軍談話，烏黑的眸子閃閃發亮。拉穆爾小姐對身邊的法國青年用莫測高深的目光掃了一眼，那種嚴肅的神情是她的任何一位情敵都學不來的。她想：「即使萬事俱備，他們之中有哪一位肯自投羅網，給判處死刑的？」

這奇特的月光掃過不懂事之輩，以為受了青睞，其他人則深感不安：他們怕她衝口說出什麼尖刻的話來，令人難以置答。

「出身高貴，自具種種優秀品質；而一個人不具這些品質，我又看不入眼：于連這例子就讓我悟出這點道理。」瑪蒂爾德想：「但出身高貴，又會消蝕一個人捨身求法的美德。」

這時，有人在她旁邊說：「這位阿爾泰米拉伯爵是聖．納扎羅．畢蒙泰親王的次子；他們的祖先曾營救過康拉丹，但康拉丹還是在一二六八年被斬決了。畢蒙泰家族算得上是那不勒斯的名門望族。」

「妙呀！」瑪蒂爾德想：「我的名言警句得到證明了。出身高貴，會剝奪一個人的性格力量，而不具備性格力量，就不會落到給判處死刑！看來我今晚盡在這裡想歪理了。既然我跟別的女人一樣，只不過是個女人，那麼，有舞跳就跳舞！」瓦澤諾侯爵求她跳快步舞，都求了個把鐘

⓰這一頁，於一八三〇年七月二十五日發排，八月四日印刷。——出版者原注

澤諾大快於心。

頭，她這才俯允下來。爲了排遣一下剛才的苦苦思索，瑪蒂爾德索性做出千嬌百媚的樣兒，使瓦

但是，不論是跳舞，還是取悅於最漂亮的貴冑子弟，她都無法開心起來。她已經風頭十足，不可能更紅了。她是舞會上的皇后，這點她當然看得出，但心情還是很冷淡。

一小時後，瓦澤諾送她回原來的位子。她心裡想：「跟他這樣的人過日子，生活會多麼暗淡無光！闊別巴黎半載，到這個令所有巴黎婦女都爲之眼紅的舞會還找不到快活，那麼，還能在哪兒找到？」她憂鬱地想。「再說，我在這兒備受尊重，而且這個階層的人都堪稱一時之選；除了幾位貴族院議員，或許再加一、兩個于連那樣的人，更無其他市井小民。還有什麼好命運沒給我呢？身世、財產、青春。唉！一切都有了，只差幸福了。」她越想越愁。

「我有很多勝長處，但最成問題的，還是今晚他們跟我談到的那些。聰明，相信我算得上總明，因爲看得出，他們都忌憚我三分。要是敢於涉及什麼嚴肅的話題，不出五分鐘，他們就會跟不上腳步，從我翻來覆去說了個把鐘頭的話裡，好像突然有了什麼重大的發現。生來美麗，是我的長處：只要能換到，有才無貌的斯達爾夫人是什麼都肯犧牲的。而事實上，我卻煩悶得要死。嫁了人，改姓瓦澤諾，難道就不會像現在這樣煩悶了？」

「可是，天啊！」她接著想下去，幾乎要哭出來，「這不是個完人嗎？瓦澤諾堪稱本世紀教育的傑作。你朝他看看，他總能想出一句叫人聽了舒服，甚至覺得風趣的話出來。他算是好樣的了……不過，于連這個人眞怪，」她自語道，忿忿之色取代了陰鬱的眼神，「我跟他說過，我有話跟他說，而他居然臉都不露！」

第九章、舞會上

奢華的服飾、輝煌的燭光、芬芳的香水，多少漂亮的玉臂，多少美艷的裸肩！鮮花簇簇！羅西尼的樂曲令久銷魂，希賽利的繪畫……真渾不知身在何處！

——《余澤利遊記》

「妳不高興的臉色，」拉穆爾侯爵夫人對女兒說：「我得告誡妳：妳在舞會上這樣子是很不雅觀的。」

「我只是感到頭痛，」瑪蒂爾德強頭倔腦地答道：「場子裡太熱了。」

這時，像是印證拉穆爾小姐的說法，上了歲數的托利男爵突感不適，跌倒在地，不得不把他抬出去。說是中風，眞是件掃興事。

瑪蒂爾德毫不理會。在她已定下一條宗旨：凡老傢伙和好說喪氣話的人，歷來是連看都不看一眼的。還是自去跳舞，躲開中風之類的話題。其實倒不是中風，因爲過了兩天，男爵又在社交場露面了。

跳完舞，又想起來：「怎麼索萊爾先生老是不來？」她少不得四下張望，瞥見他在另一個客廳。怪事，他淡漠的神態好像消失了！而冷然凝定不動聲色在他本是自然不過的：也沒了英國式的矜持。

「原來他跟我的死刑犯阿爾泰米拉伯爵在聊天呢！」瑪蒂爾德思量道：「看他的眼睛，陰沉沉、火辣辣的，樣子像位微服私行的王子，顧盼之間更顯得高傲了。」

于連跟阿爾泰米拉說個不停，慢慢走近瑪蒂爾德。瑪蒂爾德直眼看著他，想從他的容貌裡找出些高超之處來；所謂高超之處，發揚起來，就能予人以判處死刑的榮幸！

經過她身邊時，于連正對阿爾泰米拉伯爵說：「是的，丹東眞是個大丈夫。」

「噢，天哪！他敢情是丹東式的人物！」瑪蒂爾德心裡想；「不過，他長相高貴，而丹東卻其醜無比，簡直像個屠夫。」

于連還沒走遠，她毫不遲疑地喊住他，想問他一個問題。提這問題對一個年輕姑娘是頗爲奇特的，她不僅意識到，而且還引以爲傲：「丹東不是嗜殺成性的傢伙嗎？」

「在某些人看來，不錯；」輕蔑之情溢於言表；他目光如炬，與阿爾泰米拉談話的熱勁兒還在。「但不幸的是，對出身高貴的人來說，他不過是塞納河畔梅利地方區區一律師；就是說，小姐，」他帶著惡意說：「丹東剛開始那會兒，也跟我在這兒見到的貴族院議員彼此彼此；不錯，丹東在美人兒眼裡有一大欠缺：容貌奇醜。」

最後這句話說得很快，口氣有點特別，肯定也不是很禮貌的。

于連說完，等了片刻，上身略向前傾，謙恭裡帶著一股傲氣，像是說：「你們付了工錢，我就該有問必答；我是靠工錢活命的。」他都懶得抬眼看一下瑪蒂爾德；倒是瑪蒂爾德睜著美麗的大眼睛，直定定望著他，像是他的奴僕。他望著她，像下人等主子有什麼吩咐。四目對視，瑪蒂爾德一直用奇異的目光盯著他，他卻裝出匆遽的樣子走開了。

「他，眞長得漂亮，卻讚頌起醜人來！」瑪蒂爾德脫出迷夢狀態，心裡這麼想：「他倒是一言既出，從不反悔！跟凱琉斯或瓦澤諾就是不一樣。家父在舞會上模仿拿破崙的神態，可謂維妙維肖；這于連就有點那種神態。」她把丹東已置之腦後。「說眞的，今晚我感到十分無聊。」她挽起哥哥的手臂，不管他有多少愁緒，硬逼他陪自己到舞池轉一圈。她起意想再聽聽于連跟那判死刑的談些什麼。

人群稠密。她終於尋到他們。這時，與她相隔兩步，阿爾泰米拉正走近托盤，要去取一杯冰水。他半側著身還在跟于連講話，瞅見包著繡衣的胳膊在取旁邊一杯冰水。那針繡似乎引起他的注意，便把整個身子轉了過去，想看看這胳膊屬於誰人。立時，他高貴而坦誠的目光略略露出不勝輕蔑的表情。

「請看此人，」他低聲對于連說：「他便是敝國大使阿拉塞里親王。今天早上，他向貴國外交大臣奈瓦爾先生提出要引渡我。瞧，就是在那邊打惠斯脫牌的那位。奈瓦爾先生傾向於把我交出去，因爲一八一六年上，我國曾引渡給法國兩、三個亂黨。假如他們把我交給我國國王，不出二十四小時，我就會給絞死的。而捉我的人必在這些漂亮的小鬍子中。」

「無恥之徒！」于連半高不低地嚷出聲來。

瑪蒂爾德一字不漏，聽著他們談話，煩悶頓消。

「還不算那麼無恥。」阿爾泰米拉伯爵接著說：「跟你談論我，說得更生動些。請看那位阿拉塞里親王，隔不上五分鐘，就要瞧瞧他那金羊毛勛章；看到自己胸前的撈什子就樂不可支！這可憐蟲眞是生錯了時代。一百年前，『金羊毛』是顯赫的榮譽；不過，他要是生在那時，也沒他的份吶！如今在名門望族中，只有像阿拉塞里這樣的人才會爲一塊勛章喜歡不盡。爲得到這枚勛章，哪怕要吊死全城的人，他都在所不惜。」

「他花了這麼大的代價？」于連不安地問。

「倒也不盡然。」阿爾泰米拉冷冷答道：「也許在他的指使下，就把當地三十來個有錢的業主當成自由黨，給扔進了河裡。」

「眞是畜生！」于連又罵了一句。

拉穆爾小姐側著頭聽得津津有味。因爲挨得很近，她的髮絲幾乎擦著于連的肩膀。

「你還年輕！」阿爾泰米拉答道：「我跟你說過，我有個姐姐，嫁在普羅旺斯。她善良、溫柔，現在還很漂亮，是個賢妻良母。她盡責盡力，篤信宗教而不是假裝虔誠。」

「他說這些話，是什麼意思？」拉穆爾小姐心裡尋思。

「她現在生活得很美滿，」阿爾泰米拉伯爵繼續說：「在一八一五年上，她也生活得很快活。那時，我躲在她的領地上，在昂蒂布附近。怎麼著，聽到拿破崙部將奈伊元帥被處決，她竟高興得手舞足蹈！」

「這可能嗎？」于連聽了汗毛一凜。

「這就是黨派性。」阿爾泰米拉又說：「十九世紀裡，不會再有什麼眞正激動人心的事了。所以法國人才如此煩悶，才會沒有凶殘之心，而幹出凶殘之事。」

「太糟糕了！」于連嘆道：「至少犯罪也得求個痛快。犯罪，也只有這點可取，也只有這個理由才能略加開脫。」

拉穆爾小姐完全忘了自己的身分，幾乎橫梗在阿爾泰米拉和于連之間。她哥哥對她向來是唯命是從的，讓她挽著手臂，舉目望著客廳別的地方，裝得神態自若，好像是給人群擋住才走不過去的樣子。

「你說得有道理，」阿爾泰米拉說：「現在的人，做什麼事都不覺得痛快，而且做過了，也不再去想，連犯罪在內。可以拿來當凶手判刑的人，在這個舞會上，也許就能指出十個來。他們幹的勾當，自己忘了，大家也忘了。⑰

「有的人看到自己的狗，爪子破了，會心痛得掉下淚來。等牠們死了，在拉雪茲公墓下葬，照你們巴黎人肉麻的說法，鮮花繽紛地撒在棺木上；悼念之詞會告訴你，他們集騎士的美德於一身，其先祖在亨利四世時代還曾立下豐功偉績。儘管阿拉塞里親王拚命使勁，如我有幸不被吊死，還能在巴黎靠家產享清福，我一定要好好宴請你，同時再請上八、九位倍受尊敬而且毫無悔意的刺客。在這個宴席上，唯閣下與我，是手上未沾鮮血的。但我會被當作嗜血成性的雅各賓而遭鄙視，甚至仇恨，而你也會被看不起。原因很簡單，誰叫你出身平民而想混跡上流社會！」

「說得太對了！」拉穆爾小姐脫口而出。

阿爾泰米拉看到是她，不勝訝異；于連卻連看都不屑一看。

「請注意，我策動的那場革命之所以沒有成功，」阿爾泰米拉伯爵繼續說：「就是因爲我不願砍掉三個腦袋，不願把七、八百萬現金分給黨人。這筆款子放在一個錢庫裡，鑰匙就在我手上。那時之前，王上跟我一直你我相稱，現在是巴不得把我吊死了。假如我砍了三個腦袋，分了錢庫，國王反會賜我最高勛章，因爲我至少執掌半壁天下，我國說不定還會有一部憲章……世事原是一局棋。」

「這麼說來，」于連雙眼冒火，「那時你不諳此道；要是如今……」

「你是不是想說，如今我會砍一些人腦袋，不去當溫和的吉倫特派……」阿爾泰米拉神色沮

---

⑰ 這是一個憤懣者的牢騷話。——莫里哀對《僞君子》一劇的批語。譯按：這條「批語」係斯湯達爾的假託。《僞君子》一劇原名爲Tartufe，亦即劇中主人公達爾杜夫的名字；莫里哀此劇一出，「達爾杜夫」遂成僞君子的別名。下文第十三章引有達爾杜夫的四句台詞。

喪地說：「我可以告訴你，決鬥殺人，比假手於劊子手，要漂亮得多。」

「當然！」于連說：「爲了達到目的，可以不擇手段。我要不是這樣微不足道，而有幾分權勢，就會把三個人吊死，去救四個人的命。」

他雙目灼灼，露出敢作敢爲的熱忱，和對世人淺識薄見的蔑視。拉穆爾小姐離他很近，兩人眼睛遇個正著，他眼中的蔑視非但沒有改爲和悅之色，反而變本加厲了。

瑪蒂爾德大感怫逆，但要忘掉于連已勢所不能，便悻悻然拖著哥哥離去。

「我該喝點『潘趣酒』（punch），痛痛快快跳一回；」她心裡想：「挑個好搭檔，不顧一切出出風頭。好，這位費瓦格伯爵是出名的放肆傢伙。」她接受他的邀請，一起跳舞。她想：「現在讓大家看看，兩人之中誰更放肆。不過要把他奚落個夠，先得叫他說話。」很快，四組舞的下半場成了虛應故事，瑪蒂爾德的刻薄話，誰也不願漏掉一句。費瓦格先生弄得心慌意亂，腦子裡空空如也，沒有思想，只能靠說好話，陪笑臉，湊趣應付。瑪蒂爾德憋了一肚子氣，對他非常不客氣，簡直當成一個仇敵。她跳舞一直跳到天亮，退場的時候累得不行。坐上馬車，還剩的一點力氣，正好用來讓她感到悲哀與不幸。是呀，她受于連鄙薄，卻無法鄙薄于連。

于連興高采烈達於極點，不覺陶醉在音樂、鮮花、美女和優雅的環境裡，尤其陶醉在自己的想像中，夢想自己的榮耀和人類的自由。

「多華麗的舞會呀！」他對伯爵說：「這裡眞是什麼也不缺了。」

「恰恰缺了思想。」阿爾泰米拉答道，臉上露出鄙夷不屑的神情；這輕蔑之意，因禮貌上宜加掩飾，反而顯得更加刺眼。

「有你在這兒吶，伯爵先生。而且傳播的還是密謀思想，不是嗎？」

「我在這兒，是倚仗我的姓氏。但是，在你們那些客廳裡，思想是爲人憎惡的。思想以不超過俏皮的歌詞為限，這樣才能受到誇獎。但是，人會思索，他的俏皮話如果有能量，有新意，你們就說他玩世不恭。你們的法官不是用這個罪名加在作家庫里埃的頭上嗎？不是把他，如同詩人貝朗雷那樣，關進了監獄？在你們法國，凡智力稍有可取的人，聖公會就把他送上輕罪法庭，上流社會就拍手稱快。

「那是因為你們的社會已經老朽，特別注重體統……你們那些人，水平永遠不會高出軍旅之勇：貴國可以產生驍勇過人的繆拉元帥，但絕不會出現高瞻遠矚的華盛頓。我在法國，所見都是虛榮。說話有創見的人，不免口齒伶俐，只要有一、兩句冒失話，主人就覺得受了輕慢。」

說到這兒，伯爵的馬車順帶送于連回去，就在拉穆爾府邸前停住。于連對密謀家大為傾心。阿爾泰米拉顯然是出於深刻地了解，曾稱讚他：「你沒有法國人的輕浮，你懂得功利原則。」于連正好在前天晚上看過卡齊米爾．德拉維涅的悲劇《馬利諾．法列羅》。

「伊斯拉埃爾．貝爾蒂西奧不是比所有威尼斯貴族更有性格嗎？」我們這位叛逆的平民心想道：「那些威尼斯貴族，他們的族譜可以上溯到公元七〇〇年，查理曼大帝之前一個世紀，而今晚雷茲公爵舞會上的貴族，即使門第顯赫，也只能勉強追溯到十三世紀。這些威尼斯貴族，儘管出身如何了得，而真正值得大家懷念的，卻是伊斯拉埃爾．貝爾蒂西奧這樣的普通木工。

「社會隨心所欲，賜予的所有爵位，會給一場密謀統統取消。風雲際會，一個人憑他對生死的態度，一上來就劃定了他應占的地位，就連聰明才智也會失去其影響……在瓦勒諾和雷納輩當道的世紀裡，今日的丹東能有什麼作為？恐怕連當檢察官都輪不上他……

「怎麼說呢？他會賣身投靠，也許當上大臣，因為偉大的丹東終歸有過盜竊情事。米拉波也出賣過自己。拿破崙在義大利就盜回幾百萬錢財，不然他會像畢什格呂將軍般窮得一籌莫展。只有拉法耶特侯爵與盜竊無涉。應該偷盜，還是賣身投靠？」于連想到這裡，被這個問題卡住了，便撿起一本大革命史，來消磨夜裡剩下的時光。

第二天，在藏書室擬信函時，還想著阿爾泰米拉伯爵的談話。

「就事論事，」他瞎想了一陣之後自語道：「西班牙自由黨圖謀不軌時，如果把老百姓也拉進來，就不會那麼容易給清除掉。」于連好像如夢初覺，突然喊出聲來：「他們不過是群孩子，又自大又嘮叨……跟我一樣！」

「我做過什麼艱巨的事，有權去評斷這些可憐蟲呢？他們一生中，至少有過一次是敢作敢爲的。我像個吃撐的，離開飯桌時說：『明天不吃飯了，』但這並不會影響我今天的健壯和快適。幹大事幹到一半，會有什麼感慨……」這些高深的想法給拉穆爾小姐突然進藏書室打亂了。丹東、米拉波、卡諾之輩是不能被征服的；他對他們偉大的品格不勝嚮往，以致眼睛看著拉穆爾小姐，卻視而不見，沒想到是她，沒想到要跟她打招呼。等到他睜大眼睛終於看到了她，眼神馬上黯淡了下來。千金小姐注意及此，不由十分失望。

無奈，她請他取一冊韋利著的《法國史》。這本書在頂層的書櫃上，于連只得去找一把比較高的梯子。梯子靠好，取下書來，交給她時也沒想到她。梯子拿去放回原處，腦子還想著心事，胳膊肘撞著書櫃玻璃，嘩啦一聲，玻璃跌碎在地，才把他驚醒過來。趕忙向拉穆爾小姐致歉，努力想表示得禮貌些，但也僅止於禮貌。瑪蒂爾德顯然看出自己打擾了人，他寧肯接著想她到來之前所想的事，也懶得跟她寒暄。她看了他一陣，才慢慢走開去。于連目送她離去。眼前這素淨的穿著，與昨晚華貴的打扮，眞有霄壤之別，大可玩味。兩副容顏之不同，也差不多同樣驚人。他位少女，在雷茲公爵的舞會上是那麼高傲，此刻的眼神卻簡直近乎哀愁。「的確，」于連心想：「這套黑裙衫，更能顯出她身材之美。眞大有皇后風範！但是她爲什麼要穿黑戴孝呢？」

「假如向別人問她服喪的原因，說不定又是蠢事一樁。」于連這時已完全脫出亢奮狀態。

「我得把早晨擬的信再看一遍。天知道會找出多少脫漏的字，多少愚蠢的話。」正當他強打起精神，剛看第一封信，就聽到近旁綢衫窸窣聲。他陡然轉過臉去，見拉穆爾小姐站在離書桌二步遠處，嫣然一笑。她再次闖入，于連不免有氣。

瑪蒂爾德這方明顯感到自己在這少年眼中無足輕重；嫣然一笑，聊以掩飾窘態而已。這一點她算成功了。「看得出來，索萊爾先生，您在想著什麼有趣兒的事。會不會是密謀趣聞？多虧這樁密謀，才把阿爾泰米拉伯爵給我們送到了巴黎。請略說一二，我很想知道。我可以發誓，一定守口如瓶！」她聽到自己說出這句話來，大感意外。怎麼！謙卑，乞求起一個下屬來？窘狀有增無已，便用輕快的口吻說：「您平時冷冷的，是什麼把您變得像米開朗基羅雕塑的先知那樣？」

這句尖利而唐突的問話很不中聽，引得于連大發狂態。

「丹東偷盜，難道不對嗎？」他衝口而出，神色越來越凶，「皮埃蒙特的革命黨，西班牙的過激派，他們圖謀不軌，把老百姓也牽連進去，應不應該？把軍職、勛章送給毫無軍功的人，應不應該？佩帶勛章的人，難道就不怕國王捲土重來？都靈的金庫給洗劫一空，該當不該當？總之一句話，小姐，」他逼近一步，樣子很可怕，「一個想掃除愚昧和罪惡的人，必須像暴風雨一樣摧枯拉朽，不分青紅皂白地施虐作惡嗎？」

瑪蒂爾德感到害怕，受不了他的目光，往後退了兩步。

她瞧了他一下，對自己怕他深感羞慚，便快步走出藏書室。

第十章、瑪格麗特皇后

噢，愛情！不論多麼瘋狂，不是都大有意趣嗎？

——《葡萄牙修女書簡》

于連把信函重看了一遍。晚餐鐘響，他心裡想：「在這位巴黎洋娃娃看來，我一定非常可笑。把我的所思所想如實告訴她，真是荒唐！但也許並不盡然。這種情形下說實話，無愧於我的爲人處世。

「不過，爲什麼要問及我的私見？這樣提問大非所宜，這種做法也不合定規。她父親固然付我工資，但區區對丹東的看法，不屬於盡職的範圍。」

于連走進飯廳，看到拉穆爾小姐身穿孝服，一時忘了自己的惡劣情緒。全家沒有別人穿黑衣服，所以她顯得特別惹眼。

整個一天，他都十分亢奮；吃過晚飯，心情才算完全平復。所幸，那位懂拉丁文的院士也在座。于連私忖：「如我要打聽爵府小姐到底爲誰穿孝這件蠢事，諒必這位也不會十分取笑我。」

瑪蒂爾德看起于連來，神情很特別。于連想：「正像雷納夫人對我描述的那樣，這就是此地女子愛嬌的表現了。今天早上，我對她不夠客氣。她有雅興想跟我聊聊，我卻沒理她，在她眼裡，反提高了身價。反正是魔鬼，也沒什麼可損失的。她性氣高傲，目中無人，過後準知道怎麼報仇出氣。那就聽便吧！但和我失去的那一位是多麼不同呀！那是風韻天成！何等清純樸實！她有什麼想法，我比她本人還知道得早，我能眼看著她的想法怎麼產生出來。在她的心裡，唯一能跟我抗衡的，是怕孩子死去的恐懼；這是種合情合理、十分自然的愛憐，即使我爲之痛苦，也依然覺得其可取。我眞是個笨蛋！當時幻想巴黎的種種，竟妨礙我去賞識那妙人兒。

「多大的不同啊！天哪！我在這兒見到了什麼？不是飛揚浮躁的虛榮心，便是差等不同的自尊心，此外就什麼也沒有。」

餐畢離座。于連想：「別讓我的院士給人拉走。」趁眾人紛紛朝花園走去，于連便走近院士，貌極溫順謙恭。院士對《歐那尼》演出獲得成功⑱，非常氣不過，于連就順水推舟。

「如果還是下密詔就能抓人的年月，那就好了……」

「諒他就不敢了！」院士說著，做了一個悲劇演員塔爾瑪的誇張姿勢。

中途見一朵鮮花，于連便引維吉爾《農事詩》中的詞句加以讚美，認爲詩寫到像戴利爾神父一般，就罕有其匹了。總之，把院士拍得喜煥眉梢。然後，閑閑說起：「我猜想拉穆爾小姐大概得了一筆遺產，才爲那位叔伯戴孝吧。」

「怎麼！你還住在這個人家，竟不知道她的怪癖，」院士戛然止步，說：「不過，也怪，這類事情她母親倒會允許。咱們背後說說，這個人家恰恰不是靠性格力量輝映於世。但瑪蒂爾德小姐個性特強，抵得上一家人，大家都聽命於她。須知今天是四月三十日！」院士說到這兒打住了，狡黠地看了于連一眼。于連報以微微一笑，大有心領神會之概。

---

⑱《歐那尼》爲雨果的浪漫派名，一八三〇年二月二十五日在巴黎首次上演，激發古典派與浪漫派之爭。

「聽命於她，穿黑戴孝，與四月三十有何關連？」他心裡籌思：「我眞比想像的還蠢。」

「我得承認……」他對院士說，眼神還在詰問究竟。

「咱們到花園裡轉轉吧！」院士神色歡愉，看到有機會可以浮言巧語一番了，「怎麼！閣下眞不知道一五七四年四月三十日發生的事？」

「發生在哪裡？」于連訝然。

「格雷佛廣場呀！」

于連聽了，大爲詫異，一時裡沒明白過來。他的性格與悲劇趣味十分投契；期待有個悲慘的故事可聽的好奇心使他兩眼閃出光彩，這正是說故事的人最樂意看到的。院士找到一隻還沒聽過這故事的耳朵，喜出望外，便細說從頭，告訴于連——「五七四年四月三十日，那個世紀的美男子博尼法斯．德．拉穆爾，與其友人，皮埃蒙特紳士阿尼拔爾．德．柯克納索，在格雷佛廣場被斬決處死。博尼法斯是瑪格麗特．德．納瓦拉皇后傾慕的情人。請注意，」院士提醒說：「拉穆爾小姐的芳名就叫瑪蒂爾德．瑪格麗特。博尼法斯還是瑪格麗特之弟阿朗松公爵的寵愛，同時又是他情婦的丈夫納瓦拉親王的密友——納瓦拉親王接位後，史稱亨利四世。

「一五七四年狂歡節的最末一天，王室駐蹕在聖日耳曼古堡，守著可憐的查理九世，因爲王上行將駕崩了。這時，有兩位親王被太后卡特琳娜．德．梅迪契幽禁在宮裡，博尼法斯是這兩位親王的至朋好友，爲了去營救，便親自率領二百騎兵；進逼到宮牆之下。壞在阿朗松公爵臨事畏怯，博尼法斯才落入劊子手的魔爪。

「但瑪蒂爾德最爲感動的，據她親口告訴我，那是七、八年前，她才十二歲。因爲這是一個有頭腦的女孩子，有頭腦……」說到這裡，院士舉目望天，「這場政治災難中，她最感激動的，是瑪格麗特皇后躲在格雷佛刑場附近一幢房子裡，敢於向劊子手的索要她情人的首級。當晚午夜時分，她捧著這顆頭顱，驅車到蒙馬特山腳下，親手葬在一座小教堂裡。」

「會有這種事？」于連聽得大爲動心。

「瑪蒂爾德小姐很看不起她哥哥，因爲，你也看到，她哥對這段往事毫不關心，逢四月三十也不戴孝。那次有名的刑誅以後，爲懷念博尼法斯對柯克納索的高誼——這位柯克納索是義大利人，名叫阿尼拔爾——這個人家，男子都取此名。」院士壓低聲音說：「據查理九世本人說，在一五七二年八月二十四日的慘案中，這位阿尼拔爾是位殺人不眨眼的謀士……但，親愛的索萊爾，你和這家人同桌共餐，這些事怎麼會不知道？」

「所以呀，有兩次拉穆爾小姐在餐桌上管她哥哥叫阿尼拔爾。我還以爲聽錯了呢！」

「這含有責備的意思。奇怪的是，這種怪癖，侯爵夫人居然容忍得下……誰做這位大小姐的丈夫，就夠他受的了！」

接著還說了五、六句風涼話。院士眼裡閃著快活和惡意的光芒，于連大起反感，心裡想：「我們兩人都靠了這個人家卻在背後說主人壞話。不管這位院士說什麼，都該見怪不怪才是。」

有一天，于連無意中撞見院士跪在拉穆爾侯爵夫人面前，爲他內地的侄兒謀求煙草徵稅官的職位。晚上，拉穆爾小姐的使女——也像從前艾莉莎那樣在追求于連——給了他這個看法：她侍候的這位大小姐之所以穿黑衣服，絕不是爲惹人注意。這種古怪的舉動，純係稟性使然。這位博尼法斯，瑪蒂爾德是由衷欽敬的。他得到那個世紀最聰慧的皇后垂青，而且不借獻身以營救朋友。還得看是什麼樣的朋友！那是一位王儲，即後來的亨利四世。

于連習慣於雷納夫人天然質樸的舉止，所以在巴黎女子身上，只看到矯揉造作。愁緒一上來，就找不出話來對她們說；唯獨對拉穆爾小姐是例外。

他開始有所改變，不再把氣度高華的那種美看作是心靈空洞的表記。他跟拉穆爾小姐有過幾次長談。晚飯後，拉穆爾小姐有時與他一起在花園裡散步，沿著客廳那排敞開的落地長窗走過去。一天，她告訴他，說在閱讀多比涅的史書和布朗多姆的著作。「居然讀這類怪書！」于連心裡想：「但司各特的歷史小說，侯爵夫人又不准她看！」

有一天，她講起亨利三世年代有位女子的剛烈行爲：發現丈夫移情別戀，便用匕首叫他償命！這則軼聞是她剛從艾鐸華的《回憶錄》裡讀到的。講述的時候，兩眼閃出快意的光芒，證明她的讚賞眞誠無僞。

于連面子上大感得意。一位備受尊敬的姑娘家，據院士說，還是能號令全家的，居然謙恭下士，差不多用近乎友好的態度跟他說話。

「我想錯了，這談不上親密；」于連轉念一想：「我不過是悲劇裡爲推心置腹的需要而設置的一個親信。我被這家人認爲是飽學之士，那就得去讀布朗多姆、多比涅、艾鐸華等人的著作。這樣，拉穆爾小姐講起什麼軼事掌故，就可以提出不同的看法。我才不願當俯仰由人的親信角色呢！」

他和這位舉止驕矜卻又顯得和順的少女，言談漸漸變得有趣起來。他忘了要扮演叛逆平民的可悲角色，覺得她博古通今，甚至通情達理。她在花園裡的見解，跟客廳裡的言談大相徑庭。有幾次，她待他熱誠而坦率，與她平時高傲而冷漠的行止形成鮮明的對照。

「神聖聯盟之戰，是法國歷史上的英雄時代。」有一天她對于連說，眼裡閃耀著智慧和熱情，「那時候，每個人爲他的憧憬而戰，爲他的黨派得勝而戰，而不是像您那拿破崙時期，爲掙一塊渺不足道的勛章而兵戈相見。應該承認，那時的人不那麼自私，不那麼小器。我就喜歡那個時代。」

「博尼扶斯．德．拉穆爾就是那個時代的豪傑，」于連說。

「至少他有人愛，至少他是甜蜜的。當今哪個女子敢摸情人被砍下的腦袋而不毛骨悚然？」拉穆爾夫人把女兒喊了去。虛假，要行之有效，就該善自掩飾；但于連，像我們看到的，把崇拜拿破崙之情，半吞半吐透露給了拉穆爾小姐。

于連一個人留在花園，心想：「這就是他們比我優越的地方。他們先人的業績，使後代能超越卑俗的感情，不用爲日常衣食操心！」想到這裡，不禁要嘆苦經：「眞是生而不幸！縱論天下大事，我配嗎？組成我生活的，不過是一連串虛僞造作，就因爲缺少糊口的一千法郎。」

「先生，您在這兒出神，想什麼來著？」瑪蒂爾德跑回來問。

問話裡有點體己的意味。她跑得氣喘吁吁，爲的是想馬上能跟他在一起。

自輕自賤，于連已受夠了。仗著傲氣，索性把剛才的想法如實說了出來。向闊千金嘆窮身世，他爲之臉紅，便肆力用雄豪的口氣，表明自己無求於人。在瑪蒂爾德眼裡，于連反顯得從來沒有的漂亮，臉上有種平時所欠缺的靈氣和坦誠。

過了三、四個禮拜，于連在拉穆爾府的花園裡邊走邊想心事，臉上已不見那種目空一切的狠勁；那是常年的自卑心理在他的容貌上刻下的印記。他扶送拉穆爾小姐到客廳門口剛走回來，那位千金自稱因追她哥哥拐了腳。

「她靠著我的胳膊，樣子很怪！」于連心裡想：「是我自己忘乎所以，還是她對我別有衷腸。她聽我講話，氣色和順，即使我說到自己因孤傲而頗多痛苦，而她這人對誰都是趾高氣揚慣了的。她這表情給人在客廳裡看到，一定會非常驚奇。可以肯定，她對別人從來不是這樣和顏悅色的。」

這種奇特的友情，于連竭力不去誇大，而比之爲針鋒相對的交往。每次相見，在接續頭天近乎親昵的口氣之前，兩個人心裡差不多都要自問一番：「今天，我們是友是敵？」于連明白，只要有過一次受到這位傲小姐的無端奚落，而不拿出些厲害給她看看，那就算完了，「要鬧翻，還不如在一開始。爲維護自己正當的自尊，總比受她鄙薄而反目好。因爲我在個人的尊嚴上稍有怠忽，輕蔑的表示跟著就會來的。」

有幾次，瑪蒂爾德自己心情不好，便想用貴婦的口氣對他發話。雖然做得十分機警，于連還是毫不客氣地頂了回去。

有一天，他突然打斷她的話，問道：「拉穆爾小姐可有什麼話要吩咐她令尊大人的秘書？聽從她的命令，恭恭敬敬照辦，都是他份內的事；除此以外，就無可奉告了。他是雇來辦事的，不是來跟她談心的。」

于連傲慢不遜的作風和稀奇古怪的疑慮，把他在客廳裡常感到的煩悶驅之一空。這客廳雖說竭盡富麗堂皇，卻使人有臨深履薄，開不得一點玩笑之感。

「她要是愛上我，那才有趣呢！」于連想：「不管愛我不愛，好歹有個聰明姑娘做知心朋友。我看到，在她面前，全家人都戰戰兢兢，而瓦澤諾侯爵更怕得厲害。這年輕人彬彬有禮，性情又溫和，爲人也誠篤，兼有家世、產業種種等長處；我只要具備其中一項，就心滿意足了。他愛她愛得發瘋，理應娶她。拉穆爾侯爵叫我寫過不知多少信，給兩家的公證人，磋商婚約事宜。而我，手裡捏著筆，深感屈居人下；但過了兩小時，就在這花園裡，戰勝了這風度翩翩的年輕人！因爲，芳心的向背是一目瞭然的，直截了當的。或許她之恨他，正在於把他當成了未來的丈夫。她太高傲了，完全做得出來。至於她對我的好意，不過是把我當作一個心腹的底下人！

「不對！不是我太狂了，就是她在追我！我對她越冷淡，越敬而遠之，她就越願意同我相與。這可以是成竹在胸，假裝眞做的；可是我意外出現時，就看到她眸子立刻亮了起來。巴黎女子裝假能裝到這地步嗎？裝假不裝假於我何干！我有相貌，那就享享有相貌的好處。天哪，她多美啊！那藍瑩瑩的大眼睛，直視我時，尤其從近處看，多麼討人喜歡！想想今年春天，與去年春天，是多麼不同！那時我周旋於三百個惡毒而邋遢的僞君子中間，全靠性格的力量勉力支撐，那種生活是多麼不幸！不過，我那時也差不多一樣惡毒，並不亞於他們。」

疑心重重的時日，于連又會想：「這個姑娘在拿我開玩笑，跟她哥哥串通一起來愚弄我。不過她哥哥缺少魄力，她好像很看不上眼！她對我說過；『他就是爲人謹厚，別無長處。他的念頭裡，沒有一種是敢於背離世俗的，常常要我出來爲他辯護。』她是一個才十九歲的姑娘家。這個年紀上，一個人能整天裝得假模假樣，虛言巧語嗎？

「另一方面，每當拉穆爾小姐睜著大大的藍眼睛，帶著別樣的表情注視我的時候，諾爾拜伯爵總是悄然走開。這倒引起我的疑心：他憤憤然，是不是因爲他妹妹對府中的一個『下人』另眼相看？因爲我聽舒納公爵講到我時用過這個稱呼。」每思及此，憤怒就取代了其它一切感情，「這位公爵頑冥不化或是怎麼的，愛用舊時的稱呼？」

「不管怎麼說，她是夠漂亮的，」于連繼續想道，目光如猛虎一般，「我一定要把她弄到手，然後一走了事。我脫身之際，誰要同我找麻煩，那他等著倒楣吧！」

這個念頭成爲于連唯一的心思，無法再想別的了。他的日子過得飛快，一天就像一個鐘頭。每次打起精神想幹點正經事吧，腦筋動動，便迷失在深思冥想裡。過了一刻鐘驚醒回來，心頭怦怦直跳，腦子裡亂糟糟的，迷迷惘惘想道：「她會愛我嗎？」

第十一章、少女的王國

我讚美她的美貌，但害怕她的才智。

——梅里美

于連的時間都用在痴想瑪蒂爾德的美貌，或惱怒於這個人家生來的傲態——其實在他面前，她已放下架子。假如他肯把時間用來研究客廳裡發生的事，那就會明白瑪蒂爾德對周圍爲什麼會有偌大影響。誰要是惹了拉穆爾小姐，她就發落一句俏皮話：分寸掌握得極好，用字又極妙，不僅得體，時機也很恰當，叫人越想越覺尖刻。誰給傷了面子，慢慢品味，眞覺得錐心刺骨。瑪蒂爾德對家裡其他人所渴求的東西，都視若草芥，而他們直把她看成冷酷無情。從貴族的客廳出來，就大可以眉飛色舞，向人誇耀誇耀，但也僅此而已。禮貌，就其本身而言，也只有在頭幾天還儼然像回事兒，于連經受最初的眩惑，最初的驚訝之後，才有這點感慨。「禮貌，就是不讓壞脾氣發出來。」于連心裡想。瑪蒂爾德時常感到厭煩，說不定在哪兒她都會感到厭煩的。這時，琢磨琢磨挖苦話，對她就是一種消遣，一份眞正的樂趣。

也許，爲了在長輩、院士和五、六個馬屁精之外，找些更有趣的替罪羊，她才給瓦澤諾侯爵、凱琉斯伯爵和兩、三位名門子弟一些希望。他們對她也不過是新的受氣包而已。

雖感爲難，還得承認，因爲我們是喜歡瑪蒂爾德的。她接到過他們之中好幾位的情書，而且也偶有回覆。不過得趕緊聲明：她是一位超乎時尚的例外女性。對貴族化的聖心修道院出來的女學生，一般不宜以「不慎」二字加以責備。

一天，瓦澤諾侯爵交還瑪蒂爾德一封信，那是她前一天寫給他的，若落在別人眼裡會有損其芳譽的。侯爵認為這一慎密之舉有助於推進他的婚事。但瑪蒂爾德就喜歡在信中寫點冒失的話；玩弄命運於股掌之間正是她的樂趣所在。因此之故，她有六個星期，不高興跟侯爵說話。

這些年輕人的情書，正好給她解悶取樂。依她的看法，這些信都如出一轍，不外乎最深切的愛慕，和最悒鬱的激情。

「他們好像都是完人，有資格到巴勒斯坦去朝聖。」她對表妹說：「還有比這更乏味的事嗎？我這輩子能收到的，大概都是這樣的信！這類信，大約每隔二十年，由於世殊時異，才會隨之一變。帝政時代的情書，就不會這樣無精打采。那時，上流社會的青年都見過世面，幹過大事——真正稱得上偉大的大事。我伯父N公爵就曾經參加過拿破崙大敗奧軍的瓦格拉姆戰役。」

「揮刀殺敵哪需要什麼才智？難怪過來人都要時時提起了。」瑪蒂爾德的表妹，德．聖埃雷迪特小姐說。

「哎喲！這種故事我就喜歡聽！身經戰陣，真正的戰陣，拿破崙的戰陣，殺敵一方，那才證明勇敢。出生入死，可以昇華靈魂，破除煩悶——我那些可憐的愛慕者似乎都陷於煩悶之中；而且這種煩悶還有傳染性。他們之中有誰想到要去幹一番非凡之事呢？他們只是一心想跟我結親，真是便宜了他們！我有錢，我父親又會提拔他。唉！但願父親能找個稍為有趣點的人！」

瑪蒂爾德對世事的看法偏頗、明晰，而又奇譎，以致像我們看到的，常放言無忌。她的一言一語，在她那些斯文朋友聽來，時常覺得有傷風雅。如果她不是風頭人物，他們也許會承認：她的言談多了點個人色彩，有失閨秀溫柔敦厚之致。

在她這方面，對布洛涅森林的漂亮騎士也不大公平。展望未來，她並不恐懼——恐懼倒是一種強烈的情感；而是厭惡，一種在她這年紀確乎少見的厭惡。

她還能希求什麼呢？財富、身世、才情，別人誇獎、她自己也相信的姿色；所有這一切，命運之神都已聚集在她一身。

這位聖日耳曼區最令人豔羨的闊千金，同于連散步覺出樂趣之初，她的想法就如上述。于連不可一世的驕傲，她詫為異事，但很賞識這位小資產階級分子的精明幹練，「他像鞋匠之子摩利神父一樣，日後會當上主教的。」她心裡想。

她的有些想法，我們的英雄是抵制的；這種心口如一，絕不是裝出來的頂撞態度，反引起她的注意和深思。兩人談話中連細枝末節的事，她都告訴她的女友，發覺自己總無法看清楚他本來面目。

驀地有個想法，照得她心頭一亮：「愛的幸福，敢情已降臨到我身上？」一天，她想到這裡，喜極欲狂，快活得難以想像，「我心有所愛，情有所戀，這是明擺著的事！在我這年齡，一個聰明美麗的姑娘如果不在愛情裡，又能在哪兒找到歡樂？不管我怎麼努力，對瓦澤諾、凱琉斯之流就是產生不了愛。他們可謂十全十美，或許太完美了；總之，叫我感到膩煩。」

她把《曼儂·列斯戈》、《新愛洛綺絲》、《葡萄牙修女書簡》等書中讀到的愛情描寫在腦子裡過了一遍。當然，那些書寫的都是一種偉大的激情：輕浮的愛情是她這樣年紀、這樣出身的閨秀所不齒的。愛情的美名，她只給予愛慕英雄的情操；這種情操只有在亨利三世年代和巴松皮埃爾元帥時代曾磅礴於法國。這樣的愛情，遇到障礙，絕不會卑躬屈膝，相反，倒能激發人幹出一番驚天動地的大事來。「現今沒有像卡特琳娜·德·梅迪契或路易十三那樣真正的宮廷，是我的大不幸！最冒險、最偉大的事，我覺得自己都擔當得起。假如有像路易十三那樣勇敢的國君拜倒在我腳邊，看我不教他做出什麼大事來！我就把他指向旺代，像托利男爵常說的那樣，奪回他的王國，那就不會有憲章等事了……而且，于連能輔佐我。他所缺的是什麼？名望和財產。名望，他日後自會造就；財產，也不難掙得。

「反觀瓦澤諾，他什麼都不缺，終其一生也不過是個公爵，半保王黨、半自由黨，優柔寡斷的，永遠不走極端，因此無論到哪裡，都是次等角色。

「哪一樁大事，開頭時，不被認爲是走極端？只有事成之後，芸芸衆生才覺得似乎是可行的。是的，愛情，以及一切愛的奇蹟，將占據我整個心靈；愛情像團烈火，給人活力。我已感到愛的火焰。只有這個恩典，上天還沒給我。天地鍾靈毓秀之德，不會無端把所有優點集於我一身的。我就該享有幸福。我每天的生活，絕不該是前一天的炒冷飯。敢於愛一個社會地位與我相去甚遠的人就已經夠偉大，夠有膽量的了。他能一直配得上我嗎？只要在他身上看出軟弱的苗頭，就把他甩了。以我這樣的出身，又秉具騎士性格（——這是她父親的話，也是大家樂於推崇的），爲人處世總不該像個傻丫頭吧！

「如果愛上瓦澤諾侯爵，豈不是犯傻？那麼，我的婚姻幸福，不過是我表姐妹那種的翻版，而她們那種幸福，只叫我嗤之以鼻。婚後可憐的侯爵會對我說些什麼，我又會怎麼回答，這我事先都能料到。叫人發睏的愛情算是怎麼回事吶？還不如出家修道。說不定在我的婚約簽字儀式上，也像小表妹那次一樣，會使長輩大受感動，只要頭天晚上對方公證人在婚約上臨時增添的條款，他們得知後不生氣的話。」

第十二章、難道是個丹東

焦慮不安，是我姑母——美麗的瑪格麗特·德·瓦羅亞的性格特色；她後來嫁與納瓦拉親王，即亨利四世。還在可愛的公主時代，喜好嬉戲，已是她的性格奧秘；因此，從十六歲起，就和幾個哥哥幾度爭吵，幾度和好。但是，一個姑娘家有何可供她戲耍的呢？無非是她最寶貴的，也是她一生最看重的——名譽。

——查理九世私生子，德·安古萊姆公爵《回憶錄》

「于連和我不必簽什麼婚約，也無需公證人證婚，一切都是英勇的行爲，一切都是偶然的產物。除了他缺少高貴的身世，就完全像瑪格麗特·德·瓦羅亞之愛慕年輕的拉穆爾——那個時代的傑出人物。今天出入宮廷的後起之秀都是循規蹈矩之輩，一想到冒險犯難，就嚇得面如土色。這能怪我嗎？到希臘或非洲做一次小小的旅行，對他們來說，簡直是膽大妄爲的事了，而且還得成群結隊才敢走。一旦發現自己是單個兒一人，就害怕起來；倒不是怕土著的長矛，而是怕別人的嘲笑——這種懼怕眞可以把人逼瘋。

「我的小于連正相反，他就喜歡單槍匹馬，獨自行動。這個人得天獨厚，從沒想到要求人撐腰和幫忙！他瞧不起別人，所以我才不會瞧不起他。

「如果于連是個窮貴族，我這場戀愛只不過是一樁庸庸碌碌的傻事兒，一段平淡無奇的惡姻緣；那就非我所願了。因爲那種愛缺乏偉大的激情所具有的特點：有待克服的天大困難，和把握不定的事態勢頭。」

拉穆爾小姐沉迷於這種美妙的推論。到了第二天，竟當著瓦澤諾和她哥哥的面前，誇獎起于連來。她滔滔不絕，越說越離譜，把他們惹惱了。

「這精力充沛的年輕人得提防著點，」她哥哥嚷道：「假如革命再起，他會把我們都送上斷頭台去絞死的！」

她避而不答，拿他們害怕精力充沛這點打哈哈。實際上是怕遇到意外，怕面臨意外事態而手足無措……

「諸位，你們就怕鬧笑話。其實這怪物很不走運，早在一八一六年就已壽終正寢了。」

拉穆爾侯爵說過：「在兩黨制的國家裡，不會再有鬧笑話的事兒了。」這句話的意思，他女兒倒已心領神會。她對于連的對頭說：「看來，這輩子有得你們害怕的了，但事後，人家會告訴你們：『你們看到的不是狼，而是狼的影子。』」

瑪蒂爾德說完就揚長而去。哥哥的話，她聽了大起反感，也著實深感不安。但到第二天，又看成是對于連最好的讚頌。

在這個乏力的世紀裡，見他精力十足，他們便忌憚三分。「待我把哥哥的話告訴他，看他怎麼回答。不過，得挑他眼睛發亮的時光說；那樣的時刻，他不會對我撒謊。」

「他會是一個丹東！」她迷迷糊糊地想了半天後說：「也好！等革命再起，看瓦澤諾和我哥哥能扮個什麼角色？那是已經前定的了：堂而皇之的逆來順受。他們會是英勇的綿羊，一聲不吭的引頸待戮。他們臨死唯一的恐懼，是怕自己不夠從容。我的小于連則不然，假如雅各賓來捉他，只要有能逃的一線希望，他就會打碎來人的腦袋。他才不管從容不從容呢！」

最後這句話，使她陷入沈思，勾起了痛苦的回憶，想大膽也大膽不起來了。從這句話，她想起凱琉斯、瓦澤諾、呂茨蒙和她哥哥譏誚的神情。他們對于連的教士神態頗有微詞，說他貌似謙卑，實則假仁假義。

「但是，」她的眼裡突然閃出快活的光釆，「他們頻頻拿他取笑，語言之刻薄，足以證明他是我們今冬遇到的最傑出的人物。他有不足之處、可笑之處，那又有什麼關係？他有他了不起的地方，所以他們看了覺得不順眼，而他們通常還算比較善意和寬容的。不錯，他一貧如洗，用功讀書是爲當教士；而他們呢？已是騎兵上尉，無需再讀書了——這條路當然要容易得多。

「這可憐的小伙子，爲了不致餓死，就長年身穿黑衫，擺出教士面孔；儘管有這種種不利，他的身價足以使他們害怕，這是清楚不過的。而這副教士面孔，我只要跟他單獨待上一忽兒，就無影無蹤了。他們那幾位，有時說出一句話來，自以爲語妙天下，出人意表，但試探的目光不是首先投向于連嗎？這我已經注意到了。他們也明白，他是絕對不會去跟他們說話的，除非問到他。只有跟我還講講話，因爲覺得我心靈高尙。有不同的看法，他才回駁他們，話不多不少，止乎禮而後已，接著又恢復恭敬從命的樣子。跟我，他可以談上幾個小時，只要我略示異議，他對自己的看法就不那麼堅信了。總之，整個冬天，我們沒有眞槍眞炮交過火，只是以自己的說法引起對方的注意。再說，家父堪稱優秀人物，保住我家興旺發達，而他就頗尊重于連。其餘的人都恨他，但除了我母親的教友，沒人敢瞧不起他。

「凱琉斯伯爵愛馬成癖，或許是裝出來的。他的時間都花在馬棚裡，飯也常在那裡吃。這份痴情，再加上那不苟言笑的習性，使他在友朋之間頗受稱道，得以鷹揚威武於這個小圈子裡。」

第二天，小圈子裡的人物在侯爵夫人的圈椅背後剛聚齊，于連還沒露面，凱琉斯有瓦澤諾和諾爾拜陪伴，一見到瑪蒂爾德小姐，就沒頭沒腦的，攻擊起她對于連的好評。她立刻明白此中奧妙，覺得大有意思。

「瞧他們串通一氣，對付一個天才人物。」她暗想：「論財富，他沒有十個金幣的收入；論地位，他處於有問才能答的下風。身穿黑袍，已叫他們忌憚三分；要是戴了肩章，還不知怎麼樣呢？」

她口角之鋒利，為前所未見。論辯一開始，就對凱琉斯之流極盡冷嘲熱諷之能事。等這些漂亮軍官譏誚之火給壓滅後，她正式對凱琉斯說：「明天，只要哪位法朗什—孔泰山區的鄉紳發覺于連是他的私生子，給他一個正式的姓氏和幾千法郎，六個禮拜之後他就跟諸位一樣留起小鬍子來，六個月之後也跟諸位一樣當上騎兵軍官了。到了那時，他性格之偉大就不再是笑柄。我看你，未來的公爵先生，只能搬出這套陳詞濫調：說什麼宮廷貴族比內地貴族要高出一頭哩！假如我再逼你一逼，使一下壞，把于連的父親假託為西班牙公爵，在拿破崙戰爭年代給囚禁於貝桑松，到臨終之際，受良心責備，才認子歸宗，看你還有什麼退路？」

關於非婚生的種種假設，在凱琉斯和瓦澤諾聽來，都有傷大雅。瑪蒂爾德的論調裡，他們能挑剔的，也只有這麼一點。

諾爾拜儘管比較順從，但他妹妹的話，意思太顯露了，他聽後面色凝重——應該承認，這種面色與他和善的笑臉很不相稱。他仗著膽氣說了幾句話。

「您有病沒病，我的阿哥？」瑪蒂爾德故作正經地回駁他：「本來都是戲言，扯什麼道德不道德！除非您病糊塗了！」

「什麼道德不道德，您！難道想謀取省長的職位！」

凱琉斯的惱怒，諾爾拜的不悅，瓦澤諾無言的失望，瑪蒂爾德很快都全忘了。有一個關孫重大的想法剛兜上心來，她必得有所定奪。

「于連對我還能以誠相見。」她心裡想：「在他這個年紀，身爲下賤，而心雄萬丈，當然會覺得命苦，需要有個女友。這個女友或許就是我，但未見他有什麼愛的表示。他的性格以大膽著稱，如若有情，自會向我訴說的。」

這種疑惑，這種嘀咕，從此塡滿瑪蒂爾德的分分秒秒，而且每次跟于連談過話，又能找出新的印證，從而把她深以爲苦的憂煩全趕跑了。

拉穆爾小姐的父親很有頭腦，論能力足以勝任內閣大臣，敢於把大革命時充公的林產歸還給教會。因此，瑪蒂爾德在聖心修道院念書時期，大家都竭力巴結她。這種寵溺是補救不過來的。人家使她相信，由於家世、財產等等優越條件，她理應比旁人更幸福。這就是貴爲王公仍感煩悶，以致幹出許多瘋狂事兒的根源。

這宗思想的不良影響，瑪蒂爾德也不能倖免。一個人不管多聰明，小小十歲年紀，總抵不過整個修道院的巴結奉承；何況這類甜言蜜語表面看起來還都有根有據。

自從斷定自己愛上于連的那一刻起，她不再感到煩悶，慶幸自己置身於一種偉大的激情之中。「這種消遣有其危險的一面。」她心裡想：「那只有更好！好上加好！」

「十六到二十，是人生的黃金時代；沒有偉大的激情，才一直百般無聊，虛度美好的年華。我只有聽母親的女友說三道四這點樂趣；而據知情人說，一七九二年逃亡科布倫茨時，她們的行止也不像今日的言談那麼正經。」

正當瑪蒂爾德心緒紛擾、惶惶不可終日的階段，于連不解爲什麼她的目光久久凝視自己不轉。他覺察到諾爾拜伯爵加倍冷淡，凱琉斯、呂茨蒙和瓦澤諾也更爲高傲。不過，他早已習以爲常了。這種冷遇，已碰到過幾次，假如頭天晚會上他出鋒頭超過他的地位所允許的限度，那就有臉色看了。要不是瑪蒂爾德對他另眼相看，這社交圈引起他的好奇，晚飯後見這些漂亮的小鬍子陪拉穆爾小姐到花園裡去散步，他就不會跟著去了。

「是的，我不能假裝視而不見，」于連心裡想：「拉穆爾小姐看起我來，別有一種神態。但是，即使她放任自己，睜著美麗的藍眼睛看我，總覺得那裡有種探究的、冷冷的，甚至惡意的意蘊。這難道就是愛情嗎？跟雷納夫人的目光是多麼不同呀！」

一天晚餐之後，于連跟拉穆爾侯爵進了書房，很快又回到花園裡。他也沒提防，走近瑪蒂爾德一伙時，耳朵裡刮進了幾句說得特別響的話。千金小姐在折磨她哥哥，于連聽得清清楚楚，有兩次還提到他的名字。他一出現，頓時出現一片打不破的沉寂。拉穆爾小姐因跟哥哥剛才還在唇槍舌劍，一時裡還不能另起話題。凱琉斯、瓦澤諾、呂茨蒙和他們的一位朋友，對于連的態度其冷如冰。他很識相，就遠遠避開。

第十三章、焉知不是陰謀

崖斷雲連的談話，不期而遇的相會，對富有想像力的人，都是彰明較著的印證，只要他心裡還剩有一點熱情的火焰。

——席勒

第二天，他又撞見諾爾拜兄妹在議論他。一走過去，像頭天一樣，兩人就死不出聲。這下，他的懷疑變得漫無際涯了。「這些富貴子弟，會不會存心在捉弄我？」應當承認，這個想法比拉穆爾小姐鍾情於一個窮秘書要可靠得多，自然得多。首先，這種人懂得什麼是情？搞鬼才是他們的所長。我嘴巴上略勝一籌，他們就心懷嫉恨。嫉妒是他們的另一個缺點。如此一想便一切都迎刃而解了。拉穆爾小姐要我相信自己得到她的青睞，無非是引我在她的情人面前出乖露醜。

這份惡毒的猜忌，把于連的心思徹底變了個樣兒。心裡愛的根苗剛開始萌動，就被這想法輕易毀掉了。這種愛只是建立在瑪蒂爾德罕見的美貌上，或者不如說，建立在她那皇后般的儀態和美妙的打扮上。從這方面可看出，于連還是一個暴發戶的新貴。

一個有才情的鄉下人進入上層階級，據說最使他驚異的，莫過於上流社會的漂亮女人了。前些日子，使于連魂牽夢縈的，絕不是瑪蒂爾德的性格。他很有自知之明，知道自己一點不了解這種性格。目之所見，無非就是外貌。

譬如說，瑪蒂爾德怎麼也不會在禮拜天錯過望彌撒。她差不多天天陪母親上教堂。假如在拉穆爾小姐的客廳裡，有誰冒冒失失忘了自己身處何地，閑閑說了句笑話，觸犯王室或教廷的權益，不管是實際權益還是想像中的權益，瑪蒂爾德立時冷下臉來。她那威稜逼人的眸子顯出傲岸不群的神氣，簡直和她家某位祖上的掛像一模一樣。

但于連確信，她的臥室裡總放著一、兩本伏爾泰的哲理著作。這是一套裝幀精美的全集，他也常偷出幾本去讀。每次拿走一冊，就把兩旁的書鬆鬆開，把空檔遮掩過去。但不久就發現，另有一人也在讀伏爾泰。於是，用了一下修道院學得的伎倆，把幾段鬃毛擱在拉穆爾小姐可能感興趣的書上。果然，一連幾個禮拜，這些書不知去向了。

拉穆爾侯爵對書店老板送來的盡是杜撰的回憶錄⑲大為惱火，便派于連去訂購一些帶勁點的新書。為了避免流毒全家，秘書奉命嚴加保管，把這些書統統放在侯爵房內的小書櫥裡。于連不久注意到，這類新書只要對王室或教廷略有違逆之言，很快就不翼而飛了。看書的人肯定不會是諾爾拜。

于連把這類測試看得過分嚴重，認定拉穆爾小姐是馬基維利那種表裡不一的人。而所謂的詭譎，在他看來，不無魅力，幾乎可說是她精神姿致方面唯一的魅力。因對假仁假義、道德說教不勝厭惡，從而走向另一個極端。

他這時與其說是受到愛的挾持，不如說是在激揚他的想像力。

于連對拉穆爾小姐的倩影常綺思菲菲；其體態之綽約，服飾之高雅，纖手之白，玉臂之美，

---

⑲ 一八二九～一八三〇，法國出版假回憶錄成風，如蓬巴杜夫人回憶錄、大革命劊子手桑松（Sanson）回憶錄、拿破崙隨身男僕回憶錄等。

舉止之嫻雅，直覺得愛之不勝。把她想得美到極處，竟認作是卡特琳娜皇后再世。她的性格，無論給想得多麼深沈，或恁般詭譎，他都不以爲過；亦即馬仕龍、弗利萊、卡斯塔奈德之流的最高體現，爲他少年時不勝讚佩的。總之一句話，對他來說，是理想的巴黎女子。

但是，還有什麼比將巴黎人的性格想得很深沈或很詭譎更可笑的？

「這三人可能在嘲弄我。」于連想。誰要是沒見過他對瑪蒂爾德眼波報以陰冷的一瞥，那麼，對他的性格就談不上有多少了解。拉穆爾小姐吃驚之餘，曾有兩、三次鼓起勇氣，向他做友好的表示，他酸溜溜的一句刻薄話，就拒人於千里之外。

這位少女原本生性冷淡，心煩氣躁，只對機趣些的話才聽得進，不料給于連突如其來的怪脾氣一撩撥，倒激起她本性中全部的狂熱。不過，瑪蒂爾德性格裡也不乏驕矜的成分，看到自己的幸福要取決於他人，所以，在這種感情滋生的同時，就有種莫名所以的惆悵。

于連到巴黎後，機運連連，已大有長進，看出這種惆悵不是一般的煩憂。這位千金非但不像從前那樣迷戀於晚會、看戲等消遣，反而避之唯恐不及。

歌劇院散場時，于連照例要到一下。他注意到，只要有空，瑪蒂爾德總由人陪著前來，雖則她對法國人的演唱早已聽膩了。

拉穆爾小姐待人接物一向非常得體，于連認爲自己已能覺察出她有失分寸：跟朋友交談，爲求尖刻，她常出語傷人勿好像對瓦澤諾侯爵特別討厭。「這小子一定愛錢如命，不然這姑娘即使再有錢，也會棄而不顧的。」于連心裡想。而他看到瑪蒂爾德這樣辱及男性尊嚴，大爲不平，對她加倍冷淡；有時答話，措辭也不大禮貌。

儘管于連拿定主意，不爲瑪蒂爾德的好感所欺，但這種好感在有些日子表示得太明顯了，他這才睜開眼來，發覺她豔麗非凡，有時倒弄得他局促不安。

「上流社會的這伙年輕人，他們有手腕，有耐心，必定能占上風，勝過經驗不足的我。」他暗自思量：「我應該走開，了結這一切！」

侯爵在下朗格多克有多處田產、房屋，不久前剛委託于連經管。爲此要出一次門。拉穆爾先生好不容易才同意下來。除了政務機要，于連這時已成了侯爵的分身，離開不得。

「說到底，我也沒給他們撐住。」于連準備行裝時自語道：「不管拉穆爾小姐跟這些先生是眞開玩笑，還是藉此來討好我，反正對我不失爲消遣。

「如果其中沒有算計木匠兒子的地方，那拉穆爾小姐的態度就不可解了。不過，要說不可解，不光對我，對瓦澤諾侯爵也一樣。譬如昨天，她心情不好，不惜偏袒我而數落那貴族少年，而那貴族少年有錢有勢，不像我又窮又沒地位。這算是我最風光的勝利了。等會兒在朗格多克平原上趕路，驛車裡坐得無聊時，可以想想樂樂。」

他對這次出門秘而不宣。但瑪蒂爾德知道得比他還清楚：他第二天就要動身，而且要離開一段時間。她推說頭痛，客廳裡空氣悶熱，更加劇了不適。她到花園裡散了半天步，一再拿諾爾拜、瓦澤諾、凱琉斯、呂茨蒙以及來府裡用晚餐的其他年輕人開玩笑，尖酸刻薄，逼得他們落荒而逃。於是，她以別樣的目光凝視于連。

「這目光，也許就是演戲？」于連想：「不過，這急促的呼吸，這慌亂的神色！得了，我是什麼人，去管這些事？須知這位是巴黎最卓絕、最敏慧的女子。這急促的呼吸，幾乎要觸及我了，大概是學她喜歡的女演員費伊的樣兒。」

現在只剩下他倆了，談話很不對勁。「不是這麼回事啊！于連對我像是無動於衷。」瑪蒂爾德暗自思量，深感不幸。

于連向她告辭時，她一把抓住他的胳膊。

「再晚一忽兒，我有封信給您。」她的語氣大異，簡直叫人認不出來。此情此景，于連倒不禁爲之動情。

「您作事盡心盡力，很受家父稱許。您明天不許走，找個理由推託掉。」說完就跑開了。她的身材婀娜多姿，腳的樣子也嬌美無比，跑起來身輕如燕，把于連看呆了。等她的身影一消失，他接下來的念頭是什麼，可猜得著？原來她說「不許」兩字的命令語氣大大冒犯了他！路易十五臨終時，聽到御醫說不許——詞兒是用得不好——就很不受用，而路易十五並不是一個驟然顯貴的人物。

一小時後？僕人送來一封信。明明白白，是封求愛信。

「文筆，倒不算做作，」于連自語道，想藉品評文筆稍抑內心的歡欣，其實他已經喜上眉梢，笑不可抑了。

「我呀！」他突然間一聲嚷，情緒激動得無以自持，「瞧我一個窮鄉下佬，居然有大家閨秀來向我求愛！」

「對我來說，倒也不壞！」他竭力抑制心頭的喜悅，「我知道保持人格的尊嚴，壓根兒沒說過我愛她。」

接著，研究起她的筆跡來：字形娟小，拉穆爾小姐寫得一手漂亮的英國字體。他需要活動活動體力，鬆散一下狂喜的心情。

「您要出遠門，逼得我只好開口……見不到您，實在叫我難以承當。」

這時有個想法，像什麼新發現突然襲上心來，他將瑪蒂爾德的信也擱下不推敲了，心頭只覺加倍高興。

「我占了瓦澤諾的上風！」于連嚷嚷：「可我至今說的都只是些正經事！不過他長得很登

樣，還留著小鬍子，穿一身筆挺的軍裝。此人常能非常見機，說出一句妙語來。」

于連覺得此刻無比甘美。他在花園裡沒頭沒腦的亂跑，都要樂瘋了。

稍後，他上樓進書房，通報要求見侯爵。幸好侯爵沒出門。他出示幾份諾曼第來的公文，不難證明，由於那兒有案子要辦，他朗格多克之行只得延緩一下。

等談完公事，拉穆爾侯爵對他說：「你不走，我反倒高興。我喜歡總能看到你。」于連辭出，覺得這句話聽來彆扭。

「而我嘛，這就去勾引他的女兒！把瓦澤諾與他女兒的婚事攪個不亦樂乎。老頭兒還在做未來的美夢吶：即令他本人升不了公爵，至少他女兒在御前會有一席之地⑳。」于連突然改變主意，儘管有瑪蒂爾德的情書，儘管對侯爵作了解釋，覺得還是應該動身去朗格多克。不過這點道德的閃光隨即一閃而逝。

「我心腸太好了！」他思量：「我一介平民，去憐惜這高門巨族！不是舒納公爵把我稱作下人嗎！侯爵偌大的家產是怎麼掙來的？還不是在宮裡探得第二天可能倒閣，就預先把債券拋出。我呢，老天像個後娘，把我扔到社會最底層；賜予我一顆高貴的心，卻偏偏沒給我一千法郎進款，就是說沒給我麵包，確確實實是沒給我麵包。而現在快意當前，我竟拒之門外！長年跋涉在庸衆之間，沙漠裡熱浪滾滾，才得一泓清泉，不去解解渴，反加以拒絕！憑良心說，我還沒這麼蠢！在人生這片自私的沙漠裡，人各爲己，人人都是爲自己打算。」

他記起拉穆爾夫人，尤其是她那些身爲命婦的女友向他投來的充滿蔑視的目光。戰勝瓦澤諾的得意，把他顧念道德的意念去除得無影無蹤了。

---

⑳ 按宮廷慣例，公爵夫人等貴婦進宮朝覲，國王常優禮賜座，以示厚遇。

「我倒巴不得他發火！我現在有把握叫他吃我一劍。」于連說著，做出追擊一劍的架勢，「在此之前，我只是個書呆子，低眉順眼，白白浪費勇氣。有了這封信，我就跟瓦澤諾一般高了。」

「是的，瓦澤諾侯爵和我，咱倆的身價已經較量過了。」于連心裡充滿快意，慢慢道出一句話來：「克敵制勝的，是庫拉山的窮木匠！」

「好！」他嚷出聲來，「我覆信的落款有了：就簽上這七個字。好叫您拉穆爾小姐知道，鄙人並沒忘記自己的出身！我要叫您明白，叫您感到，您是爲一個木匠的兒子背棄了名門的後裔：那位青史留名的居伊·德·瓦澤諾在十三世紀曾隨聖路易國王進行過十字軍東征。」

于連高興得按捺不住，再次下樓到花園去。鎖在房裡，覺得太憋，透不過氣來。

「我嘛，不過庫拉山的窮鄉民；我嘛，注定一輩子要穿這身晦氣的黑道袍！」他翻來覆去地說：「唉！要是早出生二十年，我也會像他們那樣穿上軍裝的！那時，一個像我這樣的人不是戰死沙場，就是在三十六歲上當上將軍。」他手裡緊緊攥著這封信，那身板，那姿式，儼然是個英雄人物，「如今，不錯，憑這身黑袍，到四十歲，就可以有十萬年俸和藍色綬帶，跟博凡大主教一樣。」

「如何！我比他們有頭腦！」他發出惡魔般的獰笑，「我知道在這個世紀該選什麼制服。」他感到雄心倍增，對教士服裝益發眷戀，「出身比我低的紅衣主教有的是，他們都曾當權馭下！我的同鄉葛朗威爾就是現成的例子。」

于連激切的情緒慢慢平復下來，審慎的意念又冒出頭來。他念著他的祖師爺達爾杜夫——對這角色，他早就耳熟能詳了——的台詞——

這些話只能當作是一種詭計，
我才不信胡話，哪怕其甜如蜜，
除非是對我所企盼的那恩情，
真有實惠給我，才能使我確信。

——《偽君子》第四幕第五場

「達爾杜夫也是毀在一個女人手裡的。他並不比別人壞……我的覆信可能會拿出去讓人品評……那就得找補救之道。」他隱含著狠毒的口氣，慢慢說道：「信的開頭，不妨引妙人兒瑪蒂爾德自己的話，就挑她的來信中熱辣辣的那幾句。

「不錯，瓦澤諾先生會派四名惡僕向我撲來，把她的原信搶走。

「且慢，我不是沒提防的。他們該知道，我有朝僕人開槍的壞習慣。

「怎麼著！有個傢伙倒眞是好樣的，朝我撲過來，因爲主子答應賞他一百金幣。他被我打死或打傷了。好極了，他們正求之不得。這樣，就可以依法把我送進牢房，法官可以天公地道地判我關到博瓦希監獄，跟豐唐和馬加隆㉑去作伴，混在四百個要飯的窮鬼中間……不過，我會同情這些人的！」他猛地站起來，大聲嚷道：「第三等級的人一旦落入他們手裡，他們會有憐憫心嗎？」拉穆爾侯爵的厚愛，使他一直有感恩圖報的負疚，這句話倒是對侯爵知遇之恩的最後感嘆了。

㉑ 豐唐和馬加隆係刊物主編，因抨擊時政，於一八三〇年囚禁於博瓦希監獄。

「且慢，儲位，你們這點小手段，我全懂。馬仕龍神父和卡斯塔奈德神學院院長做起手腳來，也不見得比你們高明。這封挑逗性的信一旦被你們搶走，我就會重蹈卡隆上校在科爾馬的覆轍㉒。

「稍等片刻，先生們，待我把這封性命交關的信封好，寄交彼拉神父保管。他為人正派，又是詹森教徒，憑這一條，就能不受利誘。不過，他會拆信的……還是寄給傅凱吧！」

應該承認，于連此刻目光獰厲，神情凶惡，大有肆虐作惡之概。這是一個不幸的人欲向全社會興師問罪。

「拿起武器來！」于連大嚷一聲。他一步跳下府邸門前的石階，走進街角一個代書人鋪子，氣勢之盛，令人喪膽。「煩你副錄一份。」說著，把拉穆爾小姐的信遞過去。

代書人在一邊抄錄，于連自己握筆給傅凱作書，請他把所託之物妥為保存。「不過，」他停下筆來想：「郵局信檢處說不定會拆我的信，把你們要找的那封信原璧奉還……別做夢了，先生們。」他跑到新教徒開的書鋪買來厚厚一本《聖經》，把瑪蒂爾德的信巧藏在封面裡，然後包成一包，托驛車帶交傅凱手下一個工人，此人的姓名巴黎肯定沒人知道。

事情辦完，回到拉穆爾府，心情輕鬆而愉快。「現在，看我的了！」他一進房間，把門鎖上，大衣一扔，就開始給瑪蒂爾德寫信——

「怎麼，小姐！是拉穆爾小姐叫她父親的僕人阿三，把一封十分誘人的情書面交庫拉山的窮木匠，分明覺得我淳樸可欺……」然後，他把來信裡最直言不諱的字句謄錄下來。

㉒ 卡隆上校（一七七四～一八二二），早年在拿破崙軍隊服役，一八二〇年涉嫌拿破崙派復辟陰謀，一八二二年為解救謀反的在押要犯，在科爾馬起事，以事泄被捕，判處死刑。

博華西騎士在外交上以審慎著稱，于連這封覆信可謂更勝一籌。寫完信，還只十點鐘。于連陶醉於幸福與自己的威勢之中，這種感受對一個窮光蛋來說頗爲新鮮。他走進義大利歌劇院時，正好是他的朋友謝羅尼莫在演唱。音樂從未使他這樣神思飛揚。他儼然如神。㉓

㉓ Esprit per. Pré. Gui. II. A. 30. ——原注按：斯湯達爾（這個謎一樣的注，直要隔一個世紀，到一九三二年才爲莫利斯·帕蒂里埃解開。釋文當爲：Esprit perd prefecture. Guizot. II Aout 1830：才子失卻省職。基佐。一八三〇、八、十一。按：七月革命之後，斯湯達爾自荐擔任省長之職；一八三〇年八月十一日，在改第二卷校樣時，得到基佐政府駁回的消息，遂略記其事於本章之末。

第十四章、少女心思

多少次心焦如焚！多少個不眠之夜！天哪！我已落得受人輕蔑？他會看不起我的。但是他已經走開，已經遠離。

——阿爾弗雷德·特·繆塞

瑪蒂爾德寫那封信，心裡不是沒有嘀咕的。她對于連的好感不管始於何時，不久就壓倒了她的傲氣；從懂事以來，驕傲就一直獨霸在她的內心。這顆高傲而冷漠的靈魂，生平第一次受到狂熱的包圍。但熱情縱然壓倒高傲，卻還恪守傲氣養成的習性。兩個月的內心鬥爭和新鮮感受，可以說，使她精神上完全變了一個人。

瑪蒂爾德自以為瞥見了幸福。這一遠景，對一位勇邁又兼具慧質的姑娘，自有一種不可抗拒之力，但還須與自己的矜持，與世俗的偏見，作長久的爭鬥。一天才清晨七點，她就跑進母親的臥房，請求許可她到維基耶離群索居。侯爵夫人拿出不屑的神情，勸她快回床睡覺。這是她尊重世俗和傳統觀念的最後一次努力。

成事不足的擔憂，怕冒犯凱琉斯、呂茨蒙、瓦澤諾輩奉為神聖觀念的恐懼，對她心靈的影響倒微乎其微；他們這種人，在她看來，生來就不可能了解她。如果要買輛馬車或買塊地產，她倒會向他們請教。她真正畏怯的，是于連可能不滿於她。

「他看來超群出衆，或許只是徒有其表？」她最討厭缺乏個性；周圍這批漂亮小伙子，她看不上的，也正是這一點。他們自命爲溫文儒雅，對不合時尚的，或想趕時髦而趕不對頭的，便冷一句熱一句加以譏刺。他們嘲諷得越起勁，就越被她看不起。

「他們好勇鬥狠，僅此而已。不過，怎麼個好勇鬥狠呢？」她自問道：「無非決鬥。而時至今日，決鬥成了一種儀式。事先一切都可料到，甚至倒下去時要說的話。躺倒在草坪上，手按著胸口，對對手寬恕了事，也不忘給美人兒臨終贈言，這美人兒往往是自己的一廂情願，她或者在死人咽氣的當晚就赴跳舞會去了，免得惹人多心。

「他們可以率一隊騎兵，刀光閃閃，出生入死。但是遇到單個的，特殊的，意料不到的，確實可怕的危險，又會怎樣呢？」

「唉！」瑪蒂爾德嘆了口氣，「只有亨利三世的宮裡，才有無論講身世，還是講性格，都堪稱偉大的男子漢！啊！假如于連曾在雅克納克或蒙孔圖爾㉔效命驅馳，我就不會有懷疑的餘地。武功強盛的時代，法國人才不是一撥一動的木頭人。殺伐征戰之際，容不得半點兒游移不決。

「他們的生活才不像坐牢，跟埃及的木乃伊那樣，永遠躺在一成不變的罩子裡。那時晚上十一點，從卡特琳娜·德·梅迪契的舒華松府告辭出來，獨自回家，比今天去阿爾及爾歷險，需要更多的勇氣。那時，一個人的生活是一連串的偶然事件。如今，文明制度和警察總監趕走了偶然，再也沒有什麼意外事兒了。思想突兀，必遭譏諷挖苦；行爲乖僻，恐懼之下是什麼卑鄙事兒都幹得出來的。出於恐懼，不管你幹出什麼瘋狂事兒，都可以得到原諒。眞是世風日下，令人厭

㉔一五六九年，亨利三世曾在上述兩地擊潰新教徒。

煩的世紀！博尼法斯·德·拉穆爾如果從墳墓裡探出他被砍去的腦袋，看到一七九三年，他的十七名不肖子孫像綿羊般束手就擒，兩天後給送上斷頭台，又會作何感想？即使死定了，又何妨自衛一下，殺他一、兩個雅各賓！啊！換了法蘭西英勇的年代，換了博尼法斯·德·拉穆爾的世紀，于連準是騎兵隊的隊長；而我哥哥去當教士倒再合適不過，他品行端正，眼睛裡閃爍著智慧的光芒，嘴巴上滿是至理的名言。」

幾個月前，瑪蒂爾德渴望能遇到個把不同凡俗的人而不可得。她不嫌冒昧，給社交場上的少年公子寫寫信，聊以自慰。這種大膽作風，在一個年輕姑娘似不夠謹慎，有失體統，在瓦澤諾先生看來，在她外公舒納公爵及外公家的人看來，幾近恥辱。萬一擬議中的婚姻破裂，他們當然想探明個中原因。故那段日子裡，瑪蒂爾德每寫一信，常緊張得夜不成寐。而這些信，不過是來信奉覆而已。

而現在，她敢於表白自己的情懷。是她首先（多可怕的字眼）給一個社會地位低下的人寫信。萬一給發現，就會落下永遠抹不去的恥辱。她母親的訪客中，有哪個敢出頭爲她說句話？有什麼遁辭好讓她們傳開去，以稍抑沙龍裡可怕的譏評？

嘴上說說已很可怕，何況白紙黑字寫下來！拿破崙得知簽署拜蘭㉕降約時，慨乎言之：「事有可爲而不可言之的！」這警世銘言還是于連告訴她的，好像預先給她一個訓誡似的。

但這一切還不算什麼，瑪蒂爾德的顧慮別有緣故。是她對玷辱門風，貽笑取侮的可怕後果置之不顧，逕自給一個與瓦澤諾、呂茨蒙、凱琉斯輩身分完全不同的人寫信。

㉕一八〇八年，法國杜邦將軍（一七六五～一八三八）在西班牙拜蘭城兵敗乞降，第一次打破拿破崙軍隊不可戰勝的神話。

于連的性格深不可測，即使是一般關係，已足把人嚇退，何況把他當作情人甚至奉爲主子！
「一旦他對我能爲所欲爲，還不知會有什麼奢望呢？聽便！我將像美狄亞㉖一樣我行我素：
『管他危險重重，我還是我。』」
她相信，于連對高貴的血統毫無敬意，甚至對她或許也毫無情意可言！
疑慮到最後，女性的高傲抬頭了。「像我這樣的女孩子，命運就該不同尋常的啊！」瑪蒂爾德煩躁得叫起來。在搖籃裡就受到助長的傲氣，這時開始跟道德觀念鬥法了。正在這個節骨眼上，于連的出門加速了事情的進展。
那晚深夜，于連刁鑽促狹，想把一個很重的箱子送到門房去，便叫來一位正在追求拉穆爾小姐侍女的僕人，央他搬一下。「這一招也許不會有什麼結果。」他心裡想：「要是奏效，她會以爲我已經走了。」開過這個玩笑，他恬然入夢，但瑪蒂爾德卻整夜未能闔眼。
第二天一早，趁沒人看見，于連溜出府邸；但八點不到，又轉了回來。
他剛進藏書室，拉穆爾小姐就出現在房門口。他把覆信交給她，覺得應該說幾句話；何況沒有比在這裡說話更方便的了。但拉穆爾小姐無意談話，轉身就走。于連也求之不得，他眞不知該說點什麼。
「如果這一切不是她跟諾爾拜串通好來捉弄我，那麼肯定是我冷冰冰的目光燃起這位貴族千金怪異的愛情。要是我情不由己，對這金髮娃娃發生興味，那就傻得可以了。」經過這番盤算，他變得更冷靜、更有心計了。

㉖ 希臘神話中的公主；歐里庇得斯著有一同名悲獻，把美狄亞塑造成一個受激情控制的女子，爲滿足一己情感，無所不用其極。

「這場仗還在醞釀之中。」他接著想：「身世的驕傲好比一座高山，是她與我之間的一個要衝。我的兵力就該用在這上面。留在巴黎是一大失策。如果只是椿惡作劇，那麼，推遲行期等於自貶身價，暴露自己的弱點。走，又能冒什麼風險呢？他們拿我尋開心，我就跟他們打哈哈。她對我的好感只要有幾分眞，我就對她好上百倍。」

接獲拉穆爾小姐的情書，于連的虛榮心大感得意，對什麼事都一笑置之，而未能認眞想想——其實他出門才更得體。

他的性格裡一個致命的弱點，就是對自己的失誤耿耿於懷。因這次失策，心裡很彆扭，而對此前那意想不到的大勝倒幾乎不再去想。約莫九點光景，拉穆爾小姐又出現在藏書室門口，扔下一封信，一轉身就不見了人影。

他撿起信來，想：「這樣下去，倒變成一部書信體小說了。對方走一步詐棋，我就示以冷淡，標榜正氣。」

信上要他給予確切的答覆，懇切的語氣更增加他心頭的快樂。他喜孜孜地寫了兩頁，捉弄捉弄他的人。信的末尾又開了個玩笑，宣布他的行期已定在明天早晨。

寫完信，他想：花園裡倒是交信的場合。就去到花園，望了望拉穆爾小姐臥房的窗戶。臥房在二樓，旁邊就是她母親的套房，不過一樓與二樓之間還有很高的一層隔樓。

于連手裡拿著信，在菩提樹小徑上來回躑躅。但這二樓非常高，拉穆爾小姐從自己窗口平視的話，是不可能望到他的。菩提樹經過修剪，托著圓頂，擋住視線。「哎，怎麼搞的！」于連生起自己的氣來，「又是冒冒失失！假如他們存心捉弄我，看我手上拿了信，不是正好爲敵所乘嗎？」諾爾拜的房間就在他妹妹的上面。于連如果從菩提樹交叉的枝柯下走出去，他的一舉一動就會給伯爵及他的朋友看得一清二楚。

等拉穆爾小姐在玻璃窗後一露臉，他便揚一揚信。她當即點了點頭。于連立刻跑回自己房裡，正巧在樓梯上碰到豔麗的瑪蒂爾德。她落落大方，眼裡含笑，把信取了過去。

「那可憐的雷納夫人，」于連想：「耳鬢廝磨了足有半年，才敢從我手裡接過一封信，那時眼裡閃動著多少激情！我相信，她從來沒用這種笑盈盈的眼睛看過我。」

他回信的其餘部分，措辭比較含糊：難道是對動機之無謂感到羞愧？「但是，她優美的晨裝、高雅的身姿，」他繼續想道：「也是多麼不同呀！哪位博雅之士在三十步之外，一眼看到拉穆爾小姐，就能猜出她的社會階層。這就是所謂一望而知的身分。」

儘管玩世不恭，他還不能坦陳自己的全部想法：雷納夫人並沒有一個瓦澤諾侯爵願爲她犧牲呀！不過他當時也有一個情敵，就是卑鄙的專區長官夏爾戈，他自稱是出自德·莫吉鴻這門望族；好在德·莫吉鴻家族如今已絕嗣無後了。

五點鐘，于連接到第三封信，是從藏書室的門縫裡扔進來的。拉穆爾小姐照樣轉身逃開了。「眞是寫信成癖了！」他不免苦笑了一下。「我們要談話，方便得很！足見敵人是要拿我的信作憑證；這很明顯，而且不止要一封！」他不慌不忙，打開信來。「無非是些清辭麗句。」他想。但念著念著，神色大變。信統共只有八行——

我有必要跟你談一談；今晚就得跟你說。半夜一點鐘，你到花園去，從井邊把花匠的大梯子搬來，擱在我窗口爬到我房裡來。晚上月色清亮，沒什麼不便！

第十五章、莫非是個圈套

啊！一項偉大的計畫？從設想到實施，這過程多麼揪心！其間擔受多少虛驚，經歷幾度徬徨！須知這裡事關人生，事關更重大的——榮譽！

——席勒

「事態嚴重起來了。奇怪！其用心也太明顯了一點。」于連想……「這位漂亮小姐完全可以在藏書室跟我談，她有著絕對的自由。侯爵怕我拿帳目煩他，是從來不來的；除了侯爵大人，諾爾拜伯爵是唯一能上這兒的人，可他整天不在家。他們什麼時候外出歸來，我很容易就能瞅到。說到這絕色佳人瑪蒂爾德，即使是王儲向她求婚也不嫌太高貴，而她竟逼我去幹這種魯莽事。

「很明顯，他們要我闖禍，至少是想愚弄我。起初，想借我的信來斷送我，哪知我信裡措辭很謹慎；於是，就要我幹一樁出格的事來。這些公子王孫不是以爲我跟他們一樣蠢，便是把我看得跟他們一樣笨。見鬼去吧！明月皎皎，借梯子爬上二十五級高的二樓去！時間一長，人家會看到我，甚至鄰近公館也看得到。見我爬在梯子上，夠意思的了！」于連上樓到自己房裡，開始整理行李，嘴裡吹著口哨。他打定主意就此出門，連信都不回。

但這審慎的決定並不能予他內心以平靜。「萬一瑪蒂爾德是誠心誠意的呢？」闔上箱子，他突然驚省，「這樣，在她眼裡，我成了十足的膽小鬼。我沒有高貴的出身可恃，就得靠偉大的品格，這種品格不是憑好心的猜度，而要能兌現，用響亮的行動來證明……」

他足足考慮了一刻鐘。「退縮無補於事。這樣，我在她眼裡，變成畏首畏尾的人了。」他又想：「我不但會失去一位嬌姿艷質的大家閨秀——」在雷茲府舞會上，她是公認爲高等社會裡最有光彩的美人兒；同時也失去看到瓦澤諾敗在我手下的無上樂趣——須知瓦澤諾侯爵不久他就會被封爲公爵。這個討人喜歡的年輕人，具有我所欠缺的一切長處：機趣、身分、財富……

「坐失良機，我會抱恨終身；倒不是爲她，天下情婦有的是。『但榮譽每人只有一份！』像年老的唐·狄埃格㉗所說。現在形勢擺得明明白白：初遇危險，就打退堂鼓不成？上次與博華西騎士決鬥，簡直是開玩笑。這次可大不一樣。我可以給馬車夫一槍打得魂靈出竅，但這只是最小的危險、，我不能蒙恥受辱。

「事態嚴重起來了，我的孩子！」他學著加斯孔人歡快的土音說：「事關榮譽呀。有一個像我這樣被命運拋到底層，而能找到這樣的機會。我會有別的艷遇，但層次不會這麼高……」

他思慮久久：步履匆匆地踱來踱去，又時不時地驟然站住。他的房間裡放著一尊權相黎塞留的大理石胸像，目光不由得給吸引住了。那胸像神情肅穆，像是注視他，斥責他缺乏法國人性格裡應有的膽量。「偉人啊，在你那個時代，我還能踟躕不前嗎？」

「往最壞處說，即令是圈套，也會把千金小姐的芳譽抹黑，連累終身。他們知道，我不是一個肯沈默的人。那就只好殺人滅口。一五七四年，在博尼法斯·德·拉穆爾時代可以這麼做，但

㉗ 法國悲劇作家高乃依《熙德》中的人物。該劇是榮譽戰勝愛情的一曲讚歌

時至今日，拉穆爾家就沒人敢了。同是一個家族的人，但今非昔比。拉穆爾小姐誰個不羨，哪個不妒。她這樁丟臉事，明天就會傳遍巴黎四百個客廳，大快人心。

「那些底下人已經在嚼舌根，說我如何得寵。這我知道，我聽到他們說過……

「此外，還有她那幾封信……他們或者以爲我隨身帶著。我在她房裡給捉住，他們就會把信搜走。我一人要對付他們三、四個，誰知道？但這些打手哪裡去找呢？守口如瓶的底下人，巴黎哪兒找得到？法律他們也怕啊……當然，凱琉斯、瓦澤諾和呂茨蒙他們自己也可以動手。那緊要關頭，加上我犯傻的樣子，只會引得他們躍躍欲試。當心別落到亞伯拉㉘的下場，秘書先生。

「那麼，好吧！先生們，我會叫你們留下我的印記的，像凱撒的士兵在法薩羅的做法，專打你們的臉……至於信件，我可以先在穩妥的地方放好。」後來接到的兩封信，于連各抄一個副本，夾在藏書室一本精裝的伏爾泰集子裡，原信他親自付郵寄走。

回來的路上，驚喜與憂懼交併。他暗想：「看我沒頭沒腦，會幹出什麼瘋狂事兒來！」剛才倒有一刻鐘，壓根兒沒想及當夜的行動。

「但是，要是按兵不動，日後我必定會瞧不起自己！是禍是福，我會翻來覆去猜測一輩子；而疑竇重重，對我是最大的痛苦。爲阿夢妲的情人，我不是已有過慘痛的教訓嗎！把風流罪過弄明白了，我倒比較能原諒自己；一有定論，就可以不再去想。」

「怎麼！跟一個具有法蘭西高貴姓氏的人爲敵，而我竟心悅誠服，承認自己不如人，說穿了，不去就是卑怯。一言而決，這件事就這麼定了。再說，這位小姐還著實俊俏著哩！

㉘亞伯拉（一〇七九～一一四二），爲法國神學家，與其女弟子愛洛伊絲相戀，後遭厄，被不逞之徒哈喇一刀，以閹割廢殘。

「萬一不是圈套，那她對我未免太痴情了……要是搞鬼，等著瞧吧！先生們，那就看我的了：非把這玩笑坐實了；我就這麼做去。」

「但如果我一進她的房間，就給他們捆手捆腳綁起來呢？他們很可能巧設機關的！」

「這像決鬥一樣，」他轉而一笑，「我那劍術教師說過，見招拆招；可是善心的上帝要叫你完蛋，你就會疏於防範。再說，我用這個來回敬他們！」他從袋裡掏出手槍，雖然彈藥還有效，但他還是重新換過。

趁還有幾個鐘頭要等，便給傅凱作書一封——

老兄：等你聽說我碰到什麼奇奇怪怪的事，身遭不利，再打開附信。屆時將手稿上的人名塗去，照抄八份，分寄馬賽、波爾多、里昂、布魯塞爾等地的報界。十天之後，將手稿單印出來，第一份寄送拉穆爾侯爵；隔半個月，再將餘下各份趁黑夜撒在維里埃的大街小巷。拜託你了。

那一紙辯白，波譎雲詭，寫得像篇故事，只有在意外情況下，傅凱才會打開看的。于連行文之間盡可能不牽連拉穆爾小姐，不過，把自己的處境也做了確鑿的描述。

剛封好郵包，就聽得晚餐鐘聲，心口便急劇跳蕩起來。頭腦還想著信的內容，心裡充滿一種悲劇性的預感。他看到自己給僕人捉住，頓遭捆綁，嘴給堵上，打入地窖，還特地派人監視在旁。這種貴族人家，為了保護名聲，想叫這段艷史以悲劇告終，就會使用毒藥，一了百了，了無痕跡。到那時就說他是病故，把屍體抬回他的房裡。

于連像個悲劇作家，為自編的故事自傷自悼。走進飯廳之頃，著實有點驚悸。僕人穿著講究的號衣，他一一看過去，推敲他們的表情。「今晚這樁差事，選中了哪幾人？」他暗自思量。「亨利三世朝的宮闈秘事在這個家庭耳熟能詳，而且時時提起，一日一覺得受到侮辱，手段比起同等身分的人家只會更毒辣。」他凝視拉穆爾小姐，想從她的眼神裡讀出她家的計謀。只見她臉色蒼白，完全是一副中世紀的表情。他從沒看到她氣態德般高華。她的確非常艷麗，非常端莊。他幾乎鍾情起來。「Pallida morte futura（死亡在即，容色慘淡。）」他心裡想。（面無人色，心懷大事。）晚餐之後，他裝模作樣，到花園裡走了半天。但拉穆爾小姐壓根兒沒露面。這時候，能和她說上幾句話，自能釋去心頭的重負。

幹嘛不敢承認呢？他心裡也不無害怕。既然他已決定赴湯蹈火，暫時耽於這種怯懦的情緒，有什麼可不好意思的。「只要到行動的時刻提得起勇氣來就行，」他心裡想：「此刻情緒如何，有何關係？」接著，就去察看地形，掂了掂梯子的重量。

「我命中就注定要用這種攀登工具。」他苦笑了一下，「這裡是梯子，維里埃也是梯子。但此一時，彼一時，多麼不同啊！」他嘆口氣道：「那時，為那妙人兒冒險，不必心存戒懼；而且危險的程度也很不一樣。

「即使我在雷納家的花園給人打死，也不會成為醜類惡物；他們很容易把我的死因含糊過去。這兒則不然，在舒納、凱琉斯、雷茲等人的客廳裡，總之，各方各處，什麼駭人聽聞的故事不會給編出來？我在後世只會留下一個惡魔的名聲。」

「後世也者，也只三兩年的時光。」他笑一笑，聊以解嘲；但這個想法使他感到沮喪，「人家要為我辯冤，又從何辯起？即令傅凱把我的遺書印出來，不過是多出一樁我的劣跡。怎麼！承顯貴之家奉若上賓，恩高義厚，我卻以怨報德，印了一本小冊子，敗壞女子名聲！啊！一千個不，我寧肯自已受騙上當！」

第十六章、凌晨一點

這座花園很大，壁畫頗具匠心，原來就有不少百年古樹，近年始成規模。徜徉其間，頗得鄉野之趣。

——馬辛傑

于連正想給傅凱另擬一函，取消前議，不料鐘敲十一點了。他大聲撥弄臥房的門鎖，聽起來好像已把自己鎖在房內。然後，躡手躡腳出來，察看全樓動靜，特別注意下人們住的五樓。似無特別的情況。今晚，侯爵夫人的一位侍女作東，一班男僕聚在一起喝酒取樂。「他們歡聲笑語，」于連想：「諒不會參加夜間行動。那樣的話，態度應持重一點。」

最後，他站在花園的一個暗角裡，「他們的計畫要是瞞著府裡的傭人，那麼抓我的人必定得從花園的牆外翻進來。」

「瓦澤諾如果插手，頭腦也還冷靜的話，就會在我未進她的閨房之前把我逮住；這樣，對他想要娶的姑娘來說，名譽影響要小得多。」

他對周圍地形，仔仔細細做了一番偵察。「事關榮譽，」他心裡想：「萬一出了什麼差池，我不能以『事先沒想到』來原諒自己。」

夜色清朗，令人無可奈何。十一點光景，月亮已經升起；到十二點半，皓月當空，把公館朝花園的牆面照得如同白晝。

「她眞發瘋了，」于連心裡想。鐘敲一點，諾爾拜伯爵的窗子還透著燭光。于連這輩子還沒這樣害怕過：他只看到此舉的風險，了無赴約的熱忱。

他把大梯子搬來，等了五分鐘——此刻還容許她改變主意。一點零五分，梯子靠上瑪蒂爾德窗前。他握著手槍，輕手輕腳爬上去，奇怪竟未遭襲擊。臨近窗口，窗子悄沒聲兒的自動開了！

「您終於來了！」瑪蒂爾德大爲激動，「您在下面走來走去，我看了有一個鐘頭了。」

他一時懵了，反有點著慌，心中實在沒有一點兒愛的意思。他尷尬萬分，想自己應該敢作敢爲，便作勢要擁抱瑪蒂爾德。

「去！」她一把將他推開。

雖遭拒絕，亦不以爲意，急忙朝周圍掃了一眼。外面月光十分清亮，瑪蒂爾德臥房裡反顯得影影綽綽的。「說不定這裡藏著什麼，只是我看不見。」他想。

「您外套的那邊口袋藏著什麼？」瑪蒂爾德問，很高興找到個話題。她有不同尋常的痛苦：驕矜與嬌羞，在貴族小姐身上本是極自然的感情，此刻襲上心頭，攪亂她的心思。

「手槍、暗器，什麼都有。」于連答道，也很高興有話可說。

「應該把梯子提上來。」瑪蒂爾德說。

「這麼長的梯子，還不把客廳和樓下的玻璃敲碎？」

「玻璃當然不能敲碎。」瑪蒂爾德想用平常語氣說話，可是不成，「我覺得，您可以在第一格上拴根繩子，把梯子慢慢放下去。我這裡總備有繩子。」

「這分明是個懷春女子，敢說自己在戀愛！」于連想：「看她嚴加防範，那麼鎮靜，那麼機巧，足以證明；並不像我傻頭傻腦想的那樣，以爲自己戰勝了瓦澤諾，說穿了是步瓦澤諾的後塵而已。不過，又有什麼關係？再說，我愛她嗎？說戰勝瓦澤諾也行；他得知有人頂了他會非常生氣，尤其氣在頂他的人不是別人而是鄙人我！昨晚他在咖啡館看我的樣子多麼傲慢，竟假裝不認識！後來不得已過來打招呼，神情又是那麼凶惡！」

于連在梯子最上面一格拴上繩子，把木梯輕輕放下去，大半個身子俯在陽台外，免得梯子碰著玻璃。「這倒是對我下毒手的好時機，瑪蒂爾德房裡要是眞藏著人的話。」他心裡這麼想，但四周依然是一片深邃的寂靜。

等碰到了地面，于連把梯子橫放在沿牆的花壇裡。花壇裡種的都是奇花異卉。

「瞧，好看的花兒給壓壞了。媽會怎麼說呀！」瑪蒂爾德責問道，「把繩頭扔下去。」她十分冷靜地叮囑了一句，「別人看到陽台上掛著繩子，那就不容易說清楚了！」

「那我怎麼出去？」于連嘻皮笑臉，學著土腔說。（府裡有個女僕是聖多明各人，就說著這種土腔。）

「您嗎，就從房門出去。」她對這個主意，大爲得意。

「啊！這種男人，才值得我愛！」她心裡想。

于連剛把繩子丟下花園，瑪蒂爾德就一把抓住他的胳膊。于連以爲情敵來了，身子一扭，拔出匕首來。剛才瑪蒂爾德似乎聽見開窗的聲音。兩人屏息不動。月光正照在他們身上。響聲沒有再起，就不用再擔心了。

尷尬復起，雙方都很窘。于連查看過了，門上的插銷已插好。他很想看看床底下，但又不敢，因爲那裡很可能藏個把傭人。他怕事後後悔，責備自己失閃，最後還是去看過明白。

羞窘難當，瑪蒂爾德這時才焦慮起來。她才不願處於眼前這種境況呢！

「我的信，您怎麼處置的？」她終於找到一句問話。

機會來了。如果有人偷聽，正好打亂他們的部署，免得爲奪信打將起來！于連想。

「第一封信夾在一本厚厚的《新約全書》裡，昨晚托郵車帶到外地去了。」

其中的細節，他字字句句都講得清清楚楚，讓可能藏在兩口大衣櫃裡的人也能聽分明：那兩口紅木衣櫃，他剛才沒敢檢查。

「另外兩封也已付郵，路線跟第一封一樣。」

「天哪！幹嘛防範重重？」瑪蒂爾德大爲詫異。

何必虛言搪塞呢？于連想，便把所有猜疑都說了出來。

「怪不得你呀，信裡都是冷冰冰的！」瑪蒂爾德衝口而出，語氣裡狂熱多於溫柔的成分。

這點微妙之處，于連沒注意到。只是你我之稱，使他飄飄然，至少疑慮全消。便斗膽把她攬入懷裡。她也就半推半就。

于連像從前剛到貝桑松想討好阿夢妲一樣，把《新愛洛綺絲》裡的艷詞穠句背誦出來。

「你倒眞有膽量！」她沒怎麼留意他背的詞句，逕自說：「老實說吧，我有意試試你的膽量。你最初的疑心，和後來的決斷，表明你實際上比我想的還要無所畏懼。」

瑪蒂爾德竭力對他稱「你」而不稱「您」；這種生疏的人稱，比談話的內容更叫她費神。但「你呀你的」稱呼，語調上談不到溫柔，于連聽了也不特別愜意。他很納悶，怎麼並不感到幸福。稍後，爲強求幸福之感，只得憑藉靈於理智。不難看出，自己已見重於這位高傲的少女，而她對人的讚譽，從來都不是沒保留的。這樣考慮下來，自尊心便大感滿足，倒也不失爲一種幸福。

誠然，這並非有時在雷納夫人身邊得到的那種靈魂的陶醉。這最初的接觸中，他亦無溫柔的情意。那只是野心得逞後的痛快勁兒，而于連這人野心又特別大。他重新談起他所懷疑的某某與某某，以及他想到的防範措施。說話之間，尋思怎樣擴大戰果。

瑪蒂爾德依然很窘，好像給自己此舉駭住了；這時能找到個話題，就不勝欣慰。他們談到以後見面的辦法。討論中間，于連得以一展智謀與膽識，自己也大為得意。要對付的人之中頗有幾個精明傢伙，小唐博肯定是個奸細。然而，瑪蒂爾德和他于連也非等閒之輩。

要相會，還有比在藏書室更方便的嗎？這很容易談妥。

于連接著說：「這個公館，不管我出現在哪兒，都不會引起懷疑，即使令堂大人的臥房也可去得。」因為必須經過侯爵夫人的房間，才能進到她女兒的閨房。如果瑪蒂爾德覺得爬梯子而上較為可取，他一定樂意冒這微不足道的危險。

聽他這麼說，瑪蒂爾德對他洋洋自得之狀大起反感。「他儼然以我的主子自居！」這麼思忖下來，已後悔不迭。她的理智，對自己做下的這樁絕頂荒唐事兒厭惡已極。要是辦得到，她會把自己和于連一起毀掉。憑藉意志之力，她暫時壓下心頭的悔恨，但是羞怯心，尤其是遭罪的羞恥心，使她格外傷情。落到現在這可怕的境地，亦是始料所不及的。

「我得跟他說說話。」接下來，瑪蒂爾德向自己發話。「這是情理中的事，現在是對情人說情話。」為盡到本分，她滿含情意，講起近幾天來為他所做的種種安排，而這份情意多半表現在詞句上，而不在聲調裡。

她已然決定：于連果能照她的意思辦，敢用花匠的梯子爬進她的房裡，那她就完全屬於他。但把這話說出口，不會有人講得這般冷漠，這般客套的。直到此刻，這幽會透著冰冷，冷得叫人恨起這種愛情來。這對一時失慎的少女該是何等的教訓呵！為了這樣的片刻，值得把一生的前途葬送嗎？

拖了半天之後，瑪蒂爾德終於做了他可愛的情婦。這種猶豫，以膚淺之見，必定認為是為了出一口怨氣；殊不知一個自矜自愛的女子，即使面對堅強的意志，也是不肯輕易讓步的。

實在說來，這種歡愛帶點勉強的味道。激情式的愛還只是一種供人仿效的榜樣，而不是現實的存在。

拉穆爾小姐認爲，對她自己和她的情人算是盡了本分，「可憐的小伙子眞是勇氣十足！」她暗想道：「他應該得到幸福，不然就算我沒人品了。」這非走不可的一步，對她來說是多麼殘酷；要是可能，她願用畢生的不幸去贖取回來。

儘管感到撕裂似的疼痛，她仍強自抑制，完全覆行了諾言。

沒有任何悔恨之言與埋怨之詞。但這一夜，在于連的感覺上，與其說是幸福的，毋寧說是奇特的。天哪！和他在維里埃度過的最後二十四小時是多麼不同！「巴黎的花樣，妙在能把一切都搞糟，連愛情也不放過！」蠻不講理的勁頭一上來，他就不無感慨。

他是站在大衣櫃裡作如是想的，就是侯爵夫人的房間，有了響動之後，拉穆爾小姐趕緊叫他躲進去。瑪蒂爾德隨即陪母親去望彌撒，女傭人也跟著離開房間。于連趁她們回來打掃之前，輕易就溜之大吉。

他騎上馬，到巴黎附近的森林找了個僻靜去處。要說幸福，更多的是吃驚。不過，幸福之感也不時湧上心頭，就像一個年輕少尉作出什麼驚人之舉，剛被總司令提升爲上校一樣得意。他感到自己地位上升了許多。前天還在他之上的一切，現在跟他平起平坐，甚至在他下面了。他往遠走，快意也越濃。

如果說瑪蒂爾德心靈裡沒有絲毫柔情，那是因爲與他會面，只是盡其本分——不管這話聽起來多麼不倫不類。這天晚上的一切，對她來說沒什麼出乎預料之外的，小說裡講的眞個銷魂她未曾觸得，得到的只是傷心與羞恥。

她對自己說：「莫非搞錯了？難道我對他並不愛？」

第十七章、古劍

我現在要嚴肅起來——是時候了，因為如今笑已被認為太嚴肅；美德對惡習的嘲謔竟成了罪孽！

——《唐璜》第十三歌

晚餐桌上她沒露面。稍晚的時候，她到客廳轉了一下，但壓根兒沒看于連。他覺得這態度太怪了。「不過，」他想：「他們的習俗我還不了解，以後她自會向我說明的。」然而，好奇心熾，他研究起瑪蒂爾德的表情來。不必隱諱，她神情枯索，而且含有恨意。顯然，已不是同一個女人，昨夜那種歡暢的情狀——是眞是假，姑且不論——因爲太過分了，反倒不像眞的。

第二天，第三天，冷漠依舊；她不看他，好像沒他這個人似的。于連惶惶不可終日，頭天那種洋洋自得之概，現在離他已有千里之遙了。「會不會是迷途知返，想規矩做人了？」于連心裡捉摸著，「但規矩兩字，對特立獨行的瑪蒂爾德來說，未免太小家子氣了。」

「日常生活裡，她才不信教呢！」于連想：「她熱衷宗教，是因於他們那個階層有用。」

「但是，就憑潔身自好這點，她難道不會痛恨自己傷名敗節嗎？」于連相信自己是她的第一個情人。在另外的時刻，又換過一種想法：「應當承認，她舉手投足之間談不到什麼天眞無邪、純樸溫柔，而心高氣傲更甚於以往。是不是瞧不起我？光憑我出身卑微這一條，就夠她責備自己爲我做出這種事來了。」

于連通過書籍和維里埃猶新的記憶，增長不少見識；憑這類先入之見，夢想情婦必定溫柔體貼，只要能使情郎快活，可以不再計及己身。正當他追逐著虛幻的夢境，瑪蒂爾德卻以其虛榮好勝的一面，對他怨氣沖天。

這兩個月來，她不再閑得發慌，也不再爲閑愁所苦；而于連不察，從而失去了最大的優勢。

「我給自己找了個爬在我上頭的主子！」拉穆爾小姐滿懷愁苦，「此人之愛榮譽，眞沒話說的！如果我不給他面子，他會報復，把我們的關係講出去。」瑪蒂爾德不曾有過情人，處於人生這境遇，即使最不解風情的女子，也會滋生若干溫柔的幻想，而她卻陷於苦思焦慮之中。

「這下他對我可以予取予求，因爲他能以威脅相加；如果把他逼急了，他會不客氣，狠狠治我。」光憑這一點，瑪蒂爾德就要給他點顏色看看。她性格裡，敢作敢爲是首要特點。除了拿自己的一生孤注一擲外，再也沒有什麼能使她感奮，能調治她經常興起的煩憂。

第三天，拉穆爾小姐還是不看他。吃完晚飯，于連明知不順她的心，還是跟她進了彈子房。

「喂，先生，您以爲對我已有偌大權柄了嗎？」她恨聲叫道，勉強壓制心頭的怒火，「我的意思表露得夠清楚了，你怎麼還非要找我說話……告訴你，天底下還沒有人敢如此張狂的！」

情人之間這樣談話，也夠逗的了；兩人你恨我怨，鬧得不亦樂乎。彼此都缺乏隱忍精神，而且又沾染了上流社會的習氣，所以不久就明確表示：從此失和，各自西東。

「我向您發誓，保證永守秘密。」于連說：「我再聲明一句：一宵情緣，如果對您的名聲沒什麼影響，我可以永遠不跟您說一句話。」說完，他恭恭敬敬一鞠躬，逕自走了。

言而有信，他視若一種職責，不難做到；想不到的是，自己已深深眷戀起拉穆爾小姐。三天前，瑪蒂爾德把他藏在大衣櫃裡時，他的愛心無疑尚未萌動。但是，跟她徹底鬧翻的這一刻起，他的心裡卻發生了急遽的變化。

他酷虐的記性，把那晚的情景，連最小的細節都給勾勒了出來；而在現實中，那晚他可說是相當淡漠的。

宣布永遠絕交的當晚，于連差點兒發瘋，因爲向自己少不得要承認；對拉穆爾小姐，他已欲罷不能了。

這一發現，在心底掀起極大的波瀾：好惡愛憎全亂了套了。

兩天後，見到瓦澤諾，非但沒有盛氣凌人的心態，反而想抱著他痛哭一場。

對這不幸習慣之後，頭腦清醒了點，他決定到朗格多克去跑一趟。收拾好行裝，便上驛站。站上的人告訴他，碰巧明天上圖盧茲的驛車裡還有個空位。他聽了幾乎暈倒。定了座位之後，回到拉穆爾府，擬向侯爵報告行程。

拉穆爾先生恰好不在家。于連半死不活地走回藏書室去等。進門時，不期看到拉穆爾小姐。是怎麼個情形呢？

一看到他，拉穆爾小姐臉色不善。這種表情他絕不會看錯。

痛苦使他亂了方寸，驚艷使他惶恐失措，竟至一時軟弱，用一種發自內心深處的委婉聲調對她說：「這麼說來，您不再愛我了？」

「碰到阿狗阿貓，就委身於他，我都恨死自己了！」她氣惱得哭了出來。

「碰到阿狗阿貓！」于連衝口而出，同時撲向一把中世紀的古劍——那是當作古董掛在藏書室的。

他的痛苦，在跟拉穆爾小姐說話時已達於極點，及至看到她流出羞愧的眼淚，頓時陡增百倍。一劍斃命，把她殺了，當是天下最痛快的事了。㉙正當他從古舊的劍鞘裡費勁地拔出劍來，瑪蒂爾德感到一種新異的刺激，昂然向他走去：這時眼淚也不流了。

想到拉穆爾侯爵，一種知遇之感突然兜上心來。「我要殺他女兒？多可怕呵！」他一揮手，像要把劍扔掉。「看到這演戲的姿勢，她一定會哈哈大笑。」這麼一想，又恢復了冷靜。他用異樣的目光，察看古劍的鋒刃，好像要找出什麼鏽斑似的；然後插入鞘筒，又以十分沉穩的態度，把劍掛回鍍金的銅釘上。

這幾個動作，由快轉慢，前後有一分鐘之久。拉穆爾小姐望著他，不無驚恐。「我險些給情郎殺死！」她心裡想。

這個念頭，把她帶回到查理九世與亨利三世那壯烈的年代。

她兀立在把劍掛回原處的于連面前，定定然打量著他，眼睛裡恨意已消。應當承認，她此刻確實非常迷人，遠不像巴黎那種玩偶式的女人——這個稱呼，道出于連對巴黎女子的莫大反感。「我對他又要心軟了！」瑪蒂爾德想。「剛才我口氣那麼硬，接著卻故態復萌，那他更可以稱王稱霸，以主子自居了。」她馬上逃了開去。

㉙ 譯按：此句與原文（Il été le plus heureux des homes de pouvoir la tuer），字異意同，幸讀者勿責吾以不解原文。程頤曰：「善學（譯？）者，要不爲文字所梏，故文義雖解錯而道理可通行者，不害也。」譯者於此等句子，往往取其意到而不泥其字句。知我罪我，唯在明哲。施君康強言：同於所當同，異於所當異。此譯則異於所當同，是爲破例，蓋不得已也。一九九二年三月五日午後記，時某君電告，又多出一《紅》譯。

于連看著她跑走，「天哪！她多美呵！一個禮拜前，這妙人兒還發狂般朝我撲來……那樣的時光不會再有了！只能怪自己！面臨千載一時、切身有關的好事，我竟不知不覺……應該承認，我生來就是這種平平庸庸的倒楣性格。」

侯爵回來了，于連忙不迭地陳說自己要出門。

「去哪兒？」拉穆爾先生問。

「去朗格多克。」

「對不起，你另有重任；要走，也是朝北走……甚至用軍事術語來說，我要向你下達諭旨；職守府邸，嚴禁外出；萬一要走開，也不得超過兩、三小時。隨時待命，說不定什麼時候就用得著你。」

于連一言不發，行禮告退，弄得侯爵百思不解。其實，他當時的情緒，已開口不得，便趕忙躲進房裡，可以由著性子，把自己的命運想得如何不濟。

「是呀，我連走開一步都不行！」他忖道：「天知道，侯爵要把我在巴黎困多久。天哪！這樣下去如何了得？連一個可以商量商量的朋友都沒有。彼拉神父不會有耐心聽我講完第一句話，阿爾泰米拉伯爵則會攬我參加什麼密謀。

「在此期間，我非發瘋不可。我已覺得，我就是瘋子！」

「誰能指點指點我呢？我眞不知自己會變成什麼樣子？」

第十八章、傷心時刻

她向我招認了！纖毫不漏，細微末節都說了。她美麗的眼睛看著我，流露出來的神情卻是對另一個人的愛。

——席勒

拉穆爾小姐喜容滿面，想到險些被殺，甚感快慰！心裡甚至這樣想：「他配做我的主子！他不是差點兒殺了我嗎？社交場的青年才俊，多少人合起來才能做出這樣一個情殺舉動？

「掛劍的位置，裝飾匠設計得很別緻：他踏上凳子，把劍掛回去的當口，正好置身於這美妙的構圖，顯得神采英發！總之，我還從來沒愛得這麼狂過！」

此時此刻，若有什麼體面的辦法，可以重修舊好，她一定會樂於接受。但于連卻把自己關在房裡，重門深鎖，受著無望的折磨。獨自想瘋了，眞恨不得跑去撲在她的腳下。假如他不是退避一隅，而是到花園或公館裡隨便走走，碰碰運氣，說不定他可怕的困境，頃刻之間就會變成強烈的歡愉。

我們可以責備他不夠圓通。圓通，就不會去拔劍，就不會有這一雄姿，就不會在拉穆爾小姐眼中顯得英氣逼人。她這種感情用事實在是于連的造化，時間足足維持了一整天。瑪蒂爾德把日前的譴綣時光想像得妙趣無窮，現在只恨時光之短暫了。

「事實上，」她心裡想：「我對這可憐的小伙子的熱情，只從半夜一點他揣著槍從梯子爬上來，延續到早晨八點。一刻鐘之後，聽到聖瓦蘭教堂的彌撒鐘聲，我已經開始在想，他會以我的主子自居，很可能用威嚇手段叫我就範的。」

晚飯後，拉穆爾小姐非但沒有迴避，反而主動跟于連說話，示意他跟著去花園。他這次倒唯命是從。這項試探，他沒及格。瑪蒂爾德對重新燃起的愛也無多躊躇，就將就了事。她覺得同他並肩散步，極有情趣；尤其他那雙手，早上居然要揮劍斬她，引動她的好奇，倒要看個仔細。

經過幾天彆扭，加上這段插曲，他們的談話當然不會跟先前一樣。

瑪蒂爾德的口氣漸漸親切起來，講起自己的心境。這種談話，自是具有別樣的痛快。她甚至跟他談起從前對瓦澤諾，對凱琉斯，有過短暫的感情衝動……

「怎麼！對凱琉斯也有過！」于連嚷出聲來；一個遭冷遇的情人所能有的苦澀和妒意，藉這句話全喊了出來。至少瑪蒂爾德是這樣看的，但也不以為忤。

她把昔往的舊情細細道來，口氣又親密不過，藉以折磨于連。看她繪聲繪色，就好像說眼前的事一樣。他痛切地注意到——舊事重提，她在感情上又有一番新的體驗。

這種嫉妒，使他痛苦得無以復加。猜想自己的情敵獲得了愛，已大可痛心；而聽自己所愛的女子居然周詳備至，述說那情敵感發她的情感，那眞教人痛苦之至。

噢！于連原本傲視凱琉斯和瓦澤諾，此刻對他不啻是當頭一棒！他們小小的優勢，經過他的誇大，為此而感到的痛苦，也只有自己知道！他確確實實把自己看得狗屁不如！

在他看來，瑪蒂爾德大可慕戀；任何語言都不足以表達他的欽仰之情。走在她的身旁，暗暗偷看她的纖手，她的玉臂，以及王后般的儀態。他愛而不得，神情萎頓，只差跪在她的腳邊哀告：可憐可憐我吧！

「這位艷壓群芳的美人兒，對我的愛一旦成為明日黃花，保險不久又會愛上凱琉斯的！」

拉穆爾小姐感情之真誠，不容有懷疑的餘地：敘述時語氣之真切亦明顯不過。為了讓他把不幸嘗個夠，她專注於一度對凱琉斯懷有的情意，有時說著說著，好像現在還愛著凱琉斯似的。可以肯定，她聲調裡自有情意在，這一點于連看得很清楚。

即使胸膛裡灌滿了熔化的鉛水，也不會像現在這麼難受。可憐的小伙子痛苦到了這個份上，叫他怎麼猜得著：正是因為想跟他說說話兒，拉穆爾小姐才津津樂道，把以前對凱琉斯或呂茨蒙那點淡薄的感情再翻騰出來？

于連悲苦之狀，非可言喻。就在這同一條菩提樹小徑上，幾天前，他就等鐘敲半夜一點，以便爬入她的閨房，而此刻卻有幸聆聽她的密談，講她對別人的愛！一個血肉之軀的人，所能忍受的苦痛已到不能再超越一跨的地步。

這種殘虐的親呢關係，持續有一週之久。瑪蒂爾德有時好像故意找機會跟他說話，有時是湊巧碰到一起。而話題對兩人都有種誰近於虐的快意，總圍繞著她對別人所懷有的情意：講她寫過的情書，甚至連字句都記起來，整句整句背給他聽。近幾天來，她打量于連，神情近乎捉弄；他的痛苦對她不失為一種上好的享受。

可以看出，于連了無人生經驗，甚至連小說也沒讀過㉚，對這位他十分愛慕、別訴衷腸的少女，只要他不那麼笨拙，就會扔句冷話過去：「但得承認，雖說在下比不上那些先生，可是您愛的還是不才……」說不定她的用意若給猜中，反會感到高興。至少，成與否，全繫於于連說出這想法時風度是否優雅，時機是否適切。總之，他可以用有利於自己的方式，擺脫眼前這種僵局；

㉚ 說于連小說沒讀過，但他跟阿夢妲和瑪蒂爾德都背過盧梭的愛情小說《新愛洛綺絲》！

因爲再延續下去，瑪蒂爾德就會感到單調乏味了。

「您不會再愛我了，可我那麼崇敬您！」一天，于連因爲愛，因爲不幸，說起糊塗話來。這句蠢話可謂錯盡錯絕。

此言一出，拉穆爾小姐向他敘說衷曲的雅興渙釋無餘。這才使她吃驚：有了這些彆扭，聽了她的情史，居然不生氣；她原本以爲，他說這句蠢話之前已經不愛她了。「傲氣無疑會消歇他的柔情。」她早先想：「雖說他承認凱琉斯、呂茨蒙、瓦澤諾等人出身比他優越，但他絕不是肯於服輸而不思報復的人。不，我再也不會看到他跑來跪在我的腳邊了！」

前幾天，于連痛苦不堪，反觀那些公子哥兒顯眼的優點，竟會天眞地加以讚頌，甚至不惜加以誇大。這點變化當然逃不過拉穆爾小姐的注意；她頗感驚訝，但不解其故。原因是于連憑他狂熱的靈魂，在讚揚他相信仍被愛著的情敵之際，正分享著他的幸福。

他剛才這句話太坦誠，也太愚蠢了。頃刻之間，風雲突變：瑪蒂爾德確信自己仍爲他所不棄，反倒徹底看不起他了。

是在一起散步時，他說出這句蠢話；她立即離他而去，最後的一瞥裡，含有幾多鄙視！回到客廳，整個晚上，都沒看他一眼；第二天一天，她心裡都彌漫著這種鄙夷的情緒。一週來，樂於把于連當作密友的情誼，於今不復存在。而且看到他，就覺得生氣。瑪蒂爾德的觀感甚至發展到厭惡的程度，目光一掃到他，輕藐之狀，難以盡述。

瑪蒂爾德這一週來的心情變化，于連茫然不知，但她輕蔑的意思還是辨別得出的。所以他很識相，儘量少露面，絕不正眼看她。

但是，這樣自我約束，不去看她，眞比死還難受，只覺得苦難有增無已。「便是血性男兒，再勇敢也不可能支撐得更久了。」他自語道。在公館的最高一層，獨倚小窗，捱過他漫長的時日：百葉窗嚴嚴掩上，藉縫隙以遙望，只等拉穆爾小姐的婿姿纖影出現在花園裡！

晚飯後，看到瑪蒂爾德跟凱琉斯、呂茨蒙或某位她承認曾經愛過的人一起散步談心，可知他是什麼心情？

于連從沒想到痛苦會如此酷烈，就差點大聲吼叫了！這顆堅強的靈魂已徹底狂亂了。

凡與拉穆爾小姐無關的一切，他都覺得可憎可厭。他連一封最簡單的信都擬不成了。

「你昏頭啦？」侯爵面斥道。

于連心懷鬼胎，怕被識破，便推說身體不適。居然人家還相信了。幸運的是，侯爵在吃晚飯時，拿他就要抱病遠行，開了幾句玩笑。瑪蒂爾德了解到，這次外出時間可能很長。于連已經躲了她幾天；那些公子哥兒，人物俊美，雖然擁有她曾愛過的這個臉色蒼白、情緒憶鬱的人所欠缺的一切，卻沒有力量使貴胄千金走出痴夢狀態。

「一個尋常姑娘，就會在客廳那批引人注目的漂亮少年中尋找意中人；」她自忖：「一個人的卓爾不群，就表現在不讓自己的思想陷於庸人的軌跡。

「于連所缺的不過是資財，而我有的是。作這樣一個人的伴侶，就能不斷引人注意，此生就不會默默無聞。我那些表姐妹因爲怕民衆，連馬車夫不好好幹活，都不敢埋怨一句；我不像她們，我非但不怕革命，而且還要去扮一個角色，扮一個偉大的角色，因爲我識拔的那人性格堅毅，抱負遠大。他缺少什麼，缺少朋友，缺少金錢？我可以給他。」但她心裡多少有點把于連當下等人看待，以爲什麼時候她願意，什麼時候他就會愛她。

第十九章、滑稽劇場

唉！青春的戀愛就像陰晴不定的四月天氣，太陽的光彩剛剛照耀大地，片刻間就遮上了黑沉沉的烏雲一片！

——莎士比亞

瑪蒂爾德盡想著未來的前途和嚮往扮演的獨特角色，很快便懷念起以前與于連常常進行的抽象而枯燥的討論。高超的思想想倦了，有時也會惋惜在他身旁覓得的幸福瞬間；只是憶及近事，心中不能無悔，在某些時刻，甚至感到抬不起頭來。

她力圖說服自己：「人總有弱點。像我這樣的姑娘，爲一個有價值的人失身，也是值得的。將來人家會說，使我動心的，不是他漂亮的短髭或跨鞍上馬的風度，而是他關於法蘭西未來的宏論，是他對時局的灼見；他認爲，日後的政治風波與一六八八年的英國革命會有相似之處。我有過心花意亂的時候。」她爲自己的恨事百詞慰解，「我也是個弱女子，但至少不像有的玩偶，光看外表就進退失據了。

「如果發生革命，于連爲什麼不能起到羅蘭的作用，我爲什麼不能成爲羅蘭夫人㉛？我寧可做羅蘭夫人，也不願當斯達爾夫人的：品行不端，在我們這個世紀總是一個障礙。我肯定不會再次失足，招人物議，否則眞要羞愧死了。」

瑪蒂爾德的想法，應當承認，並非都像上面所記的那麼正經八百。她看于連，發現他的舉止，即使細小不過的，也有動人之處。

「毫無疑義，」她自責道：「我把他對我予取予求的念頭破除無餘了。「一個禮拜之前，可憐的小伙子說出那句表白愛情的話來，那愛而不得的神情就是一個佐證。那句話裡，所含的尊重和熱情，灼灼可見；而我居然生起氣來，應該說我也夠出格的了。我不是他的女人嗎？說這樣的話是挺自然的，而且應該承認，也是挺討人喜歡的。我是煩悶無聊，才會對繁華場的公子哥兒有所眷戀。這類公子哥兒恰是他最嫉恨的，我卻跟他絮絮叨叨說個不休；我承認，說時還帶點惡作劇，而他聽了依然愛我。啊！但願他能知道，他們對他沒有多大危險！跟他一比，他們顯得蒼白無力，都像一個模子裡刻出來的。」

瑪蒂爾德腦子裡這麼想著，手上拿支鉛筆在本子上隨意塗抹。有幅側面像，待勾畫成，使她一驚又一喜：太像于連啦！「此實天意爲之！這才是愛的奇蹟！」她高興得叫起來，「我想都沒想，便畫出了他的相貌！」

她逃進自己房裡，關起門來。這回非常用心，想認認眞眞畫，而終於不成；還是信手偶成之的側面像最逼眞。瑪蒂爾德只有高興，看作是偉大的激情之表徵。

㉛ 羅蘭夫人（一七五四～一七九三），法國大革命時期吉倫特派核心人物之一，共和政府內政部長羅蘭之妻。雅各賓專政時期被捕，獄中寫有《回憶錄》一書。相傳在押赴斷頭台途中，行經自由女神像前，發出一句有名的感嘆：「哦，自由！天下多少罪惡！借汝之名以行！」

她畫到很晚，才丟下那本子。因侯爵夫人已打發人來催她上義大利歌劇院㉜。她心裡只存一念：四下張望要找于連，好讓母親邀他作伴。

但沒見到他的影兒。來包廂陪她們的，都是些庸人俗物。歌劇整個第一幕的演出中，瑪蒂爾德心中念念想著所愛，情緒十分亢奮。第二幕的唱詞中，有一句愛的格言，唱得出神入化，直往她心裡鑽；而曲調之美，眞無愧契瑪羅薩的盛名。劇中的女主角唱道：「懲罰我吧！懲罰我情太重，愛太深！」

一聽到這美妙的歌聲，世上的一切對瑪蒂爾德都不存在了。別人跟她說話，她全不理會；母親的埋怨，她也只勉強報以一笑。她聽出了神，心情的激奮，只有于連近日對她所懷的強烈感情差可比擬。那唱詞跟她的心境十分切合；仙樂般的旋律，在她不想于連的時刻，能教她聽得屏氣凝神。借助於音樂，她這天晚上的意緒，與以前雷納夫人思念于連的心情幾乎一致。理智的愛，無疑比情感的愛更清醒；這種愛只有片刻的狂熱，因爲太了解自身，不斷在自我評審，因爲是觀念的產物，所以不會匪夷所思。

回到家裡，不管拉穆爾夫人怎麼說，瑪蒂爾德一味推說頭痛，在下半夜用鋼琴反覆彈這段詠嘆調，尤其是使她著迷的那兩句唱詞：

Devo punirmi, devo punirmi,
Se tropo amai……

㉜ 滑稽劇場坐落在義大利大街，一般口頭上也叫義大利歌劇院。

這如醉如痴之夜！誦唱之餘，真以為自己已戰勝了愛情。

（此頁，對不走運的作者帶來的患害將非止一端。淡於世情的人會指責作者有傷風化。年輕女郎可使巴黎的客廳四壁生輝。即令她們之中有個別人會做出那種有損瑪蒂爾德芳譽的瘋狂事兒，作者也絕沒有侮慢年輕女郎之意。瑪蒂爾德這個人物完全是虛造的，甚至可說，作者的想像是游離於社會習俗的；而在古往今來的歷史裡，我們的社會習俗將賦予十九世紀文明以卓爾不群的地位。）

為冬季舞會生輝增色的年輕姑娘，她們缺少的絕不是謹慎。

我也不認為，我們可以責備她們過分看重資產、駿馬、良田，和保持舒適生活所需的一切。這些享用還不是那麼令人討厭；財貨通常是世人追求的目標，貪欲之心也由此而生。

像于連這樣有幾分才氣的年輕人，倘能發跡，也絕不是依靠愛情。他們得緊緊依附一個小集團，這個小集團一旦走運，社會上所有的好處都會落到他們頭上。閉門做學問的人不屬於任何小集團，就活該他倒楣了！縱有些微成就，甚至還不是很有把握的成就，也會受到攻訐，而賢聲在外的大奸巨猾就會掠他人之美以造就自己不敗之名。哎，告訴你先生，小說好比一面鏡子，鑒以照之，沿著大路迤邐行去。有時映現蔚藍的天空，有時照出的卻是路上的污泥。而背簍裡插著這面鏡子的人，你們直斥之為不道德！鏡子照出污泥，你們卻責怪鏡子！要責怪，還不如去責怪泥濘的大路，尤其應該責怪養路工，為什麼讓水積成了灘。

現在大家會同意這個看法：在我們這個講道德、重謹慎的世紀裡，像瑪蒂爾德的這種性格是絕無僅有的；那麼作者繼續記述這位可愛的女郎的種種瘋癲事兒，也就不用那麼顧忌會不會激怒讀者了。

第二天一整天，瑪蒂爾德都在找機會，以證明她已戰勝了自己的狂熱。她抱定宗旨，不去討好于連；但于連的一舉一動，都沒逃過她的眼角。

于連深感不幸，尤其心境太亂，自然猜不透這麼複雜的愛情把戲，更不要說看出對自己的有利形勢。他爲此受害非淺，心情的痛苦也許從來都沒有這麼強烈。他的行止，已很少受頭腦指引。如果哪位愛發牢騷的哲學家告訴他：「這種於你有利的情勢，得趕緊利用。巴黎所見的這種理智的愛，同一種心境至多也只能維持兩天。」對這種勸告，他未必能領悟其意。但不管情緒如何憤激，于連還知道自重自愛。第一要行事縝密，這他懂得。向別人訴苦，求救，以圖一快，可比之於沙漠中的苦旅者，忽從天上得著一滴清冽的甘露。他明白其中的危險，怕碰到喜歡刨根問底的人一再提問，他會淚如雨下，答不上話來。所以他把自己關進房裡。

他看到瑪蒂爾德在花園裡來回走了很久。等她一離去，他馬上下樓，走近她剛摘走一朵玫瑰的花叢。

夜色昏暗，他可以沉浸在不幸之中，而不被人看見。在他看來，拉穆爾小姐顯然愛上了剛才同她言談甚歡的少年軍官。是的，她曾愛過自己，但她已看出自己了無足取。

「實在說來，我也眞沒什麼可取的。」于連自己也深信不疑起來，「我這個人平平庸庸，別人覺得可厭，自己也覺得可鄙。」他對自己的長處，對自己所熱愛的一切大起反感。在神經錯亂的情況下，他還試圖用一己的想法來評判人生大事！這是聰明人常犯的錯誤。

有好幾次心裡浮起了自殺的念頭。一死了之，妙極了！像是愜意的休憩，像是向又渴又熱的沙漠旅人捧去一杯冰水。

「我一死，她只會更看不起我！」他叫道：「這會給人留下多壞的印象！」

一個人一旦身陷痛苦的深淵，除了靠自己的勇氣，就別無可恃。唯大天才自能說：「萬事敢爲先。」可是，于連沒有這種天才。當他仰望瑪蒂爾德臥房的窗子，透過百葉窗，看到她正在熄滅燭火。他記起這間溫馨的閨房，在他一生裡，唉！只見過一次的閨房。他的想像到此打住。

這時，鐘敲一點。聽到鐘聲，他自語：「我用梯子爬上去，哪怕只待一忽兒。」

心中這麼陡地一動，冠冕堂皇的理由就紛至沓來：「我已經倒楣透頂，還能有什麼更大的不幸？」他跑去搬梯子，發現梯子給花匠用鏈條鎖著。于連此刻像超人，力大無比，馬上砸壞一把手槍，用扳機去撬開鏈釦。才幾分鐘，他已提起梯子，靠在瑪蒂爾德的窗前。

「她會發火，罵我，管她呢！我給她一吻，最後的一吻，然後回房自殺……好歹臨死之前，我的嘴唇親了她的粉頰！」

他飛快爬上去，敲她的百葉窗。瑪蒂爾德過了一會兒才聽到，想開百葉窗，卻給梯子擋著。于連牢牢抓住窗框外的風鉤，冒著粉身碎骨的危險，把梯子猛晃一下，向橫裡挪開一點。

瑪蒂爾德這才把百葉窗打開。

他跳進房裡，已經半死不活了。

「眞是你呀！」她投身在他的懷裡……

于連歡快之極，哪支筆描摹得出？還有瑪蒂爾德不相上下的歡暢也難以言說？

拉穆爾小姐怪自己不好，數落自己。

「懲罰我吧，懲罰我那可怕的驕橫。」她說時，把他摟得緊緊的，叫他幾乎透不過氣來。「你是我的主子，我是你的奴僕，我得跪下來求你饒恕，原諒我曾經想要反抗。」她掙脫他的懷抱，撲倒在他的腳邊。「是的，你是我的主子，」她又說了一遍，完全陶醉於愛的狂喜之中，「你要永遠管束我。幾時你的奴僕要反抗，你就該狠狠治她！」

過了一會兒，她從于連懷裡脫出身子，點亮蠟燭，要剪髮明志，把一邊的頭髮留給他；于連費盡唇舌，才把她攔住。

「我要讓自己記住，我是你的奴僕。」她說：「萬一我又發起狂來，迷亂失次，你就拿出這把頭髮，告誡我：『這裡不涉及愛不愛的問題，也不管妳此刻是什麼情緒，妳曾發誓聽命於我，名譽事大，遵命照辦吧！』」

狂亂歡愉，神魂顛倒。此中情形，不寫爲妙。

于連的品德，與他此刻的歡快不相上下。看到花園外面的煙囱上曉光初臨，他對瑪蒂爾德說：「我該爬梯子下去了。我是硬作這樣的犧牲，以期無負於妳。放棄這令人銷魂的幾小時，這種犧牲完全是爲了保全妳的名譽。妳要是知道我的心，就會明白我的確是在強自己所難。妳待我會永遠像現在這樣好嗎？既然妳以名譽擔保，那就夠了。告訴妳吧，我們初次相會之後，公館裡的種種防範不是僅僅針對竊賊的。令尊大人在花園裡設防，瓦澤諾周圍盡是密探，他每天晚上何所事事，人家全知道……」

聽到這裡，瑪蒂爾德噗哧笑了出來。她母親和當值的侍女給驚醒了，隔著門問她笑什麼。于連看她臉都嚇白了，她嘟嘟噥噥埋怨那侍女，並不直接回答她母親。

「萬一她們想起要推窗看看，就會見到梯子的！」于連說。

他把她摟在懷裡，又緊緊抱了一下，才越窗而下：與其說是順著梯子往下爬，還不如說啦溜一下往下滑。一轉眼，已站在地上。

三秒鐘之後，梯子已擱回菩提樹小徑，瑪蒂爾德的名譽保住了。于連回過神來，發覺自己渾身是血，幾乎赤身露體。他滑下來時，不小心擦傷了。

極度的歡快，使他神旺氣壯，強健無比。這時若跳出二十條好漢來格鬥，對他只是多了一樁快事。他的武藝幸虧沒用上，只把梯子放歸原處，再用鏈條拴住。他也沒忘了到瑪蒂爾德窗下，把梯子壓過花壇的痕跡抹掉。

他在暗地裡用手抹著鬆軟的泥土，忽然覺得有什麼東西落在他的手上：原來是瑪蒂爾德剪下的一束秀髮，特地拋了下來。

她倚窗站著。

「這是你的奴僕送給你的，」她的聲音還相當大，「以示永遠服從的標誌。我懶得用腦子了，求你做我的主子吧！」

于連禁受不住了，幾乎又想去搬梯子，爬進她的房裡。最後還是理智更勝一籌。

從花園進公館，亦非易事。他用力擠開一扇地窖門，進得樓裡，還得輕輕撬開自己的房門。鑰匙在他外衣的口袋裡。剛才心慌意亂，倉卒離開香閨，把衣物鑰匙都留在那裡了。「但願她能想到把那些要命的衣物藏好。」

最後，疲乏壓倒歡快。朝陽冉冉上升時，他卻沉沉睡去了。

午餐的鐘聲好不容易才把他喚醒。他先出現在飯廳；不一會兒，瑪蒂爾德才進來。看到這位備受崇奉的麗人兒眼裡閃出愛的光彩，夠于連得意半天的；但很快他的謹慎被驚動了。

瑪蒂爾德推托沒時間，只把頭髮草草梳理一下。于連一眼就看出，昨晚剪髮，所作的犧牲可謂幅員廣大。要說一張標緻的臉蛋兒能給什麼毀損，那麼她已然做到了。那淡金黃色的秀髮，有一半邊剪得只剩半寸長了。

餐桌上，瑪蒂爾德的言談舉止，和這頭等的輕率行爲，堪稱互爲表裡；簡直可以說是唯恐大家不知道她對于連的那份痴情。幸好這天侯爵夫婦只顧談論即將舉行的授勛典禮。這次得藍色勛綬的人員中沒有舒納公爵。飯席快散時，瑪蒂爾德跟于連說話當中，居然稱起「我的主子」來，羞得他連眼白都紅了。

也許純屬偶然，也許是侯爵夫人故意安排，瑪蒂爾德這一天沒有一刻單獨待著的時光。晚上從餐廳走向客廳，她才找了個空，對于連說：「別以爲我找藉口，媽媽方才決定，叫她的一個侍女夜裡睡在我房裡。」

這一天像電光一閃，就過去了。于連的幸福可謂至矣極矣。第二天一早，從七點開始，他便枯守藏書室，希冀拉穆爾小姐光臨。他給她寫了一封綿綿無盡的情書。

直要過好幾個鐘頭，到吃中飯的時候，于連才見到她。這天的秀髮梳得很精心。剪掉的部分給巧妙地掩蓋了過去。她看了于連一、兩次，目光禮貌而平靜，大非尊稱「我的主子」之光景。

于連驚訝得連氣都透不過來……

瑪蒂爾德對自己的所作所爲，樁樁件件，都開始自怨自艾起來。

通前徹後想下來，她斷定此人就算不是庸常之輩，至少也不十分出類拔萃，不值得爲他做那些破例的瘋狂事。總而言之，愛已很少想到；尤其是這一天，她對愛情已感到厭倦。

至於于連？內心的激動猶如十六歲的少年。這頓中飯長得像沒有止境。可怕的猜疑，無言的錯愕，還有失望的情緒，相繼在他的心中縈迴。

等能得體地離席走開，他一步衝到馬棚，自己備鞍，疾馳而去。他怕一時軟弱，做出自取其辱的事來。他在梅塘樹林裡馳騁，心想：「得讓身體疲勞，把心臟累死。我做了什麼，又說了什麼，該受這樣的冷遇？」

返回爵府時，他說：「今天什麼也不做，什麼也不說，精神像肉體一樣死去才好。」于連了無生氣，像是行屍走肉。

第二十章、日本花瓶

這極度的不幸，他起初不知所以，只心裡亂騰騰的，還感受不到什麼。等頭腦清醒過來？才感到創巨痛深。人生的一切樂趣，對他已化為烏有，感到絕望像尖刀利刃，痛得他撕心裂肝也似的。但是，肉體的痛苦有什麼可說？肌膚之痛怎能同這種痛楚相比？

——約翰．保羅

晚餐鐘響，于連已來不及，只匆匆套上禮服。走進客廳，看到瑪蒂爾德正在勸她哥哥和瓦澤諾不要去旭倫，赴費瓦格元帥夫人家的晚會。

在他們看來，難得能有人比瑪蒂爾德更風致動人，更千嬌百媚的了。晚飯後，呂茨蒙、凱琉斯，還有幾位朋友，相繼到來。拉穆爾小姐重新展現兄妹之情，和嚴守禮儀了。雖然晚來天氣甚佳，她堅稱不去花園，要大家守在拉穆爾夫人的靠背椅周圍；藍色長沙發又像在冬季一樣，成了這一群的活動中心。

瑪蒂爾德對花園已起反感，至少覺得十分膩味：因已與于連的回憶結下了不解之緣。

不幸降低了智力。我們的英雄走了一步笨棋，去坐在那把草墊椅子上。那把小椅子以前曾是他輝煌勝績的見證。今天沒有一人跟他搭訕，他的在場好像無人看到，甚至比這還糟。瑪蒂爾德的朋友，坐在長沙發靠近他的那一端，故意背對他，至少他是這麼認爲。

「這簡直像朝中失寵，打入冷宮。」他心裡想著，倒很想研究一下那些故意小看他的人。呂茨蒙先生的伯父在王上的身邊受到倚重，所以這位漂亮的軍官每當與新來的賓客交談，一上來便說段奇談怪論：他大伯清晨七點就應召赴聖克盧，晚上打算在宮裡借宿云云。這一細節看似隨口說說，卻從來不會疏漏。

于連以失戀者的嚴苛眼光觀察瓦澤諾，發覺這位良善可愛的年輕人認定冥冥不可知的原因對萬事萬物都有極大的影響。假如發生稍微重大的事件，別人認爲事出有因，順理成章推演而出的，他聽了就會怏怏不樂，鬱鬱不歡。「此人多少有點神經病，」于連私忖：「這種性格，與柯拉索夫親王所描述的亞歷山大沙皇有著驚人的相似之處。」到巴黎的第一年間，可憐的于連由於剛從神學院出來，看到這班少年風度翩翩，覺得非常新鮮，只有讚佩的份兒。他們眞正的性格，直到這時才顯露在他的眼前。

「我坐在這裡，顯得低人一等。」他突然想到。關鍵是要離開這把小凳子而身姿又不能太笨拙。這得想個辦法，但腦子裡塞滿了別的念頭，翻不出新花招。那只好求助於記憶，而他的記憶，應當承認，應對方面的善策記得的並不最多。可憐的小伙子還很少臨場經驗，所以起身告退的樣子笨拙到了極點，大家也都注意到了。舉手投足，不得其法，是太明顯了。三刻鐘以來，他扮演著一個討人嫌的下等角色，別人甚至懶得向他隱瞞這一點。

不過，他對幾位情敵也頗挑剔，所以還不至於把自己的失著看得過分嚴重。他的傲氣，自有前天晚上的寵遇給他撐腰。他獨自走進花園時想：「他們縱比我優勝百倍，但瑪蒂爾德對他們中的任何人都沒像對我那樣，曾兩度委身相從！」

更深的事理，他參不透了。因緣湊巧，這位奇女子成全了他的幸福，而他對她的性格卻茫然不解。

第二天，騎了一天的馬，想使自己同所騎的馬，一同累死。晚上，瑪蒂爾德依然坐鎮藍沙發。他不敢貿然挨近。他注意到諾爾拜伯爵在公館裡遇到他，看都不看一眼，大有不屑之意。他想：「這該是多大的克制功夫！他平時可是禮數特別周全的。」

于連此時能睡著就是福氣。儘管體力十分疲乏，想起風情種種，便綺思連連。馳騁在巴黎近郊的森林裡，騎得累死，也只累了他自己，無關乎瑪蒂爾德的心情；他頭腦還欠靈光，沒看出這樣遊騎終日，實際上是把自己的命運交給偶然去支配。

他覺得，只有一件事能給他的痛苦帶來無限的寬慰：就是跟瑪蒂爾德傾談一下。然而，又敢對她說什麼呢？

一天早上七點，他正一個人想走了神，突然看到拉穆爾小姐走進藏書室來。

「我知道，先生，您想跟我說話。」

「偉大的主，是誰告訴您的？」

「知道就是了。怎麼知道的，跟您有什麼關係？假如您為人不地道，盡可以斷送我，至少可以這樣試一下。但這種危險，我不相信確實存在；即令真有這種危險，也攔不住我要坦誠相告：我已經不愛您了，先生，只怪自己受了狂想的騙……」

面對這可怕的打擊，愛而不得的于連還想辯解兩句。真是可笑！失歡於人，豈是辯解兩句所能了事？但理智已管不了他的行動。盲目的本能驅使他把決定命運的時刻儘量往後推。他覺得只要話還在說下去，事情就還沒有完。但他說他的，瑪蒂爾德根本沒聽：他的聲音就叫她煩；更想不到的是，他居然敢打斷她說話。

道德觀念和驕矜心理，在這天早上所引起的恨意，使她同樣也深感不幸。把對自己予取予求的權利交給一個鄉民出身的小神父，豈不可怕！每思及此，簡直無地自容。這一不幸給誇大之下，她不禁自忖：「這跟失身於一個僕人，也所差無幾了！」

對個性強悍而高傲的人來說，生自己的氣，跟向別人發火，相去只一步之隔。在這種情況下，發發雌威不失為一種痛快。

拉穆爾小姐，三言兩語之間，就對于連表示出極度的蔑視。她頗有才智，而這才智尤以傷害別人的自尊，加深別人的創痛見長。

這超群的智慧，對于連懷有強烈的憎恨。于連至今還是第一次屈服於這樣的攻擊。此刻他非但沒想到要為自己辯護，反倒卑視起自己來。那些話說得很尖刻，而且很有心機，足以摧垮他的自矜自誇；他聽了，覺得瑪蒂爾德說得有理，只覺得說得還不夠！

在她這方面，因為前幾天對他還崇拜得五體投地，藉此來懲罰自己懲罰他，她的傲氣也從中得到一種快意。

還是第一次，她無需動腦筋去想，就把那些刻薄話輕輕易易說了出來。那不過是重覆一週來在心裡嘀咕的愛情的話頭。

字字句句，都使于連可怕的不幸陡增百倍。他想逃開，拉穆爾小姐卻很霸道，一把撐住他的胳膊。

「哎，請注意點，」于連提醒她：「別高聲大氣的，讓隔壁房間都聽到了。」

「管他呢！」拉穆爾小姐傲然答道：「誰敢說他偷聽了我的話？您自說自話，對我抱這樣那樣的看法，我要治治您的翹尾巴。」

等于連逃出藏書室，還心有餘悸，連痛苦都不大覺得。「哎，她已不愛我了！」他高聲自語，彷彿要叫自己明白現在的處境，「看來她只愛了我八、九天，而我，會愛她一輩子。」

「這可能嗎？不過幾天前，她在我心裡還算不得什麼，眞算不得什麼呢？」

瑪蒂爾德的心頭洋溢著自傲與喜悅：就這樣一刀兩斷！這般強烈的偏寵，竟徹底戰而勝之，她高興萬分。「叫這位小先生明白，而且一勞永逸地明白，無論現在和將來，他都休想擺布我。」她大爲得意，因爲此刻，心裡的確沒有任何愛的意思了。

經過這樣刻薄、這樣屈辱的一幕之後，換一個不像于連這樣痴情的人，早就不可能再愛了。拉穆爾小姐是片刻未忘自己的身分，那些令人難堪的話都是具有深意的，于連冷靜回想之下，還覺得像是至理名言。

從這場令人驚駭的唇槍舌劍，于連得出的第一個結論是——瑪蒂爾德太傲了。他深信，他們之間的一切都完了。可是到第二天吃中飯，見了她的面，卻縮手縮腳，膽怯起來。這個缺點，我們至少沒貶責過他。不過，無論是大事，還是小事，他都明白自己該做什麼，要做什麼，而且知道了就實地做去。

午餐之後，拉穆爾夫人央他取一本書。這是一本市面上少見的煽動文章的小冊子，是本堂神父早上悄悄給她捎來的。于連到托架上取書，撞倒了一件青瓷花瓶。這件古董，樣子難看得不能再難看了。

拉穆爾夫人心痛地喊了一聲，立時站起，走過來察看這打碎的珍稀花瓶，「這件日本古董，還是我的叔婆——雪樂修女院院長傳下來的；原是荷蘭人送給攝政王奧爾良公爵的禮物，攝政王轉賜給了他的女兒……」

瑪蒂爾德注視著母親的舉動：這件青花瓷，她本來就覺得其醜無比，碎了倒好。于連態度沈靜，處驚不亂，看到拉穆爾小姐站在自己身旁，便小聲說：「這個花瓶就這樣永遠破殘了，曾經主宰我心靈的感情也復如此。請接受我的歉意，竟幹出這種荒唐事兒……」

說罷，揚長而去。

看他離去，拉穆爾夫人說：「倒可以說，這位索萊爾先生對他所幹的事，像是挺感到驕傲和得意吶！」

這句話直落到瑪蒂爾德的心坎上。她暗想道：「不錯，我媽猜著了，此時此刻，他就是這種感情。」昨天，她把于連訓了一頓，那快意到這時才算止息。「是啊，一切都完了！」她表面顯得很平靜，「這事對我是一大教訓。錯，誠然可怕，丟臉，但也可以使我今後學點乖！」

「我說的不是實際情況嗎？」于連自忖：「但對這瘋丫頭的愛，爲什麼還折磨著我？」

但是愛情非但沒像于連希望的那樣淡下去，反而陡漲上來。「不錯，她瘋瘋癲癲的，」于連心下自忖：「難道就不值得愛了嗎？天下難道還有比她更漂亮的人兒？凡文明高雅所能提供賞心悅目的一切，不是鍾靈毓秀，都集中於拉穆爾小姐一身嗎？」昔日幸福的回憶占滿他的整個心胸，急遽摧毀他理性的屏障。

這類回憶，理智是無法與之較量的，強加抑制，反覺回味無窮。

日本古瓷打碎之後二十四小時，于連顯然已成經了天底下最痛苦的人。

第二十一章、祕密記錄

此處所述，均為親眼所見；即使或看錯，告訴你時，肯定沒有欺瞞之處。

——摘自致作者函

侯爵派人來叫于連。拉穆爾先生好像年輕了許多，眼睛大有神采。

「咱們來談談你的記憶工夫。」侯爵說：「據說你的記性好得出奇。你能不能把四頁東西記住，到倫敦去背出來？不過，要一字不差……」

侯爵在氣頭上，揉搓著當天的《每日新聞》。儼然的神色，想掩飾也沒能掩飾得了。這種表情即使在對付弗利萊案子時，于連也不曾見過。

不過，他已相當老練，覺得侯爵既然願出之以輕鬆的口氣，他就順水推舟，裝作糊塗。

「這份《每日新聞》也許並不十分有趣，假如侯爵大人允許，請賞臉明天聽我把整張報紙背下來。」

「當真！連廣告在內？」

「不錯，而且一字不漏。」

「你說話可算數？」侯爵突然以嚴正的口氣叮了一句。

「當然算數，大人。只是擔心漏字，或許會影響我的記性。」

「我昨天忘了一樁事。我不要求你發這樣的誓：絕不把你將聽到的內容透露出去。我深知你的爲人，這項要求近乎侮辱。這我可以爲你擔保。等會帶你去一個沙龍，有十二個人在那兒聚會；你得把每個人說的話都記下來。」

「先不必擔心，這絕不是你一句我一句的交談。而是每個人輪著發言。當然，也不是說按一定的次序。」侯爵特意補充一句，又恢復他那狡黠而輕鬆的一貫口氣，「我們說話的時候，你可以記個二十頁；然後回到這兒，咱們把二十頁壓縮成四頁。明天早晨，你不必向我背整張《每日新聞》，就背那四頁。然後你立即動身；不過要像年輕人出門遊歷那樣，一路乘驛車去。但有個要求，你的行蹤不能給人發現。你要去見一個大人物；對他，得表現出更多的機智。他周圍的人，你必須示以假象，因爲他的秘書中，他的僕役中，有的已爲我們敵人所收買，他們會刺探我們派去的使者，半路上截人。

「你再帶上一封介紹信，信本身倒無關緊要。

「大人閣下打量你的時候，你掏出我這只錶。我借給你，這次出門用得上。你隨身帶著，一只換一只。把你的錶留給我。」

「你把記住的四頁口述出來，公爵會親自作筆錄的。

「此事辦畢──而不是在此之前，這點要注意──如果大公有所垂詢，你可把所有的會議情況如實以告。

「從巴黎到那位大臣的宅第，可以幫你解解旅途寂寞的，是提起神來防冷槍。有些人巴不得能把索萊爾神父打死。這麼一來，你的使命就壽終正寢了，我這裡的事情也要受耽擱。因爲，親愛的，你死在路上，我們怎麼能知道呢？你縱然辦事熱心，也無法自己爬起來向我們發訃告呀！」

「你現在去買一身衣服，要穿得跟兩年前一樣，」侯爵換成鄭重的口氣往下說：「今天晚上，你衣著不必太講究。不過，旅途中，你要穿得和平時一樣。你感到驚奇，疑心到是怎麼回事了吧？是的，小朋友，等會兒你就去聽他們高談闊論，其中有一位可敬的人物，很可能把你的相貌特徵傳出去；根據你的面長面短，晚上你到哪家客店吃飯，跑堂的少不得會給你加點鴉片進去。」

「這麼說，寧可多走三十里路，也莫抄近路。」于連說：「此行是去羅馬，我猜想……」

侯爵勃然變色，一臉不高興。從布雷—勒奧瞻仰聖骸以來，于連沒見過他有這種表情。

「等到我認為應當告訴你的時候，先生，你自會知道。我不喜歡人家多問。」

「這不是多問，」于連也使起性子來，「我可以發誓，大人，我只是把心裡想的說了出來，我在核計尋一條最穩妥的路線。」

「嗯，你剛才倒是顯得心思在別處。要記住，一個使臣，特別像你這年紀的，不該擺出非要人家信任不可的樣子。」

于連深感屈辱，只怪自己自作聰明。出於好勝心，想找個遁詞，可一時又找不到。

「要知道，」拉穆爾先生接著說：「一個人做了什麼蠢事，永遠會推說是出於好心。」

一小時之後，于連在爵府候見廳恭候，神態像個跟班，服飾舊派，白領帶不乾不淨，整個外表帶著三分迂腐。

侯爵一見，就哈哈大笑。于連到此才算完全取得諒解。

「假如這年輕人出賣我，」侯爵心裡想：「那還能相信誰？但若是要辦大事，總得要有個可以倚重的人。我兒子和他的那些好朋友，論勇氣，論忠心，可以以一當十；需要格鬥，可以不惜喋血於御座之前。他們無所不知……除了眼前需要的這種才幹。他們之中誰能背四頁書，跑一百里路而不被人察覺，我就服了！諾爾拜可以像他的祖先一樣赴義扶危，這固然也是軍人本色……」

侯爵陷入沈思。「而赴義扶危，」侯爵嘆了口氣說：「也許這位索萊爾同樣能辦到……」

「咱們上車吧！」侯爵一揮手說，好像要揮去什麼討厭的念頭。

「大人，」于連說：「我利用裁縫改這身衣服的空隙，已經把今天《每日新聞》的第一版背了下來。」

侯爵拿過報紙來，于連背得一字不差。

「太棒了！」侯爵讚道。今晚他也格外圓滑，心想：「這段時間，小伙子一心在背報紙，就不會注意經過的那些街道。」

他們走進一間大客廳，外觀陰森，牆面下部裝了護壁板，上部鋪著綠絲絨。一個愁眉苦臉的僕役剛在客廳中央把大餐桌擺好，接著鋪上一塊綠桌布，就變成一張會議桌。這桌布不知是哪個政府部門的剩餘物資，星星點點，沾了不少墨水漬。

宅第的主人身材魁偉，名字沒聽人喊起過。看他的相貌和口才，可知此公城府很深。

按侯爵示意，于連坐到桌子下首。他開始削鵝毛筆，用眼角瞟過，參加談話的當有七人，但于連只看到他們的背影。其中兩人，跟拉穆爾先生用平等的口氣說話，其他人似乎多少帶點敬意。

這時未經通報，進來一人。「奇怪，」于連想：「這客廳裡有人進來，事先都不通報。難道是因為我在場，才要這樣防一手？」

這時，全體起立，迎接新來的客人。他佩的勛章，等級極高，客廳裡的另三人也佩著同樣的勛章。每個人說話，聲音都很低。對這位新客人，于連只能根據相貌和儀態來判斷。此人矮矮壯壯，滿面紅光，眼睛發亮，除了凶得像野豬，別無表情。

于連的注意力，給跟著到來的另一個完全不同的人物吸引過去。這個人又高又瘦，目光和藹，舉止文雅，穿了三、四件背心。于連想：「這相貌活脫脫像貝桑松的老主教；顯然是教會中人。年齡五十開外，不會超過五十五，而神態之慈祥，更無出其右者。」

年輕的阿格德大主教也來了。他環顧四座，眼睛掃到于連，很是一驚。自布雷—勒奧修道院盛典以來，彼此還沒說過話。他詫異的目光，使于連大爲難堪，不覺有氣。「怎麼？」于連暗忖：「多識一個人，多樁倒楣事？這些我從未見過的名公巨卿也沒把我嚇住，而這位年輕主教的目光倒使我寒心！應該承認我是一個很奇特、很倒楣的人。」

過了一會兒，進來一個黑黑的矮冬瓜。他面色發黃，帶點狂態，剛進門就嚷嚷開了。這位不顧別人的空談家一到，在場的人三人一撮、兩人一堆，各自聚攏起來，免得聽他囉嗦。

他們離開壁爐，走近于連坐的長桌下首。于連的神情愈來愈緊張，因爲不管怎麼使勁，他們說的話還是灌進他的耳朵裡來；而且，縱然閱歷不深，他也明白，他們直言不諱的事關係重大，而眼前這些要人又是多麼希望談話內容能絕對保密，泄漏不得！

儘管慢條斯理，于連已經削了二十枝鵝毛筆，眼看要技窮了。想從拉穆爾先生目光裡找點暗示，也了無所得；侯爵早已把他忘了。

「我這樣做，很可笑。」于連一邊削筆，一邊想：「但是，這些相貌平平，受別人託付，或自肩重任的人，應該是很多疑的。我這倒楣的眼神，帶點質詢意味，看人又不大恭敬，必定會引起他們的不快。如果我一個勁兒低著頭，又好像在搜集他們的談話。」

他極感爲難，跟著就聽到不少稀罕事。

第二十二章、爭論

啊，共和國！今天，肯為公眾利益犧牲一切的只有一個人，而圖享受、求虛榮的，卻何止千千萬萬。在巴黎對一個人之受尊重，是看他的車馬，而不是看他的品德！

——拿破崙《回憶錄》

僕人三腳兩步，進來通報：「某某公爵到。」

「住嘴，你這個蠢貨！」公爵進門時喝道。這句話說得口齒清楚，威風堂堂，于連不由得想：善於對下人發脾氣，就是這位大人物的全部能耐了。于連剛抬眼一看，就立刻低頭。新來的這人，一眼就猜到他的分量，擔心自己直面看他，未免冒昧。

這位公爵，五十上下年紀，穿得像個闊公子，走起路來一顛一顛的。狹長臉，大鼻子，臉面前突，是副大富大貴又一無可取之相。他一到，就決定開會。

于連正在端詳他的相貌，冷不防被拉穆爾先生的聲音打斷。只聽得侯爵說：「我向各位介紹這位索萊爾神父。他記憶力驚人，過耳不忘。他應承這項任務，是我一小時前剛跟他說的。爲了證明自己的記性，他已把《每日新聞》的第一版背了出來。」

「啊！頭版國外新聞裡，登的是N潦倒的消息……」屋主人說道。他一把奪去報紙，用打趣的神情瞄了于連一眼，以示自己身分之高。接著對于連說：「開始吧，先生。」

頓時鴉雀無聲，所有目光都盯著于連。他背得很順暢。背到二十行，公爵就攔住說：「足矣，足矣！」眼神像野豬的矮冬瓜㉝這才坐了下來。想必他是會議主席，因爲他剛坐定，就指了指牌桌，示意于連把桌子搬過來。于連帶著一應書寫用具，安頓停當。他數了一下，坐在綠桌布周圍的總共十二人。

「索萊爾先生，」公爵說：「請你先退到隔壁房間去，等會兒再請你過來。」

屋主人顯得惶遽不安，低聲對鄰座說：「百葉窗沒拉上。」又衝著于連楞頭楞腦喊了一句：「看窗子也沒用。」

于連想：「少說，我已一頭扎進陰謀圈裡了。幸虧這陰謀還不至於拉我到格雷佛廣場去殺頭。此事不無危險，但安危也罷，榮辱也罷，都是得之於侯爵。我的荒唐事兒，說不定哪天會弄得侯爵很傷心，藉此機會先期彌補一下，也是萬幸！」

他心裡想著自己的荒唐事兒和情場失意，眼睛認記這地方，以便永生不忘。他這時才記起，侯爵沒把街名告訴當差：侯爵是雇街車來的，實屬破天荒。

于連一個人默想了許久。這間小客廳被糊紅絲絨，加有寬金線；靠牆的小几上，供著一個很大的象牙十字架；壁爐架上放有一本梅斯特赫的《教皇論》，書口燙金發亮，裝幀十分精美。于

㉝比矮冬瓜（le petit homme）先進來的戴高級勛章者，上一章裡形容他神情「凶得像野豬」，這裡作者把兩個人物的特徵融於一身了。據稱，斯湯達爾行文極快，一氣呵成，難免偶有破綻或前後牴悟。

連打開書來看，以免偷聽之嫌。隔壁房間約說話聲音有時很響。最後，門開了，有人來喊他。

「諸位，請注意，」主席說：「從此刻起，我們就像在某某大公面前講話一樣。」他指著于連說：「這位年輕的教士先生會忠誠於我們神聖的事業。憑他驚人的記性，我們的發言，即使是枝枝節節，他都能輕而易舉地覆述出來。」

「現在請先生發言，」他指著一位穿三、四件背心的仁厚長者說。于連覺得還是管他叫「背心先生」比較方便。他拿出紙來，振筆疾書。

（作者本想在這兒用省略號，點上一頁虛點兒，但出版家認為：「太不雅觀。像這樣一部浮華的作品，版面有失大雅，就是自取滅亡。」

作者答曰：「政治，是掛在文學脖子上的石頭；不出半年，就會把文學拖下水的。政治之於妙趣無窮的想像，猶如音樂會中的一聲槍響。砰然一聲，尖銳刺耳，卻並不厚實，跟哪件樂器的音色都不協調。這種政治會得罪一半讀者，而叫另一半讀者生厭，因為他們在早晨的報紙裡已看到用另一種方式，作了更內行、更有力的敘述……」

出版家又說：「你的人物如果不談政治，就不成其為一八三〇年的法國人；你這本書也就不會像你奢望的那樣，成其為一面鏡子……」）

于連的筆錄有二十六頁之多，下面只是一份平淡的摘要。因為按慣例，需把荒唐可笑之處刪去：太荒唐，則可厭，亦不眞。（詳見《法院公報》）

慈眉善目的背心先生（也許是位主教）不時微微一笑；這時，鬆眼皮下的眼睛發出異樣的光彩，表情也不像平時那麼遲疑。這個人物，大家請他第一個在大公（「究竟是哪位大公？」于連心裡想）面前發言，顯然是要他綜述各方的觀點，權行總發言人的職司。于連覺得他言辭游移，缺乏明斷；大家通常不滿意一般高官的，也就是這些地方。討論過程中，公爵甚至對他當面加以申斥。

說了幾句以德服人、寬大爲懷的開場白後，背心先生轉入正題：

「高貴的英國，在不朽的偉人皮特首相當政時，爲阻撓法國革命，已耗資近四百億法郎。今天的會議如果允許我坦誠談一個可悲的想法，那麼可以說，英國人不大懂得，對付一個像拿破崙這樣的人物，尤其只能以善良的願望來抗衡的情況下，唯有用個人手段，才具有決定意義……」

「啊！又來頌揚行刺了！」屋主人的語氣透著不安。

「少來那套感傷的說教！」主席沉著臉說，野豬眼裡閃著凶光。「往下說吧！」他對背心先生說。前額和腮幫都脹得發紫。「高貴的英國如今已拖垮了，」報告人接著說：「因爲每個英國人在付麵包錢之前，先得付四百億債款的利息，這筆巨債是用來對付雅各賓的。而現在已沒有皮特這樣的人了……」

「但有威靈頓公爵呀！」一位神氣十足的軍人說。

「諸位，請安靜！」主席喊道：「假如再這麼爭論下去，就用不著請索萊爾先生進來。」

「我們知道，這位先生有許多高見，」公爵面有慍色，眼慵瞪著愛打斷別人說話的這位拿破崙舊部❸❹。于連看出，這句話暗示某樁私事，大有攻訐意味。衆人都會心一笑，而變節將軍似乎怒不可遏。

「諸位，皮特這樣的首相是不會再有的了；」報告人又說了一遍，臉上流露出想曉之以理而

---

❸❹ 據考證，認爲係隱射蒲爾蒙元帥（一七七三～一八四六）。蒲氏曾隨拿破崙征義征俄，做到少將。在滑鐵盧戰場上倒戈，歸順英軍威靈頓。後依附路易十八。一八二九年入貴族院，任陸軍部長，晉升爲元帥。

眾人不察的失望情緒，「縱使英國再出一位皮特，也不可能如法炮製，把一國的民眾再騙一遍呀……」

「像拿破崙這樣的常勝將軍，不可能復現於法國了，其原因蓋出於上述種種。」愛打岔的軍人嚷道。

這一次，無論主席，還是公爵，都沒發火，雖然于連相信，從他們目光裡可以看出很想發作的意思。兩人垂下眼睛；公爵只長嘆一聲，誰都聽見了。

但報告人倒心裡有氣。

「你們急著等我講完！」他話裡帶著火氣，把含笑的客氣和含蓄的談吐（于連認為從中可見他的真性情。）都擱過一邊，「你們急著等我講完，而沒看到我竭力不想冒犯任何人的耳朵，不管這耳朵長得多長。好吧，各位，我儘量說得簡短些。

「用句俗話說：英國已經沒有一個子兒，可用來照應神聖的事業。即使皮特再世，使出全身解數，也騙不了英國的小財主了，因為他們知道，單單短短一場滑鐵盧戰役，就耗去了十億法郎。既然諸位要聽明白話，」報告人越說越激奮，「那麼我跟你們說；『想法自己幫自己吧！』因為大英帝國不肯出一個金幣來幫你們。英國不出錢，奧地利、俄羅斯、普魯士也只有餘勇可賈，而無錢肯賠，至多跟法國打一、兩個仗。

「你們可以巴望，奮激黨聚集起來的年輕士兵在打第一仗及第二仗時會一敗塗地；但到第三仗，哪怕你們帶著成見把我看成是革命黨也罷，到第三仗，你們面對的將是一七九四年的勇士，而不再是一七九二年烏合之眾的農民。」

說到這裡，有三、四個人同時打斷他的話。

「先生，」主席對于連說：「請你到隔壁房間去，把前面一部分的筆錄先整理出來。」于連心裡老大不樂意，走了出去。

報告人剛才涉及的幾種可能，正是他經常思考的題目。

「他們怕受我譏誚。」于連想。他給喊回去時，拉穆爾先生正在發言；那一本正經的神態，在熟知他的于連看來，尤覺有趣。

「……是的，諸位，特別是對這苦難深重的民族，我們可以問一句，是『作成上帝，還是桌子，抑或臉盆。』㉟！『作成上帝！』寓言家叫道。這句有深意的名言，諸位，好像就是針對你們而發的。靠你們自己的力量，積極活動吧！到那時候，高貴的法蘭西將會像我們祖先的時代那樣，像我們在路易十六上斷頭台前所見到的那樣，重振雄風，再現光華。

「大英帝國，至少是英國的貴族，跟我們一樣，對鄙俗的雅各賓恨之入骨。沒有英國的黃金，奧地利、俄羅斯、普魯士至多只能打兩、三仗。打兩、三仗，就能成功，進行軍事占領嗎？我不作如是想。姑且不論黎塞留㊱先生幹的蠢事，在一八一七年上居然把軍事占領給白白斷送掉了。」

這時又有人打岔，被四起的噓聲止住。打岔的仍是帝政時代的老將軍。在草擬這份秘密照會中，他想能嶄露頭角，論功行賞起來可得一枚藍色勛綬。

「我不作如是想，」等擾擾之聲平息下來，侯爵又重覆了一遍。這個「我」字，說得鏗鏘有

㉟此句引自法國寓言作家拉封丹《雕刻家與朱庇特像》一詩。原句意思是一塊大理石可以刻成一尊神像，也可雕成桌子、臉盆之類。

㊱係指艾瑪尼埃．黎塞留（一七六六～一八二二）於一八一七年的「神聖同盟會議」上，要求英奧普俄等聯軍撤出法國領土。

力，盛氣凌人，于連覺得來勁。「他這一著，實在高妙！」心裡這麼暗讚道，手下運筆如飛，幾乎跟侯爵說的一樣快，「一句妙語，足以抵過變節將軍的廿次戰役。」

「新的軍事占領，不宜把希望完全寄托於外國，」侯爵字斟句酌地說：「《環球報》上寫鼓動文章的青年裡，就會出現三、四千名年輕軍官，出現一批名將，可比之於克萊貝、奧什、儒爾當，還有皮什格魯，而且是居心不良的皮什格魯。」

「生不能造成他光輝絕倫，死得以使他英名永垂。」主席說。

「總之，法蘭西應該有兩個政黨；」拉穆爾侯爵接著說：「不是兩個有名無實的政黨，而是兩個壁壘分明的政黨。我們心裡應該有數：誰是應該打倒的對象。一方面，是記者、選民、輿論，總之一句話：是青年和捧青年的人。正當青年給空話捧得飄飄然的時候，我們不妨先得點好處，花銷一筆預算。」

這時，又有人打岔。

「你先生，」拉穆爾先生對付插話的人神志高傲，游刃有餘，「你不是花銷——花銷兩字你要是覺得刺耳，就說鯨吞——鯨吞了國家預算的四萬法郎，又從王室經費裡領走了八萬法郎！

「好吧！先生，既然你將我一軍，我就斗膽拿你作例子。爲了無負於令先祖曾隨聖路易參加十字軍東征，你拿了十二萬法郎，至少得讓我們看到一個團，一個連；就說半個連吧！哪怕只有五十個忠於我們的事業、肯出生乃死的人也好。而你的手下只有一些僕役，一有風吹草動，他們就可以先把你的魂嚇掉。

「諸位，王位、教廷和貴族，明天都會完蛋，要是你們不能在每省創立一支有五百名死黨組成的隊伍。我所謂的死黨，不僅指有法國人的勇武，而且要有西班牙人的堅毅。

「這支部隊的一半，應當由我們的孩子，我們的子侄，總之，是由親貴子弟組成。跟隨他們身邊的，不是饒舌的小有產者——這種人碰到拿破崙捲土重來，立刻就會望風披靡，佩帶三色標誌——而是一個像卡特利諾㊲那樣質樸單純的鄉巴佬。我們的貴族子弟可以調教他，相處得好，就像同胞手足一樣。但願我們之戶每一個人肯拿出收入中的五分之一，在每省拉起一支有五百死黨的隊伍。在這種情況下，你們才能寄望於外國的軍事占領。外國軍隊要是不能在每省找到五百友軍，就絕不會孤軍深入，進占第戎。

「外國的君主，只有聽到你們宣告已有二萬貴族準備拿起武器，為他們打開法國的大門，才會言聽計從。你們會說：這樣效勞太吃力。諸位，要知道，我們的腦袋就繫於這個代價！在言論自由和貴族的存在之間，唯有死鬥而已。要嚇淪為工人、農夫，要嘛拿起槍來。膽小還可以，蠢事是幹不得的。得睜開眼睛來看看！

「『組織起萬千隊伍！』我要引雅各賓的這句歌詞來正告你們。但願有一天，哪位貴族振臂一呼，像瑞典國王居斯塔夫感到君王制岌岌可危，率兵打出國土外三百里去，為新教君主建立功勛一樣。你們還這樣空言藉藉，不起而立行？不出五十年，歐洲遍地是共和國的大總統，而不見一個國王了。僧侶和貴族也得隨國王同歸於盡。到那時，就只見『候選人』向狗屎不如的『多數派』搖尾乞憐！

「你們說，法國現在沒有一位受到普遍信賴、熟知和愛戴的將軍，軍隊就管保衛王室和教廷，把老兵都遣散掉了，而普奧聯隊裡，每個團都有五十名久經戰陣的下級軍官；要知道，這種論調，於事無補。

㊲ 雅克·卡特利諾（一七五九～一七九三），本為泥瓦匠，一七九三年旺代農民暴亂的首領之一，在進攻南特時陣亡。

「須知有二十萬屬於小有產者階層的青年熱衷於投身戰爭，求個出身……」

「別談這些令人不快的事了。」說話的人神態莊重，口吻頗爲自負，顯然在神職界身居要津，因爲拉穆爾先生非但不生氣，反而賠著笑臉，在于連看來無疑是個重大的跡象。

「別談這些令人不快的事了。歸結到一點，就是：假如一個人有條爛腿要鋸掉，他對外科醫生說：『我這條病腿是好端端的。』——這就很不中聽。我藉這個說法，用意在於：我們的外科醫生就是那位高貴的大公。」

「這句要緊話終於說出來了。」于連想：「今晚我得騎上快馬，趕往……」

第二十三章、教士、林產、自由

一切生物的第一要則是保種，是生存。播下毒芹，焉能指望長出麥穗來！

——馬基維利

這位神態莊重的人物接著往下說，可以看出他頗具識見。他雄辯和婉穩重，于連聽來很覺受用。他陳述了幾項：

「第一，英國方面不會有一個金幣來幫我們忙。經濟學和休謨學說正在那裡風行一時。連聖人都不會拿錢給我們用，豪爽的布魯漢姆輩只會奚落我們。

「第二，沒有英國的金錢，歐洲的君主不可能爲我們打兩場仗。而即令打兩場仗，也遠不足以對付小有產階層。

「第三，法國有必要成立一個有軍隊作後盾的政黨，不然，歐洲的君主連打兩場仗的險也不肯冒。

「第四點，我要明確提出來的是——沒有教士，法國不可能組成有武裝的政黨。這句大話我敢說，是因爲我可以提出證據。應把一切歸教士所有。

「首先，因爲教士日夜操勞，而且得到能人指點，那些能人遠離風暴的中心，在你們邊境之外三百里的地方……」

「哦！是羅馬，是羅馬！」屋主人叫了出來。

「是的，先生，是羅馬！」紅衣主教傲然答稱：「不管你年輕時流行什麼機趣的笑話，我要大聲宣告：在一八三〇年，只有教士，受羅馬策勵的教士，他們講的話，小百姓才聽。

「五萬教士，在宗教領袖指定的日子裡，可以都講同樣的話，而百姓——士兵畢竟出自百姓——聽教士的聲音最易感動，而世上那些歪詩卻未必……（這句話帶著人身攻擊，激起一陣嗡嗡聲。）」

「教士的才能有遠勝你們之處，」紅衣主教提高了嗓門說下去，「你們爲在法國組織一個有武裝的政黨——朝這一主要目標所要採取的步驟，我們業已完成。」此處，他列舉若干事實……

「八萬支槍，是誰送到旺代的呢……

「只要教士沒有收回林產㊳，他們還是什麼也不擁有。戰事一起，財政大臣就得通知司庫，停止一切支付，但神父除外。其實法國並非宗教國家，倒是喜歡打仗的。誰驅使老百姓去打仗，誰就加倍得民心。因爲打仗，說得粗俗點，就是餓死耶穌會教士；因爲打仗，就是把這些傲慢的怪物——法國人，從外國干涉的威脅下解救出來。」

紅衣主教的話，聽得大家連連點頭……他接著說：「奈瓦爾先生應該脫離內閣，他的名字對公衆只是無謂的刺激。」

聽到這句話，衆人都站了起來，議論紛紛。「他們又要把我打發出去了。」于連暗想。但是連精明的主席也忘了于連在場。

㊳ 教會的林產，在大革命時一律充公，王政復辟時期歸還之議蜂起。

所有的目光都在搜尋，于連終於認出一人，就是那位奈瓦爾首相；于連在雷茲公爵府的舞會上，跟他曾有過一面之雅。

這時，像報紙形容議會的情形時常說的，混亂簡直達於極點。足足過了一刻多鐘，才重新安靜下來。

於是，奈瓦爾先生起立，用使徒般的聲調說：

「兄弟不會作出擔保，說本人對內閣毫不留戀。

「事實已經證明，本人的名字引起衆多溫和派的反對，從而加強了雅各賓派的力量。兄弟很願退隱，但天意微茫，只有少數人能夠測得。」說到這裡，他眼睛盯著紅衣主教：「不過，兄弟肩負了一個使命。上天對兄弟說：『你或者把腦袋丟在斷頭台，或者在法國重建君主制，把議會削弱到路易十五治下的程度。』——而這一點，諸位，我一定會辦到。」

說畢落座，全場默然。

「眞是一個好演員！」于連想。他像往常一樣，錯把人想得太聰明了。經過一夜熱烈的爭辯，尤其是開誠布公的討論，使奈瓦爾先生大爲感奮，此刻更加堅信自己負有使命。此人素有膽量，毛病是沒有頭腦！

「我一定會辦到」這句漂亮話一出，頓時一片寂靜，只聽得鐘敲半夜十二點。鐘擺的聲音，于連聽來覺得帶點滯重，帶點陰沉，心中悒悒然似有所觸動。

會議過了一忽兒之後又開始，爭論得更起勁了，尤其幼稚得令人難以置信。于連有時想；「他們會毒死我的。這類事，怎麼能當著一個平民的面說呢？」

到了鐘敲兩點，大家還爭論不休。屋主人瞌睡已打了半天。拉穆爾先生不得不搖鈴，叫人來換蠟燭。

奈瓦爾首相是一點三刻走的。首相曾從身旁的鏡子裡不時打量于連的相貌。他一走，大家覺得自在多了。

更換蠟燭之際，背心先生低聲對鄰座說：

「天知道此公會對王上說什麼！準會把我們說得很可笑，斷送我們的前程。

「應該承認，今天這次會上，他這樣自負倒少見，甚至牛裡牛氣。入閣之前，他也常來這裡。但是一作高官，臉就變了，把一個人所有的情趣都淹沒了。他自己應該感到。」

首相一走，拿破崙的叛將就閉目養神。這時，他談起自己的健康，打仗時受過的傷，然後看了看錶，徑自翩然而去。

「我敢打賭，」背心先生說：「將軍月下追首相去了。必定是向首相道歉，說自己不該蒞會；不過，他會聲稱，我們是被他牽著鼻子走的。」

等昏昏欲睡的下人把蠟燭換畢，主席說：

「諸位，我們最後磋商一下，彼此不要強詞奪理了。我們應想想照會的內容——這照會再過四十八時，就將送到我們國外的朋友面前。剛才談到內閣成員，我們現在可以說了：既然奈瓦爾先生已離我們而去，閣員的人選又關我們何事？他們日後自會來巴結我們的。」

紅衣主教狡猾地一笑，表示讚許。

「依我看，把我們的立場歸納一下想來不難。」年輕的阿格德主教說話很衝，這還算是壓抑了高漲的宗教狂熱。此前，他一直沉默不語。他的眼睛，據于連觀察，起初是柔和而平靜的，討論進入第二個鐘頭才灼灼如焚。此刻他的心靈像維蘇威火山，熔岩四溢。

「一八〇六到一八一四年間，英國錯只錯了一個地方，」他說：「就是沒有對拿破崙本人採取直接行動。此人封官賜爵、登極稱帝之時，已是他天賦使命結束之日。至此，只有以其身為獻祭，別無他用。《聖經》裡不止一處指示我們誅暴安良之法。（在這裡，他引了幾句拉丁文原文。）

「今天，諸位先生，我們要誅除的已非一人，而是整個巴黎。全法蘭西都在群起效尤，摹仿巴黎。每省武裝五百個人，能有什麼用？再說，還要冒風險，而且是沒底的事。把法蘭西牽扯進只關巴黎一地的事，有何必要？巴黎，以其報紙和客廳，惹禍招災，患害無窮。讓這個花花世界毀滅吧！

「教會與巴黎的衝突該有個了局了。這個災難，甚至也涉及王室的世俗利益。拿破崙治下，巴黎為什麼一聲不吭？問問聖霍什的大炮㊴就知道了……」

于連一直到凌晨三點，才跟拉穆爾先生一起出來。

侯爵又歉愧又疲乏。在他還是第一次，對于連說話，語氣裡帶點懇求的意味。他要于連擔保，絕不向外界透露會議上「過度的狂熱」——這是他的原話。于連是因緣際會，才得以叨陪末座。「不要輕易告訴我們的外國朋友，除非他硬要了解我們這批狂熱的青年。政府倒台跟他們有什麼關係？他們遲早會當紅衣主教，可以躲到羅馬去。而我們藏在自己的古堡裡，就會慘遭農民屠殺。」

于連記的會議發言長達二十六頁，侯爵據以擬就一份秘密照會，到四點三刻才準備妥當。

「累死我也！」侯爵說：「這份照會，結尾結得不夠明晰，明眼人一眼就看得出。生平行事，沒有比這一樁自己更不滿意的了。好吧，小朋友，去休息幾個鐘頭。為免你給人劫走，我得親自把你鎖在你房裡。」

㊴ 一七九五年保王黨作亂，總部設在聖霍什教堂；拿破崙奉召炮擊亂黨，攻下教堂。

第二天，侯爵把于連領進一座離巴黎相當遠的孤零零的古堡。古堡主人神態詭秘，于連判定是教士。有個人交給他一張護照，用的是假名，但總算載明了眞實的去向，這他一直是佯裝不知的。他獨自坐上一輛敞篷馬車。

對他的記性，侯爵沒有任何懷疑之處；秘密照會的文字，于連已向侯爵背過幾遍。侯爵最怕的是：于連中途遭攔截。

離開客廳時，侯爵情見乎辭，對于連說：「最要緊的是要裝得像紈褲子弟出門去遊歷消磨消磨時間。昨晚的集會上，冒牌同黨或許就不止一個。」

旅程很快，只是心情鬱鬱不歡。侯爵的身影剛從視線裡消失，于連就忘了秘密照會，忘了重大使命，只想著瑪蒂爾德對他的蔑視！

車過梅斯，在幾里外的一個小村莊打尖。驛站長告訴他沒有馬。此時已是晚上十點。于連十分不高興，就吩咐先開晚飯。他到門前隨便走走，趁人不備，悄悄溜進馬棚那個大院，果然不見有馬。「不過此人的作派有點怪，那粗鄙的目光老在我身上轉。」于連心裡尋思。

要他多加提防的話，正如我們看到的，他已不那麼相信了。他考慮等吃過晚飯，就溜之大吉。爲了解一點地方上的情況，他走出自己的房間，想到廚房去圍爐烤烤火。沒想到在那兒見到大名鼎鼎的歌唱家謝羅尼莫，眞高興得無可形容。

這位那不勒斯人坐在火爐旁一把靠椅上長吁短嘆，嘴巴不停，一個人說的話比周圍二十個既驚又詫的德國農夫還多。

「那些人把我坑了！」謝羅尼莫衝著于連說：「我答應好朋友在美因茨演唱，還有七位親王要遠道來聽。咱們還是到外面去透透氣吧！」神色之間，頗有含意。

大路上走出一百步去，不致被人聽見了，他才對于連道：「你知道是怎麼回事嗎？驛站長是個痞子。剛才我在外面溜達，碰到一個野孩子，給了二十個子兒，他什麼都告訴了我。村子的另一頭，馬棚裡就拴著十二匹馬。有個信使要路過這兒，明擺著是要從中作梗。」

「眞有這種事？」于連佯裝天眞。

識破圈套，事情並不就完，關鍵是要能脫身：這事使謝羅尼莫和于連一籌莫展。最後，歌唱家說：「等到天亮吧！他們在懷疑我們，或許在打你我的主意。明晨，咱們要頓豐盛的早餐，讓他們慢慢準備去，咱們出去散步時，滑腿就跑；再另外雇馬，直奔下一站。」

「那你的行李呢？」于連問。心裡想：不要謝羅尼莫就是派來攔截他的。

吃了晚飯後，即各自就寢。于連還在睡頭一覺，忽被驚醒：原來房裡有兩個人在說話，樣子並不怎麼收斂。他認出一個是驛站長，提著一盞昏濛的燈，燈光照著于連叫人搬進房來的那只旅行箱。驛站長旁邊，有個人正不慌不忙，在翻檢打開的箱子。于連只看到他黑色的衣袖緊裹著胳膊。

「是件道袍。」于連暗想，輕輕抓起放在枕頭下的手槍。

「別怕，他不會醒的，神父先生！」驛站長說：「他喝的葡萄酒還是你親自備下的。」

「連文件的影子也沒有呀！」神父答道：「倒帶了不少內衣、香水、髮油，以及一些小玩意兒。看來是個只顧尋歡作樂的時髦青年。信使倒可能是另一位，故意裝義大利腔的那人。」

兩人走近來，在于連的旅行大衣口袋裡掏摸。他很想把他們當賊殺掉。這不會有什麼危險的後果。他眞想動手……「這樣幹，不成了蠢貨，不耽誤正經的使命嗎？」他心裡想。

查完大衣，神父得出結論：「此人不是使節。」說罷走開去。

眞是走得好。「他敢到床上來搜我，就該他倒楣了！」于連想：「誰保得定不是來行刺的。我可沒這麼好說話。」

神父剛轉過頭去，于連瞇眼一看，那才叫他驚奇吶：原來是卡斯塔奈德神父！可不，這兩人儘管想壓低聲音說話，但是一上來，于連對其中一人的口音就覺得有幾分熟。他恨不能把這個不要臉的混蛋清除出人間……「那我的正經事怎麼辦！」他心下自問。

神父與他的同黨出去了。

過了一刻鐘，于連假裝醒了過來，大叫大嚷，把全屋的人都吵醒了。

「我中毒了，」他嚷道：「難受死我了。」他想找個藉口，可以去救謝羅尼莫。但發覺謝羅尼莫喝了迷魂酒，正昏睡不醒。

于連就怕這類玩笑，晚餐時留了一份心，只吃自己從巴黎帶來的巧克力。他想叫謝羅尼莫快走，卻無法把他喊醒。

「即使把整個那不勒斯王國都交給我，」歌唱家說：「我也不肯放棄這個機會，舒舒服服地睡它一覺。」

「還有那七位君主呢？」

「讓他們去等吧！」

于連只好獨自先走。總算一路無事，到達大人物的府邸。他費了一上午工夫，也沒求見成。幸而四點光景，大公想外出透空氣。于連一見他出來，便毫不遲疑走過去，求他行行好。離大人物只兩步遠了，他掏出拉穆爾侯爵的錶來，故意擺弄。「遠遠地跟著我。」那人只扔出這句話，看也不看他。

這樣走了半里路，大公突然拐進一家小咖啡館。就在這下等旅舍的客房內，于連十分榮耀，向大公背了四頁記錄。背完之後，對方說：「再來一遍。背得慢一點。」

親王親自做了筆錄，「下一站，你步行過去。行李、車馬就丟在這兒。再自己想辦法，抵達斯特拉斯堡：本月二十二日（當天是十日）中午十二點半還到這咖啡館來。我先走，你過半小時再出來。切勿聲張！」

于連就聽到這麼幾句話，已夠他無任欽佩的了。「處理大事，合該如此。」他暗自思量，「這位大政治家要是聽到那批狂徒三天前的嘮叨，不知會作何感想？」

于連只花兩天工夫，就到了斯特拉斯堡。他覺得自己在那裡無事可作。返回的路程，特意繞了個大圈子，「如果卡斯塔奈德這鬼東西認出是我，一定會緊盯不捨，不肯輕易放過……叫我有辱使命，把我取笑一通，對他眞是樂事一樁！」

卡斯塔奈德神父是聖公會安插在北部邊境上的密探頭目，幸好沒認出于連來。斯特拉斯堡方面的耶穌會士雖然熱衷於稽察，卻壓根兒沒想到要刺探于連。于連身穿藍色外套，胸佩十字勳章，完全是一位只注意修飾自身的少年軍官。

第二十四章、斯特拉斯堡

痴迷！愛的全部堅韌，和感受痛苦的全部能力，你都具備。唯一不入你範圍的，是那種銷魂的高歡，那種甜蜜的享受。

——席勒《頌歌》

于連不得已在斯特拉斯堡盤桓一週，盡想些建功立業、忠心報國的事，聊以自遣。是不是還在熱戀中？連他自己都不知道。只覺得，在他痛苦的心靈裡，瑪蒂爾德左右著他的幸福，就像左右著他的思緒一樣。他得使出全部的性格力量，才不至於墜入絕望的深淵。凡與拉穆爾小姐無關的事，都沒有心思考慮。從前，雷納夫人感受他的情愛，還有少年時的勃勃野心和虛榮心的小小滿足就能排遣。但瑪蒂爾德把一切都吸引過去；未來的遠景裡，到處都有她的纖影。

這個未來，從各方面看，于連都覺得成功的希望缺缺。看他在維里埃那麼高傲自大、目空一切，如今卻墜入可笑的謙卑狀態。

三天前，他會痛快淋漓，殺掉卡斯塔奈德神父；但此刻，在斯特拉斯堡，哪怕是小孩跟他吵，他都會覺得豎子有理。回想生平所遇到的對手、仇敵。都覺得是他于連自己理虧！

原因就在於他所具有的豐富想像力，從前不斷向他描繪錦繡前程，如今卻毫不放鬆，專跟他作對。孤身羈旅，給陰鬱的想法又加重了分量。「人生得一知己，才最可寶貴！但是，」于連自問：「難道有一顆爲我而跳動的心嗎？即使是可共心腹的朋友，出於自重自愛，有話還不得不少說爲佳？」

他衷心悒悒，騎著馬在凱爾近郊閑逛。凱爾是萊茵河西側的一個小鎮，由於德塞和聖西爾兩位將軍曾鎮守於此而遐邇聞名。一個德國農民，把靠兩位勇將而出名的小溪、道路、萊茵河裡的小島，一一指給他看。于連左手牽著馬，右手攤開聖西爾元帥《回憶錄》裡的一幅精印地圖。這時聽得一聲歡快的喊聲，他猛抬起頭來。

原來是在倫敦結識的柯拉索夫親王。幾個月前，此公曾向他指點抬高身價的要則。柯拉索夫對自己這套處世之道是恪守不渝的。他昨天抵達斯特拉斯堡，一小時前剛到凱爾；關於一七九六年圍城的史實，他生平從未讀過一行有關的記載，卻能跟于連說得頭頭是道。德國農夫對親王眞要刮目相看了，因爲他懂幾句法文，親王荒謬絕倫的解說，還聽得出來。于連跟那位農夫的感觀，眞是天差地遠；他看起這漂亮的公子哥兒來，有說不出的驚喜，尤其欣賞他上馬的風姿。

他心裡暗想：「眞是個幸運兒！看那褲子多合身，髮式多漂亮！唉，假如我也能如此風光，她愛過我三天之後，也許不至於就討厭。」

親王講完凱爾之圍，對于連說：「你這副尊容，像位苦修派修士。我在倫敦指點過你，要老成持重，但也不宜矯枉過正。愁容滿面，算不得風雅；需要的，是百無聊賴的神態。愁容，表明你人生有所缺憾，有什麼事沒能如願以償，顯得自己處於下風。而厭倦，正相反，處於下風的，是想討你歡心而不得的那個人了。所以，親愛的，萬萬混淆不得，你該有極明白的算計。」

那個農民咧著嘴聽出了神，于連扔了一枚銀幣給他。

「好！」親王誇道：「有氣派！輕蔑如斯，大有貴族氣派！夠意思！」說完便縱馬疾馳而去。于連緊緊跟上，佩服得五體投地呢。

「啊！我要是有他那架勢，她就不會棄我而取瓦澤諾了！」

親王的玩笑話，他的理智越覺得離譜，便越看不起自己，認爲自己不知賞識，深以自己缺乏風趣爲苦。他對自己厭惡透頂。

親王發現他確實神情淒惻，在回斯特拉斯堡的路上對他說：「哎，親愛的，怎麼回事？錢丟光了，還是愛上了哪個女伶？」

俄國人喜歡模仿法國風尚，但總要落後五十年。他們現在還處於路易十五時代。

這句拿談情說愛打趣的話，于連聽了竟湧出兩滴眼淚。「此人很討人喜歡，何不向他討教討教？」他突然心生一念。

「確如所言，」他對親王說：「你看得出，我在斯特拉斯堡眷戀情深，遭到了冷落。有位風情萬種的女人，住在鄰城的，狂熱的愛了我三天之後，就把我甩了。弄得我痛不欲生。」

他用化名，向親王描述了瑪蒂爾德的狀貌和行爲。

「不必說了！」柯拉索夫攔住道：「爲了讓你信得過醫生，你的心腹之事，我來替你說完吧！這位少婦的丈夫享有偌大的家產，或者她本人就屬於當地的望族；總之，她是有所依恃，驕矜不過。」于連只點點頭，沒勇氣更置一辭。

「很好！」親王說：「這裡有三劑苦藥，必須立刻服用。

「第一，應每天去拜望這位夫人……她芳名叫什麼？」

「杜布瓦夫人。」

「這樣一個怪名字！」親王哈哈大笑，「對不起，在你當然是好芳名。關鍵是每天要去拜望杜布瓦夫人。特別要注意，別在她面前擺出冰冷的惱火面孔。要記住，當代最了不得的守則是：永遠做與別人期待恰巧相反的事。你得裝得依然故我，跟一週前未蒙她垂青時一樣。」

「啊！我那時心裡很平靜，」于連無望地追述著：「很有點憐香惜玉的意思……」

「借用一個地老天荒的比喻，這叫做飛蛾撲火。」親王接口道。

「第一，每天去拜望她；第二，另起一題，追求她社交圈裡的一位女子，但表面上不要顯得很熱衷，懂嗎？不瞞你說，這角色很難演。當然，這是粉墨登場。但是，別讓人看出你在演戲；不然，你就完了。」

「她有的是聰明，而我卻缺少智慧！我注定會失敗的。」于連發愁道。

「何至於此。你只是眷戀太深，比我想像的還厲害。杜布瓦夫人的心思，全用在自己身上，像所有得天獨厚的女人一樣，上天給了她們太多的尊榮，或太多的錢財。她眼睛裡看到的只是她自己，而不是你，所以，她對你並不了解。即使對你有過兩、三次感情衝動，那是因為想入非非，把你當作夢想中的英雄，而不是眞正的你……

「唉，見鬼！這些都是常識，親愛的索萊爾，你難道還是小學生……

「咱們進這家鋪子去吧！瞧這條黑領帶好可愛，簡直像百靈頓街約翰．安徒生名匠的出品。請賞臉收下，把你纏在脖子上那根難看的黑繩子扔得遠遠的。」

「還有，」走出斯特拉斯堡頭號絲繡商店，親王又說：「哎，杜布瓦夫人社交圈裡有些什麼人？我的天，眞是個怪姓！請別生氣，親愛的索萊爾，我忍不住發笑……言歸正傳，你準備追求哪位呢？」

「追求一個假惺惺的女子，她父親是個殷實的襪商。她的一對眼睛十分漂亮；顧盼之間，令人銷魂。她在當地無疑是頂兒尖的美人兒。長於錦繡叢中的她，只要聽到有人談起買賣和商號，臉就會紅得不知往哪裡擱。不幸的是，乃父是斯特拉斯堡婦孺皆知的一位富商。」

「這麼說來，一談起實業，」親王笑道：「可以肯定，你的美人兒會自顧不暇，想不到你了。這個可笑的弱點是天賜之便，應該好好利用；至少可免得你見到她美麗的眼睛而神魂顛倒。你勝券在握了。」

于連想到的，是常在拉穆爾府走動的費瓦格元帥夫人。她是一位豔麗的外國女子，嫁給元帥只一年，便當了寡婦。她一生行事，好像沒有別的目的，就是要人家忘掉她是實業家女兒的身分；爲了要在巴黎見重於人，她成了這幫貴族淑女的領袖。

于連對親王大爲嘆賞。能像他這樣口角生風，有什麼代價不能付呢？兩位朋友，談興極濃。柯拉索夫眉飛色舞，從來還沒有一個法國人聽他這麼講老半天的。親王不禁竊喜：法國人是俄國人的師傅，我今日裡開課，居然講給師傅聽！

「你我見解完全一致！」他已向于連重覆了十遍，「你跟小美人兒說話的時候——我的意思是：你當著杜布瓦夫人的面，跟斯特拉斯堡襪商的千金說話時，不應流露絲毫的熱情；相反，提筆寫情書時，則要熱情如焚。閱讀一封措辭優美的情書，對假正經的女人是無上的快慰、片刻的鬆弛。那時，她不是在演戲，而是敢於傾聽自己的心聲。因此，每天得寫情書兩封。」

「不幹，不幹！」于連一聽就泄氣，「我寧願粉身碎骨，也不肯瞎編三句話的。我跟僵屍所差無幾，老兄，別對我抱什麼希望。讓我死在路邊吧！」

「誰叫你瞎編啦？我提箱裡有六本情書手稿，可用來寫給各種性情的女人，包括最賢淑的女子。卡利斯基不是在里奇蒙——你知道，那是離倫敦三里路的一塊平坦地——追求過一位公誼會修女，全大英帝國最標緻的女人嗎？」

于連在深夜二點離開他的朋友時，已經不那麼可憐兮兮了。

第二天，親王請來一位抄手；兩天之後，于連得到五十三封情書抄本，一一編了號碼，而且是專門寫給最聖潔、最幽怨的女子的。

「爲什麼沒有第五十四封信呢？」親王自問自答：「那是因爲卡利斯基遭到婉拒。不過，襪商的千金冷落你又有何關，既然你的舉措只求施影響於杜布瓦夫人。」

他們每天都騎馬出去。親王非常喜歡于連。他不知該怎樣表白自己一見如故之情，結末向于連提親，女方是他莫斯科的表妹，一位有錢的獨養女兒。「一經結婚，」親王接著說：「靠我的權勢和你的十字勛章，不出兩年，你就可榮升陸軍上校。」

「要知道這勛章不是拿破崙頒發的，那就差遠了。」

「有什麼關係？」親王說：「頒勛制度不是他始創的嗎？進至今還是歐洲第一塊勛章。」

于連差不多要接受這門親事了，但公務在身，他得趕去見那位大公。臨行，他答應柯拉索夫巳後再書信聯繫。他收到關於秘密照會的覆文，便馳返巴黎。才獨自過兩天，便覺得身離法國和瑪蒂爾德，眞比死還難受。「我不會跟柯拉索夫所說的百萬資產結婚的。」他自語道：「但他的忠告可遵照不誤。」

「總之，引誘婦女是他的本行，他費心勞神，琢磨此道已不止十五年，因爲他也三十歲了。倒不能說他不聰明。他爲人精明、狡詐，但熱情與詩意，跟他的性格卻格格不入。他慣於拉線搭橋，這更可證明他的判斷是不會錯的。

「看來非這樣做不可，我得去追求費瓦格元帥夫人。

「跟她接近，或許令人厭煩，但可以看到她美麗的眼睛。她的眼睛跟天下最愛我的雷納夫人多麼相像！元帥夫人是外國女子，這倒是一種新的性格，值得研究研究。

「我瘋了，就要淹死了！朋友的忠告應當聽從，不宜剛愎自用。」

第二十五章、道德的職責

倘要這樣敬畏持重，才能得著一點兒快活，那麼？這種快活對我便已無快活可言。

——洛珮．德．維加

我們的英雄剛剛回到巴黎，從拉穆爾侯爵的書房出來，也不管侯爵對他帶回的急件面呈不豫之色，便急忙跑去見阿爾泰米拉伯爵。這位外國美男子除了有被判處死刑這種榮耀，還以舉止莊重與信教虔誠見稱。這兩個長處，尤其是身爲伯爵的高貴出身，在費瓦格元帥夫人看來覺得深可人意，所以時相過從。

于連裝得一本正經，向阿爾泰米拉坦白，說自己深深愛上了元帥夫人。

「她是品德最純潔、最高尚的女子，」阿爾泰米拉答道：「只是有點兒假惺惺，說話好誇張。有些日子，她用的字，我個個都懂，就是不知道全句說的是什麼意思。這使我相信，我的法文程度不像人家稱許的那麼好。結識這樣一位夫人，你的名字就會時常被人提起，能增加你在社交場的分量。不過，」阿爾泰米拉伯爵是個極有條理的人，「咱們還是去請教請教布斯托斯；他曾拜倒在這位元帥夫人的石榴裙下。」

唐．迪埃戈．布斯托斯，像蹲在事務所的律師，只聽當事人把情況解釋半天，自己一言不得上是位幹將。他長著一張像修士一樣的大圓臉，上唇留著黑髭，神態無比嚴肅；此外，在燒炭黨裡，也算得上是位幹將。

「我明白了，」布斯托斯最後對于連說：「費瓦格元帥夫人有沒有情人？你有沒有成功的希望？這是問題之所在。這等於告訴你，區區曾是她的手下敗將。我現在已不復煩惱，自己譬解道：幹嘛去惹這樣愛發脾氣的女人呢！我下面會講的，她報復起來也絕不手軟。

「我不覺得她是什麼膽汁質型。這種氣質是天才的氣質，會給一切行爲塗上熱情的油彩。她罕見的美貌和嬌嫩的皮色倒是得之於荷蘭人冷靜安閑的天性。」

這位西班牙人的慢性子，和不可變易的淡漠，使于連感到不耐，時不時短嘆一聲。

「我說的，你願不願意聽啊？」布斯托斯正色問道。

「請原諒我furia francese（法國人的急性子），我正洗耳恭聽吶！」于連說。

「費瓦格元帥夫人是很記仇的，連沒有見過面的人，她也會咬住不放，如對律師、窮文人，那個寫歌詞的高磊，你知道嗎？『我有個怪毛病，愛上了瑪羅特……』」

于連只得把整首歌聽完，好不受用！西班牙人大爲得意，因爲他是用法文原文唱的。

這首天上人間的妙曲，還從來不曾有人聽得這麼耐心。一曲既終，布斯托斯說：「元帥夫人還下令要徹一個作詞者的職，只因爲他寫過：『一天情郎闖進酒吧……』」

于連擔心西班牙人又要唱下去了，幸好他只略加分析。說實在，這歌詞有點淫穢有點下流。

「元帥夫人對這首歌曲恨恨不已的時候，」布斯托斯說：「我提醒她：『一個像她這樣身分的女子，不該看這類無聊的讀物。不管宗教虔誠和嚴正風氣取得多大進展，以法國之大，總會有一種酒吧文學的。』後來，費瓦格夫人敲了那作詞者的飯碗，硬把那支半薪的窮鬼一年一千八百法郎的位子砸了。我於是對她說：妳得當心呀！妳用妳的手段打擊這個歪詩人，他也可以用他的歪詩來回敬妳：寫一首歌曲來揶揄妳。所有金碧輝煌的客廳當然是站在妳這一邊的，但是好事之徒自會把他的挖苦話四處傳播。』你知道元帥夫人怎麼回答？『爲了主的利益，讓全巴黎看我走上殉難之路吧！這光景對法蘭西會一新耳目，讓老百姓知道品德之可敬。這將是我一生中最美好的日子。』她的眼睛從來不曾這麼漂亮。」

「她的眼睛可謂盈盈欲語。」于連不禁讚道。

「看來你很鍾情……」布斯托斯繃著臉說：「她的體質倒不是喜歡復仇的膽汁質。如果說她喜歡傷人，那是因爲身世不幸；我懷疑是有說不出的苦：會不會是一個倦於自己那一行的假惺惺女子？」

西班牙人說到這裡，默默看著于連，足足有一分鐘之久。

「這就是問題的癥結所在，」他鄭重地補上一句，「這裡面對你或許有一線希望。有兩年時間，我曾甘心充當她最卑微的僕人，所以有過充分的思考。你的整個前途，我熱戀中的先生，完全取決於這個大前提：她會不會是一個倦於自己那一行的假惺惺女子；之所以刻毒，是因爲自己身世不幸。」

「要不然，」阿爾泰米拉終於脫出一言不發的沈默，開口說：「就像我對你說過二十遍那樣，純粹是出於法國女子的虛榮好名。不要忘記，她父親以往是一個臭名遠揚的布商，不幸而造成她陰鬱乾枯的性格。對她來說，只有這才是福氣：住在西班牙的托萊多，受著懺悔師的折磨，那懺悔師每天向她指示迷津，探視洞開的地獄之門。」

于連告辭之際，布斯托斯神色更鄭重，對他說；「阿爾泰米拉告訴我，你是咱們圈裡的人。有朝一日，你會援手協助我們重爭自由。所以，你這次有意逢場作戲，我願助你一臂之力。熟悉一下元帥夫人的文筆，對你不無用處；這裡是她的四封親筆信。」

「待我謄錄下來；一定奉還。」于連接口道。

「我們說的話，你不會漏出一句讓人知道吧？」

「絕不會，我以名譽擔保！」于連道。

「但願天助人願！」西班牙人補上一句，把阿爾泰米拉和于連默默地送到樓梯口。

這一幕，我們的英雄不僅覺得有趣，甚至覺得好笑。「瞧這位信教的阿爾泰米拉，」他自言自語，竟幫我去幹私通的勾當。」

剛才布斯托塹本正經談話的當時，于連曾注意諦聽阿利格爾公館報時的鐘聲。晚餐時間快到了，馬上又會見到瑪蒂爾德了！他回府之後經心著意，特地穿上禮服。

「一上來就幹了樁蠢事！」他下樓時暗忖道：「親王的囑咐，應當字字照辦。」

他重新上樓，回到自己房裡，換了一身十分簡樸的行裝。

「現在，」他想：「最要緊的是注意自己的眼神。」此時剛五點半，要到六點才開晚飯。他想還是到樓下客廳去，那兒空無一人。一看到那張藍沙發，他頓時臉頰發燒，感動得落下淚來。

「簡直多情得犯傻了！」他怒對自己，「必須擺脫這種情緒，不然會叫我出乖露醜的。」爲了掩飾慌亂，他手裡控了張報紙，在客廳和花園之間來回踱了三、四趟。

他去躲在一棵粗壯的橡樹後面，抬起頭來，仰望拉穆爾小姐的窗子。窗戶緊閉，他差點兒暈過去，在橡樹上靠了半天。他踉踉蹌蹌地走去看花匠的那部梯子。

那個鏈環，唉，在多麼不同的情境下被他砸壞的，至今還沒修好。一時瘋勁上來，他拿起鏈環，嘴唇緊緊貼上去吻著。

在客廳和花園之間躑躅良久，于連感到十分疲累。這種累乏，他深信已是成功的第一步。

「等會讓目光顯得疲憊無神，就不會露馬腳了。」嘉賓陸續來到客廳。每次門開，都在他的心裡引起死一樣的惶恐。

大家入席。拉穆爾小姐最後才到。她舊習未改，總是姍姍來遲，讓人久久恭候。驀然看到于連，雙頰一片緋紅；他回來的事，還沒人告訴她。按柯拉索夫親王的囑告，他垂下眼簾去看她的手，見那手抖得厲害。他自己也慌張得無法形容，幸虧可以裝累加以掩飾。

拉穆爾先生對他獎勉有加。接著，侯爵夫人也向他善言幾句，說他鞍馬勞頓，勞苦功高。于連時時提醒自己：「不要去多看拉穆爾小姐，但也不必迴避她的目光。應該顯得跟一個禮拜前一樣，只當沒有情場失意這回事……」他有理由對取得的成功表示滿意，所以飯後還滯留在客廳裡。他第一次對女主人格外殷切，勉強自己跟她的客人交談，活躍談話氣氛。

他禮貌的策略結了善果：八點左右，僕人進來通報費瓦格元帥夫人到。于連立刻溜走，很快重新登場，換了一身考究的行頭。拉穆爾夫人認爲此舉是對她的來客表示尊敬，大爲動容，便跟費瓦格夫人談起于連的這次旅差，以便示知自己的滿意之情。于連陪坐在元帥夫人一側，他的眼睛正好給擋住，爲瑪蒂爾德所看不到。安置定當，就按戀愛經的指點，把費瓦格夫人權充他極度愛慕的對象，並以誇張的言辭抒發這種感情，揭開了柯拉索夫親王所贈五十三封信的開場白。

元帥夫人宣稱要上滑稽劇場。于連也馬上趕去，與博華西騎士不期而遇。騎士領他進宮內侍臣的包廂，恰好貼鄰費瓦格夫人的包廂。于連向她頻送秋波。回到公館，他自忖：「我得專門記一本攻城日記。不然，攻到什麼程度，自己也會忘的。」他強迫自己就這討厭的題目寫了兩、三頁，而居然——眞是妙不可言——不再想到拉穆爾小姐。

他出門期間，瑪蒂爾德幾乎把他忘了。她常想：「說到底，他也不過是個平常人。他的名字只會叫我記起自己一生裡最大的過錯。應當回心轉意，順應世人愼其行、重其名的主張。一個女人忘了這些，那就全完了。」跟瓦澤諾侯爵的婚約商議已久，她表示可以最後談定。瓦澤諾高興已極。假如有人告訴他：瑪蒂爾德的態度裡大有聽天由命的成分，他一定會吃驚不小，因爲他正爲瑪蒂爾德所取的姿態驕傲不已呢！

拉穆爾小姐的所有想法，一見于連，全都變了。「說眞的，他才是我的丈夫。」她心裡想：「眞要講愼其行，顯然，我該嫁給他才是。」

她料定于連會來糾纏，會露出失意的苦相；她連回敬的詞兒都想好了，因爲離開飯桌，他似會來跟她搭訕的。實際上遠不是這麼一回事：他在客廳裡安營紮寨，連目光也不轉過去朝花園看一眼——他痛忍到什麼程度，只有天知道！「還是馬上把事情弄清楚爲好。」拉穆爾小姐想。她獨自往花園裡走，于連也沒跟出來。瑪蒂爾德踅回客廳的落地長窗邊，看見他正專心向費瓦格夫人描述萊茵河畔傾圮的古堡，如何爲湖光山色添姿增彩。穠艷的字句、絢麗的詞藻，在某些沙龍譽之爲才華的，他已運用不惡。

柯拉索夫親王要是此刻身在巴黎，一定會大感得意：這晚會的情況，與他所預期的，竟然分毫不差。

接下來幾天，于連的表現，親王也一定會首肯。

影子內閣的成員正謀劃頒授藍色勛綬事宜。費瓦格元帥夫人爲她的叔公力爭，拉穆爾侯爵則爲他的岳丈也抱同樣意圖，於是就把力量合在一起，所以元帥夫人差不多天天到拉穆爾府來。于連從她那兒得知：侯爵將要出任大臣。他向Camarilla（王黨）獻議，用一妙計，三年之內當可取消憲章而不致引起震動。

拉穆爾先生如果入閣參政，于連可望當上主教；但在于連眼裡，這些利權大事都像雲障霧遮似的。這類好事，在他的想像中，都模模糊糊，甚至是遠哉遙遙的。可怕的失戀已把他變成一個怪人：人世的所有利害都置於與拉穆爾小姐的關係這點上加以權衡。他估計，經過五、六年的經營，他能重新爲她所愛。

這顆冷靜的頭腦，如我們所見，已完全錯亂。昔日他叫人另眼相看的那些優點，如今只剩下一點韌勁了。柯拉索夫親王爲他規劃的行動鋼領，他都信守不渝，每晚去坐在費瓦格夫人的靠椅旁邊，卻找不出一句話來說。

于連竭力要讓瑪蒂爾德看到他的創傷已經痊癒。這種種努力，使他耗盡精神；他坐在元帥夫人的身旁，像個只剩一口氣的半死人。甚至他的眼睛，因肉體受著極大的痛苦，也失去了全部的神采。

幾天以來，拉穆爾侯爵夫人把于連的才幹捧上了天；而侯爵夫人的意見，一向就是可使她當上公爵夫人的丈夫之想法的翻版。

第二十六章、精神之愛

自然，在艾德琳的待人接物中還有一種雍容而冷靜的矜持，它從不會越過防線而透露出天性所要表現的東西；這好似一個中國官吏從不誇什麼好，至少，他的作派不會向人表示他所見的事物使他興高采烈。

——《唐璜》第十三章第三十四節

「這個人家對事情的看法，都帶點兒瘋狂的成分；」元帥夫人想：「他們都迷上了那少年神父。不過，他也只會睜著漂亮的眼睛聽人說話。」

于連這方面呢，在元帥夫人的儀態裡，找到了「貴族式的冷靜」這一近乎完美的範例。所謂「貴族式的冷靜」，除了一絲不苟的禮數，更表現爲對任何熱情的無動於衷。出人意表的舉動，缺乏自律的習性，幾乎會引起費瓦格夫人的反感。感情方面哪怕稍有流露，看在她的眼裡，便成了有損上等人尊嚴而應該爲之臉紅的「精神失態」。她最大的樂趣是談論王上的最近一次狩獵；最喜歡的書是聖西門公爵記敘宮闈瑣聞的《回憶錄》，尤其是關於族譜的瑣細章節。

費瓦格夫人的嬌美，在燈光下，于連知道坐在什麼位置欣賞最合適。他預先入座，注意轉動椅子，避免跟瑪蒂爾德打照面。他這種故意的躲閃，貴族千金非常納悶；一天，便離開藍色長沙發，坐到元帥夫人靠椅近旁的小桌子邊。于連從費瓦格夫人的帽檐下望過去，看到她近在咫尺；

那兩隻足可支配他命運的大眼睛，一看之下，使他戰慄，繼而使他驚醒，一反往日那種冷漠的沉靜，鼓起其如簧之舌，居然講得眉飛色舞。

他的話是說給元帥夫人聽的，但目的卻在刺激瑪蒂爾德。他講得天花亂墜，到最後把個元帥夫人聽得莫名其妙。

這算得了頭功。于連假如想到要錦上添花，把德國的神秘哲學、高深的教理、耶穌會的教義都引上幾句，那麼，費瓦格夫人會立即把他歸入能重振時尚，堪當重任的大材之列。

「瞧他貧嘴薄舌的，跟元帥夫人談得那麼久，那麼起勁，我才不去聽呢！」拉穆爾小姐暗暗發誓。她說到做到，後半段時間裡果然不再去聽，雖然心裡癢癢很難熬。

午夜時分，她拿了燭盤，送母親去臥房；拉穆爾夫人走到樓梯口，把于連大大誇獎了一番。瑪蒂爾德心裡更加有氣了，上了床竟轉輾難眼。後來，靠了這個想法，才平靜下來：「我瞧不起的東西，在元帥夫人眼裡，居然還是蓋世英才哩！」

對於于連，只有奔走活動，苦痛才能稍減。柯拉索夫親王作爲禮物送他的五十三封情書，都收存在俄羅斯皮革做的文件夾裡。他的視線偶爾落在這文件夾上，看到第一封信的末尾有個附註：「此第一封信，宜於初次見面後一個禮拜內送出。」

「喔唷！過期了；」于連叫道：「我跟費瓦格夫人見面已有很久了。」

他立即著手抄第一封情書。這篇文字全是道德說教，令人厭煩得要死。算他運氣不錯，抄到第二頁便昏昏睡去了。

幾小時之後，強烈的陽光把伏案而睡的他照醒過來。他日常最難受的時刻，便是每天早上醒來，重新領略他的不幸。不過這天，他幾乎是笑著把信抄完的。「難道世上眞有寫這種信的傻小子？」他自語道。他數了數，九行長的句子就有好幾句。

看到原信下面，用鉛筆寫有一條備註——

此信應親自送去：騎馬跨鞍，打黑領帶，穿藍禮服。交門房時，面帶愁容，目露陰鬱。若遇內室女僕，作悄悄拭淚狀。宜與侍女套近乎。

這一切都恪守不渝，照辦不誤。

「我這樣做，也眞夠大膽的！」于連走出費瓦格府時，忖道：「柯拉索夫眞是個壞東西！給這樣擁有美德的女子寫情書，膽子可謂不小！她會極端瞧不起我，但也沒有什麼比這更讓我開心的了。事實上，也只有這類胡鬧，我才提得起點興致來。是的，讓稱作我的這個討厭鬼受盡奚落，才叫我痛快哩！依我心思，爲能排遣一下，犯罪的事都能幹得。」

近一個月來，于連生活裡最美好的時刻，就是騎馬歸來，送馬回棚。柯拉索夫曾特別關照，對拋棄他的戀人，儘有千種託詞，也不要再送秋波。但是，馬蹄得得蹄聲，她聽得分明，于連用馬鞭叩門叫馬夫的時候，有幾次把瑪蒂爾德吸引到了窗簾背後。輕紗薄幔，于連隔著都望得見。他眼睛在帽檐下望上瞟，可以見到她的身姿而不碰著她的視線。「這樣，」他心裡想：「她看不到我的眼睛，就不能算我看她。」

晚上，費瓦格夫人對待于連，好像沒有收到他早上的信似的；這信，他以憂鬱的神情交給她府上的門房，可說是一篇帶宗教神秘色彩的哲理文字。頭天晚上，一個偶然的機會，于連發現一個訣竅，可以使自己談興大發，講得滔滔不絕——那就是坐在一個能直視瑪蒂爾德大眼睛的大位子上！

拉穆爾小姐那方面呢！等元帥夫人剛到不久，便起身離開藍色長沙發：這意味著棄通常的伴侶於不顧。瓦澤諾侯爵對她心血來潮又出一招，大爲沮喪。見侯爵臉上明擺著的痛苦表情，于連對自己的失戀也不覺得那麼慘痛了。

生活中這樁意想不到的事，使他精神一振，說話像神仙一樣，活龍活現。在巍巍然的道德殿堂，自尊心也會鑽進去的；元帥夫人上車回去的時候，心下自語：「拉穆爾夫人說得不錯，這少年教士有其卓絕之處。最初幾天，想必我以堂堂元帥夫人之尊把他嚇住了。事實上，在這個人家遇到的人都很浮薄；一個人之有道德，多半得衰老之助，要人生進入冰凍期才行。這小伙子一定會看出其間的差異。他的信寫得很好，詞懇意切；信裡要我予以指點。我怕這一請求，實際上是流露出一種連他自己都沒弄清的感情。

「不過，許多人篤信宗教就是這樣開始的！我看出他之有出息，是他的文筆，跟我有機會看到的其他年輕人的信函大不一樣。從這年輕教士的投箋裡，不會看不到一種悲天憫人的語調，一種深邃嚴肅的神態和堅定的信念。他會像馬西榮主教一樣，傳起道來一定會有娓娓動聽的功效。」

第二十七章、教會裡的好職位

才幹！苦勞！功勞！算了吧！還不如先加入一個幫會。

——《戴雷馬克》

這樣，主教職位與于連其人，第一次在元帥夫人的頭腦裡聯在一起；而法蘭西教會裡的好位置，遲早得由她來分配。這份恩情，絲毫不能使于連動心。此刻，與失戀無關的事，跟他八竿子也打不著。周圍所見，陡增他的痛苦：看到自己的房間，就感到難以忍受。晚上，拿著蠟燭走進臥室，每件家具、每種點綴，好像都在發出尖酸刻薄的聲音，宣告他這天新的什麼倒楣事兒。

「今天，得硬著頭皮幹樁事了。」他進房後急切地說。他很久沒有這種急急之狀了。「但願這第二封信跟第一封一樣乏味。」想不到還有過之無不及。所抄的東西荒唐得可以，以致到後來，就逐句照抄，不問其意義如何了。

「這封信，」他暗想：「比教外交的教授叫我在倫敦抄錄的明斯特條款還要誇張。」

他這時才記起手頭還存有費瓦格夫人的幾封親筆信，忘了把原件交還一本正經的西班牙人布斯托斯了。他找了出來：這些信倒跟那位俄國闊少的情書一樣不知所云。眞是空泛得很，好像無所不談，實際上言之無物。于連想：「這文體就像風力吹奏的響琴。談虛無，談死亡，談無窮，都是頭頭是道，但究其實，只是一種怕人恥笑的恐懼心理而已。」

上面這段略加刪節的獨白，半個月裡，他沒有一天不重覆。昏昏欲睡的抄著類似《啓示錄》的釋文，第二天神情憂鬱地把信送出，牽馬回棚時望能瞥見瑪蒂爾德的衫裙，然後坐下來工作。晚上，費瓦格夫人不來爵府，便上歌劇院：這便是于連單調生活裡的一件大事。費瓦格夫人來拜望侯爵夫人的日子，他的生活就比較有趣了：可以從元帥夫人的帽檐下偷看瑪蒂爾德的大眼睛，於是就有千言萬語要說。原本獨具一格、感傷的句子，幾經錘煉，現在表達得更加動聽了。

明知他所談的，瑪蒂爾德聽來一定覺得無聊可笑，這就要用優雅的語調以引起她的注意。「講的內容越是虛浮不實，講的方式就越要討她喜歡。」于連想。他會厚著臉皮，把人性中的某些方面誇大到失實的地步。他很快又覺察到，爲了不給元帥夫人造成平庸的印象，應該力求把某些意思說得簡明易懂。他的夸夸其談，詳略增刪，完全以他要取悅的兩位貴婦人爲轉移，從她們眼裡看到的是首肯還是冷漠。總的說來，他的生活比起無所事事的那些日子，要好過得多了。

「可是，這些面目可憎的論調，我已經抄到第十五封了。」一天晚上他想道，「前十四封都毫無錯失，一一交給了元帥夫人的門房。她書桌裡放信的格子都要給我塞滿了。然而，她對我的態度竟若無其事一樣！這一切，會有什麼結局呢？我這樣鍥而不捨，她也會跟我一樣感到厭煩吧？應當承認，柯拉索夫的朋友，那位愛上公誼會漂亮修女的俄國人，當年準是個可怕的傢伙！哪裡見到有他這樣纏人的！」

像無名小卒面對大將的運籌決策一樣，于連對俄國少年向英國美女展開的攻心戰一竅不通。前四十封信只有一個目的，爲冒昧致函請求寬宥而已。這位溫靜女子也許正感到不勝寂寞，久而久之，便養成一種習慣，對乏味程度比她的日常生活輕一點的信件就讀上了癮。

一天早晨，于連收到一份函件，認出費瓦格夫人家的徽紋，急忙拆開火漆封口；這種急切的心情，幾天前他自己都想不到的。原來是一份晚宴請柬。

他趕緊翻閱柯拉索夫親王的那堆指令。不幸的是，應該寫得簡潔明瞭的地方，這位俄國少年卻學起法國詩人多拉的樣，文筆輕飄飄的不著實際。赴元帥夫人的晚宴，究竟該持什麼態度，看了半天還是不得要領。

客廳奢靡已極，像杜伊勒里宮狄亞娜長廊一樣金碧輝煌。護壁板上飾有大幅油畫，畫上有幾處明顯的塗抹。于連後來知道：女主人覺得題材似有傷風化，曾央人在該處小作修改。「眞是注重道德的世紀！」于連想。

客廳裡見到的來賓中，有三位曾參與起草秘密照會。其中一位就是某某主教大人，元帥夫人的叔公。教會的大量錢財由他掌管，據說對侄女是百依百順的。「我跨出多大的一步呀！但於我又如浮雲！」于連苦笑了一下，「瞧我居然跟主教大人共進晚餐。」

晚宴談話更使人不耐。「簡直是一本糟糕著作的目錄。」于連想。人類思想中所有的重大題目，都相繼涉及到了。但聽了三分鐘，就不禁要問：「此公是口發狂言呢，還是愚昧無知？」讀者想必已經忘了名叫唐博的小文人。他是院士的侄子，未來的教授，彷彿負有使命，專用他卑鄙的謊言誹謗拉穆爾府的客廳。于連因這小人，首先得出一個想法：費瓦格夫人雖然沒回信，但對他提筆作書的感情看來是持寬容態度的。

唐博一想到于連走紅，他陰暗的靈魂像給撕裂似的。「不過，從另一方面說，一個人再有作爲，也不比傻瓜更有辦法，能分身兩地。」未來的教授盤算道：「如果于連在高貴的元帥夫人身邊成了入幕之賓，元帥夫人自會把他安插在教會的哪個肥缺上；一旦擺脫了他，拉穆爾府便是我的天下了。」

彼拉神父見于連在費瓦格府走紅，狠狠教訓了他一頓。這是因爲剛正的詹森派教徒與貞節的元帥夫人之間橫亙著教派之見。元帥夫人的客廳屬於耶穌會派，以移風易俗、擁護君權爲目標。

第二十八章、《曼儂．列斯戈》

他一旦看出修道院院長的愚妄無知，就不怕混淆黑白，居然還經常得手。

——列希滕貝格

我國人的指示之中，斷然規定：「對你馳書輸誠的女士，語言上不准當面頂撞；對所扮仰慕者的角色，不論有何藉口，均不得違離片刻。所擬各信，亦都以這一假設爲出發點。」一晚，在歌劇院費瓦格夫人的包廂裡，于連把芭蕾舞劇《曼儂．列斯戈》❹⓪捧上了天。這樣捧的唯一理由，是覺得這舞劇實在毫無意思。

元帥夫人說：「這部芭蕾遠不及普雷伏神父的原著。」

于連又驚又喜，暗想：「怎麼！這樣一位盛德婦女會誇獎一本要不得的小說！」費瓦格夫人在言談中，一週總有兩、三次，對小說家深表蔑視；那類作家專門用庸劣的作品來引壞年輕一代；而年輕人，唉，本來就容易在官能方面出偏差。

「在這類帶危險性的，有傷風化的書籍中，」元帥夫人繼續說：「《曼儂．列斯戈》可推首

---

❹⓪ 芭蕾舞劇《曼儂．列斯戈》，於一八三〇年五月三日首次上演。於此也是一個旁證，證明《紅與黑》下部當寫於一八三〇年上半年，而不像書前《敬告讀者》稱：「寫於一八二七年。」

屈一指。一顆罪孽深重的靈魂，其軟弱的一面和沈痛的情緒，據說都寫得很逼眞，而且有深度。但這並不妨礙你那拿破崙關在聖赫勒拿島時說；這是一本寫給僕從看的小說。」

一聽此言，于連的精神全給喚了起來。「有人想在元帥夫人跟前毀掉我，把我熱衷拿破崙的隱情告訴了她。這件事一定對她大有刺激，所以才忍不住要讓我知道。」這個發現在晚會上想想覺得滿有意思，性情也變得樂呵呵的了。

在劇場前廳向元帥夫人告辭時，元帥夫人對他說：「請記住，先生，一個人要是愛我，就不能喜歡拿破崙；充其量，只能把拿破崙當作強加給我們的無可奈何的天意。再說，此人心太狠，藝術傑作之妙處他還感受不到。」

「一個人要是愛我！」于連心裡默念一遍，「這句話也許不能說明什麼，也許說明一切。這種語言的奧秘，正是我們這些可憐的鄉下孩子不懂的地方。」他抄著一封致元帥夫人的長信，心裡非常想念雷納夫人。

「這是怎麼回事？」第二天，費瓦格夫人裝得毫不在乎的樣子。于連覺得她裝得不像，「你在信裡談到倫敦和里奇蒙，信好像是你昨晚離開劇場之後才寫的。」

于連大爲尷尬。他只是一行一行的照抄，沒顧到寫的是什麼內容，顯然是忘了把原信中倫敦和里奇蒙兩個地名換易成巴黎和聖克盧了。他囁嚅著說了兩句話，眞怕忍不住會發噱一笑。末了，想找什麼遁詞，給他想出這樣一個解釋：「因爲討論到靈魂問題，關乎人類至高至大的利益，激奮之下，給你寫信時心思有點走神。」

「我到場一轉的印象已造成，」于連想：「晚會的後半部可免得受罪坐下去了。」他三腳兩步，跑出費瓦格府。深夜，他把昨晚所抄那封信的原件拿出來審閱一遍，很快找到俄國闊少談到倫敦和里奇蒙的要命地方。他很驚奇，發覺這封信差不多是情意綿綿的。

他的談吐，表面上顯得很輕浮，而他的書信似乎很高深，反差之大，使元帥夫人對他另眼相看。那些長句子，元帥夫人讀來尤覺過癮。「這不是那種跌宕跳蕩的文句，那是經不道德的伏爾泰倡導而時興起來的。」我們的英雄在言談中，雖然竭力摒除一切情理之語，但還是帶上了反君權、反宗教的色彩，這當然逃不過費瓦格夫人的注意。她的周圍都是道德君子，但一個晚上下來往往沒有一點思想，所以但凡有點新意的一切，她都深爲動心，但同時又覺得這樣有點不自重。她把這個缺點稱之爲落下輕薄時代的印記……

不過，這類客廳，除非爲有所求而去，否則是不值得光顧的。于連的這種生活毫無意趣可言，其百無聊賴想必讀者也有同感。這段經歷，正是我們旅途中的荒漠地帶。

于連人生裡這段費瓦格插曲時期，拉穆爾小姐得強自克制，才能不去想他。她的內心經受著激烈的爭鬥：有時候，這麼個可憐兮兮的小伙子，她根本不放在眼裡，自以爲計謀得逞，但他一講起話來，她又給俘虜過去。她尤其吃驚的是他那份虛情假意；他對元帥夫人講的沒有一句不是謊話，至少是眞實想法的惡劣僞裝，因爲他對那些問題的看法，瑪蒂爾德是知道得一清二楚的。這種波譎雲詭的手段，她爲之愕然。「然而又是多麼深刻！」她心下自語：「胡吹的蠢貨或尋常的騙子，如唐博之流，雖然彈的是同樣的調子，其間相去何止霄壤！」

然而，于連也有日子不好過的時候。每天在元帥夫人的客廳裡露面，是樁極難堪的義務。爲扮好這個角色，他殫精竭慮，常常在夜裡，穿過費瓦格府空曠的院子時，得憑性格力量和理性強制，才免於陷入絕望的深淵。

「在修道院，我都戰勝了絕望情緒！」他低聲自語：「想當年，荊天棘地，前景堪憂！不論有無出頭之日，眼看此生得跟天底下最可鄙、最討厭的傢伙朝夕相處，共度時光了。誰想得到，只過了短短十一個月，到下一年春天，我或許已是同輩中最幸運的人了。」

但這類漂亮的論據常常不敵可怕的現實。午餐與晚餐席上，一天能見到瑪蒂爾德兩次。從拉穆爾先生口授的信稿中，他得知她快要和瓦澤諾先生結婚了。這可愛的年輕人，一天要到拉穆爾府來請兩次安。

一個失戀的情人，以嫉妒的眼光，對情敵的舉動，自是一樁也不會看漏的。

見拉穆爾小姐厚待她的未婚夫，于連回到自己房裡，不禁移情別戀，盯著自己的手槍看。

「唉！」他心中自忖：「我把內衣的印記去掉，跑出巴黎一百里去，尋個偏僻的樹林，了結這可憎的一生，豈不是更聰明的辦法？那兒人家認不出我，死了兩個禮拜，這件眞事就隱去了；過了兩個禮拜，還有誰想得到我？」

這個推想很有道理。但第二天，等瞥見瑪蒂爾德短袖與手套之間的一段玉臂，就足以使我們這位超然的哲人陷於難以割捨的回憶之中，又覺得人生之可戀。

「得啦！」他自語道：「還是把俄國人的策略實行到底吧！不知會有什麼結局？

「至於元帥夫人，這五十三封信抄完之後，就不再給她寫別的了。

「對瑪蒂爾德，我演了六個星期苦戰，或許無改於她的憤憤之情，或許能爲我求得片刻的和解。眞是那樣，天哪，我會高興死的！」他想不下去了。

朦朦朧朧想了半天，等理智回復過來，他自言自語道：「這麼說來，我還會有快活的一天，過後又會風霜刀劍。唉，只怪自己力薄不勝，無法取悅於她。眞是毫無辦法，我完了……

「以她那樣的性格，會給我什麼保證呢？唉！只怪自己本事不大；儀表既不夠優雅，談吐亦嫌笨重與單調。天哪！我爲什麼是我呢？」

第二十九章、煩惱萬千

為激情犧牲還說得過去；但為自己所沒有的激情而捨生，哦！可悲的十九世紀！

——冀羅岱

于連那些長信，費瓦格夫人起初讀來並不快活，後來才縈心在意起來，不過略感懊喪：「可惜這索萊爾先生算不得眞正的教士！不然，私下倒可容許有些往來。他胸前佩著十字勛章，衣著又跟世俗平民無異，明擺著會招來尖刻的問話，叫我怎麼回答好？」她沒把自己的想法說全：碰到刁鑽促狹的女友，會猜疑，甚至散布說他是我娘家方面的小表弟，獲得民團授勛的小商人！

結識于連之前，費瓦格夫人最大的樂趣就是在自己的芳名前署上「元帥夫人」四個字。現在，爆發戶的那種病態和動輒以爲受到冒犯的虛榮，正與之展開鬥爭。

「派他當巴黎附近哪個教區的代理主教，對我來說，眞易如翻掌。」元帥夫人自忖：「但光叫索萊爾先生什麼頭銜也沒有，而且還是拉穆爾手下的一個小秘書，這才叫人掃興吶！」

這位畏懼流言的女性，破天荒第一次心扉爲開，而引動她的事，跟她高自標置的身分、地位，不無抵觸。府上的門房老頭已注意到，每當他把神情悒鬱的美少年託交的信件送上去，元帥夫人平時看到傭人走來，臉上那種不在意、不高興之態就馬上不見了。

她的生平大志在艷壓群芳，而內心對這類成就並不眞感到快慰。這種生活方式帶來的種種閑愁，自從思念于連以來，變得更難忍受了；但是，只要頭天晚上跟這怪少年消磨過個把鐘頭，第二天家裡的女傭人就保證不被挨罵。唐博這小人，向呂茨蒙、瓦澤諾、凱琉斯提供了兩三則叫人抓不住、摸不著的中傷材料；那幾位也不辨謗言是眞是假，樂於爲之傳播，不過也了無影響。對於這類誹謗資料，費瓦格夫人才不肯費神理會，只是把疑慮告訴瑪蒂爾德。瑪蒂爾德總對她安慰一番了事。

一天，費瓦格夫人爲有沒有函件，連問了三遍，便突然決定給于連回答：這是對煩惱萬千的勝利。爲這第二封信，元帥夫人親筆寫下：送拉穆爾侯爵府，索萊爾先生啓。又覺得她這高貴的手，寫這寒磣的地址，大非所宜，幾乎要爲之擱筆。

當晚，她沒好氣地對于連說：「你下次帶幾個寫好尊址的信封給我。」

「我倒眞是集情人與僕人於一身了。」于連想，同時深深一躬，架勢十足，戲學侯爵僕人阿三那老嘴老臉的模樣。

他連夜就備好信封送去。第二天一大早，就收到第三封信。他只開頭看了五、六行，結尾看了兩、三行。而這封信，用又小又密的字寫了足足四頁。

她漸漸養成幾乎天天寫信的習慣。于連依然照抄俄國尺牘作爲覆函。這裡就見出文筆誇張的好處：費瓦格夫人對回信與她的去信甚少關連，竟不以爲怪。

假如專門刺探于連行蹤的義務密探小唐博告訴元帥夫人，她那些信于連根本沒拆就給隨便扔進抽屜，那她的自尊心還了得，非大大發作一通不可！

一天上午，門房送元帥夫人的信至藏書室，正好給瑪蒂爾德撞見，看到那信封和于連親筆寫的地址。門房出來時，她碰巧前去藏書室；那封信還放在桌邊。于連忙於寫東西，顧不及把信放入抽屜。瑪蒂爾德一把奪過信來，叫道：「這叫我氣不過！您把我全忘了，我是您的妻子啊！您這行爲是見不得人的，先生！」說到這裡，她駭然發覺自己失態，驕縱的性格受到勒抑，眼淚頓時湧了上來，氣得連氣都快透不過來。于連又驚又慌，沒看出此情此景對他是何等美妙，何等可喜！他扶瑪蒂爾德坐下，她差不多要倒在他的懷裡了。見此動作，開頭那一瞬間，他快活已極。但緊跟著就想到柯拉索夫的話：「一著不慎，足以前功盡棄。」

他的手臂不由得僵直起來，因爲這計策就有此等強人所難的地方，「這玉軟花柔的嬌軀，我不該貼在自己心口；否則她又會鄙薄我，欺凌我。這種性格眞可怕！」

詛咒歸詛咒，心裡對瑪蒂爾德更喜歡百倍。他覺得自己手臂裡摟著的才是一位皇后。

于連這份不動聲色的冷漠，高傲如她也爲之倍感痛苦，爲之肝腸寸斷。她此時亦不夠冷靜，不能從他的眼神裡，揣摩他此刻對她的情意。她不敢直眼看他，怕見到輕蔑不屑之意。

一動不動地坐在藏書室的沙發上，別轉頭背著于連，內心的慘痛已達到一個人爲高傲和愛情所能忍受的極限。自己剛才落到了多麼不堪的地步！

「保留給我的，保留給我這不幸女子的，是我這邊有失身分的迎合討好，還竟然見拒！」大感痛楚的傲氣更補上一句：「見拒於誰？見拒於我爸的一個傭人！」

「這叫我氣不過！」她大聲嚷了出來。

她忿然起立，走前兩步，拉開于連書桌的抽屜，看到裡面有八、九封跟剛才門房送來一樣的信，拆都沒拆。她怔住了。信封上的地址，她認出都是于連的筆跡，只略微改頭換面。

「啊！」她怒不可遏了，「您不但跟她打得火熱，還不把她放在眼裡。您這一文不值的東西，竟敢戲弄元帥夫人！」「啊！原諒我吧，我的朋友，」她撲倒在他的腳邊，「你要瞧不起我，隨你的便，但你得愛我！沒有你的愛，我活不下去！」說罷，她暈了過去。

「好啊，這高傲的娘兒們跪倒在我腳下了！」他好不得意。

第三十章、滑稽劇場的包廂

正如最陰暗的天空，預兆著最大的暴風雨。

——《唐璜》第一章第七十三節

在波瀾大起的感情狂濤中，于連的感受是驚異多於欣喜。瑪蒂爾德的叫罵，證明俄國派策略之高明。少說少動，是我得救的不二法門。

他一語不發，扶起瑪蒂爾德，把她按坐在沙發上。她眼淚刷刷湧了出來。為了顯得嫻雅，她手裡把弄著費瓦格夫人的書信，慢條斯理地折開來。一認出元帥夫人的筆跡，渾身神經質的一顫。但只隨便翻翻，也沒細看。信大多有六頁長。

「至少，您得回答我的話。」瑪蒂爾德根本不敢看他，用一懇求的聲調說：「您知道，我很傲；這個毛病，我承認，是我的地位，甚至是我的性格造成的。費瓦格夫人把您的心從我手中奪了去……我為這要命的愛情作了全部犧牲，難道她為您也作了同樣的犧牲？」

一陣陰鬱的沈默，便是于連的全部答覆。他想：「她憑什麼要人家亮出底牌！想我堂堂男兒，豈能如此？」

瑪蒂爾德本想看信，但眼淚模糊，根本看不成。

近一個月來，她悶悶不樂，但像她這樣高傲的人，絕不會承認是感情作祟。於是，藉這偶然的觸動爆發出來。一時之間，妒意與愛心壓過她的傲氣。她坐在沙發上，離他很近。他望著她的秀髮和白淨的頸脖，猝然間竟忘乎所以，伸出胳膊去攬她腰肢，差不多把她緊抱在懷了。

她慢慢扭轉頭來。他愣然看著她慘痛的眼神，簡直認不出平時的她來。

于連頓覺渾身乏力。要做這樣勇決的事，眞難以克服啊！

「如果我貪圖此刻的卿卿我我，」于連暗想：「轉瞬間，她的目光就會現出冷冷的輕蔑。」不過，此刻，她語不成聲，勉強說出話來，一再向他保證，對自己的驕狂倨傲，深表悔憾。

「傲氣我也有呀！」于連喃喃說道。表情上可看出他疲憊已極。

瑪蒂爾德急忙轉過臉來。聆聽他的聲音，對她幾乎已是一種不存想望的幸福。此刻，她記起自己的高傲；只是爲了詛咒這種高傲，她恨不得能想出一個難以置信的異常辦法，以證明自己對他多麼鍾愛，對自己又多麼憎惡。

「也許正因爲這點傲氣，您才一度對我另眼相看；」于連接著說：「正因爲我有這點勇敢堅毅的大丈夫氣概，此刻才得到您的尊重。我可能愛元帥夫人……」

瑪蒂爾德戰慄了一下，眼睛露出異樣的神情。她就要聽到對她的判決了。這一反應沒逃過于連的眼角，他感到自己勇氣在消退。自己嘴裡講的廢話，聽來好像不是自己的聲音。「唉！」他心裡想：「倘能吻遍妳蒼白的臉頰而卻不爲妳感到，那該多好啊！」

「我可能愛元帥夫人……」他又說，聲音越來越低，「但至今尙無確證，她對我是否……」

瑪蒂爾德凝視著他；他迎著這不可逼視的目光，至少希望自己的眼神不至於幫倒忙。他感到愛絲情縷一直滲進他內心的縫縫角角。他對她的愛慕，還從來沒到這種地步，其瘋狂的程度也不亞於瑪蒂爾德。瑪蒂爾德如有足夠的鎭靜和膽識，略施一下小技，他就會跪倒在她面前，公然放棄這徒勞無益的喜劇。他倒還有力氣繼續說話。

「啊！柯拉索夫，」他心裡喊道：「你爲什麼不在這兒！我多麼需要你說一句話，指點指點我！」這時，他的聲音在說：「不談其它，單就感激而言，也足以使我眷戀元帥夫人。想那時，別人看不起我，只有她體諒我，安慰我……對某些表面討好的，我可不抱什麼信任。」

「啊！天哪！」瑪蒂爾德叫道。

「那咱們談談，您能給我什麼保證？」于連的口氣凌厲而果斷，好像暫時摒棄了審愼的外交姿態，「哪一種保證，哪一位神明，可以擔保您此刻對我的態度能維持兩天以上？」

「是我極度的愛；如果您不愛我，就是我極度的痛苦！」她握著他的手，轉過身來。

這猛一轉身，把她的披肩甩開了一點，于連得以窺見她迷人的肩膀。鬢亂釵橫，勾起他一段溫馨旖旎的記憶……他快要屈服了。「一言不愼，」他自忖道：「又會重新在無望中度過漫漫長日。雷納夫人要做想做的事，就能找出許多理由來；而這位上流社會的少女，只有擺出充分的理由證明她的心應受感動，才會讓她的心感動起來。」

刹那間悟出此理，他的勇氣也在刹那間尋了回來。

他抽回給瑪蒂爾德緊握的雙手，爲示尊重，稍稍疏離一點。一個人再勇敢，也不可能做得更過分了。接著，他把散在沙發上的費瓦格夫大的書信，一封封收攏起來，然後用一種禮貌周全，此處卻是殘忍已極的態度，對她說：「請拉穆爾小姐容我從長計議。」說畢，迅即離開藏書室。她聽到他一路出去砰砰關門之聲。

「這個惡魔倒一點不動心……」她暗想。

「但我說了什麼啦！惡魔？他聰明，謹愼，好心！只怪自己過錯多得人家想像不到。」

這種看法持續了好久。瑪蒂爾德這天幾乎有一種幸福感，因爲她整個身心都浸潤於愛戀之中。可以說，她的心還從來沒被傲慢，而且是一種要不得的傲慢，攪得這麼亂的。

晚上在客廳裡，一聽到僕人通報費瓦格夫人駕到，她緊張得戰慄起來：那僕人的聲音，聽來覺得陰惻惻的。她簡直受不了元帥夫人的目光，便匆匆離去。于連對好不容易贏得的勝利並不特別引以爲榮，他怕自己的目光給人看出什麼名堂，連晚飯都沒在拉穆爾府吃。

他心中的愛、心中的快活離交鋒的時刻越遠，就越見增長。他已在責備自己了：「幹嘛去拒絕她呢？萬一她再也不愛我了呢？這高傲的心可是說變就會變的。應當承認，我剛才對她太狠了。」晚上，他覺得應該到滑稽劇場去，在費瓦格夫人的包廂裡露一下臉。因爲元帥夫人特意邀請過他；瑪蒂爾德少不得會知道，他是應邀到場，還是失禮未去。道理儘管很明顯，他還是沒有勇氣在夜場一開始就混跡社交圈。應酬交際，他的快意就會去其大半。

十點鐘響：非露面不可了。

幸好元帥夫人包廂裡女眷如雲，他給擠在門邊，爲她們的帽子所遮蔽。這個位置是他的造化，免得落下一個笑柄。這時台上正在演契瑪羅薩的《秘婚記》，卡羅琳的絕望情緒給唱得出神入化，他聽得止不住掉淚。

費瓦格夫人看到他淚流滿面，同他平時臉上的男性剛強大相徑庭，使這位貴婦的心不由得大爲感動，雖說這顆心早已浸透爆發女性傲氣的腐蝕力量。但僅剩的那點兒婦女心腸使她想說說話；主要是想聽聽自己的嬌聲軟語，覺得不失爲一種享受。

她對于連說：「拉穆爾家的女太太們你看到了嗎？她們在三樓。」于連顧不得禮貌，靠在包廂前面，探出身子去張望：看見瑪蒂爾德眼裡淚光閃閃。

「今天不是她們上劇場的日子。」于連想：「眞性急！」

是瑪蒂爾德硬要她母親上滑稽劇場來的，雖然包廂的位置欠佳，這還是一個拍馬屁的女人應急替她們覓來的。瑪蒂爾德是想看看，于連是否跟元帥夫人一起度過這個晚會。

第三十一章、教她有所畏懼

這就是當代文明的奇觀！你們把神聖的愛情變成了尋常事一樁。

——巴納夫

于連匆匆走進拉穆爾夫人的包廂。他的目光先就看到瑪蒂爾德含淚的雙眼。她也不加克制，任珠淚盈眶。包廂裡只有幾個從屬人員：那位讓與包廂的女友，以及她的熟人。瑪蒂爾德伸手擱在于連的手背上，好像忘了怕母親看見。她抽抽噎噎的，嘴裡只說得一個詞兒：得作出保證。

「至少，我不能跟她講話。」于連也大為動情，用手擋在眼前，推說包廂裡光線太刺眼。「我只要一開口，她就會知道我波動的心情，嗓音會給我幫倒忙，於是一切又可能完結。」

這時，他內心的鬥爭比起早晨來更有過之而無不及，因為他已激動了一整天。他怕瑪蒂爾德又驕矜起來，便逕自陶醉於愛的歡欣之中，決意不跟她說一句話。

依我看，這是他一種美妙的性格特徵。一個人對自己能強毅果斷，必定前程必然遠大，如果命運允許的話。

回公館的時候，拉穆爾小姐執意要把于連同車帶回。所幸大雨如注，侯爵夫人便叫于連坐在自己對面，連連跟他說話，弄得他無法跟她女兒說句話。旁人會以為侯爵夫人對于連的呵護頗多照拂呢！于連不再怕熱情過頭而喪失一切，索性放開心懷，侃侃而言了。

可以這樣說一句嗎？于連一回房，就噗地跪下，捧著柯拉索夫親王的情書範本親了又親。

「哦，偉人！我什麼不是你給我的？」他狂叫道。

漸漸地，恢復了幾分冷靜。他把自己比做打了半個大勝仗的將軍。「形勢肯定大大有利於我！」他心裡沉吟道：「誰知明天會發生什麼事？轉眼之間又會前功盡棄。」

他急切打開拿破崙在聖赫勒拿島口授的《回憶錄》，強迫自己讀了足足兩個鐘頭。儘管只是眼睛在看也無妨，這至少是強迫自己的一著。一邊作這怪異的閱讀，他的頭腦和心思進入一種偉大的境界，不知不覺開動起來。「她這顆心，和雷納夫人的很不一樣。」他心裡想。但也想不到更遠更深的方面去。

「教她有所畏懼！」他突然吼起來，把書往遠處一扔，「只有教對手害怕，對手才會乖乖聽命，才不敢小看我。」

他心裡飄飄然，在斗室裡來回踱蹀。實在說來，這快意得之於傲氣，而不是來自愛。

「教她有所畏懼！」他傲然重複道。他有理由感到驕傲，「即使在銷魂時刻，雷納夫人也總懷疑我的愛不如她的深。現在要鎮住的是一個惡魔，而且，非鎮住不可。」

他知道，第二天早晨八點，瑪蒂爾德會到藏書室來。雖然滿腔熾烈的愛，他熬到九點才去，硬以自己的頭腦管住自己的心。他沒有一分鐘不在想：「要教她永遠擔著這份心：『他愛我嗎？』光顯的地位、周圍的奉承，使她太容易放心釋慮了。」

于連見瑪蒂爾德臉色蒼白，靜靜坐在沙發裡，顯得心慵意懶，無力動彈。她向他伸出手來：

「朋友，我冒犯了您，您可以對我生氣……」

于連沒料到口氣會這麼平易，差點兒流露眞情。

「您要我作出保證，我的朋友，這不無道理。」她停了一會兒，本希望他來打破沈默的，只得接著說：「把我拐走吧，咱們私奔倫敦去——這樣我就徹底毀了，身敗名裂……」她鼓起勇氣，從于連那兒把手抽回，遮著自己的眼睛。矜持和婦德等感情全又回到她的心裡……她最後嘆了一口氣說：「讓我身敗名裂吧，這就是一個保證！」

「昨天我對自己感到滿意，因爲我有勇氣嚴以律己，」于連自思。過了片刻，等他能把握住自己時，才用冷冰冰的口氣說：「用您的話說，私奔倫敦，身敗名裂；那麼事後，怎麼能保證您還愛我呢？我坐在驛車裡，您不覺得礙眼嗎？我不是惡魔；人家對您輩短流長，在我只是多了一樁難堪事兒。障礙不是來自您的社會地位，不幸的是，來自您的性格。您能擔保愛我一個禮拜嗎？」

「啊！但願她能愛我一個禮拜！僅僅一個禮拜，我就會快活死的……」他心裡喃喃低語：「未來，關我何事！生命，有何相干……這神奇的幸福，只要我願意，此刻就可以開始，一切全取決於我。」

瑪蒂爾德看他獨自想出了神。

她握著他的手說：「這麼說來，我完全配不上您啦！」

于連把她攬入懷裡，但同時，職責的鐵腕一把揪住他的心。「要是讓她看出我這麼喜歡她，我就不能得到她，反會失去了她。」放開胳膊之前，他已然恢復一個男子漢應有的威嚴。

這天與以後幾天，他知道怎樣掩藏自己過度的歡快，有時連續腰在抱的樂趣都拒而不受。

在別的時候，幸福的迷狂也會壓倒慎言篤行的忠告。

花園裡有一架金銀花棚，用來遮掩梯子的。于連常常跑到花棚邊，遠遠張望瑪蒂爾德的百葉窗，一邊抱怨她性格的反覆無常。近旁正好有一棵粗大的橡樹，匿身樹後，就不至於被好事之徒看去。

此刻，和瑪蒂爾德一起走過這地方，使他記起那大不幸。過去的無望與眼下的幸福，兩相對比，連對他的性格來說也嫌過分強烈了些。他噙著淚水，把瑪蒂爾德的手捧在唇邊吻著：「就在這兒，我想著您捱過多少時光；就在這兒，我望著那扇百葉窗，等上幾個小時，期待那幸福的時刻，看到這隻手來打開窗子……」

他軟弱已極。他用眞實的，非所能臆想得出的濃筆重彩，向她描述他當時的失魂落魄。聲聲興嘆，證實他眼前的幸福，證實慘痛的過去已告一段落……

「我在幹什麼？天哪！」于連突然驚醒過來，心裡想：「我這是在毀我自己。」

警醒之餘，他相信從拉穆爾小姐眼裡看出愛的成分在減少。那純是臆想。倒是于連自己臉色大變，蒼白得像死人一般，眼睛也頓時失去了光彩。高傲之中不無惡意的表情，很快取代了最誠摯、最忠貞的愛情。

「您怎麼啦，我的朋友？」瑪蒂爾德溫柔的語氣裡透著不安。

「我在胡扯，跟您胡扯！」于連氣鼓鼓地說：「我爲此而責備自己。老天知道，我非常敬重您，不願對您撒謊。您愛我，忠誠待我，我何必用花言巧語來博您歡心。」

「天哪！這兩分鐘裡您說的那些動聽的話，都是胡編亂造的嗎？」

「所以引起我深深的自責，親愛的。這些門面話，是我從前爲一個愛我而又令我厭煩的女人編的……這是我的性格之缺點。我這樣揭自己的短，請您原諒。」

苦澀的淚水流滿瑪蒂爾德的臉頰。

「只要碰到不順心的事，我就不由得要瞎想一陣，」于連接著說：「這時，我可惡的記性！此時此刻，我要詛咒我的記性——就會提供排遣的方法，我會不分青紅皀白照著辦。」

「那麼，我剛才無意中做了什麼使您不快的事了？」瑪蒂爾德的神態可是天眞得可愛。

「有一天，我記得您經過這花棚，摘了一朵金銀花，呂茨蒙先生要，您就讓他拿去了。我那時跟你們只隔了兩步路。」

「呂茨蒙先生？沒有的事！」瑪蒂爾德口氣很傲。對她而言，這原是十分自然的，「這不是我的作風。」

「我可以肯定。」于連馬上反駁回去。

「好吧！就算眞有其事，親愛的！」瑪蒂爾德酸楚地垂下眼簾。不過心裡有數：她不許呂茨蒙這麼行事，已有好幾個月了。

于連用一種無可言喻的溫情看著她，心裡想：「我錯了！她對我的愛並未減少。」

當天晚上，瑪蒂爾德笑著責怪于連對費瓦格夫人居然會有胃口：「眞是小市民喜歡身價驟增的貴婦人。也許只有這種心腸的女子，我的于連才無法使她瘋魔。不過，元帥夫人倒把您變成十足的花花公子了。」她說時，一邊撫弄著他的頭髮。

在自認爲見棄於瑪蒂爾德的那段時間，于連已變成巴黎穿戴最考究的俊男之一。比起那些佻健男士，他有他的優點：一旦打扮好了，他的心思就放到別的事上去了。

有件事使瑪蒂爾德不快——于連還在抄錄俄國書簡，還在送交元帥夫人。

第三十二章、老虎

唉！世事何以如彼，而不如此？

——博馬舍

一位英國旅行家講過他是怎樣和老虎朝夕相處的；老虎是他餵大的，也經常撫摸撫摸，但總不忘在桌上放一把裝上子彈的手槍。

只有當瑪蒂爾德無法望見他的眼神時，于連才聽任自己沈溺於極度的幸福裡。他克盡職責，方寸不亂，不時扔出一、兩句硬話給她聽聽。

他很驚奇，發現瑪蒂爾德也頗解溫柔。當女性的溫情和極度的忠誠要侵奪他的自制時，他就提起勇氣驟然離去。

這對瑪蒂爾德而言，是她生平第一次懂得了愛。

生活對她一向慢得如龜爬，現在卻其快若飛了。

人的驕傲，總得藉某種方式顯現出來；瑪蒂爾德對這場愛情帶來的危險，就敢於擔當，毫無懼色。倒是于連謹小慎微起來。她平時都能將順意志，唯有面臨危險，才堅執不讓半步。跟他是低心下首，幾近謙卑，但對府裡上上下下的人，不管是尊長還是下人，倒更加傲慢無禮了。晚上在客廳裡，當著五、六十個人，她會把于連叫過去交頭接耳，傾談良久。

一天，矮個子唐博坐在他們近旁。瑪蒂爾德請他到藏書室取一本斯摩萊特關於一六八八年革命的書。唐博欲走不走——「你倒是什麼事都不急啊！」她出語倨傲，大有侮慢的意味。這不啻是撫慰于連心靈的靈丹妙藥。

「這小怪物的目光，您注意到沒有？」于連問她。

「他大伯在這客廳當過十一、二年差，否則我早叫人把他攆走了。」

瑪蒂爾德對瓦澤諾、呂茨蒙等人，表面上禮數周全，骨子裡也夠咄咄逼人的。她後悔向于連講了許多與他們的事，尤其她不敢坦言：她對那幾位表示的好感，其實都無傷大雅，只是她敘說時添油加醬，張大其事。

儘管決心很大，但礙於女性的高傲，仍會阻止她向于連說明：有一次，瓦澤諾放在大理石桌面上的手碰到我，我一時心軟，沒把手馬上縮回；後來之所以講給您聽，完全是因爲這樣講講，覺得好玩。

時至今日，他們幾位之中只要有人跟她說上一會兒話，她就會想出個題目來問于連；其實不過是藉口，以便把他留在身邊。

她發現自己有了身孕。便欣欣然告訴于連。

「現在還懷疑我嗎？這不是一個保證嗎？您的妻子我做定了。」

聽到這個宣告，于連深爲震動，連自己的行爲準則幾乎都忘了。「這可憐的姑娘爲我捨棄了一切，我怎麼能故意冷淡她，得罪她呢？」只要她看上去略有不適，即使在理智還能叫他聽從可怕的律令之日子，他也沒有勇氣說一句刻薄話出來，雖然，依他的經驗，冷言冷語爲維繫他們愛情所不可或缺。

一天，瑪蒂爾德對他說：「我得寫信告訴我父親。他對我不只是父親，更是一個朋友。要欺瞞這樣的人，哪怕只是一分鐘，於你於我都是不光彩的。」

「天哪！您要幹什麼？」于連瞿然而驚。

「這是我的本分。」她的眸子裡閃耀著快樂的光芒。

她覺得自己比她的情郎更高尚。

「但是他會疾言申斥，把我攆走的。」

「那是他的權利，我們應當尊重。而我會讓您挽著我的胳膊，在光天化日之下，一同走出大門而去的。」

于連駭然，求她延緩一個禮拜。

「這辦不到！」她斷然回絕：「此事跟榮譽攸關，是本分所在。應該這麼辦，而且要立即辦。」

「那麼，我命令您推遲一下。」于連最後只得這麼說：「您的名譽現在無虞，我是您的丈夫，妳我的處境，由於事關重大的這一步，將會發生翻天覆地的變化。我也有我的責任。今天是星期二；下星期二，是雷茲公爵宴請的日子。那晚，令尊大人回到府裡，門房就會交給他一封倒楣的信……他一心想讓您當公爵夫人。這一點我深信不疑。您想想他會多麼痛苦！」

「您的意思是：您想想他會如何報復？」

「我可以憐憫我的恩人，可以為傷害他而深感歉疚！但是，怕則談不上；現在不怕，將來也不怕。」

瑪蒂爾德只得讓步。自從得知這新情況之後，他還是第一次用強硬的口氣對她說話。他從來沒這樣愛過她。他心坎裡溫情的一角，就藉瑪蒂爾德這個情況，力戒冷語傷人。然而，向拉穆爾先生供認一事，弄得他怔忡不寧，「會就此跟瑪蒂爾德分開嗎？看我離去，不管心裡多麼難受，一個月一過，她還會想到我嗎？」

對侯爵義正詞嚴的詰責，他幾乎感到同樣的恐懼。

晚上，他向瑪蒂爾德承認第二樁犯愁事；接著，愛情讓他昏了頭，把第一樁也坦白了出來。

她臉色都變了。

「眞的，」她問他：「跟我分開半年，對您會是樁不幸？」

「那是大不幸呀！是天底下我唯一看到的。」

瑪蒂爾德深感幸福。于連用心周全，把他的角色扮得沒話可說，以致使拉穆爾小姐相信，她在兩人之中得到了更多的愛。

決定命運的星期二終於到來。侯爵午夜回府，看到有給他的一封信，注明無人在側時，由他親自拆閱。

父親大人：

我們之間一切的社會關係俱已破裂，只刺下血緣關係了。除了我丈夫，您是——而且永遠是——我最親的人。想到給您造成這樣的痛苦，我止不住淚水漣漣。但是，爲了我這樁不名譽事不至於鬧開來，爲了讓您能從容考慮與處置，我理應向您承認的事已不宜一拖再拖。父女之情，在您這方面，我知道是極深厚的；如果您能給我一份微薄的生活費，我會和丈夫到您希望我們去的地方——比如，瑞士，去安身定居。我夫家的姓氏藉藉無聞，因此沒有人會從維里埃一個木匠的兒媳——索萊爾夫人的身上，認出您的女兒來。寫下這個姓氏，我眞覺得十分難堪。我怕您對于連大發雷霆，雖則這種憤怒從表面看是天公地道的。公爵夫人的身分與我無緣了，我的父親。不過，此事我當初愛他時已了然於心，因爲是我先愛上他，是我引誘他的。我從您身上稟承一顆高尚的靈魂，對庸碌之輩，或在我覺得是庸碌之輩，歷來不屑一顧。爲了取悅於您，我曾考慮瓦澤諾先生，結果也屬枉然。這要怪您，爲什麼把一個眞正有價值的人置於我眼前？我從耶爾回來，您告訴我說：「這位年輕的索萊爾是唯一令人愉快的人。」這封信給予您的苦痛，那可憐的小伙子至少跟我一樣傷神。作爲父親，您會大光其火，這我攔不住，但求您永遠像朋友那樣待我。

對我，于連一向很尊重。他有時跟我說話，完全是由於見重於您而感恩圖報。因爲生性高傲，除了公務，他從不答理地位比他高的人。他對社會地位的差異，有種天生的敏感。是我——我只好紅著臉向我最好的朋友承認，而這樣的自白也絕不會訴知於任何第三者——是我，有一天在花園裡主動抓住他的手臂。

到了明天，您何必跟他嘔氣呢？我的過錯已與挽回的餘地。假如您還耿耿矜懷，那就由我來轉達他對您的深深敬意，和違拗您的無限傷痛。他，您不會再見到了，我將到他所在之處跟他會合。這是他的權利，也是我的義務，因爲他是我孩子的父親。如果您出於善意，賜予我們六千法郎維持生計，我將以感激的心情接受下來。否則，于連打算回貝桑松，去教文學和拉丁文，作爲糊口之業。

不管他的起點多麼低，我相信他會飛黃騰達；跟他在一起，不愁沒出息。革命再起，我敢肯定他會成個頭等人物。我的求婚者中，您敢對哪一位說這樣的話？他們有的是良田美產！就憑這個條件，我看不出有什麼值得愛的理由。我的于連，即使在現今制度下，也有高位可期，假如身擁百萬資財，又有家父庇護……

瑪蒂爾德知道，侯爵是憑一時衝動行事的人；爲了造成他的先入之見，信寫了長長八頁。

侯爵讀這封信的時候，于連正獨自躑躅在深夜的花園裡。

「怎麼辦？第一，我的職責在哪裡？第二，我的義務又在何方？侯爵有大恩於我。沒有他，我不過是個低三下四的壞蛋：但再壞，也壞不到遭人痛恨和迫害。他把我栽培成一個上等人。我少不得會幹的混帳事，首先，發生這種事會少得多；其次，卑鄙程度會輕得多。這比送我百萬巨金還要好。全虧了他，我才得到十字勛章和外交差事，才給擢拔於同輩之上。

「如果他提筆爲我的行爲定規約，他會寫什麼呢……」

于連的思緒被拉穆爾先生的老僕人突然打斷：「侯爵立刻要見你，不管你現在是什麼穿著。」

僕人走在于連身邊，低聲補充說：「侯爵大人火冒三丈，你得小心點兒！」

第三十三章、偏愛的代價

笨拙的飾匠在琢磨鑽石時，往往打去了最璀璨的光面。在中世紀，怎麼說呢？即使在黎塞留治下，法國人還是頗有魄力的。

——米拉波

于連碰到侯爵正在氣頭上。這位大貴人也許生平還是第一次這樣惡言惡語；凡溜到嘴邊的粗話，都劈頭蓋腦地朝于連扔去。我們的英雄只感到驚愕，無奈，惟感恩之情絲毫未動搖。「這位可憐的長者，長久以來心底藏著多少美好的計畫，眼看竟毀於一旦！我應該回答他，悶聲不響，只會使他氣上加氣。」達爾杜弗這僞君子，給他提供了現成的答案：

「想我也不是天使……我兢兢業業爲大人辦事，大人給我的酬勞也很豐厚……我感激不盡，但我才二十二歲……這公館裡，了解我想法的只有你大人和那可愛的姑娘……」

「惡魔！」侯爵咆哮道：「可愛！可愛！你發覺她可愛的那天，就該逃開。」

「我未嘗沒有試過。當時我求大人准我到朗格多克去。」

被痛苦壓倒的侯爵怒氣沖沖地走來走去，走累了，便倒進一把靠椅裡。于連聽到他低聲自語：「他倒還不算壞。」

「不，我對大人是不算壞。」于連嚷道，跪倒在侯爵面前。但覺得此舉可鄙，立刻又站了起來。

侯爵眞是氣昏了頭。看到于連跪下，又開始破口大罵，粗野得像馬車夫。這類粗言鄙語，對侯爵不無新鮮之感，也許有種排遣作用。

「怎麼，我女兒將來叫索萊爾太太！怎麼，我女兒當不成公爵夫人啦！」這兩個念頭一兜上心來，拉穆爾先生就像上刑一樣難受，再也無法控制自己的情緒。于連害怕會挨打。

等腦子清醒過來，對這樁家門不幸開始習慣了點，侯爵的責難也比較明達。

「你應該逃開，先生……你有義務逃開……你是最次的人了……」

于連走到桌邊，急草數語——

很久以來，我就覺得生活不堪忍受，現在就讓生命結束吧！想我死在這裡，僅以不勝感恩之情，請侯爵先生體諒我這萬般無奈。

寫畢，他說：「煩侯爵大人費神看一下這便條。你殺死我，或者叫僕人殺我，都可以。現在凌晨一點，我到花園裡去，在後牆那邊。」

「滾到魔鬼那邊去吧！」看他走開去，侯爵大聲吼道。

「我明白了，」于連心裡想：「也許他不高興看到我死在他的僕人手裡……那好吧，讓他自己動手，得個痛快吧……可是，天啊，生命我也愛……我得爲我兒子活著。」

獨自徘徊的前幾分鐘，很感到點危險；可是等爲兒子而活的念頭一湧上腦際，他的整個心思就變了。

這層嶄新的利害關係，使于連的思慮謹愼起來，「他這麼暴躁，倒不好對付，要有人指點才好……他已失去理智，什麼事都做得出來的。傅凱又離得太遠；而且，侯爵這種心情，他也未必理解。

「阿爾泰米拉伯爵……能保得定他永遠守口如瓶嗎？求人指點，不應有副作用，把我的處境弄得更糟。唉！算下來，只剩陰沉的彼拉神父了……他信奉詹森教義，心智狹窄……倒不如耶穌會的壞蛋，因爲懂人情世故，對我更有用……一聽我說出自己的罪孽，彼拉神父就會揍我的。」

達爾杜弗的機靈又幫了于連的忙。「好吧，我跑去向他懺悔總可以吧！」他在花園裡走了兩小時，最後作出這個決定。突然挨槍子兒什麼的，也不想了，人已睏得要死。

第二天一大早，于連離開巴黎已有十幾里路，敲門要見那位嚴厲的詹森派教士。于連大爲詫異，神父對他吐露的隱情似並不很感意外。

「也許我有應該自責的地方！」神父的表情是憂慮多於惱怒，「這份情愛，我早已料到了……不幸的孩子，礙於你我的交誼，我不曾警告她的父親……」

「做父親的會有什麼反應呢！」于連忙問。

他此刻對神父很有好感。兩人如言語鬧僵，他會感到非常難過的。

「我看有三種結局。」于連接著說：「第一，拉穆爾先生可能把我殺死。」他講了給侯爵留下一封談到死的信，「第二，叫諾爾拜伯爵跟我決鬥；形勢嚴峻，我只得放空槍。」

「你能接受嗎？」神父拍案而起。

「你讓我把話說完，好嗎？」當然，我不會向恩人之子開槍。

「第三，他可能叫我離開此地。如果對他我說，『到愛丁堡去，到紐約去。』我準備聽命服從。這樣，拉穆爾小姐的情形就可以遮掩過去。但我絕不容許他們毀掉我兒子。」

「不用懷疑，這壞老頭首先就會想到這個主意……」

巴黎那邊，瑪蒂爾德正陷於絕望之中。早晨七點鐘，她見到父親，父親以于連的信見示。想到于連把結束生命當作一樁高尚事，便不寒而慄。「而且不經我的許可？」她想來痛心；說是痛心，實際上大有憤慨之意。

她對父親說：「他要是死了，我也不會活下去。他真死了，唯你是問……你或許會幸災樂禍……但是，我要向他的亡靈發誓：第一，我要戴孝，公開我索萊爾寡婦的身分，遍發訃告。你等著瞧吧……你會發現我既不畏縮，也不膽怯。」

她的愛情已達於瘋狂的程度。現在倒輪到拉穆爾先生瞠目結舌了。對眼前的事，他開始能用幾分理智對待了。午餐桌上，瑪蒂爾德沒有露面。看來她什麼也沒跟她母親說，侯爵如釋重負，甚至有點慶幸。

于連到中午才回來，馬蹄答答，走過院子。他剛下馬，瑪蒂爾德就派人把他叫來，差不多當著貼身侍女的面，投入他的懷裡。這種感情用事，他並不很激賞。與彼拉神父長談之後，他變得圓滑起來，很有計謀了。他豐富的想像力，由於考慮到各種實際的可能，已大爲減色。瑪蒂爾德淚人兒似的，說已看到他要自殺的信

「我爸會改變主意的。就算討我喜歡吧！你立即動身去維基耶。趕快上馬，趁他們還沒離開飯桌，你先走出公館。」

但于連不改他訝然、漠然的神色，她急得直哭。

「這裡的事，我會應付的。」她衝口而出，把于連緊緊抱在懷裡，「你知道，這不是有意要和你分開。你的信，寄到我貼身女僕的名下，地址找別人寫。我會給你寫很長很長的信的。再見了！快逃！」

最後那兩個字很傷人，但于連還是聽從了，「真是要命，即使是待你好，他們這種人也有獨

得的方法，教你難堪！」

瑪蒂爾德把父親所提的謹慎方案都頂了回去。協商的基礎只能是——她名義上就叫索萊爾夫人，或者跟她丈夫去瑞士過窮日子，或者仍住在巴黎父親家裡。私下偷偷分娩的計畫，她根本不予理會。

「用這辦法，就會把對我的誹謗和詆毀引開了頭。結婚之後兩個月，我要同丈夫出門去旅行。這樣就比較容易設定，我兒子是在適當時候出生的。」

這一堅決的態度，起初引得侯爵怒不可遏，終於使他動搖起來。

有一次，他一時心軟，對女兒說：「好吧！這裡是一份一萬年金的存摺，快送給妳的于連。他最好馬上把錢取走，叫我無法追回來。」

于連知道瑪蒂爾德喜歡頤指氣使，爲了表示服從，他跑了三百里的冤枉路，去到維基耶，料理了一下佃戶的帳目。侯爵的這一恩典，成了他回來的機緣。他借宿在彼拉神父處。他外出期間，彼拉神父成了瑪蒂爾德的得力盟友。侯爵每有垂詢，神父總是力主：除了正式結婚，其它辦法在天主眼裡都是罪惡的。

神父補充說：「幸而在婚姻問題上，世俗之見與宗教儀規趨於一致。以拉穆爾小姐的急性子，連她自已都不肯守秘密，誰能保證這事不爲外人所知呢？堂堂正正公開結婚這辦法不取，那社會上對這門奇特的惡姻緣就有得議論了。應當來個一了百了，不要在表面上或實際上弄得鬼鬼祟祟，神秘兮兮的。」

「不無道理！」侯爵吟哦道：「如此行事，三天後還有人議論這婚事，那就是沒頭腦的傢伙的嘮叨了。不過最好藉政府哪次反激進派的時機，把事情悄悄辦了。」

拉穆爾先生的三兩友人，所見與彼拉神父略同。在他們看來，最大的障礙是瑪蒂爾德果決的性格。聽了各種高見之後，侯爵私心仍不習慣爲女兒放棄御前賜座的希望。

他的記憶裡，他的想像裡，還充滿著在他青年時代頗爲奏效的奸惡作法和欺騙手段。屈服於時勢，畏憚於法律，對像他這樣身分的人來說，是荒唐而丟臉的。十年來，他對愛女的前途所做的種種美夢，如今卻以高昂的代價來結束了之。

「誰能料到？」他自言自語道：「這女孩子生性傲慢，天賦又高；我爲自己的姓氏驕傲，哪知她比我還厲害。此前，法國多少名門望族來求過親！

「一切謹小愼微的想法都該拋棄。這個世紀裡，一切都亂了！我們正在走向亂世。」

第三十四章、工於心計的老人

省長大人騎馬趕路，心裡想：我為什麼不能當大臣，議長，公爵？我就這樣去作戰……用這個辦法，把所有革新派都關起來。

——《環球報》

十年美夢，積習相沿，還沒有一種高論能破除得了。侯爵不認爲生氣是明智之舉，但又不肯輕易饒恕了事。他有時暗想：「于連這小子要是出個事故，死於非命……」這種陰暗心理倒給他幻奇荒怪的遐想帶來些許安慰，但也影響到彼拉神父代爲籌策的效驗。這樣，時間過了一個月，協商了無進展。對家事，如同對政局一樣，侯爵時有高明的見解，夠他興奮三天的。如果一套辦法是根據正當理由推定的，他未必喜歡；只有附和他中意之方案的那些理由，他才會另眼相看。三天裡，他拿出一個詩人的全部熱誠，凝神專注，把事情推進到一定的地步；但到第四天，就丟下不再去想了。

起初，于連對侯爵這樣遷延時日，感到迷惘。但幾個禮拜一過，開始猜想，拉穆爾先生在這件事上可能尚無良策。拉穆爾夫人和公館裡的人都以爲于連出門是到內地處理田產上的事；其實，他躲在彼拉神父的住宅裡，幾乎天天和瑪蒂爾德相會。瑪蒂爾德每天早上跟父親一起待上個把鐘頭，但有時整個禮拜，幾乎根本不提那件揪心的事。

一天，侯爵對她說：「我不想知道這個人在哪裡，妳把這封信交給他。」瑪蒂爾德看信裡寫道——

朗格多克的田產，歲入有二萬零六百法郎。茲將一萬零六百法郎贈與小女，另一萬法郎贈與于連．索萊爾先生。當然，連同產權一起贈與。請告公證人開具兩份贈與證書，明天送來。之後，我們之間便再無任何關係。唉！這一切誰會想到？

德．拉穆爾侯爵

「非常感激！」瑪蒂爾德歡快地說：「我們準備到艾吉雍古堡定居，在阿尙和麥芒德之間。那地方的景色據說秀麗一如義大利。」

這項贈與大大出乎于連意外，「侯爵像換了一個人，不像我們領教的那樣嚴厲而冷酷。」兒子的命運占據著于連的全部心思。這筆意外之財對他這個窮漢來說，就相當可觀，簡直富足驕人了。他看到，他的妻子，或者說就是他，每年有三萬六千巨款的進帳。至於瑪蒂爾德，她的全部感情都化作對丈夫的深情：出於傲氣，她一直管于連叫「我的丈夫」。她的最大也是唯一的願望，是但求她的親事能得到社會承認。把自己的命運與一個卓越人物聯在一起，端在愼於擇人；她時刻不忘誇大自己的這點能耐。考慮個人價値，在她是個很時髦的觀點。

于連以前那套欲擒故縱的計謀，現在因差不多一直兩地分離，雜事紛繁，加上甚少時間談情說愛，而收到良好的效果。

久而久之，瑪蒂爾德對很少能見到她眞心愛上的男人，感到煩躁不耐。

氣惱之下，便給乃父捎去一函。信的開頭，像《奧賽羅》裡黛絲德夢娜的口氣——

我寧可要于連，而不取社會向侯爵小姐提供的恬適人生：我的選擇就表明了這些地位與虛榮，在我眼裡，不值一錢。我跟丈夫已分開將近六個禮拜，這已足以表示我對您的尊敬。到下星期四止，我將離家出走。承蒙厚賜，我們已感富足。我的秘密，除了可敬的彼拉神父，更無他人知曉。我就去他那裡，由他爲我們主婚。婚禮之後一小時，我們即動身去朗格多克；除非有您的命令，不然，再也不在巴黎露面。最使我痛心的，是這一切會傳爲笑談，詆毀您我。部分愚眾這麼說三道四，難道不會逼得我們好心的諾爾拜找于連尋釁決鬥？到了這地步，我知道，我就拘束不住于連了。我們從他的靈魂裡會發現一個反抗的平民。哦，父親，我跪著向您懇求：下星期四，到彼拉神父的教堂來參加我的婚禮吧！惡意的笑談將因此舉而沖淡，您唯一的兒子和我丈夫的生命，亦從而得到保障……

侯爵看了這封信，覺得左右爲難。可是到最後總得拿個主意呀！相沿成習的做法，一般往來的朋友，對侯爵都失卻了影響力。

在這特殊的境況中，青年時代的經歷所形成的性格特點恢復了全部的活力。苦難的流亡生活，造就侯爵思想活躍，想像豐富。早先曾有兩年，他安享巨大的家產和朝廷的榮寵；是一七九〇年大革命的風暴，把他扔進流亡的苦海。嚴峻的一課，改變了一顆二十二歲的少年心。現在，他坐擁巨資，而不爲財貨所役。但正是這個使他免遭金錢的腐蝕，卻沉湎於一種痴心的貪欲：企盼女兒能得到一個高貴的封號。

在過去的六個禮拜裡，侯爵有時心血來潮，很想提攜于連，讓他小有資財。他覺得窮就是賤，說出去對他侯爵固然丟臉，對他女兒的丈夫更其不堪；於是，就不惜一擲巨萬。第二天，他的心思走了另一條道：覺得他慷慨解囊沒說出來的意思，于連應該懂得，自己去改名換姓，遠遁美洲；再寫信告訴瑪蒂爾德，說他已爲她殉情而死。拉穆爾先生想像這封信已經寄來，注意此信對他女兒性格的影響……

他稚拙的夢想爲瑪蒂爾德這封實在的信所驚破。殺死或除去于連的念頭，稱心如意地想過之後，又考慮起如何替他安排一個錦繡前程。侯爵想把一塊采邑的地名給于連作爲姓氏；再說，爲什麼不能讓他承襲我的爵位呢？岳父舒納公爵自從獨子在西班牙陣亡後，跟他說過幾次，願把爵位傳給諾爾拜……

侯爵暗想：「不能否認，于連有特殊的辦事能力，有膽量，甚至有點閃光的東西……不過，這性格的深處有點令人駭怕的什麼東西。他給周圍的人留下這個印象，想必總是是事出有因。（這相法越是難以捉摸，心思特多的老侯爵越是感到害怕。）」

「我女兒有一次說得乖巧（該信前面沒有引用）：『于連不隸屬任何沙龍、任何派別。』他倒不攀附任何勢力作奧援，來跟我作對；他假如被我踢開，就會一籌莫展……但是，這點是不是說明他對社會情況茫無所知……我跟他說過兩、三次：『只有在沙龍裡獲得提名，這項任命才眞實可靠……』

「不，他還不夠精明狡詐，像訟師那樣，不浪費一分光陰，不錯過一個機會……絕不是路易十一那樣詭計多端的性格。倒看出他奉行若干謹飭的訓條……我簡直弄不懂……這些訓條，他屢屢自戒，難道是爲了抑制自己的情感？

「此外，有一點特別突出：不能容忍別人的輕蔑。我就抓住他這個弱點。

「不錯，他對出身高貴並不頂禮膜拜，他尊敬我們並非出於本性……這固然不對。但是，身爲修道士，最難忍受的，莫過於缺錢少享受；而他卻不然，唯有對別人的輕蔑，說什麼也咽不下這口氣。」

給女兒的信一遍，拉穆爾先生覺得需要急迫地做出決斷，「總之，這才是關鍵所在：于連膽敢追求我女兒，是因爲知道我愛女兒勝過一切，知道我每年有十萬銀洋的進項？

「瑪蒂爾德卻不同意這看法……于連大爺㊶，在這一點上我不敢抱不切實際的幻想。

「是一種突如其來的眞正的愛，抑或是藉此高攀的庸俗願望？瑪蒂爾德有先見之明，她預感到，存著這個疑竇，于連在我這兒就通不過，所以她才承認：是她起意先愛上他……

「這樣高傲的女孩子竟會忘掉身分，在形跡上作主動接近的表示……藉著夜色，在花園裡抓住他的胳膊，眞不要臉！好像想不出別的得體一點的辦法，讓他知道她的關垂之意？

「誰爲自己辯護，等於自己認罪。我對瑪蒂爾德頗爲懷疑……」

這天，侯爵的揣想，比平時更有結果。但是積習難除，他決定採取拖延戰術：先作書一封，寫給女兒。因爲雖在同一公館，彼此間還魚雁頻傳。拉穆爾先生不敢跟女兒爭，跟女兒頂。他怕突然一個退步，事情就此了結了。他給女兒發了一封信：

當心別幹出新的蠢事來。現送達輕騎兵中尉委任狀一份，請轉交于連·索萊爾·德·拉韋爾奈騎士先生。我爲他盡心盡力，諒已察悉。希勿違拗，亦勿盤問。他應在二十四小時內動身，到該團的所在地：斯特拉斯堡報到。附上支票一紙，可去我的賬户兑

㊶ 原文爲mons Julien——「一八三〇年初版本就這樣拼寫。近代諸本，包括七星叢書本，以爲訛字，徑改mon Julien（我的于連）；殊不知mons乃Monsieur（先生）的前四個字母，是舊時一種簡略寫法，略表嘲諷或貶損之意。

款。祈服從是幸。

瑪蒂爾德的愛心陡增，快樂無邊。她要乘勝挺進，立即作覆——

德．拉韋爾奈先生倘得知大人屈尊爲他所做的一切，定會感激涕零，跪倒在您腳下。但是，行此慷慨之舉，家嚴卻置我於腦後；令嬡的芳譽，正處境危殆，稍有不愼，即可造成終身之玷，那是兩萬埃居的年金也彌補不來的。除非允我下月在維基耶公開舉行婚禮，我才會把委任狀送交德．拉韋爾奈先生。希勿逾期；過此期限，令嬡就只能以德．拉韋爾奈夫人的名義在社會上拋頭露面。最後，感激您，親愛的父親，使我甩掉索萊爾這個賤姓……

覆信倒是沒料到的——

遵命而行吧！否則，就將收回成命。害怕發抖吧，輕率的姑娘！我還不知道妳的于連是何許樣人，而妳知道得比我更少。著他速去斯特拉斯堡，宜按正道而行。我的決定將在半月內見告。

覆信語氣之堅決，使瑪蒂爾德不免暗暗吃驚。不了解于連一語，使她胡亂想了一陣，隨即引起種種快意的假設；她相信這些假設不是沒有根據的，「我的于連，他在精神上並沒裹上客廳裡那身緊身制服，而我爸不相信他超群絕倫，恰恰因爲事實證明他的確高人一籌……

「不過，假如不遷就父親這一套，很可能會公開大吵一場；一吵，我在社會上地位就會下降，在于連眼裡也不再是那麼可愛了。吵過之後，就是受十年窮。而幹出『嫁漢嫁漢，只憑才幹』這種沒頭腦的事，要不被笑話，除非你堆金積玉，富有四海。要是我跟父親各自西東，到了他這年紀，很快就會把我忘了的。諾爾拜會娶來一位伶俐可愛的嫂子；路易十四晚年不是還受到孫媳勃艮第公爵夫人的引誘……」她覺得還是服從為妙，但沒把乃父的覆信轉致于連。以于連那種暴烈的性格，不幹出什麼傻事來才怪呢！

晚上，于連從瑪蒂爾德口中得知自己已是輕騎兵中尉，眞喜不自勝。從他一生的抱負和現時對兒子的熱誠中，我們不難想像他欣喜的程度。只是改換姓氏一事，他頗表訝異。

他想：「總之，我的羅曼史到此結束。論功行賞，應當歸功於我自己。」他看著瑪蒂爾德私忖；「想我善自為謀，竟使這高傲的怪物愛上了我。沒有她，她父親可活不成；沒有我，她也活不成了。」

第三十五章、晴天霹靂

主啊，賜我以平庸吧！

——米拉波

他心有所思而神情不屬，對瑪蒂爾德熱烈的情意也愛理不理的。他堅守靜默，臉色陰沉。在瑪蒂爾德眼裡，于連從未顯得這樣偉大而值得崇拜，就怕觸動他敏感的傲氣而把局面攪亂。

幾乎天天早晨，她都看見彼拉神父到公館來。于連難道不能通過神父，對她父親的意圖有所窺知？侯爵本人，在陡起的一閃念中，不會給他寫封信？喜從天降，而于連卻神色嚴謹，該作何解釋呢？她不敢問他。

她不敢，她，瑪蒂爾德小姐！從此刻起，她對于連的感情裡多了一份渺茫，難料，甚至恐懼的成分。她這顆枯索的心，現在感受到了一個在巴黎這種過度的文明環境中教養長大的人所能感受到的全部激情。

第二天一清早，于連已在彼拉神父的住宅裡佇候。幾匹驛馬拖了從鄰近驛站租來的一輛破車，走進院子。「這種車馬已不合時宜了。」嚴厲的神父皺皺眉頭說：「這裡有二萬法郎，是拉穆爾先生送的，他要你在一年內花掉，但囑你儘量少鬧笑話。（把偌大一筆錢扔給一個年輕人，在神父看來，無疑是製造作孽的機會。）

「侯爵還說：這筆錢，于連・德・拉韋爾奈先生是得之於他父親的，其生父的情況也不用多說了。德・拉韋爾奈先生或許認爲該送一份禮給維里埃的索萊爾老頭，承這位木匠師傅把他撫養成人……這份差使，由我去辦吧！」神父又補充說：「我總算說服了拉穆爾先生，讓他跟狡猾的弗利萊代理主教達成和解。弗利萊神父的聲望，於我們大有用處。此人事實上控制著貝桑松；讓他默認你的高貴出身，是這次和解裡心照不宣的一項內容。」

于連高興得忘乎所以，擁抱起彼拉神父來：他的身分已得到承認。

「去！」彼拉神父將他一把推開，「這種塵世的虛榮有哈意思？至於索萊爾老頭和他的兩個兒子，我會以自己的名義，支付他們每人五百法郎年金，只要他們的作爲還差強人意。」

于連又已恢復冷然傲然的神態。他泛泛表示了一下謝意，不擔任何責任。他自語道：「可怕的拿破崙放逐貴族之際，說不定我眞是躲到我們山區的某個大貴族的私生子？」這想法他越想越覺得不是不可能，「我之恨我爸，就是一個明證……有此一說，這就不足爲怪了。」

這段獨白之後沒幾天，陸軍的精銳部隊之一，輕騎兵第十五團，在斯特拉斯堡的校場進行演習。德・拉韋爾奈騎士身騎全阿爾薩斯最漂亮的駿馬，是他花六千法郎買來的。他已正式被任命爲中尉，其少尉的經歷只留在他從未聽說過的某團的花名冊上。

他不苟言笑的神態，凌厲而近乎惡意的目光，蒼白的臉色，處驚不變的鎭靜，從第一天起，就爲他贏得普遍的讚譽。他不經意中已露了一手刀槍劍戟的本領。沒過多久，他周全合度的禮節，打槍擊劍的技藝，使衆人放棄了拿他取笑的打算。經過五、六天的搖擺，團隊的看法都倒向他這一邊。連最愛挑剔的老軍官也說：「這年輕人除了年輕，一切品德都具備了。」

于連在斯特拉斯堡給謝朗神父寫了一封信。這位前任維里埃本堂神父，現在已到了風燭殘年。信的措辭如下——

鑒於事態的發展，我家使我頓時闊了起來；您獲悉後，必會高興無疑。附上五百法郎，請您悄悄分給像我從前一樣的貧寒子弟，不用提我的名字。毫無疑義，您會幫他們的忙，如同當年幫我一樣。

于連大有躊躇滿志之概，雖則儀表上花了很多精力，卻並不沉湎於浮華的習俗。他的軍裝馬匹，他僕人的號衣，都嚴整堂皇，足可以給一絲不苟的英國王公增光。仰仗恩寵，他才當了兩天中尉，就在盤算，爲了像所有偉大的將領，最晚在三十歲上就能統率千軍。那麼，二十三歲的他就不該只是中尉。他現在一心只想建功立業，只想及他未出世的兒子。

正當他在得志猖狂的興頭上，看到拉穆爾府一個僕人給他送來一封信。瑪蒂爾德寫的——

全完了。趕快回來，什麼都可丟棄；必要的話，就開小差逃出來。一到，就租輛馬車，到某街某號，靠近花園的小門旁等我。我出來有話跟你說，也許我可以把你領進花園。一切都完了，我擔心已無挽回的餘地。相信我吧，在患難中，你可以看出我的忠誠與堅定。我愛你。

幾分鐘後，于連已獲得長官准假，縱馬離開了斯特拉斯堡。他憂心忡忡，過了梅斯，已沒力氣繼續策馬趕路，便跳進一輛驛車，以令人難以置信的飛速趕到指定地點：拉穆爾府花園的小門旁。園門一開，瑪蒂爾德不顧別人會說什麼，就投入他的懷裡。幸而這時才清晨五點，街上還空無一人。「全完了！父親怕看我的眼淚，星期四夜裡就出門了。他的去向也沒人知道。這是他的信，你先看看。」她同于連一起上了馬車。

一切都可寬諒，唯有見妳有錢而來勾引妳的計謀不可恕。不幸的女兒，且看這可怕的事實。我可以發誓：與此人的婚事，我絕不同意。我可以擔保給他一筆一萬法郎的年金，只要他願意遠走他鄉，離開法國國境，最好是到美洲去。請看附信，這是我想了解底細而所得的回音。這無賴曾要我直接致函雷納夫人。妳寫給我的信，只要有一字涉及此人，我絕不看一眼。對巴黎，對妳，我頭痛已極。奉勸妳對將發生的一切，絕對保守秘密。倘能與這無恥之徒一刀兩斷，妳會重新得到一位父親。

「雷納夫人的信在哪裡？」于連冷冷回道。

「在這兒。本想等你心理準備好了再給你看的。」她拿出來信。

出於對道德與宗教事業的神聖職責，先生，我不得不走這痛苦的一步。此刻，一條決然無誤的準則，責令我去傷害一位親近者，以避免更大的穢聞。我深感責任重大，一己的痛苦理應克服。此事唯嫌其太眞，先生，您向我打聽的那人，其言行，看似不可索解，或者竟是正大光明的。也許宜把一部分眞相隱去或掩卻，審愼與宗教都要我們這樣做。但是，您想了解的那人的行爲，事實上，極應受到譴責，甚至遠遠超過我所能言說的程度。此人既窮又貪，虛僞到家，專門引誘軟弱的不幸女子，藉此謀得一個出身，成爲一個人物。職責所在，雖覺難言，猶得補上一句：我不得不相信，此人對宗教原則，毫無信念可言。我在心靈深處，不由得要想：他在大户人家得手的捷徑，就是設法勾引最有臉面的女子。表面上好像瀟灑倜儻，用小說裡的詞句僞爲掩飾，其實他的一大目標就是支配這家的主人及其偌大的家產，而留給人家的是災難無窮，是抱恨終身……

此信極長，字跡半爲淚水漫過，的確是雷納夫人的手筆，甚至寫得比平時還經心。

于連看完信後說：「我不能責怪拉穆爾先生，此舉是正派而愼重的。哪個做父親的肯把愛女送給這樣一個人呢？再見吧！」

于連跳下出租馬車，朝街口的驛車奔去。他好像已忘了瑪蒂爾德。瑪蒂爾德追了幾步，但這時，相識的伙計、掌櫃紛紛趕到店門口，在衆目睽睽之下，她只得迅即返回自家花園。

于連動身直奔維里埃。在疾馳的車途中，想給瑪蒂爾德寫信也未成，手在紙上寫出來的像鳥蟲書，根本無法辨識。到達維里埃，是禮拜天的早晨。他走進當地一家兵器店。老板對他新近發跡大加恭維；此事在當地業已喧騰衆口。于連費了半天口舌，才使老板明白他是來買兩把手槍的。

店主按他的要求，把槍裝上子彈。

大鐘叮噹叮噹連響三聲。這鐘聲報的信，在法國鄉村是人人都知道的。各類晨鐘敲過之後，彌撒就要開始了。

于連走進維里埃的新教堂。教堂裡高高的窗戶都遮著深紅的帷幔。于連在雷納夫人凳子後幾步遠處站定，發覺她正在熱忱地祈禱。看到這個曾經極其愛他的女人，于連的手臂顫抖不已，以致一上來竟無法實施自己的圖謀。他低聲自語：「眞下不了手，手就不管用。」

這時，輔助彌撒的年輕執事搖響鈴鐸，宣告舉場聖體。雷納夫人低下頭去，一時裡，腦袋幾乎全埋在披肩的皺褶裡。于連認不大出來，便一槍打去，卻沒打中。再開第二槍，她頹然倒下。

第三十六章、可悲的細節

別指望我會有軟弱的表現。我仇已報，恨已泄。我身當死罪，謹此恭候。請為我的靈魂祈禱吧！

——席勒

于連木然站在那裡，一無所見。等神智略清醒點兒，看到善男信女紛紛奪門逃離教堂，教士也已離開祭壇，便邁出緩慢的步子，跟著幾個驚呼的婦女往外走。有個女人想逃得快一點，猛一撞把他撞倒在地，他的腳正好絆在給人群推倒的椅子裡。他爬起身來，感到脖子被勒住：原來已給一個全身披掛的警察逮住。于連下意識地想拔手槍，但是又上來一個警察，抱住了他的胳膊。

他給押到監獄，關進牢房，帶上手銬，留下來獨處一室，門上上了兩道鎖。這一切即刻辦畢，他毫無知覺。

「好啊，一切都結束了……」他醒悟過來之後，高聲自語：「是的，過半個月上斷頭台……或者先期自殺。」

更遠的事，也考慮不了了。他覺得頭好像給牢牢鉗住一般。他睜眼看看旁邊，是否有人來夾他的腦袋。不一刻，就昏昏然睡過去了。

雷納夫人沒有受致致命之傷。第一顆子彈打穿她的帽子，她回過頭來。第二槍響了，打中她的肩膀；但說來奇怪，子彈打碎她的肩胛骨，卻給反彈出來，撞在一根哥特式的石柱上，崩落一大塊石片。

經過長時間痛苦的包紮，外科醫生，他爲人嚴謹，對雷納夫人說：「我可以擔保，妳的生命，像我自己的一樣沒有危險。」她聽了，非常悲傷。

很久以來，她就誠心想要尋死。給拉穆爾先生的信，是她的現任懺悔師逼她寫的；正是這封信，給這位被長期的不幸折磨得衰弱不堪的婦人遭致了最後的打擊。所謂不幸，就是于連的遠離，她自己則稱之爲疚恨。她的靈修導師，是個新從第戎來的年輕教士，德行高尚，信念虔篤，情況摸得很準。

「像這樣死去，又不是死於自己之手，就談不上是罪孽。」雷納夫人心裡想：「主或許會饒恕我以猝死求一快。」她不敢把意思補足：「而死於于連之手，就最痛快不過了。」

外科醫生和一些來看望的友好給遣開後，她便喚來貼身女僕艾莉莎。「監獄看守這人很凶，」她紅著臉說：「必定會虐待他，以爲這樣做我會高興……想起來，我就不好受。妳能不能做得像妳自己想去做的那樣，把這個小包，裡面有幾個路易，交給看守？妳告訴他，宗教不允許虐待人……尤其要囑咐，叫他別提起送錢的事。」

由於上述情況，于連在維里埃監獄才得到好生看待。看守仍是那位克盡厥職的諾瓦魯，我們早先已看到阿拜爾先生的光臨曾把他嚇得屁滾尿流。有位法官來到監獄。

「我這殺人是經過預謀的。」于連對他說：「我是在一家兵器店買的手槍，裝的子彈。刑法一三四二條寫得清清楚楚，我該當死罪，等候發落。」

法官對這回答感到驚訝，故意多方審問，想使被告答得前言不對後語。

「你沒覺察到，我不是照你們的期望招認了嗎？」于連含笑問：「行啦，先生，你們追逐的獵物穩到手了。判我死刑的快事歸你啦！你，我不想多見，請便吧！」

「我還得盡一樁討厭的義務，」于連想：「應該給拉穆爾小姐寫封信。」

信的內容如下——

我算出了口惡氣。遺憾的是，賤名將披露報端，使我不得悄悄逃離世界。不出兩月，我就命歸黃泉了。我這復仇手段是殘忍的，正如與妳生離死別一樣悲痛慘切。從此刻起，妳的名字，我不准自己再寫再念。不要再提起我，即使是對我的兒子；沈默是紀念我的唯一方式。在常人眼裡，我是殺人犯一個……

在這生死關頭，請允許我說句實話：妳會把我忘掉的。這場飛來橫禍，勸妳對誰均勿言及，這幾年裡可除去妳性格裡太多的幻想和冒險色彩。生不逢時，妳理應生活在中世紀的英雄之間；橫逆其來，那妳就表現出他們那種堅強的性格來吧——該發生的事求其在暗中完成，但願不致影響妳的名聲。妳可以考慮用一個假名。心腹知交是不會再有的了；萬一非要朋友幫助，我就把彼拉神父留給妳。

不要對任何人說，尤其是妳那階級的人，如德．呂茨蒙、凱琉斯輩。

我死後一年，妳便可與瓦澤諾結婚。我求妳這樣做，我以丈夫的資格命令妳這樣做。不必給我寫信，我也不會回覆。我自己覺得不像依阿古那麼壞，但我還要像依阿古那樣說：「From this time forth I never will speak word。[42]（從今而後，我不再說一句

---

[42] 依阿古係莎翁《奧賽羅》中一撥弄是非，兩面三刀的反面人物。引語出自該劇第五幕第二場。

話。）」

世人將不再聽到我說話看到我握筆。妳得到的將是我最後的話以及我最後的愛。

于．索

信發出後，于連清醒了一點，才第一次感到自己非常不幸。野心激發的種種希望，被「此生休矣」這句感慨一一破除。在他看來，死本身並不可怕。他的一生，不過是為大不幸做準備的漫長過程，當然不排除被視為人生最大不幸的死。

「怎麼！」他自語道：「假如過兩個月，要跟一個劍術高強的傢伙決鬥，我會軟弱到天天想這件事，心裡嚇得要死嗎？」

他花了一個多鐘頭，使自己把這檔子事認識清楚。

等他看清了自己隱秘的內心，當事情的眞相像牢房裡的柱子一樣明顯呈現在眼前的時候，他倒頗生悔意。

「為什麼要悔恨？人家肆意侮辱我，我行刺殺人，罪不容誅，如此而已。我跟世人把帳了了，死得乾淨。我沒留下未了的事，對誰也不虧欠。我這死，唯一不光彩的，是死在刑具之下罷了。不錯，光憑這一條，在維里埃小市民的眼裡，就會覺得我貽羞人間。但是，超然一點，還有什麼比這種看法更可鄙的呢？我倒有辦法可以讓他們看得起我：去刑場的路上，向圍觀的人群扔去大把大把的金幣。這樣，他們想起我來，就會與金子聯在一起，可謂輝煌極矣！」

過了一分鐘，他覺得這道理最明白不過了。「我在世上已無可為的了，」他自忖道，接著便沉沉睡去。

晚上九點鐘，看守送晚飯進來，把他喊醒。

「維里埃的人有什麼議論？」

「于連先生，我承當這差事的第一天，曾在法院面對十字架宣過誓，所以不便隨便說話。」

他不說話，但也沒走開。見此假惺惺的俗態，于連覺得有趣。「他想到手五法郎才肯出賣良心。」于連想：「我得叫他多等一會兒。」

看守看于連把一頓飯吃完，也沒做收買的暗示，便用又假又甜的口氣說：「于連先生，我對你的好感逼得我非說不可，雖則別人會說這有背於法庭利益，因爲有助於進行辯護……你先生心腸好，如果我說雷納夫人傷勢好多了，你一定會高興的，是吧？」

「怎麼！她沒死！」于連陡地站了起來。

「怎麼！你一點也不知道？」看守一臉的蠢相，接著就變成貪財的得色，「你先生最好送外科醫生一點什麼，他按照法律和公道準則，是不該開口的。爲了向你先生討個好，我上他家去過，他全跟我說了……」

「這麼說，受的傷不是致命的。」于連非常不耐煩，朝他走去：「你能用性命擔保嗎？」

看守雖是身高六尺的大漢，看到來勢也害怕起來，逕朝門邊退去。于連看出，自己急於弄清眞相卻走錯了路，便坐下來，扔了一個拿破崙過去。

此人的敘述證實雷納夫人的傷勢不致有性命之虞。于連聽著聽著，感到眼淚就要奪眶而出，冷不防喝道：「滾出去！」

看守乖乖順從了。牢門剛剛關上，于連就狂呼：「偉大的主，她沒有死！」他跪了下來，止不住熱淚滾滾。到了最後關頭，他一變而爲篤於信仰。教士的僞善有何關係，焉能有損於眞理，有損於主的光輝？

理會到此，于連對所犯的罪開始懺悔起來。這次從巴黎趕到維里埃，一路上憤激的情緒和半瘋狂狀態，到此刻才算止息；而懺悔這一機緣又使他避免陷於絕望。

他的淚水像泉湧不竭，對等待他的是何判決，不存絲毫懷疑。

「這樣，她會活下來！」他自語道：「活下來，可以饒恕我，可以憐愛我……」

第二天早上很晚了，看守才把他叫醒：「于連先生，你膽子一定特別大。我已經來過兩次，不忍心叫醒你。這裡有兩瓶好酒，是本堂神父馬仕龍送的。」

「怎麼！這壞蛋還在這兒？」于連問。

「不錯，先生！」看守壓低聲音說：「別這麼高聲大氣的，這樣會對你不利。」

「到了我這份上，只有你老兄才會對我不利。如果你對我不再溫和，不再關切……我會重重謝你的。」于連打住話頭，拿出一副倨傲的神態；並馬上扔去一枚銀幣，氣派十足。

諾瓦魯把他所知有關雷納夫人的情況，又重新講了一遍，不過略去了艾莉莎來訪一節。

此人的卑躬屈膝算到了家了。于連腦中閃過一念：諒這莽漢，收入也不過三、四百法郎，因爲牢裡的犯人並非川流不息。我可以答應給一萬法郎，假如他肯跟我一起逃到瑞士去……難就難在教他相信我的誠意。想到要跟這個卑劣之人長談，心裡就起反感，便轉而想別的事去了。

到了晚上，爲時已晚。半夜裡，開來一輛驛車把他帶走。他對伴送的憲警倒很滿意。天亮的時候，到達貝桑松監獄。這裡的人很好心，把他安置在哥特式主塔樓的最高一層。他判斷這是一座十四世紀初的建築：結構典雅，峭拔而上，看來賞心悅目。兩堵高牆夾峙一個深院，從牆與牆之間狹長的空隙望出去，可以看到一角秀麗的景色。

第二天有過一次審訊。以後一連幾天無事。他倒也心安神泰，覺得這案件再簡單沒有了：「我存心殺人，應當處死。」

他的心理沒在這問題上多逗留。至於審判、過庭、辯護，他都看成是小小的不如意；這些討厭的關節，事到臨頭再想不遲。連就刑的時刻，也欄不住他的思緒：等判決以後再考慮吧！生活倒也不煩悶；雄心已矣，他以新的角度來看待一切。連拉穆爾小姐也難得想起。悔恨之情老是夾纏不清，使他常憶起雷納夫人的身姿，尤其在夜深人靜的時候。此外，只有塔樓頂上的白尾鵰兩聲三聲的鳴叫，擾亂他的清夢。

他爲她受傷而未致命感激上天。「眞是咄咄怪事！」他自己思量：「原以爲她給拉穆爾先生的信，會把我未來的幸福全毀了；想不到還不到半個月，當時苦心焦慮的事，現在想都不想了……一年有兩、三千法郎收入，就可以安安生生在葦爾吉那樣的山區過日子了……想那時候眞是很快活……只是當時不知身在福中！」

有的時候，他坐在椅子上會突然跳了起來：「要是把雷納夫人打死了，我也會把自己打死的……我需要有這點自信，不然我對自己就會厭惡透頂。」

「把自己打死！這可是個大問題。」他沉吟道：「那些法官只知道看重形式，揪住可憐的犯人不放；爲了自己有塊勛章可掛掛，不惜把優秀公民吊死……我要擺脫他們的淫威，不受他們的貶損。那種用蹩腳法文說的貶損之詞，只有外省報紙才會稱之爲雄辯滔滔……」

「我大約還有五、六個禮拜可活……」過了幾天，他換了個想法，「把自己打死，憑良心說，我不幹……拿破崙還忍辱負重，活了下來……」

「再說，生活也還愜意；這兒很安靜，心也不煩。」他不禁一笑。他開了一張條子，要人從巴黎給他送些書來。

第三十七章、在塔樓裡

友人之墓。

——斯特恩

聽到走廊裡傳來很大的響聲。平日這時是沒有人上他的牢房來的。白尾鵰驚叫著飛了開去。牢門開處，德高望重的謝朗神父顫危危地拄著拐杖，一見就撲進他的懷裡。

「啊！天哪！眞有這種事，我的孩子……惡魔！我該這麼說。」

善良的老人再也說不出更多的話了。于連怕他跌倒，忙扶他坐進椅子裡。時間的巨掌已重重壓在這個當年堪稱剛強的漢子身上。在于連眼裡，他只是他自己的影子而已。

等他緩過氣來，才說：「我前天剛收到你在斯特拉斯堡發的信，外加你送給維里埃窮人的五百法郎。是別人給我捎到利弗里村的，我退休後就住在那兒，我侄兒約翰家裡。昨天，我才聽說這樁大禍……啊，天哪！眞有這種事？」老人已欲哭無淚，神態好像全無思緒，只喃喃說：「這五百法郎，你有需要，我給你帶來了。」

「我需要的是看到你，我的神父！」于連大爲動容，「錢我還剩下不少呢！」

但是得不到理路清楚的回答。謝朗神父不時溢出幾滴眼淚，沿著臉頰默默往下掉。他望著于連，看于連拿起他的手放在唇邊吻，好像有點懵然不覺的樣子。從前那張神采奕奕、生氣勃勃的臉，顯耀出人類最高貴的情感，而今遲鈍麻木了！過了一會兒，有個鄉下人模樣的年輕漢子來接老人，對于連說：「別讓他累著了。」于連明白，這漢子就是神父的侄兒。探訪的走了，卻把于連留在慘痛的情緒裡，連哭都哭不出來。他感到自己的心在胸膛裡像冰一樣冷。

此時此際，是他犯案以來最感慘痛的時刻。他剛跟死亡打了照面，看到了其全部的醜惡形狀。偉大的心靈、慷慨的胸懷，這些絢麗的幻現，像彩雲遇到暴風，消逝得無影無蹤。

這灰惡的心境延續了幾小時。精神萎頓，倒用得著治病的藥物和提神的香檳。于連認爲求助於外物，是怯懦的表現。這可怕的一天，他盡在自己狹窄的塔樓裡踱來踱去；白日將盡時，他嚎了出來：「我莫非瘋了？要是我跟別人一樣生老病死，看到這可憐的老人，引發痛切的愁緒，還情有可原。現在是正當英年，引刀一快，不是正可免去悲愴的老境？」

不管怎麼譬解，于連總覺得自己像膽小鬼，觸緒傷懷。這次來訪之後，情緒愈加不振。

他的身上再也找不到一點粗豪與宏偉的東西，也沒有羅馬人的尚武精神。死亡顯得嵬然巍然，好像非易於爲事。「這便是衡量我勇氣的寒暑表，」他心想：「今晚，比我上斷頭台所需的勇氣低了十度。早晨倒還有這股子膽量。不過，有什麼要緊呢！只要到緊要關頭拿得出勇氣來就行。」寒暑表的想法頗有趣，不覺啞然失笑。

第二天早上醒來，很以昨夜的頹喪爲恥。「這關係到我的心境，我的平寧。」他決定要給檢察官寫信，懇求別再放人進來探監。「那傅凱呢？」他想：「要是他看不到我會多失望！」

他沒想傅凱也許已兩個月。「在斯特拉斯堡時眞傻，思慮所及，不出衣服領口高度。」他頗懷念傅凱，情動於衷，心潮起伏，繞屋徘徊，「我現在肯定比從容赴死的水平低二十度……再這麼軟弱下去，還不如把自己打死的好。如果我像弄種那樣怕死，準讓馬仕龍和瓦勒諾笑話！」

傅凱來了。純樸善良如他，傷痛得都有點神魂失據。他唯一的想法，如果他還有想法的。

話，是變賣全部家產，買通看守，救出于連。拉瓦萊脫㊸越獄的事，他跟于連說了半天。

「你的好心，反使我為難。」于連說：「拉瓦萊脫是無辜之輩，而我是有罪之身。你言者無意，卻使我想到其中的不同……」

「但是，當眞！怎麼？你想變賣全部家產？」于連突然又變得辨析入微，信疑參半了。

傅凱看到好友終於對他的根本之計做出反應，大為高興，便把他的每份產業能變換多少錢，詳詳細細算給于連聽，總數上不會有一百法郎的出入。

「對一個鄉下業主，肯這樣破家毀產，是夠了不起了，」于連心想：「他平時那麼節儉，那麼摳，我看了都覺得臉紅，而今天肯統統為我犧牲！在拉穆爾府見到的那班公子哥兒，還算看過《勒內》這本感傷小說的，都不會幹這種傻事，沒一個人會幹。除了那些特別年輕，輕易繼承偌大財產，還不懂金錢之可貴的人不計，巴黎的漂亮人物，有誰肯做這樣的犧牲？」

傅凱用語的毛病、粗俗的手勢，都不見了。于連撲進他的懷裡。內地的鄉風，與巴黎相對而言，還沒受過這樣的禮讚。傅凱看到他的好友眼裡流露出來的熱誠，心裡一喜，以為他同意出逃了呢！謝朗神父的衰年遲暮，教于連看了泄氣；傅凱的俠義心腸，又使他鼓起勇氣，「傅凱還很年輕，依我看，倒是一株好苗。他非但沒像大多數人那樣，由溫情趨於狡猾，年紀反而使他變得更善良，更容易動感情，而且改掉了多疑的毛病……哎，這些空話有什麼用？」

儘管于連竭力反對，審訊的次數還是越來越多。他所有的回答，力求把案子縮短：「我殺了人，至少我想殺人，而且是蓄意的，」他翻來覆去，每次都這樣說。但法官按部就班，非常刻

㊸ 拉瓦萊脫（一七六九～一八三〇），係拿破崙的副官，滑鐵盧失敗後被判死刑。行刑前夕，其妻探監，夫婦易服，得以逃出獄外。

板。于連的供認非但沒縮短審訊，反使法官覺得有損尊嚴。于連蒙在鼓裡不知道，他們曾打算把他遷到可怕的地牢去；全靠傅凱奔走，才讓他依舊住在高踞一百八十級石階之上的好房間。

弗利萊神父，也屬傅凱供應取暖木柴的要人之列。好心的商人想走門路，居然想到這位權勢需天的代理主教。使他快活得無可形容的是，弗利萊先生說：他對于連的品德和以前在神學院的言行深有了解，打算在法官面前爲他說說情。傅凱看到營救有了一線希望，臨走之前，他跪著懇求代理主教在做彌撒時，替他布施十個路易，祈求犯人能夠獲釋。

他這就大錯特錯了：須知弗利萊不是貪鄙的瓦勒諾。代理主教一口回絕，語言之間，使好心的鄉民明白，錢他自己留著爲好。看到要把事情講清楚，難免會說出冒失的話來，弗利萊便勸傅凱把這錢施捨給窮苦的囚犯；他們倒眞要什麼沒什麼。

「這于連眞是個怪人，他的所作所爲簡直是沒法解釋；當然，對我，不應有沒法解釋的事……」弗利萊神父暗想：「或者可以把他打扮成一位殉道者……總之，得把事情的底細弄清楚。或許得找個機會，對雷納夫人嚇她一嚇；她對我們缺乏敬意，骨子裡還在討厭我……利用這樁糾葛，也許有辦法跟拉穆爾先生漂漂亮亮講和。侯爵似乎對這位小教士有種偏愛。」

訴訟案件的調解協議，幾星期前已經簽字。彼拉神父恰好在這倒楣蟲到維里埃教堂暗殺雷納夫人的那天離開貝桑松；行前，曾提到于連透著神秘的出身。

于連看到，死前還有樁不愉快的事，就是乃父要來探監。便想上書檢察官，要求免去一切探訪。他拿這個想法跟傅凱商量。厭惡見親爹，尤其在這樣的時刻，木材商以其安分守己、因循守舊的心理，也覺殊不可解。

傅凱自以爲懂得了爲什麼那麼多人厭惡他的好友。出於對不幸的敬畏，他把這感想藏在心頭，只冷冷回答：「不管怎麼說，縱有密令不准探監，也不能用於尊大人身上呀！」

第三十八章、權勢人物

可是，她的行止那麼神秘，她的身材那麼優美。她會是誰呢？

——席勒

第二天一清早，塔樓的門隆隆打開。于連猛驚醒過來，心想：

「啊！天哪，我爸來了。這場面夠多尷尬！」

就在這一刻，一個村婦打扮的女子投入他的懷抱。教人簡直認不出：原來是拉穆爾小姐。

「壞東西，我收到你的信，才知道你在哪裡。你所說的罪孽，不過是貴族式的報復行爲，使我看到這胸膛裡跳動的心有多高尚！這件事，我是到了維里埃才知道的……」

成見歸成見。而且心裡未必承認，于連還是覺得拉穆爾小姐俏麗非凡。在她的言行中，怎能看不到一種高貴的感情，不計利害，遠遠高出一般渺小庸俗的心靈？他依然相信自己愛著一位皇后。沉吟良久，他才冷靜地說，其想法有種罕見的氣度：

「未來的種種，在我眼前已勾勒得十分分明。我死之後，妳再嫁給瓦澤諾。瓦澤諾娶到的會是一位寡婦。這位嬌媚的寡婦，有著一顆高貴但帶點羅漫諦克的心。這樁奇特的，以悲劇告終的，對她顯示無比重大的事件，她始而震驚，終而會回到以愼爲貴的世人信條；到了這一步，她才肯去了解那位年輕侯爵非常實在的價值。妳以後會安於世人所說的幸福：身分、財富、地位……但是，親愛的瑪蒂爾德，妳這次到貝桑松來，萬一引起別人猜疑，對拉穆爾侯爵會是個致命的打擊，這樣我就更不能饒恕自己了。我已經給他惹了不少事。那位院士會說，侯爵用胸口窩暖了一條凍僵的蛇。」

「應當承認，我沒料到你會搬出這麼些冷靜的說教，對未來會有這麼多擔憂，」拉穆爾小姐半瞋怪似地說：「我的貼身女僕差不多跟你一樣審愼，她爲此特爲辦了張通行證。我乘驛車，用的是米什蕾夫人的名義。」

「那麼，米什蕾夫人憑什麼能輕而易舉地來到我身邊？」

「啊！你永遠是我心目中的優秀人物呀！我去見審判官的書記，他說，進塔樓是辦不到的；我就先送上一百法郎。錢到手之後，這老實人叫我等等，又故意刁難。我想他還有無厭之求……」她打住不說了。

「後來呢？」于連問。

「別生氣，我的小于連。」她一邊吻他，一邊說：「我只好說出自己的名字。他當我是巴黎的年輕女工，愛上了美男子于連……我這裡說的，都是他的原話。我向他發誓，說我是你的女人；這樣，才得到允許，可以天天來看你。」

「瞧這瘋勁兒，要攔也攔不住。」于連想：「說到底，拉穆爾先生是名震一時的重臣，他日年輕上校娶這位漂亮的孀婦，輿論自會擔待過去。再說我一死，什麼都遮蓋過去了。」他縱情於瑪蒂爾德的歡愛之中，無限銷魂。此中有瘋狂，有心靈的偉大，總之是最離奇不過了。她還一本正經提出：要跟他一道去死。

經過最初的那陣亢奮，飽嘗相見情好之餘，她的心裡突然萌發一種強烈的好奇，要好好打量她的情人，發覺他實在高出她的想像之上。這姑娘可謂博尼法斯．德．拉穆爾小姐轉世，只是更加英武。

瑪蒂爾德分別拜訪了當地第一流的律師。硬生生送人錢財，不免有點唐突，但他們最後都還收了下來。她很快得出這個看法：在貝桑松，舉凡委決不下或關係重大的事，都要待弗利萊代理主教一言而決。

用米什蕾夫人這個卑微的姓氏，想見到聖公會的權勢人物，其間的困難簡直難以克服。這時，城裡盛傳：有位時裝店的小嬌娘愛瘋了頭，特地從巴黎跑到貝桑松，來安慰年輕的教士——于連．索萊爾！

瑪蒂爾德行色匆匆，獨自在貝桑松街上奔走。她希望不至於被人認出來。不過，在百姓中有所影響，她不認爲會無補於事。依她瘋狂的念頭，甚至想煽動百姓造反，以解救走向死亡的于連。拉穆爾小姐自以爲穿著樸素，切合喪痛的處境；事實上，她的華姿艷影，引得人人注目。她在貝桑松已成了衆人關注的對象。這樣經過一禮拜的奔走，才得到弗利萊神父的接見。

這位聖公會首領的權勢和歹毒，在她的頭腦裡是一而二、二而一的；所以不管她多麼勇敢，要拉響主教宅邸的門鈴，不免戰慄起來。她一級一級，爬樓梯上他套房去的路上，幾乎難以舉步。房子大得像宮殿，空曠孤寂，她的背脊直發冷，「很可能我坐進扶手椅，椅子一把抓住我的胳膊，我就不見了。我的貼身侍女能去向誰要人？憲兵隊長也不敢造次……我在這座大城裡眞伶仃一人，孤苦無告！」

第一眼看到主教的那套房間，她就心安神定了。首先，給她開門的僕人，號衣奢華；教她等候召見的客廳，陳設高雅，器物精潔，與粗俗的排場大異其趣，就是在巴黎，也只有在少數上等人家才能見到。弗利萊先生這時慈眉善目地向她走來。一見代理主教，所有關於此人傷天害理、兩面三刀的說法，都化爲一縷輕煙。這張漂亮的面孔上，甚至找不到那種霸道的，帶點囟悍的，不受巴黎上流社會歡迎的性格標記。這位在貝桑松叱咤風雲的教士似笑非笑，表明他是見過世面的人物，是教養上乘的神職人員，是精明強幹的地方大員。瑪蒂爾德恍然覺得已身在巴黎。

弗利萊神父沒用多大功夫，就使瑪蒂爾德乖乖承認，她就是他的勁敵拉穆爾侯爵的千金。

「我的確不是什麼米什蕾夫人。」說話之間，她又恢復了高傲的神態，「承認我的身分，想必於我不至有多大損害，因爲我是專誠來叨教的，看看拉韋爾奈先生有沒有越獄的可能。首先，他犯的罪，不過是一時糊塗；他開槍要打的那個女人，現在還活得好好的。其次，爲買通下屬，我可以立即出資五萬，並且擔保再出一個倍數。最後，對於能營救拉韋爾奈先生的人，我本人和我全家出於感激，就沒有辦不到的事。」

弗利萊神父聽到拉韋爾奈這個姓，不由得一愣。瑪蒂爾德便出示陸軍大臣致于連．索萊爾．德．拉韋爾奈先生的多封函件。

「你可以看到，先生，家父正著意照應他的前程。我也已和他秘密結婚。這樁婚事，對一位拉穆爾家的小姐來說有點出格。所以，在公開宣布成婚之前，家父想先提拔他當高級軍官。」

瑪蒂爾德注意到，弗利萊神父探悉這些重要細節後，臉上那種慈祥和悅的表情迅即消失，代之以虛僞狡猾、莫測高深的表情。

神父不無懷疑，把那幾份文件又細細看了一遍。

「她吐露的隱情有點異乎尋常。我從中能得到什麼好處呢？」他暗忖：「頃刻之間，我跟費瓦格夫人的女友搭上了關係。這位名傾一時的費瓦格夫人，對她當大主教的叔公是予取予求，爲所欲爲的；而在法國想當主教，非得通過這位大主教不可。

「以前一直認爲遠哉遙遙的事，突然拉近到了我眼面前，因緣時會，把我逕直引向夢寐以求的目的了。」

瑪蒂爾德單獨和這位權勢人物僻處一室，看到他臉色大變，起先很驚慌，但很快又想：「怎麼？這位教士權勢和財富都全了，如果對他的冷酷自私不能有所影響，豈不是我的厄運？」

看到登上主教寶座的捷徑意想不到已經打通，眞有目眩神移之感。弗利萊神父驚異於瑪蒂爾德的幹練，一時之間竟失了方寸；拉穆爾小姐看到他幾乎要跪倒在自己面前，勃勃野心使他激動得索索發抖。

「一切都明朗了，」她想：「費瓦格夫人的文友在這兒？就沒有辦不成的事。」雖然懷著不免非常痛苦的妒意，瑪蒂爾德還是鼓起勇氣，說于連是元帥夫人的密友，幾乎天天在她的府上見到那位大主教。

「日後從本省德望俱隆的居民中，用抽籤的辦法抽過四、五次，確定一張有三十六位陪審官的名單。」代理主教眼裡閃著野心的光芒，一字一頓地說：「要是在這張名單上，數不出八、九位朋友，而且是其中最有頭腦的主兒，就算我不走運。敝人差不多總能包攬半數以上的票，多於比判罪所需的票。妳看，小姐，我輕而易舉，就可以使案子免訴……」

神父突然住口，好像被自己的話驚住似的：向不可與言的人說了不可與言的事。

不過，他也使出撒手鐗，叫瑪蒂爾德發怵。他告訴她，于連這樁奇情軼事，最使貝桑松人驚奇和感興趣的，是他能激起雷納夫人的痴情，而且彼此長期熱戀不休。弗利萊神父不難覺察，他講的情況引得對方心煩意亂。

「我算翻了本了！」他想；「這極有主見的小娘子，有辦法對付了；我剛才還擔心不能奏效呢！」在他眼裡，她目空一切，不易擺布的神氣，更增進了這位絕代美人的魅力，而她對自己還有一種近乎要求的態度。這下完全恢復了鎮靜，不惜拿匕首在她心裡絞。

他像無意間說起似的：「總之，如果聽到于連是出於嫉妒才向從前熱戀的女人連開兩槍，我不會感到驚奇。雷納夫人並非沒有姿色，最近還頻頻去見第戎一個叫馬基諾的神父，一個不講道德的詹森派教士；而所有詹森派教士都是一路貨色。」

發現這個漂亮姑娘的弱點之後，弗利萊神父就稱心如意地加以折磨。

「索萊爾先生何以選擇教堂這個地點呢？」他目光灼灼，盯著瑪蒂爾德，「還不是因爲他的情敵這時正好在教堂裡做彌撒！大家都認爲，你保護的那個幸運兒爲人絕頂聰明，做事尤其謹愼。雷納家的花園，他是熟門熟路的。躲藏在花園裡，不是更簡單嗎？在那兒，把他忌恨的女人打死，幾乎可以肯定是不會被人看到或抓住，甚至不會引起懷疑的。」

這個說法，乍聽起來很有道理，可把瑪蒂爾德氣炸了。這顆高傲、知所謹愼——這種無聊的謹愼，上流社會認爲可以忠實反映一個人的心理無法很快體會到怠忽謹愼的快意。瑪蒂爾德生活的巴黎上流社會圈裡，熱情很少會不顧及謹愼；從窗口跳下去的，都是住在六樓上的窮人。

談話到最後，弗利萊神父確信，已把對方玩弄於股掌之上。他讓瑪蒂爾德明白（顯然是說大話）：向于連提起公訴的檢察院，他可以隨心所欲地加以擺布。

三十六位陪審官一經抽籤決定，他擬親自出馬，至少向其中的三十位面授機宜。

瑪蒂爾德倘不是那麼俏麗動人，說不定要到第五、六次見面，他才肯講得如此直白。

第三十九章、深謀遠慮

加斯特爾，一六七六年——我住的隔壁屋裡，一位兄長殺了他妹妹；此人前已犯有一樁命案。他的家大人向推事等人私下分送了五百銀幣，救了他一命。

——洛克《法蘭西紀行》

走出主教宅邸，瑪蒂爾德毫不猶疑，立刻派人給費瓦格夫人送去一函：影響自己名譽的那種擔憂，片刻未能阻止她的行動。她懇求其情敵務必向主教大人討得致弗利萊先生的親筆信一封，甚至求元帥夫人親自攜函來貝桑松。對一顆嫉妒而驕矜的心來說，這也算得是種壯舉了。

聽從傅凱的勸告，拉穆爾小姐謹言愼行，絕不把奔走的情況告訴于連。單單她的光臨，已攪得他夠心煩的了。臨近死亡，他變得更加眞誠，不僅對拉穆爾先生深自愧疚，對瑪蒂爾德也同樣覺得過意不去。

「怎麼！我在她身旁，有時會心神不屬，有時甚至感到厭煩，」他捫心自問：「她失身於我，得到的竟是這樣的報答！難道我是壞人？」這種問題，換了他心雄萬丈的時節，是根本不會放在心上的；那時，在他眼裡，壯志未酬，才是人生唯一的恥辱。

看到瑪蒂爾德，他的苦悶更覺深重了，因爲他這時引發她一種非同尋常，幾近瘋狂的痴情。她說來說去，盡是爲營救他而想做的種種不可思議的犧牲。

瑪蒂爾德爲一種她引以爲豪的，比驕傲更強烈的情緒所激勵，不願此刻生命中的分分秒秒，未做任何驚人之舉就白白過去。與于連的長談，充滿了異想天開的，對她說來也是險象環生的計謀。那些獄卒得了很多好處，任她在監獄裡無法無天。瑪蒂爾德的名堂尚不限於犧牲名譽；即使裡裡外外的人看她挺著肚子，也不以爲羞。跪在飛馳的國王馬車前替于連求情，爲引起善良太子的注意而甘冒給車馬壓死的危險，不過這只是她勇敢而狂熱的頭腦裡胡亂地臆想。通過侍奉內廷的知交，她相信自己準能應召赴聖克盧御苑，進入宮庭禁地。

這般忠忱，于連自覺承當不起；說實在的，他對英雄行爲已感倦怠。也許一種天眞純樸的，近乎羞怯的柔情更能撥動他的心弦；但瑪蒂爾德卻相反，她高傲的心魂總需要公衆和他人來烘雲托月。

爲情人的生命——她不願在他死後還苟活於人世——而焦慮和擔憂之際，她還懷有一種隱秘的願望，想以自己極度的情愛和崇高的舉動來震動公衆。

見到這一樁樁英雄行爲，于連對自己無所動心而生氣。要是得知瑪蒂爾德向善良的傅凱，向他忠誠的，但非常理智、非常狹隘的頭腦灌輸了多少瘋狂的念頭，不知會氣到什麼程度。瑪蒂爾德這份耿耿忠心，傅凱不知道有什麼可責備的，因爲，只要能救出于連，他也肯犧牲全部財產，不惜僥倖行險。不過，看到瑪蒂爾德大把撒錢，著實吃驚不小。最初幾天，她錢財上這樣的大手大腳，眞把他鎭住了；他跟所有內地人一樣，歷來敬錢如神。

後來，傅凱發現拉穆爾小姐的方案經常在變。大感快慰的是，他終於找到一個詞兒可以貶抑這種夠嗆的性格：女人家的反覆無常。從這個形容詞到內地最損的話：尋事吵鬧，相隔也僅一步之遙。

一天，于連看瑪蒂爾德離開牢房，心裡思量；「眞怪，她這份痴心，情意可感，我自己竟這樣無動於衷！可是兩個月前，我是那樣喜歡她！我哪裡看到，說人之將死，對一切都提不起興致來。但可怕的是，自己即便感到有負於人，卻再也無法痛改前非。那麼，我算是個自私傢伙啦？」他爲此自責不已。

在他心裡，雄心已死，但是另一種感情卻從死灰中冒出頭來：謀殺雷納夫人的悔恨之情。事實上，他眷戀到了發狂的地步。當獨居孤處，無人攪擾的時候，他整個身心浸沉在回憶裡，想起從前在維里埃或葦爾吉度過的快心日子，感到異樣的幸福。那段飛快過去的時日，即使一些瑣瑣碎碎的事，都覺得清新撲面，橫空而來，令人不勝牽縈。到了巴黎後的春風得意，他從來不願去想，甚至感到厭煩。

這種迅速發展的傾向，瑪蒂爾德的妒忌心已猜到幾分。她清楚地看到，得跟他的喜歡孤獨苦苦爭鬥。有幾次，她提心吊膽地說出雷納夫人的名字，于連竟會戰慄起來。他的情思，此後倒更橫無際涯了。

「他死了，我也跟著死去！」她這想法是出於至誠，「看到一個像我這樣身分的姑娘，沒頭沒腦地愛上一個注定要死的情人，巴黎的客廳會有何議論呢？這樣的感情，直要追溯到英雄時代才能找到。在查理九世和亨利三世治下，正是這類愛情激蕩著那時代的人心。」

在最忘情時刻，她把于連的頭緊緊抱在胸前，不勝驚恐地想道：「怎麼！這可愛的腦袋就要給砍下來!?」這時，她心裡激揚著一種豪情，一種不無得意的豪情：「啊，我的嘴唇、此刻吻著這漂亮的頭髮，不出二十四小時，就會變得冰冰涼了。」

豪情萬千，淋漓痛快的史事，牢牢縈繞在她的記憶之中。自殺的念頭本身就會纏繞不休，原先還離得很遠的，現在卻鑽進這顆驕矜之心，凌越其上了。

瑪蒂爾德傲然想道：「不，祖先的熱血傳到我身上，還沒有變涼呢！」

「我有一件事求你，」一天，于連對她說：「把妳的孩子寄養在維里埃，德·雷納夫人會看管好奶媽的。」

「這眞是不情之請了……」瑪蒂爾德臉都氣白了。

「眞是！求你千萬原諒。」于連從迷糊中驚醒過來，把瑪蒂爾德摟進懷裡。

他替她擦乾眼淚，思路又回到原先的想法上來，不過這次要巧妙得多。他賦予談話的內容以一種憂鬱的哲學色彩，談起他那過早就要結束的前程。

「應當承認，親愛的，激情只是人生中的插曲，而這類插曲只發生在高尙的靈魂之間……我兒子如果死掉，對保持貴家族的尊榮來說，未嘗不是幸事；這一點，底下人以後自會猜詳得出。等待這個蒙羞的不幸孩兒的，將是撇在一旁，無人照應……我希望，過一時期，我不想指定何年何月，但我的勇氣使我已能預見到，你將能遵照我的遺願，嫁給瓦澤諾侯爵。」

「怎麼，娶一個丟臉現世的女人！」

「丟臉現世是不會和貴族姓氏連在一起的。妳不過是個寡婦，一個瘋子的寡婦，如此而已。再進一步說：我作案殺人，動機不在金錢，就無所謂丟臉現世。也許，到妳結婚之時，哪位有哲學頭腦的法學家能戰勝同僚的偏見，使廢除死刑的立法獲准通過。那時，會有人用友善的口吻舉例說：『唉，拉穆爾小姐的第一個丈夫是瘋子，但不是壞人、無賴。砍他的頭是冤枉的……』到那時，我的名聲就跟恥辱不沾邊了。至少，過了一段時間之後……妳的社會地位，妳的偌大家產，請允許我再說一句，妳的才幹，會使當妳丈夫的瓦澤諾先生有一番作爲，而光靠他一人卻成不了氣候。他有的只是門第和勇武；單靠這兩種品質，在一七二九年還可造就一個完人，但在一個世紀之後的今天就不合時宜了，空端著自命不凡的架子而已。要想做法國青年的領袖，還需要具備其它素質。

「妳敢作敢爲的堅毅性格，對妳要尊夫婿加入的政黨，就是一種襄助。抨擊政府的投石黨運動裡，出了謝弗勒茨和隆葛維爾兩位公爵夫人，妳可以步她們的後塵……但是，到那時候，親愛的，此刻激勵著妳的聖潔的火焰就會冷一點了。」

說了這些鋪墊的話，他才把意思補足：「請允許我這樣說，過了十五年，妳會把先前對我的愛看作是一種狂態；雖說是可以饒恕的，但終究是一種狂態……」

他突然停住，悠然出神了……又想到使瑪蒂爾德不悅的念頭：「過了十五年，雷納夫人還在疼我的兒子，而妳早把他忘了！」

第四十章、寧靜

正因為我那時瘋瘋癲癲，所以今天才這樣規規矩矩。哦，只能看到瞬間事物的哲人？目光是多麼短淺！那你的眼睛就看不到在暗中湧動的激情。

——歌德夫人

這次談話，給審訊打斷了，接著得跟辯護律師商議。在他散淡無爲、綺思纏綿的生活裡，唯有面對司法程序才是最不愉快的時刻。

無論對法官，還是對律師，于連總是一個說法：「這是椿謀殺案件，而且是有預謀的。我很抱歉，先生，但事實如此。」他含笑補上一句：「這樣一來，你們的差事就簡便多了。」

一旦擺脫這兩個傢伙，心裡便念叨：「總之，我必須有勇氣，看起來要比他們兩位強。他們把這場導致可悲之結局看作是滅頂之災，是『恐怖之王』，而我等事到臨頭，再好好考慮吧！」

于連依然想著窮通禍福的問題：「我之所以這樣曠達，是因爲有過更大的不幸。第一次去斯特拉斯堡的時期，感到自己見棄於瑪蒂爾德，那時的痛苦，當眞別是一番滋味……而且可以說，當時巴望的那種你憐我愛，今天得到之後，竟會覺得這麼冰冷……事實上，我一個人獨自待著，比那美麗的姑娘來分去我的寂寞，更要感到快適……」

律師是個按部就班，照章辦事的人，以爲于連瘋了；他跟公衆一般見識，認爲于連是出於嫉妒才拿起槍來的。一天，他試探著暗示于連：嫉妒之說，姑且勿論眞假，是極好的辯護理由。但這位被告，轉瞬之間就變成一個情緒激烈、做事決絕的伙計了。

于連吼道：「當心你的命，先生，記住不許再提這可惡的謊言。」謹言愼行的律師，一時之間倒著了慌，怕不要眞給他謀殺掉。

辯護詞得準備起來了，因爲關鍵的時刻很快在逼近。貝桑松和全省現在談論的，就是這樁出了名的案件。這一情況，于連本人並不知道；他曾懇求別人不要再跟他談這類事。

這天，傅凱跟瑪蒂爾德打算把外面的傳聞告訴他。照他們兩人的看法，那些街談巷議倒給人若干希望。但于連聽了個開頭，就把他們攔住了。

「讓我在這裡愛怎麼生活就怎麼生活吧！你們那些明爭暗鬥，家長里短，我覺得不堪其擾，會把我從半空中拉回來。各有各的死法，我吶，要按我自己的方式去設想死。別人跟我有何干係？我與別人的關係，一刀下去就斷了。求求你們，別再跟我說那些人。光見見法官和律師，就夠我受的了。」他心裡暗想：「看來，我的命運是在夢想中死去。像我這樣一個無名小卒，不出半個月就會被人忘得一乾二淨，何苦去演什麼戲呢……

「不過，倒也奇怪，直待死到臨頭，我才知道該怎樣享受人生。」

他在塔樓高處狹窄的平台上踱來踱去，以消磨人生的最後幾天。一邊踱步，一邊吸著瑪蒂爾德派人從荷蘭買來的上等雪茄，根本沒想到全城的望遠鏡都在翹盼他的出現。他魂牽夢縈，心繫葦爾吉。他從來沒跟傅凱提到雷納夫人；但有兩、三次，這位朋友告訴他，說她康復得很快：這句話聽得他心頭一震。

于連這邊，差不多所有心思都放在幻想世界，而瑪蒂爾德卻忙於實際事務，好像貴族倒該這麼操心似的。她把費瓦格元帥夫人和弗利萊代理主教之間的直接通信已推進到可以密談的地步，主教職位這個要緊字眼業已提到。大主教德高望重，執掌著聖職的任免大權，一次給侄女的信上加了個附筆——可憐于連乃一時糊塗，祈能交回我們是盼。

看到這兩行字，弗利萊神父眞高興得靈魂出竅，覺得救出于連，當無疑義。

抽籤決定三十六名陪審官的前夕，他對瑪蒂爾德說：「組成人數衆多的陪審團，是雅各賓法令規定的，其目的純爲剝奪貴族的權勢。要是沒有這項法令，判決書就包在我身上了。N本堂神父的獲釋，就是我斡旋的結果。」

第二天，看到抽籤決定的名單，弗利萊神父不覺一喜：屬於貝桑松聖公會的有五位，非貝桑松人士中有瓦勒諾、穆瓦羅、蕭蘭等三人。他對瑪蒂爾德說：「首先，這八位陪審官由我負責。前面五人是撥一撥、動一動的機器人；瓦勒諾是我的耳目，穆瓦羅之有今日全靠我，蕭蘭是個事事害怕的蠢貨。」

報紙把陪審官的名字傳遍全省。雷納夫人不顧丈夫莫名的驚恐，表示要親臨貝桑松。雷納先生只得到她這一許諾：到了之後絕不離開病榻，免得發生出庭做證之類的不愉快事兒。

「我的處境，你有所不知。」維里埃前市長對夫人說：「我現在成了他們所說的『轉向』的自由黨人了。毫無問題，瓦勒諾那壞蛋串通弗利萊，很容易假手檢察官和審判官，作出使我難堪的裁決。」雷納夫人毫不留難，便向丈夫的命令做了讓步。她自忖：「如果我出現在審判庭，就會給人一種印象，好像我是去伸冤報仇的。」

雖則對丈夫和懺悔師做了謹愼將事的承諾，她一到貝桑松，就給三十六位陪審官每人寫去一封親筆信——

先生，審判之日，恕我缺席，因爲我的出庭可能會不利於索萊爾先生一案。在這世界上，我唯一的企盼，就是他能得救。請相信，一個無辜者因我而走上死路，這可怕的念頭會危害我的餘生，縮短我的壽命。你們怎麼能判他死刑呢？我不是還活著嗎！不，可以肯定，社會無權剝奪一個人，尤其像于連．索萊爾這樣一個人的生命。在維里埃，人人知道他有時神情恍惚。這可憐的年輕人有不少勁敵；但是，即使是他的勁敵，也不懷疑他的才華和學識。先生，你們要審判的不是一個等閑之輩。近一年半的相處，我們知道他是一個虔誠、懂事、勤勉的人。但一年總有兩、三次，他會發憂鬱症，神思迷離。維里埃全城的人，我們消暑地葦爾吉的近鄰，我們全家，以及專區區長本人，都可以證明他的虔誠堪爲表率。整部《聖經》，他都能背得；一個不信教的人，會長年累月鑽研這部聖書嗎？我派幾個孩子謙卑地送達此信，他們還不失赤子之心。閣下不妨屈尊問問他們，他們會提供有關這可憐的年輕人的一切詳情；有必要知道的這些底細，會使你明白判他死刑是一種蠻橫的做法。果然如此，就談不上爲我報仇，適足以送我性命了。

他的仇敵怎能迴避這一事實？我的傷，不過是他一時神經錯亂的結果，我的孩子早已發現他們的家庭教師有這毛病；況且我的傷勢並不怎麼危險，調養了不到兩個月，已能驅車從維里埃趕到貝桑松。要是得知你，先生，把一個罪不足死的人從蠻不講理的法律開脫出來，還有絲毫游移，那我就將離開僅因連守丈夫命令而羈留的病榻，跑來跪在你面前向你求情。

先生，請你宣明：預謀殺人屬不實之詞。這樣，你就不會因無辜者血濺刑台而受到良心責備。云云，云云。

第四十一章、審判

這樁出名的案子，當地人長久都會記得的。眾人對被告的關切，幾至於激起騷動。因為他的罪行雖則令人吃驚，卻不算殘虐。即算殘虐，這小伙子也太漂亮了點。他錦繡般的前程，早早就要結束，更使大家軟了心腸。女人家問相識的男人；「會判他死刑嗎？」她們臉色刷白地等著回答。

——聖勃甫

雷納夫人和瑪蒂爾德不勝畏懼的一天終於到來。

城裡非同尋常的氣氛，更增加了她們的驚恐；連堅毅如傅凱者，情緒上也不無波動。全省的人都蜂擁而至貝桑松，要來看看怎樣審理這件風流案子。

幾天以來，所有客棧都人滿爲患。刑事庭庭長處處受圍，人人都來討旁聽證。全城有身分的太太都想親臨現場；街頭路角的報販在叫賣于連的畫像……

爲這生死危急的時刻，瑪蒂爾德擁有主教大人的一封親筆信。這位統轄法國教會、委派各地主教的教長，不惜降尊迂貴，要求宣告于連無罪。審判前夕，瑪蒂爾德攜函求見勢焰熏天的代理主教。

晤談完畢，她辭別時不勝唏噓。弗利萊神父似乎受了感染，終於放下老謀深算的功架，說道：「陪審團的表態可以包在我身上。審查貴相知的罪狀能否成立，特別是是否屬於蓄意謀殺等情節的十二名成員中，有六位是關心我進退的朋友。語言之間，我已暗示他們：我能否升遷主教，全繫於他們此舉了。瓦勒諾男爵經我疏通，已當上維里埃市長，他完全能支配穆瓦羅和蕭蘭這兩個下屬。事實上，此案就碰到兩位陪審官的想法不怎麼合拍；不過，儘管是極端自由黨，大事上還是聽命於我的，我已要他們跟著瓦勒諾投票。此外，已了解到，第六位陪審官是位非常有錢的實業家，極愛嘮叨的自由黨，暗中想供應一批貨物給陸軍部。毫無一疑問，他也不想得罪我；我已向他授意，瓦勒諾先生的取捨就是我最後的抉擇。」

「那麼，這位瓦勒諾先生是誰呀？」瑪蒂爾德不放心地問。

「假如妳認識他，就不愁事情辦不成了。這個傢伙能說會道，膽子大，臉皮厚，粗聲粗氣的，生來就是領導傻瓜的料。一八一四年的王政復辟，才使他脫出苦海。我有意栽培他當省長。別的陪審官倘不照他的意思投票，他自有辦法收拾他們。」

瑪蒂爾德聽了，於心稍安。

當天晚上，還有另一場口舌等著她。于連爲免不愉快的場面拖長，而結局在他看來已是無可更改的了，所以決定到時不置一詞。

「有律師爲我辯護就已足夠了。」他對瑪蒂爾德說：「我在那些對頭面前亮相的時間太長了。我仰仗妳而飛黃騰達，好像得罪了內地人什麼似的，所以，請相信，他們之中沒有人不願意判我死刑的，雖然看到我押赴刑場也會傻哭起來。」

「他們希望看你倒楣受辱，這不假；」瑪蒂爾德答道：「但我不信他們都那麼刻毒。我在貝桑松拋頭露面，淒惶悲痛的樣子，已引起所有女人的關切；餘下的事，要靠你的漂亮面孔了。你只要當著法官申辯一句，聽衆就會倒向你這一邊的。」

第二天早晨九點，于連走出牢房，去法院的大廳。院子裡人頭擁擠，法警費了好大勁才攔出一條路來。于連一夜好睡，精神鎮定。這幫眼紅他的人，說他們心如蛇蠍倒也未必，但都是來聽他的死刑判決，準備拍手稱快的。于連已很超脫，倒可憐起他們來。他在人群中滯留了一刻多鐘。他不得不承認，他的出現引起眾人一片憐惜之情，倒沒聽到什麼不中聽的話。他心裡想：「這幫內地人還不像我想像的那麼壞。」

進入審判廳，他很驚異，發現建築堪稱華美。這是正宗的哥特式，無數漂亮的小圓柱，雕鑿極精。他覺得自己彷彿置身於英格蘭了。

但他的眼光很快被十二、三位艷麗的女子吸引住了。她們正好面對被告席，占著審判官和陪審官坐席頂上的三個樓座。他轉身朝向公眾，看到梯形審判廳之上的環形旁聽席擠滿了名媛淑女，多半很年輕，好像都很漂亮：明眸善睞，充滿關切。大廳的其餘部分也擁擠不堪。門口還有人吵著要進來，衛兵都無法維持場內安靜。

一雙雙尋找的眼睛，待看到他的容貌，因為他坐在指定給被告的稍高一點的位置上，引起一陣喃喃低語，驚訝者有之，關情者亦有之。

這天，他看上去還不到二十歲：穿著樸素，但很有風采，頭髮和前額是種可愛的模樣；瑪蒂爾德曾親自要幫他打扮來著。于連的臉色極其蒼白。他剛坐下，就聽到四面有人說：「天哪！他多年輕……還是個孩子呢……他比畫像上俊得多。」

「你這位犯人，看見這樓座上的六位太太了嗎？」坐在他右側的法警指著突出在陪審官上面的小看台對他說：「那位是省長夫人。旁邊的是N侯爵夫人；她很喜歡你，我親身聽見她向預審法官為你求過情。再過去是戴薇爾夫人……」

「戴薇爾夫人！」于連叫出聲來，臉馬上一紅。他想：「她一走出這兒，準會寫信告訴雷納夫人。」他不知道雷納夫人已經到了貝桑松。

證人的證詞很快聽完了。檢察官剛念起訴書，于連對面的小看台上就有兩位太太哭出聲來。「戴薇爾夫人才不是這種容易動感情的女子。」他想。不過，發現她臉頰緋紅。

檢察官用拙劣的法語，以誇張的詞句論證罪行的野蠻；于連注意到，戴薇爾夫人座旁的幾位太太臉上一副不以爲然的樣子。有的陪審官，看來認識這幾位太太，跟她們攀談起來，似乎在寬慰她們。「看來倒不失爲好兆頭。」于連想。

到這時爲止，于連對所有來看審判的男人都極爲鄙視。檢察官的口才平庸沉悶，更增加了這種厭惡之感。于連拘執的心態，面對種種關切的表示，漸漸消融開來。

他對辯護律師堅毅的神色感到滿意。看律師要開始發言，便低聲囑告：「別賣弄辭句！」

「嗯！他們都從博舒埃那裡學招式，用來攻擊你，反倒幫了你忙，」律師答道。果然，律師開口說了還不到五分鐘，幾乎所有女太太手裡都捏上了手帕。律師大受鼓舞，對陪審官說出幾句極有分量的話。于連感到震撼，覺得眼淚就要奪眶而出了，「好啊！我的仇敵將何辭以對？」

他快要心軟了；幸好這時瞟見德·瓦勒諾男爵放肆的目光。

「這壞蛋眼底裡簡直要冒出火來。」于連低聲自語：「對這卑鄙的靈魂是多大的勝利啊！如果我犯罪，只引得他這樣得意忘形，那我就要詛咒我的罪行。天知道，他會向雷納夫人說我些什麼呢！」

這個想法趕走了其它一切念頭。不久，聽衆席上嘖嘖稱是的聲音把他從迷惘中喚回來。律師剛結束辯護詞，于連想起，應該向律師握手致謝。時間眞過得飛快。

法警給律師和被告送來了點心。于連這時才注意到，竟沒有一位婦女離開法庭，回家去吃晚飯。

律師說：「憑良心說，我眞餓死了！你呢？」

于連道：「我也一樣。」

「你瞧，省長夫人也收到了送來的晚餐。」律師指了指小看台，「拿出勇氣來，一切都會順利的。」

審判重新開始。

庭長在歸納兩造的論據時，午夜的鐘聲響了。庭長只得暫停。在焦躁不安的寂靜中，只聽得鏜鏜鏜的鐘聲在大廳裡迴盪。

「唉！我的末日開始了。」于連想。過了片刻，職責攸關的念頭使他感奮起來。此前，他一直控制自己的情緒，抱定宗旨不發一言。但是，當法庭庭長問到他是否有什麼話要補充，他倏地站了起來。看見對面的戴薇爾夫人，眸子在燈光照耀下顯得亮晶晶的，他想：「莫非她哭過了？」

「各位陪審官先生：

「我之所以講話，是怕受人輕蔑。我原以爲死到臨頭，可以不去計較的。諸位先生，我生無榮幸，能隸屬你們那個階級；在你們看來，我不過是一個爲自己位卑命艱而敢於抗爭的鄉民。」

「我不會向你們乞求任何恩典，」于連加重口氣說：「也不抱任何幻想。等待我的將是死刑；這可以說是公道的。我曾想謀殺一位最值得尊重和敬佩的女人；雷納夫人以前待我如同慈母一般。我犯的罪是不齒於人的，是經過預謀的。所以，判我死刑，可算是我罪有應得。但是，我的罪即使沒這麼重，我看到在座各位不會因我年輕而動惻隱之心，仍會殺一儆百，藉我來懲誡，來打擊這個階層的年輕人：他們出身低微，扼於窮困，但有幸受到良好的教育，敢於混跡於闊佬號稱上流社會的圈子裡。

「這就是我的罪過，諸位，而懲罰也將更加嚴厲，因爲事實上，審判我的全是些非我族類的人們，陪審官席上，連一位窮苦致富的鄉民都沒有，統統都是氣我不過的有產階級……」

于連用這種口氣，講了二十分鐘，把壓在心底的話都說了出來。檢察官想藉此案向貴族階級邀寵，坐不安席，幾次跳起來。雖然于連這席話，使辯論帶上了點抽象色彩，在場的婦女還是個個擦眼淚。戴薇爾夫人也用手絹掖著眼角。最後，于連又回過來談預謀殺人，談他的悔恨，以及在從前比較幸福的日子裡，對雷納夫人的尊敬之意和像兒子般的熱愛之情……戴薇爾夫人尖叫一聲，暈了過去。

陪審官退庭出去合議的時候，時鐘正敲一點。無一婦女離庭而去，竟有幾個男子眼裡噙著淚水。起初，大家談得很起勁；可是陪審團的裁決久候不至，衆人情緒逐漸懈弛，大廳這才肅靜無嘩。這一時刻，顯得莊嚴凝重，燈光也不像原來那樣亮剌剌的。于連深感倦怠，聽到周圍議論紛紛，猜想這拖延是好兆抑非好兆。他感到快慰，看到所有祝願都向著他。陪審團還沒回來，然而也沒有一個婦女離開大廳。

兩點鐘剛敲過，大廳裡騷擾起來。陪審官房間的小門打開了。德·瓦勒諾男爵邁著威嚴的台步走在前面，其餘陪審官跟在後頭。他清清嗓子，然後宣布：根據天理良心，陪審團一致認爲于連·索萊爾犯有殺人罪，而且是預謀殺人；這項罪名必然引出死罪的結論。死刑是略過片刻才宣布的。于連看看錶，想起身陷囹圄的拉瓦萊特。這時是二點一刻。「今天是倒楣的星期五了，」他想。

「是的，今天對瓦勒諾是好日子，來判我罪……只恨監視太嚴，瑪蒂爾德無法像拉瓦萊特夫人那樣來救我……這麼說來，三天之後，在這同一時刻，我就得應付那個偉大的『也許』……」

這時，聽得一聲驚叫，他的魂又給喚回到了塵世。周圍的婦女嗚嗚咽咽，悲不自勝。他看到眾人的臉都轉向一個小看台。這看台十分隱秘，開在一根貼牆的哥特式半圓柱的頂飾部分。他事後才知道，原來是瑪蒂爾德藏在那裡。叫聲沒有再起，大家又開始打量于連。這時法警正爲他在人群中隔出一條路來。

「我得留神，別留下什麼讓瓦勒諾這壞蛋可以笑話我的地方。」于連想：「他宣布這性命交關的裁決時，裝出身不由己的模樣，眞夠假仁假義的。而那位可憐的庭長，雖然作法官多年，在宣判我死刑時眼裡倒含著淚水。從前爲雷納夫人爭風吃醋，瓦勒諾這次得以挾嫌報仇，出了一口窩囊氣……我再也見不到她了……一切都完了……不能跟她最後訣別，我感到……我對自己的罪行深惡痛絕；假如能告訴她，心裡就會鬆快得多！

「不過，還是這句話：如此判決，天公地道！」

第四十二章㊹

于連回到監獄，被帶進一間死囚室。

平時明察秋毫的他，這次卻沒發現獄卒沒要他重上塔樓。他是在考慮，如果死前有幸見到雷納夫人，該說些什麼。想她不會讓自己把話說下去的，所以希望開口第一句話就能把悔恨之情全部托出，「開槍打了她，怎麼能使她相信，我就只愛她一人？畢竟，殺她，是出於想騰達，或者就出於對瑪蒂爾德的愛。」

躺到床上，才發覺床單很粗。他睜大了眼睛，自言自語道：「啊！關在地牢裡，當作了死刑犯。公道公道……

「阿爾泰米拉伯爵曾跟我說過：丹東在臨刑前夕，拉開他的大嗓門嚷嚷：『奇怪，上斷頭台這個動詞，不能換成各種時態來說。比如，可以說：我將上斷頭台，你將上斷頭台；但卻不能說：我已上了斷頭台。』」

「爲什麼不能說，假如有來世呢……」于連接著想；「眞的，碰到基督徒的天主，就算我倒楣。他是個暴君，故而必然充滿復仇思想；他的《聖經》，講來講去，就是些酷虐的懲罰。我從

㊹ 譯按：本書寫到結末部分，斯湯達爾爲籌劃下一步，欲在政府部門謀一職務，分移心志，以致書稿最後的四章缺標題和題辭。作者於一八三〇年十一月六日離開法國，去義大利，赴特里雅斯特領事任：行前曾委託出版社「偏勞代閱校樣」，故原稿上的疏漏在校樣階段亦未能得到補正。

來不喜歡他；我從來不信，有人會眞心喜歡他。他無情無義，（這時記起幾段《聖經》文字。）會用獰惡的方式懲罰我……

「但是，倘若遇到費奈龍㊺的天主呢！他或許會對我說：你能得到極大的寬恕，因爲你深有所愛……

「我，深有所愛？啊，對雷納夫人是深有所愛，但我的行爲實在惡劣。在這件事上，也跟其它事一樣，爲了追求耀眼的光華，卻把純眞拋棄了……

「但是，那是怎樣的前程……一旦有戰事，就可弄個騎兵隊上校當當；和平時期，去公使館當秘書，然後升大使……因爲這點業務很快就能諳熟……而且，即使我是笨伯一個，拉穆爾侯爵的女婿還會有什麼可怕的勁敵？我幹的所有蠢事都會得到寬諒，甚至會被看作是能耐。我就是個有本事的人，在維也納或倫敦過起最闊綽的生活……

「別太得意了！老兄，三天之內就得上斷頭台。」

于連對這自我調侃，不禁展顏一笑。

他想：「的確，每個人身上都有兩個人。見鬼，誰想到過這種歪理？」

「誠然！是歪理。老兄，等著三天裡上斷頭台吧！」他反駁那個搗亂傢伙，「蕭蘭先生要租窗口看行刑，費用和馬仕龍神父對半分。那麼，就租金而論，這兩個道貌岸然的傢伙究竟誰占了誰的便宜？」

㊺ 費奈龍（一六五一～一七一五），法國作家，康布雷大主教，宗教方面傾向寂靜主義，所著《聖徒格言》被教廷禁絕。

他突然記起羅特甫《文賽斯拉斯》一劇㊻中的對話——

拉迪斯拉斯：

……想我靈塊已有準備。

國王（拉迪斯拉斯之父）：

刑台安頓完畢，等著斬首服罪。

「回答得妙！」他想想就睡著了。

清晨，有人緊緊摟著他，把他擠醒了。

「怎麼，時間到了！」于連驚慌中睜開眼睛，以爲已落入劊子手之手。原來是瑪蒂爾德。「幸虧，她不知道我這感想。」腦子這麼一轉，人也恢復了鎮靜。他發現瑪蒂爾德像生過半年病，模樣大變，簡直認不出來。

「我上了弗利萊這混帳的當。」她絞著雙手，氣得欲哭無淚。

「昨天我講話，很神氣吧！」于連引開話題說：「我站起來就說，事先都沒準備。這是我生平第一次，恐怕也是最後一次了。」

時到此際，瑪蒂爾德的性格給他揣摩透了，能玩於股掌之上，像熟練的鋼琴家摸透了鋼琴的

㊻羅特甫（一六〇九～一六五〇），法國劇作家，其詩劇《文賽斯拉斯》很得斯湯達爾賞識。這段對話引自該劇第五幕第五場。本書上卷第十四章，（愛情造就平等，不用再把平等追尋」的引文，斯湯達爾誤記爲高乃依，實際也出自該劇第二幕第四場。

脾氣……「出身名門的殊榮我固然沒有，」他接著說：「但瑪蒂爾德高貴的襟懷，把她的情人也提到相當的高度。妳認爲，博尼法斯·德·拉穆爾面對法官，會能更有氣概嗎？」

這天，瑪蒂爾德像住在六樓上的窮姑娘一樣溫柔，沒有半點矯情。但從他嘴裡，聽不到一句簡明直捷的話。他自己沒意識到，實際已把瑪蒂爾德從前對他的折磨回敬其人。

「尼羅河的源頭大家都不知道，」于連心裡想：「因爲人的眼睛無法從一條普通的小溪，看到長江大河之王；同樣，人的眼睛也不會看到于連的怯懦，首先因爲他並不怯懦。但是我的心容易感動：一句普普通通的話，思要說得眞摯樸實，就能使我感動得語不成聲，甚至流下淚來。有多少次，一些硬心腸的傢伙就爲這個緣故而瞧不起我！他們想必以爲我會求饒；這點恰恰是我不能容忍的。

「據說丹東臨上斷頭台，想起他的妻子，心中大爲感動。但是他丹東使一個浮華成性的民族振奮起來，拒敵兵於巴黎城外……而我，只有我自己知道我能有何作爲……對於旁人，充其量只以也許是個人物來看我。

「在這牢房裡的如果不是瑪蒂爾德，而是雷納夫人，我能把握得住自己嗎？我極度的失望與悔恨，在瓦勒諾和本地貴族看來，會笑我是孬種，怕死。他們看起來很神氣，殊不知這些軟弱的心，全靠金錢地位，才沒給誘惑拉下水！穆瓦羅和蕭蘭剛判了我死刑，他們準會說：『看一個木匠能生出什麼兒子來！一個人可以變得博學、機靈，但是他的人……心的高貴是學不到的。即使跟這可憐的瑪蒂爾德在一起！』」看她哭紅的眼睛，他想：她現在這樣痛哭流涕，說不定就要哭不成了……他把她緊緊摟在懷裡；面對這眞正的悲戚，他忘了自己的瞎想……「她也許哭了一整夜，但是將來有一天，她回首往事，說不定會引以爲恥！她會認爲，這是她情竇初開時，受了一個平民卑劣想法的影響而進退失據……瓦澤諾以其軟弱的性格，是會娶瑪蒂爾德的。而且，憑良心說，他這樣做是對的。她會把他調教成一個人物——

一種具有遠大抱負的堅毅性格，

自能支配凡夫俗子的粗鄙頭腦。

「啊！這倒有趣！自從得知死刑已成定局，生平唸過的詩句都會陸續奔湊到腦中來。這是夕陽晚照的徵候……」

瑪蒂爾德語聲幽咽，翻來覆去說：「他在隔壁房裡。」臨末，他才注意到這句話。他想：「她的聲音一絲半氣的，但口氣仍不脫專橫的習性。低聲細語，只是爲了免得動肝火。」

「誰在那裡？」他溫言問道。

「律師，要你在上訴的狀子上簽字。」

「我又不要上訴。」

「怎麼，不上訴！」她陡地站了起來，滿眼怒火，「請問，爲什麼？」

「因爲，此刻，我感到自己有股英銳之氣，可以慷慨赴死，不致惹人嗤笑。誰敢擔保，在這潮濕的地牢裡關了兩個月，我還有同樣好的精神。見教士，見父親，這都是預料中的事……世上再也沒有比這更教人頭痛的了。還不如讓我死吧！」

這出乎意外的對立態度，把瑪蒂爾德性格中的高傲成分喚醒了。貝桑松這地牢開門之前，她沒能見到弗利萊神父，於是把滿腔怒火統統發在于連頭上。她固然疼于連，但有長長一刻鐘工夫，責怪起他脾氣太強，恨自己愛錯了人。于連從她的辭色裡，再次發現早先在公館藏書室頻頻餉他以侮慢之詞的那顆高貴的靈魂。

「以貴家族的榮耀來說，上天眞該把你生爲男子才對。」于連對她說。

「至於我，」他想：「若還要在這討厭的地方泡上兩個月，受盡貴族老爺的侮辱詆毀㊼，而以這瘋婆子的咒罵爲唯一安慰，我可眞是犯賤啦……也罷，後天清晨，就得跟一個不動聲色、特別靈巧的傢伙拼個死活……『特別靈巧，』魔鬼一方這麼說，『刀起頭落，十拿九穩。』」

「也罷，就這樣，好極了！（瑪蒂爾德滔滔不絕，還在勸說）對不起，不！」他喃喃自語：「我絕不上訴。」

一經決定，他又墜入漫無涯俟的空想裡……

六點鐘，郵差像往常一樣路過，送來報紙；八點鐘，雷納先生看完報，艾莉莎輕手輕腳，走來把報紙擱在她的床頭。過一會兒她醒來，看著報紙，突然大驚失色，那姣美的手顫抖不已，原來看到了這幾個字——十點過五分，他一命嗚呼。

她哭得熱淚縱橫。我知道她的脾氣。我曾經想殺她。算了，一切都忘了。只有這個我想要她性命的女人，才會眞心眞意哭我的死。

「啊！這倒是個對照！」他心裡想。瑪蒂爾德又數落了他一刻鐘，他只默念著雷納夫人，雖然還不時回答瑪蒂爾德的問話。他實在無法把自己的意念從維里埃那間臥房移開。他看見貝桑松的報紙放在橘黃色的綢被上，那隻白嫩的手像抽筋一般，一把抓起報紙……雷納夫人默默流淚……他跟著每一滴眼淚，沿著那迷人的粉頰蜿蜒而下……

拉穆爾小姐眼看從于連身上再也逼不出什麼，便把律師請了進來。所幸這位律師是參加過一

㊼ 原注：聽這口氣，活脫是個雅各賓黨徒。

七九六年征義大利戰爭的退伍上尉，曾跟馬尼埃爾㊽並肩作戰。

按例行公事，律師把死囚的決定駁了回去。于連為了表示敬意，把自己的理由一一解釋給律師聽。

「憑良心說，我會跟你一樣想法。」費力克斯．法諾最後這麼說；費力克斯．法諾是律師的名字，「你有整整三天可以提出上訴；我哪天都能來，這是我的職分。這兩個月裡，如果監獄底下火山爆發，你就得救了。你也可以病死的。」他看著于連說。

于連握著他的手，「多謝多謝！你是一個正派人；尊見我一定好好考慮。」

等瑪蒂爾德終於和律師一起出去，于連感到自己對律師，比對瑪蒂爾德更要親切幾分。

㊽馬尼埃爾（一七七五～一八二七）一七九二年入伍，參加過義大利戰役，一七九七年因傷退役，改習法律，充當律師。一八一八年當選為議員。一八二三年三月四日因反對派兵西班牙而遭議會驅逐，引起六十二位議員集體退場的政治風波。斯湯達爾對他的勇氣頗為欽佩，故在小說中特別提此一筆，以示崇敬。

第四十三章

一小時之後，濃睡中的他感到有淚水滴在他的手上，蘇醒了過來。

「啊！又是瑪蒂爾德！」他迷濛中想道：「她不肯放棄自己的主張，想用溫情來動搖我的決心。」想到又要重見這感天動地的場面，他深感厭倦，都懶得睜開眼來。這當口，白費戈望妻而逃的詩句❹❾兜上心來。

忽聽得一聲嘆息，有點特別；睜眼一看，原來是雷納夫人。

「啊！死前還能見到妳，不是做夢吧？」他撲倒在她的腳前。

「但是，請饒恕我，夫人，」他神智略一清醒，連忙又說：「我在妳眼裡落得成個凶手。」

「先生，我是來求你提出上訴；我知道你不願意……」她抽抽噎噎的，泣不成聲。

「請妳饒恕我！」

「要我饒恕，」她站起來，投身在他的懷裡，「那就立刻上訴，對判死刑表示不服。」

于連連連吻她。

「這兩個月裡，你天天來看我嗎？」

---

❹❾ 係指拉封丹的敘事詩《白費戈》：撒旦派魔鬼白費戈到人間調查婚姻狀況。白費戈撒潑使錢，才娶得一位古板女人回來。不意悍妻老是口角生非，家無寧日，婚後生活很不如意，魔鬼覺得還不如回地獄快活。

「我保證天天來，除非我丈夫出面禁止。」

「那我馬上簽字！」于連嚷道：「眞的，妳饒恕我了！這可能嗎？」

他把她緊緊抱在懷裡，高興得都要瘋了。她突然叫一聲痛。

「噢，沒什麼！」她說；「你把我抱痛了。」

「是肩膀嗎？」他淚水漣漣，身子往後仰一點，用火熱的吻印在她的手上，「在維里埃，妳臥房裡的最後一面；後來的事，誰能料到……」

「是呀！誰能料到我會給拉穆爾侯爵寫那封要不得的信……」

「要知道，我永遠愛著妳，我只愛妳一個。」

「是眞的嗎？」雷納夫人也歡叫起來。她朝跪在面前的于連俯下身去。兩人默默流淚。

于連在他一生的任何階段，都未有過這種感愧兼集的時刻。

過了好久，能說得出話了，雷納夫人儲起：「那位年輕的米什蕾夫人，或者不如說，那位拉穆爾小姐；因爲我開始眞的相信這離奇的故事！」

「眞也只眞在表面上。」于連答道：「她是我的妻子，但不是我的戀人……」

兩人時時打斷對方的話，好不容易才把彼此不知的隱情交待清楚。致拉穆爾先生的那封信，是由指導雷納夫人靈修的年輕教士草擬，然後讓她謄抄的，「教會教我造下多大的孽。信中最可怕的詞句，我還改輕了不少……」

于連的欣喜和快活，可以見出對她原諒到了什麼程度。他從來沒有愛得這麼瘋瘋癲癲的。

「我仍相信自己是虔誠的，」雷納夫人在接下來的談話裡繼續說道：「我眞心誠意信仰天主。我同樣相信——而且事實已經證明——我犯的罪是可怕的！但一看到你，即使你對我開了兩槍……」說到這裡，也不顧她反對，于連連連吻她。

「放手放手！」她接著說：「我要跟你說個清楚，怕以後忘了……我一看到你，什麼人生的責任啦，全忘了，只剩下對你的愛；或者說，『愛』這個詞兒分量還太輕。我對你的感情，上可以對天主；崇敬，愛慕，服從，都混在一起……眞的，我說不出你引發我一種什麼樣的感情。你如果對我說：『給獄卒一刀子。』我還沒考慮好，這罪就犯下了。我今天走之前，你幫我解釋解釋，讓我能看明白自己的心。再過兩個月，我們就分開了……不過，我們能分得開嗎？」

「我要收回前言；」于連站起來說：「假如妳想用毒藥、刀槍、炭火或別的方法，來結束或危害妳的生命，那我就不上訴。」

雷納夫人一聽，神色大變。纏綿徘側的柔情，一變而爲深不可測的痴想。

最後，她說：「咱們立即就死，怎麼樣？」

「誰知道彼岸世界是怎麼個情景？」于連答道：「也許是磨難，也許是空蕩蕩一片。我們不能一起甜甜蜜蜜過兩個月嗎？兩個月，有不少日子呢！我從來沒有像現在這麼幸福啊！」

「你從沒有像現在這麼覺得幸福嗎？」

「從來沒有過。」于連欣然重複道：「我對你這麼說，就像對自己說一樣。主不允許我過甚其辭。」

「這個說法，也是對我的囑咐。」她羞澀一笑，帶點兒悲愁。

「就算是吧！妳必須發誓，妳絕不輕生，不管是用直截了當，還是間接的辦法……妳想想，妳必須爲我的兒子活下去，瑪蒂爾德一嫁了瓦澤諾，就會把孩子丟給傭人管的。」

「這我可以發誓。」她冷冷說道：「不過，你得親筆寫份上訴書，並且簽了名，由我帶走。我要親自去見檢察官。」

「當心！這樣會連累妳的。」

「跑來探監，就使我在貝桑松和整個弗朗什—孔泰地區成為街談巷議的女人了。」她一臉愁容，「一跨過廉恥的界限……我成了一個玷辱門風的女人。真的，這一切都為了你……」

她的語氣那麼悲傷，于連抱著她，別有況味。這不是愛的陶醉，而是無上的感激。他第一次覺察到她犧牲之大。

一定是哪位好心人告知雷納先生，說他的夫人到于連牢裡探監的時間太長了。因為第三天，雷納先生就派了馬車來，要她立即回維里埃。

這慘酷的分離，對于連這天的生活開了個壞頭。兩、三小時之後，有人告訴他，有位城府很深的教士，但在貝桑松的耶穌會士中也沒能顯露頭角，這天大清早，就在監獄外安營紮寨，鵠立街頭。雨下得很大，此人大有要在此殉道之概。于連本來就心情不佳，對這樁蠢事根觸更深。

這天早上，他已拒見這位教士，但此人決意而感化于連。想討得他幾句肺腑之言，可以在貝桑松年輕婦女之間博個名聲。

教士高聲宣布，他將不捨晝夜，站在監獄門口，「主派來我打動這叛教者的心……」下層百姓，喜歡看熱鬧的居多，在他周圍緊著圍攏過來。「是的，弟兄們，」他向大家說：「我要在這兒度過白晝，度過黑夜，度過以後所有的白晝，所有的黑夜。聖靈諭示我肩負著上界的使命：拯救索萊爾年輕的靈魂。請你們同我一起祈禱……」

于連最討厭遇事生風，引起別人注意。他只想伺機悄悄離開世界。不過他還存一線希望，盼能與雷納夫人再見一面，只為他愛得忘乎所以。

監獄的門朝著一條熱鬧的大街。想到那個滿身是泥的教士，招徠很多人在那兒起鬨，他的靈魂就不得安寧。「無疑，他每時每刻都在念我的名字！」這光景真比死還要難過。

有個管鑰匙的，對于連很忠心。于連一個鐘頭要喊他兩、三次，去看看那個教士是否還在監獄門口。「先生，他雙膝跪在泥水裡！」管鑰匙的總是這麼回稟：「他在高聲祈禱，爲你的靈魂念經……」

「討厭的傢伙！」于連想。這時，果然聽到一片嗡嗡之聲，因爲詩詞的最後一句需由在場的人一起應和。最後受不了的是那管鑰匙的，也蠕動雙唇，念那幾個破拉丁字。「外面開始流傳，」那管鑰匙的補充道：「說你是鐵石心腸，才會拒絕這位聖徒的拯救。」

于連氣得發狂：「啊，我的祖國，你還這麼不開化！」他顧自大發議論，不理管鑰匙的人在不在旁邊。「這個人想上報紙，他穩能如願以償。

「啊！可惡的內地人！若是在巴黎，就不會受這種悶氣。那裡的人即便搞招搖撞騙，也高明得多。」

最後，他額上直冒汗，對管鑰匙的說：「去請那位聖徒進來吧！」

管鑰匙的畫了個十字，興興頭頭出去了。

這位聖潔的教士醜得可怕，渾身泥巴。這時冷雨淅瀝，地牢裡更顯得陰暗潮濕。教士想要擁抱于連，跟于連還沒說上幾句話，自己先就感動得不行。這種低劣的僞善態度太著痕跡了，于連還從來沒生過這麼大的氣。

教士進來才一刻鐘，于連已變成一個十足的懦夫。他第一次感到死的可怕，想到行刑後兩天，屍體開始腐爛的情形……

他正要展現軟弱，再不就撲過去用鐵鏈把教士勒死。正在這當口，他想出一個主意，請這聖徒在當天爲他做一台四十法郎的彌撒。

時近中午，教士才離開而去。

第四十四章

教士一走，于連就號啕大哭，大有痛不欲生之慨。過了一會兒，他心裡想：雷納夫人要是在貝桑松，他說不定會向她承認自己的怯懦……

正當他爲自己所愛慕的女子不在身邊而抱憾不已之際，卻聽到瑪蒂爾德的腳步聲。

「坐牢的最大不幸，」他想：「就是不能把自己囚室的門關上。」

瑪蒂爾德所告之事，只能使他更加生氣。

她說：審判那天，瓦勒諾的口袋裡已揣著自己的省長任命書，所以才不把弗利萊放在眼裡，稱心如意地給他定個死罪。

「『你那位相好怎麼會突然奇想，』弗利萊神父剛才對我說：『去挑引和攻擊貴族有產階層的虛榮心？談什麼等級問題？這無異於向他們指明，爲了自身的政治利益，他們該怎麼辦！這些蠢貨原沒想到這問題，倒是準備了一把眼淚的。而階級利益之所在，便蒙住了他們的眼睛，也不怕毛骨悚然，去判人死刑。應當衆評，索萊爾先生對付這類事還嫩著點。如果請求特赦還救不了他，那他的死等於是一種自殺……』」

瑪蒂爾德未及見到的事當然無法相告：就是弗利萊神父看到于連已經無望，想自己可在瑪蒂爾德身邊頂他的缺，於實現自己的野心不爲無益。

心頭火起而又無可奈何，加上種種拂意事，于連幾乎控制不住自己，便對瑪蒂爾德說：「妳去爲我望一台彌撒，讓我安靜一會兒。」瑪蒂爾德對雷納夫人的頻頻來訪，本來就很妒忌，而且方才得知她已離去，不難明白于連發脾氣的原因，就大放悲聲，哭了起來。

她倒是眞的傷心，于連看了更加氣上加氣。他切盼獨自待一會兒，但怎樣才能得到呢？

瑪蒂爾德想曉之以理，動之以情，試了半天，臨了還是只得撇下他一人。但她前腳剛走，傅凱後腳就到了。

「我想獨自待一會兒。」于連對這位忠心耿耿的朋友說。看到傅凱遲疑不去，便說：「我正在寫請求特赦的呈文……還有……行行好，別再跟我談死的事。如果我哪天有什麼特別的事要人幫忙，第一個就會想到你的。」

于連終於能獨自清靜點兒了，卻覺得比剛才還要沮喪，還要怯懦。這顆大見衰弱的心魂所剩得的一點力氣，在向瑪蒂爾德和傅凱掩飾自己的情緒時，已消耗殆盡。

到了傍晚，有個想法使他感到一點安慰：「今天早上，死亡向我畢露其醜惡時，要是有人通知我立即行刑，公衆射來的眼光會像一根根針，刺激我的榮耀感，雖則身姿會有點兒發僵，像膽小角色首次進豪華客廳一樣。內地看客中倘有明眼人，當能猜出，但不會看到……我的怯懦。」

這樣通前徹後想過之後，他的痛苦好像減輕了些。「我眼下是懦夫一個，」他吟唱似地重複道：「但卻無人知曉，無人知曉。」

第二天，還有件更不愉快的事在等他。很久以來，他父親便說要來探望；不料這天于連還沒醒，白髮蒼蒼的老木匠已經出現在牢房裡。

于連自己感到心虛，等著聽最難堪的責備吧！好像還嫌痛苦得不夠似的，這天早晨，他對自己的不喜歡父親，大爲悔恨。

管鑰匙的人在一旁整理牢房。于連心裡想：「是老天爺把我們送到世上來，你擠我挨，彼此陰損，事兒幾乎都做絕了。這不，在我將死未死之際，他來對我下最後的打擊。」

等到沒有旁人了，老頭兒就開始嚴斥不孝子。

于連忍不住掉下淚來。他發狠自責：「多麼沒出息的軟弱！他會到處宣揚，說我如何如何缺乏勇氣。而對瓦勒諾，對統治維里埃的僞君子，又該是多大的勝利！他們這批人在法國很了不得，囊括了社會上所有的好處。到目前爲止，我至少可以自訓：『錢他們到手了，不假；所有榮譽也接二連三降臨他們頭上。但，不才我，有的是高尙的心靈！』

「可是，這位是人人都會相信的見證人，他會向全維里埃證實，而且不惜誇大其詞，說我于連在死亡面前如何膽小！把我在這場大家關注的考驗中描繪成一個軟骨頭！」

于連已經到了絕望的邊緣，不知怎樣才能把父親打發走。虛與委蛇，瞞過這精明的老頭，此刻眞感到力不從心。

他在心裡把各種可能迅速地想了一遍。

「我存著不少錢呢！」他猝然間迸出這句話來。

這句天才獨到的話，改變了老人的臉色，也改變了于連的地位。

「這筆錢怎麼處理好呢？」于連又說。他心情平靜多了。這句話的效驗，足以把自己無足輕重之感一掃而空。

老木匠利欲黑心，想這筆錢可不能放跑。而于連好像要留出一部分給兩個哥哥。老頭兒勁道十足，嘮叨了半天。于連現在可以帶點揶揄的口氣了。

「是呀！關於立遺囑的事，主已給了我啓示。兩個哥哥，我每人給留一千法郎；其餘的統統歸你。」

老頭兒說：「那太好啦！其餘的就該歸我。既然主已開恩，感化了你這顆心，那麼，如果你願意像一個善良的基督徒那樣死去，就該把積欠的債都還清。你的膳食費、教育費，都是我墊付的，你卻沒想到……」

最後，于連得以獨自一人靜一靜了，不禁悲從中來：「這就是父愛，這就是父愛！」

未幾，獄卒走了進來。

「先生，親屬探監之後，我照例給我的上賓送上一瓶上好的香檳。價錢稍貴一點，六個法郎一瓶，但喝了叫人開心。」

「拿三只杯子來！」于連像孩子一樣急切地說：「我聽見走廊裡有兩個犯人在散步，把他們也請來。」

獄卒把那兩人領來。他們都是有前科的犯人，正要給送回苦役監去。那是兩個性情快活的亡命徒，他們的狡黠、無畏、遇事不慌，的確非同尋常。

其中一人對于連說：「你肯出二十法郎，我就把自己這輩子的事詳詳細細說給你聽。的確夠味兒。」

「你要是胡編亂造呢？」于連問。

「那絕不會！」他答道：「我的伙伴在這兒，他就眼紅這二十法郎。我要是胡說，他會當場戳穿的。」

他的故事眞是駭人聽聞。從中倒可以看到一顆敢作敢爲的心，在這顆心裡只有一種貪欲，那就是撈錢。

他們走後，于連像換了一個人。自怨自艾的情緒已煙消雲散。雷納夫人的離去，增強了他的怯意；因膽怯而更形劇烈的痛苦，現已化爲一種悲天憫人的情感。

「只要不爲表面現象所惑，就能看出，巴黎的客廳裡多的是像我父親一樣的正人君子，或者像那兩個苦役犯一樣的精明角色。他們說得有道理：客廳裡的那些主兒，每天清早起來，不會想到這揪心的問題：今天的晚飯怎麼解決？他們當然可以誇耀自己的廉潔！一旦入選陪審團，自可趾高氣揚，重判偷盜銀餐具的宵小之徒。誰叫他餓得發昏呢！

「但是，場景換成朝廷，事關一個大臣的去就，客廳裡那些正人君子興風作浪起來，也不會亞於這兩個苦役犯為吃飯問題而犯的法……

「世界上根本就沒什麼天然法紀。這個詞兒不過是古代傳下來的無稽之談，用在那天盯住我不放的檢察官倒很合適，他的祖先就是在路易十四朝靠抄家發的財。所謂法紀，就是法律明文規定的犯禁事項，違者嚴懲不貸。有立法之前，合乎天然的，只有獅子的雄力，和飢寒交迫者的需要；一言以蔽之，就是需要……不，受人尊敬的人物不過是作案時幸而沒被當場抓獲的騙子罷了。社會派來對我提起公訴的人，就是幹了樁卑鄙事兒才闊起來的……我犯了謀殺罪，定罪判刑自是公道，但審判我的瓦勒諾，除了沒拿槍殺人，對社會的危害更要大出百倍。」

「哎！除了吝嗇，我爸比這些人要強得多。」于連有點傷心，但並不憤慨，「他從來沒喜歡過我。我又要以這不名譽的死，丟他的臉，說來也有點過分。缺錢的恐懼、吝嗇的惡習，使他在我留下的三、四百路易上，獲得一種神奇的安慰和安全的保障。哪個禮拜天，吃過晚飯，他把金幣拿出來，給維里埃的財迷看。他的目光好像是說：『憑這個代價，換個上斷頭台的兒子，你們當中有誰會不樂意？』」

這點理兒，說到了點子上；但究其實質，只會使人情願去死。就這樣，過了漫長的五天。看到瑪蒂爾德妒火中燒，憤激不已，他很客氣，很婉轉。有一晚，于連正兒八經，想到要自殺。他心煩意躁：雷納夫人走後，他陷於深切的痛苦。不論是現實生活，還是幻想世界，竟無一當意者。缺乏活動，開始損及他的健康，他變得很激切又很虛弱，像德國大學生一樣。他已失卻男子漢氣概；所謂男子漢氣概，就是大喝一聲，能把惱人的不合時宜的想法推開。

「我愛眞理……但眞理在哪裡……到處是爾虞我詐，至少是招搖撞騙，連最有德性的人、最偉大的人，也不能免俗。」他唇吻之間露出厭惡的表情……「是啊！人不能相信人。」

「某夫人曾爲貧苦的孤兒募捐奔走，有一次告訴我，哪位親王捐了十枚金幣；這純屬謊言。但是，我說什麼了？拿破崙還給關在聖赫勒拿島呢……退位詔書裡宣告讓位給他兒子羅馬王，也是藏奸耍猾。

「天哪！這樣一個人物，尤其在大難臨頭，需要嚴守本分的時候，尙且藏奸耍猾，對其餘等而下之的人還能指望什麼呢……

「眞理在哪兒？在宗教裡……」他苦笑一下，表示不勝輕蔑：「是的，在馬仕龍、弗利萊、卡斯塔奈德之流的嘴上……也許在基督教的教義裡。但今天基督教的傳教士並不比當年的使徒有更好的酬報……聖保羅所得，無非是能號召信徒，傳播教義，廣受稱頌……

「啊！倘若有眞正的宗教……我眞是個傻瓜！我只看到哥特式大教堂，嵌花玻璃窗；我脆弱的心把嵌花玻璃上的教士想像得十全十美……我的靈魂能了解他，我的靈魂需要他……而現實中找到的卻是個滿頭髒髮的自負傢伙……除了缺點風采，跟博華西騎士沒什麼兩樣。

「但是一個眞正的教士，一個馬希榮，一個費奈龍……馬希榮曾主持杜布瓦紅衣主教的授職典禮。《聖西蒙回憶錄》敗壞了我對費奈龍的好感，但費奈龍畢竟是一個眞正的教士……這樣，所有仁慈的靈魂，在世上算有一個匯合點……並不孤獨……這位善良的教士會給我們宣講天主。但是，是什麼樣的天主呢？不是《聖經》裡的天主，那個一味尋求報復的殘忍的小暴君……而是伏爾泰的天主，公正、慈愛，無與倫比……」

這部《聖經》，他已背得滾瓜爛熟；想起其中的文字，心裡卻平靜不了……

「但是，三位一體的神啊！給教士糟蹋濫用後，我們怎麼還能相信天主這個偉大的稱謂？」

「孤獨的活著……多折磨人啊……」

于連拍拍自己的前額：「我在發痴，變得蠻不講理了。在這兒，在這地牢裡，我是孤伶伶一個人；但活在世上的時候，並不孤單。我對畢生的職責，有極強的識見……我爲自己規定的職責，不論對錯……就像暴風雨中可以依傍的大樹。我有過動搖，受過顛簸。總之，我也是一個人……但我並沒有給風暴捲走。

「是地牢裡潮濕的空氣，使我想到了孤獨……」

「爲什麼一面詛咒虛僞，一面還行事虛僞呢？對我來說，難以忍受的不是死刑，不是地牢，不是潮濕的空氣，而是雷納夫人不在面前。如果能跟她在維里埃相會，得以在她家的地窖裡躲上幾個禮拜，我還會抱怨不成？」

「同代人的影響眞是太大了！」他大聲說道，不禁苦笑了一下，「獨個兒跟自己說話，而且離死已近在咫尺，尙且不脫虛僞習氣……哦，可悲的十九世紀！

「……獵人在樹林裡打獵，飛禽從半空中跌落下來，他趕緊跑去撿。不意靴子踢了一個高聳的螞蟻窩，毀了螞蟻的公館不說，還把螞蟻和蟻卵踢得四散……即使最有哲學頭腦的螞蟻，也永遠猜不透這黑古隆咚的龐然大物——獵人的靴子——是什麼東西；這可怕的黑傢伙以迅雷不及掩耳之勢，搗毀了牠們的巢穴，先聽得轟然一聲巨響，事後還火光燭天……

「……因此，生，死，永恆，對感官發達的生靈來說，原本極爲簡單……

「但對早晨九點生，傍晚五點死的蜉蝣，在日長夜短的夏季，怎能懂得黑夜這詞兒呢？」

「讓蜉蝣多活上五個小時，看到了黑夜，自然就知道何爲黑夜了。」

「我也一樣，到二十三歲就死了。讓我再跟雷納夫人一起過五年吧！」

他像魔鬼梅非斯特那樣大笑起來，「討論這些重大問題，眞是發神經！」

「首先，我很虛僞，就像旁邊有人在偷聽我說話似的。」

「其次，我已爲日無多，竟忘了生活，忘了愛……唉！雷納夫人不在這兒，也許她的丈夫不會再讓她到貝桑松來丟人現眼了。

「我之所以感到孤獨，原因在此，而不是缺了一位公正、善良、萬能、不凶惡、不報還報的天主。

「啊！若眞有這樣的天主……唉！我一定跪在他的腳下。我會對他說：『我罪該萬死，但是，偉大的主，仁慈的主，寬宏大量的主，把我所愛的人還給我吧！』」

這時夜深人靜。他安安靜靜睡了一兩個小時之後，傅凱來了。

于連像一個看清自己靈魂的人，感到堅強而果敢。

第四十五章

「我不願作弄可憐的夏斯．裴訥神父。請他到這兒來，他會三天吃不下飯的。」于連對傅凱說：「不過，還得請你幫忙，替我找一位詹森派教士，最好是彼拉神父的朋友，而又不是陰一套、陽一套的人物。」

傅凱已等得快失去耐心，就等他開口說這句話。凡內地輿情認爲該辦的事，于連都不失體統，一一照辦。雖則懺悔師所選非人，但仰仗弗利萊神父，于連在地牢還受到聖公會保護；假如腦筋活一點，說不定還能逃脫。但地牢裡空氣惡濁，影響所及，他的智力日見衰退。在此情形下，見雷納夫人再度到來，他格外感到歡欣。

「在你左右，是我要盡的第一項本分事兒。」她吻著他，「我這是從維里埃逃出來的……」于連對雷納夫人無需顧及面子，便把自己種種軟弱的表現統統告訴了她。她待他既有善意，又特親昵。

晚上，一離開監獄，她便把那位纏住于連不放的教士請到她姑母的家。因爲教士一心想贏得貝桑松上流少婦的信賴，所以雷納夫人輕而易舉，就禮聘他前去布雷－勒奧修道院，做一次九日祈禱。

其間，于連眞叫愛得過分，愛得發狂，幾非語言所可形容。

雷納夫人的姑媽是有名的，而且是有錢的虔誠苦修的信徒。仗著金錢的力量，利用甚至濫用她姑媽的勢力，雷納夫人獲准一天可見于連兩次。

聽到這個消息，瑪蒂爾德醋興大發，說話都語無倫次了。弗利萊神父已向她攤牌：憑他的聲譽，即使不顧一切禮制習俗，她與她的相好相會，也只能辦到每天以一次爲限。瑪蒂爾德派人去盯雷納夫人的梢，好知道她的行蹤，連一點小事都瞞不過去。弗利萊神父憑他機靈的腦袋，窮形惡狀，要向瑪蒂爾德證明：于連實屬薄情，有負於她的一片深情。

儘管有這種種磨難，拉穆爾小姐反倒更愛他了，幾乎每天跟他大鬧一場。

于連希望直到最後，對這位姑娘都力求坦誠以待；他也別有苦衷，誰叫他連累了她的芳譽。但他對雷納夫人一發不可收拾的狂熱，時刻都占著上風。他的理由本不怎麼樣，當然無法使瑪蒂爾德相信，她那位情敵的獄中相會是無傷大雅的。于連心下自忖：「這場戲就要結束了。如果瞞不住我的感情，這也是可以得到原諒的一個理由。」

拉穆爾小姐這時得知瓦澤諾侯爵的死訊。德·泰萊爾先生對瑪蒂爾德的久不露面，故意說三道四；瓦澤諾找上門去，要他收回前言。德·泰萊爾出示他收到的匿名信，信裡充滿了精心編製的細節，使可憐的侯爵不能不看到事實眞相。

特·泰萊爾還說了幾句露骨的風涼話。瓦澤諾又痛苦又氣憤，非要他賠償名譽損失，但百萬富翁寧可選擇決鬥一途。得勝的是愚俗：一個最值得愛慕的巴黎青年，可憐還不到二十四歲，就此死於非命。

這個噩耗，對于連衰弱的心靈產生一種頗怪異的病態影響。

他對瑪蒂爾德說：「可憐的瓦澤諾對我們一向表現得很開通、很正路。早在令堂大人的客廳裡，由於妳的失慎，他本該忌恨我，可以挑起事端的；因爲輕蔑在先，惱恨在後，常會使人憤不顧身……」

于連爲瑪蒂爾德的未來所做的種種設想，因瓦澤諾一死而隨之改變。他費了幾天工夫向她證明，應該把德．呂茨蒙列入考慮的範圍，「此人膽小，但不太虛假，無疑會加入追求者的行列。他的抱負，比起可憐的瓦澤諾雖稍遜一籌，但更堅韌不拔；況且他家沒有封地，娶于連．索萊爾的寡婦當無礙難。」

瑪蒂爾德冷冷答道：「娶一個漠視一切偉大熱情的寡婦！因爲她也算活夠了，才過了半年，就有幸看到她的情人不喜歡她而喜歡另一個女人；而推原論始，這個女人還是他倆一切不幸的根由。」

「你這樣說可不公平。雷納夫人來探監，是爲巴黎那位替我辦特赦的律師提供某種獨特的說法：律師可拿謀殺犯受到被害人悉心照料這點做一番文章。這能產生相當的影響。有朝一日，你會看到我成了哪齣戲裡的主角……」

一種狂暴而又無法報復的妒忌，一種持續而又無望的厄運，（因爲，即使于連得救，又何從贏得其心？）一種眼見情人薄倖而又愛得更深的羞愧與痛切，使拉穆爾小姐陷於悶悶不樂、默默不語的境況；弗利萊神父大獻殷勤也罷，傅凱直言不諱也罷，都不能使她脫出沉默。

至於于連，除了陪瑪蒂爾德的時光以外，他完全生活在愛的氛圍裡，幾乎不去想日後的事。這種極端且毫無矯飾的痴情，自具一種奇效，使雷納夫人也跟他一樣無憂無慮，甜蜜快活起來。

于連對她說：「從前，我們一起在葦爾吉樹林散步時，我本可以感到非常幸福的，但是我那勃勃野心把我的魂引向虛無縹緲之境。妳迷人的玉臂就在我唇邊，可惜我非但沒抓住，反讓不著邊際的未來把我從妳身邊引開。爲了要積聚偌大家產，得面對數不清的爭鬥……—不，假如妳不來探監，我到死都不會知道什麼叫幸福。」

這種平靜的生活，卻爲兩樁事所攪擾。于連的懺悔師雖然是方正的詹森派，也沒能躲過耶穌會的詭謀，甚至不知不覺成了他們手上的工具。

一天，懺悔師對于連說，除非墮入自殺這種可怕的罪過，否則他應竭盡所能，以獲得恩赦。須知僧侶在巴黎的司法界很有勢力，這裡倒有個簡便可行的辦法——公然改換教派……

「公然！」于連緊盯了一句，「好啊！你的狐狸尾巴給我抓住了，我的神父，你也像傳教士那樣演戲……」

詹森派教士鄭重其事地答道：「以你的年齡，你受之於天的動人姿容，你甚至無法解釋的犯罪動機，拉穆爾小姐爲營救你所做的可歌可泣的努力，總之這一切，直至被害女子對你那份石破天驚的情誼，把你造就成貝桑松年輕女子心目中的英雄。她們爲了你，把什麼都忘了，連政治都忘了……

「你改換教派會在她們心裡引起強烈震動，留下深刻印象。這樣，對教會就大有用處。難道因爲耶穌會也會採取同樣做法這個淺薄的理由，我就遲疑不決？事實上，這個特殊的案例即使逃過他們貪婪的魔掌，他們仍會節外生枝，從中作梗！但願事情不至於到這一步……你斷然改宗贏得的眼淚，足可抵消十版伏爾泰反宗教著作所產生的腐蝕作用。」

于連冷不丁兒答道：「我要是連自己都看不起自己，那我這個人還剩下什麼呢？我曾經很有抱負，我不願糟蹋自己；我那時的行爲，是照那時的世風時尚。眼下我只能活一天算一天，得過且過。總之，時到如今，再做出什麼低三下四的事來，我會不勝痛惜的。」

另外一樁事，使于連別有一番感慨，是來自雷納夫人的。不知是哪位會想花招的女友，居然勸動這天眞而羞怯的婦人，說她有責任親赴聖克盧宮，叩見查理十世。

雷納夫人已跟于連有過一次分離，犧牲不可謂不小。有過這番經歷，拋頭露面的難堪已算不得什麼；而換了別的時候，她會覺得比死還可怕。

「我要去覲見國王；我要傲然宣稱：你是我的情人。一個人的生命，尤其像于連這樣一個人的生命，應當超乎一切考慮之上。我會說，你是妒性發作，在衝動之下才來謀害我的性命。已經有過好些先例，不少可憐的年輕人犯了這類案子，由於陪審團法外施仁，或國王寬大爲懷，而救得一命……」

「我不想再見妳了，我要他們關上牢門，不放妳進來，」于連嚷道：「妳如果不肯發誓，擔保不做出任何使我倆當衆出醜的事，我明天就會在絕望之下自殺而死！到巴黎去，絕不是妳自己的想法。告訴我，是誰給妳出的主意……

「人生短暫，剩下的日子不多了，還不快快活活的！把妳我的存在隱蔽起來吧！再說，我的罪行也太彰明顯著了。拉穆爾小姐在巴黎很有影響，應該相信，凡是人力所能辦到的，她都已辦了。在內地這裡，所有有錢有勢的人都跟我作對。妳這樣奔走下去，只會招惹他們，尤其是那些溫和派。生活對他們原是輕易不過的……不要授人以柄，讓馬仕龍、瓦勒諾，以及無數好心人笑話咱們。」

地牢裡空氣惡劣，于連已覺得難以忍受。幸虧通知他行刑的那天，陽光燦爛，萬物欣然，于連覺得膽氣很足。在露天裡走過去，不無爽快的感覺，就像漂泊已久的海員重新踏上陸地一樣。「來吧，一切都很好！」他心裡想：「勇氣，我一點兒也不缺。」

這腦袋裡，從沒像在將落未落之際那麼充滿詩意。從前在葦爾吉樹林所領略的那些美好的瞬間，這時正挾持最後之力，朝他的意識奔湊而來。

整個過程，簡單而又得體，在他這方面也沒有絲毫做作。

前夕之前夕，他對傅凱說：「說到情緒，我無法擔保。地牢這麼難看，這麼潮濕，鬧得我發躁發狂，神智不清。至於恐懼，不，我絕不會嚇得面如土色。」

他事先已做好安排，請傅凱在最後一天的早晨，把瑪蒂爾德和雷納夫人帶走。他特別叮囑：「讓她倆乘一輛車走；把驛馬趕得風馳電掣，狂奔不止。不是夫人倒在小姐身上，兩人抱成一團；就是小姐瞪著夫人，彼此不共戴天。不管是哪一種情形，都能分散這兩個可憐女子的心思，不去想她們可怕的痛苦。」

于連曾先期要雷納夫人發誓活下去，可以照料瑪蒂爾德的兒子。

「誰知道？說不定人死後還有知覺，」一天，他對傅凱說：「俯臨維里埃的高山上有個小山洞，我挺樂意安息——姑且這麼說吧——在那個山洞裡。我曾跟你說過，有好幾次，晚上躲在那裡，遠眺法蘭西最富饒的省分，不禁壯懷激烈。那時，真是意氣風發……總之，那個山洞於我特別親切。山高洞幽，連哲人的靈魂都會不勝欽羨。沒有人會不同意……哎！貝桑松那批好心的聖公會教士會把什麼都用來換錢的。你倘善於辦事，他們會把我的遺骸賣給你的……」

這樁傷心的交易，傅凱居然做成了。他在自己房裡，守著故友的屍體，以度寂寞長夜。頓然間大驚失色，看見瑪蒂爾德走了進來。幾個鐘頭之前，他剛把這位小姐留在離貝桑松幾十里遠的地方。拉穆爾小姐目光昏沉，神情迷惘。

她說：「我要見見他。」

傅凱既沒有勇氣說話，也沒有勇氣起立，只指了指地板上一件藍色大披風：于連的遺體就裹在裡面。

她撲上去，跪在地上。博尼法斯·德·拉穆爾與瑪格麗特·德·納瓦拉生死相戀的故事，無疑給了她超人的勇氣。她雙手微顫，去揭大披風。傅凱趕忙別轉眼睛。

他聽到瑪蒂爾德在房裡走來走去。她點起幾支蠟燭。等傅凱有膽量去看的時候，見她已把于連的頭顱放在她面前的一張大理石小几上，正吻著他的前額……

瑪蒂爾德伴送已故的情人，一直到他生前選定的墓地。棺木有衆多教士護送過去，但無人知曉，她獨自坐在披蓋黑紗的馬車裡，膝上捧著一顆人頭，那是她深愛者的。

半夜時分，一行人登上庫拉山一個高峰。小山洞裡點著無數白燭，晶瑩雪亮；二十名教士在做法事，追荐亡靈。送殯的行列途經好些小山村；村民被這古怪的喪儀所吸引，紛紛跟上山來。

瑪蒂爾德身穿長長的孝服，出現在衆人之間。祈禱完畢，她向人群拋灑了數以千計的五法郎銀幣。

她單獨和傅凱留了下來，她要親手埋葬情人的頭顱。傅凱悲痛已極，幾欲發狂。

這個荒涼的山洞，在瑪蒂爾德籌措下，不惜用重金購置義大利石雕，裝點起來。

雷納夫人信守諾言，沒用任何方法自尋短見。但在于連死後三天，她摟著自己的孩子，離開了人世。

〈全書終〉

書後附識

輿論固然能造就自由，但其弊端往往是干預不相干的事；比如說，別人的隱私。英美各國亦為此犯愁。

為了無涉隱私，作者虛構了一座小城——維里埃；情節需要有主教、陪審團、重罪法庭時，便把一切都置於貝桑松——一個作者徒未去過的地方！

TO THE HAPPY FEW　給幸運的少數人

國家圖書館出版品預行編目資料

紅與黑／斯湯達爾（Stendhal）／著
-- 二版 -- 新北市：新潮社，2020.04
面；　公分
譯自：Le Rouge et le Noir
ISBN 978-986-316-761-7（平裝）

876.57　　109001802

紅與黑

斯湯達爾／著

【策　劃】林郁
【制　作】天蠍座文創
【出　版】新潮社文化事業有限公司
電話：(02) 8666-5711
傳真：(02) 8666-5833
E-mail：service@xcsbook.com.tw

【總經銷】創智文化有限公司
新北市土城區忠承路 89 號 6F（永寧科技園區）
電話：2268-3489
傳真：2269-6560

印前作業　菩薩蠻、東豪印刷事業有限公司

二版一刷　2020 年 05 月